中国当代文学现场

（2019—2020）

王春林 / 著

北 京 出 版 集 团
北京十月文艺出版社

目　录 Contents

第一章　以小说的方式聚焦城市和女性

无论是从作家的基本写作动机考虑，抑或从小说艺术结构的完整与缜密来说，王安忆《考工记》（载《花城》杂志2018年第5期）的第一章都特别重要。既然是一部旨在描写呈现“旧”人与“新”时代之间关系的长篇小说，那一个重要的前提，就必须是把“旧”人既往也即“旧”的生存状态呈现出来。而第一章所承担的，便是这样的一个任务。具体来说，“旧”人陈书玉的一种“旧”的生存状态，就是以衰落中的世家的子弟的身份，与另外三位同阶层的朋友奚子、朱朱以及大虞一起被诨称为“西厢四小开”，一贯游手好闲，无所事事地出入于歌厅舞厅，既有来头，又颇显摩登，完全可以被看作是过着一种声色犬马的纨绔子弟生活。以一种中产阶层的纨绔子弟身份而在遭逢社会巨变后被抛入只能够想方设法自食其力的“新”时代，如同陈书玉所经历的这样一种情形，自然也就是我们标题中的所谓“旧时王谢堂前燕”了。“劫后余生”，“劫后余生”后又携带着陈家老宅这样的“旧”物一起“飞入寻常百姓家”，被迫成为“新”时代“新”社会中的普通一员，类似于陈书玉的这样一种“昔日王谢”的人生轨迹，正是王安忆在《考工记》中意欲聚焦谛视并做出真切描写的。

事实上，虽然同属于“西厢四小开”这个小群体，但他们四位“小开”在进入“新”时代之后的各自境遇可以说是大相径庭。最得心应手的那位，应该是奚子。本来，陈书玉企图联手奚子一起出走内地，没想到，事到临头，陈书玉苦苦等来的，却是一个自称为奚子弟弟的人。事后证实，这位“弟弟”的确不是奚子的弟弟。依据奚子后来的追述，大约也就在他受聘浙西一所中学的美术老师期间，他不仅接触到了革命思想，而且还成为了革命队伍的一员。成为了一个革命者，奚子自然也就免除了是否可以融入到“新”时代之中的困扰，因为他本身就已经是“新”时代“新”社会理所当然的成员。实际上，奚子脱胎换骨式的变化，在他的数度更名这一细节中表现得非常明显。从“奚子”，到“奚涧”，再到“季西涧”，作家如此一种更名细节的设计，显然隐藏着一种深意。

大虞在“新”时代的命运遭际，毫无疑问起始于他与谭小姐的情感更易。本来，两个人可谓门当户对情投意合，但仅仅因为大虞他们家误收了一套来历不明的明式家具而被新政府封店，谭小姐一家便匆匆忙忙地退避三舍远走乡下。借助于这样一个事件，王安忆一箭三雕地实现了三个方面的叙事意图。其一，写出了如同大虞这样的旧式世家与“新”时代的水火不容。事件被平息后，大虞父亲当机立断地决定全家迁回原籍川沙避祸。此后的事实充分证明这一决定的正确。倘若不是做出如此一种选择，此后他们家很可能还会面临新的祸患。实际上，大虞家迁回川沙的举动，就意味着他们对“新”时代的一种妥协。唯其妥协，所以大虞才在娶妻成家后过上了正常人的日常生活。其二，大虞一家面临祸患，急需设法找人摆平。这时候冒出来的一个人物，就是已然成为新政府官员的奚子。由此可见，借助于大虞一案而巧妙引出并交代奚子的下落，正是王安忆的叙事意图之一。其三，更重要的一点，恐怕却是要借此而对陈书玉有所提醒与警告。我们注意到，就在大虞意欲前往川沙落户之际，踌躇再三后专门叮嘱了陈书玉一句话："大虞就说了：如今是无产者的天下，有产就是有罪，我担心你家的宅子……话没说完，转身上车，疾驶而去，阿陈心里一沉。"请一定不能忽略大虞对陈家老宅的特别强调。眼睁睁看着由于朝代的更替，中国彻底成为了无产者的天下，陈书玉虽然早已家道中落，但一座很是有些来历的老宅子的存在，却使得他顿时陷入到了私产有罪的精神焦虑状态之中而难以自拔。那么，这样一座老宅子，到底会给陈书玉带来怎样的一种影响呢？自打大虞的提醒与警告发出之后，如此一种疑问就如同达摩克利斯之剑一样不仅高悬在了陈书玉头上，而且更是成为一种艺术悬念横贯故事情节始终。

相比较来说，最针锋相对的那位，应该是朱朱。但真正在背后以一种坚韧的力量支撑着朱朱对抗行为的，却是他的妻子，那位出身于工商界实力派家庭的冉太太。很可能是在"旧"时代无意间触碰了政治底线的缘故，某一日，朱朱在照相社直接被带走了。正所谓沧海横流方显英雄本色，只有到了这个时候，我们方才能够强烈感觉到朱朱妻子冉太太身上那样一种"每临大事不惊慌"的沉着应对的大将风度。朱朱事发被带走之后，冉太太的镇定表现，就是很快找到朱朱很要好的朋友陈书玉寻求援助。虽然冉太太深知陈书玉本人不会有什么办法，但她非常明白，只有通过陈书玉才有可能找到业已成为新政府官员的奚子设法加以疏通。事实上，在陪同冉太太见到奚子那位被称为小李的科长之后，陈书玉方才真切感受到了她那非同一般的镇定与自尊。本来是自己前来求人帮忙，到头来却以某种非凡的气度赢得了对方的尊重。如此一种情形所充分说明的，正是冉太太气场的盛大。究其根本，冉太太如此一种气度的养成，与她的贵族家庭出身存在着无可剥离的重要内在关联。实际上，更为动人的一幕场景出现在陈书玉他们告别小李之后："火头在风中摇曳，灭了几次，他走近去，拢起手挡风，冉太太闪开身子。这一闪身，他看见她眼角渗出的泪痕……就这么站着，一口一口吸进，再一口一口吐出，一支烟很快到头，将烟蒂在小银盒底摁灭，咔嗒关上，回过身，说：阿陈，谢谢你！陈书玉低头道：谢什么，朋友一场，就为这时候的！想起原是冉太太的话，自己不自觉地学舌，红了脸。"冉太太眼角出现的那一点泪痕，正是她内心里某种柔软处存在的明证。某种程度上，冉太太那不无优雅的抽烟过程的描写，所透露出的，也正是她面对困境强力克制战胜内心柔软的全部过程。自此以后，冉太太再也没有流露出过内心的柔软。对于冉太太这个女性形象，作家曾经艺术地借助人物大虞之口给出过高度评价："陈书玉慢慢将朱朱的事情叙给大虞听，叙到冉太太一节时，大虞沉默了。喝半杯米酒，方才说出话：看起来，人不分贵贱贫富，是以性情分。陈书玉问：此话怎讲？世上的性情归根结底只有两种，一种厚，一种薄！"毫无疑问，冉太太的性情一定会是厚的。大约也正因为如此，所以，同时兼及视角性人物功能的陈书玉才会在内心里对冉太太持有一种特别的敬重。就这样，冉太太以一种极其难能可贵的坚韧精神一直坚持到了朱朱减刑出狱的时候。朱朱出狱不久，冉太太便申请移居香港。归根结底，他们一家最终移居香港的行为，传达出的正是某种对“新”时代的彻底失望。一句话，也只有在彻底失望之后，他们方才会以移居香港的方式，对此种不合理遭遇做某种抗议。香港，在那个“新”时代，相对于内地的上海来说，绝对意味着一种异质的生活存在。冉太太之所以在惨遭劫难后义无反顾地选择移居香港，所传达出的，正是对“新”时代一种不无决绝意味的拒斥。

当然，不管怎么说，小说最主要的人物形象还是陈书玉。王安忆在后五章中所集中聚焦描写的，正是“旧”人陈书玉猛然间不期而遭遇“新”时代后的各种人生遭际。进入“新”时代后，陈书玉首先一个值得注意的变化，就是通过“弟弟”的介绍，在一所小学校里谋了一个教职，成为了一位自食其力的公民：“他是一个天真的人，以为这世界脱胎换骨，他自己不就是吗？改几代人坐吃闲饭的传统，做了自食其力的公民。”细细琢磨这些叙事话语，其中有两处比较耐人寻味。一处是，“以为这世界脱胎换骨”，这话的意思是，如果从更长远的角度来看，其实这世界并未脱胎换骨。正所谓，太阳之下无新事者是也。另一处是，“做了自食其力的公民”。是公民吗？到底怎样才算得上是一位公民呢？这里的“公民”一词，其实充满了反讽的意味。但不管怎么说，在进入“新”时代后，陈书玉有了一份职业，成为这个时代一位自食其力的普通人，却是无可置疑的一种事实。然而，一个关键的问题在于，尽管说“旧”人陈书玉的身体已然跨入了“新”时代，但他的心、他的精神世界却并未能同时跨入“新”时代。对此，生性敏感的陈书玉自己，有着真切而深刻的感悟：“时代将人世划分成两边，这边是过去，那边是现在，奚子划到了那边，剩下他们几个在这边。陈书玉逐渐意识到，界限是难以逾越的，那边的生活新鲜活跃，生机勃勃，他也想介入呢，事实上，过不过得去不由自己说了算，曾以为，是那宅子，和宅子里的人拖累他，但大虞和朱朱的遭际却让他怀疑起来，分明有一种更强大的力量暗中起着作用，就像水底深处的潜流，这个力量的名字叫'宿命'。”倘若我们承认如同《考工记》这样的一部长篇小说也有所谓“文眼”，那么，陈书玉的这一段人生感悟，就应该被看作是王安忆此作的“文眼”所在。说透了，一部《考工记》，写来写去，也不过是这一段话的一种形象化注脚而已。这里，在强调表达陈书玉们与“新”时代那样一种无论怎样都难以穿透的隔膜感之外，另外一个方面的要旨，却在于一种命运感的捕捉与传达。我曾经在很多个场合，反复强调所谓命运感的捕捉与传达，对一部长篇小说写作的成功与否，其实有着举足轻重的影响。作家王安忆，能够在《考工记》这样一部再典型不过的“现代型”长篇小说中，不仅仅通过这样的一段叙事话语，更是通过总体故事情节的讲述，将如此一种令人捉摸不定的充满变幻色彩的命运感，成功地传达出来，其实是非常不容易的一件事情，理当赢得我们充分的尊重与敬意。

正如同我们大家都知道的，在跨过1949年这一条可谓是泾渭分明的人生界限之后，陈书玉所不可避免地要遭逢的，便是一次又一次政治运动的凄风苦雨。从“镇压反革命”、“严惩敌特”，到“土地改革”，从20世纪50年代后期的大规模“反右派”，到稍后一个时期的大灾荒大饥饿，再到后来声势更加暴风骤雨的“文革”，陈书玉没有一次可以不直接面对并万般无奈地加以承受。无论如何都值得特别予以肯定的一点是，在处理陈书玉这一类“旧”人的命运遭际时，王安忆别出蹊径地成功避开了一味地大哭大闹的所谓“苦难书写”的窠臼。一方面，陈书玉固然不可能摆脱“新”时代的各种政治运动的袭扰，但在另一方面，他却也并没有像他的很多同类一样被劳改或者干脆就被投入大狱之中。诸如此类的苦难书写场景，我们已经在其他很多作家笔下司空见惯。实际上，被劳改或者被投入大狱，固然是“旧”人在“新”时代的现实境遇之一种，但如同陈书玉这样虽然没有惨遭劫难，却一直以一种战战兢兢的心态勉力维持生存，一直以一种别样的心态游离于时代之外的这一类“旧”人，不仅不在少数，而且也无疑有着更大的书写与表现难度。事实上，《考工记》的后五章中，作家时时处处都在书写表现着陈书玉以及与他其实已经差不多合二为一的那座陈家老宅与“新”时代之间的精神隔膜与疏离之感。比如，“新气象之下，那宅子显得颓然。不是因为陈旧，而是不合时宜。厅堂的高、大、深，本是威严和庄重，但时代是奔腾活跃，一派明朗，于是就衬托出晦暗”。这哪里是在写老宅子，这简直就是在直截了当地写陈书玉啊。比如，“曾有中学来调他，思忖之后，还是婉拒了，生怕适应不了。世上专有一种念旧的人，大概就是他这样。到中心校，念‘立志’，到别处，又会念中心校。或多或少，还有对新环境的惧心，他已经不是当年鲁勇的年轻人了，说去重庆，拔腿就走，说要回，万水千山，掉头就回”。何止是与年龄有关，更关键之处，显然在于，陈书玉对于“新”的内心畏惧。一个“惧心”，写出的便是陈书玉精神世界的战战兢兢。再比如，“父母和他商量，能不能和政府交易，宅子上缴归公，换两间住房，勿计大小，煤卫独用即可。一则节省开支，方便生活；二则——他们嘴上不说，私下里都在想，或早或晚的事情吧！他们虽然封闭隔绝，但也估摸得出时代的强硬度，那是纪念碑式的巨石，他们却是蛋卵的渺小脆弱，鸡蛋怎能往石头上碰呢？陈书玉何尝不懂这道理，又何尝留恋这宅子？只是苦于无从着手，还生怕没事找事，惹出麻烦。最好，他对自己说，最好被忘记，被时代忘记。其实是苟且的心，但是，‘弟弟’说了：顺其自然。‘自然’是什么？似乎真的就是被遗忘。”一个是鸡蛋，一个是石头，就这样，王安忆生动地写出了“旧”人陈书玉与“新”时代之间一种必然的紧张对立关系。也因此，战战兢兢心存畏惧的陈书玉内心里的愿望，就是可以被时代遗忘。但带有吊诡意味的一点偏偏是，陈书玉的渴望被遗忘本身，恰恰也正说明着他的根本不可能被遗忘。很大程度上，正是陈书玉如此一种长期独身，长期离群索居的状况，促使他差不多总是如同哲学家一般地思索探寻一些带有形而上色彩的抽象生存命题。比如：“他仿佛站在昼与夜的分界线上，两重天地既近又远，咫尺天涯。那一边有故旧，这一边是新知，他在中间，哪边也摆不脱，舍不下，满心怅惘。”再比如：“他倒爱看这样的琐细，从中派生遐想，想这人和事其实就在自己身边，然而人海茫茫，世事浮沉，就像海底针，一眨眼就没顶了，于是又觉得惘然。”很大程度上，或许与他长期处于“旧”与“新”两种力量的撕扯中有关，到后来，陈书玉身上一种自我精神撕裂感的存在，就成了无法否认的一种事实。到最后，即使“新”时代的风气看似发生了天翻地覆的变化，但陈书玉却终究还是停留在了“旧”的一边，正如同那座陈家老宅一样，他最终也把自己彻底凝固成了一个“古董”或者说“文物”一般的存在物。

同样是一部关注表现城市生活的长篇小说，张柠在他的《三城记》中所聚焦的，却是当下新一代青年的生存状态。在强调并承认《三城记》所具成长小说特点的同时，我们却也必须认识到，仅仅用成长小说这一定位根本就无法框限住张柠的这部思想内涵相当驳杂丰富的长篇小说。实际上，从艺术结构的角度来看，张柠的这部长篇小说可以说由两条彼此间时有交织的结构线索组构而成。如果说顾明笛个人的成长经历构成了其中的一条线索的话，那么，作家借助于顾明笛而充分展开的对于转型期中国社会现实颇具广度与深度的描写，就毫无疑问可以被看作是另外一条结构线索。很大程度上，正是以上两条线索的彼此交叉从根本上支撑起了《三城记》这座艺术大厦。假若说前者更多地指向了作家张柠的自我生存经验，那么，后者就极明显地指向了更为开阔广博的外部世界。我们都知道，相比较来说，在目前的各种现代文学文体中，小说是一种与外部世界紧密相关的更具有客观性特点的文学文体。这种文体的特点本身就要求作家在进行小说创作时不能过多地局限于个人的生存经验，必须把关注视野更多地投向纷纭复杂变动不居的外部世界。身为批评家的张柠，对于这一点可以说是心知肚明。唯其如此，深谙于此道的张柠，在他的小说创作中，方才把自己的关注视野更多地投向了正处于转型阶段的中国社会现实。从这个角度来看，与其说《三城记》是一部成长小说，莫如说更是一部敏锐深刻地洞察表现着纷纭复杂世象的社会小说。具体来说，在共由四部分组成的《三城记》中，尤以卷二“世界”和卷三“书斋”这两部分对社会现实的批判性表现最为引人注目。

卷二“世界”所集中描写展示的，是身为《时报》记者的顾明笛，初涉社会之后所观察到的社会基本状况。这其中，最引人注目的情节之一，就是顾明笛与好友裴志武一次在甘肃武威的涉险采访经历。那一次，报社深度报道部主任施越北接到举报，说裴志武的老家甘肃武威一带，存在着非常严重的“沙漠污染”现象，于是便指派裴志武携刚刚转入深度报道部工作的顾明笛一起，利用一次回乡探亲的机会顺便进行一次深度的采访报道。对于这一采访行动的初衷以及重要性，施越北曾经给出过明确的说法：“其实‘沙漠污染’20世纪90年代中后期就开始了，没有引起关注，现在越来越严重，再任其发展，沙漠就要被毁掉，变成真正的‘死亡之所’。国内媒体都没有注意到这个问题，地方政府更是没有环境保护意识，或许要到若干年之后，才会知道这个问题的严重性。我们先做一些客观调查，以点带面，希望能引起社会的广泛关注。另外，顾明笛这种在大城市里出生长大的人，并不了解真正的中国，你带他去见识一下也好。”这里，我们一定要注意到，张柠在强调“沙漠污染”这一社会问题重要性的同时，也没有遗忘顾明笛的个人成长这一主题意向。其中所谓“顾明笛这种在大城市里出生长大的人，并不了解真正的中国，你带他去见识一下也好”云云，所充分凸显出的，正是这一主题意向。没想到，等他们抵达甘肃武威之后，事先设想的采访活动却进行得很不顺利。明明已经发现了当地的造纸厂、农副产品加工厂以及化工厂等一众企业因排污而对沙漠造成的严重污染状况，但他们两人的采访行为却不出所料地遭到了县工业园区管委会主任马本山等人的强力阻挠。为了保护照相机里宝贵的现场照片，第一次参加此类采访活动的顾明笛，竟然被当地的一伙保安殴打致伤。关键问题在于，当裴志武他们严厉指斥这些工厂的生产已然对沙漠造成严重污染的时候，遭到的却是马本山振振有词的反驳：“你看见了什么？你能看见我们这个穷光蛋县有多穷吗？财政拿不出钱办学校、办医疗，更拿不出钱买治沙的树苗和草皮。都是像你爹裴老大那样的穷棒子，整天等着国家的补助。而我这个开发区，几乎支撑了全县所有的‘鸡地屁’（GDP），你知不知道？压沙、买树苗、种树、打井的钱，都是我们出的，你看见了没有？你想看见这个穷光蛋县被两大沙漠埋掉吗？你要是跟我捣乱，我就先把你埋了！”明明已经造成了严重的生态环境污染，但马本山说起来却依然振振有词，关键之处在于，他更多的是站在“发展”也即所谓“鸡地屁”（GDP）的角度来看问题的。就这样，一方面是裴志武与顾明笛他们的采访受阻，另一方面却是马本山们的振振有词，如此一种看似“公说公有理，婆说婆有理”的矛盾情形，所充分凸显出的，正是转型期中国经济发展与生态环境保护之间实际存在着的尖锐冲突。一方面，经济发展固然直接关系着当下时代老百姓生活状况的改善，但在另一方面，生态环境的保护却又明显关系着子孙后代的生存状况，在很多时候，二者之间所呈现出的，是一种很难做出取舍的两难处境。张柠的难能可贵处即在于，巧妙地借助顾明笛和裴志武他们两位的采访行为，把这样一种两难处境艺术地呈现在了广大读者面前。

关键的问题是，由顾明笛他们的采访所引发的事端，并没有到此结束。首先是由于裴志武与顾明笛的忠于职守，在他们的积极努力下，顾明笛被打后的第二天，《时报》就在二版的头条位置，“刊登了‘本报记者裴志武、顾明笛发自格拉里沙漠的报道：《沙漠告急，污染蔓延，保护迫在眉睫！！！——记者调查遭当地黑势力殴打致伤》，标题还上了头版的阅读提要。一张大照片，是沙漠中间的污水池和排污管，一张小照片是顾明笛头裹白色绷带躺在医院的病床上”。报道一出，一时间社会舆论大哗，就连裴志武家乡的各级政府官员，也都纷纷跑到医院去看望受伤的顾明笛，表示要严惩凶手，查处一批污染企业。但紧接着，仅仅是又过了一天，到了第三天，事情就迅速地被逆转了。到头来，真正受到处分的，反倒是组织和参与此次采访活动的施越北、裴志武以及顾明笛他们：“施越北来了。他调出手机图片给大家看，是报社红头文件，有关施越北、裴志武、顾明笛违反新闻纪律，擅自组织跨省采访的通报批评和处理结果：施越北在报社部门主编联席会上公开检讨，裴志武和顾明笛在深度报道部编前会上公开检讨，扣除三个人当月的全部奖金。”明明是报社安排的正当采访行为，到头来却落了个擅自跨省采访的结论。张柠通过这一事件所深刻揭示出的，正是掩藏于新闻报道自由权利背后的文化与政治领域的某种体制性弊端。

由于个性的锋芒毕露而无法继续在深度报道部工作的顾明笛，很快就被迫调动到文化新闻部工作。一方面是全身心的投入，另一方面是工作能力的突出，顾明笛具体负责的这一块工作很快就风生水起，获得了社会公众的广泛好评：“三个月下来，这两个名牌栏目就恢复到了创办之初的水准，版面安排合理、内容扎实、语言生动活泼，转载率高，得到了业界的普遍好评，广告量也开始增加。”但令顾明笛始料未及的一点是，伴随着《主题书评》与《文化访谈》这两个版块的影响越来越大，本来不应有的责难也接踵而至。先是报社社长刘炜阳阴阳怪气的批评，紧接着便是来自于上级部门和法律部门的强力干预。上级部门专门组织的“阅评小组”认为：“近期《主题书评》栏目在思想倾向上存在问题，过多推介西方现代派文学作品，整个版面充满一股颓废怪诞的气息，对广大读者和年青一代，不能起到好的引导作用。此外，《文化访谈》栏目的选题也有思想把关不严的情况，建议限期整改。”至于法律部门，他们之所以要介入到《时报》文化新闻部的工作中来，乃是因为《文化访谈》栏目刊发的一篇《生命不息，笔耕不辍——老作家陈铭澜访谈录》，由于事涉另一位已故老作家潘遂之而引发了潘遂之儿女的强烈不满。他们一怒之下，就把报社告上了法庭，要求赔偿精神损失费10万元。《时报》社长刘炜阳，本来早就对一再给报社惹祸的顾明笛心怀不满。来自于上级部门与法律部门的这一次强力干预，顿时给他进一步整治顾明笛提供了适时的口实。万般无奈之下，一时走投无路的顾明笛只好被迫辞职。《主题书评》也罢，《文化访谈》也罢，直接关系并见证着一个时代思想与文化领域的活跃与自由程度。从这个角度来说，很是有些文化创造精神的顾明笛最后的被迫去职，所充分说明的，正是文化层面上一种封闭状况的赫然存在。

由于以上种种原因，顾明笛实在无法继续在《时报》落脚，好在有B大学哲学系副教授程毓苏的适时施与援手，他才得以通过考博的方式进入到B大学攻读博士学位。这样一来，张柠的小说叙事也就顺理成章地由卷二“世界”转入到了专门描写表现大学生活的卷三“书斋”。原以为，一直被誉为象牙塔的大学校园，相对来说会是当下这个社会较为罕见的一块净土，没想到，等到顾明笛竭尽全力地进入B大学之后，方才不无惊讶地发现，其实大学校园也一样充满着各种矛盾冲突，是一个规则与潜规则肆意并行的名利场。这一点，主要通过讲师韩梓厚与顾明笛自己的具体遭际而体现出来。韩梓厚的不幸遭际，首先体现在他的一番牢骚话语中：“我读博士的A大学就是牛，就是一流大学。B大学就拉倒吧，早知现在这样我当初死也不回来当老师。B大学除了会赶时髦还会什么？房子时髦它就研究房子，厕所时髦它就研究厕所，市场时髦它就研究市场，没多久又叫起‘反市场’来了。我讲师都八年了，我的成果有目共睹，但我今年可能还是评不上副教授，这是什么道理？”真正意义上的大学，作为培养社会精英人才的教育机构，必须有一种咬定青山不放松的探讨研究真问题的学术定力，绝不能赶时髦、随波逐流。很大程度上，如同韩梓厚这样各方面条件都已具备的优秀讲师迟迟不能评上副教授职称，与B大学的只知一味赶时髦是相匹配的。无论如何，我们都难以想象，在一所以赶时髦为突出特点的大学里，如同韩梓厚这样的优秀人才能够按部就班地顺利评上相应的职称。

事实上，也正是围绕韩梓厚的评职称这一问题，张柠借助于程毓苏之口，曲尽其妙地道出了当下时代大学校园里一种堪称普遍的学术怪现状：“我把他们那些隐蔽的招数归纳为三点：太极招，桥牌招，皮球招。所谓的太极招，就是前面说的，当面说好话，转身就忘掉，然后再躲避，让你扑空，使不上劲。桥牌招，就是在已经设定的游戏规则上，变换执行规则的人，这就有了不同的出牌招数。举例来说吧，比如，赵伟生要决定一件事，是让教学委员会来投票，还是教授委员会投票，还是让教研室主任来投票，这三张牌，怎么对自己有利怎么打。你否定？那就得罪了那三个委员会中某个委员会的所有教授。再比如，派教授代表去参加学校评审会，如果赵伟生不想让韩梓厚上，就不派中国哲学教研室的专家出席。假如赵伟生想让卫德翔上，就会派西方哲学教研室的专家出席，这又是一种出牌方法。最后一招，叫作皮球招，把皮球踢到上面去：上面不同意啊！谁知道他们背地里跟上面打了什么招呼。那你就去找上面的人理论吧。你又根本找不到人。这一招跟前面说的太极招，加在一起就是一个连环招，任你怎么攻，都难以破解，最后是，攻击者遍体鳞伤，被攻击者安然无恙。”唯其以上三种实际上根本见不得人的阴损招数遍布大学校园，所以，你一旦被迫遭遇到这样的招数，就会莫名其妙地陷入到一种类似于“鬼打墙”似的“无物之阵”中难以自拔和“他拔”。你明明知道周围全都是阻挠着自己的敌人，但你却偏偏就是找不到任何一个人可以作为自己的攻击对手。很大程度上，这种情形极其类似于你把拳头重重地击打在一团棉花上，你所使出的任何一种强劲的力道到最后都会被某种看不见的力量消弭于无形。

更进一步地，还是借助于程毓苏之口，在太极招、桥牌招与皮球招这三种阴损招数的基础上，张柠总结提炼出了所谓的“三硬”规律：“这个你放心，卫德翔会混得不错的。因为他有‘三硬’，一是历史硬，他是B大学的土著，本科在这里读的。二是学历硬，德国留学回来的洋博士。三是后台硬，资深教授朱志皓是他的硕士导师。就拿你来说吧，即使你再努力，都不能跟卫德翔比，因为‘三硬’之中，你最多只有半硬，也就是后台半硬，如果你的导师不嫌弃你的话。按照我对你的观察，你也属于不会讨人喜欢的那一类。”面对着程毓苏一番苦口婆心的当面点拨，顾明笛举一反三地马上联想到了在评职称的道路上真正可谓是命运多舛的韩梓厚：“顾明笛明白，韩梓厚也是没办法跟卫德翔比的。韩梓厚从山东一个地方学院，考到B大学来读硕士，导师是蔺远闳，接着再到A大学去读博士，既没有硬历史，也没有硬学历，更没有硬后台，这就决定了，他在重复他的导师蔺远闳的道路。”原以为，在人才林立的大学校园里，大家只会凭借各自的学术实力获得相应的晋升与提拔，未曾想到，社会上通行的各种简直可以称之为厚黑学的规则与潜规则，在大学校园里同样屡见不鲜。若非张柠这样在高校圈内混迹多年的资深教授，断难以如此一种可谓是犀利无比的笔触将当下时代学术体制（其实，潜隐于学术体制之后的，乃是一种更为根本的社会体制）所存在的弊端淋漓尽致地揭示并表现出来。

与王安忆、张柠有所不同，盛可以长篇小说《息壤》（载《收获》杂志2018年第4期）所关注的，是女性的生存状态。具体来说，在《息壤》中，盛可以把自己以子宫为聚焦中心的关于女性的思考，委托给了一种家族小说的方式，借助于湖南益阳初氏家族四代女性的故事来承载、表达这种思考。初氏家族的四代女性分别是，第一代祖母戚念慈，第二代母亲吴爱香，第三代长女初云、次女初月、三女初冰、四女初雪、小女初玉，第四代初秀。正如同你已经判断出的，作家的书写重心毫无悬念地落脚到了第三代的初氏五姐妹身上。关于她们五姐妹，作家曾经巧妙地借助于奶奶戚念慈的角度给出过相应的评价：“戚念慈又聊到初月，十年前的那壶开水既然已经浇到她的头上，不能改变事实，那就努力给她说门好亲，多配嫁妆，初月心地善，会有好命。接下来她又将其他几个丫头评说一番，比如说初云慢性子，初冰有心计，初雪胆子大，初玉天赋高。”以我愚见，小说开始不久盛可以的这段叙事话语，其实带有非常突出的预叙意味。很大程度上，盛可以的如此一种设定，可以让我们联想到曹雪芹《红楼梦》中贾宝玉神游太虚幻境那一回。如果说曹雪芹主要是借助于贾宝玉睡梦中在太虚幻境看到的那些个判词来完成一种预叙工作的话，那么，盛可以很显然也是在借助不仅心机极深而且洞察力同样惊人的戚念慈，在巧妙揭示几位女性性格特征的同时，预言着她们未来可能的命运。

首先，是长期支撑着初家生活的长女初云。很大程度上，初云命运的不幸，是因为她嫁给了那个除了阉鸡之外一无是处的男人阎真清。由于阎真清精神上过于依赖母亲，初云一直处于被严重忽略的状态之中。正因为她长期缺乏正常夫妻情感的慰藉，所以才会一度鬼迷心窍地执意跑到北京去找小妹初玉，要在完成输卵管复通术后，为另一位男人生一个孩子："她摘掉花枝上的黄叶，像评价盆中植物似的努力压低嗓门，音调平平地说：'我想跟另一个男人生孩子，我想这么做。'她说起她跟那个男人有多好，复通输卵管后她就去跟阎真清离婚。过去三十八年，她一直为别人活，现在她要为自己活一把。"毫无疑问地，初云的这一决定会遭到业已在北京生活多年，已然接受了诸多现代生活观念的小妹初玉的坚决反对："你吃过那么多苦，现在可以轻轻松松地为自己活，对自己好，你应该出去旅行，去看看外面的风景，可你居然还要复通输卵管生孩子。你结扎十几年了，又想着找生育的苦。我从小看了那么多女人遭受的罪，尤其是妈妈，像牲口一样生育，因为恩妈要孙子，因为父亲要儿子，最后还要忍受一个钢圈的折磨。还有初月，差点难产死掉，没有谁会记住这些危险。男人们也真的当生育是瓜熟蒂落的自然结果，也不想想医院产科每天为什么那么多不肯瓜熟蒂落的。你现在居然还要冒几重危险去干这件事，我真的不明白。”这段话语所凸显出的，便是初云和初玉之间那堪称巨大的观念差异。在初云的理解中，怀孕生育是一个拥有子宫的女人天经地义的事情，或者干脆说是一种无可推却的义务。既然已经和一个男人相爱，那么，不管他是否明确提出过相关的要求，自己都应该以生育的方式给予相应的回报。这里的一个关键问题在于，为这个男人生育的念头，是初云一个人自发生成的。如此一种情形，所充分说明的一点，就是女性的生育已然长期积淀成为如同初云这样传统女性的一种集体无意识。初云试图复通输卵管以重获生育能力的所作所为，正是这种早已深入骨髓的集体无意识作祟的缘故。但在早已充分接受了现代观念影响的初玉看来，初云的这些观念其实早已陈腐不堪。此时此刻的初玉，完全可以被看作是一位立场坚定的女权主义者。也因此，小说中的这样一段叙事话语，很大程度上可以被理解为女权主义在生育问题上的坚定宣言：“不知道弗洛伊德是否说过，男人热爱生产的女人，是对子宫的迷恋，崇拜子宫，类似于小女孩的阳具嫉妒。男人们一边要女人生孩子，一边骨子里嫌弃生过孩子的女人，一旦她们这儿松了那儿垮了，他们便掉头转向到处紧致不曾生育甚至不曾被人动过的年轻女孩。人们骂女人母猪、母狗，因为生育使这些雌性动物奶子拖地又脏又丑，没有人对它们的贡献表示一点尊重，它们也没有得到应有的待遇，到头来还说它们的肉不好吃，太硬嚼不动。很多人找对象将生过孩子的女人摆在残疾人级别，生育过在婚恋中简直就是一种原罪，甚至未婚姑娘做过人工流产，也将成为致命的污点。一切道德的、生育的、痛苦的责任由谁来承担，完全取决于谁是子宫携带者。男人和女人同时在获取感官享乐，然而仅仅因为子宫的缘故，男人逍遥法外，女人困在网中。”

事实上，由于对盛可以既往小说写作的了解，早在具体进入《息壤》这一文本之前，我就已经预料到其中一定会有女权主义立场的激烈体现与表达。果不其然，立基于初玉角度的如上这种强烈感觉，毫无疑问可以被看作是在由子宫而带来的女性生育问题上的一篇女权主义檄文。尽管从客观现实来说，女性的生存困境将会体现在日常生活的各个层面，但其中最重要也最不容忽视的一个方面，无疑是女性所特有的生育功能。很大程度上，正是借助于女性生育这一问题，盛可以不无尖锐地提出了男性突出的两面性。一方面，他们只能够依靠女性的子宫完成生育的使命，但在另一方面，他们却又近乎本能地厌恶在生育过程中备受伤害的女性身体，竞相去追逐那些未曾经历过生育困扰的年轻女性的身体。在虑及男性的如此一种双面性特质的同时，初玉也实在无法忘却她在大姐初云与二姐初月那里目睹过的女性生育之苦，以上两个方面，再加上初玉接受高等教育过程中对相关女权主义思想的了解与把握，三者共同发生作用的一种直接后果，就是初玉如上一种激进女权主义思想的发酵与最终形成。唯其如此，她才会把这些拥有子宫的女性与小时候所看到的阉鸡场景联系在一起：“这让她想起小时候看阉鸡。妇女们拥挤在过道里，像鸡群在笼子里伸着脑袋，看电子屏幕排序或听广播喊号，阎真清伸手往里随便逮住一只鸡，三两下处置干净，眼睛盯住阉割的部位，不管鸡长什么模样。他当然不会看着鸡的眼睛对它说别紧张很快就好，当他把那两粒东西挑出来之后，将鸡随地一抛，伸手去抓另一只。”实际上，也只有在读到初玉这段联想的时候，我们方才可以明白，盛可以为什么要在小说开头处以很大一段文字绘声绘色地描写还是小女孩的初玉细致观看阎真清阉鸡的那样一个场景。究其根本，把育龄女性与阉鸡场景联系在一起如此一种天才的联想，与其说是初玉的，莫如干脆说就是作家盛可以自己的："医院最忙的是妇产科，门口常年被那些等着做流产的育龄女性充塞——她同样反感育龄女性这个称呼，感觉好像在描述一群通过遴选等待配种的牲口——她们和笼子里的鸡是一回事，只不过鸡是公鸡，人是雌人。"不管怎么说，当盛可以天才地把育龄女性与阉鸡联系在一起的时候，作家那样一种坚定异常的女权主义思想立场，就已经溢于言表了。

更进一步说，盛可以的激进女权主义思想在《息壤》中并不仅仅通过大姐初云与初玉这两个女性形象体现出来。初云和初玉之外，这一方面能够给读者留下深刻印象者，乃是她们的母亲吴爱香。初出场时的吴爱香，可以说只是一架生育机器。丈夫初安运意外去世时，吴爱香虽然只是三十出头，但却已经育有五个女儿和一个儿子。从十八岁嫁给初安运，到三十岁出头时守寡，虽然只有短短的十二年时间，但吴爱香却一连生了七个孩子（其中一个不幸夭折），是一架毫无疑义的生育机器。吴爱香之所以会无休无止地处于生育状态，只因为她一直没有生下一个儿子。受到所谓传宗接代观念严重影响的缘故，只要生不下带把儿的儿子来，吴爱香就不可能自行终止她的生育过程。儿子是带把儿的，女儿所携带的标志性器官，却是子宫。初氏家族尤其是身为一家之主的恩妈也即祖母戚念慈对于子宫或者说女性的性别歧视，首先就突出不过地表现在吴爱香那简直就是无休无止的生育过程中。关键的问题在于，尽管吴爱香的生育过程伴随着丈夫初安运的突然去世而宣告中止，但这却并不就意味着身为女性的她性别劫难的终结。这一点，集中表现在她性权利的被剥夺上。新寡时的吴爱香根本就没有预料到，丈夫去世后留下的情欲真空，竟然会对自己构成如此难以承受的精神折磨：“她尤其没想到孤枕难眠与情欲搏斗的辛苦漫长。肉欲——那头非理性的猛兽会将人的灵魂撕咬得血淋淋的，白天灵魂恢复原状，晚上再被撕咬，如此反反复复，让人心力交瘁，苦不堪言。”正因为那种难以自控的情欲作祟，等到守寡第八个年头的时候，实在按捺不住的吴爱香终于与一家杂货店老板有了一次肉体出轨，或者更准确地说是一次肉体解放的经历。先是在肉体交合前：“她嗅到他公牛般的气息，这气息像八爪鱼一样追上来，缠住了她。逃离这条街，她感到恐惧仍然紧攥她的心并没松开，同时意识到身体某处湿漉漉的，羞耻感让她呼吸更加困难。”等到事情终于不可遏制地发生之后：“她永远记得那一瞬间，当那不知名的男人压上她的身体，她感觉自己被一场大火彻底消融吞噬，有时像一场冲进村庄的洪水四处漫溢，有时如一片羽毛在轻风中徐徐飞翔。”

某种意义上，盛可以之所以一定要安排村妇吴爱香遭遇一次肉体出轨或者说解放的经历，正是为了通过这种解放感的描写，对比映衬出这一女性形象被迫长期禁欲的巨大精神苦楚。从丈夫去世的一九七六年，一直到她自己弃世的二〇一六年，长达四十年的漫长时间里，除了这唯一的一次出轨或解放，吴爱香那本来骚动不安的肉体一直处于被禁欲的可怕状态之中。唯其曾经有过这样一种切身的体验，所以本来没有多少文化的吴爱香，也才会生发出如此一种真切的感受：“如果允许她从棺材里爬起来做一次发言，让她谈一谈自己这辈子的感受，她一定会说如果没有肉体活着是一件十分轻松的差事——她不知道说情欲这个词，情欲是文化人说的，村里人通常说发骚，对牲口就说发草，这样的语言过于粗俗，她也说不出口，她只知道说肉体这个词，就像一个人穿得老老实实，没有可以让人指手画脚的地方。但即便这个世界跟她没有关系了，她也难以启齿无数的夜晚，她体内的渴望与冲动。她认为她自己并没有情欲，是她的肉体在提醒她，催促她，好像她欠它的，因为它的生活规律被破坏了，而她无视于它的反应，没有采取任何弥补措施。”对于如此一种强烈的生理感受，盛可以紧接着又用女性学的相关著作予以更深入的阐释和表达：“如果她读过一点关于女性的著作，她会深深赞同欲望是一颗关于全身性的化学性的炸弹，并且进一步去理解女人的自信、解放、自我觉醒都是通过阴道系统来传达的观点，只要启动私处那八十根神经末梢制造的快感，欲望就会时时突袭，像狼袭击羊群，措手不及。”问题的关键在于，到底是什么样的一种巨大力量潜在地控制着类似于吴爱香这样普通女性的肉体或者说是情欲。一方面，我们固然可以把责任推到她那位有着强大操控力的婆婆戚念慈身上，但在另一方面，更主要的恐怕还应该是吴爱香自己，以及她置身于其中的那样一种集体文化土壤。这一点上，有两个象征性细节不容忽视。其一，是吴爱香的裹头巾：“吴爱香裹头巾是守寡一年之后的事。有人认为，把头发包起来表示她对男人断了念想，暗示别人不要对她有什么想法，虽然她才三十出头……”尽管说接下来，作者也给出了借此而怀念丈夫初安运这样一种说法，但我们却更倾向于从拒绝其他男人骚扰的这个角度来理解吴爱香裹头巾这一看似非常突然的行为。大约也正因为如此，所以作家才会特别安排她一直坚持到二〇一六年即将弃世的时候才最后一个摘下了头巾。其二，则是她身上那个最终嵌入到身体中无法剥离的节育环（以钢圈的形式出现）。按照吴爱香自己的意愿，早在丈夫初安运去世不久，她就曾经试图将这个以钢圈形式现身的节育环取出。没想到的是，她的如此一种想法，竟然遭到了婆婆戚念慈的强力阻止：“‘一个寡妇去医院摘环，这会逗别个说闲话的。’小脚奶奶这么回答儿媳妇，她的声音平淡清晰，像做任何一次决策一样。‘那东西就让它放着，不碍么子事。’”尽管说吴爱香后来也曾经违逆婆婆戚念慈的意志，一个人偷偷地去医院试图取过环，但她的这种努力却因为取环的艰难程度以及时间和费用等多种原因而最终没有成功。等到戚念慈终于去世，吴爱香再次到医院试图取环，试图取出那个钢圈的时候，医生的检查结果是这个钢圈早已长到了肉里，如果一定要开刀取环，将会冒极大的风险。就这样，这只以钢圈形式现身的节育环，最终还是无可奈何地留在了吴爱香的体内。面对着备受这个钢圈折磨的吴爱香，初玉曾经在母亲去世后生成过这样的一种想法：“当她握着母亲那一双因劳作变形的树瘤般粗糙的手，眼泪落下来，世上再也不会有这样苦命的女人了。她想：‘她冷清的子宫里那个该死的钢圈将被大地腐蚀，再也无法折磨她了。’”请注意，在这里，这个以钢圈形式呈现的节育环，绝不仅仅是一个可以有效避孕的器具，还是一个富有明确象征意味的物事。究其根本，它所象征隐喻的，乃是一种集合了包括男性权力，包括文化的集体无意识在内的以戕害女性身体和精神为能事的巨大隐在力量。吴爱香一生悲剧的酿成，与这样一个强行盘踞在其体内不复脱离的物事存在着格外紧密的内在关联。很大程度上，正是面对着如此一种强悍异常的外在巨大社会力量，子宫们才被迫发出了无声的呐喊：“想一想女人们交出子宫的样子，肯定有什么东西听见了它们朝向天空的无声呐喊，不是金属器械的碰击声捶打撕扯能掩盖的。”质言之，这无声的呐喊中所凝聚着的，正是包括吴爱香、初云等在内的众多女性难以排解的精神痛苦。

同样是聚焦于女性，尹学芸的长篇小说《菜根谣》（北京十月文艺出版社2018年10月版）的思想旨趣与《息壤》形成了鲜明的区别。正如同欧阳修的“醉翁之意不在酒，在乎山水之间也”一样，尹学芸的这部《菜根谣》，其实也是要借助于所谓罪案悬疑小说的外壳，成功地传达作家某种隐在的社会现实关切。

那么，借助于如此一种罪案悬疑小说的外壳，尹学芸意欲实现的叙事意图究竟是什么呢？以我愚见，作家的叙事意图其实带有突出的一箭双雕色彩。具而言之，一方面是对人性温暖的呼唤，另一方面则是对底层人性尊严的表达。首先，是对于人性温暖的强力呼唤。这一点，集中通过冯诺不管不顾地寻找伶俐下落的“疯狂行为”而表现出来。身为冯诺的闺蜜，伶俐并不经常给她打电话：“伶俐不常给我打电话，每次打电话都不是因为有事。有事就好了，三言两语说完，各忙各的，多好。伶俐却没有什么事，好像也没有什么话……我从不敷衍别人，但我得敷衍伶俐。有关我什么时候回罕村的事伶俐每次都要问。我怀疑，问这句话才是伶俐的最终目的。我等着。”一般人都是有事才会打电话，但伶俐的打电话却不是因为有事。但如果说没有事，其实也不对。她所有的电话，无论如何都绕不过去的，实际上是自己的故乡罕村。她所有的电话意图，都是要从冯诺这里了解有关罕村的情况。罕村明明是自己的故乡，自己不回去，反倒要从闺蜜冯诺这里了解故乡的情况，通过如此一种不合乎常理的表现，尹学芸所真切揭示出的，正是伶俐内心深处无法摆脱的一种心理情结。却原来，伶俐只有三个月的时候，生母就不幸去世了。虽然依照冯诺的说法，继母对她不赖，但或许与生母过早去世后所形成的某种孤僻心理有关，到了伶俐这里，却无论如何都说不下个继母的好。不仅如此，到后来，大约是因为毫无征兆地与陈文化很快结婚，伶俐干脆与父亲、继母彻底闹翻了。那一次，自以为还可以管束成年女儿的崔叔，“怒气冲冲地找到了伶俐，说了许多伤感情的话。那些话是当着陈文化的面说的，让伶俐恨不得一头撞死。崔叔是一个又耿直又倔犟的人，说话从来不知道留余地。结果那次争吵伤透了伶俐的心，从此她连家都不回。”就这样，从初始结婚一直到意外失踪为止，如父亲一般生性倔犟的伶俐，都没有再回过一次罕村，见过一次父亲和继母。关键的问题是，虽然伶俐拒绝回罕村，但她的内心深处却又无法舍却罕村。唯其如此，所以，她才会时不时地给冯诺打电话，好通过冯诺这样一个理想的中介而对罕村，对家里的情况有所了解。一方面，义无反顾地拒绝回家，另一方面，却不仅情不自禁地总是要通过冯诺了解罕村的情况，而且还一直坚持给正在求学的弟弟以定期的钱财资助，如此一种看似矛盾的情形，所充分说明的，正是伶俐内心深处对于故乡一种简直就是剪不断理还乱的心理情结。但不管怎么说，我们恐怕都得承认，伶俐如此一种心理情结的生成，与她幼年时的过早丧母，以至于从根本上失去了母爱的亲情呵护，存在着不容剥离的内在关联。

大约也正因为对打小一块长大的伶俐有着太多的理解与体谅，所以，自诩从来也不肯敷衍别人的冯诺，方才总是要不惜委曲求全地敷衍伶俐的电话。事实上，冯诺之所以能够如此这般宽容大度地理解和体谅伶俐，与她们俩幼年时的形影不离紧密相关："我和伶俐从娘胎出来就在一起，我们住前后院，我比她大三个月。大这三个月非常紧要，伶俐出生的时候我都会笑了，当然这是次要的，主要的是伶俐出生三个月的时候她妈忽然死了。所以从那个时候伶俐就在我家炕头占了一块位置，但没吃过我妈的奶。""我们许多年形影不离。我们在一块基本上就一件事情可做，那就是吵架。"尽管她们俩之间可以闹腾个死去活来，然而，一旦有外力介入，她们俩却马上就可以同仇敌忾地一致对外。毫无疑问，冯诺与伶俐之间那样一种深厚感情的生成，正是建立在这样一种打打闹闹的基础之上的。唯其她们俩之间有着如此深厚的感情，所以，在骤然间获知伶俐失踪的消息的时候，冯诺的反应才会是那样的激烈："我心里难受死了，鼻子一酸，眼泪差点落下来。""我关了电视，在房间里转来转去。脑子里瞬间就有了许多想法。在外留宿？遭遇绑架？乐不思蜀？都有可能又都没可能。如果时间只是过去了十二个小时，事情就好解释。可过去的是二十四个小时，想解释通了都难。我在焦灼和等待中看着石英钟的时针跳过了零时，也就是说，现在已经是2月16日了，伶俐的失踪时间掐头去尾已经是第三天了。"只有在伶俐毫无征兆地意外失踪之后，冯诺方才突然意识到，这位打小一起长大的女友在自己的心里其实占有着一种简直就是举足轻重的重要地位："出了学校我就不是史沙沙的家长而是冯诺。比这更让我焦虑的一件事是我儿时的伙伴伶俐失踪了。不知道从什么时候起我开始心疼她，心疼伶俐。也许就是从昨天晚上，我突然想通了伶俐给我和史大鹏分别打电话其实就是为了一个原因，她希望我得到一束花。我们都是喜欢花的人，而且都有浪漫情结。我突然懂了我们许多年的生疏其实都是表象，我们骨子里的东西永远是相通的，想剔都剔不掉。”也正因为如此，冯诺才会对方静斩钉截铁地说：“没有谁比我更了解崔厚容（即伶俐），我了解她就像了解我自己。”究其根本，此后很长一段时间里，冯诺对伶俐下落那样一种恐怕只能够以“上穷碧落下黄泉”称之的“疯狂”追寻行为，正是建立在如此一种异乎寻常的深厚感情基础之上的。

很大程度上，正是冯诺不管不顾的坚持寻找伶俐的行为，使她不期然间成为了埙城的名人：“我在埙城肯定成了名人，当我骑着自行车风尘仆仆地早出晚归时，许多人都以异样的眼光看着我。他们还指指点点、窃窃私语，连我的邻居都改变了跟我打招呼的方式。看见我回来，他们说：‘找着了没有？’神情到语气都是不屑。我从来不正面回答。他们不配得到我的回答。我寻找伶俐是一种信念，这种信念他们不懂。”人都说“感天动地窦娥冤”，我只想说“感天动地冯诺情”。是的，尹学芸这部长篇小说意欲表达的思想主旨非常重要的一个方面，就通过冯诺对伶俐不管不顾的寻找行为而体现出来。尤其是当冯诺把自己的寻找行为上升到“一种信念”的高度的时候，作家那样一种强烈针砭时弊的批判动机自然也就凸显无疑了。要想充分地理解冯诺如此一种执著寻找行为所具有的重要意义，我想，我们必须把她的行为与其他人的行为进行相应的比较。比如，伶俐的丈夫陈文化。虽然说伶俐与陈文化之间的夫妻感情存在问题，但无论如何，当身为闺蜜的冯诺千方百计地搜寻着伶俐踪迹的时候，她的丈夫陈文化绝不应该袖手旁观。再比如，冯诺的其他那些同事，虽然在事发之后，这些同事也曾经陪着冯诺一起有过一天的寻找时间，但遗憾处在于，仅仅是坚持了一天的时间，他们就马上偃旗息鼓了。明明是出乎亲情的一种寻找行为，但在周围人们的眼光里看来，却是一种不可理喻的不正常行为。所谓“指指点点”，所谓“窃窃私语”，所谓“不屑”，这些语词所传达出的，正是冯诺与周围普通民众之间不无巨大的精神隔膜。事实上，也只有在如此一种对比鲜明的前提下，我们才能够更好地理解冯诺从日常生活中获得的感悟：“我不懂得什么叫唯美，但我懂得生活。生活就是这样，表面是打碎的台灯，可它柔和的光亮在暗处隐藏着，你轻轻启动它的开关，你眼前的一切就都亮了。生活就是这么回事。”“有些人总生活在黑暗中，就是因为不知道台灯的开关在哪里。或者知道在哪里却不会启动，或者知道如何启动却非要与自己或别人较劲儿。所以黑暗并不是像黑夜一样必须来临，你能用一盏灯照亮你自己。”从表面上来看，冯诺的这些叙事话语在文本中的出现多少显得有点突兀，但只要把这些略显抽象的议论性话语与冯诺自己坚持不懈的寻找行为联系在一起，我们就不难理解到，其实，冯诺自己执著的寻找行为，正可以被看作是生活中足以逼退黑暗的光亮。质言之，能够彻底逼退人性冷漠的精神光亮，正是在冯诺这一人物形象身上所充分体现出来的那样一种人性的亲情温暖。

明明是一部透视表现当下时代底层民众生活的中篇小说，张学东却偏偏要用一个物理学名词来将其命名为《阿基米德定律》（载《当代》杂志2017年第5期），其原因究竟何在？难道说作家真的是在故弄玄虚吗？答案显然是否定的。只有在认真地读过小说之后，我们方才可以明白，张学东其实是要借助于所谓的“阿基米德定律”，来精准形象地描写再现一种底层民众日常生活中的沉浮状态。作为小说表达的一个核心点，作家曾经对这一物理学定律做出过清晰的解说：“朱安身竟破天荒地记起来，那时自己在物理课学过的一个定律：浸在静止流体中的物体，受到流体作用的合力（原文如此）大小，正好等于物体排开流体的重力，这个合力又被称作浮力。”紧接着，那位物理老师，还从这一定律出发，进一步发挥道：“同学们，阿基米德定律不光是一个物理学概念，它其实对我们的人生也有很重要的启示，物体在流体中的状态不外乎三种：漂浮、悬浮、沉浮，而我们有的人，可能一辈子都浮在生活的水面上，时漂时悬，起起落落，还有的人几乎一直沉浮下去，永无出头之日……”其实，只要是认真读过这部小说的读者，就会知道，发出这种感慨的主体，与其说是这位物理老师，反倒不如说是作家张学东自己。是张学东，在面对着小说男女主人公朱安身与马娜的不堪人生境况时所发出的一声沉痛叹息。

最终不幸变身为杀人凶手的知识分子朱安身人生悲剧的起因，竟然是他那样一种可谓与生俱来的丑陋相貌。对于朱安身相貌的丑陋，作家曾经借助于马娜的视角做出过相应的描述：“这张脸委实丑得离谱，可以毫不夸张地说，在她见过的男人当中，似乎没有谁的脸面，比他更埋汰更龌龊了。”“怎么说呢，这男人丑得有点儿叫人喘不上气来，他的丑不是某种单纯的丑，不是某个具体的器官没有生好，倒更像是，把她这辈子所见过的各种丑人的特点，统统集中到了一起，就跟一盘大杂烩似的，不论眼睛鼻子牙齿眉毛，还是头发和肤色，都让她吃惊得要命，即便打着灯笼，恐怕也找不到比他更难看的男人了。”唯其如此，所以在小说中，朱安身的那些大学同学曾经不无残忍地把他比作雨果《巴黎圣母院》里的经典形象卡西莫多。实际上，朱安身之所以在事业尤其是爱情方面一再受挫，主要原因正在于此。正因为自己尽管已经老大不小的了，却依然还是无法解决迫在眉睫的婚姻问题，万般无奈的朱安身，方才想出了掏一千元钱让风尘女子马娜假装恋人陪自己回家去看望病重父亲的如此一种下策。没承想，正是朱安身的如此一种下策，才最终导致了他自己误杀同学这样一场人生悲剧的彻底酿成。

那么，好端端的，日常生活中一贯看似软弱无能的知识分子朱安身，为什么会突然爆发，会以这样一种极端的方式来面对他的同学方寅虎呢？对此，张学东曾经给出过详尽的说明：“太过分了，就算是打狗，也得看看主人吧！朱安身再也忍无可忍了。过去的经验一再证明，逆来顺受对他的生活毫无益处，一味地保持沉默，只能纵容坏人坏事一而再再而三地发生，让他一次次地陷入苦痛与挣扎。天地良心，他这辈子从来没有想得罪任何人，可身边总有些无聊的家伙，有意无意地要伤害他，并且以此为乐。就因为他天生一张丑脸，谁也瞧不起他，谁都可以随便戏谑他耍弄他侮辱他；同样因为这张难看的脸，他自己总是郁郁寡欢不善言辞甘于现状又毫无反抗意识，生活对于他和像他这样的人来说，似乎只能是一场忍气吞声饱受凌辱的灾难。眼下，就连这个所谓的老同学，一个曾经抄他作业混日子的无赖，也大言不惭地来挑衅他羞辱他了，这世界真他妈的操蛋！”请原谅我把小说中如此长的一段文字转引到了这里，因为不如此就无法从根本上说明朱安身这样一位懦弱者何以会在突然间大爆发。从精神分析学的角度来说，朱安身这一次不期然的异常行为，乃是他因为相貌丑陋而被迫隐忍了很多年的人格屈辱的大爆发。在方寅虎看来，既然马娜只是一位被朱安身临时雇来充门面的风尘女子，那自己就可以不管不顾地肆意侮辱马娜。他根本没有料想到，这个时候的朱安身，其实早已经把马娜和自己紧紧地联系在了一起。既然马娜这个时候的公开身份是自己的恋人，那么，方寅虎对马娜的肆意凌辱，就毫无疑问可以被看作是对自我人格尊严的严重冒犯。如此一种心理状态，再加上父亲刚刚撒手人寰所形成的强烈刺激，朱安身那样一种看似意外的大爆发，其实就可以理解了。

朱安身之外，小说中另一位具有人性深度的人物形象，就是那位化名为马娜的风尘女子。依我所见，张学东的一大引人注目处，就在于别具慧眼地发现并写出了这位风尘女子身上好女人的善良那一面。实际上，马娜之所以会沦落成为风尘女子，并不是因为她的天性淫荡，而是被生活所迫。不足二十岁的时候，马娜在老家就遵从父母之命嫁给了邻村一个自己并不了解的男人。没想到，这个男人不仅嗜酒如命，而且往往会在醉酒后肆意家暴。实在无法再忍受下去的她，到最后只好想法子逃了出去，投靠了一个外地的老乡。哪知遇人不淑，刚刚好不容易跳出狼窝的马娜，一不小心却又掉进了火坑。因为这个在外混世界的女老乡专门哄骗和召集有姿色女性在城乡接合部做皮肉生意，所以，在劫难逃的她，也就稀里糊涂地落入到了对方早已设计好的圈套之中。虽然说一开始她也有过反抗，有过不适应，但时间一长，她就慢慢适应了这种卖身的生活："人就是这样，一旦跌入污泥浊水中，就算再多跌几跤，跌得再狠些，也都无所谓了。"然而，早已习惯了卖身生涯的风尘女子马娜，根本就没有料想到，因为假扮朱安身的未婚恋人，她竟然会在朱家享受到一种从未体验过的被尊重。以至于，面对这种无法适应的被尊重，她竟然因此而生出了一种难得的羞愧之感：“马娜发现，朱母说这话时的眼神，充满了渴望和欣慰——那渴望几乎是望眼欲穿的，那欣慰更是苦尽甘来的。所以，她再也不敢正视对方的眼睛了。她觉得自己有罪，且罪不可赦。”马娜之所以倍感羞愧，且不由自主地生出了一种罪恶感，乃因为她知道，自己其实是在假扮朱安身的恋人，自己其实是在欺骗这个善良的老人。实际上，正是因为有如此一种愧疚心理做支撑，到小说结尾处，当那场惨案发生之后，马娜才会产生一种强烈的自责心理。一方面，她清楚地知道，一切都是因她而起，但在另一方面，那个时候的她，却偏偏就是不愿意买那个家伙的账，“她以前可不，只要有钱赚，管他什么男人，她才不在乎呢，至少在遇到朱安身之前就是这样的。但有时，她又分明觉得，自己并没错，要知道这两天朱家老少都拿她作上宾，把她当一个多好的闺女敬着供着呢，甚至于连她自己也有种错觉，她原本就是一个好女人”。说实在话，能够在马娜这样一位早已沦落多年的风尘女子身上，把一种好女人的善良质素挖掘表现出来，正说明了张学东对人性世界理解的一种包容与宽厚。

夜子的短篇小说《旧铁轨》（载《十月》杂志2018年第5期），毫无疑问也可以被看作是一篇关注表现底层人生存状态的作品。问题首先在于，一篇旨在描写表现底层人生存状态的短篇小说，为什么要被作家命名为“旧铁轨”呢？其中的奥秘，一定潜藏在这样的一段叙事话语中：“车子颠簸了几下，意味着车轮正在跨过一个已经废弃多年的火车轨道，这条旧铁轨，有年头了，无人途经的轨道上长满了高高的荒草，荒草中夹杂着几朵盛开的紫色喇叭花。旧铁轨虽然被火车废弃了，但它横穿一条马路，这条马路是通往市中心的必经之路。只要走这条马路，就得在铁轨上走一段。过了旧铁轨，也就意味着马上要到达贾姗姗的住处了。”一方面，这段旧铁轨确实已经被废弃，但在另一方面，它却并未完全从生活中退出，不仅横亘在去往市中心的必经之路上，而且男主人公潘金程后来也是因为绊倒在这段旧铁轨上而腰肌受伤的。从故事情节的基本走向来看，其实并没有必要去专门描写这样一段已然被废弃了的旧铁轨。依我所见，夜子之所以一定要腾挪开笔墨去关注这一段旧铁轨，很显然是要赋予它一种强烈的象征意味。象征什么呢？象征表现男女主人公同样处于被废弃状态的艰难生存境况。

先让我们来看女主人公贾姗姗。贾姗姗是一位迫于生计而卖身的风尘女子。按照小说中的描写，贾姗姗原名仁素花，本来是当地王黄村人。由于父母早逝，哥哥嫂子狠心把年仅十七岁的她嫁给了嫂子娘家东北延边的一个男人。没想到，过门之后，没过几天好日子，那个男人就表现出了极端的家暴倾向，总是没头没脸地殴打并折磨她。贾姗姗实在无法忍耐下去，只好在一个寒冷的冬日冒着生命危险从家里逃了出来。虽然在几经周折后辗转回到了故乡，但哥哥嫂子的那个家她却回不去。万般无奈之下，必须讨得一碗饭吃的贾姗姗，只好依靠出卖自己的肉体为生了。好在由于她在东北生活了一段时间，基本上学会了东北话，由此才得以在那个特殊的行当里假冒东北人而不被轻易识破。作为一个依靠卖身为生的风尘女子，在日常生活中，贾姗姗遭遇到的几乎全都是所谓的逢场作戏。唯其如此，一旦遇到潘金程这样一位能够给她带来些许温暖感觉的底层男人，她才会特别珍惜：“以前他没有打过她啊，没有，所以，她觉得他还不错，有时还会感慨，到底是城里人，再粗鲁也不会动手打她。所以她才一直维护着这层关系，时不时地两个人约一下。”在这里，夜子实际上已经不无犀利地明确揭示出了风尘女子贾姗姗的某种内心情结。具体来说，令她无法释怀的一种情结，就是原来在东北时曾经的一再被殴打被家暴。倘若不是这个缘故，她也不可能成为风尘女子。虽然是风尘女子，但贾姗姗却也有着自己的精神生活需求，正如同小说中所说，“人到底是需要有个能说说话的人”。贾姗姗原本以为潘金程就是这样一个难得的精神知己，没想到，偶然的一次破费为她赎身，就彻底打破了这样一个简直如同肥皂泡一样的人性幻想。如此一种幻想的彻底破灭，就使得贾姗姗再度堕入了绝望的深渊。

然后，是同样艰难度日着的男主人公潘金程。他们的相识虽然是在情色场所，但这却绝不意味着潘金程日常生活的优裕。事实上，在石油库工作的他，不仅月收入不过只有一千多元，而且还都在每个月开工资时，就被媳妇早早全部领走了。小说中，有两个细节足以说明潘金程日常生存的困窘。一个是，在猛然间接到贾姗姗的电话，需要五千元赎金时，万般无奈的他，只能向常胜开口借钱。再一个则是，他那一段与贾姗姗在一起看似无忧无虑吃香喝辣的生活状态，其实是因为他偷偷地倒卖了石油库里的四杆加油枪。一个普通的石油库工人，不仅肆意殴打自己的老婆和情人（某种意义上，我们完全可以把贾姗姗看作是潘金程的情人。他们之间的关系，绝不应该被理解为嫖客与妓女之间的关系），而且竟然私下倒卖单位的工作器材，其道德品行之恶劣因此即可见一斑。从潘金程这一人物形象身上，我们即不难见出夜子在面对底层题材书写时的一种难能可贵之处，就是一方面固然写出了底层民众的艰难生存困境，但在另一方面，却不仅没有把底层与苦难神圣化，而且还真切写出了他们精神世界中的负面因素。

一方面，我们必须承认，当下时代的中国社会正发生着日新月异的变化，但在另一方面，与日新月异的社会生活相比较，如同贾姗姗和潘金程这样的底层民众，真的就如同那段被废弃的旧铁轨一样，其生存状况显得特别艰难与绝望，简直看不到丝毫亮色。尤其难能可贵的一点是，在处理这种底层题材时，夜子的书写姿态异常冷峻。既非声嘶力竭的哭诉，也非言词肤浅的煽情。质言之，能够在极端冷峻的一种书写姿态中潜隐某种不无犀利的批判锋芒，恐怕正是夜子这篇《旧铁轨》思想艺术上最值得我们肯定的地方。

从中国文坛普遍流行的一种代际观念来看，所谓的90后作家正在以其充满新锐色彩的小说创作而日益引起人们的关注，其中，不容忽视的作家之一，恐怕就是我们这里将要具体谈到的顾拜妮。尽管说作品的数量并不算多，但顾拜妮却毫无疑问已经在形成着自己独有的思想艺术个性。这其中，非常突出的一点，就是在看似带有人生虚无色彩的貌似荒诞不经的行径描写中，真切地触摸并表现一代青年内在的精神痛苦。这一点，在其近期的短篇小说《奇怪的人》（载《收获》杂志2018年第6期）中即有着鲜明不过的表现。

作品之所以被命名为“奇怪的人”，是因为出现在其中的青年形象，其日常生活中的行为举止甚至包括外形装扮都表现得非同寻常。比如，曾经与马媛媛谈过一阵恋爱的宋小龙也即小Tony。在理发店工作的宋小龙的奇怪，突出地表现在他的外在造型上。除了人为地在耳朵上留了一个大洞之外，出现在旱冰场上的他，非常“杀马特”（时尚的，非同一般的，刻意模仿的）：“小托尼宋小龙站在阳光底下，已经扮上杀马特的造型，头发像《火影忍者》中的鸣人，与理发店里那个给别人洗头的小托尼判若两人。他眯着小眼睛，靠在栏杆上，摆出一个自认为很酷很跩的pose，让我们叫他托尼·宋。”其实，并不只是宋小龙，出现在旱冰场上的差不多全部都是奇形怪状或者奇装异服的“杀马特”：“冰池里全是不良少年和杀马特，好孩子不来这里，一切都太新奇了。杀马特们化着浓妆，很难看清楚真实的面目，染着红红绿绿的头发，发型稀奇古怪，衣服搭配得一塌糊涂。”其中，最具有诡异甚至带有明显自残色彩的，是那个名叫张伟的男孩：“我看着眼前这个黄头发的男孩，想要捕捉他妆容之下的面貌。头发挡住了他的一只眼睛，另一只眼睛画着黑色的眼影。”张伟的最奇特处，在于他竟然有两个舌头：“说实话，他的舌头确实吓到我了。一开始我以为他有两个舌头，后来看清楚，那个粉红色的舌头从舌尖的位置一分为二。他很得意地扭动自己的舌头，像一条蛇一样来回吐着芯子，两只舌头一会儿缠绕在一起，一会儿张开，十分灵活。”关键在于，第一，张伟的舌头并非天生如此，而是专门做手术的一种结果。为了动这个手术，张伟因为不慎感染而发高烧，差一点死掉。第二，他做这个所使用的，竟然是自己打工挣来的第一笔钱。把打工挣来的第一笔钱用来做这样一个只是为了成为“杀马特”的手术，细细想来，无论如何都不是个滋味。顾拜妮借助于这样一个细节所传达出的那种复杂况味，端的是怎一个“杀马特”了得。

张伟与宋小龙这样典型不过的“杀马特”之外，即使如身兼第一人称叙述者功能的初中生“我”也即方婕，实际上，也在竭尽所能地追求着发型与服饰上的与众不同。先是发型：“为了能保住刘海，不将脑门裸露出来……我索性把头发剪短，上面短下面长，一层一层的，头顶像刺猬一样，一根根竖着。”然后是校服：“我发明了不同的穿法。在肥大宽松的裤脚里缝一圈细细的松紧，窝起来穿，看起来有点接近后来的哈伦裤，长袖外套改造成蝙蝠衫，领子往后穿。前短后长。”

一方面，我们必须承认，诸如张伟与宋小龙这样一种衣装服饰打扮乃至其面貌，的确称得上是奇形怪状，但在另一方面，我们却也必须看到，掩藏于此种奇形怪状背后的，在很多时候，其实都是一种被压抑的桀骜不驯的精神个性，或者被扭曲的心灵世界。“神话故事总是试图告诫人们，生活里充满禁忌和界限，不想变成怪物就要学会压抑自己的天性和欲望。这样的故事叫人难过。”这样的一段叙述话语，看似在谈论美杜莎的神话传说，其实却可以被看作是张伟与宋小龙们所作所为的一种象征性注脚。事实上，也只有在这种意义层面上，我们才能够理解顾拜妮借助于叙述者之口发出的各种由衷感慨：“原以为升入初中，一切会更加自由，结果刚来就吃了人家的下马威。”“每当我兴致勃勃地想要对抗生活里的无聊和权威时，总会发现无聊和权威太强大了。”万般无奈的“我”，于是只能“回归稀松无趣的日常”。请注意，在这里，“自由”、“兴致勃勃”与“无聊”、“权威”以及“稀松无趣”形成了异常鲜明的一种对照。潜藏于这种对照背后的，毫无疑问，是一代青年那不羁的青春个性与实际上充满着以剿灭个性为集体无意识的社会现实之间一种尖锐的矛盾冲突。大约也正因为如此，所以，在一代青年之间，才会一度流行一种很多人看不懂的所谓“火星文”：“屏幕上是一大堆火星文字——由繁体字、日文、英文、通假字、同音字和各种奇怪的符号表情组合而成，我父母看不大懂这种文字，这让我感到安全。”很显然，所谓“火星文”，就是一种“正常使用语言的人不容易搞懂的加密文字”。质言之，如此一种“火星文”之所以会在一代青年之间普遍流行，正是因为它的存在可以在很大程度上保护这些青年的个性不被主流文化轻易地裹挟而去。其实，也不仅仅是“火星文”这一细节，除此之外，曾经以不小篇幅穿插于主体故事中的所谓“城市涂鸦”计划的相关描写，充分凸显出的，也一样是青年人的个性与主流文化之间的矛盾冲突。

关于个性化书写的主题性意向，文本中先后两次讲述过“我”的一个奇怪梦境：“梦里所有人穿着一样的衣服，站在一个巨大的广场上面。广场中央有一辆高高的军用车，所有人举起右手的拳头，朝同一个方向走去……我不敢停下来，一直跑，忽然听见有人在哭泣，不一会儿那人又放声大笑，哭泣和笑声都无比真实。那人渐渐把脸转过来，我发现是自己，或者说是一个和我长得一模一样的人，我们望着彼此。我突然醒来，车窗外下起很大的雨，一条条细长的雨水在玻璃上滑落，像无数条河流，也像一个人的哭泣。”毫无疑问，顾拜妮借助于这一曾经重复两次的梦境所象征隐喻的，其实正是一种个性化失落所必然招致的严重心理恐慌。这一方面，无论是“所有人都穿着一样的衣服”，还是“我”忽然间发现的另外一个一模一样的自我，皆属于其中不容忽视的核心细节。

既然是一篇青春小说，那对于尚处于朦胧状态的少年爱情的关注与表现，就一定是题中应有之义。这一方面，顾拜妮既写到了叙述者“我”也即方婕对王雁南的暗恋，也写到了马嫒嫒与宋小龙之间无疾而终的爱情，以及马嫒嫒对王雁南这样的追求者的不屑一顾。或许与小说所涉及的爱情书写有关，我们注意到，顾拜妮不仅曾经专门提及歌德的爱情名著《少年维特之烦恼》，而且还借助马嫒嫒之口引述过其中的一段叙述话语。然而，需要指出的一点是，到了顾拜妮的《奇怪的人》中，与其说这些年轻人在为爱情而苦恼，莫如说他们所真切感受到的，更是一种普遍意义上的生存之烦恼。唯其如此，才会有“我”与马嫒嫒的这样一种对话生成：“我问马嫒嫒，你有自己的梦想吗？她说，为什么问这个？我说，我想当一个有梦想的人，可我不知道我的梦想是什么。她说，有梦想会痛苦。我说，没有梦想也会痛苦。她说，那倒也是。”虽然从表象上看似极端虚无的一代，但其实他们却也还在情不自禁地思考着梦想的问题并因这种思考而倍觉痛苦。还有就是，当“我”前去探望因为摔断腿被迫卧床休息的马嫒嫒的时候，马嫒嫒曾经对“我”描述过行走在墙头上的一种奇妙感觉：“你知道吗？那种感觉非常奇妙，就好像那些平时压在你胸口的压力和生活的烦恼都在你脚下，非常轻松自由，仿佛是一种理想生活的样子。”这里，借助于行走墙头的一种奇妙体验，传达出的实际上是马嫒嫒们对自由的由衷向往。也正是在这次探望时，“我”不无意外地发现，看似玩世不恭的马嫒嫒，事实上一直在不无痛苦地思考着人生：“马嫒嫒说，忽然发现，我们大概都逃不出生活的掌心。”“但目前看起来她的困惑不比我的少，她说，过去我以为自己明白，但其实我什么都不明白，我不明白人一天天这么过下去有什么意义。折腾得越多越虚无。”质言之，借助于“我”与马媛媛们的人生烦恼以及他们对人生的思考，顾拜妮所意欲传达出的，其实是貌似玩世不恭的充满“奇怪”色彩的一代青年人那潜藏于不羁行为深处的精神迷茫与精神痛苦。

尤其难能可贵的一点是，在书写一代青年不羁人生的同时，顾拜妮也不无尖锐地洞察并表现出了其中一些“奇怪”青年人性世界的精神分析学深度。其中，最有代表性的一位，恐怕就是“两个舌头”的张伟。一方面，当“我”不无诱导色彩地询问张伟“你的舌头有思想吗”的时候，张伟的回答令“我”倍感失望：“他摇摇头说，也没什么动机和思想，年轻人就是爱搞事情。说完他又继续去滑了，我有些不满足，或者我只是想听到一个肯定的回答。”但在另一个方面，在与张伟看似无意的聊天过程中，“我”却不无惊讶地了解到，张伟竟然有一位同父异母的妹妹。这一次，就是因为他偷偷地把妹妹生日蛋糕上的奶油兔子全部吃光了，所以便与家人发生冲突，吵架后从家里跑了出来。“他说，我早就不过生日了，他们已经彻底放弃我，我妹妹不是我妈生的，是我后妈生的，现在她是我们家里的希望。”紧接着，他又不无突兀地来了一句，“但是没有人希望自己被忽视对不对？”然后，“他望着地板，动了动嘴皮，不再继续讲下去，整个人又蔫巴下来”。虽然只是看似不经意间的一种点染，但顾拜妮揭示出的，却是张伟之所以会成为杀马特这样一种“奇怪的人”的根本原因所在。很大程度上，张伟之所以要不管不顾地做分舌手术，要成为以奇形怪状而引人注目的杀马特，或许正与他日常生活中因妹妹的存在而被家庭忽略紧密相关。唯其总是处于被忽略的状态之中，所以张伟才会以杀马特的奇怪形象期盼引起公众的注意。就此而言，这一看似放荡不羁的人物形象身上一种精神分析深度的存在，乃是显而易见的事情。

第二章　身份与文化冲突过程中的“风流图卷”

著名作家范小青的《灭籍记》（北京十月文艺出版社2018年12月版。原刊《作家》2018年第4期），是一部以“身份”为中心同时兼容西方现代性与中国本土化传统的优秀长篇小说，思想艺术上的原创性意味特别突出。作家所讲述的，是一个家庭的几代人围绕“身份”（这“身份”，具体到中国社会这一现实语境之中，突出不过地体现在所谓的“房籍”、“档案”以及“户籍”等这些物事上。小说标题“灭籍记”中的“籍”，在很大程度上可以做如是解）问题所发生的那些悲欢离合的故事。更进一步说，范小青格外难能可贵的一点，是把进入20世纪50年代以来中国社会发生的很多重要历史事件都巧妙地编织进了郑氏家族一众成员的人生之中。比如最早的郑见桥与叶兰乡，与他们的命运发生紧密关联的历史事件，一个是抗美援朝，另一个则是“文革”。20世纪50年代初期，曾经的女子师范学校的高才生叶兰乡，是追随着自己的仰慕对象郑见桥报名参军，加入革命队伍的：“郑见桥就是我父亲啦。那时候他从他的老郑家冲出来了，走上街头喊口号，叶兰乡正在路边和别人玩掉没掉手帕的游戏，一转身，看到了街上的郑见桥，她的心怦然跃动。”“叶兰乡跟上了郑见桥的步伐，就一跟到底了。郑见桥报名参加了部队，叶兰乡也跟进去了。”叶兰乡根本想不到，这么一跟，可就彻底改变了自己的命运。为了充分表现革命的决心，郑见桥和叶兰乡夫妇竟然把刚刚才出生几个月的儿子，送给了别人。是的，正如你已经想到的，这个被送人的孩子，不是别人，正是第一部分的第一人称叙述者吴正好那位似乎总是慵懒地躺在一张旧藤椅上的父亲吴永辉。事与愿违的是，或许正是因为郑见桥和叶兰乡的表现过于积极，甚至积极到了违背常情常理的地步，所以，他们的“如意算盘”到最后并没有打成：“因为他们送掉了孩子，写了血书，发了毒誓，积极得过头了，甚至引起了怀疑，至少是引起了关注，所以他们真是偷鸡不着蚀把米，舍了亲儿子也没套着野心狼。”唯其他们的过分积极表现引起了怀疑，“最后，他们不仅没能北上跨江，很快就从南下的部队回到老家，转业进入了市机关，一个在机关行政科，一个在文化局，都是普通干部。虽然他们年纪轻轻就参加了革命，到了部队上，但最后并没捞个一官半职。”一个无法回避的问题是，郑见桥为什么要以如此一种“过头”的积极方式去追求革命呢？这里的关键在于，郑见桥的家庭出身（关于郑见桥的家庭出身，郑永梅曾经做出过这样的一种叙述：“我老郑家是南州的大户人家”），在那个一切均唯阶级论是举的时代，郑见桥深知这样的家庭出身，要想出人头地，就必须在政治上比其他人做出更加积极的表现。尽管说他们的这种积极努力最终未能如愿以偿，但“对此他们有无抱怨？想起来肯定是有的，只是因为自己屁股上并不那么干净，抱怨就只好埋在心里了。他们身边的战友，有的被揪出来，有的被抓起来，有的被开除出去，甚至有被枪毙了的，比比那些人，知足吧。”

抗美援朝之外，另一个与郑见桥夫妇发生了紧密关联的历史事件，就是后来的“文革”。当年，为了参军被迫把刚刚出生的儿子送给别人，事实证明他们的这种努力无效，从此，不幸失子便成为了郑氏夫妇永远无法摆脱的心头之痛。正因为如此，所以等到吴正好十四岁的时候，郑氏夫妇方才上演了一出“堵路认子”的闹剧：“郑老师眼睛顿时闪亮了，但是他的脸色却很奇怪，少年吴永辉是看不明白的，又像笑又像哭，脸掬成了一团，他忍不住抓住了吴永辉的手臂，说，怎么不是我，就是我呀，我是你爸爸。”面对着突然冒出来的这个“爸爸”，不论是谁，都会如同吴正好一样做出特别恼怒的本能反应：“所以，当郑老师说出‘我是你爸爸’片刻之后，吴永辉尖声叫喊了起来，不可能，绝不可能！”仅仅是不能的不接受倒也还罢了，关键的问题是，对郑见桥夫妇家庭出身多少有所了解的吴永辉，竟然以揭穿他们身世的方式作为报复的手段：“吴永辉朝他翻个白眼说，你不长眼睛吗，街上的大字报，画了你们两个，嘿，跪在地上，还有黑叉叉，哼哼，黑叉叉还想来骗我，还造谣，你想干什么，我告诉你，我爸我妈是贫下中农工人阶级，你们是特特特！”尤其是当一伙红卫兵冲进来想要揪出郑见桥却苦于不认识郑见桥的时候，心怀强烈不满的吴正好干脆就“出卖”了郑见桥：“吴福祥装聋作哑，吴柴金假痴假呆，看上去就是一对弱智夫妻，偏偏吴永辉聪明伶俐，他趴在窗口上嚷嚷，我知道，我知道，郑见桥他们住前面那一进的最西头，郑见桥穿蓝颜色的列宁装，叶老师戴眼镜，四眼狗。”当然了，正如叙述者交代的，父亲吴永辉的阴谋到最后并没有得逞：“当时吴永辉的阴谋并没有得逞，他虽然出卖了自己的亲生父母，可是当一队人冲进前面一进院子的时候，郑见桥和叶兰乡真的已经望风而逃了。”尽管说郑氏夫妇侥幸逃过一劫，但范小青却借此写出了在那样一个畸形时代知识分子普遍在劫难逃的苦难命运。

郑见桥之所以不管不顾地即使违背常情常理也要坚持“堵路认子”，这一细节充分说明的，正是当年的送子给别人这一事件，在郑氏夫妇内心深处造成的巨大精神创伤。事实上，也只有在这个意义上，我们才能够认识到范小青关于“郑永梅”这一“不存在”的“存在”者形象设定的天才想象力。当年为了积极追求进步而忍痛把孩子送给别人之后，郑氏夫妇曾经想着再生一个以填补痛失爱子所造成的巨大情感空白。但怎奈天不遂人愿，生孩子这样的事情并不是随心所欲便可以完成的。一方面，再生一个孩子做不到，另一方面，原先送给别人的孩子找不到，更为关键的一点是，周围竟然还有人因此而怀疑叶兰乡的身份是“特务”：“我母亲的担心和恐惧并不是没有理由没有根据的。因为我父母亲把他们的亲生儿子送了人，后来又没有再生孩子，这事情十分蹊跷，孩子送人就很蹊跷，唯一的孩子送了人，不能要回来，为什么不再生一个呢，岂不是更蹊跷？”“我母亲的同事对我母亲的情况十分清楚，他们觉得不可理解，值得怀疑。”就这样，出于万般无奈，满心都已经被一种时代所造成的恐惧心理所完全笼罩的叶兰乡，便想出了一个在纸上凭空造出一个“郑永梅”来的特别手段。关于郑永梅的“出生”过程，他自己曾经给出的相应的描述：“那时候我家的户口本上，只有我父亲和母亲两个人。一个星期天，不用上班，我母亲就抱着那个本子。整整看了一天，看得我父亲胆战心惊，看得我父亲差一点出去喊救命。”紧接着，“我母亲把她的想法，也就是那个关于我的生死攸关的决定告诉我的父亲，我父亲先是吓了一大跳，坚决不同意，但是他扛不住我母亲软磨硬泡，死缠烂打，更扛不住我母亲的装疯卖傻，因为我父亲实在已经搞不清我母亲的那些话，哪些是真傻，哪些是假痴。”无论如何，我们都必须承认，范小青此处的“真傻”与“假痴”，极其精准地捕捉并表现出了叶兰乡的精神状态。事实上，只知道以暗中抽烟的方式来缓解自己精神紧张的叶兰乡，到这个时候，已经多少显得有点癫狂了。而郑永梅，正是叶兰乡精神癫狂状态下的一个“创造物”：“我是从我母亲的想法中走出来的。”“我的名字出现在我家的户口本上了。”“我叫郑永梅。”这里的关键在于，叶兰乡非常巧妙地利用了文明社会的户籍制度这样一个规则。正如同我们在很多时候都能够真切感受到的，很多情况下，我们自己并不能证明自己的存在，我们的存在与否，所依凭的往往是所谓的户籍制度，或者户籍制度的具象体现——户口本。郑永梅这样一个“不存在”的“存在”者，就这样不无神奇地成为了一种客观事实。说他不存在，是因为世界上的确没有这样一个人，说他存在，是因为郑氏夫妇他们家的户口本上的确存在着一个叫郑永梅的人。我们都知道，意大利作家卡尔维诺曾经写过一篇小说叫作《不存在的骑士》。那个中篇小说中的主人公阿季卢尔福所充分体现的是一种基督教的精神，没有肉体，纯粹是由一团类似于气体的理性、意志和规则凝结而成。我们不知道范小青关于“郑永梅”这一人物形象的构想在多大程度上受到了卡尔维诺的影响，但即使在承认这种影响存在的前提下，我们也不能不看到作家的相关构思，其实早已溢出了卡尔维诺的艺术窠臼，充分地包容体现着范小青的一种本土化思考。说到底，郑永梅这一人物形象的“无中生有”，乃是二十世纪五六十年代中国那样一种特有的社会境况所逼迫造就的一种结果，细细想来，其中一种精神分析学色彩的存在是显而易见的事实。当然，这种精神分析学色彩，主要是针对人性早已被那个不合理的时代扭曲变异了的叶兰乡这样的女性形象而言的。

正如小说标题“北上”所明显预示的，徐则臣更多地还是把关注点集聚到了19世纪末20世纪初的那个历史部分。正如我们在前面已经提到过的，在那个“现代性”这一异质性因素初始进入中国并对中国本土文化形成强有力冲击的时代，中土大地先后发生了诸如戊戌变法、义和团以及八国联军这样一系列重要事件。徐则臣的值得肯定处在于，他以细针密线的方式格外巧妙地把这些历史事件有机地编织进了《北上》（北京十月文艺出版社2018年12月版）的故事情节之中。其中，与戊戌变法紧密相关的一位人物形象，就是那位怀才不遇的晚清知识分子谢平遥。精通英语的谢平遥，曾经是江南制造总局下属翻译馆的职员。或许是他身为译员，能够领风气之先地接触感受西方异质性文化的缘故，谢平遥明显属于那个时代更多地认同西方思想文化观念的先进知识分子群体中的一员。也因此，谢平遥虽然身为译员，却把更多的精力用来关注时事政治：“李赞奇还记得这个小兄弟喝多了就说，大丈夫当身体力行，寻访救国图存之道，安能躲进书斋，每日靠异国的旧文章和花边新闻驱遣光阴。”正因为率先接受了西方的先进文化理念，所以谢平遥才会更多地引龚自珍为自己的思想同道：“洗漱之后，谢平遥坐在窄小的床上看龚定庵的《己亥杂诗》，灯火如豆，他得凑到油灯前看。定庵先生在一首诗里写：

‘少年击剑更吹箫，剑气箫心一例消。谁分苍凉归棹后，万千哀乐集今朝。’此诗乃定庵先生自况：少年时期舞剑吹箫样样来得，如今全都干不了了。现在乘船南归故里，情绪苍凉，万千哀乐，一起奔涌而来，实在是没料到啊。悲凉黯淡又夹杂了挫败之伤痛的中年心境跃然而出，看得谢平遥不由得心也沉下去。定庵先生自况而况人，说的不也正是在船上的他吗？”我们都知道，关于龚自珍，梁启超曾经给出过这样的一种高度评价：“晚清思想之解放，自珍确与有功焉。光绪间所谓新学家者，大率人人皆经过崇拜龚氏之一时期。初读《定庵全集》，若受电然。”[1]唯其龚自珍乃是晚清时期一位致力于改良维新的思想先驱，所以，谢平遥之引龚自珍为同道之举，方才可以被看作是对谢平遥自身基本思想价值立场的一种折射表现。究其根本，谢平遥之所以会特别关注发生在遥远京城里的康梁变法，正与他内心里一种救国图存的远大志向紧密相关：“三年后，他从来淮巡察的京城官员那里得知，京城变法了，领头的果然是那个姓康的，还有他的弟子梁启超……他给李赞奇写信：真想去京城看看，见证一个伟大时代的到来。李赞奇回信波澜不惊：老弟，矜持点，伟大的时代不是煮熟的鸡蛋，剥了壳就能白白胖胖地蹦出来。又被李赞奇的乌鸦嘴说中了。再次得到变法的消息，谭嗣同、康广仁、林旭、杨深秀、杨锐、刘光第已经被推到菜市口砍了，康有为和梁启超的通缉令也沿运河贴了一路。”就这样，在巧妙地旁涉叙述戊戌变法的同时，徐则臣更是以简洁的笔触成功地勾勒塑造了谢平遥这样一位忧国忧民的失意知识分子形象。当然，说到谢平遥这一

① 梁启超《晚清学术概论》，第54页，中华书局1989年3月版，系《饮冰室合集》专集之三十四。

知识分子形象的塑造，《北上》中特别精彩的一笔，就是他在扬州逛妓院时意外发生的那场多少带有一点戏谑色彩的打斗事件。在扬州的众姑娘教坊司里，谢平遥与“瓜皮帽”和“丝绸马褂”两位守旧派之间，围绕龚自珍的《己亥杂诗》与康有为的《日本书目考》这两本书的雕版发生了激烈的争执。不料想，争执的结果却是“城门失火”，最终“殃及”的反倒是小波罗这个“池鱼”。正在温柔乡里享受温存的小波罗，竟然莫名其妙地挨了“瓜皮帽”和“丝绸马褂”的一顿打：“众姑娘教坊司开业以来大概从没遇到过此种荒唐事，嫖客打着民族大义和家国情怀的旗号干起来了。”亏得小波罗身板结实，很快反应过来，放倒了两个人，才最终扳回了一度落败的打斗局面。我们之所以特别看重徐则臣借助于谢平遥这一晚清失意知识分子形象而对戊戌变法的艺术折射，关键就在于最终夭折了的那场戊戌变法运动，其实质就是试图在中国这块古老的土地上实现“君主立宪”的社会政治理想。

接下来，就是义和团与八国联军。与这两个历史专有名词紧密联系在一起的人物形象，分别是意大利人费德尔·迪马克也即马福德，与孙过路、孙过程兄弟他们三位。费德尔·迪马克是其同胞、历史名人马可·波罗的崇拜者。他之所以不惜千里迢迢地从意大利跑到中国，正是为了能够像马可·波罗那样认真地考察并观赏包括大运河在内的中国的锦绣河山：“我对中国的所有知识，都来自于马可·波罗和血脉一般纵横贯穿这个国家的江河湖海；尤其是运河，我的意大利老乡马可·波罗，就从大都沿运河南下，他见识了一个欧洲人坐在家里撞破脑袋也想象不出的神奇国度。”然而，对中国与中国文化满心向往的马福德，无论如何都想象不到，到头来，自己竟然成为所谓八国联军的一员，竟然会以如此一种形式成为中国的敌人。尽管说战争的缘起乃是各国的驻华公使馆受到了义和团的严重威胁，然而，一旦战争真正爆发，就会把人内心里潜藏着的某种恶极大地激发出来，即使是一向以文明人自我标榜的西方人，到最后也难以幸免。这一点，突出不过地体现在英国人大卫信件的相关描述中："我以为战争到此结束。没想到屠杀和抢劫才刚刚开始。十五日，慈禧太后挟光绪皇帝出紫禁城西逃，第二天我们占领了各大宫门。从这一天开始，城墙下就堆满了清兵和义和团民的尸体，古老华美的建筑物开始燃烧，成为和即将成为废墟。我们开始搜查和射杀义和团。义和团曾任意指认他人为教民，我们也开始任意指认无辜者为拳民。看谁不顺眼，或者想从他那里捞点东西，我们就会伸出手指，理直气壮地说，你是义和团。刀跟着砍过去。美国的一个指挥官说，他确信，每杀死一个义和团，就有五十个无辜的人陪葬。"如此一种残暴的场景，就连身为联军一员的大卫自己都难以理解和接受："向以文明自居的欧美人，怎么就突然失掉了廉耻、良善和尊严，残暴如禽兽？亲爱的迪马克先生和夫人，我真希望能够否认这一切，但我不得不承认，这都是事实。"唯其大卫深感自己罪孽深重，所以他才会进一步写出以下的文字，才会如此明确地表达自身的一种自谴与忏悔意识："必须承认，这是我在这场浩劫中看见的唯一动人的人性之光。我也是罪恶的参与者。正因为如此，我才更加痛恨自己。我们以文明之名，我们以正义之名，我们以尊严之名，我们以救援之名，又做了一回屠杀者和强盗。"尽管大卫自己并没有实际参与到这些如同禽兽一般的暴行之中，但由于置身于其中，他却还是深深地为此而倍感痛悔。

作为八国联军对立面的义和团，其所作所为同样有着非人的极端残暴一面。关于义和团毫无理性可言的残忍，单只是从他们如何处置教民这一细节中就可以看得非常明白。首先，当然是指认教民的极端随意：“看谁不顺眼，就鬼鬼祟祟递张纸条上去，那家人就成了教民，轻则被批斗，运气不好就被拉出去砍了。”具体来说，后来嫁给意大利人马福德的如玉一家，就是因为被杨柳青年画生意上的竞争对手袁家诬指为教民而惨遭劫难的。一旦被诬为教民，一种可谓是惨绝人寰的劫难就无法逃脱了：“风起淀一带的义和团里有一个小分队专管砍人，还发明了一种‘猴子上树’的砍人法：把罪大至死的‘教民’的辫子吊在树枝上，为了不让辫子把头皮揭下来，受刑者必须双手抓住树枝，猴子似的把自己吊在树上，刽子手就对着他腰和腋下之间的部位，双环大砍刀用力一挥，胸部以下掉落在地。‘猴子上树’砍人法的发明者甚为得意，因为砍完了，内脏不会哩哩啦啦挂下来，很干净；受刑者死前一定会牢牢抓住树枝，所以长久地吊在树上示众也不必担心掉下来，也不需要后期再做处理，比如把手捆在树上等。因为辫子也吊在树上，受刑者就像欧洲流行的半身像，端端正正地垂挂在树上。”如果把砍人这一实质剥离出去，那么，这“猴子上树”还真是很有一些美学的意味。从这个意义上说，能够把杀人的行为“上升到”“艺术”的层面，也可以说是很不容易的一件事情。但问题的实质在于，一种杀人的行径，愈是“艺术”，愈是“审美”，就愈是会更加凸显出行为本身的残忍性来。就此而言，徐则臣仅只是通过这一个细节就已经淋漓尽致地写出了当年义和团运动非理性残暴一面的存在。大约也正因为如此，所以意大利人马福德方才以这样充满矛盾性的语词来描述评价他所看到的义和团也即拳民：“这群手持简陋冷兵器的中国人，竟如此狂热，他们视死如归的进攻勇气让我们恐惧。在此后多次与义和团的正面战斗与侧面摩擦或观察中，我越发糊涂，看不明白这究竟是怎样的一群人。他们勇敢又怯懦、精明又愚昧、真诚坦荡又虚伪投机、吃苦耐劳又溜奸耍滑、正大庄严又猥琐乖张、秉持公心又贪图私利、热情友爱又冷酷阴险、目力长远又狭隘短视等等。这些优劣完全悖反的品质可以无限罗列下去，他们照单全收，装进同一个身体里。”尽管徐则臣借助于马福德之口看似不无辩证地表达着对义和团的评价，但明眼人却不难体会到作家一种国民性批判意识的存在。既然强调国民性批判，那就意味着徐则臣的着眼点还是更多地落脚到了二元中的负面因素上。

关键的问题在于，无论是对于来自于西方的异质性文化，还是对于本土的义和团，徐则臣更多地注意到了其中的复杂性，在进行批判的同时，也做出了正面的相应肯定。其中，现代文化的代表性人物，自然是先后赴华的小波罗与马福德兄弟。因为通过服兵役的方式来到中国，所以马福德不得不成为后来所谓八国联军的一名成员。虽然身为八国联军的一员，但马福德对中国所持有的，却一直都是非常友好的态度。在战场上，“见到每一具尸体我都绕着走，碰到那些残缺的肢体，我会觉得是我杀了他们。大卫认为我是劳累导致的幻觉，就像长达六个多小时的耳鸣。我不认为是幻觉，他们的死就是跟我们有关。如果一群高鼻深眼的家伙不是以这样的方式到来，中国人会像落叶一样大片大片地死去吗？”一个士兵，在两阵对垒的战场上，竟然以这样的一种自谴性话语来谈论自己的军队，所充分表现出的，也正是他对中国的友好情感。马福德之所以不惜克服各种艰难险阻，不仅坚持要和如玉结合，而且最后果然留在中国，与爱妻如玉一起度过了坎坷跌宕的一生，究其根本，恐怕正是这种美好情感充分发挥作用的缘故。与马福德相比较，更应该被看作是西方“现代性”代表的，其实是他的同胞兄长小波罗。虽然从表面上看，小波罗来到中国的目的，是要全方位地考察大运河：“小波罗此行专为考察运河来中国，决意从南到北顺水走一遍，时间紧，任务重。”但其实，真正对大运河充满浓厚兴趣的，乃是小波罗的弟弟马福德。小波罗之所以专门跑到中国沿运河走一遭，考察运河是个幌子，他真正的意图其实是要寻找那位总是喜欢玩“消失”的弟弟马福德（虽然说，在这个过程中，小波罗实际上也已经如同他的弟弟马福德一样，对大运河，对中国都产生了浓烈的兴趣）。说到小波罗身为西方“现代性”的代表，一个极具象征意味的细节，就是在他不幸因病身故之前，把自己身上携带着的那些物事都分散送给了周围照料自己的一众中国友人：“孙过程拿了柯达相机和哥萨克马鞭。邵常来要了罗盘和一块怀表。大陈喜欢那杆毛瑟枪，帮弟弟小陈做主拿了勃朗宁手枪。老陈要了石楠烟斗。陈婆要了剩下的五块墨西哥银洋。小波罗问谢平遥，谢平遥说，如果可以，他希望能留下小波罗跟此次运河之行有关的书籍和资料，包括小波罗的笔记本。当然，要是涉及不愿示人的个人隐私，他可以根据小波罗的意愿做相关的处理。”请一定注意，这些被相关当事人后来作为传家宝一直传承到后世的物事，在那个特定的历史时期，都可以被看做是西方“现代性”的产物。从这个角度来说，它们被分散送给小波罗的中国友人，实际上也就隐喻表现着“现代性”这一事物在中国的一种流播过程。很大程度上，正是依凭着西方“现代性”的如此一种流播，也才有了以“后发被动”为突出特征的中国“现代性”最后的生成。

不只是来自于西方的小波罗兄弟，曾经是义和团的孙过路与孙过程兄弟身上，也一样有值得肯定的良善品质存在。这一点，突出不过地表现在孙过路不惜牺牲自己的生命，也要放走无辜的“洋大人”小波罗的故事情节中。在北上的途中，小波罗不仅曾经一度被以“大胡子”为首领的一群被打散了的义和团抓获，而且还差一点成为“大胡子”业已死去的爱子的祭品。“大胡子”之所以要把小波罗作为祭品，乃因为自家儿子死于八国联军之手。正因为儿子死于高鼻深眼的外国人之手，所以“大胡子”才不管不顾地要以虽然同样高鼻深眼，但实际上却非常无辜的小波罗来祭奠儿子的亡灵。值此生死攸关之际，正是孙过程的大哥，那位在战争中不幸失去了一条胳膊的孙过路，意识到不能随随便便地滥杀无辜。正因为有他的拼死相救，所以小波罗才侥幸逃得了性命。毫无疑问，孙氏兄弟的如此一种拼死呵护“洋大人”小波罗的行为，正可以被看作是其内在善良品质的充分证明。但问题在于，孙过路的如此一种自我牺牲精神却又从何而来呢？却原来，孙过路的如此一种良善的人道悲悯情怀，乃是受到一位名叫戴尔定的比利时传教士影响的结果。虽然在平时的日常生活中，戴尔定曾经救过周遭很多中国人的命，但在那样一种格外“仇洋”的时代氛围中，戴尔定情知难逃一劫，所以便在疯狂的拳民赶到之前自杀身亡。临死前，竟然还留下了一篇毫无怨气的平静遗言：“在这穷乡僻壤能够寻到另外的羊，是何等的喜乐。我带领的少量西药和我仅有的皮毛医护常识，全部都派上用场了。真的，看到他们那样的苦，跟我第一次见到他们时一样，我非常难过。这一天的工作完毕了，时针正指着那个时辰。我让工人们回家休息了。我已经准备好了。若这是主的美意，我死而无憾。我没有后悔来中国，唯一遗憾的是，我只做了少许。永别了。”明明是被迫自杀弃世，但戴尔定却不仅毫无怨言，而且还只是在一味地遗憾自己没有能够做更多的事，拯救更多的羔羊的灵魂。徐则臣笔下这样一位充满人道主义悲悯情怀的传教士形象，的确可以让我们联想到雨果《悲惨世界》中那位引领冉·阿让走上人生正途的米里哀主教。假若我们把戴尔定、孙过路，以及那位因为目睹了战场上过多的残酷死亡场景而一个人逃离了战场的马福德联系在一起，从其中我们所能充分感受到的，事实上正是作家徐则臣那样一种特别难能可贵的人道主义悲悯情怀。世界上任何一位伟大的作家，都必须首先是一位伟大的人道主义者。徐则臣到底是不是一个伟大的作家我们尚不敢轻易断言，但最起码我们可以肯定，他无疑是一位具有突出人道主义悲悯情怀的作家。

叶弥的长篇小说《风流图卷》（北京十月文艺出版社2018年11月版）是一部关注表达二十世纪五六十年代社会生活的长篇小说。按照作家自己在后记中的说法，这部长篇小说起始写作时间，是在2009年的时候。那时候，她准备分别截取1958年、1968年、1978年与1988年这样不同的四个时间点，每个时间点写一卷，共计完成一部四十多万字的长篇小说。虽然写作过程谈不上顺利，但经过一番努力，到了2014年5月，预计中的《风流图卷》第一、二卷发表在了《收获》杂志上。只不过因为责编叶开并不了解叶弥的四卷创作构想，所以在发表时误把第一、二卷标成了上、下卷。因为我是《收获》杂志热心的读者与坚决的拥趸，所以，其实，早在2015年，小说发表的当时，我就不仅已经读过这部作品，而且也还在脑海里留下了相对深刻的印象。然而，也就在2015年，当叶弥提笔准备着手写第三、四卷的时候，她却忽然发现已经发表的第一、二卷，其实还存在着很多不尽如人意处。问题何在？依照叶弥的说法，就是思想性的不够充分。在后记中，一向以短篇小说创作而名世，并且在这一方面颇有心得体会的叶弥，坦承自己的短篇小说一贯依赖瞬时的艺术灵感。但问题是，“短篇小说可以用此法，中篇小说也可以偶尔为之，长篇小说一定不能靠灵感写作，要用全盘的构思。”那么，构思什么呢？“构思长篇小说的思想，也就是灵魂。”“构思的过程，也就是寻找思想的过程。每一部小说里面，都包含着它本身具有的内在的思想。就看写作者是否找得到。”既然意识到了思想性的存在与否对一部长篇小说的重要性，那叶弥的寻找也就是必然的了：“然后开始寻找我这个长篇小说里具有的思想性，并明确它。到了2017年下半年，我想通了诸多问题，我也很幸运地找到了这部长篇小说里应该具有的灵魂。长篇小说的灵魂，就是人物的灵魂。”就这样，在明确意识到小说的病灶所在之后，叶弥开始了自己不无艰难的修改过程。到最后，删掉了七八万字，增补了五六万字，就成了我们现在所看到的这个模样。或许因为修改过程太过于艰难，所以，叶弥才会在后记中做详细的记载：“至此，第一卷分别修改于2011年夏、2014年3月、2017年秋至2018年春。”“第二卷分别修改于2012年夏、2014年3月、2018年春至2018年初夏。”诚所谓十年辛苦不寻常，叶弥之所以要把这些相关年份都记录在案，正是要为未来留下一份精准的历史资料。

“修改结束后，鉴于《风流图卷》第一、二卷已完整地表达了某种思想，主要人物也经过种种磨难开始走向开阔。它具备应有的思想容量，故事走向清晰，人物性格的塑造亦已完成，作为一部独立小说，它是成立的。”[①]细细品味这一段话，其中一种自得意味的存在，是无法被否认的一种客观事实。

毫无疑问，叶弥的自得，与她对这部前前后后差不多耗费了自己十年心血的长篇小说《风流图卷》的满意度紧密相关。那么，这部《风流图卷》到底是怎样的一部长篇小说呢？首先，从作家早在2009年初始开始小说写作时就为自己择定的1958年、1968年、1978年以及1988年这样四个不同的时间点来判断，她这部聚焦于中国当代历史的长篇小说的写作，其实是潜藏着某种艺术野心的。很大程度上，叶弥如此一种事关长篇小说写作的构思，能够让我们联想到历史学家黄仁宇那部杰出的历史著作《万历十五年》。如果说历史学家黄仁宇尚且可以把万历十五年亦即公元1587年这一看似波澜不惊的特定年份作为切入口，相当到位地透视表达包括大明王朝在内的中国古代社会所存在的各种弊端与症结，那么，身为作家的叶弥，就更有理由通过若干关键性历史年份的选择，来艺术性地表达她对中国当代历史的一种感悟与认识。在差不多长达十年之久的写作修改过程中，叶弥之所以最终把原来的第一、二卷的内容作为一部独立的长篇小说交出版社正式出版，并且在构想中要把原来的第三、四卷内容作为另一部独立的长篇小说《爱·扶摇直上》出版，除了她自己已经在后记中所说明的理由之外，我个人以为，无论如何都不容忽视的一点，恐怕与中国当代社会的性质变迁紧密相关。虽然看起来只是十年

---

① 以上所引内容均见《风流图卷》后记，北京十月文艺出版社2018年11月版。

一个节点，但熟知中国当代历史的朋友都知道，1958年与1968年，皆属于政治高压的人性被禁锢时代，而1978年与1988年，则很显然是社会政治发生巨大变迁后的一个人性解放时代。作为一位试图以长篇小说的形式对中国当代历史有所概括表达的作家，叶弥对此显然有着不失精准的判断。她在敏锐意识到原先完成的小说文本存在问题后，不仅能够在修改过程中做大刀阔斧的删削与增补，而且还断然将原来构想中的第一、二卷单独处置为一部相对独立的长篇小说，中国当代社会不同时段之间性质的根本区别，不管怎么说都是其中不容被轻易忽略的重要原因之一。

在为这部长篇小说确立了相对宏大的思想主题之后，紧接着的一个关键问题就是，作家叶弥到底采用什么样的一种方式才能够不失巧妙地切入到社会与时代的内在肌理中。除了一贯的地理标识外，我以为，其中非常重要的一点，就是成长小说框架的设定。首先是一贯的地理标识，也就是故事的主要发生地吴郭市与花码头镇以及香炉山等地域性要素。花码头镇与香炉山，曾经不止一次地出现在叶弥的短篇小说中，虽然带有明显的虚构色彩，但却毫无疑问独属于叶弥的小说地理标识。需要略微展开一说的，是吴郭市。一方面，吴郭市肯定是一个虚构出的地名，但在另一方面，根据叙事话语中透露出的若干蛛丝马迹，我们却也不难判断出吴郭市的原型究竟是什么地方。我们注意到，在第227页，曾经出现过这样的一段叙事话语："今年四月，他无意中读到一本介绍吴郭市的书籍，看到他的先人怎样在这里造了一座座园林，怎样在桃花涧里斗鸭，怎样织锦、剪纸、绣花、画扇……莼鲈之思啊……寒山寺里的钟声夜半缠绵……客船和江枫渔火……留园的鸳鸯厅里清风送爽……总之，种种吃喝玩乐和风花雪月，把他迷得神魂颠倒。”别的且不说，单只是所谓的一座座园林，再加上寒山寺的钟声，以及客船与江枫渔火，我们就完全可以断定，吴郭市的原型就是大名鼎鼎的江南名城苏州市。而苏州市，也正是叶弥的出生与长期生活之地。一方面，从小说提供的若干细节看，故事的主要发生地明明是苏州市，但在另一方面，叶弥却非得要刻意地把它唤作吴郭市（实际上，从谐音的角度来看，吴郭市也可以被读作“吴国市”。这吴国，自然可以让我们联想到春秋战国时期的苏州市，正是吴国的所在地）。这里，除了作家出于自我保护的一种障眼法之外，作家一个潜在的用意，很显然就是要借此而揭示她自身的小说创作与故乡苏州市，与那片吴越大地之间一种内在的文化关联。人都说，一方水土养一方人，很大程度上，也只有苏州这片看似柔弱实则内蕴风骨的吴越故地方才可以滋养出如同叶弥这样的一位作家。更进一步说，恐怕也只有叶弥这样一位女性作家，方才能够不惜耗时十年写出《风流图卷》这样一部风格化特征特别明显的长篇小说来。

与以上这些地理标识性因素相比较，《风流图卷》更重要的一点，就是第一人称叙述者“我”的设定。尤其值得注意的是，这位以第一人称叙述者现身的孔燕妮，不仅承担着最主要的叙事功能，而且是小说中最不容忽略的主要人物之一。我们之所以把《风流图卷》理解为一部具有成长小说框架的作品，其具体成长者，不是别人，正是这位身兼第一人称叙述者功能的孔燕妮。小说一开始，就借助于孔燕妮的口吻，给出了一个明确的时间因素：“哪里来的雷呢？晴朗天的‘雷声’调动起了吴郭人的兴奋激动，我在半醒半梦中听得周围邻居一片欢呼，我还听到我妈那脆生生的嫩梨嗓子说：‘礼炮响啦。庆祝吴郭解放九周年啦！落后分子都竖起耳朵来听听吧！’”晴朗天里怎么会响起“雷声”？却原来，是吴郭市在庆祝本市解放九周年。既然是九周年，那就意味着这一年是1958年。此外，更意味深长的一点恐怕却在于，叙述者之所以要用晴朗天里响“雷声”来形容吴郭庆祝解放九周年，其实暗指“解放”这一事件给吴郭带来了可谓是天翻地覆的变化。更进一步说，叶弥专门择定这一年来开始自己的小说故事，乃因为这一年，对于孔燕妮的个人成长来说，有着特别重要的意义：“这年我十五岁。中华人民共和国成立了九个年头……我也在这一年开始了我真正的人生之旅，我发育来迟，今年二月十五号才来月经，乳房从青梅大小的两个硬块变得膨胀和柔软。这以后，我懂得害羞了，不知不觉地还有些矫揉造作和多愁善感。”我们都知道，第一次初潮对于女性的生长有着特别重要的意义，叶弥以如此一种方式展开她的小说叙事，其成长小说意味的具备自然不容否定。“当天夜里，我的经期到了，它提早了九天。我听女同学说，在情绪激动时，身体会发生这样的情况。当那片温暖湿润的感觉在我的双腿之间弥散出来，我马上就醒了，心中充满了神秘感和探究的欲望。窗外月色如水，宇宙寂静浩瀚。我很想知道，天地之间，一个人，一个像我这样微不足道的人，活着，是为了什么，知道了活着是为什么，才能明白大大小小的许多事。”由于经期的到来，不仅发育来迟而且初省人事的孔燕妮，开始对自己生命的来历生成了强烈的疑问。“我到底为什么活着”，生存意义的如此一种自我诘问，就意味着晚熟的孔燕妮终于开始思考人生了。

或许与她所具体遭逢的那样一个以压抑人性的自然成长为显

著特征的政治高压时代紧密相关，孔燕妮的成长过程显得特别艰难。由于常宝出人预料地被枪杀，万般无奈的孔燕妮，便以剃光头的形式来表示最强烈的抗议：“我不能毁坏别人，我就毁坏我自己。我毁坏自己，也是反抗。”但就在常宝之死让她倍感恐惧的同时，来自于父母男欢女爱的那种特别动静却又让孔燕妮获得了某种不无莫名的全新感受：“等到一些粗鲁而甜蜜的声音响起，我不知不觉已是眼含热泪。这些声音如此陌生，又如此熟悉，是我前世里经常经历过的声音，今生一定会在什么时候也会开始制造这种声音。”更进一步说，正是父母在一起所发出的这样一些特别的声音使得孔燕妮得到了一种全新的感受：“这种感受让我瞬间成长。我的父母缩小成了我的小孩，我变成一个温柔善良的小小母亲，悲天悯人，宽阔敦厚。是的，我站在这里，大腿笔直健壮，内心充满力量，具有庇护亲人和一切弱小的本能。”因为，“母性的出现，就是爱的开始”。父母在一起时所发出的那种“粗鲁而甜蜜”的声音，可以说是由他们的身体制造出来的一种生命启迪。正如同由父母亲制造出的声音会影响到孔燕妮的成长一样，更进一步地，我们就可以发现，《风流图卷》中孔燕妮的成长，每每都与他人或者自己的身体紧密相关。无论是率先发育了的女友唐娜如何引导孔燕妮认识自己身体的秘密，还是两人私会时杜克如何诱导着孔燕妮去触摸自己膨胀的下体，抑或是孔燕妮对奶奶高大进与地主“老丝瓜”之间私密场景的旁观，可以说都是如此。这其中，无论如何都不容忽略的一件事情，就是孔燕妮身体的被侵犯，而侵犯者，不是别人，正是行为一贯野蛮的体育老师赵大伟。依照赵大伟自己给出的说法，他之所以要肆意污辱侵犯孔燕妮，是因为孔燕妮同情反革命常宝。被赵大伟肆意污辱侵犯也还罢了，关键问题还在于，就在孔燕妮委托班主任老蒋去求助于自己母亲的时候，母亲不仅没有及时施以援手，而且还竟然一脸不耐烦地把难题推给了同样远离现场的父亲。正因为如此，所以，一直到“多少年后，我总是回想当年的场景。如果我没有让老蒋去找我妈妈，而是让她去找我爸爸，或者我爷爷，那么我是不是就能逃避掉那个沉重的被污辱的命运？”如此一个突发事件，对孔燕妮精神世界所产生的负面影响，自然非常严重。在母亲这里，或许正因为对此心存内疚，竟然在事发后去农村逃避了整整两个月。在孔燕妮这里，却也因此而对母亲心生情感的芥蒂。这种芥蒂，一直持续到后来母亲收养了妹妹谢燕兵之后，母女二人方才真正得以冰释前嫌：“‘不拿你当敌人了。’我向她保证。话音刚落，我浑身轻松，头脑清爽，一念之间，竟有如此转机，竟有如此效果，我仿佛从阴暗的小巷子里走到了阳关大道上。这就是柳爷爷说的吧，思维方式正确，行为也就正确。行为正确，天地广阔。成长就是这么愉快，预示着某种新的开始和美好的未来，又是这么不合时宜，就是鲁迅，不也‘一个都不原谅’吗？我不管那么多，我想相信我对生活的感受。”由对母亲的耿耿于怀，到不再把母亲当作自己的敌人，这其中，孔燕妮一种自我精神超越与自我心智成长的意味，自然非常明显。

事实上，赵大伟的污辱与侵犯，对孔燕妮的确造成了很大的精神创伤，以至于，即使在张柔和与张风毅姐弟已经陪着她多方设法之后，她还是对此无法释怀：“但光这样还不够，我想放纵一次，我要毁灭一次，毁灭以后才能挣脱桎梏获得重生。”在这种想法的主导下，孔燕妮把一个陌生男孩半夜约到了自己的房间。

就这样，“我得到了释放，我用极端方法背叛了所有，放弃了所有，我再也回不到杜克那里去了”。更进一步说：“过去的时间发生了一件强迫我身体的事，昨夜，我的身体我做了主。杜克说得对，我寻找他，有我自己还不明白的含义，现在我知道了，我只是让我的身体只听从自己的意愿。我做到了。”这里，从强迫我的身体，到我的身体我做主，叶弥写出的，首先是孔燕妮的一种精神分析学深度。但一个关键的问题是，尽管如此，孔燕妮的成长过程却也并没有能够得以完成。具体来说，她十五岁时形成的心理创伤，一直到十年之后二十五岁，已经成为“111”军医院的一名医生的时候，都依然没有得到彻底的平复：“除了张风毅，没有人知道我内心的混乱和挣扎——眼睛里闪烁的火光，是一场混乱的大火。”“从五八年我蒙受厄运开始到现在，十年了，我还是没能找到人生的开始。何谓‘开始’？‘开始’是现在的安心和未来的愉悦，我还在叛逆，远没有安心和愉悦。想起未来，我的心里涌出阵阵恐惧，连柳爷爷那样的人生都落入如此结局，我越来越怀疑人生是否有开始，我们是否一出生就落入如此结局，没有开始，只有结束。如果这样，人的伟大体现在何处？如果人类如此渺小，要怎样才能接受心高命薄的命运？”所谓一直到现在都没有能够找到“人生的开始”，所充分说明的，正是孔燕妮艰难成长过程的尚未完成。多少带有一点巧合意味的是，十年之后孔燕妮的成长过程中，她竟然又一次遭遇到了当年的恶魔赵大伟。只不过，这一次的具体情势发生了逆转，复仇与否的主动权掌握在了孔燕妮手里。但就在“我”拿着小手枪，激动得手都抖了起来的时候，一丝理性竟然占据了上风：“我十分确定，今天打死他，不能换来我的重生。我不假思索地朝河里扔掉手枪，跑上岸，一位女孩跑来问我：‘孔燕妮，你的枪呢？’我说：‘扔在河里了。’女孩似笑非笑地瞟我一眼，说：‘扔掉手枪，也扔不掉你的过去。’她说得对，我想扔掉所有的，可惜只扔掉了一把枪。”面对着曾经给自己造成极大精神创伤的恶魔赵大伟，已然掌握有复仇可能的孔燕妮最终做出的选择，却是把手枪扔掉，却是一种精神的宽恕。从长期以来的耿耿于怀，到最后时刻的宽恕选择，所充分昭示出的，正是她的一种精神成长，是她未来重新“开始”的一种可能。

在中国现当代文学史上，曾经先后出现过两种不同类型的问题小说。一种，出现在新文学草创的“五四”时期。另一种，则出现在我们所谓的“十七年”文学期间。这个时期“问题小说”的提法，出自以书写乡村和农民而著称于世的作家赵树理。如果我们把陈毅达也看作是当下时代出现的一位“问题小说”作家的话，那么，他实际所传承的是以赵树理为重要代表性作家之一的“十七年”文学传统。

既然是赵树理或者说“十七年”意义上的一部“问题小说”，那么，陈毅达在《海边春秋》中所集中关注表现的，究竟是怎么样的一个重要问题呢？直截了当地说，这个重要问题，就是闽省岚岛上一个名叫蓝港村的海边渔村的搬迁问题。更进一步说，蓝港村这样一个小小渔村的搬迁问题，之所以会显得如此重要，关键原因在于，这个渔村的搬迁与否，直接关涉到岚岛是否可以很快建设成为一个国家级的改革开放综合实验区：“岚岛是于二〇一一年十一月，经国务院批准，正式升格为改革开放综合实验区的。”尤其是，到了“二〇一四年十一月一日，中共中央总书记来闽省视察期间，专门到岚岛深入考察，亲自擘画蓝图，提出了‘一岛两窗三区’的发展战略，要求在已取得的重要进展的基础上，再上新台阶，继续探索，勇当先锋，着力创新，把岚岛打造成自由贸易港和国际旅游岛，建设成为新兴产业区、高端服务区、宜居生活区”。依照现行的社会体制，既然党中央与国务院如此这般地高度重视，那自然也就会引起从省一级领导机关一直到如同蓝港村这样的乡村一级政权的高度关注。陈毅达小说的故事情节，就发生在这一具体的时代背景下。小说的主人公名叫刘书雷，是毕业于北京某名校的一位文学博士。故事发生时，刘书雷已经通过人才引进的方式回到老家闽省，担任了省作协的副秘书长。用省文联李然书记的话来说，他是闽省文联机关最年轻的一位处级干部。身为一介书生的他，之所以能够与岚岛综合实验区的建设发生关系，乃因为他受李然书记指派，参加了闽省省委组织的第四批援岚工作：“按省委主要领导的要求，这第四批援岚干部必须具备更强的专业优势、信息优势和智力优势，必须是拥有博士学位或副高以上职称的人员，以适应岚岛开放开发向创新驱动发展挺进。”第四批援岚工作的总负责人，是省政府的吴副秘书长。正因为考虑到了刘书雷的身份既是省作协的副秘书长，又是学富五车的文学博士，所以，在一时找不到直接对应的工作单位的情况下，刘书雷被吴副秘书长留在了援岚办，临时负责办公室的文秘业务，直接服务于总揽岚岛发展全局的吴副秘书长。

很快地，刘书雷被派遣前往蓝港村就搬迁问题进行深入的调研工作。事实上，也正是在刘书雷进入蓝港村调研处理村民拒绝搬迁问题的过程中，陈毅达相对比较成功地刻画塑造出了刘书雷这样一位带有鲜明理想主义色彩的青年干部形象。尽管已经在前往蓝港村的途中通过与驻村第一支书张正海的交谈，刘书雷对村子搬迁所遭遇的阻力状况有所了解，对此有着足够充分的精神准备，但进村后召开的第一次村两委会，却还是给了这位青年干部当头一记“棒喝”。在他短暂的开场白之后，会场上出现的竟然是久久的沉默：“看看哪位先说？刘书雷又催了一遍，自己不由得慌乱起来，感到后背开始出汗了。进村一开始，就这么冷场，村两委的人对搬迁这么重要的事就这么冷淡，看得出来，村两委没有一个人真心欢迎他的到来，更别说配合他的工作了，这可怎么办是好？”到后来，反倒是那位肚子里明显有着自己小九九的村主任陈海明借题发挥，滔滔不绝地发了半天牢骚。亏得有张正海的及时救场，充满挫败感的刘书雷方才勉强收了场。如此一种意外的受挫，让刘书雷不由得对未来的工作充满了敬畏：“这村子称得上社会大学的博士后工作站，高尔基说他是社会大学毕业的，我今天有了切身之感！”村两委会之外，更让刘书雷切身感受到蓝港村人拒绝搬迁意志的，是他和张正海去村饭店吃饭时，老板娘那样一番坚决拒绝搬迁的肺腑之言。为了达到不搬迁的目的，老板娘甚至不惜祭出了少收他们俩饭钱的招数。刘书雷进驻蓝港村的本来意图，是动员群众早日搬迁，没想到，真正进入蓝港村后，他所得到的却全都是村民们拒绝搬迁的负面消息。就这样，蓝港村的搬迁成为了他这位学富五车的大博士在进入社会大学后面对的第一个难题。那么，刘书雷到底应该如何破局呢？值此关键时刻，还是张正海给了他必要的人生点拨，那就是，一定要想方设法前去走访一下村子里最德高望重的大依公。只要是对“十七年”期间的小说作品相对熟悉的朋友，就都知道，在那个时代的小说中，类似的故事情节并不鲜见。唯一的区别在于，那一时期的革命者，在苦于革命工作打不开局面的时候，往往会在村子里访贫问苦，通过发动贫穷农民的方式而最终达到打开工作局面的目的。到了陈毅达这里则变成了，当刘书雷苦于打不开工作局面的时候，他只能够去求助于村子里最为德高望重的大依公。虽然具体的求助对象发生了变化，但一种共同艺术思维方式的存在，却是显而易见的客观事实。其实，类似的情节设计还不只是这里的专门走访大依公，刘书雷与张正海翻来覆去地学习《摆脱贫困》一书这一细节，也同样可以让我们联想到“十七年”文学传统中的相关书写方式来。我们在前面之所以认定陈毅达所具体传承的乃是所谓“十七年”的文学传统，千方百计走访大依公这一细节的设计，毫无疑问也是不可否认的明证之一。

问题在于，在蓝港村，要想见大依公，并不是一件非常容易的事情。用张正海的话来说，就是：“不知道为什么，大依公不肯见上面派下来的人。我下派之后也一直想去见他，和他单独见见聊聊，听听他对村子工作的意见。但是大依公都拒绝了。后来我见过他几次，都是村里一些场面上的事，他只对我点点头，也没直接说过话。”既然担任驻村第一支书日久的张正海都捞不着见大依公，那刚刚进入蓝港村的刘书雷又凭什么可以见到这位德高望重的老人呢？没承想，刘书雷灵机一动，居然祭出了主动要求去大依公家吃饭这一招。却原来，按照当地渔村多年来形成的习俗，不管你主动去谁家吃饭，谁家都不能够拒绝。无论如何，身为蓝港村德高望重的长者，大依公都不能破这样一种因袭已久的规矩。刘书雷若非同样土生土长于闽省海边，绝对难以想出如此一个妙招。就这样，在经过了一番努力之后，刘书雷不仅如愿见到了大依公，而且还通过自己的拼命喝酒而赢得了大依公的信任。只有在如此一种情况下，大依公方才道出了自己为什么总是拒绝见上面派下来的人的难言苦衷所在。当刘书雷直言“听说您至今都没有对村子搬迁发表过什么意见，在村子里，您可是一言九鼎的人物，所以我这次来很想听听您是怎么想的”的时候，大依公方才彻底打开了自己的心窝子，坦承了自己的心结所在：“我是个老党员，都快六十年的党龄了，党和政府定下的事，我怎么不懂，我怎么敢不听！这辈子我都是没二话听党的、听政府的。但现在我是这个村最年长的人了，大家都还认我。搬村这事太大了，对我们来说那真是天大的事，我也不能不听村里人的意见。村里人托定海来找我，让我拿主意，让我说句话，但这与政府决定相违背的事和话，我怎么能说，怎么能做，我可是村里最老的党员呀！但我又不能不为村里人着想。”请一定注意，从人物形象塑造的角度来说，大依公毫无疑问是《海边春秋》里具有相当人性深度的人物形象之一。陈毅达的值得肯定处在于，他不无真切地写出了大依公所面临的简直就是无从选择的两难困境。一方面，作为一位资深党员，他深知，作为党员的个体，自己绝对应该无条件地服从党和政府的决策。但在另一方面，作为蓝港村德高望重备受村人敬重的长者，他又不能不悖逆村里人的总体主张。正是出于这种无从选择的两难心理，不知道自己究竟该如何表态的大依公，方才无可奈何地采取了一种畏难回避的鸵鸟策略。

但相比较来说，或许与一种浓得化不开的乡土情结紧密相关，大依公在内心深处恐怕还是更加倾向于反对与拒绝搬迁的立场。唯其如此，大依公才会面对刘书雷和张正海他们做这样的一种表达："你们都是有文化的，我只想告诉你们，这地上是有魂的，我们的人最后都会离开，但魂会丢在这里，你说他们搬走了我们怎么会过得自在，过得好！我是真走不了，走了死了，魂也还是会被招回来的！所以，我这次就一直不发话，至少我不能公开说些与政府不一致的话吧，否则我这快六十年的党龄，不就丢到海里喂鱼去了！"这里，借助于大依公之口，陈毅达在巧妙给出蓝港村人为什么不愿意搬迁的具体理由之一的同时，也彻底点明了大依公自己无论如何都不愿意离开故土的基本立场。当然了，所谓的故土情结，也不过是蓝港村人拒绝搬迁的理由之一，除了这种精神性因素之外，绝大多数村民反对搬迁的现实理由，就是眼睁睁地看着岚岛成为自由贸易区和国际旅游岛之后难得一见的发展机遇，他们无论如何不愿意成为旁观者。道理说来其实也简单，岚岛的发展机遇，同时也意味着这些祖祖辈辈世居于此的蓝港村人也获得了难得一遇的发展机会。从现实的利益考量，躬逢岚岛发展盛事的蓝港村人，当然不愿意舍下金饽饽搬迁到其他地方去。更何况，一个无法回避的现实情况是，按照张正海的说法，岚岛实验区管委会在决定蓝港村整体搬迁之前，并没有充分地征求村民们的意见。

综合以上各种情况，作为吴副秘书长特派员的文学博士刘书雷，在经过了一番不失充分的调研之后，事与愿违地得出了与驻村第一支书张正海一致的结论，那就是，如果从实际情况出发，蓝港村人其实并不应该搬迁："像蓝港村，我们的目标是把这块地方建设好，进一步推进国际旅游岛建设；村民的目标是在这里过上更好的日子。总的方向都是通过加快建设发展使村民过上美好生活，总的出发点和村民的愿望是一致的，是对接相通的。但是，现在为什么会产生这种对立情况？大依公的话，包括定海老支书的难过，让我深深地忧虑，怎么会出现这种其实从一开始就根本不是我们所想要的或完全背离了最初愿望和目的的现状来呢？如果不是村民的问题，那就是我们这边出问题了！”无论如何，我们都必须承认刘书雷的敏锐、犀利以及他对客观现实的尊重。当他强调“如果不是村民的问题，那就是我们这边出问题了”的时候，他实际上已经一针见血地指出了蓝港村搬迁问题的关键症结所在，就是我们的一些决策者在贸然做出决策的时候，没有能够很好地考虑并尊重广大民众的真实意愿。这样一来，摆在刘书雷面前并对他形成了极大考验的一点就是，既然已经明确地意识到相关上级部门关于蓝港村整体搬迁的决策有误，那么，身负调研重任的刘书雷到底该不该说出真相？到底应该给自己的顶头上司吴副秘书长提出怎样的一种合理化建议？虽然陈毅达没有做出明确的相关描写，但依照正常的心理逻辑，此时此刻的刘书雷，必然会陷入到如此一种不无激烈的自我矛盾冲突状态。但在我看来，多少带有一种巧合意味的是，恰恰也就是在这个时候，岚岛实验区管委会金书记与赵主任两位最高领导的批示精神不无神奇地传达到了刘书雷和张正海这里。更加令人感到惊异的一点是，仿佛事先就已经预感到了刘书雷的调研结果一样，两位领导给出的批示的主体精神，竟然与刘书雷和张正海他们的所思所想有异曲同工之妙。更进一步说，还不仅仅是金书记和赵主任，连同小说中的最高决策者吴副秘书长，在对蓝港村进行了一次突如其来的“微服私访”之后，也都毫不犹豫地站在了刘书雷他们一边，从根本上改变了原初必须要求蓝港村人全部搬迁的决策。就这样，在似乎明察秋毫的这些英明决策者的干预之下，刘书雷所面临的蓝港村究竟该不该搬迁的难题就此迎刃而解。《海边春秋》也因此而如同“十七年”间的绝大多数小说作品一样，以一种圆满的“大团圆”形式而做结。从我个人的一种文学理念出发，倒也不是说绝对无法接受如同《海边春秋》这样的一种“大团圆”结局，关键的问题在于，面对如此一种不无尖锐激烈的矛盾冲突，与此前作家所铺陈出的那样一种剑拔弩张的态势相比较，问题的解决似乎多多少少显得有点太过于轻易了。从艺术的层面来考量，假若在此前矛盾冲突设计的基础上加大刘书雷与张正海他们解决蓝港村搬迁问题的阻力，不仅将会增加故事情节的紧张度，而且正所谓“沧海横流方显英雄本色”，也还会给刘书雷这一形象增色不少。

青年作家孙频的小说创作，在经过了一番真正可谓喷涌式的“狂轰滥炸”之后，于最近一段时间，终于渐渐地放缓了速度。文学创作，在很多时候比拼的不是速度与数量，而是作品内在的思想艺术品质。很大程度上，正是如此一种精品意识的觉醒，促使孙频在放缓写作速度的同时，既注重艺术形式的营造，也更注重深刻思想内涵的有效注入。这一点，突出不过地体现在她2019年初刚刚发表的《鲛在水中央》（载《收获》2019年第1期）与《天体之诗》（载《北京文学》2019年第1期）这两部中篇小说中。细细体察，即不难发现，虽然这两部中篇小说的总体思想艺术风貌可以说各有千秋，但有两个方面的共同点，却值得引起我们的高度注意。其一，都不同程度地涉及了20世纪90年代中后期中国那场社会影响极其广泛的企业倒闭工人下岗这一重要的社会现象。《鲛在水中央》中，倒闭的企业，是一座坐落在大山深处的铅矿，《天体之诗》中，倒闭的是交城县的一个五金大厂，厂子里人数最多的时候，居然曾经包容过“县里十分之一的人口”。其二，构成了小说核心情节的，都是与杀人有关的罪案。《鲛在水中央》中，是第一人称叙述者“我”也即郭世杰（原名梁海涛）伙同另外三位同伴，在谋杀了诈骗者范柳亭后，把范柳亭的尸体用一块大石头压在了山中一个无名湖的湖底。《天体之诗》中，则是一个名叫李小雁的下岗女工在把厂长不无残忍地“推下”电解池之后，被法庭判处了二十年徒刑，最终减刑五年，在监狱里整整待了十五个年头。

我们注意到，在《鲛在水中央》这部中篇小说中，孙频第一次开始采用第一人称限制性叙事方式。第一人称叙述者“我”，原名梁海涛，现名郭世杰。一个人，绝不会无缘无故地不仅改名而且改姓。“我”之所以要把自己的原名“梁海涛”改为现在的“郭世杰”，其中肯定潜藏有不可告人的秘密。事实上，“我”之所以会从2004年起就一个人离群索居在早已是一片废墟的铅矿旧址，正与这个不可告人的秘密紧密相关。更进一步说，正是这个不可告人的秘密，构成了孙频这部中篇小说的核心情节。只有在读过全篇之后，我们方才可以知道，“我”之所以要长期离群索居，其实与一场命案有关。却原来，这座曾经一度特别红红火火的铅矿，到1992年终因矿产资源枯竭而宣告倒闭。铅矿倒闭后，“我”们这一批年轻工人被分流到了远在省城的太钢工作。关键问题在于，尽管“我”们有幸进入省城太钢这样的国有大企业工作，但由于国家整体情形发展演变的缘故，到1998年5月2日的时候，包括“我”与好友文刚、孙口心以及刘国栋他们四位在内的一大批工人还是难逃再度下岗的命运：“太钢让我们买断工龄，一人两万块钱便卷铺盖回家，从此和太钢再无关系。”“我”们几位下岗后，虽然几经折腾，却仍然找不到好的出路。就在他们倍感焦头烂额的时候，“到一九九九年夏天的时候，忽然有一个一起下岗的太钢工友要拉我们几个入伙做生意，说他认识一个企业家，从八十年代就开始做生意，先后开过油厂、铁厂、铸造厂，赚了不少钱”。经过一番考察认定这位企业家还算可靠之后，“我”们四位就把一次性买断工龄的两万块钱全部以入股的形式投给了这个名叫范柳亭的企业家。没想到这位范柳亭却是一个诈骗犯，到头来，“我”们四位的全部投资只能是血本无归。本来就是不再有固定薪资的下岗工人，这样一种突如其来的打击，对他们四位来说，真正可谓是灭顶之灾。怎么办呢？尽管小说并未做出具体的交代，但依据上下文（“我悚然一惊，差点把手中的书扔掉，因为早在一九九九年，范柳亭就已经离开人世间了”）判断，范柳亭其实是被因惨遭诈骗而被迫走投无路的“我”们四位一起作案谋杀的。那具被人们用大石头压在大山深处那个无名湖底，早已被鱼虾吃成了干枯骨架的尸体，毫无疑问正是失踪日久的诈骗犯范柳亭。“我”之所以要一个人在铅矿废墟离群索居，“我”们四位之所以要在每年的农历七月十四这一天举行特别的聚会，其根本原因正在于此，正是他们作案后一种无法摆脱的惶恐与内疚相交织的复杂心理作祟的缘故。

多少带有一点巧合意味的是，由于“我”曾经是一位特别酷爱写作阅读的文学青年的缘故，在离群索居后，终归还是耐不住寂寞，试图在周围的人群中找人借书阅读。没想到，不借书不要紧，一借书，就在无意间结识了一位名叫范听寒的知识老人。除了身为范柳亭的父亲之外，范听寒更是一位命运极其坎坷艰难的知识分子。却原来，范听寒曾经是大同师专中文系的一位老师，1958年的时候因特别喜欢使用进口的派克水笔而被举报成为“右派”。成为“右派”并被批斗数次后，范听寒就被发配到了遥远的落雪堂接受思想改造。作为被下放改造的“右派”知识分子，来到落雪堂之后，范听寒人生遭遇的凄惨，就是必然的事情。具体来说，他的人生劫难，与小说中的两个细节紧密相关。一个细节，是他那简直显得有点夸张的驼背。成为“右派”被下放后，范听寒们依然会不断地被批斗挨打。按照他自己的说法：“当‘右派’被批斗的时候脊梁骨被打伤了，后来又得了骨质增生，也没治，脊柱都变形了，就彻底直不起来了。”幸亏他因为会讲书被一个村民藏起来了，否则早就如同其他同侪一样被无端剥夺生命了。另外一个细节，就是吃坚硬如铁的手擀面。当“我”询问范听寒一家人为什么顿顿要吃手擀面的时候，“他不好意思地说，早些年饿着了，几年吃不上一口干的，顿顿喝汤。后来我们全家都是一看见稀饭就害怕，每顿饭都要看到面才觉得这是吃过饭了。如果是吃了菜啊，粥啊之类的，总疑心自己刚才其实并没有吃过饭”。如此一个细节描写中，精神分析学的意味是十分明显的。

具体来说，“我”是在第三次专门找范听寒借书时获悉范听寒与范柳亭之间的父子关系的。那一次，在交谈过手擀面的话题后，范听寒在无意间提到了范柳亭：“末了他又补充道，我儿子范柳亭小时候老是吃不饱，只能喝米汤，所以个头才长了这么点。”“这是第一次听他说起他的儿子，我脑子里轰隆一声巨响，久久没有说出话来。”再次从范听寒那里得到肯定的答案之后，“我的心脏几乎要蹦出胸腔了，我怀疑我此刻看起来是不是脸色煞白，因为他忽然就问了一句，你怎么了？”依照常理，既然已经与被自己杀掉的范柳亭的父亲范听寒不期而遇狭路相逢，“我”从此便应该想方设法远离范听寒才对。事实是，“我”不仅没有远离范听寒，反而一次又一次不无“违心”地接着以借书的方式接近范听寒这位命运坎坷的知识老人。“几年前，那是我第四次出现在范听寒家门口。”“从我上次知道他是范柳亭的父亲之后，我就知道我不该来这里了。可是，一个月后，我还是又一次来到了他的家门口。”那么，得知真相后的“我”，到底为什么依然会一次又一次地出现在范听寒面前呢？在具体回答这个问题前，叙述者曾经做出过这样一个交代：“我曾在他借给我的一本书的扉页上看到他用钢笔写下的几行字，‘遵四时以叹逝，瞻万物而思纷，悲落叶于劲秋，喜柔条于芳春。心凛懔以怀霜，志眇眇而临云。’”正是在看到这几行字之后，“那一刻我忽然有些明白我为什么在后来还要一次次地去找范听寒了。这几年里，其实我已经不止一次地下过决心不再去那院子里了，可事实上，只要过一段时间，我还是会再一次出现在他家门口”。只要是对中国古典文学有所了解的朋友，就都知道，叙述者在这里引述的几行字出自陆机的《文赋》，意思是四时的变化引起物色的变化，而物色的变化又会进一步引发诗人感情的爆发。虽然从表面上来看，《文赋》中的这几行字似乎与“我”一再重返范听寒家无关，但细细琢磨，就不难发现，很多事情的发生，正如同四时的变化所必然引发的情感变化一样，是很难以个人的意志为转移的。尽管叙述者曾经一再强调“我”并不知道自己究竟为什么会在得知真相后依然来找范听寒借书，但到后来，他其实还是隐隐约约地对此有所交代的：“我后悔刚才要留下的决定，有时候我像个透明的魂魄一样明明看到了自己正在做什么，正要做什么，却无力阻止那个自己。有时候我又觉得我身上所有的苦行都不过是为了让那个魂魄安宁。”至此，一种建立于自我忏悔基础之上的精神救赎意味，自然也就溢于言表，呼之欲出了。尽管从某种意义上说，范柳亭的被杀似乎是一种罪有应得的报应，但在面对着如同范听寒这样苦苦等候着儿子归来的知识老人的时候，双手沾满范柳亭鲜血的“我”，其实还是生出了一种带有突出忏悔意味的罪感心理。究其根本，“我”之所以在获悉范氏父子关系后依然坚持一次又一次地出现在日益年衰的范听寒面前，正是如此一种罪感心理充分发挥作用的结果。

但千万请注意，在这部《鲛在水中央》中，先后惨遭人生劫难的，并不仅仅是范氏父子。他们俩之外，“我”与另外一个多次出场的人物范云岗，也一样有着不幸的人生遭际。首先，是“我”。从小就特别热衷于写小说的文学青年“我”，根本不会料想到，仅仅因为在矿区多看了刚刚洗完澡的穿碎花裙的年轻姑娘几眼，年仅十九岁的“我”，就会被以所谓的流氓罪而判处了三年徒刑：“我并不知道当时正在‘严打’，矿上的保卫科正愁名额不满的问题，就这样我被关进了监狱。”一位风华正茂的文学青年的命运，就以如此一种荒唐的方式而宣告终结了。一方面，“我”与其他三位同伴的杀人行为固然不可宽恕，但在另一方面，只要想一想“我”当年的无辜入狱以及后来的被迫下岗，你就会觉得“我”的暴力行为也多多少少可以获得一些原谅。其次，是范听寒的孙女，那位最终落得个孤苦伶仃结局的范云岗。关于自己的不幸身世，范云岗曾经有过这样的一段自述：“我八岁就没妈了，跑了，以后再没看见过。二十岁的时候我爸失踪了，生死不明。二十四岁的时候我奶奶病死了。然后，就剩下我和爷爷，我知道他也会走的。”和和美美的一家人，到头来只剩下范云岗自己，你说她的命运苦也不苦？！大约也正因为如此，“我”曾经这样描述过自己眼中的范云岗：“一双眼睛黑白分明，目光倨傲冰凉，里面还飘荡着一缕水草般模糊的东西。我忽然觉得一阵熟悉，再一想，是当年在范柳亭脸上也见过这种眼神。我不知道她为什么会喜欢上那个比她大十几岁的黑社会老大，只是隐约觉得应该与她无父无母有关。”实际上，借助于所谓的“无父无母”，作家揭示出的，乃是范云岗内心深处恐怕连她自己也不自觉的恋（丧）父情结的个人无意识。

要想更加深入地理解孙频的《鲛在水中央》，我们还不能不注意到范听寒临终前特意讲给“我”听的一段话：“你来了就好，我是想告诉你，其实人这一辈子都说过假话，都骗过人的。我本不叫范听寒，我本名范福星，我上面有四个姐姐，我父母老来得子，所以叫我福星。范听寒是我上师专后自己改的名字。我也没有家学，我的父母都是不识字的农民。就是当年在师专当老师的时候我也只是一个最普通的老师。”一方面，这段话固然是在交代范听寒自己曾经刻意隐瞒的过去，但在另一方面，孙频这么设计的主旨，恐怕却更是要借此揭示一种人性虚伪与欺骗的普遍存在，揭示一种人性构成普遍的复杂性。从这个意义上说，小说中的“我”、范听寒、范柳亭、范云岗，乃至于范听寒的妻子、那位最终暴尸街头的黑社会老大，甚至包括“我”的那几位同案犯，他们的人性构成也全都是复杂的。事实上，也只有在如此一种普遍人性论的基础上，我们才能够理解作家所特别强调的“万物刍狗”：“只听他又说，我说过假话，范柳亭说过假话。万物刍狗，所以，谁也不要怪谁。”面对着范听寒的如此一番临终言论：“我脑子里轰的一声，张开嘴又闭上，只觉得有千言万语要说，却是一个字都没有说出口。”认真地想一想，人生的某种本质的确称得上是“万物刍狗”。再套用一句流行的话语来说，恐怕就应该是“我们都是苦难而可怜的人间”。质言之，在一部篇幅不算太大的中篇小说，作家不仅能够把诸如反右派、“文革”、1983年“严打”、20世纪90年代的工人下岗以及后来范云岗所遭逢的高等教育改革等国家性因素有机地编织缝合到一众人物的苦难命运之中，而且还在深入挖掘勘探复杂人性的基础上成功地勾勒塑造了若干具有相当人性深度的人物形象，孙频的《鲛在水中央》无论如何都称得上是一部优秀的中篇小说。

《天体之诗》中的主人公，是一个名叫李小雁的下岗女工。李小雁因为不愿意下岗竟然不无残忍地把厂长推进了沸腾着的电解池中活活杀死，毫无疑问可以被看作是这部中篇小说最核心的一个情节。但不论是李小雁自己，抑或是那位名叫伍学斌的老车间主任，到最后却都一口咬定李小雁杀人这一罪案，其实是一桩冤案。那位名叫华建明的厂长，实际上是自己跳进电解池中自杀身亡的。用伍学斌后来在传单中的话来说，就是：“十五年前的惊天冤案。十五年前五金厂在倒闭前夕发生了一起杀人案，厂长华建明被职工李小雁推到电解池里尸骨无存，李小雁因此被判刑二十年，后被减刑到十五年。而事情的真相是厂长华建明当年死于自杀，李小雁被冤入狱，白白坐牢十五年。当年的目击证人伍学斌在华建明死前两人就已经串通好，在华建明死后做伪证陷害李小雁坐牢。”这里，有两个关键性的问题必须提出来加以讨论。一个是，既然伍学斌明明白白知道华建明乃是自杀身亡，那他为什么非得事先就与华建明设好圈套，以做伪证的方式把李小雁送进监狱？却原来，这是他们两位老弟兄因为内心里无论如何都无法接受下岗这一社会现实，所以想不管怎么样都要制造一个事件，以引起社会对下岗问题的高度重视。用伍学斌的话来说，就是：“最可怕的其实还不是能不能活下去的问题，而是属于我们的时代忽然就结束了，可是新的那个时代我们根本就挤不进去，我们忽然成了最被看不起的一群人。”正因为如此，所以华建明他们才希望通过这个事件的制造，“想告诉这个国家，不要这么抛弃工人们，国家要改革就得牺牲这么多工人么？工人也是人。更重要的是，这会让一批人，尤其是那些年轻的工人，过早地失去了活着的尊严”。如果说面对着下岗这样一种无情的社会现实，我们禁不住要追问究竟谁才应该为此而承担根本的责任一样，伍学斌与华建明的根本目的，却是要借助于这样一种特别的方式就下岗这一事件而向不尽合理的社会制度提出无声的强烈抗议。然而，正如同叙述者“我”后来告诉伍学斌的，他们这样一种看似悲壮的努力，到头来却根本就是无谓的牺牲：“显然，老主任还不知道，他等待了十五年的那场轰动已经不可能了，他完全不知道。”“他白等了十五年。他这十五年和李小雁在狱中的十五年本质上是没有区别的，一脚踩下去，中间都是空的。”就这样，厂长和老主任他们真正可谓煞费苦心的设计与努力白白地付诸无情的流水，到头来只落得个“白茫茫大地真干净”式的虚空。既然已然是万念俱空，那老主任最后的撞车自杀，也就是一种无奈的必然选择了。

再一个问题是，明明自己是无辜的，根本就连手都没有伸，李小雁为什么最终要承认杀人这一罪名呢？对此，叙述者“我”

曾经借助于人物之口给出过明确的解说：“她看着我说，可是他人已经死了，还有什么是比死更大的事情。我当时就在他眼前站着，就只有我们两个人，不是我那还能是谁？总不会是他当着我的面自己把自己杀了吧，他好好的为什么要杀死自己？人死了总得有人站出来承认的，不是我就是他，可你让一个死去的人还要承担什么？而且，如果我当时死活不肯承认，我知道我就又会变成人们的话题，一定会有更多的人出来对我说三道四，又要抓我过去的把柄说事。与其让他们说三道四，我倒更愿意坐牢。”厂长和老主任他们之所以选择李小雁作为被栽赃的对象，乃因为按照他们的判断，类似于李小雁这样一个死心眼的女青年，无论如何都不可能接受别人栽到自己头上的杀人罪名。没想到，内心里另有一番心酸与苦楚的李小雁，却相当痛快地认罪服法了。其实，再认真地想一想，李小雁那不无乖巧的认罪姿态背后，所潜藏着的，乃是她长期以来在日常生活中形成的早已彻底丧失了自我主体性的驯顺心理。用她一位曾经的老师的话来说，就是：“我记得那时候经常让她帮我擦黑板，因为她特别听话，你和她说什么就是什么。她也很愿意帮老师干活，可能生怕自己成绩不好被老师瞧不起。你说这样的学生能去杀人，还把人推到盐酸池里？我怎么也不能把这种事想到她头上去，听说她最后还真坐了牢，到现在都没出来。”正所谓知“生”莫如“师”，这位老师的话语，的确点中了李小雁的精神穴位。究其根本，李小雁在其人生历程中举凡遇到什么样的事情，最后似乎都会以乖巧的驯顺做结：“你要相信我从小到大是多么努力，我一直努力地学习，努力地想当个好学生，后来努力想当个好工人。”那么如何才算是“好”呢？在当下时代中国这样一个具体的社会文化语境中，所谓的“好”，也就是一味地驯顺与服从，或者干脆就如鲁迅先生所说，她或许只是在追求一种能够做稳奴隶的资格而已。在我看来，李小雁最后之所以很快就接受了杀人的罪名，恐怕也正是如此一种以驯顺为显著特征的奴性心理作祟的缘故。

我们注意到，在小说文本中，人物李小雁，连同第一人称的叙述者，那位独立知识分子“我”，都曾经有过类似于“我最想写的那些话却怎么都写不出来”的表达。当问题回到作家孙频这里，我们禁不住也要问一句，难道孙频就已经把自己最想要写的那些话写出来了吗？尽管说明确答案的得出肯定是非常艰难的一个过程，但在我看来，当孙频把以上的这一切都已经坦承在读者面前的时候，她很可能就已经把最想写出来的那些话包容在《天体之诗》的全部故事情节之中了。有了这样的一些话包容在其中，《天体之诗》自然也就足称为近期内难得一见的一部优秀中篇小说了。

鬼金毫无疑问属于典型的东北作家。东三省地缘特色鲜明。从地域文学的角度来看，尤其是从有影响作家的数量来看，东北文学算不上有多么发达。迟子建、刘庆、孙惠芬、金仁顺、刁斗、于晓威、阿成，是这个时候浮现在我脑海中的一些东北作家的名字。肯定与作家多年来的坚持与努力紧密相关，这些年来，在东北的文学版图上，鬼金的名字越来越引人注目，越来越闪亮了。绝望与反抗绝望，本来是与鲁迅先生有关的文学命题。我们之所以把它与鬼金联系起来，乃因为建立在作家自身生存经验之上的写作，在很大程度上逼近着这样的文学命题。这一点，突出不过地表现在中篇小说《失路之人》（载《安徽文学》2019年第1期）

中。能够在一部篇幅不大的中篇小说中，异常简洁有力地把绝望与反抗绝望的鲁迅式命题形象生动地表达出来，鬼金未来的写作前景诚然可期也。

我们应该注意到，在《失路之人》中，曾经出现过一些讨论文学理念的文字。其一，是一部名为《怀疑：普利策奖戏剧集》中的一些文字："弗林：是的。人们编故事来阐明理念，这是寓言的传统。/詹姆斯：生活中的真实事件不比虚构的故事更有阐明理念的价值吗？/弗林：不，生活中真实的发生是无法阐释的。真实无法成为感人的布道。它既令人困惑，又无清晰的结论。"文学创作，既与理念有关，更与生活真实紧密相关。如何在文学创作的过程中处理好理念与真实生活之间的关系，是任何一位作家都无法回避的一个重要命题。这些话语的被引用，说明鬼金对相关问题有着敏锐的关注与思考。其二，在写作者赵挺弋与女友余薇的对话过程中的一段表达："他不是一个会讲故事的人。他的故事从来不是完整的，他只写人，写人物的性格和气质，给人下一场定义。"这几句话，毫无疑问是在以一种夫子自道的方式说明着鬼金自己的写作理念与写作方式。其三，还是在赵挺弋与余薇的对话中，曾经先后提及过诸如《七杀简史》《2666》《自由》《到大地尽头》《地下世界》等一些有影响的文学作品："赵挺弋说，还没看，只是翻了翻，这样的小说在中国根本不能出版。余薇说，出版并不重要，关键是你写出来。""赵挺弋嗯了一声说，我根本没有那么辽阔的内心和视野。余薇说，我相信你。那一刻赵挺弋突然有些感动。"在这里，鬼金其实是在委婉曲折地表达着自己的高远写作理想。

其实，无论是出场人物，还是整体的故事情节，这部《失路之人》都比较简单。身兼观察视角功能的，是自由写作者赵挺弋。赵挺弋之所以不惜千里迢迢，也要从武汉乘飞机返回到遥远的东北望城，是为了和妻子左晓丽解决久拖未决的离婚问题。没想到，等他飞抵沈阳机场时，老天却不作美地下起了大雪。几次意欲搭车无果的情况下，赵挺弋只好联系当年的好友，出租车司机二勇前来机场，把自己接回望城去。就这样，赵挺弋和二勇他们驾车雪夜从沈阳机场赶回望城的路途，也就构成了小说的主体故事情节。既然是故友重逢，也就免不了对各自生存境况的交流以及对于往事的回顾。构成了小说最主要内容的，正是他们各自的生存境况与既往故事。具体来说，我们所谓的绝望，乃集中通过赵挺弋、二勇以及他们曾经的师傅老古这三个人物形象体现出来。

赵挺弋、二勇、老古，他们三位之所以能够联系在一起，乃因为他们都是一家轧钢厂的工人。由轧钢厂，自然也就触及了东北企业所面临的发展困境（“哦，听说东北那旮旯整个经济已经沉陷……电视上说，正处于滚石上山，爬坡过坎阶段”）。首先是老古当年的自杀。对于老古当年的自杀缘由，作家自始至终没有做出过明确的交代，而只是披露了老古自杀前留下的简短遗书：“把我轧钢厂的公墓卖了，随便换一个地方，我受够了。另，给我立一块碑。”如果将老古的遗书与他当年曾经力劝徒弟赵挺弋一定要想方设法离开轧钢厂联系起来，我们即不难断定，轧钢厂生存环境的令人绝望（这一点，突出地表现在赵挺弋和二勇的对话中：“赵挺弋说，轧钢厂不还生产吗？二勇说，是啊，可是工人们的奖金从原来的七八百减到一二百，谁还敢出来消费呢？够吃饭就不错了。”）。另外，通过赵挺弋和二勇对往事的回顾，我们也可以了解到，老古的婚恋状况同样极不理想。如果不是和妻子的关系非常糟糕，他肯定不会在外面有女人。而且这位女人，还只能依靠开歌厅混风尘谋生。若非如此，老古断不会采取自杀这样一种极端方式结束自己的生命。

其次，是二勇的不幸遭遇。二勇和林南燕本来是一对美满的夫妻，没想到唯一的女儿小南却在一次歹徒袭击幼儿园的凶杀案件中不幸殒命（那个残忍的疯子“歹徒”，是从轧钢厂小集体分流出去的一位工人）。林南燕的精神因此而受到强烈刺激：“从那以后，林南燕的精神就不好了，疯疯癫癫的，只要在大街上看到小女孩就冲上去喊着，小南……小南……”到最后，万般无奈的二勇，只好把林南燕送进了康宁医院（望城精神病院）。妻子疯癫了，老妈也已经因为糖尿病拐带的连眼睛都看不见了，二勇想离开望城去外面闯荡一番都不可能。望城离不开，但生活却还得延续下去，而且，二勇不管怎么说也还是一个有着正常生理要求的壮年男人，所以，他只好一边开出租车，一边和技校的女同学尹秀搭伙过日子了。尹秀当年之所以被技校开除，乃是因为遭受体育老师性侵的结果。被开除后的尹秀，只好以卑贱的陪舞方式（“其中一支舞曲是在黑灯下进行的，手就是黑暗世界里的眼睛，可以看到女人身上的一切地方，也可以到达一切地方。”）谋生。这样一位女性，离婚后还带着一个孩子，其生存的艰难可想而知。正所谓“同是天涯沦落人”，对于二勇和尹秀的搭伙过日子，我们也只能做这样的一种理解了。用二勇苦中作乐的话来说，就叫作：“搭伙，相互取暖吧！”

最后，就是在外面过着漂泊无定生活的自由写作者赵挺弋自己了。赵挺弋原本也是轧钢厂的一位工人，酷爱文学写作。在轧钢厂工作时，赵挺弋是吊车司机。一方面，是受到师傅老古影响的缘故，另一方面，更是出于自身一种真切的体验，赵挺弋强烈地感受到一种囚徒处境的存在："囚徒，是的，轧钢厂的囚徒。他这样命名自己，悬于半空的囚徒。他的敏感对于他来说，是痛苦的根源。他关注着肉身，同时寻找着精神困境的突围。"赵挺弋之所以毅然辞职去漂泊无定，一是因为轧钢厂的效益每况愈下："倒一个月班，连奖金都拿不到，开到手的钱也就一千七八百块钱。"再一个是，他的业余热爱写作的行为，不仅不为在银行工作的妻子左晓丽理解，反而还总是被嘲笑。自觉自身尊严严重受损的赵挺弋，到最后，只能毅然辞职去四处漂泊了："那时候，他在北京海淀区的一个地下室里，那就是一个狗窝样的地方，每天五十块钱。赵挺弋靠偶尔给人当枪手写写剧本什么的活着。"其他且不说，仅此一端，我们即可看出赵挺弋漂泊生活的艰难来："他憎恨这样的敏感，如果不自我调节好，更多的结局是沉沦或自戕。"如果不是有幸遭遇一位武汉一所大学里的文学评论家余薇，我们实在无法想象，赵挺弋的生活还会因其艰难而沉沦堕落到何种程度："还好，遇上了余薇，让他看到生存意味之外的可能。"

老古因为无路可走而自杀，苟活于人世的赵挺弋和二勇，也很难看出未来的人生出路究竟何在。唯其如此，赵挺弋才会产生一种特别"空茫"的"无力感"："这几年来，即使书也没把他从无力感中拯救出来。""他闭上眼睛沉在无力感之中，整个人在无力感中摊开，飘散在虚无之中。这种虚无时常侵袭他，让他也成为虚无的一部分。"某种意义上，赵挺弋之所以执意要去上山祭奠师傅老古，其实也是在凭吊自己以及自己所归属其中的这个底层人群。面对如此一种绝望境况，到底该怎么办呢？人生的未来出路究竟何在？这无疑是赵挺弋，当然也是我们需要共同面对的问题。到最后，面对这种绝望困境，鬼金写出的是这样的一些文字："冰面不是路，下面的河水也不是路……上帝分开水，呈现的是否就是一条路呢？他和这个世界的路在什么地方？世上本没有路，真的，走的人多了就有路吗？那路是他的路吗？"某种意义上，我们的确应该承认，鬼金的如此一种追问，把鲁迅当年的绝望与反抗绝望的命题，无疑又向前推进了一步。但问题却并没有因此而得到切实的解决。

那么，问题会有终极解决的一天吗？鲁迅不知道，鬼金不知道，我们更不知道。小说结尾处，作家借助于余薇之口，读出了陀思妥耶夫斯基《卡拉马佐夫兄弟》中的一段带有宗教救赎意味的话语："你们四下里看看上帝的恩赐：晴朗的天，纯洁的空气，柔和的小草，鸟儿，美丽而无邪的大自然，但是我们，唯有我们不敬神，愚蠢，不明白生命就是天堂，因为只要我们愿意明白，天堂会立即美丽地出现在我们面前，我们就将互相拥抱，放声痛哭……""芸芸众生也许会在余薇朗诵的文字中看见一条道路……"真的会是如此吗？宗教真的能够给我们提供一条道路吗？鲁迅不知道，鬼金不知道，我们更不知道。我们只能和鬼金一起思考下去。

第三章　战争与时代变迁中的个人成长叙事

我们都知道，在中国当代文学史上的“十七年文学”那个历史阶段，曾经出现过一次后来被概括为“革命历史小说”的小说创作热潮。包括《红旗谱》《保卫延安》《红日》等一些作品在内的这一批“革命历史小说”，一个突出的特点，就是依托于中国历史上真实发生过的重要历史事件，以亲历者的身份展开自己带有一定虚构色彩的小说叙事。比如，“高蠡暴动”之于《红旗谱》，“延安保卫战”之于《保卫延安》，“孟良崮战役”之于《红日》，情形俱是如此。但在进入新时期文学这一历史阶段之后，或许与时代社会语境的转型有关，如此一种创作思潮遂告风头不健。虽然说依然会有一些作家依然在勉力地从事于此类题材的创作，比如，曾经以一部《海岛女民兵》而名世的黎汝清，便写出了历史长篇小说《皖南事变》，但总体创作态势来说，类似的历史题材创作相对还是处于比较匮乏的状态。从那个时候开始，一直到进入新世纪以来的当下时代，革命历史题材领域的如此一种创作颓势，都没有获得明显的改观。然而，尽管从总体创作态势来说，革命历史题材的创作并不尽如人意，但这却并不意味着就没有作家在这方面进行着自己的努力。江苏作家张新科，就是这一方面很有代表性的一位。他近些年来相继创作完成的长篇小说《苍茫大地》与《鏖战》（江苏凤凰文艺出版社2018年11月版），就都属于这样的一类作品。具体来说，《苍茫大地》的艺术聚焦点，是中国现代史上一位真实的历史人物，是血雨腥风的革命年代曾经担任过地下江苏省委书记的许包野（小说中的名字是许子鹤）。现实生活中的许包野，出生于1900年，被害于1935年。他英勇牺牲时，年仅35岁。从事革命活动期间，曾经先后担任过江苏省与河南省的省委书记。《苍茫大地》，乃是一部建立在许包野革命事迹基础上的一部历史长篇小说。如果说《苍茫大地》集中聚焦于一个真实的历史人物，那么，《鏖战》所聚焦的，就是一个从根本上影响并改变了中国现代历史走向的重大历史事件，是史称“三大战役”之一的淮海战役。唯其一个聚焦于具体的历史人物，另一个则聚焦于具体的历史事件，所以，虽然同样是革命历史题材的长篇小说，但二者的艺术运思方式，实际上却存在着根本的区别。我们之所以强调这一点，意在说明《苍茫大地》的艺术经验并不足以保证《鏖战》的成功。而这，实际上也就意味着，如何以长篇小说的艺术形式聚焦表现类似于淮海战役这样重大的历史事件，对张新科来说，依然是一个巨大的艺术挑战。

以我的私心揣度，从一种创作发生学的角度来说，张新科之所以会对许包野这样的历史人物，淮海战役这样的重要历史事件发生浓烈的兴趣，其实与他曾经在南京、扬州以及徐州长期工作有关。因为在江苏工作，所以他才会关注到许包野这样曾经的中共江苏省委书记，因为在徐州工作，所以他也就会去关注淮海战役。徐州自古以来就是所谓的兵家必争之地，震惊中外从根本上改变了中国现代历史走向的淮海战役，就发生在徐州地区。用《鏖战》一书封底的介绍语来说，就是："1948年底至1949年初，以徐州为中心，中共华东和中原两大野战军在东起海州，西至商丘，北濒临城，南达淮河的广大地区，对国民党军队发起了声势浩大的战略性进攻。此即'三大战役'中参战规模最大、伤亡最重、战争局面最复杂、政治影响最深远的淮海战役。"当张新科意欲以历史长篇小说的形式表现淮海战役如此重大的一个历史事件的时候，他首先必须面对的问题，就是如何处理纪实与虚构的关系问题。一方面，作为一部历史长篇小说，必须充分尊重基本的历史史实，重要的历史事件与历史人物都容不得一点虚构。这里，一个必要的参照，就是一向被称为"七分实三分虚"的古典名著《三国演义》。相比较来说，罗贯中那个时代的创作自由度还是相当高的。虽然有陈寿一部真实的《三国志》摆在那里，但罗贯中在一些重要历史人物的刻画与塑造上还是相当"任性"的。比如，诸葛亮和周瑜。历史上真实的周瑜，不仅年龄略大于诸葛亮，而且并非嫉贤妒能的心胸狭小之人。但到了《三国演义》中，或许与罗贯中那样一种"尊刘贬曹"的历史观紧密相关，他不仅年龄远小于诸葛亮，而且气量狭小的他还因为所谓的"一时瑜亮"而"气煞"。与罗贯中当年所拥有的创作自由度相比较，当下时代的张新科明显有所不如。尤其是一旦涉及如同淮海战役这样所谓重大的革命历史题材，作家在重要历史事件的呈现，以及相关历史人物的刻画与塑造方面，更是不敢越雷池一步，恐怕只能做一种如实的书写。能否在如此一种严苛条件的限制下，把相关历史人物的人性世界刻画塑造出来，对张新科来说，自然是一种不能不面对的艺术考验。另一方面，既然是一部历史长篇小说，那么，建立在基本历史史实之上的艺术虚构，也就不仅是作家必须做好的艺术功课，而且更为作家艺术想象力的发挥提供了足够充分的英雄用武之地。尤其是由于意识形态的规约和限制，在重要的历史事件与历史人物均不允许被轻易触碰的情况下，作家只能把以虚构为主要手段的艺术想象力，充分地发挥运用到那些“不重要”的普通人物身上。唯其作家拥有了艺术“虚构”创造的自由度，所以，与那些不能不纪实的部分相比较，允许虚构并且充分虚构了的这一部分，其思想艺术成就的相对更夺人眼目，也就是顺乎逻辑合乎情理的一种必然结果。

一部规模宏大的长篇小说，如何设定一种精妙合理的艺术结构，其实是非常重要的一件事情。而对于一部意在关注表现某一重要历史事件的长篇小说来说，艺术结构的重要性，就更不容忽视了。我们注意到，对于艺术结构的重要性，作为一位理性很强且有着多年小说创作经验的小说家，王安忆曾经发表过非常精辟的看法：“当我们提到结构的时候，通常想到的是充满奇思异想的现代小说，那种暗喻和象征的特定安置，隐蔽意义的显身术，时间空间的重新排列。在此，结构确实成为一件重要的事情，它就像一个机关，倘若打不开它，便对全篇无从了解，陷于茫然。文字是谜面，结构是破译的密码，故事是谜底。”[①]既然结构被看作是一种“破译的密码”，那么，分析其具体的结构方式对于理解把握一部小说的重要性，当然也就显而易见了。具体到张新科的这一部《鏖战》，作家为小说所精心设计的，可以说是四条故

① 王安忆《雅致的结构》，见《雅致的结构》第16—17页，上海书店出版社2011年1月第1版。

事线索彼此交叉的艺术结构。

第一条结构线索，是参与指挥淮海战役这一重大战事的中共一方高级指挥官的相关故事。前方将士的浴血奋战固然十分重要，但正所谓“运筹于帷幄之中，决胜于千里之外”，小到一次战斗，大到如同淮海战役这样“参战规模最大、伤亡最重、战争局面最复杂、政治影响最深远”的一次大型战役，其胜败得失的一个关键因素，就是高级指挥官的指挥艺术究竟高明与否。为中共所主导的淮海战役最后胜利的取得，从根本上说，正是中央军委与毛泽东高瞻远瞩，以邓小平为书记，由刘伯承、陈毅、邓小平、粟裕、谭震林组成的总前委统筹领导的直接结果。大约正因为如此，所以作家关于淮海战役中中共方面高级指挥官们的出色书写，自然也就构成了这部长篇小说最主要的一条结构线索。

第二条结构线索，是参与淮海战役这一重大战事的对立方，也即国民党方面高级指挥官的相关描写。正所谓“一个巴掌拍不响”，一场战事，不论规模大小，总得有对阵双方的存在才能够成立。国民党方面包括最高总裁蒋介石委员长，国防部总长顾祝同，以及刘峙、杜聿明、黄百韬、黄维、邱清泉、李弥、刘为章、郭如桂等高级指挥官在这场大规模战役中的具体表现，自然也就构成了《鏖战》的第二条结构线索。

如果说囿于以上所提及的各位都是历史上真实存在过的重要人物，所以张新科不可能充分地展开自己的艺术想象与艺术虚构，那么，接下来的两条结构线索，因为所涉皆是位置相对不怎么重要的普通将士或者干脆就是一般民众，这就为张新科艺术想象与虚构能力的腾挪与发挥提供了足够广阔的空间。具体来说，第三条结构线索所集中讲述的，就是以曾经的徐州昕昕中学学生，毅然参加革命后经过十年的时间历练，业已成为华野敌工部部长的杨云枫所领导指挥的，中共地下情报系统的谍战故事。兵家一向讲究“知己知彼，百战不殆”，在两军对垒的情况下，如果能够通过地下情报系统及时地获知对方的布阵指挥情况，不仅会在很大程度上帮助我方做出合理的战略决策，而且也将从根本上决定战争的成败与否。中国现代史上，中共与国民党彼此纠缠争斗长达数十年之久后，中共之所以能够最终胜出，很大程度上与其不仅布置广泛而且运营特别积极有效的情报系统紧密相关。具体到这部《鏖战》，就连那位整天工作在蒋介石身边，一直直接参与着最高战事部署的国防部作战厅厅长郭如桂，竟然也是身负卧底重任的中共地下党员，可以随时将国民党一方的最高军事机密泄露给中共一方，无论如何都是很难想象的一件事情。到后来，“郭如桂实为共产党安插在国民党内部的谍报人员的消息传开后，台湾方面舆论哗然，一时间把满腔怨恨统统发泄到郭如桂头上，似乎没有他‘投共’，国民党就不会输掉淮海战役，最后也不会逃到台湾”。一方面，固然如郭如桂自己所言，最终决定国共两党胜负成败的，肯定不是自己的卧底，但在另一方面，具体到淮海战役这一大规模的战事，包括郭如桂在内的中共地下谍报人员的情报工作，却也的确发挥着难以估量的重要作用。正因为中共地下谍报人员的工作对于淮海战役的最终胜利有着如此重要的作用，所以，以杨云枫为主导，包括李婉丽、孔汉文、小钱等人物在内组成的这些中共情报人员如何“与魔共舞”与敌人斗智斗勇的故事，方才成为了长篇小说《鏖战》中最精彩的一条结构线索。

最后一条结构线索所讲述的，则是以杨云林、杨全英等一众大杨庄农民为突出代表的那些支前民工的故事。正所谓“兵马未动，粮草先行”，任何一支军队都不可能饿着肚子去打仗，后勤保障工作对于淮海战役这样一场大规模的战役来说，也同样有着非同寻常的重要意义。华野与中野加起来多达数十万人的中共军队，集聚在徐州地区，要完成一场历史性的大决战，部队的后勤保障工作就必须首先做到位。然而，我们都知道，在当时作为一种在野的社会政治力量，共产党在部队的给养保障方面，并不能如同国民党那样具有一种天然的行政优势。要想从根本上解决这个问题，它只能依靠在广大乡村中的动员力量。这样一来，自然也就有了“支前”这样一个专有名词的生成。更进一步地说，张新科之所以要专门设立支前民工这一条结构线索，除了展示中共方面军队后勤保障工作的积极给力之外，更重要的原因，恐怕还是要借此而描写表现中共军队在广大民众中所获得的绝对支持度。包括淮海战役在内国共两党之间数十年间的争斗，为什么最终会是中共一方笑到了最后，所谓的“人心向背”其实是不容忽视的一个决定性因素。很大程度上，我们正应该在“人心向背”的意义上来理解张新科关于杨云林和杨全英他们这一条结构线索的设定。

毫无疑问，正是因为有了以上四条彼此交互穿插的结构线索的精心设定，才使得张新科的《鏖战》这部长篇小说相对成功地实现了对淮海战役这一重大历史事件，从宏观到微观的全面立体的艺术表达。

如果说张新科聚焦的是一次规模宏大的战役，那么，何顿在《幸福街》（湖南文艺出版社2018年12月版）中借助于一条街道所聚焦表现的，则是时代变迁在人们的内心世界留下的精神投影。或许与作家所采用的散点透视方式紧密相关，阅读《幸福街》，我们的首先一个判断就是，这是一部人物群像式的没有主人公的长篇小说。假若一定要为这部作品寻找一位主人公，那么，这个主人公很大程度上就可以被看作是作为故事发生地的这一条“幸福街”。这条被何顿征用为小说标题的幸福街，并非古已有之，而是1949年之后出现的新生事物之一种：“幸福街原先叫吕家巷，一九五一年新政权给街巷钉门牌号时，将它改名为幸福街。最开始大家都不适应，好好的吕家巷，怎么就变成幸福街了？有人以为钉门牌号码的人搞错了。出面制止道：‘同志，你们搞错了，这里是吕家巷。’那些人回答：‘没错，以前叫吕家巷，从现在叫幸福街了。’吕家巷的住户觉得这太荒唐了，不情愿道：‘为什么要改名？’那些人答：‘新社会新气象，叫幸福街好。’既然是新社会为之，大家就噤了声，但幸福街的居民着实花了几年时间，才渐渐接受这个名字。”请原谅我在这里引用小说开头的这么长一段文字。之所以如此，乃因为这样的一种开头设计，对我们理解这部作品有非常重要的作用。关于小说开头的重要性，曾经有论者写道：“开头之重要于此可见一斑也。尤其在《红楼梦》这样优秀的作品中，开头不仅是全篇的有机组成部分，而且能起到确定基调并营造笼罩性氛围的作用。至少，如以色列作家奥兹用戏谑的方式所说：‘几乎每一个故事的开头都是一根骨头，用这根骨头逗引女人的狗，而那条狗又使你接近那个女人。’”“假如《红楼梦》没有第一回，假如曹雪芹没有如此这般告诉我们进入故事的路径，假如所有优秀文学作品都不是由作者选择了自己最为属意的开始方式，或许，我们也就无须寻找任何解释作品的规定性起点。”[①]同样的道理，何顿《幸福街》的开头方式，看似寻常，其实也暗含有进入并理解这部作品的某种玄机。首先，幸福街原来为什么叫吕家巷，虽然叙述者并未做明确的交代，但只要联系后文，我们就不难认定，其实，吕家巷的命名，恐怕与那个住在幸福街一号的前地主兼资本家吕家有着难以分割的内在关联。“幸福街一号的前主人姓吕，吕家于一九四九年前在黄家镇有大片良田，且经营着大米厂和三家米铺，划阶级成分时，是地主兼资本家。”而这，实际上也就意味着后来的幸福街一号，也就是当年的吕公馆。在1949年之前那样一个私有神圣的时代，能够拥有巨大的资产，是一件特别重要且充满荣耀的事情。大约也正因为由于吕公馆驻足于这条街上，所以这条街才被叫作了吕家巷。就这样，假若我们可以把吕家巷的命名理解为那个曾经的民国时代的象征的话，那么，后来被强制性改名为幸福街，就可以被看作是刚刚到来的一个新时代的象征。但千万请注意，街道的这种更名，并非出于本街住户自身的意志，而是新政权强力意志的一种推行结果。借助于街道的“更名”如此一种开头方式，作家要告诉我们的就是，不管你顺应也罢接受也罢，时代的强力意志都不可违逆与阻挡。不管你情愿与否，正如同吕家巷的被改名为幸福街一样，一个全新的社会和时代就这样到来了。我们都知道，也就在差不多同样的时候，杰出的文学理论家，同时也是诗人的胡风，曾经充满激情地歌咏道“时间开始了”。如果我们从小说是一种时间的艺术这一点来考量，那么，何顿笔下的吕家巷被强制更名为幸福街，实际上也就

① 张辉《假如〈红楼梦〉没有第一回》，载《读书》杂志2014年第9期。

意味着一种历史时间和社会时间的新的开启。就此而言，作家在《幸福街》这样一部以街道为具体命名方式的长篇小说中，所真切书写的，就是在新的时间开启之后超过半个世纪的时代与社会变迁。只不过，需要特别注意的一点是，何顿不仅把时代和社会的巨大变迁都非常巧妙地嵌入到了一批普通民众人生命运的书写之中，而且二者之间也达到了一种难能可贵的水乳交融程度。

作为一部人物群像式的长篇小说，《幸福街》中的很多人物形象都给读者留下了比较深刻的印象。这一方面，最值得注意的人物形象之一，就是那位小说开篇不久就已经出场的林阿亚的父亲林志华。林志华给我们留下的最初印象，是一位很有几分桃花运的幸运儿形象。作为20世纪50年代的“个体户”，作为幸福街上一位凭借高超理发手艺谋生的年轻人，因了自身的风度翩翩，最终赢得了周兰这样一位师范学校毕业的漂亮姑娘的芳心暗许。然而，这个时候的周兰肯定想不到，等到“文革”爆发，大规模的政治运动再度到来的时候，自己竟然会因为丈夫林志华的被认定为国民党特务而对当初的这种婚姻选择而悔煞肚肠：“周兰老师特别恨，要知道当年她走进这处遍地古树的古镇，在迎宾路小学安顿下来时，好几个青年都追她，其中一个还是区里的干部，如今那干部调到县水电局当了副局长。可她却糊里糊涂地选择了林志华！上个月，林志华被定为国民党特务，判了十五年有期徒刑，周兰老师并不相信林志华是国民党特务，说林志华有资产阶级思想，她还是会默认。但那个年代十分荒诞，很多事情的处理都有些出人意料。还有更惊奇的事情，婆婆竟被打成现行反革命，据说婆婆说了一些有逆当时政治大气候的话，也被判了刑。”关键在于，好端端的，林家怎么会遭此劫难呢？问题出在婆婆私藏着的一支手枪上。那么，手无缚鸡之力的婆婆，又为什么要藏一支在和平时代毫无用处的手枪呢？却原来，林志华的父亲，曾经是孙传芳手下的一个连长，后来被国民党收编后，曾经以团长的身份参加过著名的淞沪会战，并在战斗中打死过很多日本鬼子。尽管说这位曾经的抗日战士早在1947年就被病魔夺走了生命，但婆婆却把这支早已锈迹斑斑的手枪一直保存下来。用她的话来说，就是：“这能丢的？这是你公公的遗物，你公公曾拿着这把枪打死过很多日本鬼子呢。”丈夫逝去，妻子不管不顾地非得把丈夫的遗物作为一种念想保留下来，这本身是人性温暖的极好体现。孰料由于遭逢了一个政治畸形年代，由于邻人陈兵的带头抄家，他们一家三口全部被带走做进一步的审查。最后的结果，除了周兰被放回家之外，林志华和母亲分别以国民党特务和现行反革命的罪名被羁押收监。

林志华因被认定为国民党特务出人意料地被羁押收监倒在其次，更令人感到莫名惊诧的一点是，身在狱中的林志华，到头来竟然会把曾经的妻子周兰也诬陷为国民党特务。却原来，在林志华被判刑入狱之后，生性懦弱，在生活中需要有男性呵护关心的周兰，经过差不多长达一年之久的犹豫彷徨后，为了自己，也为了林阿亚，终于下定决心和林志华办理了离婚手续。但周兰根本就没想到，就在办理离婚手续的过程中，自己的美色却意外地惊艳了凭借不正当手段篡上权位的区革委会严副主任。面对着心态霸蛮、手段凶狠的严副主任，周兰虽然一再抗拒，但还是无可奈何地成为了他身份不公开的姘头。就这么担惊受怕、被逼无奈地过了一阵子姘头日子之后，因为工作调动的缘故，周兰不仅结识了芙蓉路小学的彭校长，而且还两情相悦地达成了结婚的意向。

既然要与彭校长结婚，要开始一种新的生活，那就必须中断与严主任（严副主任此时已经升任为严主任）之间的不正当关系。周兰一反抗，就必然要触怒严主任的威权。这样一来，也就有了林志华诬陷周兰行为的生成。严主任因为周兰执意要摆脱自己而恼羞成怒，他的部下，那个一贯以整人为乐事的刘大鼻子便巧妙地利用林志华的嫉恨心理，诱导他在狱中以口供的方式诬陷周兰为自己的同党，为国民党特务。林志华锒铛入狱后，妻子周兰不仅拒绝前来看望他，而且还不顾一切地和他办理了离婚手续。周兰的这种无情决绝，让身陷囹圄渴望温暖的林志华倍感伤心："他每天晚上望着铁窗外的天空想的第一件事就是，为什么他们的妻子那么有情有义而周兰却如此薄情？每当他看见两个已婚犯人的妻子送来肉或猪油或香烟时，他馋得要命，这种恨就会加深一层。恨，一层层加深，累积多了自然会反弹，因为在不是炎热不堪就是寒冷无比的牢房里，如果不想泄恨的事就没事可想了。机会是刘大鼻子提供的。"林志华原初被迫承认自己是国民党特务，本就是被刘大鼻子们屈打成招的一种结果。但人性的吊诡之处在于，在他痛恨刘大鼻子的同时，却把更多的仇恨指向了前妻周兰："但他更加无法容忍前妻尚未与他离婚（此处或为作家何顿的笔误，依照情节发展推断，这个时候周兰应该已经与林志华办理了离婚手续）就跟别的男人上床！这不是不道德的问题，是无视他的存在，是背叛！"正是在如此一种极端仇恨心理作祟的情况下，"他恨恨地大声道：'我揭发，周兰是我发展的国民党特务！'"一个男性的嫉恨心理，竟然可以达到如此一种地步，细细想来，的确让人倍感震惊不已。对于林志华这种严重被扭曲的不正常心理，何顿还借助于叙述者之口有着更进一步的揭示：

“在监狱里关了几年的林志华，思想已长了霉，犹如树根上长了有毒的蘑菇。他一想到周兰与另一个男人交欢，就嫉妒得眼睛充血！”

在那个充满荒诞色彩的年代，既然已经有了林志华的口供，刘大鼻子们也就可以为所欲为地把周兰硬是作为国民党特务判处了十年徒刑，如果不是周兰自己坚决不承认，不是后来幸运地遇上了市里下来视察工作的那位年轻领导，那周兰还真有可能冤枉地在狱中被关押十年时间。周兰的不幸与幸运之外，更加值得关注的，是林志华在诬陷周兰后的自我了断。当然，林志华的如此一种自我了断，与他的生性有着内在的紧密关联：“他不是一个有话就说出来让大家分享的人，事实上他是一个精于计算、暗中独占好处的在黄家镇长大的小男人，这种男人太防范别人了因而内心是关闭的，想问题总是往一个死角钻，极容易悲观。这种抑郁和悲观的情绪发展到次年春天，就发展出问题来了。有天，他忽然感觉自己相当愚蠢，想自己被他们利用了。他想一定是他们想欺凌周兰，周兰不从，就利用他的话加害周兰。他们煽动起他强烈的嫉妒心，让他在嫉妒心的指引下充当了帮凶。‘我真是糊涂啊，怎么当时就没看到这一层呢？！’”就这样，由于他那过于狭小的心胸，当他终于认识到自己被人利用而产生了强烈的悔恨心理之后，他竟然在牢房里上吊自杀了。认真审视林志华这一人物形象，一方面，何顿的确不失精准挖掘出了他的人性深度，无论是他的心胸褊狭，还是他那无以自控的嫉妒心，抑或是他后来的悔恨交加，都很容易就可以让我们联想到莎士比亚笔下的奥赛罗。我们注意到，在《幸福街》中，叙述者曾经借助于陈曼秋和黄国进之口，专门讨论过奥赛罗的杀妻悲剧。黄国进认为：“奥赛罗太自负了，也太容易被人骗了，智商不高。”而陈曼秋则认为：“是奥赛罗的嫉妒心太重了，这种人头脑不清醒，因嫉妒心导致他人格分裂。这是他杀死妻子苔丝狄梦娜，自己又悔恨地自杀在苔丝狄梦娜身边的原因。这个悲剧是人物性格造成的。”两相比较，当然是陈曼秋的看法更具合理性。事实上，与其说这种看法是属于陈曼秋的，莫如说更是属于何顿自己的。虽然说具体的故事情节并不相同，但在某种意义上说，他笔下的这位林志华，还真是可以让我们联想到奥赛罗的。但在充分肯定林志华别具一种人性深度的同时，我们却也必须看到时代与社会在其人生悲剧过程中的巨大投影。毫无疑问，若非遭逢了二十世纪五六十年代那样一个特定的历史时期，那么，林志华和周兰就极有可能幸福而又平静地度过他们平庸的一生。从这个角度说，林志华的悲剧，就既是性格的悲剧，同时也是时代与社会的悲剧。

相比较来说，赵焰的长篇小说《彼岸》（载《红豆》杂志2019年第4期）就更多地沉溺于个人的记忆之中了。面对《彼岸》，我们首先应该注意到的，就是叙述形式上的一种特别设定。具言之，也就是叙述者“我”和人物“他”的合一与分身。一方面，作为第一人称叙述者，小说中的所有故事都是经由“我”的叙述视角讲述而出，即使是那些早已远逝的历史往事，也同样是由“我”转述给读者的。但在另一方面，我们却又可以发现，这个叙述者“我”，一旦反身到一个人成长关键时期的少年时代，一旦反身到看起来已是相对遥远的20世纪70年代，马上就变身为自始至终都处于无名状态的“他”：“我会不由自主地被它吸引，跟随记忆的召唤，置身于时光之下，就像一个观众，栖身于观众席，静静地回眸往昔的时光。仿佛电影胶片，再次在眼前播放。主角已不再是我，而是他，一个小男孩。我与他相互凝视，构成了彼此的对应；我可以穿越记忆的河流看到他，能看到他的背影，却看不到他面孔的真切；而他呢，也可以在想象中，在灵魂的深处意识到一个将来的我，如同意识到一点光亮，像目睹对岸的星星之火，或者感知未来冥冥的昭示。”“这是另一种真实。与现实的时空观相同的真实。”这里，除了作家一种迥异于寻常的带有明显超越性的真实观，另外一个不容回避的问题就是，绝对拥有人物命名能力的赵焰，为什么拒绝给“我”/“他”这个人物命名呢？对此，我想从两个方面给出相应的解释。其一，如果说第一人称“我”更多地显示出一种主观性色彩的话，那么，第三人称“他”所具备的，就更多的是一种客观性色彩。赵焰之所以一定要在小说创作过程中完成这种人称的转换，正是为了能够尽可能摆脱“为自己讳”的心理羁绊，以达到更接近于事物存在真相的客观性叙事目标。其二，赵焰之所以拒绝给“他”以具体的命名，肯定是要凭此而赋予人物一种更具普遍性的抽象性特质。这一方面，鲁迅先生笔下那个早已不朽的人物形象阿Q，就是一个非常恰当的案例。如果说，当年同样拥有命名能力的鲁迅，为了达到普遍的国民精神性象征的艺术目标，可以借用一个带有突出抽象性的字母“Q”来为人物命名，那么，很多年之后的赵焰，也一样可以将一个具体的人物形象径直命名为“他”。究其根本，赵焰之所以要采用如此一种带有突出抽象性特质的叙述人称处理方式，正是为了使“他”具有更普遍的代表性，将“他们”这一代人的生存经验与心理体验更多地凝结体现在“他”这一具象化的人物形象身上。与此同时，我们无论如何都不能轻易忽略的另外一点，乃是作家由此而获得的那样一种叙事自由度。归根到底，作家赵焰在这部被命名为“彼岸”的长篇小说中，之所以能够如同高水平的自由体操运动员一样，以一种闪转腾挪的方式自如地出入于历史与现实、过去与现在、时间与空间、此岸与彼岸、形而下的生活实体与形而上的哲学玄思之间，正与如此一种叙事自由度的获得，存在着紧密的内在关联。

作为一部长篇小说，虽然说《彼岸》是由三条彼此交叉的结构线索组合而成的，但其中最主要的一条，却无疑是与第一人称叙述者“我”亦即人物形象“他”的个人成长紧密相关的发生在20世纪70年代的那段故事。具体来说，“他”人生故事的开始，是不经意间目睹了一个女人不无艰难的生产过程。那是在“他”五岁时候一个春雷震荡的上午，“他”“醒世了”：“醒世的涵义，是混沌初开，有了记忆，也有了自我。”“人的醒世，如光照耀混沌天地，一切有了亮色，有了记忆。”那一次，“他”跟随着母亲在公社大院里。母亲突然间不见了，传入“他”耳中的，是一个女人声嘶力竭的哀号。就这样，一个女人的生产场面深深地刻印在了“他”的脑海里：“正对着他视线的地方，放着一张床，同样污秽的床单上，躺着一个女人，下身赤裸着，肚皮挺得老高。叫声就是那个女人发出的，她如生病的老猫一样扭动着身躯，不断发出哀鸣，有血水不时从她两腿之间流出，地上小山般堆满了沾染了血水的草纸。他的内心害怕又好奇，看得心惊肉跳，血往头上直涌，双脚不由自主地颤抖，松软得差点跪下来。”如此一种不无丑陋惨烈的女性生产过程无意间的目睹，就这样不期然地成为“他”“醒世”的起点。一个人的生命记忆，就此而开始建立。但需要特别强调的一点却是，正如同这个女人的生产过程一直伴随着污秽的血水一样，“他”“醒世”之后建立起来的个人生命记忆，以及由此而进一步延伸开去的广义层面上的历史记忆，都伴随着堪称惨烈的“血水”。某种程度上，赵焰这部《彼岸》所呈现在广大读者面前的，就正是这样一种充满着惨烈“血水”的个人生命记忆与历史记忆。

具体来说，与“我”的个人生命记忆紧密相关的这一条结构线索中，作家主要讲述的，乃是“他”成长过程中非常重要的两大部分。首先一部分，是“他”、小玉以及小芙他们三位之间，那样一种真可谓“剪不断理还乱”的纯真少年情谊。或许与母亲打小就把“他”当作女孩子来抚养有关，那时候的“他”，总是一副有着一头弯曲柔美头发的，生性柔弱的女性化模样。唯其如此，所以在日常生活中，“他”才总是要想尽一切办法，去努力证明自身男性气概的具备。“他”之所以会对同性的如同小玉这样一个大男孩产生一见倾心式的向往与追求，恐怕正是如此一种自卑心理充分发挥作用的结果。具体来说，“他”和小玉之间的情谊，起始于脚穿一双回力牌白球鞋的小玉，在操场边向“他”借了一颗弹子去玩打弹子游戏。那一次，虽然只是借了一颗弹子，但到后来，小玉还给“他”的，却是出乎“他”意料之外的满满一捧弹子。两位男孩子之间的少年情谊，就此而彻底铸定。对于“他”和小玉之间超乎寻常的这种同性情谊，作家曾经以这样的笔触做出过富有诗意的生动描述：“后来他想，一切都是缘分，之所以遇上小玉，不是他拥有超出一般男孩的能力和品质，而是时间、地点，说不上的气息，在起着作用。当然，彼此的气质、音容、笑貌、举止，也起到了黏合作用。他们如此契合，彼此渴望，像两粒水珠一样急切地聚成一体。所有的理性判断，以及试图贴上的词语，都显得太轻飘太苍白。写出与分辨出来的，跟本来从来就是两码事。”然而，心地单纯的“他”，根本就不可能料想到，自己与小玉之间的情谊，竟然会因为女孩小芙的出现而遭到强有力的挑战。女孩小芙与小玉的结识，其实缘于小玉一种勇敢的“英雄救美”行为。那一次，当身穿花裙子的小芙和她的弟弟大头在街上被一伙调皮的坏孩子用弹弓和纸弹欺辱的时候，毅然地挺身而出对他们姐弟俩伸出援手的，就是这位拥有满腔侠骨柔肠的小玉：“小芙说，她看见自行车上的小玉，就像看见英俊的骑士骑在马上一样。她听见小玉冲着那些坏孩子大吼一声，那些坏孩子吓傻了，一个个作鸟兽状散去。然后，她就看见了小玉看了她一眼，眼中充满着怜爱，又递过来一条干干净净的手帕，让他们擦去眼泪。”问题在于，好端端的，那些坏孩子为什么一定要对小芙姐弟俩“大打出手”呢？行文至此，叙述者“旁逸斜出”地结合那个特定的畸形野蛮时代给出了相应的思考：“后来他想：那些打弹弓的坏小子应该是一种妒忌吧？对于美，人们都会有一种妒忌的。那帮人显然是想以他们带有恶意的行动，来表示一种友爱；是示好的方式，只是以扭曲的方式表达罢了。而这个时代，本来就是扭曲着对待万事万物的。确实，在这个世界上发生的一切，都能佐证这样的观点。只要是得不到的，或者不懂的，就会憎恨它，甚至毁坏它。那些尚没有成人的坏小子，只是将那个时代的邪恶释放出罢了。”也因此，隐藏在这些坏小子欺辱行为背后的，即是人性本身的邪恶，更是时代与社会的邪恶。能够“旁逸斜出”地把这一点揭示出来，所充分证明的，正是作家赵焰一种突出思想能力的具备。

就这样，什么事情都没有发生，仅仅是因为小芙不经意间的出现，便顿然使得“他”、小玉以及小芙三人之间的关系，陷入到了某种空前紧张的状态之中：“我不屑与她为友，而她也不屑向我表示好感。我们两个中的任何一个人，都可以和小玉关系融洽，无缝无隙。可是每当三个人在一起时，总别别扭扭，就像轴承之中夹入一粒沙子。我和小芙相视为陌路人，不仅无话，目光也从不相对，总是有意无意地忽略，即使偷偷相瞥，也总是乜斜着眼睛，带着明显的不屑。”尽管在意识到问题存在之后，置身于其中的小玉，也曾经做过很多次的调和努力，但终归没有能够取得理想的效果。说到“他”、小玉以及小芙这两男一女三人关系的设定，赵焰的一个别出心裁之处，就是超越了一般作家总是难免会陷入到其中的三角恋艺术窠臼，把小玉设定为中心人物，让“他”和小芙围绕小玉感情的拥有而“争风吃醋”，而发生了尖锐激烈的矛盾冲突。在那个书籍与知识特别匮乏的时代，为了能够更好地巩固与小玉之间的情谊，一旦得知曾经下乡做过两年知青、很是有一点思想的小玉热衷于阅读的情况，“他”便不管不顾地利用子弟的身份，开始了在群艺馆图书室里的“窃书”行为：“源源不断地，他为小玉拿来很多种让他欣喜的书。《第三帝国的灭亡》《屠格涅夫散文选》……让他开心的是，每一次带书过去，都让他撇下小芙，把她冷落在一边。在他看来，书籍就是智慧，或者说，文字就是智慧，书还有着摒除妖孽的作用，书就是夹在小玉和小芙之间的屏风，会拉着他的视线不再看她。至于小芙，虽然她很漂亮，但她就是妖，就是《聊斋志异》中的女鬼，不能让小玉更多地接近她。他天真的想法，以及乐此不疲的成就感，让他满怀激情地频繁出入书库，以致离危险越来越近。”正如同一只蝴蝶在巴西扇动翅膀，就很可能在美国的得克萨斯引起一场龙卷风一样，“他”根本不可能想到，正是自己“窃书”行为被图书管理员俞美芹的发现，最终酿成了小芙母亲李玉茹的人生悲剧。李玉茹的人生悲剧这里暂且置而不论，需要注意的一点，是作家通过“我”的“窃书”事件揭示的20世纪70年代初期知识与文明的极度匮乏问题：“每当公开或半公开谈及这一段趣事时，他总是说，那时他空虚得要命，无书可读，于是便赊着胆子去偷‘毒草’。正是因为那一段带有冒险性质的行动，他读了很多书，知道了人间与世界的纷纭与复杂，也知道了世界的神秘。书真是好东西，书就是智慧，是人类文明的象征……”一方面，千方百计地讨好小玉，固然是“他”不管不顾地“窃书”的主要动机，但在另一方面，借此机会从书籍中获得了充分的精神滋养，却也可以被看作是意料之外的一种收获。

书籍的作用固然重要，但“他”根本没有料想到，有朝一日，自己煞费苦心从图书室“窃”得的书籍，竟然会在一架老式的照相机，在小芙面前落了个一败涂地的结局：“琴声如诉，只是开头。将他们进一步连接的，是那架120海鸥相机。就是挂在脖子上，可以低头从框子里看到影像的那种相机。一开始，他以为小玉迷上了摄影，后来才知道，其实小玉不是对摄影感兴趣，而是以相机为媒，可以更多地接触小芙，还有，就是相机提供了观察小芙的更多可能性。”面对着相机，一直对小玉“情有独钟”的“他”，终于万般无奈地发现自己已经在不知不觉间被“排除”出局：“小玉、小芙、120相机，三个联手，把他划在局外。”“在相机面前，书本无疑是失败者，书与文字，本来就是极度无聊的产物，它难得有生趣，只是以枯燥的思想见长，离生活很远。这是一个尴尬或者痛苦的过程，很多人并不习惯于这样的过程。有着灵魂的书，在某种意义上，真是敌不过美丽的倩影。”究其根本，拥有灵魂的书籍，最终不敌相机，更因为那个时代的相机与暗房紧密地联系在一起。唯其如此，也才有了赵焰这样一段关于暗房的精彩文字：“相比于小小的相机，暗房更像是空间的进一步深入和拓展，这空间既是物理性质的，也是情感性质的，更是人性本身的要求。于人的本性，男女之间的相处，更愿意在一种黑暗和窄小的状态。在黑暗中，他们会更大胆，更放得开，更容易完成质的变化——所有的背景都会退去，包括场景和声音，只有他们，在黑暗的挤压下，变得越来越近，无论是身体还是心灵。这场景不可多得，可以说天造地合。”在“如此富有诗意的黑暗中，什么不会发生呢？影像在黑暗中开成花朵。他们本身，也成为黑暗中的花朵”。就这样，既然小玉和小芙已然借助于相机的媒介而成为“黑暗中的花朵”，那么，“他”被迫无奈远离小玉时刻的到来，自然也就成为不可避免的事实。那一次，在他们三个人又一次聚在一起的时候，“他”终于感觉到了自己存在的多余：“终于，小玉站起身来了，无可奈何地摇摇头，走到门边，拉开门，用目光冷冷地看着他，这明显是示意他离开了。”面对着小玉冷冰冰的目光，“他坐在那里，如坐针毡，感到失望极了，伤心极了。起先，他仍然坚持坐在那里，一动不动”。但到后来，随着时间一点一滴地悄然逝去，“他”终于还是坚持不住了：“他低着头，闭着眼走出了房间。他一点也不想看小玉，更不想看小芙，这个房间的一切，他都不想再看了。刚走出，就觉得木门在后面掩上了，又听见了插销的声音。”紧接着出现的，也就是不甘心的“他”在门缝里的偷窥行为：“肉体与肉体如此之白，白得仿佛发出灰色的光，像两只放大的蚕一样纠缠在一起。”作为一位对小玉“情有独钟”的男性青年，被迫无奈地退出小玉的情感领地，其内心的失落与忧伤，自然可想而知。在遭受了如此一种突如其来的情感打击之后，“终于，那个小男孩‘哇’的一声哭了，像夏日午后闷热天气导致的暴风雨，以及暴风雨之前的闪电。这哭声并不是伤心或仇恨，而是窥视了人类自身的弱点，开发了相应的惊异和恐惧。”一段美好的“幻象与情感，就这样永远埋葬起来，埋葬在上个世纪的七十年代初”。这里的一个关键问题是，我们到底应该怎么样给“他”和小玉之间的这种情感定位。一方面，因为发生在同性之间，所以首先就排除了爱情的可能。另一方面，虽然发生在同性之间，但从赵焰的具体描写来看，两位男性之间却也丝毫都没有同性恋的倾向。由此可见，“他”和小玉所发生的，其实只能是一种与“他”柔弱的自卑心理紧密相关的，同性少年之间的纯真情谊而已。甚至，包括小芙在内，他们三位之间情谊都是非常纯真的，只不过因其纯真，这种情谊却也显得特别脆弱。对此，叙述者有着真切的洞察：“小玉、小芙以及他，无论他们生活的背景，他们的出身，他们的性别，其实都是一类人，有着相同的质地，相同的欲望，以及相同的玻璃心。他们只是尴尬地撞上了那个时代，阴差阳错中，酿成了他们的茫然无措，以及悲惨结局。”此处所谓悲惨结局，毫无疑问就是指小玉到最后竟然令人难以置信地因杀人犯的罪名而被处以极刑。因其与另外一条结构线索紧密相关，这里暂且按下不表。但不管怎么说，伴随着“他”和小玉的情谊因小芙介入而发生的断裂，一种少年之间的美好情感就此而被彻底埋葬。在这个意义上，赵焰的这部《彼岸》就可以被看作是一曲建立在个人生命记忆基础上的青春挽歌。

而女作家周瑄璞《日近长安远》（载《十月长篇小说》2019年第2期）的主要成就，就是相对成功地刻画塑造了罗锦衣这样一位野心勃勃的女性形象。故事开始的时候，罗锦衣与甄宝珠一起，因为高考的数度落榜而犹豫徘徊在人生的十字路口。她们俩之所以不屈不挠地坚持参加高考，是因为她们深知，作为出身于乡村世界的普通青年，要想改变自己的命运，从乡村进入城市生活，除了依仗高考这一条路径之外，可以说别无他途。但要想再一次参加高考，却又面临着家庭贫穷，父母是否有足够的经济能力继续供给自己参加复习的严重问题。必须承认，周瑄璞的如此一种设计与描写，很容易就可以让我们联想到路遥的中篇小说《人生》。《人生》中的高加林，与罗锦衣、甄宝珠她们所面临的人生困境极其相似。也因此，读到这个地方的时候，我曾经形成某种隐隐的担忧：难道同样身为陕西作家的周瑄璞，竟然要在自己的《日近长安远》中刻画塑造一位女版的高加林形象吗？笔者的如此一种担忧，伴随着故事情节的渐次展开，很快就被打消了。这其中，对于周瑄璞意欲批判反思一种“欲望化”人生的主题表达发挥着重要作用的一个小说细节，就是那位手持苹果的神秘老人的意外现身。就在罗锦衣与甄宝珠相跟着走到北舞渡桥头就要分手的时候，那位神秘老人出现了：“对面一个老婆，从桥上走来，头上的白发被夕阳染成红色。走到桥的这头，与两人迎面，笑眯眯问：‘这俩闺女，学里回来了？’锦衣咹了一声，向她笑笑，宝珠从书包里掏出厚厚的一卷卫生纸，将书包交给锦衣，她进了路边用砖垒的小厕所，叫锦衣站门外给她看着。”两位女同学，一个进厕所了，一个在外边等着，一个料想不到的奇迹，就在这个时候发生了：“老人摸摸索索，从怀里掏出一个苹果，递给她：‘要是有俩，一人一个多好，可就这一个，给你吧。’她手托苹果伸向罗锦衣。”在把苹果强送给罗锦衣的同时，这位神秘老人还讲了这么两段话：“这么好的苹果，我没牙了。你看你的脸，就像这苹果。有福人能看出来。你将来，不会在家里，肯定要到外面去。”“老话说，人的命，天注定，不信不中。你说说，我正想着一个苹果，该给谁呀，她就进茅子里了。这不是命是啥。唉，我这一辈子，心强命不强，落个使得慌，到老了，连个苹果都咬不动。快装书包里吧，别叫她见了。”做完以上的交代之后，这位神秘老人很快就消失不见，一直到小说结尾处被罗锦衣再次想到之外，她在文本中再没有出现过。

这位神秘老人以及由她送给罗锦衣的那只红苹果，很容易就能够让我们联想到古希腊神话中欲望的“金苹果”的故事。依照记载，故事发生在人类英雄帕琉斯和海洋女神忒提斯的婚礼上。在当时，众神均受邀参加婚礼，唯有不和女神厄里斯没有受到邀请。因此耿耿于怀的厄里斯，便在婚礼上将一个金苹果呈现给宾客，上面写着“送给最美的女神”这样几个字。不出所料，女神中地位最高、同时也是自认为最美丽的三位女神——神后赫拉、智慧女神雅典娜、美与爱的女神阿芙罗狄忒她们三位，果然为了这个金苹果的归属而一时争执不下。当此难分难解之际，天神宙斯只好让山上牧羊的漂亮小伙子帕里斯来做最后的评判，由他定夺金苹果的归属权。三位女神为了获得金苹果，分别开出了诱人的优厚条件：赫拉不仅可以赐予他无上的权力，而且还能够保佑他做一个高高在上的统治者；雅典娜愿意赐给他以足够的智慧和力量，鼓励他有勇气去冒险，并进一步闯荡出一条大英雄的辉煌道路；阿芙罗狄忒不仅保证可以让世界上最漂亮的女子爱上他，而且还可以成为他的妻子。帕里斯思来想去，觉得权力和统治地位，他等着以后继承父亲的王位就可以了，英雄的道路他完全可以凭借自身的过人本领去大胆闯荡，唯独真正的爱情却是可遇而不可求的。就这样，在经过了一番思索与比较之后，帕里斯最终将金苹果判定给了阿芙罗狄忒。到后来，帕里斯在阿芙罗狄忒的帮助下，果然拐走了斯巴达的王后，那位被公认为天下第一美女的海伦。但也正是海伦的这一被拐，最终成为长达十年之久的特洛伊战争最直接的导火索。大约也正是从这样的一个神话传说起始，金苹果就成为了人类“欲望”的代名词。这一方面的一个突出例证，就是那位大名鼎鼎的捷克作家昆德拉，他曾经写过一篇名为《永恒欲望的金苹果》的小说作品。以我所见，周瑄璞在这里所特别设定的那位神秘老人和那只红苹果，绝对应该在一种“欲望”的意义上来加以理解。一方面，按照那位神秘老人的说法，罗锦衣后来脱离乡村后在官场的那一番“飞黄腾达”的经历，乃是命中注定的一种必然结果。但在另一方面，很大程度上，那只红苹果其实更可以被看作是罗锦衣这一女性形象内心深处一种强力人生欲望“外化”的产物。质言之，借助于如此一个充满象征意味的具体物象，周瑄璞意欲表现的，正是罗锦衣这一女性形象内心深处一种被“欲望化”时代所强力催生出来的“欲望”内驱力。

当然，我们也可以把这只来历充满神秘色彩的红苹果，理解为罗锦衣人生野心不断膨胀的性格特征的一种象征性隐喻。这样一来，整部《日近长安远》中罗锦衣的这一条结构线索，就可以被看作是她如此一种性格特征充分展开的全部过程。反正，一种显在的文本事实是，从打罗锦衣成为北舞渡民办教师的那个时候开始，她就开始了自己简直就是不择手段的人生或者说官场攀升过程。具体来说，罗锦衣“欲望”人生的第一场戏，是从她不期然地邂逅了北舞渡公社的教育专干孟建设开始的。那一次，在北舞渡公社出现了一名公办教师的编制空缺后，孟建设专门托人给罗锦衣和另外一个名叫周秀玲的老师捎话，让她们在路过公社时专门找他，以便捎回去一封文件。一直渴盼着能够获得上升机会的罗锦衣，得知消息后很快就出现在了孟建设面前。面对着孟建设提出的“咋样报答我”这样一个尖锐的问题，罗锦衣如同喝醉酒一般一时间陷入到了不无激烈的自我矛盾冲突状态：“当一个男人承担着拯救角色，对女人有强大的实用功能，那就会被蒙上一种情欲色彩。罗锦衣在田地边漫无目的地走着，天黑了，她不知道饿……大地承载着一切，缓慢转动，就要沉沉睡去。而罗锦衣体内的一切正要醒来，有一番饥饿与狂热从她身体里升起，她感受到一种勃发的力量和疯狂的冲动，陷入一种源远流长无以自控的深度湿润，她的身体变为沼泽，行走都已经不利落，她盼望着夜晚的来临，好似已经忘记了这场交易的由起，忘记了公办老师迷人的光环。年轻的身体里，只有一种代号商品粮的情欲。理想也是情欲，奋斗也是情欲，四季都是情欲，就连这将要收割的，一片无边无际的金黄色的豆子地，也变作一触即发的情欲，四周各种虫鸣混合一处，是一场宏大交响乐，秋天是虫子繁殖的季节。它们在拼命歌唱、交配，彻底暗下来的世界变成一张情欲的大网，身边河水里涌动着的，是全人类的情欲。”一方面，罗锦衣清楚地知道，孟建设向自己索要的是什么样的一种兑换代价，另一方面，对于急于把自己变身为可以吃商品粮的公办教师的罗锦衣来说，孟建设提出的非分要求不仅没有把她吓退，反而激发出了其身体与内心深处所潜藏着的强劲情欲。唯其如此，她才会更进一步生出如下一种感觉："生活了二十多年的土地，我能脱离你吗？我能将身份变成商品粮吗？啊，那需要我把自己的身体先变为商品。她的步子快了一些，她要将自己打造成一枚亮晶晶的无坚不摧的子弹，射向命运的靶心。"应该注意到，一般人面对如此一种选择机遇的时候，往往会纠结于到底该不该为了获得这样一个吃商品粮的机会而献身，但到了生性便欲望特别强烈的罗锦衣这里，如此一个机遇的出现，所激发出的，竟然是她一种充满兴奋感的强烈情欲，甚至可以说是一种莫名的献身热情。其他人是为了获得某种现实利益而被迫献祭自己的身体，到了罗锦衣这里，却是充满主动性地以身体作为交易的筹码，进而获取自己所试图得到的现实利益。就这样，主动与被动的位置一颠倒，罗锦衣的个性化性格特征也就被凸显出来了。

从最早的通过身体由民办教师兑换成为吃商品粮的公办教师为开端，内心里根本无视所谓道德律令的存在，内在"欲望"特别强烈的罗锦衣，就开始了她自己以身体为唯一兑换筹码的人生或者官场的攀爬过程。从乡下到县城，到市里，再到省城，从最初的民办教师，到公办教师，到市里的机关干部，到省城里市教育局下属的一个区级教师进修学校的普通行政干部，到学校的副校长，一直到享受正处级待遇的某设计院的院长，"欲望"不断升级的罗锦衣，就这样一路走来一路攀升。而她唯一可以依凭的兑换筹码，说到底自始至终都只是自己那个欲望格外炽烈的身体：

“在多年里，她仍然在办公室备着洗漱用品，她大大的包里，有一个小毛巾，几个简单的小瓶子小盒子，随着时间的推移，这些小瓶子小盒子的档次有所提高，有的是各级领导送的，有时是对方随手给个购物卡什么的，总之她那不变的洗漱袋里，装备在变得高级。夹层的角落里，还是有安全套。但那是对方提出用的时候，她才拿出，对方若不提，她是永远不会拿出来的，反正她再也不用担心怀孕了。也并不是都要上床，有实质性的肉体接触，有时候那些下基层的上级领导，正直纯洁，十分爱惜自己的羽毛，比她还要害羞扭捏，基层人民，尤其是基层女人表现出全方位的崇拜赞美顺从臣服愿意为其做出一切的姿态，已经足够，也是很感动人的，让他们临走时紧紧握着你的手告别，离开几天了想起你心里还是温暖。”就这样，以身体献祭的方式而不断获得人生或者官场道路上的攀升，自然也就成为了罗锦衣的“不二法门”。很大程度上，正是因为罗锦衣内心深处有着过于强烈的攀升欲望，所以，更高一层权力的拥有，才往往会使她的精神世界处于极度疯狂失态的状况。我们只要认真地观察一下周瑄璞关于罗锦衣好不容易费尽九牛二虎之力方才成为设计院院长之后的相关描写，就可以对这一点有真切的了解。获知自己终于升迁为设计院院长的消息之后，罗锦衣在无眠的夜晚不由自主地联想起了一连串曾经走红过的歌曲。从《我爱你中国》，到《我们的家乡在希望的田野上》，到《甜蜜的工作》，到《红岩上红梅开》，到《啊，玫瑰》，到《滚滚长江东逝水》，到《东方之珠》，到《北国之春》，到《阿诗玛》，到《马儿慢些走》，一直到电影《小花》的主题曲《妹妹找哥泪花流》，周瑄璞通过这一系列歌曲的罗列，所形象传达出的，正是罗锦衣那样一种如愿以偿后的激动狂欢心态。

我们注意到，或许与权力所拥有的巨大威力紧密相关，只要与权力一发生关联，罗锦衣的身体就会处于湿润兴奋的状态。正因为如此，一旦权力过期或者失效，罗锦衣的身体与意识马上就会做出相反的反应。这一点，突出不过地表现在她与程局长的关系演变上："去年，程局长退休了。她想，他们的关系，也将顺势而终吧，自然消亡吧。不想程局长还时不时联系她，期待再续前缘。她也勉为其难地应付一下。神奇的是，再也不像从前那样，自动湿润了，权力难道是这么神奇的东西？"既然身体已经不再做出积极回应，那么，罗锦衣也就采取了一再推诿拖延的应对姿态："每次邀约在三五次以上，她不得已光临一回。"然而，这个时候的罗锦衣根本就没有料想到，正如同程局长会有因为退休而失去权力的一天一样，自己的身体也会随着年龄的增长出现不再湿润兴奋的状况："她壮硕的外表下有一颗敏感的心，尤其中年之后，心灵细若游丝，好像这世上所有话题与场景都为了提醒自己一个事实：你已老去。所有的人与事，合力让你变得内心卑微，容易生出愤怒或者突然的感动。"正因为已经明确意识到了自己身体优势的丧失，所以罗锦衣才会在面对小健的年轻的身体时保持了一种理性的克制："在小健的热情相邀下，罗锦衣的手指检验了它，可她没有欲望，一种罪恶感悬在头顶，就算小男人出于一时冲动、出于什么目的和你有了那事，事后懊悔，怎么和一个老女人这样过，那是她不能接受的，她怎么能让一个男人嫌弃自己。"但一个人，尤其是如同罗锦衣这样一位有着难以自控的强烈欲望的女性，其理性终归是有限的，一种长期被冷落的心理积怨慢慢累加的结果，就是内心世界的极度失衡，就是心态失衡之后的猛然爆发。具体来说，罗锦衣最终的心理失衡，就表现在她对下属卢双丽的肆意凌辱与大打出手上。卢双丽是设计院办公室的一位女干事，据说曾经在深圳做过坐台小姐。后来，想方设法进入设计院工作。年轻的她“细溜身材细长腿，身上没有一两多余的脂肪”，是设计院“一道亮丽风景线”。尽管卢双丽对罗锦衣的各方面服侍可谓面面俱到，但心态早已严重失衡的老女人罗锦衣，最终还是无法自控地向卢双丽发难了。虽然说周瑄璞对两人发生激烈冲突的场景也有着非常精彩的描写，但相比较而言，能够给读者留下深刻印象的，恐怕还是作家关于罗锦衣心态失衡的相关心理描写：“在罗锦衣眼里，盛放的玉兰失魂落魄，是披头散发的迟暮，是夜色中的哀泣。春光大好，可她觉得自己的人生似这怒放过的玉兰，逃不过一败。”“昨日已经远离，那样场景，再不会有。可是，它们仍然天天上演，只是女主角，换了别人。你已老去，被男人忽略，可还有无数贱人，鲜亮地招摇，那些曾经疯狂鲁莽的游戏，夜以继日地发生，永无休止地上演，更新换代，花样翻新。没有你的参与，故事照样精彩，那些欲望勃发，那些情意绵绵，那些欢爱分合，那些曾经养育着你的章节，从你的生命册中消失，流淌到别人的故事里，方兴未艾，不需要考虑你的感受，不需得到你的许可和批准。”眼睁睁地看着自己曾经如日中天的位置被别人取代，真切地感受体验着自己曾经湿润身体的日渐干涸，生性极其要强的罗锦衣，无论如何都不再能忍受这样一种“身体旁落”的状态。设计院院长罗锦衣，到最后之所以会和自己的下属卢双丽一般见识乃至于大打出手，究其根本，正是由于此种极端嫉妒的不平衡心态作祟。这样看来，与其说罗锦衣的心理失衡是由于权力的扭曲和异化，不如说是被她自己内心深处某种难以自控的强烈欲望所扭曲异化的一种结果。在一部篇幅不是很大，故事情节也并不曲折复杂的长篇小说中，能够把罗锦衣这样一位被内心“欲望”强力驱动着的现代女性如此一种人性的深渊挖掘并揭示出来，能够在时代与人物彼此制约互动的前提下把罗锦衣这样一位现代“欲望”女性刻画塑造到如此丰满生动的程度，正可以被看作是作家周瑄璞《日近长安远》思想艺术上最大的成功之处。对于这一点，明眼人无论如何不可不察。

《德吉梅朵》（载《北京文学》2019年第4期）是一部故事情节相对简单的以边地为表现对象的中篇小说。与一般汉族作家的边地书写有所不同，葛水平的这部作品，不仅故事发生在遥远的边疆地区西藏，而且小说中的主要人物也都是藏人。故事发生的时候，女主人公德吉梅朵年仅十四岁。因为父亲仁青措的不幸去世，年幼的她只能够与母亲达瓦卓玛，以及更为年幼的弟弟次仁罗布在一起相依为命。在给父亲治病的过程中，这个本来就贫穷的家庭，更是欠下了不少的债务。一方面，为了偿还债务，另一方面也更是为了支撑这个家庭的生存，本来非常热爱学习的德吉梅朵，只好辍学求职，早早地就踏入了这个其实充满了各种人心险恶的现实社会。

德吉梅朵的第一份工作，是给一个汉人家庭做保姆。这个家庭的男主人名叫张红生，女主人名叫熊小英。她的任务，是照顾一个年仅一岁的孩子，月薪五百元。由于德吉梅朵生性好学，所以在做保姆的过程中，便利用难得的机会虚心向男女主人求教，学会了一些简单的汉语：“德吉梅朵想我要从一个藏族初中生回到汉族小学生，从头开始学起，藏语太简单了，汉语太丰富多姿了。”德吉梅朵根本没有想到，正是她无意间学会的简单汉语，帮助她找到了第二份工资更高的工作。生性善良的德吉梅朵，之所以要跳槽去做第二个工作，去做饭店的服务员，也只是为了能够更早地还清家庭的债务。找到第二份工作的这一年，德吉梅朵只有十七岁。

正如你已经预料到的，如此一位单纯善良的藏族年轻姑娘，在不管不顾地纵身跳进这个其实充满各种险恶的社会大污坑之后，必然会遭遇人生的不幸与打击。具体来说，德吉梅朵的人生不幸，就因为她遭遇了桑多这样一位毫无责任感的纨绔子弟。在诱骗了德吉梅朵并致使她怀孕的情况下，桑多无情地抛弃了这位多情而善良的藏族姑娘。若非原来的男女主人慨然出手相助，德吉梅朵就很可能渡不过路途生子这一难关。

正所谓“吃一堑长一智”，桑多给德吉梅朵造成的精神创伤，就使她从此对所有的男性都充满了警惕心理。后来，在一起劳动的过程中，另一位名叫次仁德杰的藏族小伙子不仅真心地爱上了德吉梅朵，并且勇敢地向她表达了自己的心愿。但由于曾经在桑多那里有过惨痛经验教训的缘故，德吉梅朵还是不无“残忍”地拒绝了次仁德杰的追求：“我不过是一个过平常卑微日子的人，任何人的温情脉脉都是假象，我的平凡的令人激动的好日子就是陪伴着妈妈、弟弟和卓嘎，卓嘎的出现已经不是原本的生活了。”由以上叙事话语可知，这个时候的德吉梅朵，已经由当年的懵懵懂懂，而进入到了心静如水的一种人生成熟境界。

然而，由稚嫩到成熟，这还并不是葛水平所要表现的重心所在。作家关注表现的重心，集中体现在次仁德杰经过一番苦苦的追求，终于如愿以偿，终于成为了卓嘎的继父之后。这个时候，已经是2016年的冬天了。这个冬天的藏历年前夕，德吉梅朵偕同丈夫次仁德杰，一起出现在了措杰村的村委办公室。他们提出的一个出人意料的要求是："我们是来退出低保的。"退出低保，就意味着要主动放弃国家每年给予的小一万元收入。对于他们的这种违背"常情常理"的要求，村干部百思不得其解。那么，曾经在人生过程中屡经劫难的德吉梅朵，究竟为什么一定要做出如此一种有悖常理的人生选择呢？最根本的答案，恐怕还是要到桑多那里去寻找。当年，她之所以能够断然了却与桑多的那段孽缘，其实与桑多对"低保户"的歧视紧密相关："她想到桑多用鄙视的眼光盯着服务员说：'低保户。'那一句刺耳的话像一只失群的羊羔，灵魂在旷野里迎风呼叫，往日思念着桑多的念头突然就结住了。"实际上，也只有到这里，我们方才真正明白，葛水平这部中篇小说的要旨，乃是要以一种精神分析的方式，借助于德吉梅朵人生的书写，表达并呼唤一种发自内心的人性的善良与自尊。

在阅读《德吉梅朵》之前，我曾经有过一种本能的疑问，那就是，从来也没有接触过少数民族题材的葛水平，为什么会突然写出这样的一部中篇小说来。而且，在这篇短文写作之前，在和我的微信交流过程中，葛水平曾经特别强调这部中篇小说的基本素材都是真实的。只有在读完全篇并对小说的主旨有所把握之后，我方才彻底恍然大悟，却原来，葛水平的意思，乃是要让我无论如何都不要怀疑她这部小说的真实性。关键在于，在汉族占多数的内地，在当下这样一个人心不古的物欲喧嚣时代，如同德吉梅朵这样主动放弃万元"低保"的故事，其发生的可能性，可以说是微乎其微的。这样一来，葛水平《德吉梅朵》对于当下时代与社会的批判价值，自然也就昭然若揭了。

作为一位写作时间已有三十多年历史的成熟作家，迟子建虽然谈不上有多么高产，但她的小说作品却基本上保持了相当的思想艺术水准，绝少出现水平线之下的残次作品。之所以能够做到这一点，除了所谓艺术天赋的必然具备之外，另一个不容忽视的重要原因，恐怕就是作家对文学写作那样一种丝毫不敢有一丝轻慢与亵渎的敬畏心理。这一次她以很多年前的东北抗战为书写对象的《炖马靴》（载《钟山》杂志2019年第1期），同样是一部保持了极高水准的优秀短篇小说。“炖马靴”，人们一般都会炖肉，为什么要“炖马靴”？难道马靴也可以炖吗？我想，任何一个读者，面对着“炖马靴”这个标题，恐怕都会产生如上这些疑问。事实上，也只有带着这样一些强烈的疑问走进迟子建的小说文本后，我们方才发现，既然是“炖马靴”，那肯定就是为了解决吃饭的问题。只不过，如此一种简直令人难以置信的人吃马靴的故事，只能够发生在抗日战争期间的东北原始大森林里。

我们都知道，当年东北抗联在白山黑水间展开的抗日战争，是在极其艰难残酷的生存条件下进行的。东北抗联的创始人兼主要领导之一杨靖宇将军的事迹，可以说就是这一方面一个极好的例证。在杨靖宇被捕并被残酷杀害后，日军曾经命医生对杨靖宇的尸体进行解剖。经解剖发现，他的肠胃里不仅没有一粒粮食，而且只有未能消化的草根、树皮以及棉絮。别的且不说，单杨靖宇的尸体解剖结果，就足以说明东北抗联当年从事抗日军事斗争时生存条件的极端艰苦。既然杨靖宇可以用草根、树皮以及棉絮来勉强果腹，那马靴被炖着吃，自然也就可以被理解了。

《炖马靴》采用了第一人称的叙述方式，小说的主人公，就是那位一直没有被命名的“我”的父亲。具体来说，所谓“炖马靴”的故事，是由作为亲历者的父亲在后来的岁月里一再复述给“我”们听的：“老实说复述到这里，我觉得父亲无数次唠叨的这个故事，没啥新奇，无非是他们行动失败，他单枪匹马撤退，被一个敌手，不懈追击而已。”由此可见，我们所读到的这个“炖马靴”的故事，乃是由第一人称叙述者，身为儿子的“我”转述给读者的。这样一来，虽然只是一个篇幅短小的短篇小说，但在实际上却拥有着两个不同的叙述层次，一个叙述层次，是由叙述者讲述给读者，另一个叙述层次，则是由父亲讲述给“我”们。

故事发生的时间，是1938年或者1939年寒冷的冬天。那一年寒冬腊月祭灶的那一天（其实也就是农历腊月二十三），父亲所在抗联一个由二十多个人组成的支队，在一番精心筹划后，袭击了位于中苏边界的一个日军守备队。然而，正所谓计划不如变化，原本筹划圆满的一次袭击行动，到头来却因为烧锅店突然被烧，十一个日本兵的意外返回而惨遭前后夹击。二十多个人最终只有五个人侥幸逃出，其中就包括身为火头军的父亲。由于在火光中不辨东西，父亲无意间开辟了撤退的第三个方向。但即使如此，父亲的出逃之路也并不顺利。用他自己后来的话来说，自己竟然被一位日本兵不屈不挠地追击。因为“父亲讲起这个人时，总以‘敌手’相称”，所以，在“我”后来的转述过程中，也一直把这个日本兵称之为“敌手”。尽管他们两位都持有武器，但或许是因为受到寒冷雪夜的影响，两人的枪法都大失水准，一直到各自的子弹全部消耗完，他们都没有能够如愿击毙对方。当然，相比较而言，幸运之神还是站在了父亲一边：“父亲说自己太走运了，等后来终于瞅清他时，才知道最后一枪，击中了敌手的左肩，而这家伙是个左撇子，右手虽也能持枪，但枪法比起左手差远了，所以尽管父亲消耗了所有的子弹后被迫撤退，而为避免中枪采取蛇形方式，忽左忽右，但暴露在敌手有效射程范围的他，没有倒下。那人开的最后两枪，都成了献给夜的森林的小礼花。”于是，一个在前面逃，一个在后面追：“他们就这样在飞雪中又行进了两个多小时。”按照后来的转述者“我”的看法，一直到这个时候为止的故事都谈不上有什么精彩之处，“但接下来发生的故事，尽管父亲每次讲述时，语气是平静的，但总能在我心底搅起波澜。我对后半程的故事永不厌倦，就像对一首喜欢的乐曲，不管循环放多少次，依然爱听”。

为什么呢？我以为，这里的关键处，恐怕体现在以下两个方面。其一，是对父亲与敌手之间关系的处理。等到敌手终因身体不支而倒在自己身边的时候，“父亲说本来可以一刀子扎在他心口上，让失去反抗能力的敌手立即毙命，但见他气息奄奄，挺不了多久了，再说狼嚎声越来越近，父亲准备赶紧点火。”不仅没有出手杀死敌手，父亲反而还进一步满足了敌手的愿望。当他察觉到敌手口中发出了“冷——”字的声音的时候，“父亲犹豫了一下，想着这可能是他此生的最后愿望了，最终还是又怜又恨的，拽起他双脚，确切说是拽着一双半新的长靴马靴，将他扯到篝火旁”。再有一点就是，当“我”一再追问父亲，在敌手死去后，“你都要开拔了，还点篝火做什么？是不是火葬了敌手”的时候，父亲给出的答案，却总是模模糊糊模棱两可的。其中，最接近答案的一次，无疑就是：“他说：‘唉，让他和那个姑娘的相片一起化成灰，他做鬼也值了吧。’”这里，那个姑娘的相片，就是指父亲在搜身时从敌手身上发现的一个身穿和服的年轻姑娘的相片。依照常理推断，那姑娘应该是敌手远在家乡的恋人。尽管没有明确承认，但从父亲那总是躲躲闪闪的话语里，我们便不难判定，其实，父亲离开前，是把敌手的尸体火葬了的。将以上三点整合在一起，再加上父亲坚持要把这个日本兵称之为“敌手”这一细节，一种必然的结论就是，一方面，父亲有着对敌手充分的人格尊重，另一方面，父亲的行为所透露表现出的那样一种非同寻常的人道主义悲悯情怀，毫无疑问更是属于作家迟子建的。

其二，则是对父亲与那条瞎眼狼关系的处理。瞎眼狼是一条离群索居的母狼：“大家分析，它在狼群里受排斥，才被驱逐出来。一条瞎眼的狼，就是一把卷刃的剑，锋芒不再。”正如小说所描写的，从一种恻隐心理出发，身为火头军的父亲，总是千方百计地关照这条离群索居的瞎眼狼：“父亲说他们不止一次撞见它与乌鸦同食腐肉的情景。看着它被漆黑的乌鸦给挤在一角，像条瘪了的布袋，实在是心疼。”但在很多时候，世间万物的因果，就是那么奇妙与诡异。父亲根本想不到，自己此前无意间对瞎眼狼的诸般关照，到后来，竟然成了关键时刻的救命稻草。却原来，就在父亲被日本兵追逐的时候，竟然也有两条饥饿的狼也在追逐着他们俩。敌手死去后，同样饥饿无比的父亲，在把敌手的马靴拔下来生火煮食的同时，也把注意力转移到了这两条狼身上。父亲当年种下的因果，到这个时候也就发生了作用。道理非常简单，若非瞎眼狼的拼命阻止，他恐怕早已成为了小狼的腹中餐："前狼见着父亲，停了下来，它的目光柔和多了。瞎眼狼低低叫着，安慰着陷入绝境的父亲。父亲仔细打量前狼，发现它是条年轻的公狼，它对瞎眼狼不敢违命，原来是瞎眼狼的儿子啊！"

在这里，迟子建实际上同时给出了两方面令人深思的情感关系。一方面，是父亲与瞎眼狼。由于父亲一向有恩于那条瞎眼狼，所以最终帮助父亲摆脱生存绝境的，就是这条知恩报恩的瞎眼狼。在母子狼最终把父亲带到一个村庄附近的时候，"父亲说闻到炊烟的气息后，瞎眼狼觉得告别的时刻到了，它松开嘴，用两只前爪激动地刨着地，洗尘似的，快乐地躺倒，在雪地打了几个滚，然后起身抖了抖毛，粘在它身上的雪粉飞溅出来，飞进父亲的眼睛，与他的泪水相逢"。另一方面，则是那两条母子狼之间："但至少父亲看到了，有一只忠勇的小狼，把自己的尾巴当作母亲的生命线，在荒无人烟的深山，不离不弃地牵引着它。父亲说瞎眼狼所叼着的尾巴，是它生命的脐带，也是一道藏在心底的光啊。"上帝说，要有光，于是就有了光。一方面，小狼给予瞎眼狼的，固然是光，但在另一方面，父亲曾经给予瞎眼狼的，瞎眼狼后来给予父亲的，包括父亲曾经给予那位敌手的，其实也都是一种难能可贵的人性光芒。归根到底，迟子建在这篇《炖马靴》中，借助于父亲所讲述的这个不无传奇色彩的"炖马靴"故事，意欲切实写出的，正是残酷战争中或者说严苛生存条件下的人性光芒。

但在结束我们的论述之前，还必须提及的一点就是《炖马靴》中潜在精神分析意味的具备。这一方面，有三个细节不容忽视。其一，因为有了那个绰号叫磨牙王的战士的掩护，父亲才得以逃脱："从此以后，与磨牙相似的声音，比如吱扭的扁担声、喑哑的拉锯声，甚至是老鼠啃东西的声音，都被他视为美音。"其二，因为关键时刻食盐救了自己的命，所以，"直到和平时期，父亲都有囤积食盐的习惯，这与他战争年代的经历有关吧，他常说盐粒是尘世的珍珠！"其三，因为有过这一番"炖马靴"的奇特经历，在"我"的成长过程中，"父亲待我甚为严格，他像严苛的教官，要求我学习攀岩、游泳、滑雪、测绘、爆破甚至跳伞等本领。据母亲说，这些都是抗联战士当年要学的科目。"不仅如此，尤其值得注意的是，"每到小年的时候，他都要讲一遍炖马靴的故事"。不管怎么说，以上三个细节描写，其中精神分析意味的存在，都是显而易见的一种事实。很大程度上，以上这些细节，再加上父亲一再给"我"们讲述的这个"炖马靴"的故事，也都可以被看作是残酷战争在亲历者父亲内心深处留下的一种深刻精神印痕。

如何在有限的篇幅内表现丰富深刻的生活与思想内涵，毫无疑问是一个短篇小说作家必须认真思考的一个重要问题。作家吕新，这些年来尽管早已把主要精力投入到了长篇小说的创作上，短篇小说写作对他而言，应该只是长篇小说写作过程中一种调整写作节奏的偶一为之，但即使如此，他的短篇小说也往往会因其别出机杼而引人注目。《正月二十的一次午宴》（载《上海文学》杂志2019年第2期），就是这样一篇特别节制，艺术表达上拿捏把握得恰到好处的短篇小说。虽然说差不多所有的作家都对海明威的"冰山理论"耳熟能详，但如何通过个人富有独创性的艺术手段企及如此高妙的一种艺术境界，却并不是很容易的一件事情。吕新的这一个短篇小说，在这一方面很显然就颇有一些心得可供我们细加品鉴。

不知道其他人的阅读感受如何，反正在我，长期以来却生成了如此一种体会，那就是，越是拥有耐人咀嚼内涵的短篇小说，其人物与情节的构成就越是简单。吕新这篇《正月二十的一次午宴》即是如此，通篇写来写去，也不过只有两个人物在活动，也不过是一次最终被迫泡汤了的午宴。首先需要注意的一点是，小说中其他那些未出场的次要人物，一个个都有着切实的命名，比如，被请客的明娃，比如他们俩的女儿海海，女婿四猴，唯独对出场的主要人物也即这一对一门心思要请客的夫妻俩，没有做专门的命名，从头到尾都是“他”和“她”。明明拥有命名的能力和权力，但吕新却为什么拒绝给主要人物命名？对于如此一种现象，除了可以使人物更具抽象特征，更具普遍的代表性这样的一种阐释，我们其实很难找到其他更有说服力的理解方式。

除了人物的特别命名方式需要关注之外，吕新这篇《正月二十的一次午宴》艺术层面上最不容忽视的一点，就是对于重复与延宕手法的创造性使用。首先是重复，小说中一再重复表达“他”的做菜尤其是热菜行为。“从上午十点多，他就开始准备晌午的饭了，十二点还差一点儿的时候，已经一鼓作气做好了四个菜。”紧接着，因为躺在炕上的妻子提醒他必须讲究“人三鬼四”的礼数，请客不能只有四个菜，所以就又添加了一个炒绿豆芽的菜。这样，“不到十二点，五个炒好的菜都已经摆到了他们那张用了很多年的小方桌上。还有一瓶没打开的酒，两个酒盅”。既然一切都准备好了，剩下的事，就是期待客人，也即如今在村里主事的明娃的如约光临了。约请时明明已经说好12

点左右来吃饭，但这位明娃却偏偏就是怎么也等不来。为了怕菜冷了，“他”便总是在“她”的催促下，一次又一次地去热菜：“他说，我把这几盘菜都再热一下，等热好了，说不定明娃就来了。”然而，事与愿违的是，菜热好，“再重新都摆在桌子上以后，明娃还是没有来”。又过了不小一会儿，等到“她说，又冷了吧”的时候，“他嗯了一声。然后就又把菜一盘一盘地倒进锅里，分别又热了一遍”。到最后，“在她的印象里。这个晌午以来，那几个菜最少回锅了四五次，也说不定有六七次呢，因为她有时候会睡着了。在她睡着以后的那个时候，他悄悄地给那几盘菜回锅加热，她是看不见的，也不一定能听见。总之是一看见凉了，就倒回锅里热一次”。就这样，翻来覆去地热来热去，一直折腾到下午3点多的时候，他们夫妻俩才终于确定明娃今天肯定不会来，决定不再去热菜了。

其次是延宕。具体来说，延宕又表现在两个方面。其一是请客。“请明娃吃饭，一直拖到今天，并不是他行动得迟，他其实早就开始行动了，从正月初五第一次去明娃家，一直到昨天，这中间他一共去过明娃家六次，但直到昨天才终于误打误撞地把明娃逮住，明娃也总算答应了。”这样一来，他们夫妻俩早就打算好的请客行为，也就只能一直延宕到正月二十这一天了。其次是午宴。按照当时明娃的答复，他前来吃饭的时间，是第二天晌午的12点左右。正因为如此，所以，他们俩这老两口方才赶在12点之前，就把五个菜都炒好了。没想到的是，这明娃虽然答应得好好的，但事到临头却偏偏就是怎么也等不来。这样，也才有了“他”一再热菜的重复行为。关键还在于，尽管热来热去，到最后，从中午12点一直延宕到下午3点多，明娃也没有来，一次筹划已久的午宴，就此而彻底泡汤。

由以上分析可见，吕新在《正月二十的一次午宴》中所描写的，其实就是一次一再重复一再延宕的发生在中国乡村的“等待戈多”的故事。正如同戈多到最后没有等来一样，这一对乡村老夫妻所要宴请的客人明娃最终也没有来。那么，“他”和“她”这一对乡村老夫妻为什么一定要请明娃来做客呢？按照“她”的说法，其实也没有什么具体事要求明娃去办：“她说，咱们没有事情要让他办，无非就是想请他来吃一顿饭。都这个岁数的人了，还能有啥事，啥也没了，房也不盖了，户口更是不动了。”虽然“她”一力强调不会求明娃办任何事，但从“她”的话语中，我们却可以知道，乡村里的很多事是必须求明娃，才有可能办成的。质言之，他们之所以一定要千方百计地请明娃吃饭，只因为“明娃现在是村里的主事”。

更进一步地，如果我们把这次最终流产的午宴，与他们夫妻俩苦难的具体生存状态（妻子长年累月地因为疾病而躺在炕上，唯一的女儿海海，因为身患残疾，只能嫁给瞎了一只眼的四猴，而且“四猴好像对海海有些不耐烦呢”），与乡村里请主事的人吃饭的惯例（“不是明娃一个人有这样的待遇，以前赵疯子、郭四、陈敏、王八万、牛兴隆他们主事的时候也是一样的”，早就是一种多年的习惯了）联系在一起，再加上吕新刻意模糊了故事发生的具体时间背景，我们就可以断定，作家吕新通过这一次流产的午宴，最终要表达的，就是一种长期匍匐在无形的权力之下，乡村普通民众其实充满着屈辱感的隐忍生存状态。

最后不能不提及的一点，是一种看似无形的象征色彩的具备。一个是关于菜的颜色的描写：“经过了一晌午反反复复的回锅以后，那几盘菜都已经被折腾得完全不像样子了，除了普遍变黑，变得灰蒙蒙黑乌乌，甚至好像连模样也看不出来了。”再一个是结尾处两个主要人物之间的对话。“她说，我们好像坐在一趟夜行的车上。”“他看着外面越来越阴黑的天气，说，你说得对，这会儿，正在过山洞。”以我所见，这看似寻常的表达中，无论是“灰蒙蒙黑乌乌”的菜的颜色，抑或是“坐在夜行的车上”的感觉，其实都可以被看作是乡村里普通民众苦难生存状态的一种象征性表达。

第四章　社会关切与人类心灵奥秘的破译

或许与我的孤陋寡闻有关，在我，最早知道李洱正在从事一部新长篇小说写作的时间，是2011年北京召开第八次全国作代会的时候。至今犹记，那次会议的某个晚上，李洱和作家出版社的编辑张亚丽，他们两位曾经在我的房间小坐。我最早知道李洱正在致力于一部新长篇小说的创作，具体时间就在那个时候。但实际上，按照小说完成后李洱自己关于这部作品竟然耗费了整整十三年时间的说法来推算，则他最早开始酝酿这部长篇小说写作的时间，最起码要早到2005年的时候。应该是从2011年开始，或许与我长期阅读追踪当下时代的长篇小说创作紧密相关，每每遇到李洱的时候，我总是会不无讨嫌意味地追问他，新长篇小说的写作究竟进行到何种程度了，什么时候我们才能够读到这部期待已久的长篇小说呢。尽管总是无法从他那里得到一种确切的答复，但说实在话，由于此前他的长篇小说《花腔》和《石榴树上结樱桃》都曾经给我留下过极其深刻的印象，所以在我的内心深处一直存有对于这部未知作品的强烈期望，却是毋庸置疑的一种客观事实。就这样，当时间的脚步行进到2018年秋日的时候，我终于在《收获》杂志长篇小说专号2018年度秋卷的目录上，发现了李洱的长篇小说《应物兄》（连载于《收获》杂志长篇小说专号2018年秋、冬卷）上卷的踪迹。当时那样一种长久期待之后终于要见到“金刚真身”的感觉，于今想来，恐怕的确多多少少有点“漫卷诗书喜欲狂”的意思。接下来的，便是拿到刊物后迫不及待的阅读，以及先后两次认真阅读之后更长时间的沉寂与思考。那么，我们究竟应该如何看待评价《应物兄》这部现象级的长篇小说呢？在认真地读完这部字数多达九十万字的长卷之后，笔者一时之间陷入到了“一部二十四史，不知从何说起”的茫然状态之中，久久难以自拔。

首先，我们必须承认，作为一部以现代知识分子为主要表现对象的巨型长篇小说，《应物兄》的确拥有足够丰饶的知识系统。因为作品以济州大学筹建一个儒学研究院为主要的故事情节与结构线索，所以，自然会写到一众致力于儒学研究的知识分子，这样也就势必会旁涉到很多相关的儒学知识，比如，关于《论语》、关于《诗经》以及相关的学术史谱系等，这一方面的例证，在小说中真正可谓不胜枚举，比比皆是。别的且不说，单只是那位身兼视角功能的主人公应物兄，一部影响极大的学术著作，就是《孔子是条“丧家狗”》：“他从美国访学回来之后，整理出版了一部关于《论语》的书，原名叫《〈论语〉与当代人的精神处境》，但在他拿到样书的时候，书名却变成了《孔子是条“丧家狗”》。他的名字也改了，从‘应物’变成了‘应物兄’。”首先，“孔子是条‘丧家狗’”这个书名，很容易就可以让我们联想到前一个阶段曾经在学界产生过一定影响的北京大学李零教授一部以《论语》为研究对象的学术著作《丧家狗——我读论语》。尽管没有从李洱那里获得确证，但如此一种联想生成的合理性，却不管怎么说都是毋庸置疑的。其次，应物兄这部书的原名“《论语》与当代人的精神处境”，假如把《论语》置换为儒学或者儒学研究院，那么，这个标题也可以说庶几概括体现了李洱这部《应物兄》的创作主旨。

我们都知道，一部长篇小说的开篇方式，对于作品思想艺术的最终成功与否，有着特别重要的作用。对此，曾经有学者以《红楼梦》为例发表过很好的意见：“开头之重要于此可见一斑也。尤其在《红楼梦》这样优秀的作品中，开头不仅是全篇的有机组成部分，而且能起到确定基调并营造笼罩性氛围的作用。至少，如以色列作家奥兹用戏谑的方式所说：‘几乎每一个故事的开头都是一根骨头，用这根骨头逗引女人的狗，而那条狗又使你接近那个女人。’”“假如《红楼梦》没有第一回，假如曹雪芹没有如此这般告诉我们进入故事的路径，假如所有优秀文学作品都不是由作者选择了自己最为属意的开始方式，或许，我们也就无须寻找任何解释作品的规定性起点。”[①]更进一步说，一个恰如其分的开篇方式，还有着足以涵盖统领全篇的象征性作用。正如同《收获》的编辑在“编者的话”中所说：“小说各篇章撷取首句的二三字作为标题，而后，或叙或议，或赞或讽，或歌或哭，从容自若地展开。”[②]不仅全书的总标题为“应物兄”，而且小说的第1节也叫“应物兄”，所以一开始就从应物兄这一人物形象落笔写起：“应物兄问：‘想好了吗？来还是不来？’”什么想好了

① 张辉《假如〈红楼梦〉没有第一回》，载《读书》杂志2014年第9期。

② 《收获》编辑《编者的话》，载《收获》2018年长篇小说专号秋卷。

吗？谁来还是不来？一落笔，李洱即直指小说核心事件——济州大学儒学研究院的成立。却原来，济州大学校长葛道宏在获知大名鼎鼎的儒学大师，时任哈佛大学东亚系教授的程济世先生即将回国讲学的消息之后，便试图利用应物兄与程济世先生之间的特殊关系（应物兄在哈佛大学访学时，程济世是他的导师），把籍贯为济州的程济世先生延请至济州大学任教。为此，葛道宏准备专门成立一个后来被命名为“太和”的儒学研究院。一方面，应物兄本人是儒学研究的知名学者，另一方面，他与程济世先生之间又有着如此一种师生渊源，所以他自然被校长委以重任，成为儒学研究院最主要的筹备人员之一。与此同时，他的同门师弟，原先一直在校长办公室写材料的费鸣，则被葛道宏校长专门委派来给他做助手。小说开篇处，应物兄的那句“想好了吗？来还是不来？”就是针对这件事而言的。

关键的问题在于，当应物兄讲出这句话的时候，是他自己一个人正在洗澡的过程中。这样一来，“也就是说，无论从哪方面看，应物兄的话都是说给他自己听的。”实际上，如此一种自言自语，一直伴随着他洗澡过程的始终：“虽然旁边没有人，但他还是没有把这句话说出来。也就是说，他的自言自语只有他自己能听到。你就是把耳朵贴到他嘴巴上，也别想听见一个字。谁都别想听到，包括他肚子里的蛔虫，有时甚至也包括他自己。”依我所见，小说第1节的使命，固然是要给出儒学研究院的成立这样一个核心事件的发生缘起，但相比较来说，写出应物兄一贯自言自语的习性，恐怕才是这一节更重要的使命之所在。首先需要澄清的一点是，应物兄到底为什么会形成如此一种与众不同的习性。对此，李洱在接下来的第2节“许多年来”中，就给出了明确的答案：“许多年来，每当回首往事，应物兄觉得对他影响最大的就是乔木先生。这种影响表现在各个方面，其中最重要的方面就是让他改掉了多嘴多舌的毛病。当初，他因为发表了几场不合时宜的演讲，还替别人修改润色了几篇更加不合时宜的演讲稿，差点被学校开除。是乔木先生保护了他，后来又招他做了博士。”虽然说在小说叙事过程中的故事时间也曾经回到过20世纪的80年代，乃至于更为遥远的五六十年代，但从叙事时间的角度严格来说，整部《应物兄》的叙事是从中国的社会已经开始进入所谓市场经济时代开始的。只要明确了这一点，我们自然也就会明白应物兄在那个时候为什么总是要“多嘴多舌”，为什么总是会“不合时宜”。关于这一点，我们不妨把它与第8节“那两个月”中的一个细节联系起来加以理解。第8节曾经写到过应物兄回家上网搜索别人对自己的评价。在发现了自己二十多年前一篇评价李泽厚《美的历程》的文章被贴出的同时，他更发现：“把文章贴到网上的这个人认为，他如今从事儒学研究，高度赞美儒家文化，岂不是对八十年代的背叛，对自我的背叛？背叛？哪有的事。我没有背叛自己。再说了，在八十年代又有谁拥有一个真正的自我呢？那并不是真正的自我，那只是不管不顾的一种情绪，就像裸奔。”请注意，这里的一个语焉不详处，乃在于对80年代时应物兄所从事专业或学科的具体介绍。但毫无疑问的一点却是，在人们普遍的印象中，80年代可以被看作是一个“新启蒙”的时代。如果说启蒙思想来自于西方，那么，应物兄后来所从事的儒学研究，则很显然来自于中国传统。由此可见，从80年代到后来的90年代，知识分子应物兄，的确存在着一个由启蒙向儒学研究转型的问题。即使关于应物兄是否背叛了80年代，背叛了自我的问题，我们可以暂且置而不论，但在中国学界，一种无法否认的现实却是，在进入了市场经济也即所谓“后改革时代”后，知识分子群体中的一大部分，的确存在着由启蒙向儒学或者说传统文化的转型现象。这一方面，一个标志性的人物，就是那位大名鼎鼎的刘小枫。曾经以积极倡导所谓“诗化哲学”而一时名声大噪的刘小枫，80年代特别醉心于西方文化神学的引进、介绍与阐释。因为这方面成绩的突出，他几乎变成了文化神学的代名词。但任谁都难以预料，就是如此一位沉浸于西方文化神学很多年的知识分子，进入90年代后，竟然发生了简直就是令人瞠目结舌的转型，竟然由西方神学转向了儒学研究。尽管无法确证李洱的相关描写是否与刘小枫他们有关，但我在读到小说中关于应物兄的相关描写时，却马上就联想到了刘小枫他们。尽管说应物兄曾经为自己的转型进行过相应的辩解，但在我看来，他的如此一种辩解却显得有点苍白，并不具备充分的说服力。然而，从小说的叙事逻辑来说，有了第8节应物兄转型这一细节的存在，第2节中关于应物兄在“九十年代来临的时候”曾经“多嘴多舌”与“不合时宜”的描写，也就获得了相应的事理支撑。

我们注意到，关于80年代的退场，小说后半段曾经借用一个特别形象的细节进行过不无辛辣的讽刺性描写。在一家已有30年历史但却不得不面临被拆迁命运的书店里，“应物兄想起，九十年代初他再次来到这里的时候，八十年代那批启蒙主义的书籍，已经被论斤卖了。有一套书，曾经是他最喜欢的书，是李泽厚先生主编的，叫“美学译文丛书”。当年为了把它配齐，他曾不得不从图书馆偷书”。然而，应物兄根本不可能料想到，当年被他视若珍宝的另外一套曾经产生过极大影响的书籍，到这个时候，竟然变成了一副惨不忍睹的千疮百孔模样："那捆'走向未来丛书'，他曾视若珍宝，可在这个旧书店里，老鼠竟在上面掏了个窝，在里面留下了自己的形状。"一方面，这种描写是一种真切的写实。时间久了，书籍难免会被老鼠糟践。但在另一方面，这哪里又仅仅是一种写实呢？！与其说是写实，莫如说是象征。从一种象征的角度来说，这套"走向未来丛书"与其说是被老鼠噬咬，不如被理解为是其所承载的启蒙主义思想到了市场经济时代之后的被迫边缘化，乃至于不得不退场。

事实上，正是因为"不合时宜"的"多嘴多舌"曾经给他招来过祸端，所以，乔木先生才会借用孔夫子的看法来告诫应物兄一定要学会少说话："起身告别的时候，乔木先生又对他说了一番话：'记住，除了上课，要少说话。能讲不算什么本事。善讲也不算什么功夫。孔夫子最讨厌哪些人？讨厌的就是那些话多的人。孔子最喜欢哪些人？半天放不出一个屁来的闷葫芦……君子讷于言而敏于行。要管住自己的嘴巴。日发千言，不损自伤。'"紧接着，乔木先生又以俄语为例做了进一步的告诫："俄语的'语言'和'舌头'是同一个词。管住了舌头，就管住了语言，舌头都管不住，割了喂狗算了。"一方面固然是因为有导师乔木先生的谆谆告诫，另一方面却更是因为有来自于现实的深刻教训，应物兄决心尽可能做到"讷于言而敏于行"。但一个无法否认的问题却是，他的心里面是有那么多话想说。没想到，应物兄再三自我克制的一种结果，却是一件奇怪事情不期然间的发生："但是随后，一件奇怪的事在他身上发生了：不说话的时候，他的脑子好像就停止转动了；少说一半，脑子好像也就少转了半圈。"怎么办呢？难道就这样眼睁睁地看着自己的脑子失去思考能力吗？经过了一番肯定不无艰巨的努力之后，一种语言的奇迹竟然在应物兄身上不期然间发生了："他慢慢弄明白了，自己好像无师自通地找到了一个妥协的办法：我可以把一句话说出来，但又不让别人听到；舌头痛快了，脑子也飞快地转起来了；说话思考两不误。有话就说，边想边说，不亦乐乎？"常言说，上帝在关上一道门的时候，也往往会给你打开一扇窗。我想，应物兄自言自语行为的生成情形，可以说庶几近之也。就这样，伴随着应物兄表面上的日渐沉默寡言，"他还进一步发现，那些原来把他当成刺头的人，慢慢地认为他不仅慎言，而且慎思。但只有他自己知道，他一句也没有少说。睡觉的时候，如果他在梦中思考了什么问题，那么到了第二天早上，他肯定是口干舌燥，嗓子眼冒火。"这样一来，应物兄也就奇迹般地成为了一个特异功能的具备者，尽管说这种特异功能并不为人所知。从一种象征的意义上说，应物兄的由"多嘴多舌"而沉默寡言，其实隐喻表达着身为高级知识分子的应物兄某种思想功能的被强行阉割。与此同时，假如我们把应物兄"自言自语"习性的生成与时代背景联系起来，那么，作家所真切写出的，恐怕也正是一个时代的社会政治形态究竟会在怎样的一种程度上深刻地影响到知识分子精神世界的构建。更进一步说，借助于如此具有原创性的艺术构想，李洱不动声色地写出了知识分子自我精神世界一种巨大的撕裂感。由于在我个人的理解中，鸿篇巨制《应物兄》最不容轻易忽视的思想主旨之一，就是对现代知识分子精神世界的深度勘探与书写，所以从这个角度来说，李洱所精心设计的小说开篇方式，自然也就拥有了足以涵盖全篇的象征隐喻意味。

如果说李洱的聚焦点是中国当代知识分子的生存困境，那么，陈希我的长篇小说《心！》（载《收获》杂志长篇小说专号2019年春卷），借助于一种“罗生门”式的叙事方式所集中关注表现的，同样是现代知识分子“我”的阴暗心狱。具体来说，《心！》的引人注目，在于艺术形式层面上两方面的特别设定。首先，是第一人称叙述者“我”。虽然说第一人称叙述者的设定在当下时代已然是一种寻常不过的状况，但在一个具象的小说文本中，到底设定怎样的一个第一人称叙述者，却也还是值得予以关注的一个问题。具体到陈希我的这部《心！》，这位第一人称叙述者“我”，尽管一开始只是单纯地承担着叙述者的功能，但随着故事情节的渐次演进，却逐渐地融入到情节之中，并最终成为《心！》中不可忽却的一位次要人物形象。“我”一开始的具体身份，是一家报社的记者。故事发生的时候，“我”本来正在日本为报社的一个系列专题做采访，主人公林修身并非“我”的采访对象，“之所以临时决定专访他，是因为他在北京有个壮举，他表示要把全部财产捐出去”。这一事件发生的具体时间，是1985年。那一年的8月15日，正值世界反法西斯战争暨中国的抗日战争胜利40周年纪念日。一方面，如此重大的历史性节点，必须以所谓纪念的方式而有所体现，另一方面，尴尬之处在于，这时候的中日关系，正处于和平友好的“蜜月期”。怎么办呢？“最后中方决定，把侧重点放在爱国主题上，结合招商引资，邀请海外同胞与侨胞回国联谊，林修身就在被邀之列。”就是在那一次与国家领导人会见的时候，激动万分、脸色很红的日本长谷川商会会长林修身，亲口表示出了“我要裸捐”的强烈意愿。一位日籍的华裔商人，竟然表现出了强烈的“裸捐”愿望，自然会引起社会的高度关注，于是，报社便指定正在日本执行采访任务的“我”，临时去采访林修身。没想到的是，就在电话约好具体采访时间的第二天，就从北京传来了林修身不幸离世的消息。这就是篇幅极其简短的第一章所描写的内容。1985年8月的一天，北京某医院的司空医生突然接诊了一位自称“我的心碎了”的特殊病人。这个特殊病人不是别人，正是“我”稍后意欲专门采访的林修身。关键问题在于，饶是司空医生从医经验丰富，也无从准确判断最终导致林修身身亡的病因究竟是什么。一直到五年之后的1990年，“一个叫佐藤的日本医生才发现了一种特异的心脏病，病发时，还真是心包破裂。这种病，后来被命名为Stress-Induced Cardiomyopathy，中国称为‘心碎综合征’”。另一个蹊跷之处在于，依照医学规律，一般只有绝经期的妇女才会因为雌性荷尔蒙的流失而患上这个病。尽管说当时的“我”根本不可能知道“心碎综合征”这样一个病名，但或许是因为林修身口头上明确表示出的“裸捐”愿望，或许是因为他去世后那个奇怪丧礼的举行，或许是因为“我”在丧礼现场不仅意外地遇到了当年“佛跳墙”店的少老板林北方，并且从林北方口中听到很多关于他的负面评价，又或者，是以上几方面因素综合发生作用的缘故，总之，一个显在的结果是，身为记者的叙述者“我”，对这个名叫林修身的日籍华裔商人产生了不可自抑的浓烈兴趣。正因为“我”对林修身其人产生了强烈兴趣，所以才会千方百计地设法去进一步打探并了解这个人的身世来历，尤其是那些一直潜藏于他内心深处的精神奥秘。遗憾之处在于，这个时候的林修身，已经因为后来才被认定并命名的所谓“心碎综合征”离开了人世。面对着躺在寿棺里的林修身，“我”一方面在“想象死者的心脏像饺子一样爆开”，另一方面，却无论如何都“无法将这个老人跟林北方所描述的人联系起来”。问题在于，不管“我”对林修身其人产生多么大的兴趣，一种无法改变的事实，却是其人已逝。这样一来，“我”就只能够借助于那些曾经与林修身有过亲密接触的当事人的回忆来了解认识这个谜一般的人物了。

令“我”始料未及的一点是，自己对林修身的追逐与探究，却在不期然间经历了一个由“工作”到“私活”的转折过程。一方面是由于中日关系的迅速恶化，另一方面则是因为林修身之子林太郎对父亲“裸捐”承诺的不认账，“关于林修身的宣传被取消”。没想到的是，这样一来，“我”却感觉到机遇来了：“本来，采访林修身只是我的工作，现在，我想做一个我自己感兴趣的事。我要挖出一个真实的林修身。当然，根本驱动力是我喜欢搞‘坏’，我有这癖好。我要利用我工作之便，收集林修身的材料。”没想到，“我”的如此一种努力却遭到了知己甚深的父亲的强力反对。父亲说：“你这是心里黑暗！是逆反，是戾气！那么多正面人物你没兴趣去追踪。你这样，是很危险的！”来自于父亲的这段后来被证明的确是一语成谶的指责性话语，实际上有着双重的叙事意图。其一，陈希我很显然是要借此而强有力地暗示给读者自己这部《心！》的基本写作方向，一种旨在对相关人物的黑暗心理进行深入探究的写作方向。某种意义上，叙述者“我”与林修身在黑暗心理这一层面上所实际构成的，乃是一种微妙的心理同构关系。更多地把关注点聚焦到人物内在的心理层面，尤其是特别注重于精神阴暗的深度揭示，乃是西方文学自有现代主义以来一种普遍的演进趋势。“情节——即事件发生的逻辑顺序——这一维多利亚时代小说必不可少的元素在现代主义小说中黯然失色。在狄更斯、托尔斯泰、冯塔纳甚至福楼拜的作品中，人物一直在做出各种行为。现代主义小说则并非如此。1918年，英国小说家梅·辛克莱在评论多萝西·理查德森的现代主义著作《朝圣之旅》的第一卷时不无惊讶地谈道：‘这套书中没有情节，没有情境，没有立体布景。什么事都没有发生。’对内心世界的痴迷，对主观性的称颂以及一次次对小说写作传统的挑战——也就是一种固有的不妥协的精神——使得现代主义小说常常为庸常之辈所不齿。”[①]作者在这里所深入探讨的，乃是现代主义作品与传统现实主义作品之间的差异与区别。与更加关注外在社会现实的现实主义文学相比较，西方现代主义文学的一大特质，毫无疑问是更加关注人类内在的主体精神构成。就此而言，陈希我小说创作之暗合于西方现代主义文学的主流，就是一种不容忽视的客观事实。

其二，事实上，也正是从“我”的自作主张，以及父亲对“我”的自作主张十分不以为然开始，身为第一人称叙述者的“我”，在承担叙事功能的同时，却也逐渐地浮出水面，彰显着自身的存在。如果说“我”对林修身的关注以及相关采访活动起始于1985年，那么，仅仅是到了三年之后的1988年，“我”的情况就发生了很大的变化：“那时我在美国采访。本来还计划在美国采访后，取道日本，干我的私活。将要飞日本，接到国内单位电话，要我直接回国。从父亲电话中，我知道事态严重。我怀疑有人在整我。我平时自视甚高，一定得罪了人。单是我之前去日本采访，就挤了别人的名额。”既然莫名其妙地被别人

① 彼得·盖伊《现代主义——从波德莱尔到贝克特之后》，第121—122页，译林出版社2017年2月版。

“整”，“我”便决定滞留美国不回。就这样，一直到20世纪90年代中期，由于经济过于窘迫，充满失败感的“我”，才在父亲的强力督促下，黯然回国。与80年代的启蒙氛围相比较，在发生了天翻地覆的变化后，这个时候的中国已然是所谓的市场经济时代。尽管由于父亲的疏通，去职有年的“我”得以重返原单位工作，但真正回到原单位工作，给“我”带来的，却是一种巨大的精神屈辱感：“当夜，我的脸突然肿得像馒头，还红彤彤的，只觉得睡梦中被掌掴了。两边脸都肿，好像是被掴了左边，又掴右边。左边被掴时，我躲右边；但右边又掴过来。左右开弓，我被夹在中间，就被掴得扎扎实实。第二天请假，去医院看病。还是查不出原因来，仍然说是心因性的。”却原来，正如同作家随后已经明确点出来的，导致“我”突然间脸肿的根本原因，乃是被迫“吃了回头草”之后的“我”，内心深处被一种耻辱感严重折磨。“一个人的成熟，是心理的成熟。一个成熟的人是能够消化耻辱的人。”“但消化不了啊！”“要消化！”“实在消化不了啊！”“必须消化！人得生存，就必须消化！”就这样，几个回合的心理斗争下来，就是知识分子“我”的被迫无奈屈服：“但其实，耻辱不影响活着，也不影响去打拼。”一个显见的事实是，无奈地屈服于现实的生活逻辑之后，“我”不仅很快地成家立业，而且也还屡获升迁。一时之间，“在周围人眼里，我是成功的人”。关于“我”的这些叙述中，需要注意的，是“我”与林修身之间的相同处。一个是耻辱感，另一个则是所谓的“心因性”疾病。也因此，在通过“我”审视表现中国当代知识分子精神蜕变史的同时，或许因为存在着以上相同处的缘故，“我”所念念不忘的，依然是自己当年被迫一度中断的那个“私活”，是对于林修身其人尤其是其灵魂或者说心狱的进一步寻根究底。因此，到了2011年，在“我”的现实生存条件大为改观的情况下，“我”又开始了关于林修身的相关采访工作：“我惦记着林修身。2011年，我弄了个赴日的机会。但坂本胜三和佐伯照子都去世了，林北方也不知所终，我后悔当初没有留下他的联系方式。唯一能联系到的只有林修身的儿子林太郎。”需要注意的是，在“我”重新恢复继续寻访林修身的过程中，一种不依不饶的自遣式批判也在同时进行着：“我越来越会做噩梦，醒来，妻子总是已经坐着了。心脏像撞钟一样，我只能坐起。我的心脏也出了毛病。”这里，一个不容忽视的细节，就是“我”强烈地怀疑自己如同林修身一样，也罹患了所谓的“心碎综合征”。

说到“我”的“心碎综合征”，说到陈希我借助于“我”所展开的关于中国知识分子的自我批判与清理，如下一段叙事话语的存在，或许是非常必要的：“实际上，在二十世纪九十年代初，就是许多知识分子声称‘告别革命’的那些年，我就企图寻找除了革命与反革命之外的心灵的‘第三条道路’。那些年，‘人文精神’与‘世俗精神’正面交锋，八十年代的‘启蒙’随着一场失败戛然而止，聪明的知识分子倒戈于‘人文精神’。这当然很理性化、学术化。但不可否认有策略性因素。转向后的知识分子总得为自己的行为找到理论根据，他们开始为‘世俗精神’正名。‘世俗精神’这名词冠冕堂皇，在西方，它解构神圣，因此在中国，它好像也有了同样的‘政治正确’。但中国的‘世俗主义’跟西方的‘世俗主义’其实是南辕北辙的。西方‘世俗主义’是把人从神权中解放出来的反抗，而中国，则是把尚未立起来的人丢进‘世俗主义’的被窝。中国的世俗化在前现代、现代与后现代的三重语境中混世，它是价值观乱伦的‘怪胎’。”尽管说我们这里的摘引显得有点篇幅较长，但若不如此就很难厘清致使叙述者“我”的灵魂事实上处于“被拉裂”状态的“心碎综合征”发生的根本原因。事实上，“我”之所以后来在职场上能够节节攀升，正是因为放弃了“启蒙”立场，向所谓的“世俗化”大潮举手投降的结果。饶有趣味的一点是，陈希我的《心！》这样一部真切关注表现出场人物精神现实的长篇小说，其叙事时间竟然出乎预料地一直延伸到了距离现在还有整整十八个年头的未来的2037年：“二〇三七年，我寿终正寝。”“我是一路做到厅级退休的。我自己也没有想到我会升到这个位置。”之所以能一路做到厅级干部，所充分说明的，正是成功人士“我”在“世俗化”道路上一路狂奔的情形。关键的问题是，尽管“我”的世俗人生相当成功，但其内心中知识分子的一面却一直处于骚动不安的状态之中：“但我的心并没有安宁下来。我安慰了别人的心，我的心却更加彷徨。那天晚上，我又在照镜子时，蓦然抽了自己一个耳光。我一直都有抽自己耳光的习惯，就像果戈理一生没有戒掉自慰一样。”“我”的心之所以一直到去世时都处于骚动不安的状态，根本原因显然在于“我”始终未曾彻底放弃知识分子的精神价值立场。当然了，陈希我之所以一定要让这部小说的故事终结于未来的2037年，乃是为了能够让“我”的心与林修身的心在三生石前相遇：“我没料到在三生石前遇到了他。”“这个林修身竟然还卡在这里。他捧着他的心。我看到了这个叫作‘心’的实物。它就这么裸露在我面前。”既然两颗“心”相遇了，那一场灵魂碰撞的发生，就是顺乎逻辑的必然结果。事实上，也正是在这种碰撞的过程中，“我”的

“心”经历了一场格外严厉的最后的灵魂审判：“你的心就不发抖？你的心就真可以这么昧着，你就不亏心吗？你就不怕最后的审判吗？抉出你的心来看看！看看是什么样的心！”这是林修身针对“我”发出的一种质问。面对着林修身咄咄逼人的质问，“我”的强烈感觉是：“这简直是绑架。你说你自己的，你扯我干什么？你觉得自己有罪，你忏悔你的，跟我有什么关系？但是它叫着，向我靠来。它没有脚，它是掷过来的，掷在我身上，就在胸口上。我的心被撞得发颤。”质言之，当“我”的“心”面对着林修身咄咄逼人的“心”试图躲躲闪闪的时候，陈希我所写出的，就是当下时代中国知识分子一种普遍的心灵裂变状况。也因此，假若说这部《心！》的确是一部旨在如鲁迅般“抉心自食”的大书，那么，陈希我所首先无情撕裂开来的，就是这位第一人称叙述者“我”自己的阴暗“心狱”。

曾经以《暗算》荣获第七届茅盾文学奖的作家麦家，长期以来一直从事谍战小说的创作。包括《解密》《暗算》《风声》等作品在内的若干部长篇小说，为麦家赢得了中国当代谍战小说第一人的美誉。尽管说他的这一系列作品明显带有类型小说的特点，但却并不应该因此而受到某种程度的轻视。依照小说面前诸种类型平等的基本理念，无论是带有明显纯文学意味的严肃小说，还是更接近于大众读者的类型小说，都应该获得来自于同一个思想艺术标尺的评价。这一方面，最具代表性的一个例证，就是那位以武侠小说的创作而独步天下的小说大师金庸。武侠小说，当然是一种类型小说。金庸的难能可贵之处，就是凭借自己超人的艺术天赋而把武侠小说经营到了超越文类特性局限的地步。一方面，金庸的小说当然是文类特征非常鲜明的武侠小说，但在另一方面，当我们用带有普世性质的终极文学标准来衡量金庸小说的时候，你却可以发现，他的那些作品其实也毫无愧色。对待麦家的那些谍战小说，我们所持有的也无疑应该是这样的一种态度。但这一次，麦家耗费了八年心力精心打造出的长篇小说《人生海海》（北京十月文艺出版社2019年4月版），虽然也还多多少少带有一点谍战的影子（具体来说，所谓谍战的影子，乃集中体现在小说主人公上校抑或太监曾经在上海时的那一段军统生涯。身为军统人员，胆大心细地周旋于日、汪、蒋之间，其谍战色彩的具备，自然不容否定。值得肯定的一点是，对于主人公的那段谍战历史，麦家只是点到为止，并没有做任何深度或广度的展开。在我的理解中，作家之所以要这么处理相关的谍战部分，乃因为自己之前的作品已经在这一方面有充分的书写。既然已经有之前作品可以发挥充分的互补作用，那《人生海海》也就没有必要在这一方面做任何具体展开），但从根本上说，却很显然已经实现了对于严肃小说亦即纯文学的强势回归。

尤其不能被忽略的一点是，在《人生海海》的写作过程中，不仅故事的主要发生地变成了麦家的故乡，而且在其中也很明显融入了一些自传性因素（所谓自传性因素，集中体现在主人公上校身上。据《人物》杂志对麦家的采访可知，麦家有着一段极其痛苦的童年记忆："他的人生是从不被认可开始的，外公是地主，爷爷是基督徒，父亲被划成了'反革命'，都是'黑五类'，带着这样的成分，六七岁的麦家虽然懵懂，但已经隐隐觉察到自己的家庭被人歧视。"在那样一个特定的政治畸形时代，置身于如此一个家庭里，麦家的自卑自然可想而知。用当时一位老师的话来说，就是："他有点受人欺负的，很自卑，不敢抬起头来做人。"哪里有压迫，哪里就有反抗。年幼的麦家虽然一向习惯于隐忍，却也总有隐忍不住做出本能反抗的时候："12岁的时候，3个同学骂他父亲'反革命''牛鬼蛇神''四类分子''美帝国主义的老走狗'，骂麦家'狗崽子''小黑鬼''美帝国主义的跟屁虫'，他气疯了，跟人开战，结果被人多势众的对方打得鼻青脸肿。"尽管说麦家的反抗乃是出于维护自尊的内心需要，但他却无论如何料不到，到头来，强悍的父亲竟然会因此而对自己大打出手。大约也正因为如此，麦家曾经在相当长的一段时间里内心对父亲充满"怨恨"。这种"怨恨"，一直坚持到2004年，方才得以终止。只要把现实生活中麦家的这些经历与《人生海海》相比照，我们即不难确认其中自传性因素的明显存在。虽然很难简单断言父亲就是上校这一人物形象的原型，但他的苦难遭遇在很大程度上激发了麦家的创作灵感，却是无可置疑的一种事实。也因此，麦家这一次《人生海海》的写作，即意味着他与故乡的一次和解，也带有明显的自我疗伤性质："麦家终于和故乡取得了和解，书中的'我'在结尾处原谅了村子里那个造成自己家破人亡的仇人，他写下了这样一段话，'这是我的胜利，饶过了他，也饶过了自己，我战胜了几十年没战胜的自己，仿佛经历了一场激烈的鏖战。敌人都死光了，一个不剩，我感到既光荣又孤独，孤独是我的花园，我开始在花园里散步，享受孤独留给我的安宁。'"[①]由以上对照分析可见，麦家在《人生海海》的创作过程中，的确有着对自我生存经验的艺术征用。自传

① 以上所引述的内容，请参阅张月《麦家：战争旷日持久》，载《人物》2019年第5期。

性因素的存在，是一种显而易见的文本事实）。既然是曾经的茅盾文学奖得主麦家的一部强势回归之作，那我们也有必要充分考量一下，作家的这部强势回归之作，到底抵达了怎样的一种思想艺术高度。

很大程度上，麦家之所以要用长达八年的时间来酝酿创作《人生海海》这样一部长篇小说，根本目的正是写出上校这一人物形象来。就此而言，《人生海海》绝对可以被看作是先有人物形象后有小说故事情节构思的一个典型范例。在尚处于少年时代的第一人称叙述者“我”看来，村里边虽然有不少怪人，但最“出奇古怪”的一位，不管怎么说都只能是上校。具体理由如下所列：“第一个，他当过国民党，理所当然是反革命分子，是政府打倒的人，革命群众要斗争的对象。但群众一边斗争他，一边又巴结讨好他……”“第二个，他从前睡过老保长女人，照理是死对头，可老保长对他好得不得了。”“第三个，他是太监，不管是怎么沦落成太监的吧，反正是太监，那地方少了那东西。但每到夏天，大家都穿短脚裤的时候，我们小孩子经常偷看他那个地方，好像还是满当当的，有模有样的。”“第四个，他向来不出工，不干农活，不做手工（包括木工，他的老本行），不开店，不杀猪，总之什么生活都不做，天天空在家里看报纸，嗑瓜子，可日子过得比谁家都舒坦，抽大前门香烟，穿三接头皮鞋和华达呢中山装。”“第五个，他养猫的样子，比任何人家养孩子都还要操心，下功夫，花钞票，肉疼、宝贝得不得了，简直神经病！”如果说《人生海海》是一部借助于艺术悬念的营造而渐次推进故事情节发展的长篇小说，那么，其中最具有艺术悬念色彩的，无疑就是这位既被叫作“上校”也被叫作“太监”的简直如同谜团一般的人物形象。

从最早被强征入伍后去打红军，到抗日战争期间的积极抗日，到以军统特务的身份周旋于日汪蒋之间，再到朝鲜战场上与美军对垒，一直到后来因“大汉奸”的罪名而锒铛入狱。既进过国民党的监狱，也进过日本人的监狱，还进过共产党的监狱。由上校所走过的以上这些曲折人生经历来判断，他毫无疑问是一个具有强烈传奇性的人物形象。在笔者的理解中，这种传奇性甚至强烈到了令人难以置信的地步。那么，在《人生海海》中，到底有没有必要为上校设定如此强烈的传奇性，我以为，这是应该特别提出来与作家麦家进行商榷的一个问题。很大程度上，与其说是上校的传奇性人生经历令人印象深刻，莫如说是他在日常生活中那样一种不畏艰难困苦的生活英雄姿态更应该引起我们的高度关注。虽然先后住过几次监狱，但依然精神意志不垮，依然竭尽可能地呵护救助身边一切需要帮助的人，所充分凸显出的，正是上校的生活英雄本质。

说到麦家对上校这一人物形象的刻画与塑造，最不容忽视的一个重要细节，就是他私处的那个文身。上校之所以会被很多人在私下里称为“太监”，乃是因为村里人一直盛传他曾经因睡了师长的女人而被恼羞成怒的师长活阉的缘故。但其实，正如同老保长后来所坦承的，实际的情况是，上校在战场上不仅那个部位受了伤，而且后来也已经修好了。身为红卫兵的小瞎子之所以要设计借洗澡的机会偷看上校，正是为了亲眼确证他到底是不是一个太监。没想到，小瞎子不仅看到了上校的那个东西，而且还意外地看到了他“小肚皮上确实写着字，并画着一个醒目的红色箭头”。小瞎子根本想不到，正是他的这种偷窥行为，最终招致了来自于上校的强烈报复。上校不仅割了他的舌头，而且挑断了他的手筋。却原来，上校之所以会因为被偷窥而震怒不已，乃因为在20世纪60年代那样一个过度政治化的畸形时代，他私处的文身将会直接关系到自己的人生清誉和政治生命。只有读完全篇，我们方才能够知道，上校私处的文身，乃是拜当年曾经一度活跃在上海滩上的女鬼佬们所赐。因为上校通过手术修好后的那个家伙表现非同一般地厉害，那些女鬼佬便企图将它永远据为己有。具体来说，她们霸占上校那个厉害家伙的手段，就是在他的私处文身。至于文身的内容，用老保长的话来说，就是："字分两项，主项是上海那些女鬼佬的一句下流话——这屌只归日本国，横排在上面，下面是那女汉奸后补的她的日本名字，我忘了……"只要设身处地地想一想，我们就会明白，在那个政治极端畸形的时代，类似于文身的内容一旦被公开，那就极有可能给上校带来杀身之祸："一个女汉奸的名字刻在那私处，在那个大家政治嗅觉比狗鼻子灵的年代里，这秘密像一颗炸弹，随时可能被引爆，上校怎么可能置之不管？必须把炸弹引线拆掉，否则他随时可能粉身碎骨。"到最后，被捕后的上校之所以会意志彻底崩溃，乃至神志失常，也仍然是因为被公开批斗时小瞎子的父亲瞎佬非得鼓动大家当众扒掉上校的裤子。

但无论如何都难以令人置信的一点却是，等到"我"从海外回国再次见到上校的时候，曾经对自己私处的文身讳莫如深的他，竟然不管不顾地主动亮出私处来让"我"观赏："曾经他为保住里面的秘密甘愿当太监、当光棍、当罪犯，现在却要主动示人，宁愿被老伴痛骂也要给我看。我心里的悲伤本来已经要胀破，这会儿终于破了。"对此，林阿姨曾经给出过自己的解释："有时我觉得他现在这样子蛮好的，可以忘掉那些脏东西，可以照自己的意愿改掉这些字。他这辈子如果只有一个愿望，我想一定是这个，把那些脏东西抹掉，改成现在这样。这个愿望死都离不开他，但也是死都实现不了的，只有现在这样子，失忆了，才能实现。”正如同“我”父亲的“鸡奸犯”问题乃是“我”爷爷终生都难以释怀的一种心结一样，很大程度上，私处的文身也已经成为上校无法摆脱的梦魇一般的心结。事实上，也正是这个文身，从根本上决定了上校大半个人生的基本走向。他后半生一切为人所不解的怪癖言行，均可由这一心结而得到很好的解释。我们之所以可以把上校理解为一位具有相当精神分析深度的人物形象，其根本原因正在于此。但与此同时，上校私处的文身却也能够让我们联想到霍桑《红字》中女主人公所佩戴的那个鲜红的A字。而这实际上也就意味着，一方面，我们固然可以把文身看作是一个写实性细节，但在另一方面，恐怕却更应该把它理解为一个具有突出象征意义的细节。就此而言，麦家之所以一定要把文身设定在上校的私处，所试图象征说明的，正是每一个人类个体内心世界中心理阴暗面的必然存在。正是在如此一种普遍象征意义的基础上，一个具有相当可信度的结论才是，我们每一个人都极有可能是上校。

说到对上校这样一位生活英雄形象的理解与判断，叙述者借助于小爷爷这一人物对“我”爷爷所讲述的一番话语，有着毋庸置疑的重要性：“你是聪明一世糊涂一时，他是什么人？你们嘴上叫他太监，实际他是皇帝，村里哪个人不敬重他？不念他的好？我就是例子，你对他那么恶，随口骂他断子绝孙，可我出事他照样救我，不记恨你，也不顾他妈信观音，只顾念我们好。世上有耶稣才出这种大好人，他是不信耶稣的耶稣，你对他行恶就是对耶稣行恶，看耶稣能不能救你，我反正是救不了你了。”在转述完小爷爷的这番话之后，作家紧接着写道：“我在一旁望着耶稣，耶稣站在阁儿上，背靠着板壁，头歪着，耷拉着，手伸着，被钉子钉着，流着血，脚上也流着血，是一副受苦落难的样子，也是要人去救的样子。”耶稣是为了拯救人类的灵魂而自动走上十字架的一位自我献祭者，当小爷爷其实也更是作家麦家自己，把上校这样的人物形象与耶稣相比拟的时候，其内心深处对上校的一种敬仰之情，实际上就已经溢于言表了。虽然在政治上被打入另册，却依然能够赢得双家村普遍的民心，所充分说明的正是作为生活英雄的上校其人日常生活中的魅力所在。也因此，一个能够令人信服的结论就是，麦家的这部《人生海海》，在强力鞭挞批判人性恶（这一点，集中体现在小瞎子和“我”爷爷这两个人物形象身上）的同时，也格外生动地塑造刻画出了上校这样一位具有人性大善的生活英雄形象。

由于用23年的时间创造出了迄今为止世界上最大的射电望远镜——“中国天眼”FAST，杰出的中国天文科学家南仁东的名字已经为公众耳熟能详。但南仁东是怎样炼成的？那架世界上最大的射电望远镜“中国天眼”又是怎样打造成功的？对于所有的这一切，社会公众却未必有切实的了解。贵州青年作家王华，之所以要完成《仰望苍穹》（安徽少年儿童出版社2019年3月版）这样一部长篇非虚构文学作品，其根本出发点恐怕正在于对以上这些问题的回答与澄清。

读完《仰望苍穹》，主人公南仁东留给我们的一个突出印象，恐怕就是他性格中那样一种真正可谓是“咬定青山不放松”“任尔东西南北风”的倔犟个性。凭着这种个性，只要认定了一条路，他就会不管不顾地“走到黑”。南仁东的这种倔犟个性，早在他的青少年时期就有着突出的表现。1963年，乃是南仁东至关紧要的高考之年。那一年，一直品学兼优的南仁东，明明可以不参加高考就可以提前被保送进一所军校，但自信满满的南仁东却拒绝被保送，用他回答母亲的话来说，就是：“我一直就想得很清楚，我的目标就是清华、北大。”好在他的父母有着非同一般的通情达理，尽管说内心里为儿子的执意“铤而走险”捏着一把汗，但他们还是充分尊重了南仁东的选择。没想到的是，高考结果强有力地证明了南仁东的超强学习实力：“他不仅考上了，还拿了个吉林省理科状元，成为当时四平地区十年间唯一考入清华大学的高才生——他如愿以偿地走进了清华大学。”但事情还没有完，因为没有能够读到他想要的建筑专业，入学不久的南仁东竟然闹着要退学，要炒清华大学的鱿鱼。在一般人看来，能够进入清华大学是比登天还要难的事情，但任性或者说倔犟的南仁东，却仅仅因为专业不合心意，就要和清华大学说拜拜。经过身为建筑工程师的父亲一番细致耐心的劝说，南仁东最终放弃了退学的打算，接受了电子工程专业。从根本上说，也正是电子工程专业的选择，为他在“文革”后投考天文学专业的研究生，进而把自己的一生都投入到天文学的研究之中，奠定了最早的学科基础。

大学以及相关专业的选择之外，《仰望苍穹》中另一个给读者留下深刻印象的细节，恐怕就是南仁东后来毅然放弃在日工作的高薪，回国谋求建一个世界上最大的射电望远镜。由于早在20

世纪80年代就在天文学研究领域取得了世界领先的科研成就，南仁东不仅引起了世界的关注，而且还被聘到日本从事研究工作：“因为南仁东很厉害，上个世纪90年代，日本国立天文台聘他为客座教授，给他的薪资待遇是国内的300倍。”照常理说，不仅能够成为业内有影响的天文学家，而且还可以享有如此高的薪资待遇，南仁东早该心满意足。但由于内心里“仰望苍穹”理想顽固存在的缘故，南仁东却总是快乐不起来。也正因此，他才会这样回答朋友的问话：“成了天文学家又怎样？我们这帮天文学家想做一次天文观测，都得去借其他国家的望远镜。我们想用观测数据，都是捡别人用过的。难道成为一个天文学家的最终目的，就是到其他国家的天文台做个客座教授？”这其中透露出的信息，很显然就是拥有高远理想的南仁东对现状的强烈不满。事实上，也正是从这种高远的科学理想出发，南仁东才不仅振振有词地对朋友强调“要建就建个全世界最大的”“500米口径”的射电望远镜，而且还为此放弃了日方的高薪，毅然返国，回到了久违的中国科学院。

真正的问题在于，南仁东的科学理想固然高远，但他所面对的现实却相当残酷：“要知道，当时世界上最大的单口径射电望远镜在美国，叫‘阿雷西博’，球面直径350米，是当时世界射电天文界最领先的一台设备。而当时我国最大的射电望远镜，口径仅为25米。很显然，这个巨大的差距，的确是我们必须奋发赶超的理由。用南仁东的话说：‘我们做了多年跟跑者了，是不是应该考虑做一回领跑者呢？’可同时，这个差距体现的又是一个显而易见的问题：要想赶超这段距离，谈何容易。”南仁东理想中的射电望远镜口径是500米，一向号称科学最发达的美国现有的最大口径是350米，而中国当时的最大口径仅仅是25米。只要把这样的三个数字摆在一起，建造“中国天眼”FAST的难度就可想而知。那么，面对着如此巨大的难度，南仁东为什么一定要建成“中国天眼”呢？作品中，王华也曾经巧妙地借助于南仁东弟弟之口，提出过相应的疑问：“可是你为建一个望远镜不顾一切，究竟是为啥呢？”“难道就为了一个‘崇高理想’，或者‘高尚追求’？”对此，南仁东沉思后给出的回答是：“我谈不上有高尚的追求，也谈不上崇高的理想，大部分时间是不得不做。”当弟弟进一步追问什么叫不得不做的时候，南仁东说：“人总得有个面子吧？你往办公室一瘫，什么也不做，那不是个事儿。我特别怕亏欠别人，国家投了那么多钱，国际上又有人说你在吹牛皮，我就得负点责任。”我想，我们无论如何都得感谢作家王华，感谢她在这里没有进行煽情描写，没有让南仁东讲出一番“政治正确”的“高大上”豪言壮语来。她所给出的，只不过是南仁东一种简直就是朴实到了极点的责任感。依照我自己的理解，对于南仁东坚持设法让“中国天眼”变为现实如此一种行为的根本动机，我们恐怕更多地应该从马斯洛的人生需求层次理论来加以解释。在马斯洛看来，人生的需求层次由低到高分别为生理需求、安全需求、社交需求、尊重需求以及自我实现需求这样的五个层次。其中的自我实现为最高层次的需求，意指由于个人能力发挥到了最大程度，个人的理想和抱负遂得以充分实现的一种状况。对拥有高远科学理想的天文学家南仁东来说，他之所以能够不计名利，不惜牺牲自我，也要致力于“中国天眼”的成功打造，正是自我实现需求充分发挥作用的一种直接结果。

由于可供使用资金的相对匮乏，南仁东要想建造“中国天眼”，首要的一个任务就是利用天坑——天然形成的巨大洼地，好安置未来那个巨型望远镜。多少带有一种巧合意味的是，南仁东他们最终找到的，竟然是位居贵州喀斯特地貌区的大窝凼：“南仁东、FAST、大窝凼，这难道不是冥冥中的一种缘分吗？南仁东提出了FAST，FAST需要一个巨大的家，而大窝凼亿万年前就等在这里了。”尽管看起来这大窝凼与FAST之间貌似有着天然的缘分，但有谁知道，南仁东团队为了寻找大窝凼这样一个合适的天坑，从1994年起始，一直到2008年的最终被确定，前前后后竟然耗费了长达十多年的漫长时间：“于是，FAST终于迎来了它的奠基日，那是2008年12月26日（戊子年甲子月庚子日）。这天，由中国科学院与贵州省人民政府合建的、国家科教领导小组审议确定的国家九大科技基础设施之一——500米口径球面射电望远镜（FAST），在贵州省平塘县克度镇大窝凼举行了隆重的奠基典礼。”耗费了如此漫长的时间且不说，关键还在于，在长期的寻找过程中，年迈体弱的南仁东甚至差一点付出了生命的代价。一次雨后脚滑，若非碰到了一片灌木丛阻挡，他恐怕早已因坠入几十米深的谷底而丧命。

然而，与寻找过程中所遇到的那些艰难险阻相比较，作品中最感人至深的一点，却是南仁东不顾重病在身，也要全身心地投入到射电望远镜的建造事业当中去。或许与射电望远镜的建造焦虑紧密相关，南仁东很早就养成了疯狂抽烟的习惯：“‘吸烟有害健康’不光是写在烟盒上的一句警示语，也是人人都知道的道理。据世界卫生组织不完全统计，全球每年因吸烟死亡的人数已经达到600多万。南仁东一个人顶着个建500米口径的大望远镜的梦想，健康问题早已经被他置之度外了。他想：如果此生建不成大望远镜，长寿又有多大意义？只要此生能建成大望远镜，癌症又有何惧呢？”敏感的读者应该可以注意到，作家王华在这里其实就已经为故事的结局埋下了伏笔。南仁东病情的日渐严重，是以他第一口血痰的吐出为标志的。那一次，在庆贺FAST的专用钢索终于被研制成功的时候，南仁东突然猛烈地咳嗽了起来：“他咳出了一口血，咳得瘫软在椅子上。那场欢庆，在他那口鲜血前骇然定格，而咳嗽也陡然在这里刹住。”作为FAST项目的核心人物，在前后长达23年的研制与建设过程中，南仁东真正可谓克服了一个又一个障碍：“在漫漫的研究和建设长路上，南仁东坚持FAST科学目标，指导各项关键技术的研究及模型试验，构建了‘利用贵州天然的喀斯特洼坑作为台址；洼坑内铺设数千块单元组成500米口径球冠状主动反射面；采用轻型索拖动机构和并联机器人，构建望远镜接收机的高精度定位’等三大自主创新。这一路走来的近二十年里，他突破了一系列技术难题——发明了500 MPa耐疲劳拉索，突破了高效握拔力锚固技术、大跨度索网安装和精度控制等难题……”但无论如何都不能被忽略的一点是，为了攻克这一系列技术难题，南仁东也付出了极其惨重的代价。这代价，不是别的，正是他健康状况的严重恶化。尽管说南仁东日益严重的咳嗽状况早已引起周围人们的关注，但生性倔犟的他，却硬是拒绝别人的关心和劝说，不管不顾地坚持战斗在FAST科研的第一线。在他的心目中，包括自己身体健康在内的其他所有东西，都比不上FAST的事业重要：“自第一次咳出血痰后，他就没再让第二个人见到过它的身影。每一次咳嗽时捂在嘴上的纸巾，都会被他及时地团在手心，等到咳嗽停止了，他便悄悄藏进垃圾桶。对于血痰的凶险，他不是不知道，但他的肩上扛着

FAST，就没有中途被它吓倒的理由。每一次，他都用冷笑回敬血痰的狰狞：不到最后，你休想击败我。”

或许正是南仁东发自内心深处的强力意志真正发生了作用，等到FAST的主体工程终于得以竣工后，残酷的病魔方才气势汹汹而来。“2016年7月3日，当FAST光彩夺目地出现在世界视野的时候，世界立即怦然心动了……23年，南仁东只为FAST而活。就像FAST实现了世界领先的技术突破一样，南仁东，也突破了人在情感和意志上的坚守极限。”是的，作家王华的这段话真是说得太好了。细细品味南仁东的科学人生，尤其是他从1994年开始的，长达23年之久的“中国天眼”FAST的这段岁月，从来就没有讲过什么豪言壮语的南仁东，的确非常本色地扮演了一个在静默中长期坚守的重要角色。一个人，坚持23天，坚持23个月，都比较容易，难的是一坚守就是整整的23年时光。如果没有南仁东23年的静默坚守，当然也就不会有举世瞩目的“中国天眼”FAST也即500米口径射电望远镜这一世界顶尖的科研项目在中国贵州的最终宣告完成。在这个意义上，我们完全可以说，杰出的天文学家南仁东，以他长达23年的静默坚守所铸就的，就是一座令人敬仰的精神丰碑。既然是精神丰碑，那就有着进行普遍推广的重要意义。尤其是在青少年群体中，这种推广的意义就更不容否定。作家王华在《仰望苍穹》中，通过质朴而形象的语言所完成的，正是这样一件意义非凡的关于南仁东非凡科学精神的普及工作。

也正因此，笔者愿意引用南仁东夫人在代替他接受中宣部追授的“时代楷模”荣誉称号时的一段话来概括南仁东的精神构成：“我的先生南仁东，是千千万万中国知识分子当中的普通一员，普通得不能再普通。是这个伟大的时代成就了他，使他点点滴滴平凡的工作和生活折射出不平凡的光辉；是博大精深的中华文化滋养了他，养成他淡泊名利、坚持真理、一诺千金、善良勤劳的优秀品质；是无数科技泰斗教育和影响了他，给予他渊博的学识，铸就了他敢为人先、迎难而上、坚韧不拔的科学精神。”事实上，也正是从这一点出发，作家王华才会在“写在后面的话”中特别强调：“是的，虽然他走了，但他的身后还有一代又一代的年轻科学家。有他这座精神丰碑矗立于那里，有他人格光辉的照耀，在科学探索的道路上，他们将会越走越远，越走越好。”

最近若干年来，中篇小说写作方面最有代表性的作家之一，毫无疑问就是那位曾经以一篇《李海叔叔》而荣膺第七届鲁迅文学奖中篇小说奖项的天津作家尹学芸。但如此一种殊荣的获得，并未构成作家的精神负累。如何在现有小说成就的基础上，更进一步地拓展艺术视野，使自己的小说创作愈益精进，乃是尹学芸始终如一的追求目标。作家新近刚刚发表的《青霉素》（载《收获》杂志2019年第3期），就突出地代表了尹学芸较之于《李海叔叔》更为引人注目的思想艺术探索。具体来说，尹学芸的这种思想艺术探索，集中不过地体现在对人类心理阴暗面的深度探究与表现上。

面对这部中篇小说，首先引起我们关注的一个问题，恐怕就是尹学芸到底为什么要用“青霉素”这样一种广为人知的药名来为自己的作品命名。却原来，这一命名，与小说主人公正坤身为罕村（请注意，不仅故事的发生地依然是那个在文学界早已广为人知的“罕村”，而且，小说在采用尹学芸所习惯于使用的第一人称叙事方式的同时，也仍然把这位叙述者设定为“王云丫”。

“罕村”、第一人称叙述与“王云丫”，毋庸讳言已然成为了尹学芸小说作品中的三个标志性因素）的赤脚医生这样一种社会身份紧密相关。实际上，明眼人只要根据赤脚医生这一说法，就可以确定正坤的人生故事一开始发生的具体时间，乃是“文革”结束前的毛泽东时代。既然是罕村的赤脚医生，那在日常行医的过程中使用青霉素，就是再寻常不过的一件事情。关键的问题是，尹学芸之所以要用“青霉素”来命名这部小说，却并不在于正坤日常行医过程中对青霉素的使用，而在于正坤神不知鬼不觉地利用青霉素过敏的这一特点，连同他自己在内，在罕村最起码杀死了十五条鲜活的生命。

正坤的杀人事实，被格外真切地记述在小说的最后一节也即第十节中。在正坤业已去世十年之后，叙述者“我”也即王云丫，意外地从正坤弟弟正杰那里得到了正坤留下来的一个日记本。这一黄丝绒面的日记本上所断断续续记载的，正是正坤的一系列杀人事实。“一九八三年四月十二日。没想到那么快她就走了。三支青霉素果然有威力。四支呢？”这里的“她”究竟姓甚名谁，叙述者并没有做出具体交代，但毫无疑问的一点却是，“她”肯定是正坤自己除外另十四位受害者中的一位。格外显得冷酷的一点，是“三支青霉素果然有威力。四支呢？”这句话。把一种杀人的行为竟然如同科学实验一般来加以表达，读来倍觉寒意袭人。然后，是出自正杰之口的两段叙事话语：“我们家族都是过敏体质，正坤他比谁都清楚。我爸、正清、小水、他自己。”“有时候，他假装给人家做皮试，其实根本没做。他乐于看见过敏的人，那样他就像猎人遇见了猎物。他的药箱里其实一直储存着肾上腺素，可他一次也没给人用过。难怪正清媳妇怀疑他。”肾上腺素，是专门用来对付青霉素过敏的一种药物。如果说后一段叙事话语所充分说明的，乃是正坤一种蓄意杀人事实的客观存在，那么，前一段叙事话语所意欲强调交代的，就是即使是自己家里有血缘关系的亲人，正坤都不肯放过。其中，值得特别注意的一位，是他的父亲四老歪之死。只要联系前面的相关叙述，我们即不难确认，正坤所扮演的，实际上只是帮凶的角色：“‘严格地说，他只是帮凶。但他算在了自己的头上……都有编号的。他自己，正好是第十五个。’我告诉王永利，‘他给自己用了八支青霉素。这么多年，罕村就没人察觉？’”这里，在澄清正坤在父亲四老歪死亡过程中只扮演了帮凶角色的同时，也以八支青霉素的细节明确交代了正坤自己速求一死的决心。从故事情节完整性的角度来说，倘若缺少了最后一节的相应交代，那我们恐怕就只能永远处于不明真相的一头雾水之中。就此而言，《青霉素》最后一节那样一种所谓“卒章显其志”的作用便无论如何都不容轻易忽视。需要强调的一点是，这里所谓的“志”，不过是尹学芸所欲揭示的正坤杀人真相而已。

核心的问题很显然是，正坤这样一位“好看而帅气”的乡村赤脚医生，到底为什么要利用青霉素过敏的原理，接连不断地在罕村连杀十四人之后方才自杀身亡呢？接连两次阅读作品后，我再三思虑的一种结果是，致使正坤心理严重扭曲变态乃至到最后彻底蜕变成为一位“反社会文化人格”具备者的根本原因，我们只能够到他那位在日常生活中过于强势过于独断专行，甚至在某种意义上干脆可以独裁专制称之的母亲赵兰香那里去加以探寻。“赵兰香是个大个子，人也长得漂亮，一张嘴见啥人说啥话，脸上总是浮着笑，大多时候不怎么由衷。”唯其她总是这样言不由衷，所以“你不知她哪句是真的，哪句是假的”。或许正是因为赵兰香与丈夫四老歪各方面均不般配的缘故，他们家的一切事情到最后都是由赵兰香说了才算。具体到这部《青霉素》中，赵兰香那独断专行的家庭淫威，突出不过地体现在她和五儿子正坤的关系中。正如你在小说中眼睛看到的那样，对于正坤来说，从事业到爱情，乃至于最后的结婚成家，最后的决定者，都是他这位特别强势的母亲。比如，罕村的赤脚医生这一职位，明明已经被派给了九队会计的女儿高燕红，但表大妈赵兰香却硬是凭借着自己与大队书记之间不正当的暧昧关系而把这个职位抢给了五儿子正坤。尤其令人难以接受的一点是，她竟然逮了便宜还要卖乖：“赵兰香说，那丫头想不开。如果你想当赤脚，明说啊。我们家老五去不去都行，他还可以学别的手艺。这也犯得上上吊？”再比如，正坤明明已经在参加赤脚医生培训时与邻村的一位漂亮姑娘相爱，但赵兰香却硬生生地以耍泼无赖的手段迫使正坤娶了那位形貌异常丑陋的铁秀珍。原因只在于铁秀珍的父亲铁成树是大队的书记。这桩看起来极不相称的婚姻，不管怎么说都是赵兰香一心攀附权力的直接结果。既然所有的一切都由不得自己，都由强势专权的母亲做主，那正坤内心世界的郁闷苦楚便可想而知。那一次在医疗室，一向以好脾气著称于罕村的正坤，之所以会不管不顾地对铁秀珍大打出手，实际上正是他内心怨毒甚深的缘故。那一次，面对着正坤对铁秀珍简直就是要往死里打的场面，“赵兰香蔫没声地溜了。她从来不知道正坤这么凶狠，怎么有点像报杀父之仇”。事实上，只要我们细加思考，就不难搞明白，正坤内心世界的怨毒之深，恐怕与赵兰香与铁成树之间不明不白的暧昧关系紧密相关。正因为内心深处特别在意母亲的狼藉名声，所以正坤才会毫无顾忌地出此恶招。

就这样，在长期委曲求全的被压抑过程中，正坤的心理世界万般无奈地被扭曲着。在他那看似不动声色的“杀人如麻”的过程中，我们其实可以强烈地感觉到有两种看不到硝烟的精神战争在激烈进行着。如果说，其中的一种，发生在软弱的正坤与他过于强势的母亲赵兰香之间，那么，另外的一种，就很显然发生在正坤的内心世界之中。是他内心中善与恶之间一种凶猛异常的精神战争。只不过，这一场内心精神战争彼此厮杀的最终结果，是恶战胜了善而已。

但在充分意识到是母亲赵兰香一贯的强势与独断专行从根本上酿成了正坤内在精神世界被严重扭曲，进而使他成为一位“反社会文化人格”具备者的同时，我们无论如何都不能不思考的另外一个问题是，他的母亲赵兰香那样一种极端强势的带有鲜明独裁专制性质的人格心理又是怎样形成的。也因此，在强调《青霉素》所具精神分析思想艺术特质的同时，我们无论如何都不能轻易忽略它所具备的尖锐社会批判性质。

一篇小说，之所以一定要有一个标题，大约是因为作家要借助于标题的设定，以画龙点睛的方式将自己所欲透视表达的思想艺术题旨首先暗示传达给读者。很多时候，我们往往是在读完全篇之后，才能够真正领会一个标题的堂奥之所在。“橡皮擦”，说到底也不过是一个普通不过的学习用具。关键的问题很显然是，范稳究竟为什么一定要用这样一个普通学习用具来为自己近期完成的一部中篇小说命名呢？我们注意到，作品中具体提到“橡皮擦”的地方，共有三处。第一处，与那位罹患阿尔茨海默病的洪玉林老人紧密相关。“阿尔茨海默病（Alzheimer disease）中国人略带不恭地叫作老年痴呆、老糊涂，医学上也称之为AD患者，也许是所有做儿女的肩头卸不下来的重担。”这种令儿女倍觉负累的病症，一个突出的特点，就是失忆。用医生的话来说，就是：“你父亲现在的病症属于AD症初期，它是不可逆转的，只会越来越严重。从失认，到失忆，再到彻底失去生活自理能力。”大约也正因为如此，所以，作家才会这样写道：“他那光荣的过去，正在被一块无情的橡皮，慢慢擦去。”第三处的用法，与第一处完全相同。来自于洪玉林老人的孙女刘涯就外公的病情专门从美国发回来的相关文字：“如果我们脑子里彻底没有这件事儿了，那它就是被一块橡皮擦擦干净了。”“我们会忘记一些事，又固执于另一些事。我们开始无理取闹，我们找不到回家的路，那块橡皮擦把我们所有的过去擦得一干二净……我们是想努力保持尊严，但尊严的意义本身，我们也想不起了。很抱歉，这就是生命最后的样子。”如果说第一处与第三处的用法相同，那第二处的用法就与此截然不同了。具体来说，第二处的用法，与小说中的白金华白银华这两位进城打工的农民兄弟紧密相关。在强调白金华因为自己的社会身份而倍觉耻辱的时候，范稳写道：“不是因为故乡穷，而是故乡带给他乡下人的身份，让他在城市里再漂泊几十年也擦洗不掉。”因此，“他只有指望自己的女儿，她出生在城里，她的故乡就是这座城市，将来她还要在这城里工作，把自己民工后代的身份像擦去作业本上的铅笔字一样擦掉。这世上有这样一块‘橡皮擦’吗？他不知道”。如果我们确认作家范稳对“橡皮擦”一词的使用与文本中的以上三处有关，那么，由以上的分析可知，作家对这一语词的使用，乃是在一种延伸出的借用层面上进行的。具而言之，前者意欲借用橡皮的功能表达一位阿尔茨海默病患者记忆的丧失，而后者，则试图利用橡皮擦的功能表达如同白金华这样的农民工内心里一种强烈的改变社会身份的愿望。

然而，我们无论如何都应该注意到，范稳《橡皮擦》（载《收获》杂志2019年第2期）这一中篇小说文本得以成立的一个关键环节，就在于一套远程家庭监控系统的巧妙设定。却原来，在得知年迈力衰的父亲不仅处于AD的初期，而且平常只和保姆郝妈待在一幢大豪宅里的情况之后，远在美国的女儿洪汉美实在放心不下，力主在家里安装了这样一套远程家庭监控系统。这样一来，“借助网络他们这些在外奔前程的子女可以随时看到家中的情况”。事实上，从小说结构的角度来说，也正是凭借着这样一套远程家庭监控系统的存在，远在异国他乡的洪汉美，才能够及时地发现家中的异常情况，整个小说的故事情节方才得以最终成立。具体来说，小说的核心事件，乃是一桩未遂的入室抢劫案。早已退休的原公安局局长洪玉林，年事已高，正处于AD的初期。几个子女因为工作和生活的原因（实际上，也还不仅仅是工作与生活的原因，其中也还很明显地存在着他们对老人的厌恶：“洪汉美不无悲哀地发现，家中的人已经不屑与这个曾经威风八面的一家之主多说一句话。”），都没有陪在他的身边，唯一陪在他身边的，只有一位名叫郝妈的保姆。正是在做工过程中无意间窥破了这一“机密”后，白金华和白银华兄弟二人方才动了试图要从洪玉林家里劫走一点财物的心思。这样，也就直接导致了为洪汉美无意间目击了的那桩最终未遂的入室抢劫案的发生。

但对于一部别有意蕴追求的中篇小说来说，一桩入室抢劫案的发生并不重要，重要的是围绕这一案件揭示出的另外几方面事实。其一，是案发现场白金华兄弟偶尔的“良心发现”。一个是，洪玉林再一次摔倒后，额角出血，帮助他用餐巾纸止血的，就是白金华。再一个是，洪玉林失禁尿裤子之后，他们兄弟俩的先后出手相助。先是白金华给老人找裤子：“他们本来是来行劫的，但未泯的良知告诉他，他应该去帮助眼前这个老人。”然后是白银华面对军装时的恶念顿消：“面对递到面前的军装，白银华身上的邪念在消退。是你要换裤子，不是我。大爹……他底气不足地说。”紧接着，就是叙述者按捺不住的一种议论穿插：“一个再卑微的人，也会被一身军装赋予勇气、荣誉和责任。”置身其中的白金华兄弟，根本就不可能意识到，他们的行为竟然有着一种不容忽视的自我救赎功能：“他们那时并不知道，他们在这里无意间做的每一件事情，不是无可挽回的堕落，就是难以名状的救赎。”究其根本，白金华与白银华兄弟俩案发现场的数度“良心发现”，所充分说明的，乃是身为打工者的他们人性世界构成的某种复杂性。

其二，是洪玉林老人的一种精神困境。作为早年就已经投身于革命的老干部，洪玉林曾经有过叱咤风云的辉煌岁月。这一点，只要从他们家悬挂着的他与周恩来在一起的合影，即可见一斑。但即使是如此一位干了一辈子革命工作的前公安局局长，到了晚年的时候，也难逃凄凉的命运。对此，洪玉林自己一种真切的感受是：“外面的世界正无情地将他抛弃，像一辆越驶越远的乡村公共汽车，把他孤零零地扔在荒野里。他既找不到组织，也找不到回家的路，或者说，回家的路有很多条，错乱无序地在他的眼前铺展，而他明明感觉得到家就在眼前，一抬腿就可推门而入。”但严重的问题在于，感觉可以“推门而入”的洪玉林，却就是无论如何都“推不开时间源头那扇遥远的家门”。未遂入室抢劫案发一周后，洪玉林的儿子洪汉国一家搬来与老父亲同住：“他用下命令的口吻对妻子和儿子说：老人还在世一天，我们就陪他一天。”从这一细节就可以看出，洪汉国他们其实原先就可以陪伴孤苦一人的老父亲。正所谓，非不能也，实不为也。从洪玉林的如此一种精神困境出发，我们进一步推导出的一个结论就是，年龄面前，人人平等。无论你是权贵阶层，还是平民阶层，到最后等待他们的恐怕都是某种凄凉的晚境。

其三，尤其值得特别注意的一点，是对于当下时代一种阶层固化现实的犀利揭示。天良未泯的白金华白银华兄弟俩，之所以要铤而走险地入室抢劫，固然有具体的触发点（对白金华来说，是自己的十万块钱因私自放贷而最终血本无归。对白银华来说，则是因为嗜好打麻将赌博，仅仅是一个晚上就输掉了一万六），但从根本上来说，恐怕还是与当下时代阶层固化的残酷现实紧密相关。这一点，突出不过地表现在望女成龙心切的白金华的感受之中：“刮灰工白金华最近遇到一个社会性的难题：如何让一个民工三代考入七彩中学——这个连城里的孩子也趋之若鹜的私立名校，进去了就好比一只脚跨进了大学校门，也意味着一个民工的孩子将来会找到一份体面的工作，并最终成为一个城里人。”白金华的感受之所以会如此真切，关键因为在他十多年来的打工过程中，早已清醒认识到了城市对自己的那种隐然拒绝：“‘形迹可疑’，是白金华在小学时学会的一个成语，他现在总感到自己在城市里就是‘形迹可疑’的那一类人。”更具体地说，在进城打工后，迫使白金华强烈意识到阶层差异存在的，并非那些普通的城市平民，而是如同洪玉林这样一个年迈的老人独占一座豪宅的现代权贵阶层。他们之所以把洪玉林家确定为意欲打劫的对象，与这一点有着直接的内在关联。当然，这一点，也同样体现在洪玉林孙子洪疆看似随口而出的话语中："洪疆又跟了一句：他们本来就有罪嘛。板上钉钉的事，不需要推定。要不是看在爷爷分上，我早一脚给他们踢牢里去了。"针对洪疆充满优越感的言论，身在美国的刘涯发出了一针见血的反诘意见："刘涯这次用中文打上来的一句：你们不觉得自己很强势吗？"虽然只是简短的一句话，但刘涯此言却不无尖锐地击中了当下时代日益严重的阶层固化现实。说到作家范稳对阶层固化问题的关注与思考，还有这样一些细节是不容轻易忽视的。一个是洪汉国的感受："洪汉国一段时间来也在内心里反问：这桩事情要是放在一个普通家庭，孙副局长会调动精锐的反恐突击队吗？派出所的特警中队就足够应付了。"再一个是白金华女儿白布舒的眼神："还有她不断回头张望的目光，除了困惑不解外，洪汉国甚至感觉到了那眼睛里的敌意和仇恨。"还有一个，则是由于有了洪家的积极介入，白布舒的入学问题很快迎刃而解，她不费吹灰之力就得以进入梦想中的七彩中学去读书。此外，无论如何都不容忽视，且特别耐人寻味的一点是，小说结尾处关于洪玉林当年改换门庭的相关描写。当年的洪玉林，也曾经是穷人家的孩子。他之所以能够成为一名革命者，乃是因为十五岁时不管不顾参加了解放军。如果说那个时候的洪玉林尚且可以凭借参加革命的方式而彻底改变自己的命运，那么，当下时代面对阶层固化现实的白金华与白银华他们，又该怎么办呢？说实在话，除了提出这个简直就是无解的命题之外，我们也的确无法开出相应的药方来。

不管怎么说，一部篇幅不大的中篇小说，能够拥有如此丰富的思想含蕴，端赖于作家范稳突出艺术表现能力的具备。事实上，也只有到这个时候，我们方才恍然大悟，却原来，所谓的“橡皮擦”这一标题，恐怕也还隐含有什么时候才能够彻底“擦”掉不同社会阶层之间隔阂与差异的这样一种理想愿景。

依照徐则臣自己在创作谈里的说法，青城这一女性形象在他心目中最起码已经酝酿了长达十年之久的时间：“很多年前去峨眉山，蜿蜒的山道上转得我头晕，心里冒出一个词：青城。西夏，居延，青城；三个词放在一起是多么合适，三姐妹聚在一起是多么美好。但是这个叫《青城》的小说，迟迟不来，一晃十年过去。十年里从未忘记过‘青城’，十年来也从未放弃过《青城》。”[①]熟悉徐则臣小说创作的朋友都知道，《青城》（载《青年作家》杂志2019年第4期）之前，他曾经创作有《西夏》与《居延》两部中篇小说。尽管说《青城》只是一个短篇小说，但三部作品的共同处却还是显而易见的。其一，三部作品的主人公，都是现代女性。其二，三位女性的命名都与某一地名有关。西夏，既是历史上曾经存在过的一个王朝，同时也可指当年西夏王国存在过的那片特定地域。居延，是汉唐以来西北地区的一个军事重镇。而青城，则是地处四川境内的一座道教名山。虽然徐则臣在创作谈中也已经涉及了这一问题，但即使在读过创作谈之后，关于作家到底为什么要采取如此一种命名方式，也还是不甚了了。好在，在很多时候，一篇小说的命名也都是作家一时的兴之所

① 徐则臣《相聚的三姐妹》，载《青年作家》2019年第4期。

至，未必会有多么深奥的微言大义。对于读者来说，更重要的一点，恐怕还是要很好地理解体会作品本身的思想艺术内涵。具体到这篇《青城》，徐则臣的着眼点，其实还是落脚到了现代情感的层面，通过青城这一女性形象的情感遭际，探寻表达着现代情感的某种迷茫与坚执。

或许与青城的命名方式有关，小说故事的发生地被徐则臣放置到了成都这座城市。很大程度上，也正因为故事发生在成都，所以，如同赵熙这样一位籍贯为四川荣县的书法家，才能够被巧妙有机地编织进故事情节之中。小说采用的，依然是读者早已司空见惯了的第一人称叙事方式，叙述者“我”也参与到了故事之中。报社要在成都做个子报，“我”受命前来做前期筹备工作。不料在租房时却遇到了同样如同浮萍一般漂泊寄寓在成都的青城与她的铁老师。“同是天涯沦落人”，故事就发生在萍水相逢的三个人之间。原来，青城与铁老师，虽然是真正的师生关系，但他们的情感故事却发生在青城毕业之后。等到青城再次出现在铁老师面前的时候，铁老师已然因为考博的问题和前妻走到了婚姻的尽头。既如此，他们两人的携手到成都闯天下，也就是顺理成章的一种结果。流落到成都后，由于没有稳定的经济来源，他们只好凭借在宽窄巷子里给人画像谋生。但同样是画像，青城的生意却不如铁老师受欢迎。原因在于，“老铁的具象能力很好……但老铁的像只是被动的像，复制一般，必须有原件，一旦进入原创，有点找不着北”。相比较而言，青城的复制能力就要差得多，“不过她的画有神，三两下就把模仿对象的魂魄给勾出来，而且胆大，画面上常有旁逸斜出的不和谐笔触，乍一看唐突，细细琢磨，颇有神来之笔”。事实上，只要是明眼人即可看出叙述者这里早已暗含褒贬。复制能力强的铁老师，充其量也不过是一个高级画匠，“颇有神来之笔”的青城，方才真正称得上是艺术家。既如此，在一贯盛行“劣币驱逐良币”原则的书画市场上，青城的不受欢迎，就是可想而知的一种结果。

关键的问题在于，青城自己对于自己的艺术优势却并不自知，又或者即使知道了也并不自以为然，仍然一如既往地守护着她的铁老师，尤其是他们之间的那种情感。一方面，青城固然有着情感的迷茫，有过情感上的越轨之举。这一点，集中不过地体现在和“我”的关系中。尽管很难说是一种蓄谋已久的行为，但青城的不顾铁老师反对而坚持和“我”去看鹰，并且在看鹰时与“我”发生肉体关系，却也是一种确凿无疑的事实。但在另一方面，尽管“我”与铁老师相比，似乎更具优势，但她最终做出的情感选择，却也还是毅然地站在了铁老师一边。这一点，突出地表现在铁老师一时失踪后她的焦虑与着急上：“我们继续等。九点以后她就不再坐，在客厅里走来走去，晃得我眼晕。我上前抱住她，我想让她镇定下来。她把我推开，说：‘别碰我。让我走。’”如此一种不离不弃，所充分说明的，就是面对着铁老师和“我”，尽管也曾经出现过一丝的犹疑不决，但到最后，青城做出的人生与情感抉择，却依然是坚持留守在了成天价咳嗽不止的铁老师身边。虽然我们并不知道徐则臣在写作过程中是否联想到过那部曾经产生过不小影响的《廊桥遗梦》，但青城如此一种情感选择，与弗兰西斯卡之间有着明显的相似性，却是一种客观存在的事实。

最后需要提及的，是那不断穿插出现的“鹰”的意象。先是“我”的看鹰：“他拍，我只看；想象自己腋下也生出双翅，双翅平铺，若垂天之云，我驾着翅膀一动不动，可以飞越十万大山。”然后是青城的模仿鹰：“青城在老铁的咳嗽声中伸出手臂。她的胳膊是真长，修长的指尖如同翅尖，她柔韧放松地舞动两只胳膊。”问题的关键在于，一篇旨在描写情感的小说中，徐则臣为什么非得要穿插关于“鹰”的意象描写呢？答案或许就在于作家试图把青城比作一只“鹰”。倘若说青城真的是“鹰”，那这“鹰”的耐人寻味处，恐怕就在于，她明明可以去天空翱翔，却又为什么一定要守护在整日价咳嗽不止的铁老师身边呢？在情感选择日趋开放自由的当下时代，徐则臣的如此一种描写，毫无疑问有着一种强烈的现实针对性。

第五章　自然、社会的谛视与史诗性书写

阿来的《云中记》（载《十月》2019年第1期），是一部与汶川大地震紧密相关的长篇小说。虽然说汶川地震发生于2008年5月12日，但等到主人公阿巴一个人的返乡故事发生的时候，具体时间却已经是五年后的2013年5月9日（请注意，“时间是盘算过的，2013年5月9日。地震前三天”）。在一个人跟着两匹马重返家乡云中村的途中，或许与触景生情紧密相关，阿巴的思绪情不自禁地回到了五年前地震骤然发生的那个时刻：“当时，他也像现在这样跟在两匹马后面。穿出一片树林时，阿巴觉得有些呼吸不畅。累了吗？是有些累了。但也不至于像是被人握住了肺叶一样……”“地裂天崩，一切都在下坠，泥土，石头，树木，甚至苔藓和被从树上摇落的鸟巢。甚至是天上灰白的流云。”“他随着这一切向下坠落，其间还看见被裹挟在固体湍流中的马四蹄朝天，掠过了他的身边。”就这样，在毫无防备的情况下，仅仅是两分钟的时间，大地就彻底改变了模样：“他熟悉的世界和生活就在那一瞬间彻底崩溃。”在云中村人世世代代的口口相传中，他们这个村庄早在一千多年前就已经落脚到了此处：

“一千多年前，一个生机勃勃的部落来到这里，部落首领对众子民说，我要带你们停留在这里了，我要让我的子民不再漂泊。这些话，都是包含在山神颂辞里的。云中村山神就是村后那座戴着冰雪帽子的山。山神就是当年率领部落来到此地的头领。他的名字叫作阿吾塔毗。”虽然看似是一段介绍性的文字，但其中却很显然隐含着云中村藏族人的世界观与历史观。藏族是一个有着坚定宗教信仰的民族，他们不仅普遍信奉藏传佛教，而且也可以被看作是典型不过的自然神信奉者。在对大自然有着普遍敬畏心理的基础上，他们更是对于大山有着某种特别的敬畏心绪。具体到云中村，他们的此种自然崇拜心理突出不过地投射到了村后那座阿吾塔毗雪山上。更进一步说，当他们不仅把这座戴着冰雪帽子的大山人格化为山神，而且把它与自己当年那位率众迁徙的祖先阿吾塔毗联系在一起的时候，隐含于其中的，就既有云中村人的世界观，也有他们的历史观了。从这种看起来非常遥远的历史传说来判断，很多很多年之前，作为原始部落的云中村藏人，曾经有过一个艰难异常的长途迁徙过程。但一个无法改变的事实却是，不论云中村的历史有多么悠久，“不论这个村子在这个世界上存在了一千年还是两千年，反正在五年前，这个村子就被八级地震瞬间毁灭了”。说一个村庄被八级地震瞬间毁灭，一点都没有言过其实：“统计伤亡的表格是仁钦亲手制作填写的。表格就画在一本从废墟里挖出来的笔记本上。他亲手把妈妈填在了失踪人员那一栏里。云中村三百三十七口人，死亡七十余人，伤一百余人，还有二十多名失踪人员。”一个三百多人的村庄，伤亡人数竟然差不多有二百人，其惨重程度自然可想而知。关键的问题是，云中村人的磨难却并没有到此为止。地震过去了几个月后，已经围绕是否应该搬迁问题争吵了很久的云中村人，在一次五级余震发生后，突然发现泉水的源头断流了：“找水的人们找到源头，发现泉水干了。泉水翻涌而出时鸽子叫一样好听的咕咕声消失了。”依照云中村人的理解，水源的断流，并非地质结构变化的结果，而是意味着他们被山神彻底抛弃：“阿吾塔毗不要我们了！”“山体真的裂开了，山神真的打算不要身上这巨大的一块了。过去，山神一直把这个地方抱在怀里，现在，山神累了，要放手了。昨晚的余震让那个裂口往深里走，把从神山下来的泉水之路断掉了。”尽管满心的不情愿，但既然已经被山神所抛弃，那云中村人的无奈选择，也就只能是被迫再度迁徙了。

就这样，到了2009年的4月，在距离地震一周年还剩一个月的时候，满心不情愿的云中村人，终于还是踏上了迁徙的行程：“全村人走上山道，不是往上，而是向下。他们背上被褥，或者祖传的什么宝贝物件，走在了通往河谷的下山道上。当看到江边公路上那些转运他们的卡车时，一些人开始哭泣，像在歌唱。另一些人开始歌唱，那是关于村子历史的古歌，歌声悲怆，像是哭声一样。他们是村子里剩下的人，好多人死了，还留在山上。还有一些受重伤的人，断了腿的人，折了胳膊的人，胸腔里某个脏器被压成了一团血泥的人，还躺在全国各地的医院，或者某个康复中心习惯假肢，比如那个爱跳舞，却偏偏失去了一条腿的央金姑娘。”在这里，我们无论如何都不能忽视的一点，就是政治与民间层面价值理念上的巨大差异。在政府看来，无论是他们把原本居住在大山深处的云中村的这些灾民，安置在各方面生存条件都改善了很多的平原上，抑或是把众多的受伤者送往全国各地施行救治，从政治的角度来说，正是所谓的“一方有难，八方支援”，乃是一种善莫大焉的德政。然而，只要我们将主体置换为那些被迫迁徙者，比如云中村的这些藏人，情况就会马上翻转过来。在遭受了八级地震这样的灭顶之灾后不久，很快又因为地质条件的改变而被迫迁徙到遥远的搬迁村生活，对于云中村人来说，无异于是雪上加霜。包括藏人在内的中国人本来就安土重迁，非万不得已的情况下并不愿意背井离乡，更何况云中村人刚刚经历了惨烈无比的大地震，刚刚死去了那么多亲人。既然被迫把这些离世者丢弃在即将成为一片废墟的家乡，那么，无论搬迁村的生活状况有多么美好，这些背井离乡者的心理恐怕都不是个滋味。也因此，他们与政府之间才会围绕搬迁的问题发生特别激烈的争执：“祖先们一千年前迁移至此。一千年后，他们又要背井离乡。救灾干部不同意这样的说法。不是背井离乡，是一方有难，八方支援。你们要在祖国的大家庭中开始新的生活。”从一种政治正确的角度来说，八级之巨的地震本身，固然是一场空前巨大的灾难，是一种惨烈无比的悲剧，但只要解放军与全国人民全部都积极介入到救援活动之中，剧情就会被转换为“不是背井离乡，是一方有难，八方支援。你们要在祖国的大家庭中开始新的生活”。这样一来，原来的悲剧自然也就在不知不觉中被转换为以充分凸显亲情、温暖、感恩为主题的正剧。然而，当我们从云中村藏人的角度来思考问题的时候，就会发现，八级地震所造成的巨大伤亡，固然是一种灾难，大地震后由于地质条件的变化而无奈迁徙，被迫成为背井离乡者，却也同样是令人心痛的悲剧。究其根本，那些政府官员之所以会与云中村人发生激烈的争执，正是以上两种不同价值观念碰撞与冲突的结果。

至今犹记，在十年前出现的那种曾经火热一时的救灾文学中，进入读者眼球的，除了灾难本身外，不是感恩，就是温暖，尤其令人难以接受的一点是，竟然还出现了一种所谓“多难兴邦”的奇特论调。经过如此一番可谓是“四两拨千斤”式的巧妙转换之后，一方面，是生命苦难非常明显的被漠视与被淡化，另一方面，则是一种廉价温情的刻意被渲染与被强调。既如此，那这种救灾文学的思想艺术价值之可疑，也就自在情理之中了。在这里，我们并非是要否认救援的意义和价值，而是强调无论如何都不能因为对救援的积极肯定而颠覆消解灾难本身的性质。时隔十年之后，当阿来以《云中记》的方式来重新审视表现那场地震灾难的时候，他的难能可贵之处，正在于以一种敏锐而深刻的洞悉与表现而彻底超越了当年那些廉价的救灾文学。质言之，政治意识形态与民间伦理观念之间如此一种不无激烈的碰撞与冲突状态，大概只有像阿来这样具备别一种民族身份的作家，在拉开相当一段时间距离之后，方才有可能真切地意识到。事实上，假若我们从长篇小说思想内涵多义性这个角度来考量，作家在这一方面的深度开掘与思考，毫无疑问是其中非常重要的一个方面。

这一方面，最引人注目的一个细节，就是面对着阿巴的执意返乡行为，他的外甥仁钦所陷入的两难困境。当仁钦哑着嗓子讲出“舅舅，我知道我拿你没有办法”这句话之后，出现了这样一段叙事话语：“这是仁钦说出口的话，他没有说出口的话是，他擅自回到地质灾害随时会爆发的云中村，将成为他这个乡长最大的麻烦。他这个乡长是签了责任状的，保证移民村的人安居乐业，不发生回流现象。保证全乡境内不因为震后次生地质灾害造成新的人员伤亡。现在，云中村有一个人从移民村回流了。而且这个人还是他的亲舅舅。”从他本人作为乡长所必然承担的政治责任来说，仁钦不管怎么说都不应该允许舅舅阿巴返回早已是一片废墟的云中村。但从另一个方面来说，身为乡长的仁钦，也仍然是一位有着宗教信仰的藏人。又或者，从外在的社会身份来说，仁钦是政府官员序列里极其微不足道的乡长，但从他内在的精神世界构成来说，仁钦当是不折不扣的藏人无疑。如果将内与外两部分进行比较，一种顺乎逻辑的结果就很可能是，带有一定人格分裂色彩的仁钦，在骨子里恐怕还是会更加遵从于自我内心世界的律令。正因为内心里其实更加认同舅舅的逻辑，所以，眼看着再三劝说无果，仁钦到最后也就默认了舅舅阿巴的固执选择："仁钦上山，本是来做舅舅的劝返工作。地震后这些年，他已经是一个做各种劝说工作的高手了。但他一看舅舅那样子，就知道他已经让自己置身于一个非现实的世界，认真地扮演着自己的角色。在仁钦看来，眼前的舅舅像是一个电影里的人，在一只看不见的镜头前认真扮演自己角色的人，入戏很深，不能自拔。别人不可能使他从自己设定的情景中抽离出来。对这样的人，一切劝说都是无用的。他索性就不开口了。"面对着舅舅阿巴的执意重返云中村，由于受到乡长职位的影响，仁钦内心里的确有过到底该怎么办的纠结，经过了一番内心斗争后，仁钦最终还是决定在遵从自我内心世界的同时更遵从舅舅做出的慎重选择，哪怕为此而付出影响自己政治前途的代价："一个人返流到一个不知道什么时候就会突然消失的村子里，这问题就不是一般严重了。而且，这个人是乡长的舅舅，那就比不是一般严重的问题更加严重了。他想，会是个什么样的处分呢？撤职还是降职？"但需要强调的一点是："仁钦心里想着这件事情的时候，并不沮丧。有这样一个舅舅，是他的命运，就像在地震中失去母亲，也是他的命运一样。”到最后，工作能力其实非常突出的仁钦果然为此付出了停职反省的不小代价，虽然说由于继任者的不得力，只是过了不多的时日，仁钦就官复原职了。

尽管仁钦最终得以官复原职，但他与舅舅阿巴之间这一场冲突发生的根本实质，归根结底却是政治意识形态与民族宗教信仰之间无法回避的必然碰撞。关于仁钦内心深处的自我冲突，最能触动人心的，是仁钦在获知泉源中断后一种本真心理活动："仁钦松了一口气，他想，这下乡亲们认识到问题的严重性，会同意搬迁了。但他马上又陷入了自责。他看见舅舅目光炯炯地看着自己。那一刻，他真是万分自责。看见泉水干了，他的第一个念头是，乡亲们会同意搬迁了，而不是作为一个喝这眼泉水长大的人，感到心痛，感到悲伤。"毫无疑问，如何想方设法劝说乡亲们同意搬迁，是乡长仁钦责无旁贷的使命与任务。唯其这一任务特别艰巨，所以，一旦听到泉源中断的消息，并由此而意识到搬迁筹码的增加，他才会本能地生出一种如释重负的感觉。但在很快意识到自己的云中村人这一身份之后，仁钦又反过来为自己一时的如释重负而倍感自责。不管怎么说，面对着无奈的搬迁这一事实，从小喝着这眼泉水长大的自己，不应该为此而感觉"松了一口气"。毫无疑问，仁钦这一番心理纠结的生成，与他自己的双重社会身份之间存在着不容剥离的内在关联。

仁钦的被迫短暂去职这一细节之外，阿来关于主人公阿巴身份的特别设定，其实也在很大程度上折射表现着政治意识形态与民族宗教信仰之间的一种紧张对立关系。从坚执无神论立场的政府角度来说，如同阿巴这样的祭师，由于可以被归入到传统文化的序列之中，所以便把他这一类人全都命名为非物质文化遗产传承人。或许与内心中潜藏着某种本能的排拒情绪有关，多少带有一点幽默色彩的一个细节是，阿巴似乎从来也没有把“非物质文化遗产传承人”这一官方名称说完整过：“他从来没有把这个称号说完整过。有时，他说非物质文化，有时，他说，我是非物质遗产。”自始至终，阿巴都没有在其原本的意义上理解过这一带有鲜明政治意识形态色彩的固有名词。地震发生后，“他从枕头底下翻出了几千块钱。那是政府发放的非物质文化遗产传承人补贴。钱就夹在红皮的传承人证书中间。一个月几百，领到手，他就夹在本子中间。他没有花过这钱。他是云中村人说的死脑筋，他不明白政府为什么要为一个祭自己村子山神的祭师付钱”。在阿巴的理解中，身为祭师的自己，履行相关的责任，是顺理成章的事情。既然如此，那就无论如何不应该花所谓“非物质文化遗产传承人”的补贴。这笔不断积攒下的钱，等到地震发生后，被阿巴全部捐给了云中村那些被送出去寄读的孩子。然而，面对着因此事前来采访的记者，阿巴却依然表现出了对于“传承人”这一称谓的不解与拒绝：“他说，我就是觉得我不该花那笔钱。但娃娃们可以花。那是政府给山神的钱。”尽管在场的干部曾经一再予以纠正，但固执的阿巴却就是坚持不肯改口：“阿巴说：没有山神，政府不会给我钱。给了我就是山神的钱。娃娃们都是阿吾塔毗的子孙。”阿巴虽然弄不懂究竟何为“非物质文化遗产”，但他的内心深处却十分明白，政府之所以强制性地认定自己是什么“非物质文化”，与自己的祭师身份紧密相关。而自己身为祭师的主要使命，正是拜祭供奉云中村的山神阿吾塔毗。经过如此一番转换后，将“传承人”的补贴与山神联系在一起，在阿巴看来，是一种合乎逻辑的事情。但在一贯坚持无神论立场的政府看来，尽管事实如此，但却无论如何都不能把相关补贴看作是给山神的钱。他们之所以一定要把阿巴的祭师身份转换为所谓“非物质文化遗产传承人”，其根本原因正在于此。由此可见，虽然从表面上看，“非物质文化遗产传承人”与祭师，只是同一种事物两种不同的命名方式，但隐藏于其后的，却是政治意识形态与民族宗教信仰之间的某种紧张对立关系。就这样，能够在一部与汶川地震紧密相关的长篇小说中，通过仁钦的短暂去职以及阿巴的两种不同身份，并非不必要地透视表现民族地区政治意识形态与民族宗教信仰之间的碰撞与冲突，所充分表现出的，正是阿来某种独到的思想艺术智慧。

与阿来对汶川大地震的关注有所不同，陈应松在长篇小说《森林沉默》（载《钟山》2019年第3期）则把自己的关注视野投向了神农架那片堪称广袤的原始森林。具体来说，《森林沉默》是一部与其故土楚地有着深切文化关联的作品，在风格上亦承续了屈原所开创的浪漫主义文学传统。在“风景画”淡出当下小说创作的情况下，陈应松以回归自然的姿态，不吝笔墨地热情书写了森林的原始奇异景观。大篇幅的风景书写不仅丰富了小说的审美意蕴，而且也正是借助于风景背后所隐含的权力关系，作家才得以完成其对现代性的反思和批判。

在小说中，存在着赫然有别的两种景观：其一是自然和谐的原始森林景观，另一则是飞机场这一现代景观。小说主要的冲突矛盾就围绕着飞机场这一现代性景观对于森林这一自然景观的侵占和破坏而展开。这一矛盾典型地体现在叙述者“我”也即蕺玃的叔叔麻古与土地之间的故事。麻古和土地之间的故事的发生，与飞机场在咕噜山区的建设有着无法剥离的内在关联。我们注意到，在小说开始不久，就从村长那里传来了政府要在咕噜山区修建飞机场的确切消息："只想着要政府的补助，你们这些没用的蛋子。告诉你们吧，明年的春天将是一个天翻地覆的春天。咱天音梁子要建飞机场了，你们知道吗？要削平九座山头，填平九条峡谷。咱们村好不容易争了个孔子沟建垃圾填埋场，国家每年补助咱们村十万，以后咱们就是吃垃圾啦……"然而，村民们根本就不知道什么叫飞机场。对此，村长以呵斥的方式给出了进一步的解释："飞机场，你们这些土包子。飞机，飞机没见过吗？这里要落飞机。飞机场一造，有很多的外地人要进山来了，咱们就搞旅游，可以卖你们的药材，菌子，苞谷酒，洋芋，土鸡，落豹河就可以搞漂流了。"更进一步地："商村长给我们说，天音梁子和孔子沟的庄稼都没有了，改革总是要牺牲一部分人的利益，要舍小家，顾大家。那里的山尖要变成平地，要变成比大海还平的平地，要一望无涯，要修一条可以伸展到田边的水泥大道，要建候机楼，来不及挖的款冬花和种下的党参你们赶快刨起来，不刨也有青苗补偿费，我跟大家多争取点儿……"身为政府的代理人，村长的话语所强调的，一方面，固然是飞机场的建立将会给地方带来的好处。但在另一方面，却显然也是在要求咕噜山区的民众为此而做出相应的牺牲。尽管从总体上说，国家政治层面在《森林沉默》中是缺席的，但仅只是偶一涉及，便会露出犀利的批判锋芒。

飞机场作为一种现代性象征的庞然大物，要想在咕噜山区落脚，一个关键的问题，就是对土地的强势征用与占有。很不幸的一点是，"我"叔叔麻古的土地，就在被飞机场强势征用的那个范围之内。对于一个依托于土地生存的山民来说，土地的失去意味着什么，是一个显而易见的事情。这一点，在祖父讲给叔叔的一段话里表现得非常突出："虽然你没了田，就把蜂养好，总可活人。自从修机场，动了森林，月亮山精满山乱窜，它们也在跟你一样开荒找田。"这里面，颇含有深意的一句话，就是月亮山精也在开荒找田。如果把月亮山精理解为咕噜山区民众的一种象征性民间信仰，那么，它的开荒找田自然也就意味着整个咕噜山区都受到了现代性的侵扰与伤害。《森林沉默》第五章"天上的鹰嘴岩"所集中关注表现的，正是叔叔麻古对土地的那样一种深情依恋。叔叔问"我"："跟我去找地吗？"紧接着，"叔叔又说：'我就想不通那么好的地就种上草了。'"在叔叔麻古"找地"的过程中，有这样两个细节无论如何不容忽视。一个是麻古在飞机场种地。或许与曾经属于自己的那块土地就位于飞机场所占用的天音梁子紧密相关，等到麻古被村长介绍到飞机场担任清洁工的时候，他竟然不管不顾地在飞机场的草坪上种上了苞谷："雨下得大，早上住了，叔叔听到苞谷拔节的啪啪声。叔叔拿着扫帚，他被这天音梁子自己的土地上再次复活的苞谷苗惊呆了，叔叔拿着扫帚误当作了锄头，假模假样地薅了几下，等于是过瘾，回到了现在自己的清洁员身份，还是很高兴。""叔叔把苞谷种在草坪深处，在几丛杜鹃背后。这些杜鹃不是映山红，不是曾经长在田边的花。不过在自己的土地上又闻到了庄稼的气味，而且是原味，是'野鸡啄'，他的土地和粮食又回来了——它们被圈在中央，像是一片保护区。"但正如你已经预料到的，一座现代化的飞机场，怎么能够容忍有人种苞谷呢？到最后，不仅苞谷没有被保住，而且连同麻古自己在内，也都被清退驱离出了飞机场。然而，尽管叔叔的种苞谷事业在飞机场严重受挫，但他找地种苞谷的梦想却并未破灭。到最后，他竟然突发奇想地试图在高高的鹰嘴岩上实现找地种苞谷的理想。鹰嘴岩，是咕噜山区的制高点之一，曾经有很多采药人试图攀登上去而未果。但就是这座因其高高耸立而被视作无法登临畏途的鹰嘴岩，竟然被叔叔麻古给征服了："没有几天，我果真就看到了鹰嘴岩的坡上出现了一块棕色的土地，看上去才一块手帕那么大，但至少应该有七八亩地，叔叔真干上了。他砍去了那些杂木和灌丛，他刨出来那块地，应该比天音梁子前的草坪大。我告诉祖父叔叔开出了土地，祖父说看不见，只是用一双浑浊的眼睛对着高高的岩上。但村里路过的人都看到了，说，那是麻古上去了吗？他在那儿开荒吗？那可是半天空啊，他是怎么上去的？怪哉！"如果说麻古在半天空的鹰嘴岩上种苞谷，本身就足够神奇的，那么，陈应松所突然冒出来的"怪哉"一词，就更加神奇了，简直就是所谓的"神来之笔"。但是，正如同麻古无法在飞机场种成苞谷一样，到最后，他在鹰嘴岩上的种植事业，因为惊天巨雷击中喙嘴致使山崩，还是万般无奈地功亏一篑了："叔叔在鹰嘴岩上日夜悲号，像啼血的杜鹃。后来就渐渐没了声息。"究其根本，叔叔麻古之所以会先后到飞机场和鹰嘴岩上去种苞谷，正是因为他的土地被飞机场这一现代性的事物侵占征用的缘故。从这个意义上说，陈应松借助于叔叔麻古的这一曲土地悲歌，真正意欲表达的，仍然是对现代性的一种深刻批判与反思。

另外值得注意的是第四章"一只戴胜"部分所集中讲述的女博士花仙老师的故事。花仙老师之所以会突然出现在拥有丰富原始森林资源的咕噜山区，主要是为了完成支教的任务，但更是希望通过“消失在森林”来缓解自己的抑郁症。而她所患抑郁症与学术圈内的名利纠葛有关。这场纠葛主要发生在花仙老师的师兄牛冰勐和导师谭三木之间。身为南楚大学生物系主任的导师谭三木教授，是研究咕噜山区的生物起家的一位优秀学者。他曾经把长达八年的时间投入到咕噜山区的实地考察之中。不仅发现了多种植物和鱼类的亚种、三亚种，而且还发现了两个稀罕的金丝猴群。这里，一个不容回避的尴尬情形是，一方面，正是导师的考察发现致使沉默千年的咕噜山区一时间名声大振，但在另一方面，正所谓“成也萧何，败也萧何”，正是咕噜山区的名声大振，致使外在的现代性力量对那个地区产生了浓厚的兴趣，最终导致了飞机场的修建：“这是他没有预料到的。他一生呼吁保护咕噜山区的生态环境，最后生态环境却遭到了破坏。”或许从根本上说，这位谭三木所无奈面对的，就是生态保护与现代性之间的某种必然悖论。但一直为咕噜山区的生态保护忧心忡忡的谭三木教授，却根本就不可能料想到，他所面临的真正威胁就在自己的身边，就是自己的学生牛冰勐。早已利欲熏心的牛冰勐，简直无所不用其极地想要把老师排挤掉，好让自己早一点上位。一方面是四处拉拢那些拥有话语权的学界大佬，另一方面，则是不择手段地利用一切机会攻讦自己的老师。到最后，为了彻底搞垮谭三木，牛冰勐竟然使出了极其卑鄙的告密与构陷手段：“说谭三木作为一个知名学者，一个党员，一个系主任，常在网上发布违背党的宗旨、攻击诋毁我国基本政治制度、鼓吹西方价值观的言论，与某些反动公知大V遥相呼应，是典型的吃党的饭砸党的锅……还说谭三木私吞科研课题经费，与数名女学生关系暧昧，比如与博士生花仙……”这一构陷在伤害谭三木的同时，也将花仙老师拉到了舆论的风口浪尖。由此，我们发现，一方面，花仙老师之所以会罹患抑郁症，正是因为受到牛冰玏的欺侮并看清了其真面目，但在另一方面，也正因为她对牛冰玏以及由牛冰玏所代表的那个现代文明世界绝望透顶，所以才最终选择了到咕噜山区来支教。表面上看起来是要支教，最根本的目的却是试图依凭古老的原始森林来为自己疗伤，疗治精神的疾患。实际上，也正是因为看清楚了类似于牛冰玏这样的所谓文明人的真面目，所以，花仙老师才更加对戛玃这样一种看似怪异的生命存在充满了信心："她坚定地说，玃一定会回到地上，在人群中生活。他可能拥有比我们更多的智慧，我们所不能达到的灵气，他认识的东西远远超过我们的想象。他懂河流和花朵，懂山冈和树木，野兽和飞鸟。她说我不是来调教他的，我是来向他学习的，他的大脑里装着整个森林，他有许多神奇的生存技能，他知道那么多草药知识，是谁教他的呢？这太神奇了，他会让许多人对他着迷。"与花仙老师如此一种肯定性看法形成鲜明对照的，是以牛冰玏为代表的那样一种将戛玃理解为带有明显痴呆性质的唐氏综合征患者的否定性看法。在对戛玃进行研究之后，牛冰玏认为："……总的情况表明猴娃天生愚笨，完全不能适应人类生活特别是现代生活，他们让他坐在坐便器上，他非要蹲上坐便器，致使摔下来了，摔破了脑袋。他的脑容量才655毫升，因此智力低下，落后于直立人。他平时不穿衣服，睡在树上……"为什么同样是生物系博士，对戛玃的研究认识竟然存在如此大的差异呢？内中的原因究竟何在？我个人以为，这里，甚至存在着两种不同文明观的重要问题。某种意义上，如果说牛冰玏的看法更多地体现着一种现代性的文明观角度，那么，花仙老师截然相反的看法恐怕就更多地体现着对现代性文明观的一种反观与沉思。也因此，尽管在实际的现实生活中，花仙老师所代表的立场惨遭失败，但从作家陈应松的表达意图来看，其对现代性的批判，乃是无可置疑的一种文本事实。

究其根本，也正因为花仙老师对咕噜山区的原始森林充满期待和向往，所以，出现在她视野里的包括各种动植物在内的森林风景才会显得那样光彩迷人：“那种旷世的安静就像是飞升到天空，人的周围没有任何障碍，整个肉体世界和精神世界一马平川，肉与灵。但是高寒山区的风横扫森林和群山的时候，会发出呜呜的吼声，像一个变态女人的叫床。每天夜里，你若是倾听，都会听到群山发出的一阵阵怒气，这是荒野的吟唱，是它们狂热、单调的语言。一座山会如此深沉，那些过往岁月的回忆会如此雄壮，经受过煎熬和痛苦，但它只是在半夜发出类似巨人的呓语般的吼叫，然后，它会睡去。仿佛盖着厚厚的毡子，温顺、蜷伏。生命如此善良，愈是久远的生命愈是善良，而且有着耐心，漫山遍野、年复一年地活着。”毫无疑问，陈应松笔端对森林风景的如此一种书写，已然不再仅仅是景色的描摹，而是明显不过地赋予了森林风景以突出的主体性内涵。

实际上，也正是在对咕噜山区的原始森林产生难以自抑的强烈感情之后，花仙老师才不管不顾地把连同自己也完整地交给了蕺玃：“她抱紧我，在我身上乱抓。她抓住我的下面，那儿突然像硬挺挺的蘑菇往上疯长。我被她挤倒在地上。她翻过身来，又被我压下去。她的手在抖，却不由自主地牵引着它，终于，我的蘑菇滑溜溜地掉入了她身子的深处……‘啊，啊，啊……’她失声尖叫紧紧地抱住我，不停地扭动。飞机的轰鸣持续不断，她在飞机声中喊叫，松鸦不怀好意地在林子里喊叫，她拼命地撕扯我，拔我的红毛，咬我，上下翻腾。”那么，这位女博士难道果真爱上蕺玃了吗？答案恐怕是否定的。这一方面，一个耐人寻味的细节就是：“‘我把我自己给了他。这算是我的博士论文的一部分……’她在日记中写道。”如果承认蕺玃这一人物带有一定的返祖特点，如果把他看作是原始生命力的一个代表，那么，陈应松所特别设定的花仙老师与蕺玃交媾的情节，也就具有了突出的象征隐喻性质。最起码，在生物系博士花仙老师这里，有着无可置疑的科学实验性质。遗憾之处在于，花仙老师的如此一种带有强烈理想主义色彩的努力，最终无奈地以失败或者最起码是无果而告终。先是专门前来咕噜山区的导师谭三木因飞机失事而不幸身亡，紧接着是花仙老师自己吞食过量安眠药去世，更关键的一点是，花仙老师肚子里那个多少带有一些现代与原始杂交性质的金毛婴儿的一出生即死亡。一方面，陈应松对牛冰劲“告密与构陷”导师事件的书写本身，就意味着一种坚决的现代性批判，但与此同时，以上三方面细节所充分说明的一点是，回归所谓的原始生命力也未必就能够真正行得通。由此不难做出判断，尽管陈应松对欲望喧嚣的现代性充满了绝望的情绪，但在面对以蕺玃为代表的原始自然的时候，他却依然保持了一种难能可贵的清醒理性。

相比较来说，付秀莹在长篇小说《他乡》中更多关注思考的，依然是与女性紧密相关的生存问题。不知道付秀莹在写作时是否有过相关的明确意识，反正在我，阅读的过程中，所不时联想到的，其实是张爱玲与苏青这两位现代的女作家。说是“他乡”，如果从一种相对开阔的角度来理解，那么，付秀莹的书写便应该涉及人生的方方面面才可。倒也不是说作家的描写就没有涉及这一方面，比如，关于翟小梨异常艰难的职场打拼，小说中即有着非常精彩的描写，但相比较而言，作家的书写重心到最后还是落脚到了女性作家更为擅长的婚恋情感层面。从最早大学阶段与章幼通的初恋，到毕业后落脚S市之后的结婚成家生子，一直到进入北京城后研究生阶段与老管的婚外情，与郑大官人“柏拉图”式的精神恋爱，正是所有的这些，构成了《他乡》这部长篇小说的主体故事情节。最初与章幼通初恋“执手相偕”的时候，年轻的翟小梨只有十八岁，等到经历了一番婚恋情感方面的辗转挣扎，如同苍蝇一般飞了一个圈，最终又和章幼通重归于好的时候，翟小梨已经是三十六岁的中年女性了。到这个时候，翟小梨的一种强烈感受是：“幼通，他是我的历史。跟自己的历史在一起，我感觉到，前所未有地完整，自在，安宁。从十八岁到三十六岁。十八年，在一个人的生命中，是怎样一个无法抹去的段落啊。”尽管说时间具体的长短或有差异，但付秀莹的如此一种故事情节设定，却很容易就可以让我们首先联想到苏青最著名的小说《结婚十年》与后来的《续结婚十年》。具体来说，苏青的自传体小说《结婚十年》讲述的是自己从结婚怀孕生子，到后来对婚姻关系倍感失望，一直到最后毅然选择离婚的故事。而《续结婚十年》所讲述的，则是离婚后的苏青情感世界上的各种遭遇，其中既包括有“大汉奸”陈公博，也包括有那位被化名为“谈维明”的胡兰成等各色人物之间的情感故事。从主体故事情节设定的角度来看，假如说翟小梨进入北京城之前的前半部分可以类比于《结婚十年》，那么，女主人公进入北京城之后的故事，也就多多少少可以被类比于《续结婚十年》。但需要注意的一点是，苏青的《结婚十年》与《续结婚十年》固然有故事情节的跌宕有致和委婉曲折而引人注目，但如果从人性深度揭示与表现的角度来说，苏青的小说恐怕就力有所不逮了。到这个时候，粉墨登场的另外一个作家，就应该是那位以小说集《传奇》而名世的张爱玲了。简要言之，虽然当年在沦陷区一度齐名，但张爱玲较之于苏青，文学史地位之所以特别显赫，恐怕正在于张爱玲以其小说创作对复杂深邃的人性世界进行了深度的探究与表现。如同曹七巧这样一位格外具有人性深度的经典人物形象的出现，就可以被看作是张爱玲人性勘探最突出的成果所在。作为中国现代文学史上祖母级的一位杰出作家，张爱玲对后世的影响可谓深远。这其中，无论如何也少不了付秀莹。虽然肯定不会是一种亦步亦趋的刻意模仿，但某种潜移默化的存在，却是无可置疑的一种事实。具体来说，张爱玲影响付秀莹的一种结果，就是对于人性世界的深度谛视与勘探。这一点，在《他乡》中的表现可谓非常突出。由以上分析可见，从一种文学史谱系的角度来说，张爱玲的《传奇》与苏青的《结婚十年》《续结婚十年》，实际上也就构成了付秀莹《他乡》这部长篇小说的“前文本”。既如此，一个比较直截了当的等式，恐怕就是《传奇》加《结婚十年》《续结婚十年》差不多就等同于付秀莹的《他乡》了。

某种程度上，我们完全可以把付秀莹的《他乡》看作是一个以翟小梨的婚恋情感故事为中心的人生行旅过程。在这一过程中，翟小梨所遭遇到的，乃是各种各样不同表现形式的人性风景。因为这些人性风景在很多时候都明显有悖于常情常理，所以我更愿意把这些各不相同的人性风景干脆就称之为“异样”的人性风景。但在对这些“异样”的人性风景展开具体分析之前，需要指出的一点却是，在一部长篇小说中，作家对人性世界的深度挖掘与勘探，到最后一定会凝结体现在人物形象的刻画与塑造上：“在这里，有一点必须强调的是，作家对于人性深度的挖掘表现在其小说创作中往往凝结体现为具有鲜明艺术个性的人物形象的刻画塑造。熟悉文学史的读者都清楚，在已经成为过去时的新时期文学中先锋文学大行其道的时候，曾经一度流行过一种人物消亡的小说理论。在当时，一批具有突出探索实验精神的先锋作家，由于受到西方现代主义思想的影响，一味地刻意求新，以至于矫枉过正地试图在自己的小说创作中放逐人物形象。现在看起来，这样的一种探索勇气诚然可贵，但如此一种小说观念却实在是不可取的。关于这一点，只要我们回想一下自己的真切阅读经验，就不难得出正确的结论来。那些大凡能够在我们的脑海中留下深刻印象的小说作品，根本就离不开具有人性深度的人物形象的成功刻画与塑造。不仅如此，更进一步地说：‘人物形象的塑造完全可以被看作是作家总体创造能力综合体现的一种结果。一个人物形象的成功塑造，既深刻地映现着一个作家对于客观世界的认识与把握能力，也有力地表现着一个作家对于深邃人性世界的体验与勘探能力，同时更考验着一个作家是否具有足够的可以把自己对于世界的认识与对于人性的捕捉凝聚体现到某一人物形象身上的艺术构型能力。一句话，人物形象的成功塑造与否，乃是衡量某一作家尤其是长篇小说作家总体艺术创造能力的最合适的艺术试金石之一。’”[①]无独有偶，关于人物形象塑造对于小

① 王春林《新世纪小说发展论》，载《中国现代文学论丛》，第65页，南京大学出版社2017年6月版。

说创作的重要性，杰出作家白先勇曾经在讨论《红楼梦》时也发表过非常精辟的看法：“写小说，人物当然占最重要的部分，拿传统小说三国、水浒、西游、金瓶梅来说，这些小说都是大本大本的，很复杂。三国里面打来打去，这一仗那一仗的我们都搞混了，可是我们都记得曹操横槊赋诗的气派，都记得诸葛孔明羽扇纶巾的风度。故事不一定记得了，人物却鲜明地留在脑子里，那个小说就成功了，变成一种典型。曹操是一种典型，诸葛亮是一种典型，关云长是一种典型，所以小说的成败，要看你能不能塑造出让人家永远不会忘记的人物。外国小说如此，中国小说像三国、水浒更是如此。”[①]具体到付秀莹的《他乡》这部长篇小说，以其“异样”的人性状态而引起我们高度注意的人物形象，主要包括有幼通的父亲、幼宜、幼通以及老管这样几位。

首先进入我们分析视野的，是翟小梨丈夫幼通那位很是有些不同寻常的父亲。按照幼通的描述，身为小知识分子的父亲一生不得志的原因，大约与他的性格有关：“我想我得谈谈我的家庭。我父亲是一个小知识分子，一生不大得志。才华也是有的，也肯吃苦。我猜想，他不得志的原因，大约是因为他的性格。当然了，据他所说，或许还有运气。他常常抱怨自己运气不好，一辈子怀才不遇。他大约是那种多血质的人，极端情绪化，有点喜怒无常。我常常想，他身上可能有一种艺术家的神经质，敏感，多疑，容易冲动。总之是一个不好伺候的人。他经常在家里发表演说，大段大段的，充满雄辩的狂热的激情，大多是抨击时政、点评时事。很小的时候，我就听惯了。要等到很多年以后，当我

① 白先勇《细说红楼梦》（上），第192—193页，广西师范大学出版社2017年2月版。

长大成人，对事物有了自己的独立的理解和判断，我才能够客观地看待当年的父亲，还有他那些滔滔不绝的演讲。大多是一些愤激之语，混杂着道听途说的一些常识，当然，真知灼见也有，但更多的是个人的情绪抒发，我想，这可能跟他的家道沉浮有关（据说‘章家先前也是阔过的’）。”诚如斯言，一个人的个性当然会在很大程度上决定着他人生的成败，但他个性的生成却又与家庭的环境紧密相关。那么，幼通父亲所经历的家道沉浮又是怎么一回事呢？关于这一点，一直等到翟小梨后来考上北京城的研究生之后，作家才做出了相应的交代：“原来幼通父亲自幼在北京长大，住姥姥家，如今的东交民巷一带。”“幼通父亲学业优秀，本来考上了北大中文系，后来因为家庭成分问题，被发配到河北省一所大学，数学系。据说，幼通父亲的祖父，是大资本家，在当年煊赫一时，后来，政权交替，家道便衰落下来。”正所谓“旧时王谢堂前燕，飞入寻常百姓家”，幼通父亲的遭遇，乃可以被看作是这一名句的形象注脚。尤其不容忽视的是，如同幼通父亲如此一种人生遭际者，在那个政权更易的特殊时刻，绝对不在少数。如此“巨大的心理落差，对于一个怀揣梦想的年轻人来说，是怎样一种打击，以及挫折，可想而知”。虽然很难说所有的类似遭遇者都会如同幼通父亲一样心性从此大变，但在此一过程中不同程度上的心理被扭曲，却是毋庸置疑的一种客观事实。翟小梨作为未来的儿媳，进入章家之后一系列简直就是不通情理的遭际，很大程度上可以在幼通父亲的心性大变这里获得相应的解释。比如，翟小梨明明满怀着一颗纯朴美好简单的心，一心一意地想要融入一个城市人家，没想到却从一开始就遭到了无端的轻蔑和冷遇。以至于，“我总是忍不住想，人性中，到底有多少黑暗的见不得人的东西呢？”是啊，人性中到底有多少黑暗的东西需要如同付秀莹这样的作家去进行深入的挖掘与勘探呢？！很大程度上，作家的写作意图之一，正是对这种黑暗心理的强有力揭示与表现。实际上，也正是面对着来自于幼通姐姐幼宜的侮辱与轻视，面对着幼通父母对此的视而不见，翟小梨觉得自己的心理受到了极大的伤害：“他的父母对望一眼，都没有说话。没有呵斥，也没有安慰。那时候，我们还没有结婚。生平第一次，我尝到了寄人篱下的滋味。”父母双方都是知识分子，基本教养的具备应该毫无疑问，但面对着女儿极其无理的行径，他们却偏偏就是毫无表示。某种程度上，如此一种对恶的纵容比恶本身还要更加可怕。为什么会是如此？细细想来，曾经真切体验过家道中落的幼通父亲，通过纵容女儿对未来儿媳的侮辱而获得某种微妙的心理平衡，恐怕才是一种合乎逻辑的解释。

尽管在很多时候看似幼通的父母都不通情理，但时日一长，翟小梨便观察出了其中的奥妙所在。她发现，实际上，这个非同寻常的家庭真正的主宰者，乃是幼通的父亲：“时间久了，我慢慢发现，在这个家庭里，幼通的父亲，始终处在一种主宰全局的位置。而幼通的母亲，在丈夫面前，始终是服从的，也不只是懦弱，也不只是温顺，委曲求全也不是，忍气吞声也不是。怎么说呢，在幼通的父亲面前，幼通的母亲，好像从来没有做过自己。”毫无疑问，如此一种家庭格局的形成，绝不是一朝一夕的事情。早在翟小梨进入这个家庭之前，这样的格局就已经形成了。对于最终形成如此一种格局的理由，我想，我们恐怕也只能从幼通父亲的心态不平衡那里获得某种解释。唯其幼通父亲在社会层面上无法求得自我价值的实现，所以他才会以家庭世界里的唯我独尊来获得某种病态的尊严。大约也正因为如此，所以这个家庭里一种必要亲情的缺失，也就是顺理成章的事情。对此，翟小梨有着特别真切的感受：“我可能是忘了说了，在幼通这样的家庭关系里，孩子跟父母，是从来不曾撒娇的，使性子，更是不可能。用幼通的话说，他们之间，如同外人一般，客客气气，从不勉强对方。血缘，在这里仿佛是一个不存在的东西。”唯其幼通他们家的父母与孩子之间存在着无可置疑的血缘关系，所以，这种血缘关系仿佛不存在的感觉才显得特别不同寻常。亲情之外，更有人情味的严重缺失。这一点，突出不过地表现在翟小梨生下孩子后，芳村的亲戚们不惜路途迢遥地前来S市探望，没想到，他们的满腔热情却不出所料地遭到了幼通他们家的冷遇。面对如此一种情形，翟小梨不得不发出如此感叹：“这个家，这个陌生的、冷冰冰的家，没有一点人情味，如此凉薄，如此无情。这是我没有料到的。”关键的问题是，由于幼通父亲乃是这个家庭真正的主宰者，所以，无论是亲情的缺失，抑或是人情味的缺失，其始作俑者毫无疑问是幼通的父亲。

然而，即使拥有极丰富的想象力，恐怕你也很难想象得到，幼通的父亲竟然会对他唯一的亲生儿子内心里充满不屑与轻蔑：“我很记得，我跟幼通谈恋爱之初，第一次跟他父母见面，他的父亲就说，你们不合适。我愕然。他说，幼通配不上你。这话是幼通父亲私下里跟我说的，我一直没有告诉过幼通。后来，我常常想起幼通父亲这句话。或许，这么多年来，在我跟幼通的事情上，唯一一句叫我觉得震动的话。就是这一句。”大约也是出于同样的道理，等到翟小梨拿到研究生入学通知书的时候，幼通的父亲竟然和她讲了这样的一句话：“现在，你做出什么样的选择，我都能够理解。”幼通父亲的潜台词很显然是，既然翟小梨已经考取了北京城里的研究生，那么，即使她因此而做出彻底离开自家儿子的选择，他也都是可以理解接受的。后来，在与幼通发生争执时，一时气急的翟小梨，果然脱口而出地转述了这句话：“我不知道，这句话，会对幼通的伤害有多深。我也不知道，这句话，会对幼通父子之间的隔阂，再增加怎样的裂痕。幼通的脸一下子变得苍白，苍白得可怕。”人都说“虎毒不食子”，我们无论如何都难以想象，一个父亲，竟然会以如此一种特别恶毒的方式来对待自己唯一的亲生儿子。实际上，在幼通父亲那里，儿子的重要性似乎一直就没有显现过：“他正在看当天的报纸。天下的兴亡，远比儿子儿媳的一套保暖内衣重大得多了。是从什么时候开始的呢，幼通父亲喜欢以这样的口气跟我们说话。优越的，居高临下的，带着一种旁观者的清醒的理性，还有，一种显而易见的幸灾乐祸。你相信吗，一个父亲，对儿子的困境，不是疼惜，不是焦虑，不是担忧，而是幸，灾，乐，祸。这是真的。”翟小梨之所以会不惜破坏一般的语用习惯，富有创造性地如此使用“幸灾乐祸”一词，正因为不如此不足以表达她的莫名惊诧之感。很大程度上，这样一位从根本上漠视亲子存在的父亲形象，所悍然“冒犯”的，乃是我们平常所谓“父慈子孝”的如同朱自清“背影”一般的日常父子伦理。究其根本，幼通父亲如此一种心理世界的被扭曲，恐怕也仍然需要从他早年时的不幸遭遇那里获得相应的解释。本来心气孤傲的他，因为受到家庭关系的牵累，所以上不成北大中文系，只能在折戟沉沙后被迫委屈在S市，一生郁郁不得志。未曾预料到的是，自己唯一的儿子竟然窝囊如斯，尤其是在翟小梨这样一位很是有些出色的儿媳的映衬比照之下，幼通就更是显得不堪入目。既然难入自己的“法眼”，那幼通父亲内心里难免也就会生出一种对“不成材”儿子的轻蔑。因为轻蔑，所以漠视。这其中所曲曲弯弯隐藏着的，其实是幼通父亲一种难以言说的精神隐痛。如此一种因自己的心理被扭曲而不由自主地殃及子女的行为，遂使得幼通父亲变身为一个活生生的男版曹七巧形象。

与前面三位相比较，梁晓声史诗性长篇小说《人世间》（中国青年出版社2017年11月版）无疑隐藏有更雄阔的艺术野心。无论如何都必须强调，《人世间》所具备的“史诗性”，所依循的理论标准来自于洪子诚在《中国当代文学史》中早已为大家所熟知的相关论述。然而，借用洪子诚的相关论述来衡量评价梁晓声的《人世间》，唯一可能引起争议的，就是第四点也即“英雄形象的创造和英雄主义的基调”。一般来说，一旦提及英雄，我们马上就会联想到战争，似乎只有在那血雨纷飞的战场上才能够产生所谓的英雄。但现在看起来，这样的一种看法还是显得多少有点狭隘了。我想，我们应该充分认识到，漫长的人类发展历史中，相对于非常态的战争，更长的时段恐怕还是处于常态的和平时期。既然人类更多地还是生活在一种常态的和平时期，那一个不容回避的问题就是，在这样一种常态的和平生活阶段，是否也同样还会有英雄生成。答案自然是肯定的，只要是拥有相对丰富生活经验的朋友就都知道，在看似寻常的日常生活中，要想做一个超乎于一般之上的生活英雄，其实是非常困难的一件事情。尤其是在很多时候，当历史形成了一种浩浩荡荡的蛮力向某种未必正确的方向涌进的时候，那些不仅有幸掌握了真理并且有足够的勇气与这历史的蛮力相对抗的人类个体，就绝对称得上是日常生活中的英雄形象。这一方面，曾经逆当时的历史潮流而动，但在事后却被充分证明的确属于真理拥有者的林昭与张志新她们，就毫无疑问可以被看作是极其难能可贵的生活英雄形象。也因此，我们一定要设法破除只有战场上才会有英雄形象生成的狭隘观念，在一种广义的层面上，把那些日常生活中敢于逆错误的历史潮流而动的人类个体，也全都理解为生活英雄形象。如果我们以上的英雄观念可以成立，那梁晓声《人世间》中“英雄形象的创造和英雄主义的基调”的问题，自然也就迎刃而解了。在这部先后出现过四五十位人物形象的长篇小说中，最起码，周氏三兄妹中的大哥周秉义，乃完全称得上是一位和平时期的生活英雄形象。

虽然小说一开始所讲述的，是20世纪初叶十月革命后大量白俄贵族被迫迁居到远东大城市A市的故事，但严格说起来，这第一章的内容却不过是小说的序幕。整部《人世间》主体故事的起始时间，是第二章故事发生的20世纪70年代初期，具体来说，也就是1972年那个寒冷的冬季。从这个“文革”的中间时段开始，一直到进入21世纪后的所谓市场经济时代，这部长篇小说的叙事时间可以说差不多达到了半个世纪的长度。作家梁晓声对出身于A市著名的贫民区光字片一个普通工人家庭的生活英雄周秉义的人生书写，自然也是从20世纪70年代初期开始的。作为市一中高三年级的优秀生，他原本是一门心思要考大学的。没承想，他的大学梦想却因为“文革”的爆发而变成了泡影。“上山下乡”运动前，身为“逍遥派”的周秉义，“除了躲在家里偷阅禁书，再就是与自己的同班同学郝冬梅恋爱。”（上部，25页）“周秉义与郝冬梅这对恋人，抵抗烦恼与闲愁的办法，只有读禁书和恋爱，那简直也可以说是他俩的绝招、法宝。除了毛泽东和鲁迅的书，其他书籍在中国似乎已不存在了，但也就是似乎而已。任何时代都有些不怎么怕事的人，周秉义和郝冬梅便总是能搞到以前不曾读过的书来读。有时还在周家拉上窗帘一个读，一个听；还讨论，甚至争论。”（上部，26页）无论如何，我们都不能不承认，在周秉义的成长过程中，“上山下乡”前这一段与女友相偕并肩读禁书的地下读书活动，的确发挥过举足轻重的启蒙作用。不管怎么说，我们都很难想象，如果不是在成长的关键时期曾经有过如此一种简直就是“躲进小楼成一统”一般的阅读禁书过程，从自己的家庭中根本就不可能获得充分精神营养的周秉义，能够迅速地成长起来，能够在“上山下乡”成为兵团知青后的第二年，就被“调到师部宣传股当上了宣传干事”。大约也正因为如此，所以，等到周秉义要离家前往兵团做知青的时候，才会指着书箱特别郑重地告诉小弟周秉昆：“你也别因为那些书不安。现在已经不是‘文革’初期，我和周蓉走后，家里就剩下你和母亲了，咱们是工人阶级家庭，即使被多事的人发现了，举报了，也没什么了不得的，绝不至于把你和母亲怎么样。只不过，那些书在以后的中国，在一个不短的时期内将难以再见到，很宝贵。我希望咱们周家的后人还能幸运地读到那些书。一个人来到世界上，一辈子没读到过这些书是遗憾的。”（上部，131页）事实上，在那个不正常的政治畸形时代，把爱情作为自己的精神宗教，不管不顾地追随“右派诗人”冯化成到偏远的贵州山区艰难度日的妹妹周蓉，之所以要专门写信给周秉义，也正是因为曾经在一起读过禁书的她，坚信自己的看似一意孤行，肯定会在大哥这里获得充分的理解。对于妹妹的行为，“他起初也震惊，可是收到妹妹从贵州寄给他的自白长信后，他理解了”（上部，180页）。在当时持有差不多相同精神价值立场的周秉义，非常理解，在那个“除了相信爱情”并不可能再相信其他什么的政治畸形时代，妹妹周蓉也的确只能万般无奈地把爱情作为自己唯一的精神信仰来加以追求。

某种意义上，正因为周秉义也更多地把自己和郝冬梅之间的爱情看作是一种类似于精神信仰的东西，所以，面对着在当时殊为难得的可以参军成为沈阳军区谢副司令员秘书的机会，他才会最终做出坚守在郝冬梅身边的选择：“他固然也是个鱼与熊掌都想兼得的人，如果说郝冬梅是鱼，要获得熊掌必须失去鱼的话，那么他是那种立刻会对熊掌转过头去的男人。这与某些爱情小说对他的影响有一定关系，那些小说赞美始终不渝的爱情，在他的头脑里形成了自己的道德律——但道德律的禁忌并非主要原因，更主要的原因其实也可以说是一种习惯，即他已经习惯了人生中不可无冬梅，如同基督教徒习惯了人生中不可无《圣经》。”（上部，298页）之所以能够养成如此一种习惯，根本原因乃在于他与郝冬梅之间其实有着太多共同的精神语言。唯其如此，他才会毅然在自己的政治前途与爱情之间做出守护在冬梅身边的决定：“我未婚妻的父亲现在仍是被打倒的‘走资派’，而这不符合入伍的政审条件，所以我只有放弃此次难得的机会。”（上部，298页）说实在话，面对着如此难得的一个可以改变自己命运的机会，周秉义的毅然选择放弃，一方面固然与那些爱情小说对他潜移默化的长期熏陶有关，但在另一方面，却更加充分地说明着他对内心里的自我道德律令与正义感的坚守。正是从这一点出发，作家梁晓声才会借助于叙述者的口吻，对周秉义做出这样的一些评判："周秉义不是曹德宝（曹德宝是《人世间》中的一个人物），也不是于连，甚至没有弟弟秉昆那么一种蔫人的勇气。他更像《战争与和平》中的安德烈与皮埃尔。他本质上并不是那样的人，却很受这两个文学人物影响，在爱情方面尤其希望自己是绅士，很贵族。"（上部，309页）或许与天性紧密相关，实际上只是出身于一个工人家庭的"周秉义则是精神上的贵族，日常生活中不拘小节的平民。不拘小节才是他的本性，是他更为习惯的习惯。他的彬彬有礼是对四种外因所做的明智回应——学生时期一直头戴的好学生桂冠对他的要求，文学作品中绅士型好男人对他的影响，成为知青干部后机关环境和规矩对他的要求，和冬梅在一起时为了让她感觉舒服而设法适应"。（上部，311页）究其根本，梁晓声其实是在巧妙地借助如此一种方式给出周秉义之所以会显得那么"彬彬有礼"，会成为"不拘小节的平民"与"精神上的贵族"几个方面的原因所在。

作为一位性格鲜明的生活英雄形象，《人世间》中以下几个细节的存在是非常必要的。首先，是身为兵团师部教育处副处长的周秉义想方设法帮助陶平摆脱了来自于前女友夏季风的困扰。陶平与夏季风，曾经有过一段短暂的恋爱关系。很快地，陶平以两人性格不合为由，主动中断了这种关系。没想到，不甘心的夏季风却由此而对陶平怀恨在心，竟然千方百计地想要利用陶平的日常言行对他进行政治陷害。面对着如此棘手的一个难题，周秉义在女友郝冬梅的倾力相助下，最终以病退为由帮助陶平摆脱困境，顺利返城后成为了一名优秀的教师。饶有意味的一点是，在尽心尽力地想方设法帮助陶平的时候，周秉义内心里竟然不由自主地浮现出过这样一种多少显得有点莫名其妙的想法："那时，周秉义不由得问自己：他对陶平的同情与拯救中，是否包含着对和弟弟一样的凤人本能的保护冲动？”（上部，326页）毫无疑问，这就涉及了弗洛伊德所谓潜意识的问题。尽管从表面上看周秉义在帮助着可谓是萍水相逢的知青陶平，但这一行为在无意识中传达出的，却竟然是内心深处对弟弟周秉昆的一种牵挂与关心。如此一个看似旁逸斜出的心理联想，实际上却极大地丰富着《人世间》作为一部优秀长篇小说的思想艺术内涵。

其次，是大学毕业已然成为国家干部之后的周秉义，曾经三番五次地拒绝利用手中的权力帮助弟弟周秉昆和他的朋友。一次，是周秉昆因为迫在眉睫的住房问题找到了大哥：“反正在我听来就是那么一种关系！反正你是在他们面前能说上话的人！哥，我求你，我要求你，替我向他们反映反映我那事，房管所明明是有责任的。”（中部，188页）虽然内心里充满着对弟弟的关切，虽然对周秉昆的不幸遭遇满怀同情，但周秉义从自己一贯的为官理念出发，最终还是拒绝出面为弟弟说项：“今天我给你的话只能是一句，我不好说你活该，但我要明明白白地告诉你这个弟弟——你只有自认倒霉！”（中部，189页）再一次，是周秉昆为了好朋友赶超的事情央求大哥帮忙，没想到，原以为一定会出手相助的大哥又一次拒绝了自己：“秉昆说，据他所知，有几家医院正在私下招护士，希望哥哥能让赶超妹妹成为护士。她是护校毕业的，有各种证书。”“不料，秉义沉下脸说：‘你答应的事情你自己办，我帮不上那种忙。’”（中部，267页）对此，周秉义给出的理由是：“东三省一家家国有大中型企业都面临转产，千千万万工人即将失业，你周秉昆帮得了吗？你那种哥儿们之间的忧虑根本就不在我的考虑范围！我没心思管你的事！”（中部，267页）事实上，并不是周秉义没有人情味，而是说这个时候的他的确已经形成了自己的为官理念。对于周秉义的如此一种为官理念，或者也可以说是他所坚持的人生原则，他的妹妹周蓉曾经给出过相当到位的理解与阐释：“从根本上讲，他也不属于嫂子，不属于任何一位亲人，甚至也不属于他自己。”（中部，223页）面对着听了这番话倍感惊讶的周秉昆，梁晓声巧妙地借助于周蓉之口紧接着给出了进一步的解释：“从根本上说，咱们的好哥哥，他是属于党的人。有的人思想上入了党，基本感情属于亲人。哥在感情上首先也属于党，凡是党交给他的工作，他认为对的，都会无比热忱忘我地去做，努力做到让党满意。如果他认为不对的，也会保留自己的看法，在适当时机点到为止提出意见，但绝不会公开反对，并且还会去做，只不过会以自己的方式去做，首先考虑也是对党有利。”（中部，223页）而这，很显然也就意味着，成为国家干部之后的周秉义，除了所谓党的利益之外已经不再有什么个人的利益存在，抑或说，在他内心深处，党的利益或集体利益，是远远大于个人利益而存在的。他个体的生命价值早已经完全融入到了党的或者国家的集体利益之中。他之所以会三番五次地一再拒绝利用手中的权力帮助周秉昆和他的朋友，根本原因恐怕正在于此。唯其如此，知识分子周蓉才会对周秉义做出如此一种断语：“哥不是官迷，也不是政治投机分子。下乡前，哥看了那么多书，在北大时看书更多，而且学的又是历史，还经常旁听哲学课，是有些书让他变成了那样。他成了政治信徒，相信好政党好政治能让国家越来越好。这是现代社会发展的保障，他那么相信是对的。只是他太理想主义了，以为靠他的影响，像他那样的人会越来越多……我想他内心肯定有不少苦闷，不对人倾诉罢了……”（中部，224页）因为曾经和自己的哥哥有过长时间朝夕相处的机会，所以，只要是认真读过《人世间》的读者，大约便都会认同周蓉对周秉义的这样一种理解与判断。说到底，周秉义的的确确称得上是一位有着突出理想主义气质的党或者说是政治的信徒。

无论如何，最能够见出周秉义生活英雄特质的一处核心故事情节，乃是出任A市副市长以后，主管城市住房改造的他对于贫民区光字片的积极改造。首先，一位从政多年的官员，竟然甘居人后地平调回A市来的这一行为本身，就已经充分凸显出了他那只要能够有机会为老百姓做事即可，根本就不计较个人名位得失的理想主义政治信徒特质。其次，在进行拆迁改造的过程中，周秉义为了达到顺利拆迁的目的，曾经强力动员周秉昆以实际行动支持他的工作：“你们其实不相信我是吧？你们是我的亲人，我能让你们上当受骗吗？市政府支持的事能不靠谱吗？你们不要像别人一样只看眼前，两年之后那里会大变样！再以后，会一年一个样！五六年之后会成为本市居住环境最好的地方之一！一张白纸可画最新最美的图画！这么简单的道理你们不明白？光字片究竟有什么可留恋的？这里适合居住吗？”（下部，367页）在这里，借助于周秉义的这一番话，作家实际上达到了可谓是一箭三雕的多重叙事意图。其一，强有力地凸显出了周秉义意欲在A市的拆迁改造方面有所作为的强烈愿望；其二，之所以选择周秉昆而不是其他人作为首选的拆迁对象，一方面固然是利用亲情容易做通工作，另一方面却也多多少少存在着一丝借此合理机会关照一下多年挣扎生活在底层的弟弟的潜在意味；其三，通过光字片普通民众对于拆迁工作的观望与抗拒，作家更写出了当下时代社会民众对于政府一种普遍的不信任感。以至于，对于此种境况，叙述者不由不感慨道："拯救者一门心思工作，被拯救者集体等着看笑话、说风凉话；拯救者想要成功，还必须斗心眼，进行智力博弈——这也是人类历史上屡见不鲜的事。由于政府官员公信力存疑，这种现象就更不足为奇。"（下部，368页）

但不管怎么说，通过周秉义一番抱病工作的积极努力，到最后，不仅是光字片，即使是整个A市的城市拆迁改造工作也都取得了突出的成绩。然而，很明显带有鲜明悲剧意味的一点是，即使是如同周秉义这样兢兢业业的一位政治信徒，一位踏踏实实工作的中共领导干部，到最后竟然也还会因为被人诬陷而被迫去接受调查。虽然说身正不怕影子斜，虽然说一番调查的结果只能是更加证明周秉义的正义与清白，但周秉义那一番充满失败感的人生感慨却依然格外令人深思："即便在落魄时代也不失淑女风范的郝冬梅，退休后简直判若两人，她愤世嫉俗，动辄骂娘。周秉义并不那么容易适应，一时的好情绪常常被破坏得一干二净。实际上，他也有满肚子委屈，也经常想骂娘——自己谨小慎微、辛辛苦苦工作三十多年，一心想通过自己的努力，让党在周围群众心目中的形象高大起来，却又哪里抵得过层出不穷的贪官污吏的负面影响呢？这种气馁的话，他无处可说，只能长期闷在心里，甚至终日郁郁寡欢。"（下部，409页）我们都知道，到后来，周秉义乃是因肺癌晚期不治而去世的。但在导致他罹患肺癌的诸多因素中，如此一种因政治理想受挫所致的郁郁寡欢情绪，其实也发生着不容忽视的重要作用。某种程度上，周秉义悲剧性的人生道路，很容易就能够让我们联想到古希腊神话中那位不断地推着巨石上山的西西弗斯。西西弗斯无休无止推石上山的苦役，悲剧色彩十足。政治信徒周秉义意欲实现政治理想而最终不得，其悲剧色彩同样不容否认。由以上论述可见，周秉义当是一位日常生活中带有突出悲剧色彩的生活英雄形象无疑。如果说周秉义是一位当之无愧的生活英雄形象，那么，长篇小说《人世间》的“史诗性”问题自然也就迎刃而解了。

正如标题《大国民走失事件》（载《红豆》杂志2019年第9期）所言，这部中篇小说的总体思想艺术框架，乃是围绕一桩失踪事件建构而成的。小说采用了先锋小说所惯见的第一人称叙述方式，一开始，身为《凤凰》报社记者的叙述者“我”，就受命前往鸣沙庄，调查老客意外失踪事件：“小李同我分手时闪烁其词地向我透露，鸣沙庄出的事实际上并不是汽车被偷袭，而是老客奇怪地失踪。”因为事出仓促，“我”甚至都来不及和自己临产的妻子面辞，只能够在电话亭里用公用电话打给“她和她的小家伙”。然而，也正如你所预料到的，尽管通篇的小说叙事似乎都在围绕老客失踪这一事件而进行，但一直到小说的结尾处，老客到底失踪没有？老客到底为什么失踪？所有这些问题依然处于没有着落的悬浮状态。一句话，小说采用的，其实是一种开放性的没有结尾的结尾方式。不只是总体的叙事框架，即使是其中的一些细节处理，先锋的色彩也都特别突出。比如，老客失踪后，“我”去他家见到了他的妻子胡秀英。“我便告辞往外走。在我走到门口时，一堆黑褐色的东西跳进我的视线中来。我转过身，以不可辩驳的口气对胡秀英说：‘他昨天回来了。’女人摇着头，猛地哭了。我再次询问她，她仍旧矢口否认，并且又反复说她从桃符上看到预兆证明老客绝不会回来了。”此处的关键问题，很显然是老客昨晚是否回到过家里。但针对这个问题，叙述者却始终都如同胡秀英一样在闪烁其词。也因此，一直到小说结束为止，这一问题的答案都处于阙如的状态。这样一种“既可能是A，也可能是B”或者干脆叫作“此亦一是非，彼亦一是非”，但到最后也不可能给出一个明确结论的，充满自我矛盾色彩的不确定性修辞方式，正是先锋小说的一种标志性特征。

从人物形象的角度来说，除了叙述者“我”之外，这部《大国民走失事件》中先后登场亮相的，分别有邓社长、“我”妻子、小李、老客、胡秀英、李文嗣、碧喜、老客父亲、杜义田、老高、党参等大约十数位之多。那么，谁是小说真正的主人公呢？细细想来，即使是那位带有明显线索色彩的老客，也难以被看作是作品的主人公。以我愚见，这部中篇小说的隐形主人公，其实是曾经被孔夫子感叹再三的所谓“逝者如斯夫”的时间。之所以这么说，是因为时间的因素在小说文本中一直在被以各种不同的方式强调着。一开始，就强调“我”急急忙忙赶到鸣沙庄的时间是2000年的12月29日，再过一两天，就是21世纪的第一个元旦。抵达鸣沙庄后，“我”在村署拿起了电话：“我仿佛觉得自己正准备向时间的城堡通话。”何谓“时间的城堡”？一个人又怎么可以向“时间的城堡”通话？紧接着，在电话打通之后，“我”竟然说：“我是十年前就已赶到河边，现在仍然坚持等待最后一班渡船的老王。”既如此，那么，一个显而易见的问题就是，这个老王到底是身处现在？抑或是十年之前？通话结束后，出现的是这样的一段语词：“电话那边猛然又寂然无声，让我想到电话的另一端在我和孩子通话的时候，又向远处延伸去了，在时间的城堡被接到绝对的真空里。”请一定注意，“时间的城堡”在此处再一次出现。再往后，在“我”进入到李文嗣的小屋后：“屋内的景象跟在外面看到的鸣沙庄的印象迥然不同，却跟十多年前的农舍没有什么两样。屋子只有两间，他带我走进里面的一间，我觉得那里仿佛在举办中国20世纪中叶的农具展览。”这里的“十多年前”与“20世纪中叶”，毫无疑问也属于时间性因素。再往后，还有这样的两段叙事话语出于叙述者“我”之口。一个是：“‘老客的车史构成了他创业的一部分。’我说，‘我没说错的话，你开的那部车是1989年报废的，而且还有可能是你和老客故意将车推下山崖的。那部上海车并不是没有维修好的可能，最低限度它还可以使用两年。”另一个则是：“事情是这样的，四十多年前一个从陀台来的女人神秘地在那个地方死了，而过了三十年也就是十多年前，又有一个名叫碧喜的女人从那个鬼地方闪落下去。这个地方叫作青龙咀，它的样子仿佛一只探出去的大张的龙嘴，十分突兀险恶，下临万丈深渊。”两段叙事话语中，时间性因素的存在，是显而易见的事情。尤其不容忽视的一点是，到了小说临近结尾处，在意外地发现了老客的骸骨之后，作家关于时间的那种描写：“他把手指伸到眼洞里说里面还有热气，证明刚死不久。我大为疑惑，他要我照着他的样子试一试。我说，既然刚死不久，不会只剩下骨骼吧。‘死了一个世纪，只好这个样子了。’他说。‘一个世纪！’我惊奇地叫道。‘一个世纪不算长，也不算短。现在是另一个世纪。他在上一个世纪的最后一下钟声中死去了。巨大的石头砸在他身上，这是命运中的石头。’”这里在巧妙地利用了两个世纪的交接做文章之外，令人感到惊异的一点在于，既然老客的的确确刚死不久，那他的肉身何以会如此这般迅速地腐烂，乃至于只是剩下了骨骼。这样一种充满诡异色彩的描写，所透露出的，很显然是时间的一种漫长与久远。一方面，只是隔了一天的时间，另一方面却又如此这般地漫长与久远，王方晨这里写出的，毫无疑问是一种已然处于变形状态下的时间。

然而，就在我差不多已经认定时间就是《大国民走失事件》这部中篇小说的隐形主人公的时候，却突然又收到了王方晨兄的微信。他用微信转给我的，是《红豆》杂志编辑对这篇小说的一种理解与判断。因为篇幅不长，所以我姑且全文引用在这里："在中国，农民问题历来都是大问题。王方晨以历史的目光和深邃的想象力认真审视中国农民的时代命运，向我们生动描述了新旧世纪之交一个农民的走失事件。小说打通了时空、真实与幻觉的界限，让生者、死者对话，从人物的回忆中不断打捞遗失在时光隧道的生活碎片，最终拨开层层疑云，让我们清晰地看到了时代发展的脉络和逻辑，以及传统农民已经开始悄悄完成自己华丽的转身这一伟大现实，实际上是作家对中国农民的一次庄严致敬。小说格局阔朗，写法别致，常能出人意表，引人入胜的迷幻情境蕴含着丰富的生活信息，结合作家对农民现代化问题的敏锐思考和发现，给当前宏大主题的创作带来了崭新的表述经验和启示。"对于杂志编辑的以上判断，我大部分认同，唯一持不同意见的地方，就是这部小说的主人公到底是农民，还是时间或者干脆说就是历史？在我看来，与其说这篇小说是在表现所谓中国农民的时代命运与华丽转身，莫如说是在借助于先锋小说的各种因素，传达表现着作家王方晨对已然消逝的20世纪中国历史的一种不无挽歌色彩的沉思。比如，小说中的这样一个与老客父亲紧密相关的故事场景："老客父亲欢天喜地的，用积攒多年的钱置办了二十五亩荒坡地。他整日整夜在荒坡上开垦，在草根树根交错的新翻的土地里播下了油菜籽和玉米。他和他的那个漂亮女人在秋后收了两囤粮食和五十斤油菜籽。在经过当时村中一家最阔气的门楼时，他止不住高兴地嘿一声。但在第二天，他就只好低下头同那家的主人一起，并排站在用木头搭起的台子上了。在人们的督促下，他打了那个白发老头一个耳光。老头也打他的耳光。他们来来往往地拍打出响亮的耳光，以吸引台下的人欢呼雀跃。台子上有个裤筒一只长一只短的年轻人对他们说，老客父亲打那老头两下，只准老头回敬一下。”尽管作家的描写相当隐晦，但只要是对20世纪中国历史稍有了解的读者，就都知道王方晨书写着的乃是农村土改时的一种典型场景。除此之外，无论是那些充满暴力色彩的打砸抢场景，抑或是如同锤子和铁钎这样被反复提及的物件，甚至包括其中有些具体提及的时间节点，都毋庸置疑地指向了堪称纷繁复杂的20世纪中国历史。唯其如此，我才坚持认为，王方晨的这部《大国民走失事件》乃是一个以时间为隐形主人公的对历史进行着个性化沉思的探索性小说文本。

尽管说从40年前的所谓“伤痕文学”起始，中国当代知识分子中一个曾经被打入政治另册的特别群体——“右派知识分子”，就一直不断地被我们的作家书写着，但作家凡一平，在他的中篇小说《我们的师傅》（载《十月》杂志2019年第4期）中，却依然难能可贵地在这一题材领域翻出了新意。

小说采用的，是当下时代中国文坛普遍流行的第一人称限制性叙事方式。叙述者“我”，既是小说作家，也是大学教授，可以说是一名颇有一些社会影响的成功人士。故事起始的第一句话就是："我的师傅死了。"既然是自己的师傅死了，那么，按照常理回去奔丧，也就是顺理成章的一件事情。但"我"却因为到底是否回去奔丧而一时陷入了犹豫。之所以会是如此，乃因为"我"的师傅韦建邦曾经是一个臭名昭著的贼："韦建邦曾经是我的师傅，教我偷窃，大哥是知道的。为此大哥恨死了他，也恨死了我。直到后来我洗心革面，并成为一名作家光宗耀祖，大哥才原谅了我，也似乎原谅了韦建邦。"面对着这样一个简直就是被诟病一生的师傅，"我"到底该不该回去奔丧呢？犹豫再三的结果是，回去送韦建邦上路。

但只有在"我"回到故乡上岭村（请注意，上岭村乃是近些年来凡一平小说作品中一个文学性的地标建筑，他很多小说的故事都发生在这个上岭村）之后，方才发现，和"我"当年一起拜韦建邦为师傅，曾经一起进行偷窃活动的师兄弟姐妹们，除了外号被叫作老猫的覃红色之外，另外三位，也即黄狗蓝上杰、野兔韦燎、花卷韦卫鸾，也都相继赶回来为"我们的师傅"韦建邦奔丧送葬了。既然韦建邦是一位臭名昭著的贼王，那么，他去世后为什么还会有这么多当年的弟子门生赶回来奔丧送葬呢？凡一平的《我们的师傅》这部中篇小说，正是紧紧围绕这一艺术悬念建构而成的。很大程度上，小说故事情节的展开过程，所构成的，也正是对这一艺术悬念的解答。

事实上，也只有在"我"对师傅韦建邦既往行迹的回忆过程中，我们方才得以逐渐了解到，却原来，韦建邦曾经是我们两个方面的师傅。一方面，他固然是一个手段高明的贼。尽管用他自己的话来说，他之所以要教给弟子们偷窃的本领，乃是首先要解决生存的问题，是他从来也不养"不能自食其力的人"。但在教会我们偷窃本领的同时，师傅却也“盗亦有道”，曾经一再告诫弟子们“穷人和亲戚的东西不能偷”。在另一方面，韦建邦也在同时教给了我们更重要的一些本领。对此，小说文本的一段话，我们必须加以引述：“他的长相和气质的确和村里人不同，他一点都不猥琐，也不粗鄙，尽管他是个贼。他为什么是个贼？或者说他为什么成为贼？他的经历让我好奇，为此我接近他。我走近他之后，发现他有满肚子的故事和满身的本事。他字写得好，画画得好。总之，他令我着迷，也令蓝上杰、韦燎、覃红色和韦卫鸾着迷。严格来说，我们拜他为师，是为了成为有本领的人，而不是为了做贼。后来我们果然都不再做贼，或者说我们除了贼的本领不再使用，师傅交给我们的其他本领，我们各有专长，都用到了极致。”怎么样个各有所长呢？质言之，正是经过师傅韦建邦一番悉心的调教培养之后，到后来，我们这群人才显得有了特别的出息。具体来说，“我”后来成了作家兼教授，韦卫鸾成了有成就的音乐家，蓝上杰成为一名实力雄厚的金融家，韦燎成为一名成就卓著的电影导演，而那位一直没有露面的覃红色，则成了一名副厅级领导。而这一切，都与师傅韦建邦当年的努力息息相关。他所经常引用的一句话是“王侯将相宁有种乎？”：“他用这句话来激励我们，并延伸到省长县长也是没有种的，同样，科学家、文学家、艺术家、金融家也是没有种的。人不要在乎自己的出身和环境，只要付出努力，并善于把握时机，一定能在自己志向的行业或事业有大作为。”

要想充分地理解我们的师傅韦建邦以上种种努力所具有的文明薪火的别一种承传的意义和价值，我们无论如何都不能忽略这些弟子们追随师傅那个时候的时代背景。这一方面，有两个具体的年份需要提及。一个，“我”第一次行窃的时间，是1972年。再一个，我们一伙在菁盛中学作案偷窃唱片和文学名著的那一年，是1975年。强调这两个具体年份的重要，是为了提醒大家，师傅韦建邦既教我们做贼，也教我们其他各种本领的那个时代，正是人类文明遭受极度践踏的“文革”时期。在那个特定的政治畸形时代，师傅韦建邦后一个方面的所作所为，其实带有非常突出的人类文明薪火相传的意味。

那么，曾经是一个名校高才生的师傅韦建邦，到底为什么会成为一名贼呢？这个谜底，到了小说行将结束的最后一个被命名为“师傅”的部分被彻底揭开。却原来，师傅的堕落，与他不管不顾地爱上了自己的老师覃天玉紧密相关。因为他们不合常情常理的爱情，他们的来往信件被检查。很快的，韦建邦就因为在信件中表达的“右倾”思想而被学校开除，并被打入了政治另册。这样，自然也就有了小说文本中我们必须加以引述的另一段叙事话语：“韦建邦为什么会做贼？我说，他被遣送回了上岭，心还在覃天玉身上。他不停地给她写信，一封信是八分钱，超重的话再加八分，挂号的话还要更多。如果跑去宜山和覃天玉相会，负担更重。这都需要钱。可是后来他连买一张邮票都困难，甚至一分钱都没有了。那年月的上岭村，劳动是工分制，缺地短粮，又没有集体经济，是不可能有现金分配的，怎么办？只好偷。韦建邦是什么时候开始做贼的？不知道。但他因为做贼被抓，村里人说，是一九六六年，是在宜山被抓的，然后被公安遣送回来。”好了，我想，到这里，我们的师傅韦建邦到底为什么会做贼就已经一目了然了。一部字数篇幅有限的中篇小说，能够在“右派知识分子”题材的书写上翻出新意，充分揭示韦建邦这一人物形象精神方面的内在分裂性，能够写出那个特定历史时期文明薪火的别一种承传，的确应该赢得我们充分的认同与肯定。

《收获》杂志2019年第4期集中发表了几位青年作家的短篇小说，其中被排在第一的乃是赵挺的《上海动物园》。先后两次认真地读过这部篇幅不长的短篇小说后，我以为，这是一篇反讽色彩明显的带有一定哲学思考意味的透视表现当下时代青年人百无聊赖生存状态的小说作品。请原谅我用这么长的一个句子，不如此就难以精准地为赵挺的这一精彩短篇小说定位。“作为一名写作者，我从来没有考虑过‘伟大的文学性’。我挺喜欢王小波、加缪、塞林格，也挺喜欢炸鸡腿、麻辣烫、热咖啡。我只想赚点钱，以此舒服地度过每一个管他是阴郁还是灿烂的下午。”说一个“挺喜欢”王小波、加缪和塞林格的写作者没有思考过“伟大的文学性”，这句话的可信度几乎等于零。而将这些大作家的名字与炸鸡腿、麻辣烫和热咖啡这些食物并列在一起，一种调侃生活的意味，又十分突出。“我三十岁了，越来越成熟了。别人的三十岁，除了吃喝，也就是盯着漂亮姑娘的胸部多看几眼，其他一切云淡风轻。相比较而言，我还是杂念较多，譬如还偶有‘写作者的关怀’等虚妄之念，说明心理还没有发育健全。”所谓偶有“写作者的关怀”云云，所说明的，实际上是面对物欲喧嚣的现实生活，写作者“我”难能可贵地保持了一种精神层面上远离世俗的高贵追求。但叙述者却同样以调侃的话语将其贬之为心理发育尚未健全。凡此种种，或正话反说，或反话正说，皆属艺术层面上的反讽者是也。事实上，贯穿了《上海动物园》全篇的，正是如此一种反讽性语调。

尤其不容忽视的一点，是身为写作者的第一人称叙述者“我”对文学创作本身的那种嘲弄与调侃。小说中写道，“我”的朋友，一位名叫“老虎”的软件工程师，长期以来，一直致力于一款写作软件的开发：“这款智能写作软件，致力于把全球所有作家的作品都纳入数据库，进行杂糅、拆分和重组。”依照此种理念，以后的文学写作，就可以这样进行。比如，先输入百分之十的海明威，再输入百分之三十的加缪，百分之三十五的王小波，乃至于百分之十五的博尔赫斯，甚至，还可以输入自己的名字。毫无疑问，经过如此一番杂糅之后所生成的文字，就是一种新作品了。当“我”进一步追问，这个世界此后是否就不再需要作家的时候，老虎的回答是：“一方面我们不停地纳入那些还在进行自行创作的作家作品，另一方面软件创作出来的文章也纳入数据库，这就叫病毒式变异扩散写作法。”在老虎看来，用不了多久，我们所需要的，就只是这种病毒式变异扩散写作的操作员，作家将彻底失业。又或者，假如说以后还存在所谓作家的话，那么，这作家也就只能是病毒式变异扩散写作的操作员而已。在我们把以上这种病毒式变异扩散写作看作赵挺对文学创作一种彻头彻尾的调侃与嘲弄的同时，恐怕也不能不承认，在人类的科学技术早已日新月异的今天，为赵挺所调侃的这种写作方式，其实的确存在着很大的可能。而这，很大程度上也就意味着文学写作的彻底被异化。现实生活中身为写作者的“我”，之所以会显得那样百无聊赖或者说吊儿郎当，未尝不与文学写作如此一种看似极端黯淡的前景存在一定的内在关联。

说实在话，一贯自嘲为“伪作家”的“我”那看似波澜不惊的日常生活状态，的确称得上是既荒谬而又百无聊赖。比如，老马是“我”的好朋友，我们曾经相约一起开着车去西藏。按照叙述者的交代，“我和老马在一个游戏群里认识，我们都属于特别庸俗特别酷的人”。“我和老马认识两年多，玩游戏的时候，我们投敌无数，坑队友没商量，义无反顾、持之以恒地将游戏游戏的精神发挥到极致。”如果说双重的否定表示肯定，那么，赵挺小说中的“游戏游戏”的组合就非常耐人寻味了。一旦将“游戏”也“游戏”一番，那这“游戏”到底还是不是“游戏”，也就值得引起我们的认真思索了。更具反讽意味的是，这老马竟然比“我”想象的还要酷，口口声声说是要开车去西藏，到头来却“连车也没有”。但这还不算，更狠的还在后边。一个是，到了出发的前一夜，叙述者方才点破，“我”和老马这两位相识两年多的老朋友，竟然“从来没有见过面”。再一个则是，等到第二天“我”如约前往天一广场二号门前接上了老马，没想到，车子刚刚开出去没有多少距离，这位老马就大喊大叫着让“我”停了车。“我说，老马怎么了？老马一扭头，还叼着明灭不定的烟屁股说，谁是老马？我说，你不是老马？老马一下车，踩灭烟蒂说，谁是老马？我说，不是去西藏？老马将旅行袋一扛说，去河南。”在这位被叙述者叫作“老马”的人匆匆离开后，“我边踩油门边用手机不停联系老马，就像在联系一位远古时期的哲学家，一直没有反应”。首先，这是一个只有在电脑、手机或者说网络时代才能够发生的故事。其次，这个世界上到底存在不存在老马这样一个人？如果不存在和“我”相约去西藏的老马，那么，这位不仅先上车后下车，而且还声称自己要去河南的人，又是谁？所有这些与人类存在紧密相关的“我是谁”的重要命题，就这样，伴随着故事情节的演进，不由自主地浮现在了我们的脑海。赵挺的如此一种设定与描写，很大程度上可以让我们联想到尤奈斯库那部杰出的荒诞剧《秃头歌女》来。

老马之外，小说中的其他一些情节，比如，鱼龙他们试图在城里搞一个摇滚乐队，却怎么也找不到排练的地方，以至于只能够到敬老院对牛弹琴一般地给那些老年人演奏。然后，就是匆匆忙忙地去参加音乐节。对此，赵挺给出的反讽性“恶毒”描写是：“每次来都是来也匆匆，去也匆匆。有点像厕所上面贴的那些小标语。”比如，“我”匆匆忙忙去看住院的外婆，但却在路上就把准备送给外婆的两只烧饼全都吃掉了。再比如，“我”似乎总是在深夜苦等女友小佚（请一定注意，小佚的“佚”，本身就包含有丢失、失去的意思），但小佚却总是不至。“我单曲循环了十多遍，小佚还没有结束饭局……她说晚上太晚了，要不明晚再见吧……她说回家还有急事，要不今晚算了。”“我”好不容易开了五十公里汽车去给小佚送了一杯咖啡，也仅只是心神不定地聊了一个多小时话，以至于，到最后，“在我导入一万多名作家作品之后，小佚也没有告诉我什么时候再见”。所有的这些，传达给读者的，我想，恐怕都是一种存在层面上的万般无奈或者说百无聊赖。倘若我们联系小说那看上去很是显得有些突兀的标题“上海动物园”（之所以说是突兀，乃因为通篇小说都没有写到过一只动物），那么，一种无法被否认的看法就是，作家赵挺笔下这些百无聊赖的各色人物所构成的，其实就是一个“动物园”。从这个意义上，断言赵挺的这篇《上海动物园》其实是借所谓的百无聊赖思考表现人类存在的一种虚无本质，恐怕也还是很有一些道理的。

第六章　历史纪实、成长小说与生命中的“罪与罚”

这一次，首先进入我们关注视野的，是女作家蒋韵一部旨在思考表现“文革”那段畸形历史的长篇小说《你好，安娜》（载《花城》杂志2019年第4期）。这部作品主要聚焦于二十世纪六七十年代的几个知青——安娜、素心、三美、彭——的命运遭际。通过对若干人物幽微隐秘精神世界的深入挖掘，作家为我们揭示了一场时代与人性的悲剧。

在那个以禁绝思想为突出标志的政治畸形时代，这几个青年的爱恨纠葛皆肇始于对于所谓“毒草”的交换和分享。小说中安娜、素心等人让人嗟叹的悲剧命运，从根本上说，也正是这样的畸形时代所致。具体来说，构成了小说叙事焦点的核心物事，乃是知青彭的那个可以被看作是文明与思想之象征的笔记本。因为这个笔记本所发生的作用过于巨大，所以，蒋韵小说所集中讲述的，某种程度上，其实也不妨被简洁地描述为“一个笔记本所引发的人生悲剧”。首先，是彭趁同行的三美不注意，把自己的笔记本郑重其事地交给了安娜。置身于那样一个特别的时代，面对着彭的笔记本，“安娜明白这是什么样的信赖和托付”。因为

“那不仅是他的秘密，他的隐私，那，是他的身家性命”。面对如此一种沉甸甸的信赖与托付，尤其是身边还有那样一个干脆视一切字纸为寇雠的母亲，到底该把笔记本藏在哪里，安娜很是费了一番心思。最终，安娜决定把笔记本交给与彭亲如兄妹的素心。依照一般的事理逻辑，既然关系亲密如家人，那安娜的把笔记本转托给素心，也就应该是一种万无一失的选择。但安娜根本就不可能料想到，自己这次如此这般慎重的托付，到最后竟然会是所托非人。

按照素心事后的叙述，因为她意识到笔记本的珍贵，所以就总是把它装在一个从不离身的军用帆布书包里。没想到，就在一次晚上加班后独自回家的路上，因为遇到一个抢劫犯，那个军用帆布书包连同里面的笔记本，都一块被抢走了。要知道，那个笔记本满载着禁忌，它的遗失很可能带给彭一场灭顶之灾。这一突发事件顿时让安娜陷入到了自责与绝望的境地之中，在给彭写下一封绝笔信之后，她便服药自杀。安娜之所以会把彭的笔记本看得比自己的生命都还重要，根本的原因乃在于一种爱情力量的存在。正如彭把笔记本托付给安娜，意味着他对安娜的倾心相爱一样，安娜在笔记本被抢夺后的痛不欲生，反过来同样也意味着她对彭爱情的坚决。笔记本的意外被抢夺，不仅让安娜深觉失信于人，更让她愧悔辜负了与彭真诚的爱情。在这种强烈的罪感意识的摧折之下，安娜最终万般无奈地选择了那样一种真正可谓是万劫不复的自杀行为。究其根本，安娜其实是在以一种自我惩罚的方式来为自己无意间的错失赎罪。是的，倘若套用蒋韵一种习惯性的表达句式，那就是，一种人性层面上的“罪与罚”的沉重命题，就这样，伴随着安娜这样一个美丽少女的香消玉殒，猝不及防地横亘在了广大读者面前。

但千万请注意，以安娜的自杀而得以凸显的“罪与罚”，也还仅仅是作家思考表达这一重要命题的开端。关于此一命题更加集中与深入的思考与追问，乃体现在与笔记本紧密相关的另外一个人物素心身上。在安娜看来，素心与彭亲如兄妹，可她不知道，素心早已在不知不觉间深深地暗恋上了彭。也因此，安娜在把彭的笔记本托付给素心的时候，一个关键性的错误，就是过分强调了彭与他们一家的亲情关系。如此一种过分的强调，对于早就暗恋着彭的素心来说，毫无疑问形成了某种极强烈的精神刺激。却原来，只有借助于安娜看似不经意间托付给自己的笔记本，素心方才意识到，一厢情愿的自己，实际上从来都没有真正进入过彭的内心世界。彭，的确只是把她当作一个异姓妹妹来看待的。然而也正是出于爱，当安娜把彭的笔记本托付给她的时候，素心尽管满心的不情愿，但却仍然还是留下了那个牵系着彭身家性命的笔记本。

接下来，就是素心所自述的那个抢劫案件的发生。需要注意的一点是，一方面，那个抢劫案件的发生的确是真实的，但在另一方面，真相却也并不尽然如同素心所讲述的那样。按照素心在她所创作的《玛娜》中的交代，在那个深夜素心加班后独自回家的路上，面对着来势汹汹的抢劫者，素心并没有轻易屈服，当抢劫者提出用笔记本来与她的身体进行交换的残忍要求之后，经过了一番内心的挣扎，素心还是强咬着牙答应了他的非分之想。为了保住笔记本，素心在那天晚上所付出的，竟然是她自己的处女之身。很大程度上，正是由于羞涩的隐私本能作祟，在后来的讲述过程中，素心才刻意地隐瞒了这一点。但与这一点相比较，素心关于笔记本并没有被抢夺走这一事实真相的刻意隐瞒，就无法得到我们的理解和原谅了。为什么要隐瞒？“我用我的血和命交换过来的东西，我怀着剧痛生下的幼崽，凭什么，要拱手给她？我凭什么要成全她呢？”在这里，充分发挥作用的，很显然是人性中一个无论如何都不能够被原谅的弱点，也即一种无以自控的嫉恨心理：“至少，我要让她和我一样痛苦，我要让她疼痛。”但让她无论如何都不可能想到，自己这次所遭遇的安娜，竟然是个如此刚烈的女子。头一天得到笔记本被抢夺的消息，第二天就自杀了。就这样，在勇毅刚烈的安娜选择了以死谢罪的自杀方式之后，她也就把一种强烈的罪感转嫁给了曾经刻意欺瞒过自己的素心。

是的，人间地狱。什么是人间地狱？在安娜自杀身亡后素心所艰难度过的每一个日日夜夜，就可以说是难以自拔的人间地狱。对于如此一种由素心的刻意隐瞒所导致的强烈罪感，以及由这罪感而进一步导致的人间地狱的形成，蒋韵在小说下部曾经借三美的一番愤激话语以及素心随之而生出的心理活动而做出过深度的揭示。首先是三美发自肺腑的一番愤激之词：“‘你知道吗？在你面前，我常常觉得自己也有罪，为什么当初我要告诉你笔记本的事？为什么要把这个秘密告诉你？挑起你的妒忌？假如，你压根儿不知道那个笔记本存在的话，一切，也许就不会发生了。’三美叹口气，‘人，千万不要轻易去挑战人性中的弱点，如果说有原罪的话，人性中的弱点，或者，恶，就是我们的原罪……素心，我们都有罪。’”正如你已经预料到的，对隐瞒真相毫不知情的三美如此一番言论，马上在素心心里激起了难以平复的巨大波澜：“不是这么回事，素心冲动地，想叫，想说，想喊，可是，她终于、终于还是没有说出口，一出口，会炸毁她的世界。炸毁她珍惜的东西，比如，眼前这个如夏天般热情、如春水般明净的友人，这个心地善良的姑娘：她承受不起这个。素心深深懂得，所以，她必须守口如瓶。必须，把这个如同癌瘤一样的秘密，藏在她的身体里，血液里，每一个细胞里，让它们在不见天日的身体深处，肆意滋长、蔓延、腐烂，占领每一寸能够占领的领地，直至吞噬掉她整个的生命和灵魂。它和她同生共死、不离不弃，如同最痴情的恋人：上邪！天地合，乃敢与君绝……”请原谅我摘引了如此篇幅的小说文字，因为不如此，就难以把素心那样一种人间地狱的惨烈感觉传达给读者。与此同时，三美的一种自我剖析也值得引起我们的高度关注。不管怎么说，在这场由一个笔记本所引发的人生悲剧中，三美作为传话者也不能不承担相应的责任。如果没有她那其实无心的“挑拨离间”，素心对安娜一种强烈的嫉恨心理或许就无法形成。倘若缺少了这种嫉恨心理，安娜不可能自杀身亡，素心也不可能永堕人间地狱。也因此，在意识到三美罪感存在的同时，我们更应该清醒地认识到，正如同一种可怕的嫉恨心理导致了莎士比亚笔端《奥赛罗》悲剧的生成一样，素心与安娜她们人生悲剧的生成，从根本上说，也是人性中的嫉恨心理作祟的缘故。尤其是在好友三美通过小说《玛娜》的阅读而最终窥知真相之后，原本就在心理炼狱中苦苦煎熬的素心，就更是堕入了万丈深渊。

作为一部长篇小说，蒋韵在《你好，安娜》中所讲述的，不仅仅是素心与安娜的时代与人性的悲剧故事。如果说素心和安娜的“罪与罚”的故事构成了小说的结构主线，那么，三美的故事，丽莎和母亲、女儿她们的故事，就分别构成了另外两条结构副线。很大程度上，正是以上三条结构线索的相互交叉发展，支撑起了长篇小说《你好，安娜》的主体结构框架。

与蒋韵一样把关注视野投射向遥远历史的，是作家张庆国。他的长篇小说《老鹰之歌》（载《十月·长篇小说》2019年第4期），堪称是一曲充满悲怆色彩的关于抗日战士的生命颂词。在我个人的理解中，这部《老鹰之歌》所首先体现出的，就是一种具有突出社会学意义的认识论价值。具体来说，突出地体现在它真实地记录了当年那些南洋华侨机工积极回国投身抗日战争的一段历史事实。这一方面，最有代表性的一位，就是小说主人公之一的司机小林。小林属于那种没有多少弯弯绕的直肠子青年，他本是马来西亚的华侨，早在十四岁的时候，就进入梁叔叔的汽修厂做学徒。如此一位生性单纯耿直的热血青年，之所以要跑回母国来奉献自己的一份机工手艺，以军用卡车司机的身份，积极介入到抗战的事业中，与他曾经目睹好友的被炸死一幕紧密相关，这一场意外的爆炸使得小林备受刺激。正所谓城门失火殃及池鱼，由于这一场爆炸的发生，遂使得所有日本人在小林的心目中都变成了十恶不赦的仇敌。这其中，甚至还包括他的师傅，那位在梁叔叔的工厂里担任高级技工的日本人松田。受到内心中复仇烈火炙烤的缘故，小林曾经数次动念想要把松田杀掉。就这样，一方面为了替好友复仇，另一方面也为了逃避对松田的无端误杀，汽车机工小林从遥远的马来西亚跑回中国云南，为了宣泄内心中积郁已久的对日本人的满腔愤恨，他以军车司机的方式投入了抗战之中。需要特别提及的一点是，为了回国参加抗战，小林甚至做出了抛弃未婚妻梁音音的“残忍”举动。小林的回国参加抗战，其实是以如此一种特别的方式来对抗生命的绝望与虚无。唯其如此，面对着在很多时候就意味着死亡的战争，小林才没有表现出丝毫的畏惧心理。质言之，小林的回国参加抗战，从精神分析学的角度来说，其实构成了他彻底绝望后自我拯救的一种特别方式。

事实上，以海外华侨机工的方式回国参加抗战，小林并不是孤例。然而，当年那些曾经为中国抗日战争的胜利做出过卓绝贡献的很多抗日英雄，仅仅是因为身上被贴上了国军战士的标签，便在战后的政治极端化年代为此而付出了极其惨重的代价。这一方面，最有代表性的两位人物分别是老王与陈小姐。老王曾经是国军在云南地区设立的间谍网的一位杰出领导者，正是在他极富智慧的运筹帷幄之下，不仅把如同小林这样的华侨司机发展为地下间谍，而且还最终擒获消灭了日本在云南地区的间谍头子，那位一贯狡猾无比、隐藏得近乎天衣无缝的山田（中国化名为白诗之）。可以说，不仅为国军的谍战事业，而且也为中国抗战的胜利做出了突出贡献。然而，带有突出悖反意味的是，如此一位精明强干的地下间谍头目，如此一位在抗战中战绩卓著的间谍英雄，到最后，却落得个不知所终的悲惨人生结局。正如作家在被命名为“眼睛”的“尾声”部分所交代的，到了1952年秋天，西南联大曾经的女学生陈小姐，与已经成为解放军驻村领导的老王，在云南楚雄镇南县的瓦窑村不期而遇。却原来，生性敏感聪颖的老王，面临着时代的更易，早已意识到自己曾经的国军间谍身份所潜隐着的巨大危险性。也因此，他隐瞒了自己的身份并也很快就赢得了解放军的信任，被提拔为干部。事实上，也正是巧妙地利用了自己的新身份，在意外地邂逅了陈小姐之后，老王才可以借助于朋友的帮助，想方设法地把神魂不定的她，在转换身份后安置在了天高皇帝远的中缅边境地区，以隐姓埋名的方式生存了下来。然而，事情最终还是败露，他只得“仓皇消失，再无消息”。一位为中国抗日战争立下了突出贡献的地下英雄，仅仅是因为一时的政治身份问题，就被迫彻底走上了人生的不归路，张庆国借此而表现出的，正是作家对于历史的一种深入批判与反思精神。

接下来，就是那位真正可谓是命运多舛的陈珊艺陈小姐了。陈小姐的人生悲剧，肇始于当年那一次不管不顾的携情寻郎行为。因为男友胡笛，那位西南联大小有名气的诗人，只是在留下一封表达自己要投笔从戎的信件后即不辞而别突然消失，内心里深爱着男友的陈小姐，就踏上一条不畏艰难携情寻郎的不归路。没想到，等到她历尽千辛万苦，终于与从事翻译工作的男友在镇南县瓦窑村意外重逢后，方才发现，胡笛当年之所以不声不响地只是留下了一封信就不辞而别突然消失，乃是因为他早已另有新欢，爱上了一位银行老板的女儿。尽管说在美国军官豪斯的大力帮助下，他们两位很快就冰释前嫌，重归于好，但胡笛的如此一种背叛行为，却还是在其内心深处留下了极难抹平的精神与情感创伤。但正所谓一波未平一波又起，就在陈小姐和胡笛重归于好后不久，她就又因为胡笛的不幸弃世而陷入到了无尽的悲伤中一时难以自拔。然而，这位在情感上真正可谓备受煎熬与折磨的西南联大女学生，恐怕却无法预料到，等到那个时代更易时刻到来的时候，自己竟然会陷入到某种难以摆脱的人生困境之中。首先是，当她再一次来到下关镇杨家客栈的时候，忽然发现自己不知什么时候已经意外怀孕。但正如你已经预料到的，在那个社会政治风云突变的时代，如同陈小姐这样身世相对复杂的人，注定在劫难逃。果不其然，一场灾难在孩子五岁的时候骤然降临，陈小姐居然被诬陷为国民党特务。面对如此一种莫须有的“诬陷”，百口莫辩的陈小姐只好连夜携子出逃。这样一来，也才有了陈小姐和老王在镇南县瓦窑村的意外重逢，并有了老王对她雪中送炭式的鼎力相助。正因为有了老王的鼎力相助，陈小姐才得以最终摆脱困境，化名为“岩香”，以一个傣族妇女的身份，在中缅边境勉力生存下来，尽管说她的儿子小树在出逃的过程中不幸因病不治身亡。大约也正因为如此，所以，叙述者才会特别强调“这个村是她的爱情福地，也是她的生命复活之地”。我们注意到，正是在瓦窑村，陈小姐和老王之间有过这样一段意味深长的对话过程。“陈小姐哆嗦着说，我不是坏人。”“陈小姐再说，我要上昆明，找西南联大同学，他们会证明我不是坏人。”“陈小姐轻声抽泣，继续说，我不是国民党特务，我怎么可能是国民党特务呢？遇到你太好了你还是解放军，可以帮我做证的。”面对着仍然心怀幻想的陈小姐，早已看明白社会情势的老王所能做的，当然只能是一记当头棒喝：“老王伸手摁一下陈小姐的肩，固执地摇头说，请你不要说这个了，而且你现在也不能上昆明了，去那个地方更说不清，你马上会被抓起来的。”事实上，也正是在被迫万般无奈地改名换姓之后，陈小姐才跌跌撞撞地穿越了漫长历史时空的风云变幻，最终以一个微缩了的小精灵形式出现在了很多年前的美国老友豪斯面前：“豪斯看到一个美丽的小精灵站在赵松的掌心旋转，顿时流下了眼泪。”这里，需要引起我们思考的一点，就是张庆国为什么要把老年的陈小姐做一种微缩化的处理，要让她最终微缩成一个看上去不起眼的身量极其矮小的小精灵。细细想来，我们恐怕只能从一种象征的角度来加以理解。

从一种象征的角度来说，陈小姐的被微缩化，所充分说明的，正是一生中所有外在社会政治力量叠加强力压迫的结果。某种意义上，我们也不妨把张庆国的如此一种带有一定原创性色彩的艺术描写，看作是类似于卡夫卡的一种精神“变形记”。

关键问题在于，张庆国的写作题旨，并没有终结于对历史的批判与反思。相对于一种填补空白式的历史纪实，相对于对历史的深度批判与反思，长篇小说《老鹰之歌》的另一重写作题旨，就是在人性层面上对漫长历史时空中爱恨情仇的真切书写与表达：比如美国老兵豪斯与曾经的西南联大诗人胡笛之间的恩怨纠葛，再比如陈小姐与胡笛之间的情感纠葛。此外，小林与阮秀贞，阮秀贞的女儿桃花对小林的那份真切暗恋，甚至包括很多年之后赵松、小黄与寸勇他们三位之间的情感纠葛，在张庆国笔下，都被处理得荡气回肠，读来每每可以令人动容。惜乎篇幅有限，我们这里就不再展开具体分析了。

与戈尔丁的《蝇王》更多地关注思考人性恶的问题有所不同，同样是一部以一群少年儿童为主要表现对象的长篇小说，《放养年代》（载《十月·长篇小说》2019年第3期）却带有某种不容忽视的成长小说的特点。关于“成长小说”，曾经有学者做出过这样的论述：“这类小说的主题是主人公思想和性格的发展，叙述主人公从幼年开始所经历的各种遭遇。主人公通常要经历一场精神上的危机，然后长大成人并认识到自己在人世间的位置和作用。”[①]尽管说等到《放养年代》结束的时候，身为小学

① 艾布拉姆斯《欧美文学术语词典》，第218页，北京大学出版社1990年11月版。

四年级学生的主人公任冲，年龄也不过只有11岁，距离通常所谓真正成年的18岁尚有不短的时间，其成长的历程可以说还远远没有能够完成，但在我看来，这并不妨碍我们把这部作品理解为成长小说。之所以要这么说，乃因为小说的叙事时间是从任冲呱呱坠地的时候开始的。从呱呱坠地开始，一直到成为11岁的懵懂少年，11年的时间，已然构成了一个相对完整的成长时段。更进一步说，《放养年代》并不完全合乎艾布拉姆斯给出的成长小说定义，只是写到了主人公从幼年开始的各种遭遇，同时也涉及了他所面临的精神危机，其缺失处在于没有能够写到他最后的长大成人。然而，尽管单纯从年龄的角度来看，任冲尚未长大成人，但从小说那带有明显开放性的结尾处理方式来判断，主人公很显然对自己在人世间的位置已经有所体认和感受。到了小说结尾处，眼看着就要一败涂地的任冲，在老弟宋安（原名任安）所驯养的那条猛犬小毛的帮助下，终于反败为胜，扭转了整个战局。这个时候，“行近门洞的时候，任冲看到它的尾巴欢快地大幅度晃动起来，因为从偏门后闪出两个人来：宋安和许琪琪。任冲看到许琪琪弯下腰，仿佛是在摸小毛的头进行鼓励，而老弟则远远地望向自己这边。以为他会行过来的，任冲挺了挺胸脯。但宋安并没有像他期盼的那样行过来，而是和他对望了一会儿后，转身带着许琪琪和小毛行了进去。在那一瞬间，任冲看见门洞突然封闭，粗粝冷硬的围墙把他和宋安隔在了两个世界”。明明是同父同母的手足兄弟，二人感情一向要好的任冲与宋安，却因为父母婚姻的解体而被迫分别生活在两个截然不同的家庭中。一个尽情享受着来自于母亲、姥姥以及姥爷的悉心呵护，另一个则被迫孤零零地与赌徒父亲相依为命。小说的结尾，毫无疑问首先是他们之间对比鲜明处境的形象体现。但相比较而言，更重要的却在于，这个时候的任冲与宋安，其实已经不再仅仅是分别属于两个不同的家庭，而是分别属于所谓“有志少年”与“问题少年”这两个截然不同的群体。宋安不仅一向表现乖巧驯顺，而且在学校的学习成绩也往往名列前茅，可以说是一个典型不过的好孩子，或者可谓之曰“有志少年”。而任冲，不仅生性乖戾逆反，在学校的学习成绩非常糟糕，而且还总是热衷于各种暴力打斗，可以说是不折不扣的坏孩子，或者说是“问题少年”。从这个角度来看，小说结尾处那个“粗粝冷硬的围墙把他和宋安隔在了两个世界”的细节处理，就有着不容忽视的象征意义。具体来说，它所象征隐喻的，就是身为一母同胞的任冲和宋安兄弟俩，被所谓的社会道德标准硬生生地切割成了“问题少年”和“有志少年”两种截然相反的形象。与此同时，我们也须注意到，结尾处两兄弟被那堵“粗粝冷硬的围墙”分隔开来的发现者，不是“有志少年”宋安，而是“问题少年”任冲。而且，从任冲的这种“发现”中，我们还多多少少能够感觉到他对老弟一种莫名的羡慕与向往之情。在我看来，最后的发现者之所以是任冲，而不是宋安，关键原因在于，作家马笑泉是要借此而写出“问题少年”任冲对自己“在人世间的位置和作用”的体认与感知。就这样，由以上分析可知，在艾布拉姆斯给出的关于“成长小说”的几个条件中，除了长大成人这一条之外，《放养年代》与另外几条可以说是完全相符。基于此，我们自然也就把马笑泉的这部长篇小说认定为“成长小说”。然而，在充分肯定《放养年代》所具成长小说特质的同时，我们却也不能忽视其中某种自传性因素的存在。之所以强调这一点，乃因为主人公任冲与作家马笑泉自己的出生时间，均是1978年。尽管我对马笑泉的个人生平，尤其是幼年的经历一无所知，但却无论如何都不愿意相信作家与小说主人公出生时间的一致，乃是一种无意间的巧合。虽然我们并不能凭此即简单地认定《放养年代》就是一部自传性的长篇小说，但最起码作家在写作的过程中充分地调动了自我的生存经验，却是无法被否认的一种客观事实。

然而，说到关注表现“问题少年”的成长小说，《放养年代》却又与早些年出现的杨争光的长篇小说《少年张冲六章》有所不同。如果说杨争光在深度剖析展示张冲人性世界构成的同时，更多地把关注点投向了教育体制对一个“问题少年”所具负面作用的思考，那么，马笑泉则更多的是要通过对任冲这样一个少年形象的聚焦，深入地思考探究“问题少年”到底是被怎样一种外在的社会条件“炼”成的。事实上，任冲那样一种不无乖戾的倔犟与逆反个性，仿佛从他呱呱坠地的时候就开始了：“刚闯进这个世界的时候，任冲昼睡夜哭，似乎要把整座飞龙县城从梦中吵醒。他的哭声嘹亮、持久，倾注着婴儿全部的生命能量，简直不计代价、不顾后果，以至于宋巧云常常担心他突然背过气去。”尽管母亲宋巧云想了很多办法，但就是难以奏效，“仿佛是在跟人们作对，任冲哭得更加起劲”。果不其然，任冲那样一种特别好斗的勇狠天性，在他很小的时候就表现出来了。还只是在一岁到一岁半，刚刚学会行路的任冲，在街上一看到年纪差不多的小孩，就会难以自控地冲上去打别人一下。“就这样，任冲结下了不少仇家。再过一年，这些小孩都能满地飞跑而且脚下生根了，见到他就想复仇。”关键还在于，任冲对此的反应总是特别兴奋：“一看到有人主动要跟自己打架，任冲顿时精神陡长，比那个前来挑衅的打得还猛些。一顿乱舞下来，往往是复仇的被结仇的打得哇哇大哭，鼻涕眼泪都迸了出来。”借用老百姓的一句俗话来说，这任冲好像天生就不是一盏省油的灯。尤其值得注意的一点是，这任冲，虽然只是小小年纪，但却已经无师自通地获知了如何才能凭借蛮力加智慧或者说“胡萝卜加大棒”在同龄人中做领袖的奥秘：“就这样，任冲仗着这把先进武器，拉起了一支部队。而王军跟何春生为争当副司令，差点打了起来，任冲只有让他俩轮流来当，一人当一个礼拜的来。而杨真当上了军长，坐第四把交椅，倒也心满意足。最小的那个男孩也被封为排长。整支部队没有一个兵，个个都带长字，倒也皆大欢喜。”这一细节，除了对任冲少年领袖才能的凸显之外，还有两个方面的内涵不容忽视。一个是官本位思想在中国这块文化土壤上的根深蒂固。以至于，虽然只是一众刚刚进入幼儿园的小孩子，就已经热衷于计较“官位”的大小，在乎带不带“长”字了。另一个则是军事化思维的深入人心。幼儿园的小孩子要当官，不去当别的，竟然一门心思地只是想要当司令或者军长什么的。如此情形，在充分说明一种英雄主义情结普遍存在的同时，却也明显暗示着某种暴力倾向的隐然存在。

虽然聚焦当下时代的“精准扶贫”问题，但却具有突出“成长小说”意味的，是贺享雍的长篇小说《天大地大》（四川文艺出版社2019年9月版）。“精准扶贫”，是由官方强势推行的一项基本国策。既然特别强调“精准”二字，那肯定就主要是针对原来的粗放式扶贫而言的。具体来说，“精准扶贫”就是指那样一种专门针对不同的贫困区域环境、不同的贫困农户状况，运用科学有效的程序，对扶贫对象实施精确识别、精确帮扶、精确管理的治贫方式。其实，在中国，由官方主其事的主要针对贫困地区与贫困人群的扶贫工作，早在20世纪80年代中期就已经开始，至今也已经持续了30多年的时间。只不过因为在工作的过程中，对诸如究竟“谁是贫困居民”、“导致贫困的原因到底是什么”、“应该怎么样展开针对性帮扶”以及“帮扶效果究竟如何”等一系列问题缺乏明确的把握，实际上也就不可避免地存在着类似于“撒胡椒面”这样一种工作不够到位，效果不那么突出与显著的问题。正因为如此，到了2013年11月的时候，习近平在湖南农村考察时，第一次正式提出了“精准扶贫”的说法。从那个时候开始，作为一种新的扶贫工作模式，“精准扶贫”就成为了必须在全国范围内贯彻执行的一项基本国策。在我们现行的文学体制中，针对如此一种新生事物，用文学的方式加以及时的捕捉与表现，乃是合乎逻辑的一种结果。从文学文体的角度来说，在反映表现“精准扶贫”工作方面，最得心应手最具优势的，莫过于报告文学或者说非虚构文学这样的一种文体。事实上，近些年来，文学界也已经出现了一些旨在关注表现“精准扶贫”这一新生事物的报告文学或者说非虚构文学作品。彭学明的《人间正是艳阳天》、鲁顺民与杨遥以及陈克海他们三位合作完成的《掷地有声》等，可以看作是其中有代表性的优秀作品。尤其值得注意的是，在报告文学或者说非虚构文学这种文体之外，也还有一些作家，尝试着用长篇小说的形式来关注表现“精准扶贫”的内容。这一方面，就我个人有限的阅读视野，诸如赵德发的《经山海》、陈毅达的《海边春秋》、忽培元的《乡村第一书记》等作品，虽然书写的主旨各异，却都以不小的篇幅涉及了“精准扶贫”问题。相比较而言，倘就书写的专注与完备程度来说，贺享雍这部隶属于“乡村志”系列中的《天大地大》，不妨被看作是截至目前一部思考表现“精准扶贫”这一新生事物的“第一书”。

不知道是无意间的巧合，抑或是出于作家的精心设计，在《天大地大》中，接受组织指派前往贺家湾村具体实施完成“精准扶贫”任务的，是一位名叫乔燕的才参加工作还不到一年的女大学生。不仅谈不上什么扶贫工作经验，即使是一般意义上的工作经验，实际上也都不具备。而且，她的前往贺家湾“精准扶贫”，在很大程度上，还带有明显的误打误撞性质。却原来，乔燕所在单位原本的驻村工作人员，是规划设计股的股长张青。“随着精准扶贫工作的深入，上面要求将驻村工作人员统一改为第一书记，不但要求第一书记每月必须在村上住满二十三天，并且建立了严格的考核制度。还规定这个村没有脱贫，第一书记便不能回来，即使回来了，也不能提拔重用。”眼看着头上的金箍越来越紧了，原本就对扶贫工作一直敷衍了事的张青知难而退，连哄带骗地把充满挑战色彩的“精准扶贫”任务推卸到了入职不久的部下乔燕身上。就这样，“精准扶贫”工作是一种社会新生事物，乔燕是一位没有什么工作经验的扶贫工作者，我们的所谓巧合，其具体所指，也就是这两个聚合在了一起的“新”。一位谈不上什么工作经验的职场“新”人，面对“精准扶贫”这样一个具有挑战性的社会“新”事物，她到底怎么样才能够完成这么重大的任务，客观上也就构成了推动故事情节运行的基本动力或者说艺术悬念。

事实上，也正是因了作家对乔燕这一人物形象的如此一种特别定位，所以，《天大地大》这部旨在关注表现“精准扶贫”问题的社会问题小说，也才同时具备了不容忽视的“成长小说”性质。正如同我们在前面已经提到的，关于“成长小说”，艾布拉姆斯曾经做出过这样的论述：“这类小说的主题是主人公思想和性格的发展，叙述主人公从幼年开始所经历的各种遭遇。主人公通常要经历一场精神上的危机，然后长大成人并认识到自己在人世间的位置和作用。”具体到《天大地大》，女主人公乔燕初始出场时，虽然已经不是幼年时期，已经是一位毕业后参加了工作的女大学生，但从“精准扶贫”工作的角度来说，毫无这方面工作经验的乔燕，其实真正堪比一个人的“幼年时期”。某种意义上，她来到贺家湾这样一个陌生的小山村贯彻落实“精准扶贫”的过程，也就是她自己的一个成长过程。作为一种类型的“成长小说”中的“精神危机”，体现在乔燕这里，其实也就被不动声色地转换成了她在扶贫工作中所遭遇到的各种困难。尤其是小说一开头，乔燕初到贺家湾时的意外受挫，更是极强烈地预示着未来“精准扶贫”工作的艰难程度。“越往村子里面走，乔燕看到路两边沟渠里堆积的庄稼秸秆和枯草越来越多，一些秸秆和枯草已经腐烂，颜色发黑，空气中散发着一股腐殖物的酸臭味。前两天下过一场暴雨，洪水也没把这些垃圾和臭味冲走，雨水积在低洼处，墨汁一般。孑孓和不知名的小虫把这些水潭当作了乐园，尽情地在里面撒着欢。乔燕不由得皱了皱鼻子，这和她昨天晚上想象的‘绿水逶迤去，青山相向开’有些不一样。”一方面，这里固然是在描写外来者乔燕眼中所看到的那个环境卫生条件特别糟糕的贺家湾，如此一种满目垃圾与扑鼻臭味的情形，与她想象中的那种山清水秀的田园风光，形成了非常强烈的对照。但在另一方面，此处的乡村景致描写又有着明显的象征意味，它所暗示给读者的，就是乔燕意欲在贺家湾开展的“精准扶贫”工作将遭遇极大的困难。果不其然，乔燕甫一进村，她那煞费苦心设想出的“单刀直入”充满艰苦朴素色彩的入村方式，便在不经意间遭到了村民们的嘲弄与拒绝。却原来，依照常规，如同乔燕这样的驻村第一书记上任，都是首先由单位的政工干部把他们送到乡上，再由乡里指派专门的干部进一步送到村上。然而，一贯崇尚特立独行的年轻女大学生乔燕，却在行前临时改变了主意：“她要自己骑着那辆香脂白的48V‘小风悦’电动车到村上来。”没想到的是，乔燕如此一种别出心裁的带有一定“毛遂自荐”色彩的走马上任方式，到头来却遭到了贺家湾众乡亲的一番冷嘲热讽。先是因为自称“第一书记”以及拿不出组织的介绍信被村民贺世银老人怀疑为招摇撞骗的骗子，紧接着，就是随着贺世银老人抓骗子的呼喊声赶来的其他众乡亲，吵吵嚷嚷着要把她给送到乡上去。虽然说由于村支部书记贺端阳的及时现身，当众证实了乔燕的真实身份，但乔燕所面临的尴尬却并未因此而终止。就这样，一方面被无端诬为下乡镀金意欲被提拔的官员千金（尽管说乔燕的确出身于一个官员之家），另一方面则是因为回答不上贺世银老人提出的那个关于二十四节气的问题，乔燕一气之下，骑着自己的电动车落荒而逃，怀着满腔委屈回到了爷爷奶奶身边：“她感到这一切都是他们故意安排好的，明显是不欢迎她。一想到这里，乔燕一时冲动，便对着众人大声喊了起来：‘你们这是故意的，明显不想接纳我，我不来了……’”原本是兴冲冲的“初生牛犊不怕虎”，没想到一开始就是“出师未捷身先‘还’”，女主人公的如此一番受挫经历，从成长小说的角度来看，当属一种毫无任何疑问可言的“精神危机”。

然而，经过乔燕前后长达一年多之久的勤奋努力，诸如整治贺家湾的环境卫生（其中，自然也包括后来为了及时巩固整治效果而进一步采取的垃圾分类与统一清运措施），贫困户的摸底识别，扶助退伍军人贺波的“美丽新乡村建设”，贺勤与吴芙蓉之间鸭子风波的最终解决以及由此而进一步延伸出的贺吴他们两位的特殊情缘，贺兴坤在城里购房以及由此而引发的贺世银老人的贫困户认定问题，因家庭贫穷被迫一度辍学的高才生贺峰复学以及接受资助，由刘勇返乡而引出的蘑菇种植培养技术，贺波的饲养生态鸡场受挫与他主其事的种花种草美化乡村，很是有一点难度的易地扶贫搬迁工作，一直到由于洪水冲击桥梁垮塌后的及时筹款修复，等等，所有的这一切，一方面，当然是身为国家“精准扶贫”工作人员的乔燕下乡一年多来的具体工作内容，但在另一方面，却也不妨被看作是她在成长过程中所接受的如同《西游记》中的“九九八十一难”那样的各种人生考验。只有在接受并战胜了这一切人生考验的过程之后，乔燕方才真正地“长大成人并认识到自己在人世间的位置和作用”。需要特别强调的一点是，单只是依凭着充满人生朝气的“初生牛犊”乔燕的一人之力，她根本不可能哪怕坎坎坷坷地完成自己的成长历程，在这个过程中，来自于富有各种人生经验的“帮手”或者说“导师”的作用绝对不容忽视。正如同我们在阅读过程中已经了解到的那样，以适时的点拨或支持帮助乔燕渡过了各种人生难关的，主要是曾经的扶贫干部、她的爷爷乔大年，以及现任的扶贫干部、她的母亲吴晓杰。每每到了关键时刻，当乔燕倍觉工作不给力的时候，或明或暗地及时伸出援手加以激励的，总是他们两位。不管怎么说，乔燕成长过程的最终得以完成，与这两位出场机会并不算多的人生“帮手”之间，存在着不容轻易剥离的内在紧密关联。事实上，也正是在经历了以上这些过程之后，到了小说的结尾处，我们发现，当年那个初生牛犊一般的年轻女大学生，已经成长为一个完全能够独当一面的，很是积累了一些工作经验的“精准扶贫”干部了。尽管说贺享雍非常巧妙地借助于贺老三等一帮非贫困户的突然发难，以一种并非大团圆的多少带有一点开放性特点的方式结束了整部长篇小说，但身怀六甲的乔燕即将分娩出一个全新的生命这一细节，却仍然从象征的层面上昭示了一种充满希望的未来。很大程度上，也正是通过对主人公这一年多的工作／成长历程的真切书写，作家贺享雍相对成功地刻画塑造出了乔燕这样一位既立足于乡村现实，同时却也不失理想主义色彩的年轻扶贫干部形象。

在当下时代的中国文坛，鲁奖中篇小说奖得主胡学文，不仅长期以来把主要精力集中投入到了中篇小说这一文体的创作上，而且毫无疑问可以称得上是一位中篇小说写作的高手。尤其是晚近一个时期以来，他的若干中篇小说，更是以思想的尖锐与艺术手法的实验性探索而特别引人注目。《一水三浪》（载《十月》2019年第5期）就是其中很有代表性的一篇。

小说之所以被命名为“一水三浪”，主要因为男主人公阮平曾经三次试图从妻子潘美红的身边逃走而最终无果。关键的问题在于，夫妻生活好端端平静如水，阮平为什么一定要三番五次地从潘美红身边逃走呢？细细想来，首先是因为双方关系的不对等。身为妻子的潘美红，不仅年龄要比阮平大差不多十岁左右，而且他们之间原本是师徒关系。具体来说，阮平是在父亲不慎被猪咬死后，以顶班的形式进入食品公司，被安排拜父亲曾经的女同事潘美红为师，跟着她学习宰杀技术的。年龄与各方面均不相称的他们两位，之所以能步入婚姻的殿堂，根本与所谓的爱情无关。阮平内心深处真正的迷恋对象，一直是中学教师陶班那位后来考上了省城大学的漂亮女儿陶碧。怎奈两人之间有着过大的距离，以至于阮平连做梦都不敢想象自己能高攀上陶碧。既然陶碧可望而不可求，那被青春荷尔蒙气息所严重困扰着的阮平，也就只能够退而求其次了："阮平知自己和陶碧是不可能的，一个天上一个人间，但他没有掐断念想。因为这念想可以打发漫漫长夜，可以抵御来自潘美红的诱惑，至少，某些时候是可以的。"既然某些时候是可以的，那就意味着在其他更多时候是不可以的。尤其是在朋友尹先与女友示范性的暗示和挑逗下，正值青春期的阮平，根本就无法控制体内荷尔蒙的强大作用，不仅数次去偷窥潘美红，而且有一次还在幻觉的状态中"强暴"了潘美红："他试图遏制，但没有奏效，反因遏制而爆发，如野马脱缰，跃身而起。潘美红如一堵残破的墙，轰然倒塌。""潘美红似乎挣扎来着，但她的胳膊软绵绵的，就像被他施了魔法，阮平没费什么周折便扯拽开她的衣服。"尽管事后证明，这一次"强暴"只是发生在阮平自己的幻觉中，但他却不仅因此被迫"畏罪潜逃"长达24小时之久，而且也因此在与潘美红发生实质性关系后最终步入了婚姻的殿堂："褥单是浅灰色的，上面那几朵红格外显眼。潘美红轻声说，你可看清了。阮平突然明白了什么，随之，一个更大的疑团跳入脑海，整个人彻底蒙了。那个晚上是怎么回事？他仓皇逃离，在东山躲了整整一夜又一个白天，难道什么也没有发生过？只是他的幻想？阮平被自己惊着了。”

然而，只有在真正结合并走到一起之后，阮平方才发现了他们这桩婚姻或者说妻子潘美红的“面目狰狞”之所在。“但那天，阮平看到潘美红把头扎进乳白色的搪瓷盆，忽然有种说不出的厌嫌。潘美红没看到，她全身心地对付那一盆面片汤。没错，她不像吃，而是在战斗。她吞咽极响，速度极快，像安了水泵。”面对着潘美红如此一种贪婪的吃相，阮平陷入到了彻底的绝望中：“就在那一刻，阮平望见了自己的未来。望到头，也就是这个样子了。他将彻底淹没在潘美红的呼噜声与吞咽声中。然后，他的背一日日弓驼，发一天天变白，牙齿一颗颗掉光，双目一层层混浊。”也就在那个时候，阮平下定了离婚的决心：“阮平绝望至极。离婚的念头不是那晚生出的，早就有了，只是他一次次按压。他盼望奇迹发生。那时，一切或将改变。但那个夏日的傍晚，他明白至死也是这个样子时，那个念头弹射而起，他压不住了，也不打算再压。”然而，阮平根本没想到，他离婚的请求在潘美红那里没有得到一点回应。潘美红说，自己宁可死，也不可能答应阮平的离婚请求。万般无奈之下，阮平只好一个人逃到了远在南方的深圳。然而，等到他在三年之后重新回到宽城，原以为潘美红早已对自己心灰意冷的时候，他才不无意外地发现，潘美红的态度竟然是一如既往地拒绝离婚：“我等了你好几年，她说。这就是她的致命武器，用她的坚韧攻击他的良心。”“我做错了什么，你这样对我？我不离！坚决不离！就算刀架在脖子上我也不离！”就这样，在潘美红的强力坚持下，阮平又被迫回到了既往的庸常生活中：“日子再次风平浪静。但厌倦如潜伏在阮平身体里的病毒，时不时地兴风作浪。发作起来，阮平的心情就陷入无底的黑暗。”终于，在再一次万般无奈之后，实在忍无可忍的阮平，在失手“掐死”了潘美红之后，以“杀人犯”的身份再度潜逃到了同在南方的东莞：“和潘美红的生活令阮平厌倦，她对他的拴捆也令他懊恼，但他并不恨她。她是个好女人。向老天保证，他只想逃离，绝对没有想过要害她。”但尽管如此，由于“杀人”的事实已然酿成，所以，阮平只好“畏罪”蛰伏在遥远的东莞。然而，问题的关键在于，即使如此，阮平也仍然逃无可逃，到小说结尾处，他不无惊讶地发现，潘美红竟然跟在李闯后边，再度出现在自己的视野里：“阮平以为是幻觉，他努力地瞪大眼睛，直到潘美红急切的声音传过来，他才相信是真的。”就这样，连同婚前的那一次逃离在内，在阮平与潘美红的关系中，他先后三次逃离而最终无果，真正称得上是一波三折，此所谓“一水三浪”者是也。

正如同我们在前面已经指出过的，在阮平和潘美红夫妻俩之间，并没有丝毫的爱情可言。既然根本不存在什么爱情，那好合好散，也就是一种顺理成章的结果。到了胡学文的笔下，阮平的离婚之旅，之所以会变得这么艰难，究其根本，与潘美红的反对态度紧密相关。关键的原因是，在潘美红这里，不管有没有感情，也不论婚姻的质量如何，只要不离婚就好。一方坚决要逃离，另一方却又坚决不离婚，这么一来，双方旷日持久的“离婚战争”也就在所难免了。一方面，诚如阮平所言，潘美红的确是一个好人。但在另一方面，这样的一个好人，为什么坚决拒绝离婚呢？在这里，借助于阮平根本就不可能的离婚过程，作家意欲深入揭示的，其实是来自于潘美红的一种带有突出专制独裁色彩的家庭冷暴力。表面看来，潘美红特别任劳任怨，把所有的家务都一人独揽起来，从公共道德的层面上，毫无被指摘的理由。实质上，当她在内心深处只是把阮平当作自己的私有财产，无论如何都拒绝给予他必要人身自由的时候，潘美红实际上就变成了一个令人深恶痛绝的家庭独裁与专权者。对于这一点，胡学文借助于她延续了很多年的劳模生涯有尖锐的揭示。“走进里屋，阮平便呆住了。整个后墙贴满了奖状，红的黄的粉的，有大有小，最早是十年前的，最晚去年的，排列不那么整齐，但却透出难以名状的气势，犹如万马奔腾。阮平的目光被狂乱的马蹄踏碎，好半天才拾掇在一起。”满满的一墙奖状，为什么会“透出某种难以名状的气势”？究其实，胡学文根本就不是在写奖状，而是试图借助于奖状写出外部社会对如同潘美红此类普通民众的一种长期规训，以及这种长期规训的结果。事实上，也正是在这个意义上，我们才能够真切地体会理解小说中若干细节的深刻象征意味。尤其是阮平与潘美红初一见面时的那个细节，更是特别耐人寻味：“潘美红能夹抱三百多斤的猪，擒一百挂零的阮平实在是小菜一碟。阮平束手就擒，又是头朝下，除了叫骂，再无招数可施。”正如这一细节所生动写出的，实际上，从一开始，阮平就已经被早已被成功规训的潘美红牢牢地掌控在手中，任何一点逃脱的可能都不存在。质言之，阮平的被束缚与被囚禁，从其生命的一开端，就是一种命中注定的必然结局。

事实上，也只有在这个层面上，我们才能够理解，胡学文为什么一定要在《一水三浪》中专门设定李闯这样一个看似没有必要性的人物形象。李闯其人的设置意义尚须我们联系人类社会的现实状况作更深入的思考。此中滋味，唯祈明眼人识之。

除了思想的深刻尖锐之外，胡学文《一水三浪》中带有明显现代主义色彩的艺术实验也同样不容忽视。这其中，最值得注意的一点，就是那样一种似真亦幻描写手法的成功使用。比如，阮平最初对潘美红的“强暴”，再比如，后来，阮平对潘美红的“掐死”。到底是一种真实的存在，还是一种人物的幻觉，胡学文处理得特别得心应手。惜乎篇幅有限，此处就不再展开分析了。总之，能够以一种似真亦幻的现代主义艺术手法，把阮平一种生命的被束缚与被囚禁状态成功地摹写表现出来，胡学文的《一水三浪》也已经足称功莫大焉。

近几年来，作家吕新在把主要精力投入到长篇小说创作的间隙，偶尔也会有一些艺术感特别突出的中短篇小说问世。我们这里所要探讨的短篇小说《幕落时有狗叫，野草呈倒伏状》（载《长江文艺》2019年第8期），即其中颇有代表性的一篇。他这一短篇小说的引人注目，首先在于标题设定的别出心裁。如此一种带有突出描写色彩的小说标题，虽然不能说绝无仅有，却也无疑是非常罕见的。尽管很难说其中隐含有什么样的微言大义，但作家所描述呈现的，乃毫无疑问是一种典型不过的乡村风景。又或者，类似于小说中所讲述的故事，只有发生在中国的乡村世界，恐怕才能够令人信服。阅读这个短篇小说，给我们留下深刻印象者，应该是如下的两个方面。其一，是作家对海明威所谓“冰山原则”极其到位的理解与实践。某种程度上，作家吕新真正做到了通过海平面之上的八分之一，成功地暗示表现海平面之下的八分之七。其二，是作家吕新一种沉稳至极，极具耐心的叙事姿态。

首先，先让我们来看作家那样一种沉稳而又具有极大耐心的叙事姿态。比如，小说一开头，写乡村一位早已是耄耋之年的老人姜秀山的老眼昏花，就是通过两个鲜活生动的细节，极具叙事耐心地舒缓呈现出来的。一个是坐在门前的他，忽然发现有一只蛐蛐从脚前路过，就伸手把它给捉住了。因为怕不小心把它给捏死了，所以就放在另一个手心里仔细一看，“才发现原来并不是一只蛐蛐，而是一截电线的皮”。只因为它是黑色的，所以姜秀山才把它看成了一只蛐蛐。姜秀山由此而联想起去年或者前年，自己也曾经把一只咬人的虫子看成了一颗瓜子壳：“那还真是一只咬人的虫子，而并不是他以为的一颗瓜子壳，看见要捉它，就急了，前面的几根胡须针一样又尖又细，到今天也不知道那一次到底是被那虫子的嘴咬破的还是被那几根针一样的须刺破的。”就这样，仅仅是通过这两个看起来很不起眼的细节，吕新就形象生动地写出了姜秀山那样一种很多时候已经是稀里糊涂的老年生存状态。

但任谁都不可能料想到，正是这样一位老眼昏花，总是稀里糊涂，摇晃着站三次才能够站起来的乡村老者，到头来，竟然不动声色地制造了一场惊心动魄的凶杀案。在他拄着一把锄头走上街头，偶遇已经五十多年相互之间没有说过话的村民黄志勇，在围绕往事进行了一番可谓是针锋相对的口舌对垒之后，姜秀山竟然举起锄头，把比自己的年龄还要大一些的黄志勇给打死了。眼看着九十好几的黄志勇自己就即将走入坟墓，姜秀山为什么非得要冒险杀人呢？某种意义上，吕新所创作这一短篇小说，正可以被看作是对这一核心问题的形象回答。但在具体展开对这个问题的分析之前，我们却需要首先关注一下作家在这里提供的“五十多年”的时间概念。从现在开始倒过来算一下，所谓的“五十多年”前，其实正是“文革”时期的20世纪60年代，是那个作家吕新一向习惯于关注表达的特定时代。虽然从表面上来看，这一桩凶杀案发生在当下时代，但究其根本，其最根本的导火索却早在20世纪60年代的时候就已经埋伏下了。那么，姜秀山到底为什么一定要不管不顾地把这位年长于自己的黄志勇置于死地呢？

却原来，这一桩凶杀案的最终酿成，与姜秀山、姜秀山妻子以及黄志勇他们三位之间的一段情感纠葛紧密地联系在一起。早在五十多年前（那个时候的中国乡村，毫无疑问还属于计划经济的人民公社时代。这是小说故事得以成立的一个大前提。对此，我们必须有清醒的认识）的时候，身为村干部的黄志勇，在一年的时间内，曾经先后两次支配姜秀山去后草地买马：“后草地？好差事呀！不仅能出去见见世面，每一天的工分还会额外多出一倍半。姜秀山除了意外的懵懂和惊喜，压根也没有想过这么好的差事怎么会轮到他，怎么会落到他的头上。”第一次去，姜秀山们在后草地待了差不多一个月的时间，第二次的时间“有六七十天，比春天那次多出近一个月”。两次加起来，姜秀山的“好差事”时间，竟然多达三个月。事实上，也正是在那一年之后，一贯“心粗得像筛子”的姜秀山，方才隐隐约约地听到了关于自家妻子与黄志勇之间的风言风语：“走到街上或者地里，三五个人站在一起正说着什么，看见姜秀山来了，立刻就什么也不说了，或者另起个头，说起一件别的事。”就这样，“一个人，反应再迟钝，再不灵敏，只要时间长了，也总能多少嗅到一点儿什么”。毫无疑问，姜秀山对黄志勇的心生芥蒂，也正是在这个时候。从那个时候开始，两个人就没有什么话好说了，一直到五十多年后的现在。

没想到，这两位长达五十多年都不说话的人，再度聚在一起的时候，竟然唠唠叨叨地说了很多话。说什么呢？所有的话题，其实都是围绕早已去世了的姜秀山妻子进行的。实际的情况是，尽管姜秀山五十多年前就已经听到了那些妻子和黄志勇的风言风语，但在他的内心深处，一直都不愿意相信。这一次，因为黄志勇披露的一个身体标志，姜秀山才不得不认同了自己早已被妻子戴上了一顶绿帽子的不堪现实。“黄志勇说，再跟你说一件事，她胯那儿有一颗‘红豆’，这你总见过总应该知道吧？”如此一个意想不到的“撒手锏”，一下子就把一直半信半疑的姜秀山击晕了：“确确实实，这是真的，姜秀山知道，这一点黄志勇没有胡说。”“那种地方他也见过？那个红色的小点，那可是包裹在她那条短短的内裤里的，要是不脱下她那条短短的内裤，就连她本人也看不见呢。”如此私密性的身体标志，竟然出现在了黄志勇嘴里。它所充分证实的，正是村人的那些风言风语并非空穴来风。自己妻子与黄志勇奸情的被证实，对姜秀山来说，不管怎么说都是一个无法承受的重大打击。尤其是在黄志勇竟然继续飞扬跋扈地“跟着就把头伸了过来，嘴里说着，来，你来——有种照这儿打！你没种。一边说着，一边又用头去撞姜秀山的胸前”。原本被戴上绿帽子的巨大羞耻，再加上黄志勇口口声声的“你没种”，正是在如此双重合力的作用下，实在忍无可忍的姜秀山才不管不顾地举起了手里的锄头，把年长于自己的黄志勇最终送上了西天：“姜秀山回头看了一眼不远处的村庄，看见有一股力量穿过整个村子，像个破衣烂衫的孩子一样，破烂处如翅膀，满头大汗地从村口那边一路跑来，一来了就直接钻进了他的手心里。”那么，已经是耄耋之年的姜秀山，为什么还要激情杀人呢？请看他在杀人后与本家侄子姜茂顶的对话：“他是把我看扁了，一辈子看扁我，认为我不敢。”当姜茂顶说“他想咋看就让他咋看去，扁的还是圆的由他去”的时候，姜秀山的回复是：“你不懂，你不知道一个人让人看扁的滋味。”从这个意义上说，支撑着姜秀山发出奋力一击的，其实是积蓄了五十多年仇恨与屈辱的力量。对于如同姜秀山这样一个普通的乡民来说，通过如此拼命一击，所强力捍卫了的，首先是自己作为一个人类个体的人格尊严。

但与此同时，也正是在姜秀山和黄志勇的对话过程中，那个自始至终都没有可能出场，而且也一直处于无名状态的姜秀山妻子这样一位乡村女性的形象慢慢地在小说中浮出了水面。在姜秀山一贯的印象中，自家的女人，不仅总是蓬头垢面，总是不讲究穿着，而且在日常生活中也总是表现出一副一本正经的样子。但在黄志勇的描述中出现的那个乡村女性，却显得特别虎虎有生气，格外地与众不同。黄志勇首先特别强调：“我只想告诉你，那个春天，那个秋天，是她一辈子最快乐最幸福的一个时期。当然不止那两个时候，后面还有，我都记不清了。”具体来说，她的与众不同，主要表现在如下几个方面。其一，她很会唱：“黄志勇说，她很会唱呢，没给你唱过吧？你从来也没有听说过吧？”其二，她还会跳：“黄志勇说，除了会唱，她还会跳呢，这你更不知道吧？更从来也没有给你跳过吧？”其三，她在那个特殊的时候竟然会表现很有劲：“黄志勇说，她也很有劲，两条腿把人夹住，就像被蟒蛇缠住一样，这你知道么？噢，你要是从来没叫她夹过，从来没让她缠过，你肯定也就不知道。”其四，她身上竟然有个开关：“她身上还有一个开关，具体在哪儿你也不知道哇？平时关着，她就是一个正正经经的人，可只要一摁那个开关，她整个人就像抽水机一样发动起来了，她常说她一伸手就能摸到云彩。”通过黄志勇所披露的以上四个方面的细节，吕新所揭示出的，其实就是另一个姜秀山的妻子，或者说是姜秀山妻子的另一面。由这种真切揭示可知，日常生活中那位长期陪伴在姜秀山身边的他的妻子，该有多么压抑和委屈。很大程度上，只有把这位长期处于压抑与委屈状态的女性，与那位格外地与众不同、生命力特别旺盛的女性拼贴结合在一起，所构成的，才是真实的姜秀山妻子。

最后，无论如何都不能不提及的一点，就是小说别出心裁的结尾方式。我们很容易就可以发现，到了小说结尾处，叙述者的视点一下子就从姜秀山杀人的现在跳回到了比五十多年前还要更遥远一些的姜秀山相亲的时候。根据姜秀山的年龄来推算，那个时间点应该是在差不多七十年前了。那个时候，因为媒人带着姑娘还有姑娘的姨姨第三次来到了自家屋里，腼腆的姜秀山根本就不敢进屋去：“屋里有生人在，姜秀山一直不敢进去，更不好意思进去，一个人站在院子里，用指甲抠着墙上的土。他爹出来，看见他在抠墙，就说他，别抠了，再抠墙就塌了。看你那点出息。”这里最值得注意的，一个是姜秀山的抠墙，这个动作说明他腼腆至极。再一个则是，他爹的那一句“看你那点出息”。究其根本，这一句的确有着画龙点睛的艺术效果。其一，正如他父亲所言，姜秀山的一生的确谈不上有什么出息。妻子红杏出墙那么多年，他竟然都一直半信半疑，长期处于不明真相的状态。很大程度上，通过姜秀山、姜秀山妻子以及黄志勇他们三个人之间的彼此缠绕的关系，吕新所尖锐揭示的，首先是一种长期匍匐在无形的权力之下，乡村普通民众充满着屈辱感的隐忍生存状态。其次，姜秀山当年以及一生的“没有出息”，与他耄耋之年的激情杀人，形成了极其鲜明的对照。作家借此而写出的，实际上也正是姜秀山人性的一种复杂构成。

《女演员》（载《收获》杂志2019年第4期）是作家李修文所设专栏“致江东父老”中的一篇。由于《收获》在发表这个系列时并没有标明作品的文体属性，所以，面对《女演员》，我们所首先需要思考解决的，就是作品的文体归属问题。结合具体文本，从自己多年来的文学阅读经验出发，我个人的一种判断是，这是一组带有突出纪实性色彩的短篇小说。也因此，无论李修文的写作初衷如何，反正在我，是把包括这篇《女演员》在内的这组作品当作纪实性短篇小说来加以理解的。

正如同标题已经直截了当表明的，这一短篇小说的主人公，很显然是这个没有被命名的女演员。只不过，当她以一副盛气凌人的神态出现在叙述者“我”面前的时候，已经处于过气的状态了。具体来说，关于这个过气的女演员，李修文的书写主要抓住了以下五个节点。首先，是她一出场时的亮相：“当我代表剧组从高铁站里接上她，一直到去宾馆的路上，她的脸上都写满了烦躁，稍微一驻足，当她打量着四周，那当街睥睨之态，就像是某个王妃驾临了穷乡僻壤。”这个时候，围绕乘车问题，“我”与女演员之间发生了最初的矛盾冲突。一方面，是女演员对车辆与司机的强烈不满，另一方面，多少具有一点反讽意味的，是“我”告诉她的事实真相：“剧组没有派车来接她，那司机实际上是我雇来的。”事实上，在“我”的记忆中，女演员曾经红极一时：“十多岁时，我迷过很长一段时间的电视剧，在那个年代的女演员里，她几乎是我最喜欢的。这么说吧，因为对她的喜欢，她演过的每部戏我都看过不止一遍两遍，也不知道为了什么，突然她就不演了，而后时代又变了，报纸上的娱乐版便早早没了她的消息。”然而，更能明显见出女演员此时此刻虚荣心的，是她在追忆往事时的口口声声不离“艺谋”“凯歌”“小刚”。之所以断言她虚荣心极强，乃因为以上几位均是大名鼎鼎的电影导演，从来也没有拍过电视剧，所以，与电视剧演员的她根本就不搭界。大约出于同样的理由，到临别之际，当我意欲帮她搭把手的时候，却遭到了她的断然拒绝。之所以如此，关键原因在于“作为这个剧组里的主演之一，她不想让人看见自己和我这个级别的工作人员有什么过多的热络”。

其次，是她被剧组撤换后的巨大失落，以及随之而发生的各种改变。一个偶然的机会，“我”发现女演员竟然“不知何故，突然坐在了眼前假山的山洞里，一边小声地哭着，一边将山洞里的小石子捡起来，一颗颗砸入了水中”。一个曾经那么颐指气使的女演员，为什么一下子就失落到如此一种地步呢？却原来，是因为她已经被剧组撤换了：“她来到这个小城之后才知道，关于她要扮演的那个角色，自己根本就不是第一人选，只不过，剧组原本中意的演员没有档期，她当年的制片人小兄弟才临时通知了她，不承想，就在她来这小城之后的第二天，第一人选突然有了档期，当天便赶了过来，所以，这些天里，她实际上连一场戏都没演上。”心高气傲的女演员，原本心心念念地想要来演主角，没想到，到头来却是竹篮打水一场空。不期然间惨遭如此一种打击，她内心的灰暗自然可想而知。多少有点令人不解的，是这种情况下女演员两种看似“异常”的表现。其一，是缠着“我”没完没了地讨论“我”正在写作过程中的那部关于海鲜大哥的电视剧脚本。之所以如此，乃因为制片人答应她，只要这部关于海鲜大哥的电视剧开拍，就给她安排一个主演的角色。这个时候的她，“就像是一个什么宗教新进门的门徒，巨大的狂热这才刚刚拉开了序幕”。其二，是在待人接物时仿佛一时间变了个人，由原来的倨傲一下子变得平易近人起来。不论对谁，哪怕仅仅是一个不起眼的场工，她都会表现得特别热情。因为“她深知，得罪任何一个人，都有可能是给自己挖下的坑”。那么，到底哪一个才是真正的她呢？“答案其实也是显而易见的：刚下高铁的她，河边哭泣的她，给人送粥的她，跟我一起聊剧情聊到通宵的她，是许多个她构成了一个真正的她——真正的她实在是太聪明了……”面对如此一个多侧面的女演员，“我”禁不住发出慨叹：“她要是穿越到贾府里，十个王熙凤只怕也不是她的对手。”

第三，是海鲜大哥父亲的丧事现场如同戏子一般的表演。在得知海鲜大哥父亲去世的消息后，女演员先是不顾死活地和“我”以及制片人一起，冒着大海的浊浪滔天赶赴丧事现场：“我实在是服了她。就算奄奄一息，可是，船一靠岸，她便腾地起了身，第一个跳出船舱……”按照当地的习俗，丧事必须请乐队来大闹一场。真正的问题在于，乐队来了，但说好了的歌手却没有来。值此关键时刻，海鲜大哥情急之下，指着女演员，要她来临时客串歌手的角色。原以为她会毫不犹豫地接受，没想到她却面露难色。之所以会是如此，主要原因在于，此事事涉她的人性尊严。那个时候的她，“恐怕还是想起了自己是个职业演员，再怎么也不是个卖唱的……”。但在犹豫一时之后，她竟然“面朝大哥点起了头”，不管不顾地开腔大唱了起来：“我仍然明白她何以如此：像白娘子非要去盗仙草，像杜十娘最后怒沉了百宝箱，这最后一把火，她要自己来亲手点燃。”事实上，也正是这一场丧事上的表演结束后，“我”才彻底了解到，女演员之所以要如此这般死乞白赖地待在剧组，与她所曾经患过乳腺癌紧密相关。因为乳腺癌，她被迫切除了左边的乳房。随之而来的，就是遭到丈夫嫌弃后的婚姻破裂。没想到，离婚后丈夫的演艺事业竟然一时间莫名其妙地青云直上。紧接着，就是来自于唯一儿子的巨大误解：“你说你不懒，那么，你为什么不能像他们一样，演上戏，当上主演呢？”儿子的误解和质疑，对她构成的，自然是不小的伤害：“时间长了，当她发现儿子怎么都听不进她说的话时，一股巨大的怨怼与愤怒之气也降临在了她身上，这怨怼与愤怒当然不是冲着儿子去的，它们甚至是冲着满世界去的……”毫无疑问，从精神分析的角度来说，她之所以千方百计地想要再次成为主演，乃是因为儿子的刺激性话语，已然构成了一种难以释怀的精神情结。多少有点峰回路转意味的是，在女演员不管不顾地放低身价客串了一次丧事歌手后，海鲜大哥竟然格外开恩，答应回到公司后就把拍摄电视剧的合同签下来。

第四，是海鲜大哥意外被带走后她的再度失魂落魄。然而，创作来源于生活，却又高于生活，女演员根本就不可能料想到，眼看着经过自己的不懈努力，签订合同就要变成活生生的现实的时候，就在他们一伙人返回公司的路上，海鲜大哥竟然因为巨额行贿罪而被带走了。如此一种巨大的反转，的确非常令人震惊：“怎么可能不震惊呢？自始至终，我都以为我此刻正在遭遇的，全都不是真的，就好像，一部电视剧横生生从天而降，将我们全都罩住，又将我们变作了剧中人。”是的，正如你已经料想到的，再次惨遭如此一种打击之后，这位早已过气的女演员的精神世界就差不多彻底崩溃了。令人不解处在于，即使她已经精神崩溃，但在骨子里却依然保持了一种毫无道理的傲慢无礼。当“我”试图规劝她的时候，“她便终于发作了：‘你有什么资格来劝我？’她吼叫着，‘你这个从来就没有入过流的东西，有什么资格来劝我？’”接下来，就是她把住房全部清空后的悄然离去：“一根头发，一张纸片，她都要全部清空带走，不如此，就无法证明她对这一场巨大徒劳的厌倦。”

最后，就是她去世后的依然被边缘化。过了一些年之后，“我”无意间注意到，这位过气的女演员去世了：“她确实是死了，但是，就算她死了，新闻上的主角也不是她：主角当然是那些来参加她葬礼的声名昭著的人，全都戴着墨镜，似乎红了眼眶，但是你永远不会知道，他们究竟是哭了还是没哭。翻遍了新闻里所有的图片，我并未能见到她的照片，哪怕连一张遗照都没有，但是，我知道，第二天的媒体上，她那些戴墨镜的故交，必将和他们每个人手持的一枝黄花一起，成为重情重义的化身。”是的，真正的可悲处在于，这位因为身体原因早已过气了的女演员，即使在去世之后，也无法真正实现自己再成为一次主角的梦想和愿望。

正如叙述者“我”在小说结尾处交代的，自己关于这位过气女演员往事的追述，是在她去世十年后进行的。同样具有强烈反讽意味且特别耐人咀嚼的一点，是李修文结尾处的文字：“如你所知，我仍未入流，十年前住的是小旅馆，十年之后，栖身的无非是另外一家小旅馆，可是，在十年之后的小旅馆里，我还是写下了这些不为人知的文字，是为不值一提的纪念，我知道，就算你泉下有知，它们，也仍然不值一提。”一方面，是过气女演员的永远不可能再次成为主角，另一方面，却是她那似乎不可能发生改变的倨傲与盛气凌人。在我的理解中，以上两方面在深度比照后所传达出的，恐怕就是作家李修文内心深处对人性的勘探，对生命的关怀。但在结束本文之前，有一点需要提出来，与李修文进行商榷的是，《女演员》一方面的确淋漓尽致地表现了女演员过气后的严重心理失衡状态，但在另一方面，对她到底为什么过气，却揭示得似乎不够那么充分，不知李修文以为然否？

第七章　诗体小说、非虚构文学及其他

打开刚刚收到的《北京文学》2019年第12期，首先扑入我眼帘的，就是诺奖得主莫言的诗体小说《饺子歌》。尽管说在文学史上所谓的诗体小说并不鲜见，这一方面，影响力最大的一部作品，可谓是俄国作家普希金的那部诗体长篇小说《叶甫盖尼·奥涅金》。具体到当代中国，“十七年”期间也曾经出现过闻捷的诗体长篇小说《复仇的火焰》。但不管怎么说，自打“文革”后进入新时期文学以来，最起码在我个人有限的阅读视野里，并没有出现过所谓的诗体小说。既然诗体小说是缺席的，那莫言更没有尝试过这一小说文体的创作，也就肯定是确凿无疑的客观事实。唯其如此，当莫言在2019年的岁末，出乎意料地推出一部诗体小说新作的时候，作家那样一种难能可贵的文体创新意识方才首先应该得到我们充分的肯定。众所周知，获得诺奖之前的莫言，基本上坚守着小说创作的阵地。此外，对其他文体的尝试性创作甚少。但在获得诺奖之后一度沉寂数年，于2017年秋重新复出文坛之后，莫言却表现出了非常引人注目的文体创新意识。在创作发表了一系列短篇小说的同时，他不仅旁涉戏曲创作（如发表在《人民文学》杂志的《锦衣》），而且还初次涉足于诗歌创作，完成了一个具有突出的与世界文学大师对话性质的组诗（这一组诗，同样集中刊发于《人民文学》杂志）。没承想，这一次，莫言在我们不经意间端出的一道奇异文学佳肴，竟然是一部已经有很多年都没有作家尝试过的诗体小说。也因此，别的且不说，单只是莫言复出后所表现出的如此一种格外突出的文学文体创新意识，就足以赢得我们充分的敬意。

在这部具有突出文体创新意味的《饺子歌》中，先后出场带有视角性色彩的人物，分别是某大学的男生、女生各一，以及带有鲜明自传性特点的老莫。然后是神鸦、校猫以及文鼠等三种动物。此外，还有一位自称为既“不是死神”，“也不是观音”的“介乎人与神之间的一种存在”的夜游神。借助于以上这七个不同的叙事视角，作家除了活灵活现地描述了一场发生于大学校园里的猫鼠大战之外，其主要笔墨一方面是勾勒塑造了侯教授与老莫这两个人物形象，另一方面则是对当下时代不少违逆人伦常识的残酷世相进行了足称深入的批判性艺术呈示。但请注意，即使是在那场被描述得生动异常的校园猫鼠大战中，其实也时时处处有着人世间影子的各种批判性折射。比如，就在校猫视角的这一部分，曾经出现过这样的一个段落：“孟教授那个爱徒，/盗同学钱，编造谎言，/十足的学渣，/但成了政治运动的专家。/火烧赵家楼那家伙，/后来成了大汉奸。/跳得最高的，/往往摔得最惨。/醉心政治，/多半是为掩饰道德的瑕疵，/就像走夜路胆怯的孩子/大声唱戏。”一位在日常生活中只知道“盗同学钱，编造谎言”的道德人格存在严重问题的“十足的学渣”，到头来竟然摇身一变成为了所谓“政治运动的专家”，所传达出的，是一种不容轻易忽视的强烈嘲讽意味。既然政治运动的那些专家是如此一种不堪的来源，也就难怪我们的社会政治总是显得那样污浊与肮脏了。借助于这样的话语，莫言所真切再现出的，其实是人性构成的某种根本就无法避免的复杂状态。也因此，作家才发出不由自主的人生哲理感叹：“跳得最高的，往往摔得最惨。醉心政治，多半是为掩饰道德的瑕疵。”

自然，正如你已经预料到的，残酷世相的批判性描写，也同样出现在其他的人物（或动物）的视角中。比如就在神鸦部分，出现过这样的话语：“尸横遍地后我们反思，/这样的争斗是否值得？/不就是一根头发吗？/两个秃子打仗，/为了一把梳子。/三城的乌鸦火并，/为了一根头发。”只要稍作留心，就不难发现，在我们所置身于其中的日常生活中，类似于两个秃子竟然莫名其妙地为了一把根本就与自己无关的梳子而发生剧烈争斗的荒诞戏剧的上演，在很多时候，其实处于司空见惯的状态。再比如，同样是在神鸦的这个部分，也出现了这样的一些话语：“现在时髦的是裸奔，还有/以庄严的名义告密。/表面上十分反叛，/暗地里与权贵勾搭成奸。/表面上慷慨直言，/暗地里给谁谁送钱。”或许与某种暗中纵容与提倡紧密相关，原本被认为是重大人格问题的可耻告密行径，到了当下这个莫名其妙的荒唐时代，尤其是在大学校园里，竟然变成了一种相对普遍的现实情形。唯其如此，充满正义感的莫言，才会对那些“以庄严的名义告密”的可耻行径表示强烈的愤慨。

对于小说这一文体来说，人物形象勾勒塑造的成功与否，无论如何都是一个绕不过去的衡量标准。这一点，即使是在面对如同《饺子歌》这样一部带有突出文体创新意味的诗体小说的时候，也丝毫不能例外。事实上，在《饺子歌》这部诗体小说中，莫言积极有效地克服了文体的局限，相对成功地勾勒塑造了侯教授与老莫这样两位颇具人性深度的人物形象。首先进入我们分析视野的，是那位出身于官宦世家的侯教授：“他上大学时披着一件／破旧的黄呢子大衣，／说是他外公在台儿庄战役时／从鬼子身上剥下来的。／他喜欢用公用电话大声喊叫，／训斥外公的司机不尽快来接自己。”虽然只是不多的一些叙事话语，但一个总是依仗外公的权位而平白占有社会公共资源的纨绔子弟形象，却已经浮现在了广大读者面前。但相比较而言，更为严重的，恐怕还是他自己在日常工作中的违规行为：“他申报了一个课题，／研究清朝府衙财务制度。／他夫人买化妆品开文具发票，／在课题费里全报销。／被人揭发了他还狡辩，／说大清朝知府夫人的脂粉钱，／也是可以报销的。／何况我夫人还是满头秀发！”明明是自己违规报销了夫人的购化妆品钱款，却偏偏还要貌似引经据典地曲为己辩，如此一位大学教授的无耻嘴脸，自然也就凸显无疑了。但令人惊讶处在于，即使是如此一位有着无耻嘴脸的大学教授，不仅也会对莫言的获奖一事大加议论，而且还毫无道理地借莫言的若干生理特征来大做文章：“上个星期三，／侯教授用两节课的时间，／与我们讨论老莫那张／有损国格的丑脸。”“你们看看他的眼袋，／还有秃得毫无风度的脑袋。”“起码去割了那两个眼袋！／讲究点嘛就去把头发栽栽！”“这样的面相，／必然奸诈、邪恶、怯懦、乡愿……／如果鬼子来了，我敢担保——／他第一个叛变！”“他顶多是一个不入流的小文人，那帮老家伙真是瞎了眼！／怎么着也轮不到他啊！／这是在打我们中国人的脸！”我们都知道，莫言的获奖，在国内可谓引起了一场轩然大波。欢欣鼓舞者虽然是大多数，但仍然有不少人持嘀嘀咕咕的否定性态度，却也是毋庸置疑的一种客观事实。这其中，类似于侯教授者，也可以说是极有代表性的一种。

针对类似于侯教授的如此一种否定性态度，莫言在感到精神痛苦的同时，也更感到了言说与书写的困难："老莫你可以言，/当然也可以不言。/法无法无无法法无无法，/言莫言莫莫言言莫莫言。"也因此，正如同哈姆雷特王子所面临的"生存还是毁灭"那样的一个难题一样，作家莫言所无法逃避的，就是面对着类似于侯教授这样一种喋喋不休的聒噪者，自己到底是继续言说抑或是停止言说的重要问题。事实上，也正是在充分感同身受的前提下，莫言才有了某种堪称惊人的发现：那就是，他们总是会"逼着别人表态，/比不许别人说话还要混蛋。/右派和左派，/是一枚硬币的两面。/他们的思维是一个模式：/党同伐异，消灭异己。/非黑即白，/不允许灰色存在。/造反为了招安，/哭号为了霸奶。/这千百年的剧本，/至今盛演不衰。/有人剖析你的灵魂，/有人陪你谈古论今。"如果说不允许别人真诚地发表自己的看法，已经称得上是野蛮的话，那么，连别人保持沉默的权利也都要肆意剥夺，就更是一种难以令人容忍的野蛮行径。事实上，也正是在长期的生活历练中，莫言养成了足以洞穿表象直抵核心的发现能力。很大程度上，正是依凭着这样一种非同寻常的洞察力，莫言才不仅能够发现所谓的"右派"与"左派"往往是一种外在的标签，他们内在那样一种"党同伐异，消灭异己"的思维能力，其实是完全一致的，而且更进一步地指出，究其根本，如此一种缺陷非常明显的思维方式，其存在历史已然超过了"千百年"。唯其"他们占据了河的上游"，所以，

"那些被狼吃掉的小羊的冤魂，／依然在苦苦地追问：／我在下游，／怎么会弄脏上游的河水？"是啊，在很多时候，包括莫言在内的很多人都会被迫重蹈小羊的覆辙。也因此，如同小羊这样的一种"苦苦""追问"，方才构成了一种永远有着突出现实意义的千古之问。

也因此，我们才注意到了夜游神部分这样一些话语的存在："有人说你写诗是亵渎语言。／有人说你侮辱了诗的尊严，／诗味如屁，遗臭三年。／你也配，他也敢！／他投机，他无耻！／他想借助诗歌达到什么目的？！／比神圣还神圣的诗坛，／岂容这些俗烂的语句污染？／这是那位伟岸诗人的原话，／他说你再敢写诗就要找人——／咔嚓了你！"尽管无法从莫言那里得到切实的印证，但依据我们的猜想判断，他在这里所书写表达的，却毫无疑问与他自己突然间开始写诗的经历紧密相关。因为自己可以写诗，所以便容不得别人写诗。说实在话，这位"伟岸诗人"对于那样一种"党同伐异"的文化专制思想的表达，甚至可以直令我们联想到很多年前秦始皇的焚书坑儒行径。很大程度上，也正是因为老莫（莫言）有过如此真切的许多体验，所以，他才会在写下"为什么我落到了这样一个境地。／我的反抗会受到更无情的镇压，／我的自辩会得到更多的唾弃"如此一种诗句的同时，也会不由自主地发出一连串具有更普泛意义的现实追问："为什么你们能永远说正确的话，／而我一开口就错？／为什么你们可以光着膀子乘凉，／我脱下棉袄就是耍流氓？／为什么我老是跳进你们的坑里，／而你们还向我收挖坑费？／为什么我明明很傻，／你们还夸我很聪明？／为什么你们可以装傻，／我装傻你们就骂？／为什么你们自嘲是幽默，／我自嘲就成了罪证？／

为什么你让我干活我努力干了，/你还嫌我干活时脸上没有笑容？……”真的，如果有可能，我真的想把《饺子歌》中老莫最后一次出场时的那些铿锵有力的诘问性话语全部抄写引用在这里。以我所见，借助于这一系列铿锵有力的诘问性话语，莫言在如实呈示当下时代中国社会那些林林总总的残酷世相的同时，更是不无真切地书写表达着他内心深处可谓郁积已久的内心苦闷。人都说“愤怒出诗人”，莫言诗体小说《饺子歌》的写作过程，再一次强有力地证明了这一无可辩驳的艺术真理。

但在结束我们关于莫言《饺子歌》的评论文字之前，一个无论如何都不能回避的问题就是，作家为什么要把这一诗体小说命名为“饺子歌”？我们注意到，除了老莫自己打小就爱吃饺子之外，关于饺子，作品中还有过这样的一些描述：“就是为了你，/我才立大志。/废寝忘食写小说，/呕心沥血编故事。”“饺子啊饺子，/你优美流畅的线条，/你光滑洁白的表皮，/你五花八门的包容，/你千奇百怪的滋味，/你赴汤蹈火的英勇，/你无私奉献的品德，/每当我想起你的名字，/我就感到生活充满希望。”到底莫言为什么一想起饺子的名字就会对生活充满希望，我们对此并不感兴趣。我们所真正感兴趣的，其实是“你五花八门的包容”与“你千奇百怪的滋味”这样两句。正所谓“诗无达诂”，很多时候，面对着同一个文学作品，不同的读者所作出的理解也大不相同。究其根本，唯其现实或历史生活这一盘“饺子”有着“五花八门的包容”，所以众多的读者也才会从中读出“千奇百怪的滋味”来。说到底，其他读者能够从《饺子歌》里读出什么滋味来，我们不仅无法断定，而且也不感兴趣。我所感兴趣的，乃是自己从中读出的“文体创新”意味，以及作家对“残酷世相”一种特别深刻的批判性描写与呈示。

正如同一部长篇小说需要有一种结结实实的艺术结构做支撑一样，一部以真实性（请一定注意，我们这里所强调的真实，并不仅仅指事件的真实，更是指一种建立在人性的深度勘探之上的人性真实）为最高追求的长篇非虚构文学作品，同样也需要建构一种合理的艺术结构。具体到这部《你和我》（载《收获》2019年第4期），我们发现，作家万方所特别设定的，是三条故事线索以相互交叉的方式不断向前推进的艺术结构方式。借助这三条线索，万方为我们勾勒出以曹禺为代表的那一代知识分子的坎坷遭际，让人不由感叹“风流总被雨打风吹去”。

首先，是以“我”的父母为核心的1949年之前，即那些发生在所谓民国年间的故事。这一部分，除了“我”父母之外，特别引人注目的，恐怕是“我”母系家族的那些人物和故事。与“我”的父亲曹禺出身于一个旧官僚家庭有所不同，“我”母亲方瑞的家庭，乃可以说是一个典型不过的高级知识分子家庭，通过这个家庭，以及这一家庭的交游圈，万方所真切再现的，正是那个既往时代一众高级知识分子的自由精神状态，以及彼此间的高情厚谊。这其中，最引人注目的，就是围绕在公公最亲的弟弟，那位一直被好姨她们亲切地称之为“三脑脑”的邓以蛰（请注意，邓以蛰是中国现代杰出的美学家和教育家。为公众所熟知的“两弹元勋”邓稼先，就是他的儿子）身边的那一些好朋友：“三脑脑邓以蛰有许多朋友，用今天的话：一票朋友。有的是同学，有的是同事，同乡，诗友加酒友，一帮气味相投的伙伴，名单列出来有梁实秋、胡适、蔡元培、杨振声（今甫）、闻一多、赵太侔、徐志摩、冯友兰、丁西林、朱自清……在上世纪二十年代到三十年代，他们正当年，真性情，食欲旺盛，好酒量，谈天说地不舍昼夜，一起参加活动，一起发起活动，彼此写很长的信，互相帮忙，一个个独立鲜活的生命情不自禁地互相碰撞、连接，那真是人生的大好时光。”只要是对中国现代思想文化史稍有了解的朋友，就都知道，这样一些闪光的名字到底意味着什么。用万方的话来说，就是：“他们都年轻，心怀大志，正在满腔热情地成就自己，后来个个成为各自领域的大人物，教育家，诗人，大学者，文化名人，一切都不简单。”关键的问题在于，他们何以一个个都取得了突出的成就。以我所见，除了个人的天然禀赋之外，一个不容忽视的重要原因就是，他们遭逢了一个允许自我的个性充分张扬的相对自由的社会空间。若非如此，他们是断不会那般指点江山激扬文字的。

接下来，是以“我”的父母为核心的那些发生在1949年之后，尤其是“文革”期间的人生故事。当年那些围绕在“三脑脑”邓以蛰身边的曾经特别意气风发的一众高级知识分子，由于众所周知的原因早已风流云散不说，其中的一些人竟然在劫难逃，惨遭厄运。自然，与其他人相比较，作为书写重心的，依然是“我”的父母。首先是父亲曹禺。50年代末，“我”父亲得了严重的神经官能症。曹禺的病症，应该与话剧写作上的内心焦虑脱不开干系。一方面，那个时候的曹禺不断地有诸如《明朗的天》《胆剑篇》等剧作问世，仿佛倒也无愧于作家的名号，但在另一方面，包括曹禺自己在内，其实也都非常清楚，这些作品其实存在着很多问题，尤其是与他巅峰时期的创作相比较，简直就是不能望其项背。因此，对于曹禺这样一位向以真诚著称的写作者来说，其内心深处沉潜一种强烈的创作焦虑，并由于此种精神焦虑而进一步导致神经官能症的发作，也就是合乎逻辑的一种结果。然后，是母亲方瑞。当“文革”打碎了幸福而平静的生活、一切都变得颠倒混乱之后，为了获得一份短暂的精神安宁，她形成了严重的药物依赖：“吃起药来，吃得比爸爸还凶。”在那个荒唐的岁月里，类似于方瑞这样的人，连起码的做人的尊严实际上都无法保持。事实上，正是在自身的人格尊严遭受严重挑衅的情况下，“我”的母亲方瑞最终因为服药过量而意外去世。毋庸讳言，如果不是“文革”的发生从根本上粉碎了曹禺一家人曾经一度的幸福生活，那方瑞就没有什么理由打破长期的禁忌去重新吃药。如果方瑞没有成为一个严重的药物依赖者，那自然也就不会发生吃药过量致死的意外事件。

第三，是以“我”父亲曹禺为核心的对他话剧创作的一种深入检视与探讨。不管怎么说，万方所面对的，除了那位差不多处于“与世隔绝”状态的母亲之外，就是被称为中国的莎士比亚的，曾经先后创作过很多部话剧作品，一直到现在都仍然没有被后来者超越的伟大剧作家，自己的父亲曹禺。要想深度解读把握曹禺的复杂精神世界，肯定不可能离开对他那些代表性剧作的细致分析。这样一来，对曹禺包括《雷雨》《日出》《原野》《北京人》这四大悲剧的理解分析，也就成为了贯穿于这部《你和我》的第三条结构线索了。行文至此，一个无论如何都绕不过去的问题就是，既然曹禺是一个不世出的杰出话剧天才，既然他早在1949年之前就先后创作完成了诸如《雷雨》《日出》《原野》《北京人》这样的话剧杰作，那么，到了1949年之后，他为什么再也没有能够写出优秀的话剧作品来，再也没有能够重返自己的艺术巅峰状态。事实上，这也是作家万方在这部《你和我》中不仅关注而且也深入探讨过的一个重要问题。首先，我们注意到，曹禺自己，在进入1949年，尤其是“文革”结束之后，一直陷入在某种“创造的焦虑”中而难以自拔。这一点，在他晚年与老朋友巴金的书信来往中，在他写给两个女儿的信件中，曾经有过很多次自觉不自觉的流露。对此，万方也努力地给出了自己的思考与回答：“生活在当今的年轻人也许无法明白我在说什么，既不相信也不接受，因为他们从来不知道发生过什么，没人告诉他们，可我一定要说，如果不说出来就不可能理解我爸爸为什么再也写不出东西，还有沈从文，钱锺书，一长串名字。长久以来，他们都被告知他们的思想是需要改造的，这种对灵魂的改造有时候是很极端的行动，像脑叶切除术，有时候像输液，把一种恐惧的药液输入身体里。那是一种对自身渺小卑微的恐惧，我经历过体验过，非常严酷。我很为年轻人感到庆幸，庆幸他们活在今天，拥有全新的世界。”具体到曹禺，万方进一步剖析道：“我爸爸他不是一个斗士，也不是思想家，他生性脆弱，极度敏感，时刻会被美好自由的感觉所吸引，内心却又悲观，是一个彻头彻尾、如假包换的艺术家。他胆小，在各种政治运动中说过许多错话，假话，违心话，但是他的心始终真诚。如果用一个词形容他，那就是这个词：真诚。”既然是一个真诚的人，一旦不允许他真诚，他的创作也就彻底终结了：“很简单，看他的作品。他只会用一种方法写作，就是把全部真诚倾注到作品里，当不能真诚表达自己的时候他就什么也写不出了。”关键的问题还在于，身为作家的曹禺有着特别怯懦的一面，这就注定了他缺乏足够的勇气与不合理的时代政治作坚决的对抗。唯其如此，万方才不无吞吐地写道："情况是……有一些人，永远的极少数，为了说真话，为了心中的信念，需要付出自由，甚至生命的代价，他们就那样做了。而我，我们爱自己胜过爱自由。"说实在话，在这里，我的确有点佩服万方的表达艺术了。一方面，她实际上已经明显意识到了父亲曹禺属于那种"爱自己胜过爱自由"的人，但在另一方面，她却只是笼统地用"我们"一词取代了父亲曹禺。貌似自我谴责，实则却把批判的矛头不动声色地指向了父亲曹禺。当然，更为严苛的批判与反思，恐怕还在后面的这段话语中："我问过他为什么写不下去，他说也不是害怕，就是觉得不对头，觉着可能出错。我能理解，但也有所怀疑，这是不是他下意识为自己找到的一种借口呢？难道他真的不能战胜内心的魔鬼？不能解放自己，重获自由？"或许是出于为尊者讳的原因，我们发现，万方在这里只是提出了问题，并没有进一步给出肯定或否定的答案。但没有回答本身，其实也是一种回答。从这种早已暗示出答案所在的设问中，我们实际上已经充分感受到了万方一种批判与反思勇气的存在。

事实上，也只有到这个时候，我们才应该重新回到民国时期，回到曹禺的青年时期，看一看年轻的曹禺是怎样走上话剧创作道路的。这里，无论如何都不能忽视的一件事情，就是曹禺的中途从南开大学转学到清华大学："当年我爸爸也在南开读大学，只是没有读到毕业，又考到清华大学去了。"问题显然在于，曹禺在南开大学读书读得好好的，为什么一定要中途转学到清华大学去。万方不仅清醒地意识到这一问题的存在，并且也从自己的角度出发，给出了相应的深刻分析："用他自己的话：一进清华就感觉呼吸到一股清新自由的空气。而我也想到一句话：

清华高擎着自由精神的火炬。在这里，自由，不是一个词，是具体的生活方式、为人方式、学生在清华可以自由选修课程，可以自己挑选老师，上课不点名，想听课就去，不想去悉听尊便。图书馆是更大的课堂，把时间花在那里是一样好的。谨记，清华希望自己的学生除了学习，都能发展各自的爱好。”了解了这一切，我们也就知道曹禺为什么一定要离开南开，进入清华了。他所真切贪恋于这里的，其实正是一种特别强烈的自由文化氛围。也因此，你也能够想象得到，进入清华之后的曹禺，并没有成为那种门门功课都很优秀的传统意义上中规中矩的好学生。用他一位同学的话说，就是："他课内功课不好，自己学好几种外语，又看许多书，顾不上功课。也许就因为他的念书习惯有点奇怪，两次留美都没有考上。"由这位同学的回忆可见，曹禺肯定不是一位应试型的只是以考试成绩取胜的那一类学生。对此，万方同样有着格外清醒的认识："作为西洋文学系的学生，我爸爸想去美国留学，他的英文肯定没有问题，能背下整本字典，读遍莎士比亚的英文版，然而没能通过考试，他的同学张俊祥比他厉害，考上了，去了美国。"倘若按照常规的评价标准，没有考上的曹禺肯定会得到差评。然而，一个无法被否认的事实却是，中国虽然少了一名可以前往美国的留学生，但从此以后拥有了一位后来被尊称为中国的莎士比亚的话剧大师。两者相比较，究竟孰轻孰重，相信各位自能得出客观公允的结论。这里的一个关键问题是，曹禺何以只有在进入清华大学后方才成就了自己的一番事业？我想，答案恐怕只能从"自由"二字得出。我们注意到，在《上学记》中，著名学者何兆武曾经指出："学生的素质当然也重要，联大学生水平的确不错，但更重要的还是学术的气氛。

'江山代有才人出'，人才永远都有，每个时代，每个国家不会差太多，问题是给不给他以自由发展的条件。我以为，一个所谓好的体制应该是最大限度地允许人的自由。没有求知的自由，没有思想的自由，没有个性的发展，就没有个人的创造力，而个人的独创能力实际上才是真正的第一生产力。"[①]

由以上分析可见，在《你和我》这部长篇非虚构文学作品中，作家万方通过三条时有交叉的艺术结构线索的精巧设计，通过对以自己的父亲和母亲他们两位为核心的一众知识分子命运历程的真切书写，在尽可能地逼近历史真实的同时，也对那一段前前后后长达百年之久的中国现当代历史进行了足称深入独到的批判与反思，无论如何都应该被看作是最近一个时期内难得一见的文学佳作。

或许与杨好曾经出版过一部广有影响的《细读文艺复兴》的专著有关，她年初三月由长江文艺出版社推出的长篇小说处女作《黑色小说》，也一样引起了我浓厚的兴趣。为此，最近一个时期，我曾经两度专门阅读杨好这部体量不算很大的长篇小说。说实在话，或许是因为杨好的叙事方式与当下时代国内流行的那些更多地看重故事讲述的长篇小说迥然有别，在一开始阅读的时候，我曾经一度产生过对这一异质性文本的排斥感。只有在硬着头皮读下去，读到大约四分之一篇幅的时候，方才似乎隐隐约约地触摸到了一点什么。这样，也才有兴趣最终读完全篇。第一次读完后，一方面，我的确明显地意识到《黑色小说》是一部艺术

① 何兆武《上学记》，第97—98页，生活·读书·新知三联书店2006年8月版。

个性相当突出的长篇小说，但在另一方面，对于这部作品所提供的那样一种独异审美品质，却又一时间感觉无法把握。于是，也就有了再一次的认真阅读。只有在这一次的认真阅读结束之后，关于《黑色小说》，我觉得自己才有把握可以说一点什么。

阅读《黑色小说》，并联系作家杨好的人生经历，首先可以确证的一点是，这是一部与作家短暂的英伦留学经历紧密相关的长篇小说。一方面，我们固然很难简单地指认M或者W这两位人物形象就是杨好自己，但另一方面，在他们身上相当充分地投射着作者的留学经验，却是毋庸置疑的一种客观事实。作品之所以被命名为“黑色小说”，当与曾经被主要人物之一的M所热衷于谈论的著名作家雷蒙德·钱德勒的“黑色电影”存在着一定的内在关联。我们注意到，在M专门邀请C叔叔和父亲一起去看电影的时候，不仅曾经特别提到过雷蒙德·钱德勒的“黑色电影”，而且也进一步由此而联想到了自己长期拟议中的小说创作：“《火车怪客》的编剧列表里，第一个就放上了‘雷蒙德·钱德勒’的名字，这部电影属于伦敦桥电影院本月名为‘黑色电影’主题月的首部放映电影。M想，自己的小说也该如此，应该如‘黑色电影’那样有着美艳的外表和文学的语言，虽然这有可能导致写成之后的作品不被归入以上的任何一类当中：既不属于消遣小说，也不属于艺术小说，虽然这两类里面从来没有好小说。”正如同李敬泽在小说序言中所指出的，男主人公M这样一种对“黑色电影”的推崇，很容易就会让我们把杨好自己的《黑色小说》，与雷蒙德·钱德勒的“黑色电影”联系在一起。但也正如李敬泽已经洞察到的，杨好的书写，与雷蒙德·钱德勒之间，其实有着很多不同：“她以另一种方式与钱德勒相遇，她把钱德勒洗干净放在锅里煮，提纯、蒸馏，最后得到一个透明的、本质化的、无限大又无限小的镜像：就像冰凉的星际空间，人在都市中飘荡，陌生，疏离，人和人的偶然相逢和必然相忘……”[①]质言之，如果说雷蒙德·钱德勒是通过一种复杂叙事结构的营造与娴熟叙事技巧的运用捕捉表现着现代人一种存在层面上的孤独与虚无的话，那么，杨好就是在反其道而行之地通过一种“去故事化”的互文性“元小说”的方式，直抵现代人精神世界中的孤独与虚无。

依照笔者对当下时代小说创作的观察，如同杨好这样的一位青年作家，表达自我生存经验的通行方式，就是对一种限制性第一人称叙事方式的征用。但在《黑色小说》中，作家却借助于男主人公M之口，明确表达了对第一人称的断然否弃：“对了，他的名字叫M，但他更愿意用第三人称叙述，这样让整个故事看起来不会有太强的戏剧性。他一直认为，戏剧性是创作小说最糟糕的手段，是一个作家黔驴技穷的表现。”“M依旧在尝试如何开始写他小说的开头。开不了头，真正的故事就不会出来得顺理成章。这几乎决定了他说话的方式和整个故事的架构。他不能使用第一人称，这虽然会给他的女性主人公与读者之间造成奇异的混乱感，但他无法想象自己使用‘我’的口吻叙述整个故事，尤其是那个女孩在他眼前死去。他如果使用第三人称，就会接近卡夫卡或者是品钦，一部伟大的文学作品需要有恰到好处的旁观视角，但他用第三人称总是担心太过于像童话和寓言，而显然，童话和寓言对于一个作家的第一部小说来说，不是太好的事情。”无独有偶，到了小说的下半部，女主人公W也在无意间谈到过第三人

① 李敬泽《序一：博物馆中的长眠不醒之梦》，见《黑色小说》，第2页，长江文艺出版社2019年3月版。

称："W从小习惯了这种说话的方式，她以为这个世界只有第三人称，第一人称和第二人称不重要。后来她才发现，原来第一人称和第二人称才决定了世界的运转方式——给予和索取。"尽管说第一人称和第二人称的意义价值无法否定，但杨好其实也已经通过这种方式给出了自己之所以在《黑色小说》中使用限制性第三人称叙事方式的基本理由。所谓限制性第三人称叙事方式，就是指虽然从表面上看作家所采用的是一种类似于上帝一般无所不知的第三人称叙事方式，但由于严格地限定了叙事视点，所以，它事实上所更多凸显出的，是第一人称叙事方式的某些特点。细察文本，你就不难发现，无论是以男主人公M为聚焦点的上半部，抑或是以女主人公W为聚焦点的下半部，包括他们各自的父母在内所有他者的故事，其实都是通过这两位视点性人物的视角观察表现出来的。别的且不说，单只是更加注重于凸显叙事的主体性特质这一点，就已经充分证明着杨好这部《黑色小说》现代性品质的具备。

虽然已经先后两次认真阅读过《黑色小说》，但倘若你要求我复述一下小说的主体故事情节，我的第一反应肯定是感觉非常困难。倒不是我不具备复述故事的能力，而是小说本身就谈不上什么故事。实际上，故事的缺失或者说退场，与杨好自己的某种深刻认识紧密相关。我们注意到，在小说后记中，杨好曾经有过明确的表达："文学的不朽依然在于残忍地指向'存在'本身，然后以枯槁的双手拖着我们沉重的身躯向上飞升。"[①]难能可贵处在于，杨好不仅这么说，而且也这么做。在《黑色小说》中，她

① 杨好《后记》，见《黑色小说》，第279页，长江文艺出版社2019年3月版。

在“去故事化”之后，把自己那不无犀利的笔触直截了当地指向了人物的主体心理世界，更多地在一种生存感觉的层面上展开小说叙述。与通常意义上类似题材小说的一个明显不同之处在于，作品中两位同样都在英伦留学的男女主人公，在现实生活中并没有发生任何实际的交集。具体来说，上半部的核心人物，就是男主人公M。或许与身为医生的父亲一种潜移默化的影响有关，身为中国留学生的M，来到英国后，进入了曼彻斯特大学，是曼彻斯特大学医学院的一位博士生。虽然是一名品学兼优的医学博士生，但M实际上心心念念，一直都难以释怀的一件事情，却是幻想着有朝一日能够成为一名作家：“他也不知道为什么自己这么执着于要写一部小说，也许他也只是迷恋所谓‘作家’的名声罢了，他觉得这听起来就像是闪光的墓志铭，而他们家，还没出过这样的人物。”正因为一直想要完成一部长篇小说，所以，来到英国后，不管是在曼彻斯特，还是在伦敦，他所实际牵挂着的，就是怎样才能够完成这样一部构想中的小说：“M在苏格兰小镇上的这几年并没有如他所愿写出他认为的小说。他一直想创造一个人物，一个既不伟大也不卑微，既不真实也不虚假，既不高尚也不卑鄙的人物——这个人物或男或女，和他一起徘徊在冬天寒冷的小镇马路上。”或许正是因为过于念兹在兹，在整个《黑色小说》的上半部中，M总是会情不自禁地跳出来谈论这部正在构想过程中的小说。比如，“显然M认为自己不属于那种天生就才华横溢的作家，否则他不会时时刻刻陷入自己想要编制的某种作家生涯之中”。再比如，“他就将自己裹在衣服里，像个蚕蛹一样等待任何他想象中的文学叙事。他期待，文学的灵感能够砸到他”。众所周知，在一部长篇小说中，一个人物总是会念念有词乃至于喋喋不休地谈论一部正在构想过程中的小说作品，如此一种写作手法，在西方的现代文学理论那里，被称为“元小说”。所谓的“元小说”，也叫元叙事、元虚构，一般意义上，它往往通过作家自觉地暴露叙事类文学作品的虚构创作过程，产生间离效果，进而让接受者明白，叙事类作品本身就是虚构，不能把叙事类作品简单地等同于社会现实。这样，虚构也就在小说或者话剧等叙事类作品中获得了本体的意义。但到了杨好的这部《黑色小说》中，作家对“元小说”手法的运用，所获得的，却又是一种打破了现实生活与艺术虚构之间界限的叙事效果。“M搬来伦敦已经两个月了。他适应自己所伪装的作家身份，要比适应伦敦快得多。倒不是伦敦的生活有什么问题，相反，他觉得这里简直是对于生活来说最便利的城市之一，他在伦敦总是觉得孤独。他的小说写得很慢，因为他需要给那个女孩制造一个他从不知道的生平，就像自己甩开曼彻斯特大学，在伦敦过着自己给自己制造出来的生平一样。”具体对应小说文本，叙述者这里所谓“自己给自己制造出来的生平”，就是在指他所伪装的作家身份。但从更为根本的角度来说，杨好借助于叙述者之口试图表达的，却是某种亦真亦幻的存在感觉。当一个人竟然可以在现实生活中过着“自己给自己制造出来的生平”的时候，他所刻意打破的，实际上也就是现实生活与艺术虚构之间的界限了。一旦现实生活与艺术虚构之间的界限被打破，我们所面对的到底是实实在在的现实生活，抑或是作家所虚构而出的艺术世界，自然也就是一种必然会生出的疑问。更进一步地，难道说我们所日日生活于其间的实在世界竟然是虚幻的吗？！

假若我们承认杨好的《黑色小说》的确在某种意义上打破了现

实生活与艺术虚构之间的界限，那么，随之而来的另一个问题，恐怕也就是女主人公W到底是不是一个实存的个体。从根本上说，这一问题的被提出，与男主人公M那部构想中的小说作品存在着不容剥离的内在关联。那个到了小说的下半部被命名为W的同样来自于中国的女留学生，最早出现在M的小说构想中，是在小说开头处不久："其实已经很久没有人称呼他的名字，他仿佛也渐渐遗忘了自己的名字，就像他渐渐遗忘了那个女孩的死亡。"只有联系下文的相关叙述，我们方才能够明白，这个女孩是M于3年前无意间在苏格兰海边遭遇的："M没有看进去还有一个重要的原因，一身白色婚纱的郝薇香小姐似乎不再是郝薇香，她在舞台上幻化成了3年前海边的那个女孩儿，她们一样，都在他的眼前自我毁灭。至少，剧场里的舞台讲述了前因后果，补充了郝薇香小姐的前因后果，否则观众将无法看懂整部戏剧。至于他在苏格兰海边遇到的那个女孩儿，他根本不知道她的故事，也许正因为他对她一无所知，所以她的故事，也可以是任何一个他愿意编造的故事。"事实上，正是小说开头处的相关叙述开始，这个女孩就不断出现在这部一直处于构想状态的小说中。比如，"世界的形状对他来说既永恒又善变，比起周边的物质世界，他更在乎自己所要建筑的精神世界。虽然近期来，物质世界总是不断地掺和进入他的精神世界，以至于他越来越觉得自己创造的人物——那个女孩儿的虚构意志开始自动主导一个虚构故事的走向，他开始怀疑作家在一个个故事里所占有的角色。"请一定不能忽视这段叙事话语所透露出的相关信息。一方面，我们固然应该注意到M本人的一大特点是更加看重自己的精神世界，但在另一方面，更重要的一点，恐怕在于M所特别强调的那个女孩其实是自己无中生有地凭空创造出的一个人物形象。唯其如此，才会有这样的叙述话语出现："如果像自己的话，那个女孩应该叫什么名字？也许她应该叫W，M和W，这样看起来才像一部永垂不朽的小说该有的名字。"毫无疑问，这里的"M和W"所具体对应的，肯定是上半部的M与下半部中的W。倘若联系M一直都没有具体交代展示3年前自己在苏格兰海边是怎样与W意外遭遇的（不难发现，关于这一点，小说中只交代了极其简短的一句话："而在3年前的海边，因为他不会游泳，所以他没有办法救下那个女孩。他只能看着她走入冰冷的北海中。"），那么，一个显而易见的问题就是，下半部中那个名叫W的女主人公，到底是现实生活中的实存人物，抑或是纯粹被M构想创造出来的一个人物。尤其是如下一段叙事话语的出现，更能够进一步强化加深读者在这一方面的理解与印象："假如文学和艺术在人活着的时候都毫无意义——反正它们都是需要依靠记述和永动的生命链才能维持不朽幻象的名词。假如它们毫无意义，那自己小说里的那个女孩是否就可以是一名艺术史学家？不，她应该是一名伪装成艺术史家的学生，和自己一样。"如果说连同下半部中女主人公W那样一种伪装成艺术史家的学生身份都是由M规定好的，那就更加强有力地证明着这一人物形象的被创造亦即虚构性质。就这样，一方面，下半部的女主人公W当然是拥有自身生命力的一名女留学生，但在另一方面，她却又似乎的确是被热衷于小说创作的医学博士生M虚构成形的。如此一种情形，反过来充分证明的一点，却又是我们在前边曾经专门提及过的杨好在《黑色小说》中非常巧妙地打破了现实生活与艺术虚构之间的某种界限。某种意义上，杨好的这样一种小说书写方式，甚至可以让我们联想到老子《道德经》中所谓的"道生一，一生二，二生三，三生万物”的那样一种经典句式以及深隐其中的思维方式来。

只要我们对中外文学的发展历程稍加回顾，即不难发现，故乡，与文学创作之间，的确有着难以割舍的紧密关联。有很多作家文学创作都是从对故乡的关注与表现开始的。质言之，故乡在很大程度上所构成的，乃是一位作家的精神原乡与文化原乡。

六月秋水的系列散文集《我们大阳》（北岳文艺出版社2019年4月版），其具体书写对象，同样是她自己生于兹长于兹的故乡，也即那个位于晋城市的大阳古镇。在这部满溢着现代乡愁的散文集里，作者从大阳的历史写到大阳的今天，从大阳的日出写到大阳的日落，从源远流长的古镇文化，一直写到了人们日常的吃喝拉撒，以纵横交错的方式为我们形象地展示了一幅“大阳生活图卷”。大阳，这块古老而坚固的土地，就这样，借助作者的神来之笔，似乎化身为一位活灵活现的叙述者。明明是你在读大阳，但读着读着，就好像变成了“大阳”在给你讲述她自己的历史。时而如一位步履蹒跚的长者，捋着胡须娓娓道来；时而又像一个调皮可爱的小孩，如数家珍般地给你展示自己的宝藏。“秦始皇时期，大阳就是一个县，叫阳阿。”“大阳话里的叠字并不多，不像晋西北方言，尽是叠字音，什么花花、手手、毛眼眼、泪蛋蛋，感觉他们的字眼儿都胆小得很，不两个相跟着都不敢出门。”渗透在这些叙事话语字里行间的，无不是作者的骄傲与自豪。“我们大阳”，既是领土主权的宣誓，也是心底脉脉柔情的流露。也因此，六月秋水的《我的大阳》完全可以被看作是一部典型不过的“炫乡”体散文，是以故乡为对象的一场“秀恩爱”行为。尽管说作者既不一定有“衣锦还乡”之荣，也不一定有

“光宗耀祖”之势，但六月秋水却如大阳的一株木棉，她与大阳“根，相握在地下；叶，相融在云里”。大阳，俨然已成为作者生命的一部分而存在着。在内心深处，作者深深地挚爱着她的大阳，不仅爱她古老的历史，不朽的文化，也爱她残缺的断壁，沧桑的生命。

既然是大阳古镇，那我们就不能不首先探究一下，大阳究竟是如何之“古”的。大阳之古，首先在于时间的悠长。据信史记载，太阳早在秦始皇时期就已经是一个县，“之后，大阳先后为县、侯国、郡的治所长达八百余年”。可见，大阳从秦时明月走来，走出了“厚厚的一沓光阴”。大阳之古，其次在语言，也即保留了很多方言的大阳话：“大阳话是大阳人行走的logo。”形容一件事情不可思议，是“不当疙活活呢”，说我是“wa”，说上街转是“疙遛”，说滚是“圪掠”，说昨天是“夜儿”，前天是“前儿”，等等。世界之大，也许这么讲话的并不只大阳人，但大阳人的不同在于，“好多地方的人都不这么说了，大阳人还这么说”。大阳之古，还“渗透在大阳人慢悠悠的日子里”。太阳人的“慢悠”，不是“春花秋月何时了，往事知多少”似的闲愁，也非“三杯两盏淡酒”般的小资，大阳人的慢悠，其实是在煮一大锅米汤——大阳人的下午茶，大碗大碗喝下去时的淋漓尽致。当然，大阳之古，还在那古老的铁锅里，咿呀的戏曲里，繁华的庙会里。

读过六月秋水的这部《我的大阳》，除了历史的古老，令我记忆最深刻的，莫过于大阳的美食。在阅读过程中，我似乎总是要不断地按捺住被六月秋水一次次搅动的蠢蠢欲动的味蕾，才能抵挡得住大阳美食的诱惑。从能吃的灯，到风花雪月的馔面，到魂牵梦绕的油炸豆腐，一直到绝代双骄的秃玉米，等等等等。也因此，对《我们大阳》的阅读，一定要茶足饭饱之后进行才是。当然，六月秋水虽自许为“吃货”，但是隐藏在吃之后，其实是文化，是作者一种浓得化不开的乡愁。虽然表面在谈吃，但其实却是通过吃这一行为，给我们讲述着大阳的历史，大阳的文化，大阳的根。应该注意到，出现在作者笔端的每一种美食，都是很有讲究的。比如馔面，需要“刚刚好的白面，掺入刚刚刚好的豆面，放入刚刚好的盐和碱，加入刚刚好的水……压得刚刚好……抹刚刚好的油……醒刚刚好的时间……擀成刚刚好的面片……切成刚刚好的宽细……醒发刚刚好的时间……”这一系列的每个步骤，都需要“刚刚好”的做法。我们从中看出的，其实就是一种渗透在大阳文化中的儒家思想。在其中，我们可以看出大阳人做事的原则——适中。儒家文化以和为贵，“和”就是告诉我们做事要坚持适度原则，“过犹不及”，“刚刚好”恰恰就是这种“和”精神的形象体现。再比如，凸玉米的做法：“得把玉米粒泡得恰到好处，泡得不够，去不了皮；泡得太够，未来又会承受不住压力，瘫成一堆。……泡好的玉米上了石碾后，又得碾得有分寸，力道小了，玉米还是那个玉米；力道大了，玉米就成了玉米片。只有碾到皮散而形不散，才算修成正果。”这种恰到好处的功力，既是在做饭，更是在做人。俗话说，“民以食为天”，在那些食不果腹的岁月里，大阳人用自己的智慧把没饭吃的日子过得热火朝天，他们吃饱了肚子，吃出了文化。当然，这要感谢奶奶以及和奶奶同时代的小脚老太太们，“她们的小脚虽然不能行走世界，却创造了一种精致的品格，把没有大鱼大肉没有丰富食材的日子，过得有滋有味”。如果说，颜回用自己的“一箪食，一瓢饮”吃出了自己顶天立地的气概，大阳人则用玉米面、炸豆腐吃出了独属于他们的生命岁月。

“酒肉穿肠过，佛祖心中留。”同样突出地渗透表现着某种文化精神的，是大阳人豪迈异常的喝酒过程。大阳人的豪情在酒里，“一念起，一瓶酒来了；一念灭，一瓶酒没了”。觥筹交错间，“樯橹灰飞烟灭”。是的，那是一个“一不努力喝酒，就没有朋友的地方”。在大阳，可以没有唐诗、宋词，但绝对不能没有“五魁首，六六六”。“大阳的孩子，一出生就自带二两酒量。”酒，是大阳人结交朋友的纽带，化解干戈的琼浆，解闷疗伤的良药，了解世界的窗口。当然，好酒也要好酒令，大阳人的行酒令不仅花样繁多，而且学问颇深。从“划拳”，到“老虎杠子鸡”，到“翻扑克”，到“猴”，再到“吹猴”，大阳人把行酒令玩成了“一套考量人的反应能力、计算能力、逻辑思维、判断推理、心理素质和胆量勇气的高级测试题，一门大阳男人步入社会的必修课”。大约也正因为如此，大阳男人才会说：“拳好圪芦大，走遍天下都不怕。”

行文至此，或许有人会发出疑问，你讲了半天大阳的古老与悠久，那么，大阳的今天呢？事实上，作者早在这部散文集的第一篇，就写到大阳今天的口号：“中国大阳，活着的古镇。”大阳为什么能够活着？鲁迅先生在《摩罗诗力说》中曾有过这样的论述：“古民之心声手泽，非不庄严，非不崇大，然呼吸不通于今，则取以供览古之人，使摩挲咏叹而外，更何物及其子孙？”大阳，之所以一直到今天，都能够鲜活地存在于人们心中，与大阳人那样一种善于求变、懂得变通的精神，其实分不开。这一方面，“寨圪洞”的起死回生，就是一个有力的明证。随着科学技术的飞速发展，与信息传播手段的多样化，大家再也不必去街头的小广场看电影，也无须从村委会获取官方消息时，“寨圪洞”也失去了自己的优势。但是，大阳人却并没有因此而哀婉叹息，而是痛定思变，紧紧抓住当下时代人们的普遍消费心理，结合大阳的历史文化，变颓废为艺术，以“大阳古镇”的姿态来迎接历史的筛选与审判，最终“勇敢地从昨天跨入今天，从落魄逆袭为繁华”，在“红了樱桃，绿了芭蕉”的时光荏苒中，活出独属于自己的一份风韵。

就这样，从始至终，作者六月秋水都在用轻快、幽默而又带点孩子般顽皮的语调在书写，在回忆，在“炫耀”。以至于，在很多时候，带给我们的感觉就是，大阳似乎就是她家的，而六月秋水，就是那个从拥有五千年历史的大家族中走出的叛逆少年。早已生活在现代化大都市里的她，不断离开，也不断地回望。故乡，始终是她心底那份“剪不断，理还乱”的真切情愫，那份“才下眉头，却上心头”的刻骨牵挂。在乡村日趋凋敝的今天，在中国社会迅速城市化与现代化的今天，六月秋水其实是在用她系列散文的书写来为自己的家乡代言、立言。倘若到了未来的某一天，当古老而悠久的村庄已不复存在，当古老文明在现代化的冲击之下消散殆尽之后，我们，或大阳的后代子孙，恐怕也只有在翻开六月秋水的《我的大阳》的时候，方才能真正地找回关于这片古老土地的记忆来。到那个时候，他们或许也会热泪盈眶地向全世界宣告：“我们祖上也阔过！”

最后，无论如何都不能不提及的，就是来自于宁宁猫咪的插图。很大程度上，正是这些古朴而精致的插图，把六月秋水笔下的一草一物，人物风俗都以具象的形式展现给读者，进而增强了作者的文字表现力，使之更加形象、具体，也拥有了更大的艺术感染力。

只要是关注宁夏作家张学东中篇小说创作的朋友，就不难发现，最近若干年来，他似乎是越来越热衷于所谓“罪案小说”的创作了。从2017年的《蛇吻》，到2018年的《阿基米德定律》，一直到我们这里将主要展开讨论的《一意孤行》（载《当代》杂志2019年第5期），可以说他一年一个坚实的脚印，健步行走在“罪案小说”的艺术大道上。

阅读《一意孤行》，我们所首先注意到的，就是作家对那些曾经发生过的社会新闻的关注与巧妙转换。具体来说，主人公屠师傅的悲惨遭遇，很容易就可以让我们联想到曾经产生过很大影响的“呼格案”。而中学生陈琪薇的不幸溺亡，在当下时代的中学生活中也并不鲜见，有着一定的代表性。事实上，只要稍加留意，就可以发现，从余华那部引起过不小争议的长篇小说《第七天》开始，包括贾平凹的长篇小说《老生》、王十月的中篇小说《人罪》等在内的一批作品，都不同程度地存在着把社会新闻事件引入到小说创作之中的问题。那么，我们到底应该如何理解看待这种小说创作现象呢？问题的关键，很显然并不在于作品与新闻事件有关，作品过于贴近现实。作品贴近现实并没有错，关键在于作家究竟是以一种怎样的写作心态、以一种怎样的艺术方式去关注、表现现实。一句话，能否成功地把新闻事件化解后有机地融入整合到小说文本之中，乃是衡量此类小说作品的关键因素所在。张学东这部《一意孤行》的值得肯定处，也正突出地体现在这一方面。

中学生陈琪薇，与那位尖下颌女生，原本是关系不错的朋友。由于尖下颌女生疯狂地迷恋上了邻班的鹰勾鼻少年，不愿意充当灯泡角色的陈琪薇，便开始退避三舍，有意无意地疏远了尖下颌女生。尽管如此，陈琪薇有一次还是不小心撞见了他们俩的亲热场景。没想到，他们俩的风流韵事很快就在班里传得沸沸扬扬，尖下颌女生先入为主地一口咬定，这是因为陈琪薇在暗中作祟的缘故。那天上体育课的时候，怀恨在心的尖下颌女生，与鹰勾鼻少年相约，两人不仅把陈琪薇堵在了厕所里，而且还对陈琪薇大打出手。气愤不过的“陈琪薇当时咬着牙说了一句话，好，你俩有种，给我等着瞧。也许，正是这一时的气话，激化了他们之间的矛盾……”于是，一场预料中的悲剧就不可避免了。到了那个晚上，他们俩以及鹰勾鼻的同伙，把陈琪薇孤身一人，堵在了公园的岔路口：“他们使劲朝她吐唾沫，扇耳光，揪头发，还摁她跪地道歉。后来尖下颌女生又强行剥掉了陈琪薇的校服和胸罩，当着男生的面羞辱她，而且还用手机拍了一段视频，扬言说要是她敢胡说八道就公之于众……”毫无疑问，正是在不期然地遭受了这一系列打击和凌辱之后忍无可忍的情况下，才发生了陈琪薇的不幸溺亡事件。由此而牵扯出的另一桩罪案，乃是不久后尖下颌女生同样的不幸溺亡。为了掩盖陈琪薇的溺亡真相，鹰勾鼻少年杀人灭口，不无残忍地利用划船之机将尖下颌女生推入了湖水中。

借助于以上这两桩作为核心事件的罪案，张学东的笔触，首先指向了不尽合理的社会现实。首先是司法公安的不作为。一个例证是，屠师傅明明已经发现了陈琪薇意外死亡的若干证据，并且先后两次打电话向公安部门举报，但相关部门却不仅不作为，而且还在电话里严斥屠师傅不准乱打报警电话。之所以会是如此，根本原因在于，那位鹰勾鼻少年的老爸是公安分局的头头。很显然，正因为他的一手遮天，才最终导致了陈琪薇事件的草草结案。另外一个例证，则是屠师傅自己很多年前的那次屈打成招。明明自己没有作案，但却因扛不住公安部门的刑讯逼供而最终被迫认罪："在一次又一次的突击审讯和威逼利诱下，他最终违心地承认了，或者说屈服了，他不得不认命，就像母亲平常总挂在嘴边的那句'人的命啊'。"实际上，屠师傅当年的屈打成招，所牵扯出的，正是这部中篇小说里的第三桩罪案。其次，是学校教育与家庭教育方面所存在的缺失。一个是类似于向葵学堂这样的小饭桌雨后春笋般纷纷出现。一方面，是学校无法提供午休或就餐的条件，另一方面，则是因为家长工作过于忙累，根本无暇顾及孩子繁重家庭作业的完成，这样的需求便最终导致了如同向葵学堂一类的小饭桌不仅应运而生，而且还"蒸蒸日上"。另一个，则是家庭教育的不到位。即如陈琪薇溺亡悲剧的发生，直接的责任，当然应该由鹰勾鼻与尖下颌他们来承担，但也正如柳苗苗老师后来所尖锐诘问的那样，其实"做家长的本身就负有不可推卸的责任"。

与尖锐的社会现实批判相比较，《一意孤行》的思想艺术价值更体现在对相关人物内在精神世界的深刻挖掘与表现上。这一方面，最突出不过的，就是小说的主人公，那位看起来相貌颇有些怪异丑陋的屠师傅。当然，正如同你已经了解到的，屠师傅相貌的怪异丑陋，乃是拜长期牢狱之灾所赐。他精神世界的深度，首先体现在被屈打成招之后的心理变化上。一方面，他固然为此遭遇而愤愤不平，但在另一方面，他却也逐渐意识到了自身的罪责所在：“那时候，他突然明白了一个道理，就是对于女朋友遇害这件事，无论如何，自己都有着不可推卸的责任。”正是因为有过牢狱之灾的缘故，屠师傅已经被规训形成了一味顺从的思维惯性：“他想，不是他打不过他们，也不是他不善于打架，而是他已经被彻彻底底改造过了，就像一枚被打磨得再精准不过的标准件，大小轻重薄厚刚刚合乎设计需要，符合这个社会的安全要求，从今往后他只能做螺丝不能做扳手，他的人生注定是被动的。”事实上，也正是从这样一种被动顺从的心理出发，对于疑窦丛生的陈琪薇意外溺亡案，他原本也是准备袖手旁观的。到后来，屠师傅之所以改变了态度，由最初的冷漠旁观转变为“一意孤行”的积极介入，有两个因素起了作用。其一，是柳苗苗的感召作用。事发之后，尽管有老板娘的再三叮嘱，但内心里尚有良知存在的柳苗苗，却最终还是按捺不住地发了一个朋友圈，特别强调对于陈琪薇之死，“也许我们每个人都负有不可推卸的责任”。实际的情况是，这个朋友圈对屠师傅产生了直接的影响：“‘我们每个人都负有不可推卸的责任’——他反复叨念着这句意味深长的微语，几乎每念一次，心就仿佛被僵硬的皮绳抽紧过一次。”其二，是早已被害的女朋友发挥潜在影响的缘故。“陈琪薇的面容还在闪闪发光，齐整黝黑的刘海儿，明亮清澈的眸子，微微翘着的嘴角上，分明挂着两弯自信的笑，这一切在他眼中突然产生了一股非常强大的力量，简直有点儿摄人心魄，他几乎不敢再盯着她多看一眼。因为，透过这小小的照片，他的情思不由自主地又折返到二十多年前，他忘不了那晚约会时，他告诉女朋友自己每天都很想见到她……”事实上，屠师傅之所以最终介入到陈琪薇事件之中，乃是一种不自觉的移情作用的缘故。所谓移情，就意味着屠师傅在很大程度上把陈琪薇当作了自己当年的女朋友，把对女朋友的那份歉疚之情，不由自主地转移到了陈琪薇身上。

然而，更有深意的一笔，还是体现在小说结尾处的最后一节。这个时候，满怀着社会仇恨的屠师傅眼看着就要把作恶多端的鹰勾鼻亲手处死了："二十多年前那个黑夜所有的阴寒，又源源不断地渗进了现实和他的骨髓中，让他终于领悟到，掌握在手中的这条年轻的生命根本不值得珍惜，他不能再放纵他，把他留在世界上继续胡作非为，那将是对一切无辜生命极大的犯罪。"但到了最后，他内心中所潜藏着的对这个世界的善意还是发生了作用。面对着在水里苦苦挣扎的鹰勾鼻，他还是伸出了救援之手："这也许是他这辈子干过最蠢的一件事，可他就是拿自己没有一点儿法子。"在我看来，张学东的这一笔特别重要。正是这一笔，使得屠师傅成为了一个更具立体感的人性内涵更加丰富复杂的人物形象。

阅读吕新的小说作品，每每会为他那别样的标题命名方式而不由得倾倒。别的且不说，单只是发表于2019年的若干短篇小说，无论是《正月二十的一次午宴》（载《上海文学》2019年第2期），还是《幕落时有狗叫，野草呈倒伏状》（载《长江文艺》2019年第8期），其标题艺术的非同寻常，都能够给读者留下深刻印象。这一篇《某年春夏》（载《青年作家》2019年第11期）的引人注目，首先也还是小说的标题。正如同其语言能力的非同一般一样，很多时候，类似于以上这些小说标题，大约也的确非吕新而不能想出。

一般来说，尽管也不会做出特别的标明，但吕新乡村书写的具体时间背景，更多地会被放置在对于他的个人成长而言更为关键的二十世纪六七十年代，那样一个依然处于公社化建制的农业时代。到了这一篇《某年春夏》中，虽然也同样没有标出具体的故事发生时间，但依据主干的故事情节，也即村人贺云保、马扣子、王四四他们三位的相继返乡，以及另一位名叫小毛的村人一直都没有能够顺利返乡的故事架构来推断，这篇小说的时间背景应该已经到了20世纪末21世纪初的打工时代。因为只有到了这个时代，村人们的大规模外出方才成为了可能。有了他们的外出，也才有了此后的相继返乡，以及返乡后后续故事的发生。吕新《某年春夏》所具体关注表现的，正是这些村人返乡后发生的那些后续故事。

我们都知道，虽然吕新一向被视为真正意义上的先锋派作家，但他的具体书写对象却似乎一直都没有离开过北中国那一片厚重的乡村世界。具体到这一篇《某年春夏》，引人注目处，首先就是作家对那些乡村伦理习俗的书写与表达。比如，“魏山水和贺有财他们家沾一点亲，魏山水的奶奶和贺有财的奶奶据说是表姊妹，虽然两边的那两个奶奶都已经不在了，不过两家之间的那种关系却还时隐时现地延续着，若有若无地勾连着”。毫无疑问，如此一种虽然藕断丝连但实际上早已距离遥远的所谓亲戚关系的维系，往往发生在历史沉淀厚重的乡村世界。再比如，刚刚解决了一个问题，“另一个问题又及时而尖锐地冒了出来，那就是谁来给贺云保扛起引魂幡的问题。按规定应该是贺云保的孙子，可是谁都知道贺云保连婚都还没有结，哪来的孙子？儿子都没影，更别说孙子。”虽然贺云保没有孙子，但按照乡村的伦理习俗，人死了要出殡，还必须有人以孙子的身份扛引魂幡才行。这样一来，通过乡村长者商议的方式寻找为贺云保扛引魂幡的人，也就提上了必然的议事日程。到最后，在好不容易找到一个年仅两岁的孩子来充当这个角色之后，此事方才作罢。

尽管有着关于乡村伦理习俗可谓浓墨重彩的涂抹描写，但作家吕新的书写重心却很显然并不在此。与伦理习俗的描写再现相比较，吕新的艺术旨趣无疑更集中在生命存在所具神秘色彩的探究与书写上，事实上，只要认真地阅读文本，就不难发现，真正构成了吕新关注重心的，不过是贺云保之死与小毛失踪这两件事情。首先，是贺云保那充满诡异色彩的死亡过程。从贺云保扛着那颗肿得就像"量米的斗"一样的头颅"很慢很吃力"地返回黑土巷开始，一直到后来包括使用了大量仙人掌在内的治病过程，到他的死亡，以及死亡后整个乡村葬礼的举行过程，吕新可以说真正做了事无巨细的详尽展示与描写。唯独有一点，那就是关于贺云保的具体死因，虽然从小说一开始贺云保返乡的那个时候，就已经吊足了读者的胃口，但一直到小说结束的时候，作家对此都没有做出明确的交代。一个耐人寻味的细节出现在贺云保的葬礼结束后。当贺云保的父亲贺有财出现在街头的时候，还没有等人开口询问相关事宜，就做出了一问三不知的拒绝姿态。"旁边就有人说，还没问你呢，你就说啥也不知道，你知道要问你啥？"/"贺有财边走边说，不管是啥，我都不知道。"/"要是问你姓甚叫啥，你也不知道？你敢说你不知道？"/"不知道。"事实上，作为如此一种决绝的拒绝姿态的，与其说是贺云保的父亲贺有财，莫如说是身为作家的吕新自己，是吕新自己以如此这般的一种方式，拒绝透露贺云保的具体死因。

同样的情形，也还出现在关于小毛的展示与描写上。眼睁睁地看着其他外出的村人都相继回来了，唯独不见自家的儿子小毛，小毛的母亲孙本兰的确称得上是心急如焚。找到王四四去再三询问，王四四给出的答案也只是一个模糊不过的“小毛往东去了”。既然得不到准确的信息，那思儿心切的孙本兰之三番五次地梦见小毛，也就是顺理成章的事情：“这一个月里，孙本兰有三次梦见过小毛，每次都是小毛忽然出现，好像是临时请假从远处赶来的，又好像一直就在附近，来到她的梦里和她说话，有时说着说着就不见了。”尽管文本自始至终都没有明确交代小毛的下落，但依照其中一些蛛丝马迹来判断，则小毛早已不幸离开了人世。比如：“怎么就忽然有了那么明显那么厉害的抬头纹？再一看，确实比走的那时候老了不少，甚至越看越觉得很像是她从前一个家境贫寒苦大仇深的同学。又看见他湿漉漉的，好像泡在水里，身上有草，还有石头。”再比如：“有一次正说着，忽然听见远处或是附近的鸡叫了，小毛脸上的神情顿然凝住，像冷了的油脂一样，再也不能变化，也变不回去，然后就一言不发地走了。”无论如何，所有的这一切充满暗示性的描写，其最终指向的方向都只能够是死亡。唯其如此，内心早已明确意识到这一残酷事实存在的孙本兰，到最后才会那样按捺不住地“号啕大哭”。关键的问题是，虽然作家一再地通过各种方式巧妙暗示小毛必然的死亡结局，但关于小毛的具体死因，却如同贺云保一样地拒绝做更进一步的交代。

也因此，一个不管怎么说都绕不过去的问题就是，作家为什么拒绝交代贺云保与小毛他们的具体死因。依我所见，吕新的全部努力，除了留下足够大的空白供读者想象填充之外，恐怕更主要地还是要借死写生，借此而写出生命存在的某种神秘性来。不知道别人的体会怎么样，尽管在很多时候现代的医学可以给死亡以种种不同的解析方案，但在我的理解中，死亡却总是莫名其妙发生的一种特别现象。正如同某一人类个体的诞生带有不容忽视的神秘性一样，某一人类个体的死亡，其实也携带着难以用现代理性加以言说的神秘性。我想，在这篇《某年春夏》中，作家吕新意欲借助于贺云保与小毛他们的死亡故事所彻底洞见的，也正是死亡或者干脆说就是一种生命存在的神秘性。正所谓“仁者见仁，智者见智”或者说“诗无达诂”，我清楚地知道，对于吕新的这一篇《某年春夏》，其他朋友也肯定会作出别一种判断与解读，但在我的理解中，从一种对生命存在的必要敬畏出发，完成一篇如同司马迁一样“究天人之际”的精彩短篇小说，或许也正是作家吕新某种连他自己也未必清楚的创作初衷。

正所谓“隔行如隔山”，虽然我很早就知道中国的经济处于不景气的状态，但对于不景气的具体状况却不甚了了。只有在不经意间读到杜斌的短篇小说《白额黄金猪》（载《黄河》2019年第5期）之后，方才真正地了解冰山之一角。

王朝阳是在珠海市苦苦打拼的一位小老板，由他开创的天益公司所主要经营的，乃是太阳能热水工程。正因为他在开办自己的公司之前曾经有过给别人打工的经历，所以才会对打工与做小老板各自的酸甜苦辣均有深入的体验与了解：“王朝阳觉得自己这个老板当得很猥琐，还不如以前给王高峰打工潇洒。给老板打工那是短工，想干就干，不想干就拍屁股走人。自己当老板，就是扛长工，一年到头，没日没夜，好赖都要自己承担。企业是你的，没人可怜你。没钱你就得想法去挣，谁也不会因你没有钱而同情你。”一个是“短工”，一个是“长工”，大约也只有如同杜斌这样曾经有着真切经济生活体验的作家，才能够打出如此贴切的比方来。但不管怎么说，既然已经“摇身一变”成为了扛“长工”的老板阶层，那就不管“大”也罢还是“小”也罢，不管是身为小老板的王朝阳也罢，还是早已成为珠海市资产大鳄的姚三纯也罢，都得按照抗“长工”的游戏规则来展开他们各自轨迹不同的人生。事实上，小说的主体故事也正发生在他们两位之间。

由于诗人好友老朱的热心撺掇和居中牵线，小老板王朝阳终于搭上了珠海资产大鳄姚三纯这一条大船，主动承揽了隶属于姚三纯旗下的金鼎新工厂的太阳能热水工程。出乎王朝阳意料之外的一点是，只有到就要签订正式协议的时候，他才被正式告知，他根本不可能依照行规拿到一部分预付款。按照姚三纯规定霸王条款，只有在工程完工验收后的一个月内，他才可能拿到工程款的90%，另外的10%将转为保修金，一年后完成支付。面对如此一种不平等的规矩，王朝阳尽管满心地不情愿，但考虑到工程量的相对巨大，以及完工后相对高额的利润，他最终还是一咬牙签订了合同。没想到，等到他克服各种困难，如期完成太阳能热水工程并通过验收后，方才真切地体验并了解到了索要工程款的特别艰难：“王朝阳没想到向三纯公司要款比上李白笔下的蜀道还难，三年时间回款不到50%。在讨债过程中，王朝阳看明白了，三纯公司的跳跃式发展，就是拿别人的蛋孵自家的鸡。”到最后，因为在要债过程中无意间踢了姚三纯老婆那头出身高贵的宠物猪——白额黄金猪一脚，王朝阳被姚三纯老婆不依不饶地强烈要求给她的宠物猪道歉。虽然王朝阳自己坚决拒绝，但他的父亲王家宝却最终迫于无奈给这头宠物猪磕了三个响头。王家宝的这三个响头，换来的是三纯公司200万欠款的索要成功。

然而，正所谓“螳螂捕蝉，黄雀在后”，曾经因为索要欠款而备受姚三纯夫妇折磨的王朝阳，根本就不可能料想到，仅仅是过了一年的时间，曾经名震珠海一时的资产大鳄姚三纯，就因同样落入到了他自己真切感受过的资金短缺困境之中不拔而自杀身亡：“老朱告诉王朝阳，姚三纯在跳楼前几天已将遗书写好，公司资金链断裂，银行逼着还贷，股东要求撤股，放高利贷的要封公司大楼，法院要冻结公司银行账户。”“眼看他起朱楼，眼看他宴宾客，眼看他楼塌了”，资产大鳄姚三纯那充满跌宕起伏色彩的悲剧性人生经历，正可以被看作是如此一段精辟话语的形象写照。但需要引起我们高度注意的一点是，在杜斌笔下，差不多所有从事实体经济活动的企业家，无论其企业的规模大小，都不同程度地面临着类似于姚三纯与王朝阳的困境。对普遍充斥于业界的这样一种彼此拖欠工程款的恶性竞争行为，社会上一般会称之为“三角债”。很多时候，正是如此一种根本没有丝毫诚信可言的“三角债”，最终把相关企业拖入了无可救药的垮台境地。如果更加深入一层，从文化的角度来思考，隐藏在如此一种彼此失信的“三角债”行为背后的，实际上是契约精神的严重缺失。所谓契约精神，是一种源起于西方文明社会的商业交易理念。具体来说，契约精神就是指在正常的商品经济社会中逐渐形成的契约关系与内在原则，其内在的精神实质，就是对自由、平等、守信原则的尊重与坚持。质言之，契约精神不是单方面强加或者带有一定胁迫色彩的霸王条款，而是建立在充分自由平等前提下的守信行为。令人遗憾处在于，在我们中国，相当长的一个历史时间内，所严重缺失的，正是如此一种“重然诺”的契约精神。既然已经彻底丧失了作为商业社会之根本的契约精神，那类似于姚三纯跳楼悲剧的不断酿成，也就自是难以回避的必然结果。行文至此，一个自然要浮出水面的问题就是，中国社会如此一种契约精神严重缺失的状况，到底是怎样形成的呢？

契约精神的严重缺失之外，另一个不容忽视的问题是，既然是一篇关注表现经济领域生活状况的短篇小说，杜斌又为什么非得别出心裁地把小说的标题命名为“白额黄金猪”呢？细细想来，作家的如此一种艺术选择，当与某种象征意味的追求紧密相关。具体来说，这头被称为“白额黄金猪”的宠物猪，最初是被主人遗弃后流落在外，被王朝阳意外撞见的：“一头小猪冲过来，拦住他的去路。小猪好像认识他，摇着绾成花的尾巴，在他腿上直蹭。”“小猪的模样很奇特，额头留着长长一绺像电影明星一样的白头发。”面对着这个可爱复可怜的小精灵，心存善意的王朝阳不仅短暂收留，而且还最终借助于诗友老朱之手把它送到了更好的去处。然而，出乎王朝阳意料的是，这头“白额黄金猪”后来的主人，竟然是严重拖欠自己工程款的姚三纯那位脑满肠肥的夫人。到后来，因为索要工程款时无意间踹了这头竟然被那位姚夫人当作“儿子”看待的宠物猪一脚，王朝阳居然被姚夫人不依不饶地要求给她的宝贝“儿子”磕头道歉。虽然王朝阳自己从自身的尊严出发坚辞不允，但为了能够拿到200万的工程款，他的父亲王家宝却瞒着他在这头“白额黄金猪”面前万般无奈地低下了自己高贵的“人”头。一方面，是王朝阳无论如何都不肯给这头宠物猪磕响头，另一方面，却是姚夫人把它当作宝贝儿子一般地呵护看待，作家杜斌借助于以上两种看似极端相反的情形，试图写出的，恐怕是在一个以欲望为底色的商业社会中，金钱对人性的某种严重扭曲与异化。从这个角度来说，这一短篇小说之所以被命名为“白额黄金猪”，正是因为作家已经把它俨然当作了金钱或者说某种商业社会隐形逻辑的象征隐喻。究其根本，能够在充分揭示中国式商业社会契约精神严重缺失的同时，把人性把金钱或商业社会隐形逻辑扭曲与异化的现实也书写表现出来，正可以被理解为杜斌的《白额黄金猪》这一短篇小说最根本的思想艺术价值之所在。

第八章　现代病态人格与现实、历史的凝视和书写

面对黑孩长篇小说《惠比寿花园广场》（载《收获》杂志2019年第6期），首先需要关注的就是何为“惠比寿花园广场”，以及黑孩到底为什么要采取如此一种小说命名方式。我们都知道，惠比寿花园广场，既是日本东京的地标性景点和知名商业中心，也是不少影视剧颇为青睐的拍摄外景地。因此，作为小说中主要场景的惠比寿显然就是现代欲望与成功的象征，但同时它也像是一个炫目而虚幻的影棚，小说中的移民者“我”暗下决心想要入住惠比寿，以及入住惠比寿之后的经历也像是幻梦一场。

其实，就“我”所具备的各方面条件，距能够居住在惠比寿这一地方却都还相当遥远。直到偶遇在日朝鲜人韩子煊，“我”才最终得以如愿以偿，但事实远未这么简单。韩子煊实际上是一位充满现代病态人格的人物形象。具体来说，关于韩子煊其人的现代病态人格，恐怕有以下三方面的内容不容忽视。

其一，他长期以近乎于“讹诈”的无赖方式居住在惠比寿花园广场。在“我”偕同韩子煊一起入住惠比寿花园广场的时候，面对着每个月多达十九万八千元的高额房租，“我”曾经明确表达

过退缩之意。但尽管如此，韩子煊却仍然执意要把这个房租看起来颇有些昂贵的房子租下来。而且，韩子煊还是和“我”达成了这样一个明确的协议：“说两个人同居后，房费由他来交，我负责衣食和煤气水电费。”面对韩子煊这个多少有点出乎意料的提议，“我”唯有一声不作，因为依照这个协议执行下来，“韩子煊的负担明显比我的负担大”。然而，只有等到“我”后来从房东太太吉田那里了解到事情的真相的时候，方才彻底明白韩子煊为什么要主动提出由他自己来承担看起来颇为高额的房费。事实上，韩子煊巧妙地钻了法律的空子，一次房费也没付过，以一种近乎“讹诈”的无赖方式居住在了惠比寿花园广场。一直到男女双方情感破裂之后，都丝毫未见他有可能主动搬出惠比寿花园广场的迹象。

其二，韩子煊长期扮演着一个四处招摇诈骗的国际掮客形象。小说中“我”原本以为他是在各国奔走做生意，后来才慢慢发现他是在骗人：“他不过是认识了几个中国人，根据中国人的职业，他随便立出一个项目，然后用这个项目骗日本人投资。钱骗到手，他立刻就去中国住高级宾馆，请客吃饭，唱卡拉OK。钱花光了他就回来了。”也因此，虽然只是与韩子煊接触了不长的时间，“我”妈妈就已经看穿了他这种不堪的老底：“无论韩子煊手里进多少钱，他的处境都无法改变。”到后来，从与他没有血缘关系的女儿真实那里，“我”更进一步了解到，却原来，韩子煊的如此一种不堪状况，其实早在他与“我”结识之前就已经开始了。大约也正因为如此，“我”才强烈地意识到，生活在自己身边的韩子煊，其实是一颗非常可怕的定时炸弹：“有时候会害怕，觉得你爸爸像定时炸弹，会把他自己和我一起炸了。”

更有甚者，即使已经到了如此一种不堪的地步，韩子煊也不仅不知悔改，反而还是在变本加厉地继续向深渊滑行。这一点，集中不过地表现在他向“我”那简直就是无休无止的贪婪索取上。其实，韩子煊对“我”的索取，在他试图推脱最早的八十万元房租的时候，就已经开始了。因为知道“我”身为作家有稿费收入，在一起同居后的韩子煊，更是把贪婪的目光牢牢地盯上了这一笔钱。但韩子煊却根本就不知道，他如此一种充满算计色彩的行为，早已在不经意间严重冒犯了“我”的尊严：“写了这么多年的文章，小心翼翼绕开的就是稿费。我一直无法将写作看成兴趣。对于我来说，写作是我的生命，是我唯一的信仰。如果为了生活而不得不去赚钱的话，我愿意以打工来赚钱，而不是用文学来赚钱。”正因为写作在“我”心目中的地位如此神圣，所以，韩子煊那种算计稿费的行为方才令“我”感觉特别不舒服。关键问题在于，虽然已经遭到了“我”的多次严词拒绝，但恬不知耻的韩子煊却仍然在不择手段地试图有所索取。这一方面他的一个极端行为，就是在“我”毫不知情的情况下，私下扣押了“我”的护照与存折，自称要代为“管理”。实际上，对于早已贪婪成性的韩子煊来说，所谓的“管理”不过是“投资”的别一种客气的表达方式而已。正因为如此，对韩子煊的行为动机早已洞若观火的“我”才会骤然出手，甚至动用一把锋利的水果刀来维护自身的合法权益。

其三，总是惶惶若丧家之犬的韩子煊，竟然有着某种可谓是牢不可破的政治情结。韩子煊出生于韩国，十六岁时，父亲因拥护朝鲜而被韩国政府逮捕，为免受牵连，其母设法让他偷渡来到日本。正如同大多数偷渡者一样，韩子煊其实有着一种堪称屈辱的偷渡体验。如此一种特别的人生经历，肯定会在韩子煊的内心深处刻下深深的烙印。也因此，虽然已经是饱经沧桑的中年人，但韩子煊却一直难以说清自己的家国归属：“如今长大成人了，不知道自己到底是哪个国家的人。但是，说自己是朝鲜族人，因为日本也有好多同类。”然而，或许也正因为是偷渡入境者，为了生存，聪明过人的韩子煊竟然自觉不自觉地形成了一套带有混世性质的生存能力与生存哲学。另外，这一经历也使韩子煊成为无根的漂泊者，他对母亲的感情所牵系的其实是连韩子煊自己也根本就理不清楚的家国归属问题。需要注意的是，韩子煊并不仅仅是单一的存在，在这部《惠比寿花园广场》中，由韩子煊而进一步牵扯出的，是一个涉及庞大生存群体“在日朝鲜人”的问题。另外，虽然韩子煊自己除了后来的短暂到访之外，并没有过在朝鲜的具体生活经历，但父亲当年那样一种亲朝鲜的政治立场，却深刻地影响到了他的现实政治选择。也因此，在“我”的理解中，韩子煊绝对属于那种思想跟不上时代演进步伐的落伍者，或者也可以被看作是既往政治时代的一个活化石。

论述至此，一个需要我们加以思考的问题就是，韩子煊这种牢不可破的政治情结，与他那近乎于无赖的四处招摇撞骗的渣男品行之间，是否存在着某种必然的内在联系呢？一方面，我们当然无法简单地断言二者之间毫无联系，因为在某种程度上说，韩子煊十六岁之后的所有人生，都与他的那次偷渡行为紧密相关。但在另一方面，说一位渣男必然会如同韩子煊这样具有一种奇特的偷渡经历，却更是不可能的天方夜谭。也因此，一种最具有相当合理性的结论就是，四处招摇撞骗的无赖渣男与难以彻底消解的政治情结，这二者叠加在一起，共同构成了韩子煊这一人物形象堪称丰富的人性复杂性。

但关键的问题在于，韩子煊的渣男本性却并没有止步于以上数端，在同居过程中，“我”还进一步获悉了解到其他一些问题的存在。首先，是韩子煊面对女性时色狼本性的大暴露，韩子煊日常生活中女伴的更换之频繁，让人咋舌。其次，是韩子煊那样一种知错不改的拒绝悔改态度。事实上，尽管韩子煊一再辜负“我”对他的美好期望，一再地暴露出自己的丑恶面目，但“我”却并没有对他彻底绝望，尤其是在了解到按照日本的法律，一个人竟然可以“自我破产”的时候，“我”也曾经希望韩子煊能够通过这种“自我破产”的方式改头换面地重新做人。但“我”根本没有料想到，这个“自我破产”的建议，到头来却遭到了韩子煊的坚决拒绝：“在韩子煊看来，他宣布自我破产可能会带来更加残酷的现实。尤其韩子煊认为自己是一个朝鲜族人，所以不能在日本自我破产。”由此，我也明白了“韩子煊强盗似的到处骗人家的钱，事实上，他在人格方面早已经是破产的了”。实际上，也只有在劝说韩子煊“自我破产”无果的情况下，“我”才进一步认识到韩子煊的邪恶本性以及他彻底的不可救药。

从根本上说，正因为已经看清了国际渣男韩子煊的真面目，所以，“我”才下定决心彻底诀别韩子煊。然而，这诀别却并非易事，毕竟，惠比寿花园广场是“我”某种根深蒂固的精神情结之所在。正如同叙述者“我”在叙述过程中所明确表示过的，即使当初“我”无意间巧遇的那个男人不是韩子煊，自己恐怕也会不由自主地追随他搬到惠比寿花园广场来居住：“当初，我说碰巧遇到了韩子煊，如果我遇到的是另外一个男人，结果会有什么区别吗？我想结果是相同的。”说实在话，真正惊到笔者的，正是“我”所给出的这一段话。却原来，对于“我”来说，惠比寿花园广场所象征的那样一种高品位的现代物质生活的重要性，要远远大于某一位具体男性的重要性。由此可见，在《惠比寿花园广场》这部长篇小说中，具有现代病态人格者并不仅仅是渣男韩子煊一人。韩子煊之外，另一位现代病态人格的突出体现者，就是这位从小说一开始就已经深度介入到故事之中的第一人称叙述者“我”。事实上，也只有借助于韩子煊这样一个镜像的存在，“我”方才更加清晰地看到了自身内在精神世界中的黑暗面。很大程度上，“我”与韩子煊，是彼此互为镜像的两个人物形象。借助于彼此的互为镜像，映照出的，正是他们俩各自的人格欠缺。从根本上说，也正是这样的一种互为镜像，促使“我”心生悲凉：为了达到入住惠比寿花园广场的目标，自己竟然可以无所顾忌地选择追随任何一个男人。这使“我”清醒地认识到自己也有着严重的现代病态人格。在一部带有明显自传性特点的长篇小说中，作家黑孩能够以如此一种方式展开内在精神层面上的自我批判和自我反思，是非常不容易的一件事情，需要作家具备某种非同寻常的写作勇气。究其根本，能够把审视的矛头从他者转向自我，能够展开足够深入的自我批判与自我反思，对于《惠比寿花园广场》内在思想艺术品格的进一步提升，无疑有着特别重要的意义和价值。

如果说黑孩凝视着某种现代病态人格，那么，同样是现实题材的长篇小说，方方的《是无等等》（载《十月·长篇小说》2019年第6期）却显示出了鲜明的批判现实主义品格。依照我个人的一种理解，《是无等等》这部长篇小说的故事缘起，乃是青岩城文化馆钢琴教师安东妮的无端被杀。安东妮无端被杀的消息，陈亚非是从好友李江那里获知的。获知这一消息后，陈亚非的反应非同寻常："陈亚非更是听不下去了。他震惊，浑身颤抖，手足无措。他无法想象安东妮鲜血淋漓被人杀死的样子。他掉头去停车场，没吃饭，也没跟同事和领导打招呼，骑着他的摩托车，不顾一切奔回家。他一路狂奔，几次险些撞着人，也几次险些被车撞。"依照常理，对门邻居意外被杀身亡，震惊之余会有悲伤的情绪生成，乃是情理中事，但如同陈亚非这样简直就是一种如丧考妣的极端反应，就让人难以理解了。之所以会是如此，关键原因在于，陈亚非在内心深处一直深爱着这个女人："他不知道自己哭了多久，他的心痛得厉害，痛到了脑袋完全空白。他知道自己是深爱着这个女人的，虽然他跟她之间没有任何身体接触，甚至连手都没有拉过，但他们是彼此都能认同的密友。他们相互之间在心理上完全依赖对方。"正如同很多中国的夫妻都处于同床异梦的状况一样，如同陈亚非与安东妮这样一种既非夫妻也非情人但情感关系却又远胜于一般夫妻的状况，其实也非常普遍。很大程度上，如同陈亚非与安东妮之间的这种情感关系，我们可以把它称之为红颜或者蓝颜知己。除了没有性爱关系之外，其他很多方面，这种红颜或者蓝颜的关系，可以说的确达到了所谓无话不谈的地步。唯其他们之间是如此一种亲密无间的关系，所以，安东妮的意外被杀，才会让陈亚非失态到这种令人难以置信的地步。事实上，拥有研究生学历的警察苏卫，之所以会把疑点集中到陈亚非身上，与他在事发现场的过度失态，自然紧密相关。当然，苏卫之所以会把怀疑的目光聚焦到陈亚非身上，并不仅仅是因为他的严重失态。严重失态之外，也还有三个方面的原因，致使陈亚非成为了苏卫心目中的犯罪嫌疑人。一个是，事发当晚，陈亚非不仅曾经进入过安东妮家，而且据陈亚非的妻子王晓钰说，她根本不知道那晚陈亚非何时返回到自己家中。再一个是，陈亚非家竟然有安东妮家的钥匙。还有一个是，安东妮把一个神秘的箱子长期寄存在陈亚非家。以上四个方面的因素整合在一起，再加上陈亚非偏偏在不久前刚刚办妥了准备陪同母亲一起前往台湾探望外祖父的通行证，这就使得苏卫坚决认定陈亚非有重大的杀人嫌疑。也因此，尽管陈亚非本人一直不肯认罪，但苏卫却认为早已铁证如山："一连几天，苏卫都处在兴奋之中。虽然，陈亚非一直没有认罪，但事实确凿，容不得他抵赖。这样的犯罪者，警察见得多。他们从来都不会轻易坦白。他们总是抱有侥幸心理，觉得自己只要扛得住审问，你就拿他没有办法。"正因为先入为主地认定陈亚非就是犯罪嫌疑人，所以，面对着他的"百般狡赖"，苏卫到最后才不得不"上手段"，并以这种明显"违法"的"上手段"的方式，最终取得了陈亚非的"杀人"口供。

但在经过了一番并非不必要的周折之后，我们方才发现，陈亚非其实是被冤屈的，真正的犯罪嫌疑人，其实是安东妮的丈夫杨照酉。那么，身为丈夫的杨照酉为什么一定要谋杀自己的妻子呢？关键原因在于，安东妮曾经在无意间撞破了杨照酉与林松坡他们一桩恶意侵吞国家财产的惊天密谋。事实的真相是，在一个大风雨之夜，杨照酉、林松坡以及他们的另外两个朋友，曾经在认定家中无人的情况下，商定了一个绝密的计划："这是一个复杂、周密而又完整的楼盘策划案。林松坡在陈述前，预先说明：第一，必须严格在法律的框架内做事；第二，绝不伤害任何一个人，只是赚钱，同时也不让任何一个朋友或是客户吃亏。这两条是这个策划案的最大前提；第三，在座四人，利益共享，所以必须绝对保密。有一处地方出现问题，就会玩不下去。”方方的一大“狡黠”处在于，在描写杨照酉他们雨夜密谋的时候，故意隐瞒了最核心的部分。这样一来，她就巧妙地制造了一个艺术悬念。这个艺术悬念，伴随着故事情节的延展，在后来才逐渐地得到解决。杨照酉们的疏忽处在于，他们在密谋前，尽管检查了自己家的整个屋子，但却偏偏遗漏了卫生间。而他的妻子安东妮，这个时候恰好就被突然撞门而入的他们堵在了卫生间里。正所谓隔墙有耳，这样一来，杨照酉与林松坡他们的密谋不仅让安东妮听了个明明白白，而且还让她给录了音。此后，安东妮所犯最大的错误就是，在她与杨照酉发生激烈冲突的时候，无论如何都不应该以如此一桩惊天密谋来要挟自己的丈夫。正如同林松坡在他们密谋时所特别强调的，参与密谋者，不管是谁，只要一旦泄密，都必须自我了断那样，既然安东妮已经获知了杨照酉他们的密谋真相，那等待着她的，也就只能是死路一条了。

然而，方方之所以要由安东妮意外被杀一案而最终牵扯出由林松坡与杨照酉所主导的白梅山湖苑诈骗案，更主要的创作动机却不仅仅是借此而写出杨高与苏卫他们的忠于职守以及由此而带出的无穷悔恨，而是要借此实现自己一种深刻的社会批判意图。只要是关注社会现实的朋友，就都知道，当下时代一个严重的问题，就是国有资产的大量外流。之所以会是如此一种境况，与相关监管机制的不到位肯定紧密相关。具体来说，国有资产的外流情形肯定林林总总，不一而足，方方在《是无等等》中所写出的，其实不过是其中之一种。从这一点上来说，作家在“楔子”部分关于林松坡的相关描写就自然有其内在的必要性，肯定不是可有可无的。一方面，方方明确交代，曾经下乡做过知青的林松坡，早年有过在青岩城矿区当矿工的经历：“林松坡平时话也不多，他天天下矿井，下去便埋头干活。矿长偶尔下矿检查安全，总会留意一下林松坡。出井后，就长叹道，像林松坡这样踏踏实实当矿工的年轻人实在太少了。”但事与愿违的是，林松坡并没有如矿长所期望的那样真正扎根矿山，等到被提拔为矿务局团委书记的时候，他却私自去参加高考，考上了北京的一所高校。后来的事实证明，林松坡当年的选择是正确的：“很多年过去后，林松坡再回青岩城时，这座百年老矿早已停产。就连矿务局都取消了。矿上的房子早已拆得见不到原形。”另一方面，方方也特别交代，大学毕业后的林松坡，曾经有过在国家行政机关工作的经历：“林松坡大学毕业后留在北京的中央机关里工作。做了几年，心情郁闷。他想，这不是他想要的生活。”于是，当朋友约他一起下海做生意的时候，他便没有丝毫犹豫地离开了中央机关。因为，“林松坡永远知道，他自己需要什么”。通过以上两个细节，方方明确地告诉我们，第一，曾经在青岩城做过矿工的林松坡，对于白梅山湖苑那座楼盘坐落在被采空的矿井之上，一直是心知肚明的。第二，作为一位曾经在中央机关工作过的国家干部，林松坡不仅谙熟国家的各项政策，而且更加谙熟各种行政运作的规则与潜规则。他之所以能够在后来成为房地产公司老总后，把事业经营得风生水起，与他自身的能力，尤其是与他的这种特别经历，肯定存在着难以剥离的内在关联。之所以是林松坡，而不是包括杨照酉在内的另外三位中的某一位最终成为那一场白梅山湖苑诈骗案的主谋，其根本原因正在于此。更进一步说，要想在当下时代的中国最终神不知鬼不觉地“成就”白梅山湖苑诈骗案，仅凭林松坡、杨照酉以及老刘、老陆他们四人的力量，是根本不可能的。尽管方方非常巧妙地把这一切都推到了幕后，但明眼人却完全可以想象得到，在这个过程中，肯定会有不少官衔级别不同的政府官员参与到其中。如果我们以上的分析可以成立，那么，方方借助于罪案中套罪案的这样一种嵌套结构的精心营构，所欲抵达的一种深刻社会批判意图，实际上也就昭然若揭了。

与以上两位有所不同，作家熊育群在长篇小说《连尔居》（北岳文艺出版社2019年9月版）中把书写旨趣明显地指向了自己的童年时代。不知道其他人的阅读感受如何，反正在我，前后两次对《连尔居》的阅读，都情不自禁地联想到了现代杰出的女作家萧红，联想到了她的长篇小说《呼兰河传》。关于萧红和她的《呼兰河传》，权威的文学史曾经给出过这样的一些评价："《呼兰河传》以更加成熟的艺术笔触，写出作者记忆中的家乡，一个北方小城镇的单调的美丽、人民的善良和愚昧。萧红小说的风俗画面并不仅为了增加一点地方色彩，它本身包含着巨大的文化含量与深刻的生命体验。'呼兰河这小城里住着我的祖父'，这一句几乎可以被看作是全篇的主题词。从她的作品视界所能看到的故乡人民的生活方式，几乎便是无生活方式：吃，睡，劳作，像动物一般生生死死，冷漠死灭到失去一切生活目标，失去过去和未来。在这样的停滞的生活中是必然产生小团圆媳妇的悲剧的。但这里的'城与人，少女与老人，生者与逝者'的关系中，也存在着生命的永恒。"[①]如果说呼兰河是一座

① 钱理群、温儒敏、吴福辉《中国现代文学三十年》，第309、310页，北京大学出版社1998年7月版。

典型的北国小城镇，那么，连尔居就是一个极有代表性的南方小村庄。更进一步说，呼兰河不仅是一个坐落在一贯以白山黑水著称于世的东北的小城镇，而且小说故事发生的时间是在萧红的童年时期，大约也就在辛亥革命发生之前的那个时候，中华民国尚未成立，而连尔居则不仅是坐落在湖南汨罗江边的一座带有农场建制性质的南国小村庄，弥漫着非常浓郁的楚文化的气息，而且故事发生的时代背景已经是中华人民共和国成立之后的六七十年代了。

尤其值得注意的是，萧红与熊育群之间也还有着某种写作伦理的一致性。具体来说，这种写作伦理乃突出地表现在小说的写法上。“从创造小说文体的角度看，萧红深具冲破已有格局的魄力。她说过大体这样的话：‘有一种小说学，小说有一定的写法，一定要具备某几种东西，一定学得像巴尔扎克或契诃夫的作品那样。我不相信这一套，有各式各样的作者，有各式各样的小说。’她就注重打开小说和其他非小说之间的厚墙壁，创造一种介于小说与散文及诗之间的新型小说样式，自由地出入于现时与回忆、现实与梦幻、成年与童年之间，善于捕捉人、景的细节，并融入作者强烈的感情气质，风格明丽、凄婉，又内含英武之气。萧红的忧郁感伤可以和郁达夫的小说联系起来看，但她没有那样病态、驳杂，更有女性的纯净美。她的文体是中国诗化小说的精品，对后世的影响越来越大。”[①]一方面，我们的确应该承认，从一般的意义上来说，每一种文学文体都有其长期形成的一些基本特点，也即萧红所谓的常规写法。但在另一方面，某一文

---

① 钱理群、温儒敏、吴福辉《中国现代文学三十年》，第309、310页，北京大学出版社1998年7月版。

体比如小说的所谓常规写法，恐怕更多的还是针对理论批评家而言的。对于那些以追求思想艺术的原创性为宗旨的作家来说，他们在进行创作时需要更多考虑的，应该是“破”而不是“立”。也就是说，作家的创作只需要更多地考虑怎么样才能够忠实地表达自己对世界、社会、人性或者人性世界的理解与认识，而不需要把更多的精力投入到是否合乎某一文体规范问题的思考上。就此而言，萧红所刻意强调的“有各式各样的作者，有各式各样的小说”的说法，自然也就是可以成立的。在我的理解中，鲁迅先生在评价萧红时所谓“越轨的笔致”的说法，其实也主要是针对这一点而言的。一方面，我不知道熊育群在创作《连尔居》之前对萧红的小说观念及其《呼兰河传》到底有多少了解，但在另一方面，如果着眼于长篇小说《连尔居》的写作方式，那么，熊育群与萧红相似性的存在，就是无可置疑的一种客观事实。这其中，最突出的一点，就是熊育群如同萧红一样，所实际操作的，也是“一种介于小说与散文及诗之间的新型小说样式”。或许与熊育群本身就是一位优秀的散文家，其散文创作曾经获得过鲁迅文学奖有关，我们发现，他的长篇小说《连尔居》，如同《呼兰河传》一样，既具有散文的品质，也有着抒情诗的特点。与此同时，还有一点值得注意的是，不论是萧红的《呼兰河传》，还是熊育群的《连尔居》，都有着突出的纪实色彩，都有着鲜明的自传性，都与自己的童年记忆存在着不容忽视的内在紧密关联。由于相关的研究性文字很多，所以，《呼兰河传》这一方面的情况无须过多赘言，需要展开稍加论述的，是熊育群的《连尔居》。我们注意到，在这次修订本出版的时候，熊育群曾经写过一篇专门的序。在这篇序中，熊育群开宗明义即强调：“连尔居是我故乡的名字。”[1]“连尔居鲜活的人物出现在我的眼前，他们曾真实地生活在这个世界上。我与他们共同经历了遭遇现代文明的历程，现代器物、发明、观念、意识形态……于是，荒诞离奇的一幕幕上演了，这是最现实又最魔幻的故事，我只需记录下来，就足以构成对这个世界的一种象征。悲剧人生的发生与深刻揭示，伴随了时代的变化。我写一个村庄、一群人、一个时代，它是一座村庄的历史，也是一个国家的历史，是我们每一个人的历史，是人类的‘现代’魅影与大地寓言。”[2]由以上文字可见，连尔居本就是熊育群的故乡，小说中出现的诸多人物，以及相关的事件，也大都有相应的生活原型存在。行文至此，一个不容回避的问题就是，一方面，从本质上，小说是一种以想象虚构为根本特征的叙事文体，但在另一方面，萧红的《呼兰河传》与熊育群的《连尔居》却都有着鲜明的纪实特征，甚至，那个既深度介入到故事之中却又以第一人称的方式出现的叙述者“我”，也都可以被称作是“萧红”或者“熊育群”自己，那么，在这两部长篇小说中，是否因为有着突出的纪实性，就不存在想象虚构的成分呢？我想，不管怎么说，答案恐怕都是否定的。虽然说不论是萧红，抑或是熊育群，都没有做出过相应的表示，但在我个人的理解中，他们的小说作品中之所以要有纪实性因素的穿插，其根本目的乃是要借此而进一步强化小说的某种艺术真实性幻觉，促使读者相信他所读到的一切故事都是真实发生过的。就这样，一方

① 熊育群《序》，分别参见《连尔居》，第1、2、3—4页，北岳文艺出版社2019年7月版。

② 熊育群《序》，分别参见《连尔居》，第1、2、3—4页，北岳文艺出版社2019年7月版。

面是打通小说、散文以及抒情诗之间的界限，另一方面则是把纪实性与自传性因素有机地融入到必要的想象虚构之中，再加上深度介入到故事之中的第一人称叙述方式的运用，萧红《呼兰河传》与熊育群《连尔居》最起码在以上三个方面存在着叙事伦理的一致性。

叙事伦理之外，我们之所以要把萧红《呼兰河传》与熊育群《连尔居》并举在一起，更为关键的一个因素，就是抒情性在文本中的突出表现。尽管两个小说文本各自表达的具体情感状态肯定存在着明显的差异，但从总体而言，他们各自小说的叙事都有着一种鲜明的情感基调，都被某种浓得化不开的乡愁以及发自生命深处的感伤紧紧缠绕着，却是无法被否认的客观事实。唯其两部作品都既坚守着共同的叙事伦理，又有着以文化乡愁与生命感伤为内核的情感基调，所以，我们才更愿意把《呼兰河传》与《连尔居》都纳入到王德威所一力倡扬与强调的中国现代文学的抒情传统谱系中来加以理解和分析。但在充分认识到《呼兰河传》与《连尔居》之间所具共同性的同时，我们却更应该注意到二者之间差异性的存在。与萧红在《呼兰河传》里旨在“写出作者记忆中的家乡，一个北方小城镇的单调的美丽、人民的善良和愚昧”有所不同，熊育群在《连尔居》虽然也同样是要写出自己记忆中的故乡，但作家的思想主旨却很显然是要在进行历史沉思的同时，也写出二十世纪六七十年代那个特定时代背景下的个人成长历程。当然，其中无论如何也都少不了对充溢着巫性气息的楚地文化的悉心描摹与展示。

“湘北的汨罗江流域是一块神奇的土地。楚文化迥异于中原文化，它的气质绚烂、繁丽，巫气氤氲，富于梦幻，人们生性敏感，生命意识强烈。谭盾在他的音乐作品里已有出色表现，沈从文的文字、黄永玉的画都能看到这样的气象，诡异、空灵，这就是湖湘文化的神韵，天然地靠近艺术。我如果写不出这片土地的神韵，写不出它的民风士习，小说就谈不上成功。”[①]关键的问题是，熊育群不仅如是说，而且还把自己的这些思想认识进一步具体落实到了《连尔居》的小说文本之中。

说到《连尔居》既诡异又空灵的巫气氤氲，首先一个例证，就是茂益的撞鬼事件。有一次，连尔居包括“我”在内的几个孩子一起出去玩，结果在走出大湾杨时，却突然发现茂益走丢了。没想到，等第二天再见到茂益的时候，他却说自己昨天撞见鬼了。他说，自己昨天走到大湾杨去路边屙尿的时候，遇到了一个男人：“滩上有个男人，手里提了一盘麻绳，挡住我的路。我往岸边走，他也往岸边走，我往水边走，他也往水边走，就是不肯让我过去。”情急之下，茂益只好大声喊叫救人。他的呼救声惊动了一位大妈。按照茂益的自述，大妈来拉他的时候，“我跟她说：‘那个人不让我过去。’她回头看，说：‘有人呀。’我明明看到那个人，她说有人。”后来，在了解到茂益是连尔居的孩子之后，大妈便送他坐渡船回了家。吊诡之处在于，过了没几天，就从大湾杨传来消息，不仅说是有一个女人给淹死了，而且，这个女人就是早几天把茂益送上渡船的那位大妈。与此相关的另外一件事情是，两年前的大湾杨，就曾经淹死过一个后生崽。如果我们把茂益、那位大妈，以及这个后生崽联系在一起，那么，其中的前后逻辑自然也就清楚了。这个被淹死的后生崽死

---

① 熊育群《序》，参见《连尔居》，第1—4页，北岳文艺出版社2019年7月版。

后变成鬼，并且试图讨茂益做自己的替身。因为那位大妈无意间撞破此事并救回了茂益，所以她自己只能替代茂益做了那个后生崽的替身。那么，人世间到底有没有鬼？如果有鬼，鬼是不是会寻找替身以达到超度自身的目的？所有这些用现代科学道路无法解释的现象，我们只能把它们归入到带有明显神秘性质的楚地巫文化的谱系内，才能够得到合理有效的解释。

接下来，我们要关注的，就是邓一光一部厚重的历史长篇小说《人，或所有的士兵》（原刊《中国作家》文学版2018年第11、12期，单行本由四川人民出版社于2019年7月正式出版）我们都知道，邓一光是一位书写战争的高手，从中篇小说《父亲是个兵》，到长篇小说《我是太阳》《我是我的神》，出身于军人家庭的邓一光，此前已经给我们奉献出了很多部相当优秀的战争小说。但这一次，在沉潜长达十年时间之后，这一部《人，或所有的士兵》，却不仅仅称得上是作家的自我超越之作，而且更应该被看作是一部具备了与世界优秀战争文学作品对话的中国当代战争长篇小说的标高之作。

我们都知道，从文体属性的角度来说，小说是一种特别强调作家想象虚构能力的叙事文体。然而，这种看似可以“天马行空”的想象虚构，却并不意味着作家就可以凭空地胡编乱造：“长期以来，我们总是习惯于强调小说虚构性质的重要，强调小说从根本上说乃是一种允许虚构而且也不能不虚构的文体。很多时候，能否在小说中完成一种令人信服的艺术虚构，往往会被看作是衡量作家艺术想象力的重要标准之一。由这种认识出发，自然也就会生出诸多关于小说的偏见谬见。其中，曾经长期存在，而且至今依然能够获致很多人认同的一种理念，恐怕就是，既然小说是一种虚构的文体，那作家在写作时就可以放任自己的艺术想象力，就可以毫无顾忌地进行天马行空的虚构，甚而可以尽情尽兴地依凭个人的主体意志随意编造。实际上，只要认真地想一想，我们就不难发现以上观念认识的偏颇之处，正突出地体现在对虚构的错误理解上。虚构固然是小说写作不可或缺的重要艺术手段，但这虚构却也只能是建立在纪实基础之上的虚构。从更为宽泛的意义上说，正如同真与假、善与恶、美与丑等一系列具有二元对立色彩的观念范畴一样，纪实与虚构二者之间也存在着一种相辅相成的依存关系。没有纪实，就无所谓虚构。反之亦然。从根本上说，纪实与虚构，乃是作家建构小说艺术大厦最基本的两种手段。我们需要加以深入思考的一个关键问题是，实际的小说写作过程中，作家究竟应该如何纪实，如何虚构？纪实与虚构之间又应该是一种什么样的关系？”[①]说到小说中的纪实，其中非常重要的一点，就是关于社会与时代的纪实。也因此，我才进一步推论道：“究其实质，对于‘器物美学’在《天香》中的重要性，我们必须在纪实的层面上来加以思考认识，方才算得上是真正意义上的切中肯綮之论。而这，事实上就已经涉及了我们关于小说写作中‘纪实与虚构’关系的第一重理解，那就是故事情节可以虚构，但故事所赖以存在的社会与时代却容不得一点虚构。”[②]之所以要在这里专门提及小说创作中纪实与虚构之间的关

① 王春林《小说写作中的纪实与虚构——从王安忆〈天香〉说开去》，《山西大学学报》2017年第3期。

② 王春林《小说写作中的纪实与虚构——从王安忆〈天香〉说开去》，《山西大学学报》2017年第3期。

系，乃因为邓一光的《人，或所有的士兵》这部历史长篇小说的引人注目处，首先在于他在纪实性方面下了足够大的功夫。

尽管说当下时代那些被标榜为历史长篇小说的作品简直多如过江之鲫，但说实在话，如同邓一光这样在一部足称厚重的长篇小说的写作过程中，下足了历史考古学功夫的，虽不能说绝无仅有，但也的确十分罕见。首先是在篇尾细致列出的数量多达四十七部（其中包括两部影像资料，其余均为图书作品）的“本书参考资料”。一般来说，需要在篇尾列出参考资料的，都是要求论据必须真实可信的学术研究论文或者著作。最起码在我，在一部历史长篇小说的篇尾处看到“本书参考资料”的专门罗列，邓一光的这部长篇小说乃是第一次。保守一点估计，如果说一部的字数是二十万字，四十五部图书叠加起来就是九百万字或者干脆说就是一千万字。如此海量字数的参考资料，不仅要认真地通读，而且还要想方设法地将其中的很多历史事件与历史人物都天衣无缝地巧妙穿插融汇到《人，或所有的士兵》中去，其高难度是可想而知的一种事实。虽然我们后来在阅读小说的过程中，很可能会读得特别津津有味，但邓一光所直接面对的这些参考资料，却可以说全都是一些枯燥无味的历史资料。如果没有一种真正发自内心的对文学这一神圣事物的敬畏精神，要想做到这一点，恐怕是很不容易的一件事情。人都说做学问“板凳要坐十年冷”，邓一光竟然写一部历史长篇小说也难能可贵地做到了这一点。其他且不说，单只是邓一光如此一种兢兢业业的写作姿态，就足以赢得我们充分的敬意。同样值得注意的，是那些差不多遍布通篇的页底注。只要稍加留心，即不难发现，这些注释可以说全部都有着专有名词的性质。或者是相关的历史事件，或者是相关的地名与机构名称，当然，绝大多数恐怕还是那些真实存在过的相关历史人物。从写作技术的角度来说，能够把这些具有突出史料性质的东西，令人信服地编织进一部想象虚构性质同样非常突出的长篇小说中，所充分考量的，正是邓一光一种非同寻常的艺术构型与整合能力。即如开篇不久处的这样一段："那是一次经历奇特的工作，孩子看到大量来自中国的战地照片，他们当中有大名鼎鼎的罗伯特·卡帕拍摄的正面战场照片，美联社记者杰克·贝尔登、艾格尼丝·史沫特莱和《每日先驱报》记者埃德加·斯诺拍摄的日占区照片，还有尤里斯·伊文思拍摄的新闻纪录短片，孩子一下子接触到那么多触目惊心的图片和纪录片，对国内发生的事情十分震惊，那些照片和纪录片胶片帮助他做出了启程回国的决定。"这里，邓一光其实是要交代主人公返国参加抗战的动机。原本在日本留学的郁漱石，此时已经迫于父亲郁知堂的压力，转道美国求学。即使如此，郁知堂也不肯放过自己的这个小儿子。一方面是迫于蒋介石所谓"奖惩名单"的压力，另一方面，更主要的，恐怕还是顺从于自己内心中根深蒂固的"以死报国"情结，郁知堂要求郁漱石必须马上返国投身抗战，否则，"吾将谓汝作弃国审判"。但从根本上说，最终促使郁漱石启程回国的，却是他在参与普利策新闻奖工作时所看到的上述那些照片和纪录片胶片。面对着这些真实呈现着国内抗战境况的照片和纪录片胶片，倍觉震惊的郁漱石，方才下定决心回到了早已是满目疮痍的祖国。罗伯特·卡帕、杰克·贝尔登、艾格尼丝·史沫特莱以及尤里斯·伊文思，都是以报道中国抗战而知名于世的新闻记者。能够借助于郁漱石返国动机的交代把这些真实的历史人物有机地编织进小说文本之中，所见出的，正是邓一光消化处理相关知识或者史料的突出能力。

或许与邓一光的作家身份紧密相关，在纪实性史料的穿插方面，非常引人注目的一点，就是他对诸如张爱玲、海明威、萧红、许地山、戴望舒等一些作家在小说中的想象性编织处理。需要特别强调的一点是，先后进入到邓一光视野中的这些作家，都与抗战时期的香港有着不同程度的关联。作家之所以要把他们刻意地编织到小说文本之中，与他对香港在历史长河中跌宕起伏命运的关注与思考紧密相关。虽然说作家在处理这些真实存在的作家时，要么只是简单地一笔带过，要么会耗费笔墨略加展开，但无论如何都不能被忽略的一点是，邓一光在进行编织处理时，实际上却也存在着一个想象性的问题。先看海明威。海明威的中国之行，是在民国三十年，也即1941年太平洋战争爆发之前。那一次，因为郁漱石曾经在哥伦比亚大学读过书，身为第7战区中尉军官的他，被安排参与了接待海明威夫妇的工作。“玛莎是海明威的第三任妻子，海明威是玛莎第二任丈夫”，因为不放心妻子单独前往中国战场，海明威执意同行。“郁漱石读过他俩的书，他告诉帕特·赵，相比海明威名声大振的《太阳照常升起》和《永别了，武器》，他更喜欢玛莎的《灾区现场》和《疯狂的追求》，他认为玛莎比她丈夫更出色。”关于海明威，有两个相关细节值得注意。一个是海明威接受了美国政府的特殊使命：“罗斯福的顾问们想知道国民政府是否有决心和日本人战斗到底，日本和斯大林的和约对远东有何影响、除了推销自由和民主美国在远东到底还能做什么。”再一个细节，海明威是个大滑头，故作身体不舒服：“实际上，等她一离开，他就缠着余汉谋详细了解华南战区战况，让余长官亲自为他模拟沙盘。”不仅如此，到了第二天，他干脆还以指挥官的身份，带了一支小部队，去前线进行实地考察。我们一定要注意到，在写到海明威的时候，邓一光的着眼点，更多的是他所承担的秘密政治使命。之所以会是如此，一个重要原因在于，美国对中国抗战的态度与决策，乃是《人，或所有的士兵》这部长篇小说的重要内容之一。作家对海明威的想象性书写只有落脚到这个层面上才能够得到很好的理解。

然后是张爱玲。郁漱石与张爱玲的见面，是在吊唁另一位现代作家许地山先生的时候。先是郁漱石发表演讲："他说许先生是中国引进印度文学第一人，最早翻译泰戈尔的《吉檀迦利》，许先生4日西归，只隔三日，泰翁也于7日西归，双仙驾鹤，天地之命。"接下来，就是时为港大学生的张爱玲，与郁漱石的一番交谈。也就是在这个部分，邓一光借助于郁漱石之口，对张爱玲做出了相应的描述与评价："阿石对艾琳的评价是惺惺相惜那种，说她先逃出父亲的生活，再逃出母亲的生活，最终因战争所陷没能逃去英伦岛，港大文史系数她学业最出色，她纠结，发自己的狠，眼光与心事纤细到不像话，因俏皮而生动，却又因尖刻而危险，因冷漠挑剔的冲突气质让常人难待，这样的人拥有无边寂寞和天性敏感，一抹懒散斜阳一阵短促横风都能陡然惊起世界，其实根本就是在人们之外活着，在自己的躯壳外活着，没人看得清。"这哪里是郁漱石在谈论张爱玲，这简直就是作家邓一光在通过郁漱石谈论着他自己对张爱玲那堪称入木三分的理解与认识。尤其不容忽视的，是叙述者接下来的一句点睛之语："阿石那样说艾琳，像是在说他自己。"唯其郁漱石与张爱玲之间有着近乎相同的精神气质，所以，也才会有他对于张爱玲那样一种深入骨髓般的真切理解和评价。

充足的历史考古学功夫之外，邓一光的《人，或所有的士兵》在形式上一个不容忽视的特点，就是真正可谓是众声喧哗、堪称杂多的第一人称叙述方式的设定。具体来说，邓一光采用了一种战后法庭审讯的方式来结构自己的这部长篇小说。民国三十四年，也即1945年，日本天皇宣布无条件投降之后，广州行辕军法署开庭审理第七战区中尉军官郁漱石。他被指控的罪名是“通敌叛国罪”。用结案报告中的话来说，他被指控的罪名共有四项。一、于敌酋俘虏营中屈身事敌。二、弼佐日寇杀害我抗日人士，对国防委员会第三厅少校李明渊死亡负有难以脱咎之责。三、苟合取容殖民主义，在英国殖民者复侵香港过程中，自堕人格，典身卖命。四、对日酋香港战俘总营之D营战俘集体被屠事件负有连带责任。围绕着如上这些被指控的罪名，控辩双方、当事人自己，以及相关证人先后做出相应的陈述。除了身为第七战区中尉军需官，后为D战俘营战俘的郁漱石之外，这次审判的出场陈述人先后包括该案辩护律师冼宗白，该案的审判官封侯尉少校，前美军少尉，同为D战俘营战俘的奥布里·亚伦·麦肯锡（简称亚伦），郁漱石的养母尹云英，日本中国派遣军少佐、D战俘营次官矢尺大介，香港华茂易公司经理、前第七战区中校军官梅长治，国防部少将军官邹鸿相，贸易公司雇员刘苍生以及外交部驻外代办秦北山等，共计10人。针对郁漱石被指控的各项罪名，包括郁漱石自己在内的这10位陈述人分别就自己所了解的相关内容进行了或长或短的陈述。所有这些陈述，再加上后面简短的结案报告，以及郁漱石那位被称为冈崎的日本生母的一封信（也即遗书），实际上也就构成了整部《人，或所有的士兵》的全部叙事内容。由于法庭所询问题不同，相关陈述人所陈述的内容不仅侧重点各不相同，而且各自的出场次数也大为不同。相对来说，郁漱石之外，亚伦、矢尺大介、封侯尉、冼宗白他们几位的出场次数要明显多于另外的那些陈述人。从叙述学的角度来看，以上这10位陈述人所承担的也就是第一人称叙述者的功能。就此而言，邓一光的整部小说就可以被理解为是多达10位的第一人称叙述者围绕郁漱石被指控的四项罪名而展开的一个叙事过程。由于这些陈述人实际持有着各不相同的思想价值立场，对同一人物或者事件持有着个性化的看法，所以，整部小说的叙事过程，很显然有着鲜明不过的如同电影“罗生门”一般的叙事特点。除了第一人称参与式的多角度交叉叙事之外，邓一光之所以要采用法庭审判的方式展开自己的历史与战争叙事，恐怕也还有着不容忽视的象征意味。如果说法庭的审判过程需要相关当事人给出信实的法庭证词的话，那么，历史（具体到邓一光的这部长篇小说，也就是指那场被诅咒的战争）的发展演进过程，也同样需要当事人提供具有可信度的历史证词。从这个角度来说，邓一光通过这10位历史或战争的当事人所提供的证词，在积极有效地还原主人公郁漱石人生历程的同时，其实也为那个特定的历史时期提供了相当具有说服力的历史证词。更进一步说，邓一光的这部长篇小说乃可以被视为一个体量庞大的历史证词。

具而言之，邓一光这部无论是字数，抑或是内蕴品质均真正足称厚重的长篇小说，所聚焦表现的核心事件有二。其一，是二战期间著名的香港十八日保卫战。1941年12月8日，日军在偷袭珍珠港事件爆发几个小时后，很快又以所谓迅雷不及掩耳之势，对香港发动突袭行动。面对日军的这一突袭行动，由多国军队组成的香港守军迅即做出反应，进行积极抵抗。但最终却因为实力不济以及军心不振，甚或并非仅仅是战斗实力相对较弱，只是固守了十八天的时间，就在付出巨大伤亡后被迫宣布投降。当时身为国民党第七战区兵站总监部中尉的主人公郁漱石，因为恰好在香港执行公务，不幸被俘。其二，郁漱石被俘之后，很快就被押解到位于燊岛原始丛林中的一座日军D俘虏营度过了长达三年零八个月简直就是非人的俘虏生活。放眼中国当代的战争文学作品，虽然说数量不少，但如果从“写什么”也即题材的角度来说，不仅没有见到过专门书写香港十八天保卫战的作品，而且，以战俘这样一个特定军人群体为聚焦点的作品也极其罕见。也因此，其他且不论，单就这一点来说，邓一光这部厚重长篇小说填补空白的意义也不容低估。

在我的理解中，结识已然很久的天津作家王松，似乎是一位生不逢时的实力派优秀小说家。一方面，王松总是在源源不断地为文坛奉献着思想艺术品质不俗的优秀中长篇小说，另一方面，已经写出了不少优秀作品的王松，却总是与各种重要的文学奖项擦肩而过。唯其如此，我才把他看作是一位生不逢时的实力派小说家。但即使如此，王松却也如同那位“一箪食，一瓢饮，在陋巷，人不堪其忧，回也不改其乐”的颜回一样，还是那样痴迷于小说创作，还是在不时地将他的小说作品一部又一部地及时推送到广大读者面前。中篇小说《别字》（载《收获》2019年第6期）就是其中格外引人注目的一部。

首先需要注意的一点是，王松为《别字》巧妙地设定了一个罪案小说的叙事外壳。在一次由第一人称叙述者“我”也即王松自己的大款同学陈之濠精心组织的同学聚会上，他们那位本来就身患严重心脏病的曾经的班主任田老师不幸病发猝死。因为警方在事发现场意外地发现了一张血写的“翌”字的纸片，怀疑的焦点最终集中到了血迹的主人，王松他们曾经的中学同学顾大义身上：“现在，警方经过字迹鉴定又进一步确认，这个字也是顾大义写的。也就是说，顾大义可能是先弄破自己的手指，然后蘸着自己的血写下的这个字。现在警方分析认为，无论顾大义是因为什么要用这样一种极端的方式写这个字，田老师看了都会受到强烈的刺激。她因此猝死，也就极有可能。”但一个关键的问题在于，这位长期以来一直看似安贫乐道地生活在偏远乡下的顾大义，为什么一定要在很多年都未曾谋面的田老师的床头柜上留下这样一张简直就是莫名其妙的带有自己血字的纸片呢？他的如此一种反常行径难道真的是一种蓄意的谋杀吗？围绕这样的一个中心问题，作家王松以极大的叙事耐心层层剥茧，所最终实现的叙事意图，却是对于顾大义这样一位堪称既往历史“活化石”的人物形象的深度塑造，是对一段荒唐历史沉痛而深入的批判与反思。

按照叙述者“我”也即王松的追忆，当年上中学的时候，“我”、吴云江以及顾大义他们三位关系一向要好的同学，曾经被班主任田老师不无贬义地称为“一丘之貉”：“这个一丘之貉，还有臭味相投的意思，譬如你和王松，还有顾大义。”“我得承认，田老师的这个形容确实很恰当。吴云江的母亲这时已被定为‘反动学术权威’，我的父母也都被关进‘牛棚’。顾大义就更不用说了，他的父亲已被关进监狱。”正所谓“同是天涯沦落人”，大约也正因为他们三位都出身于存在严重政治问题的家庭，因了田老师的把他们称为“一丘之貉”，他们三位的关系反而更加密切了。甚至于，他们之间的这种亲密关系，还一直延续到了后来到农村插队落户的时候。很大程度上，大约也正是因为有顾大义他们三位的存在，所以，才会有田老师当年那句多少带有一点绕口令性质的“学习好的学生不一定是好学生，学习不好的学生也不一定就不是好学生”的“名言”的最终生成。关键原因在于，后面的那个“好学生”的标准，恐怕更多的乃是从政治思想的角度立论的缘故。在“文革”那个以家庭出身的好坏论高低的“政治挂帅”的荒唐年代，学校对一个好学生的强调与认可，最根本的着眼点往往会体现在所谓政治思想的进步与否上。顾大义他们三位尽管学习成绩优秀，但却被田老师简直就是“莫须有”地归类为“一丘之貉”，根本原因正在于此。

作为小说《别字》的主人公，顾大义这一人物形象有以下几点不容忽略。其一，尽管他当年的学习成绩特别优秀，但却总是遭到班主任田老师无端“上纲上线”式的无情打击。受到父亲影响的缘故，顾大义在很小的时候就背会了具有极大记忆难度的化学元素周期表：“他父亲说，其实真正的医学在西方，而要学好西方的医学，化学就是基础。”没想到，他的如此一种良好学习行为，到了早已被时代成功规训的田老师这里，却被看成了一种令人不齿的崇洋媚外行为：“田老师先说了顾大义的思想错在哪里，如何崇洋媚外，如何崇拜门捷列夫。门捷列夫是什么人，是俄国沙皇时代的人，俄国沙皇时代比现在的苏联社会帝国主义还要反动。”

其二，等到“文革”结束后有机会去美国生活的时候，顾大义给出的竟然是一种拒绝的态度。当几乎所有的中国人都在竭尽一切可能地奔涌向美国的时候，顾大义的如此一种反向选择的确特别令人费解：“所以这次，吴云江告诉我，顾大义不想跟他弟弟顾大平去美国，我也就并不意外。我当时只是无法理解，算起来已过去了将近十年，顾大义的想法怎么还没改变。”尽管吴云江和“我”曾经百般努力，但面对着冥顽不灵的顾大义，最终却仍然无济于事。顾大义的如此一种反常行径，促使身为作家的“我”不由自主地联想到了一部在当年曾经产生过广泛影响的电影《牧马人》：“吴云江说的许灵均，是当时一部叫《牧马人》的电影里的主人公。这部电影说的是，一个叫许灵均的下放青年，在农村娶了女人，也生了孩子。后来他父亲从美国回来了，要带他一起走，但他最后还是拒绝了，决定留在农村。”在当时，一部《牧马人》，的确曾经以其所谓爱国主义的精神内涵激动无数人。但如今想来，主人公许灵均人生选择背后的动机逻辑设定，在艺术说服力方面恐怕还是存在一些问题的。

其三，就是这次同学聚会时顾大义那简直就是鬼使神差一般的对田老师的“报复”行为了。身居偏远乡下的顾大义，之所以在见到田老师的时候，要不管不顾地用自己的鲜血在纸片上写一个“翌”字，原因乃在于当年的田老师错误地告诉顾大义，这个字读“lì”。在当年，尽管顾大义已经明确提出这个字的正确读法应该是“yì”，但田老师却仍然执意要把“翌”读成“lì”。到后来，就因为这个错误的读音，竟然耽误了顾大义的农村学生陈进步的一辈子：“这孩子没考上县一中，还真可能误了一辈子。”正是从这样的一个前提出发，顾大义才有后来不管不顾的大爆发：“于是他就用这根流着血的手指，在这块纸片上歪歪扭扭地写了一个‘翌’字，然后瞪着田老师，指着这个字问，这字念啥？你说，它念啥？”“这时，顾大义已经哭了，他说，你知道吗，我的学生，说我不是人！说我误了他一辈子！我误了孩子的一辈子啊！他说完，就把这张纸片摔在田老师的脸上。”又其实，田老师的念别字，并不只是表现在把翌念成“lì”上。早在组织学生开顾大义批判会的时候，她就曾经把“铿锵”错误地念成“坚将”：“这时顾大义举手站起来，说，您说的，是不是铿锵有力。田老师皱皱眉说，什么铿锵有力，就是坚将有力，坚是坚固，将是很硬的意思，懂了吗？”一个总是要念别字的中学语文老师，其不称职是无法否认的事实。也因此，谁又能够指望这样一位不称职的老师能够很好地完成自己的教学任务呢？

但田老师的念别字，说到底，也只不过是王松的这部中篇小说被命名为“别字”的表层理由之所在。更进一步说，王松创作这部中篇小说的根本意图，乃在于真切地刻画塑造顾大义这样一位思想永远停留在既往荒唐时代的活化石形象。尽管说时代社会已经发生了天翻地覆的变化，但早已被那个不合理的荒唐时代规训成功的顾大义却一直停留在既往时代。我们注意到，在写到顾大义拒绝去美国的时候，曾经出现过这样的一段叙事话语：“我和吴云江都已回到城里，上大学，又工作，这十多年已经换了一个时代。而顾大义一直还在那个偏僻的山村，这就像闷在一个罐子里。对他来说，也就还停留在十多年前的那个时空。”其实，只要我们认真地想一想，就可以断定，顾大义的思想并不只是停留在他拒绝去美国的时候。很大程度上，一直到同学聚会田老师的猝死事件发生的时候，顾大义的思想也仍然还停留在很多年前的既往时代。唯其如此，他才会不管不顾地在同学聚会时以血写的纸片来质问早已是重病缠身的田老师，并最终酿成了猝死悲剧的发生。从这个意义上说，小说的标题“别字”有着别一种深刻的象征意义。它所象征隐喻的，就是作为既往时代活化石的顾大义与时代发展的根本错位。质言之，能够借助于拟罪案小说的方式，刻画塑造顾大义这样一位与时代发展严重错位的活化石形象，正是王松这部中篇小说最主要的思想艺术价值之所在。

人的生存，当然离不开起码的物质条件，然而，仅仅是物质条件的具备，却并不能满足人所有的生存要求，尤其是对那些接受过高等教育的现代知识分子来说，情况就更是如此。大约也正因为如此，才会有马斯洛需求理论的生成。在马斯洛看来，人的需要由低到高可以被划分为不同的五个层面。具体来说，这五个层面分别是生理需求、安全需求、社交需求、尊重需求以及自我实现需求。在我看来，陈河的中篇小说《丹河峡谷》（载《收获》2020年第1期）所描写展现的，就是那些移民到国外（尤指加拿大）的中国知识分子，因为自我价值的无法实现而导致的生存悲剧。

虽然只是一部篇幅不长的中篇小说，但小说却依然采用了一种双线并行的结构模式。其中第一条线索讲述的，主要是兼具第一人称叙述者功能的“我”移民加拿大后的故事。小说开始的时候，“我”的职业“是一个兼职的房地产经纪人（说兼职是因为我还有一个便利店）”。但其实，不管是作为房地产经纪人，还是作为便利店的小老板，甚至作为一名已经步入中年的丈夫，“我”都只能被看作是一个生活的失败者。先是房地产经纪人：“和我一样时间入行的房屋经纪人，几乎都是奔驰宝马保时捷，至少也是凌志，没人像我这样开着一辆旧丰田。”之所以会是如此，乃因为“我”不愿意屈尊去刻意逢迎那些要买房的有钱人。好不容易盘了一个便利店，夫妻俩屁颠屁颠地忙乎大半天，到头来却发现，工作的时间和挣到的钱的比例，每个小时的收入才只有区区的十加元。正所谓“贫贱夫妻百事哀”，因为生存艰难到甚至连出国前的日常生活都难以比拟的地步，“我”和妻子的情感，也慢慢地发生了变化：“就像济慈的诗歌里写的一只花瓶，表面看起来还是一只花瓶，但是内部四壁被水和风侵蚀得布满了裂纹，轻轻一碰就可能破碎成一堆碎片。”如此一种脆弱的夫妻关系，到“我”决定去加入加拿大军队的时候，终于以离婚的方式彻底破裂了。但请注意，或许与“我”内心里一种浓烈的故土情怀有关，尽管早就可以入籍加拿大，“我”却一直保留着中国国籍。单只是这一点，就说明“我”的精神世界中某种自我分裂倾向的存在。

究其根本，一个已经移民到加拿大的中国人，之所以快要四十岁了还想着去加入加拿大军队，与他自我价值无法实现的生存困境之间，有着无法剥离的内在关联。“在加拿大，参军很像是一份工作。吸引我的除了它的福利，还有就是当兵之后，你不必像在职场里一样要用心处理关系，不必日日面临挑战，军队里一切都给你安排好了，这一点对我是最好的事情。”“按照我目前的处境，这是一条可以拯救我的路，一条不需要挣扎不需要奋斗的捷径。”然而，对于有着明显自我分裂倾向的“我”来说，做出这样一种选择，却不是非常轻松的一件事情，因为他需要考虑如何才能摆脱沉重的政治与道德重负：“因为我背负着很多东西。如果我是一个海地难民，我就可以轻松选择。我父母都是干部，政治觉悟很高。我自己是名牌大学毕业生，我的同学们个个事业有成，在国内有的都做到了部级干部，他们都很有政治头脑，如果得知我加入了归属北约的加拿大军队当兵，会怎么想呢？会不会说我是叛国呢？”“我”的如此一种内心纠结，说透了，也就是到底面子重要，还是生存现实重要的问题。一番纠结的结果，还是生存现实占了上风，到最后，“我”还是成为了加拿大皇家海军的一名上等兵。尽管说，作为一名生活的失败者，“我”其实非常清楚，自己的这种人生选择，乃是一种逃避现实的无奈之举。

但从作家的根本写作题旨来说，作为生活失败者的“我”这样一条故事线索的特别设定，实际上是为了通过一种“惺惺相惜”的方式，恰如其分地导引出以奚百岭为核心人物的另一条故事线索。“某种程度上说，我和奚百岭都是失败者，同病相怜，所以我会乐意过来看他。”“我对他比较尊重，某种方面他和我气味相投，和他说话我觉得有意思。”关键的问题是，同为生活的失败者，奚百岭的失败程度恐怕要远远地超过“我”很多倍。引人注目的，首先是奚百岭那很是有些惊人的学历：“他曾是湖北省的高考状元，清华大学出名的天才学生，美国普林斯顿大学的物理学博士和多伦多大学的物理学博士后。”但无论如何都令人百思不得其解的一点却是，拥有如此一种高学历的奚百岭，其现实人生却特别暗淡无光。用奚百岭自己的话来说，就是：“我到了这里才知道自己所学的本事无用，到这边两年了还找不到一份像样的工作。”无奈之下，奚百岭只好进入多伦多大学攻读核物理博士后，没想到，博士后读完后却仍然还是找不到理想的工作：“每次求职失败都是对我人生价值的否定，双博士的资历本是我人生路上最好的上进资本，而此刻却成为求职的不可逾越的障碍。一生积累的学识成了生活的累赘，屡试不爽的刻苦学习精神此时一钱不值，一生信奉的学而优则仕的价值观被职场否定了，我的人生从移民悬崖上坠下了深渊。”到最后，为了维持家庭生计，这位学历显赫的双博士，竟然极富讽刺意味地变身为一名刷油漆的工人。这样一来，也才会有“我”想象中奚百岭困在铁笼子里的荒诞情境的出现：“我想象着奚百岭站在一个从高空吊下来的铁笼子里，和那些中东难民一起挥舞着油漆刷子。那工作的铁笼子在风中摇晃着，这风中的哲学家！吃土豆的尼采！”这哪里是铁笼子，这铁笼子干脆就是身为失败者的高级知识分子奚百岭艰难现实处境的某种绝妙隐喻。

好在“天无绝人之路”，就在奚百岭陷入困境的时候，却有一家国内的国防某工程核物理研究院，在了解到他的基本履历后，强烈地表示出了想要招聘他的意向。应该说，这是奚百岭人生中最接近其高远人生理想的一次机会。这样一次机会的不期而至，顿时让奚百岭陷入到了对未来生活的向往与憧憬中：“奚百岭坐在那里没说话，表情如一具覆盖着尘沙的底比斯神像。他打心底里看不起这些人，他正处在一个巨大的梦想中，荒漠之梦，像艾略特诗歌里所展现的一样宏伟神秘。”但奚百岭根本没有料想到，自己如此一种带有明显理想主义色彩的返国意愿，到头来却遭到了妻子的强烈反对：“她说我们千辛万苦走出了湖北的神农架大山，怎么可以又回到西北沙漠去呢？你要真是人才，人家会给你在大城市安家的。他们的儿子已经上五年级，如果回到沙漠上，会有好的教育吗？在加拿大能上到多伦多大学、滑铁卢大学等等名牌大学，到西北的基地去上沙漠大学吗？好吧，就算再考上清华北大，还不是走你一样坎坷的路？”一面是与所学专业紧密相关的工作机会，一面是妻子和儿子的坚决反对，就这样，奚百岭一时间陷入了不知道该如何选择的苦恼之中："他正处于一个特别难的选择路口。回国，还是留在国外？这是个哈姆雷特式的困境。"到底该何去何从，用奚百岭自己的话来说，自己的"脑子都想裂了，很长时间睡不着觉"。置身于如此一种不堪的处境之中，奚百岭便不由得联想起了当年读大学的时候，老家的一位瞎子算命先生，曾经给他算过的那次与"屠龙"和"屠猪"有关的命数："当时我一笑了之，现在才知道我们老家那个瞎子是个先知。他说得太对了，我学会了屠龙的本事，结果看不到天边龙的影子，变得连屠猪的也不如。现在我明白了，瞎子算命先生说的那龙就是高能粒子加速器，我终于遇见了龙，可是我却无法下决心。"细细琢磨一番，这哪里是瞎子在算命，这其实是作家陈河在巧妙地借助于所谓的瞎子算命，来象征性地写出缠绕在奚百岭身上的那种自我价值无法实现的命运感。

如此一种头疼欲裂地百般纠结的结果，就是奚百岭那最终彻底绝望后的纵身一跃："有一个中国人从401公路的丹河谷大桥飞身而下，跳入了由东向西的车道，当场被一辆庞大的五十八英尺的大卡车碾压身亡。他就是奚百岭。"也只有这个特定时刻，已然成为一名加拿大军人的"我"，方才彻底搞明白，上一次他们俩在一起的时候，奚百岭为什么要诵读顾城那首名叫《弧线》的诗歌："我在看到这个新闻后心里第一个闪出的念头，就是想起了几个月前我们在丹河峡谷里他对我念的那首顾城的《弧线》：鸟儿在疾风中／迅速转向／少年去捡拾／一枚分币／葡萄藤因幻想／而延伸的触丝／海浪因退缩／而耸起的背脊。当他从桥上飞身一跃时，他在空中画出了一段如诗歌所写的弧线。当我看到了这一段新闻，我的心像石头一样冰冷，没有难过，没有震惊，而是有一种恍然大悟，原来他选择的这一跳，在他所喜欢的这一段诗歌里已经呈现出来。生，或者死，这是一个问题！这个哈姆雷特的问题一直困在他心间，即使在他纵身一跃飞向公路的那个凌晨他还在苦苦思索着。”唯其“我”对奚百岭的精神世界有着太过深入感同身受式的理解与认识，所以，他才坚决不肯相信导致奚百岭崩溃的原因是“受家庭财务压力”所致。与其说奚百岭是为家庭财务压力所困，莫如说长期以来一直在为自我价值的实现，也即马斯洛心理需求理论中的最高一层“自我实现需求”的不能兑现而痛苦着：“他的痛苦正是屠龙者的痛苦，他已经掌握了屠龙的本领，而在他的祖国，正有蛟龙升腾，需要他来驾驭龙，但是他被阻隔了。这种痛苦普通人难以体验，是哥斯拉的痛苦，是希腊神话巨人的痛苦，是西西弗的痛苦。”“他的痛苦和彷徨发自于内心的选择，回去，还是留下？”到最后，百般纠结而得不到解脱之途的奚百岭，只能如日本电影《追捕》中的那句经典台词一样奋力一跳：“你看，多么蓝的天啊，走过去就会融化在蓝天里。”虽然说肯定是一种非常糟糕的选择，但奚百岭那颗早已处于严重撕裂状态的心灵，却毕竟因此而获得了解脱。

尽管说对于人的生存来说，物质和精神都很重要，二者缺一不可，但伴随着社会的日益现代化，物质的问题越来越不构成问题，真正成为问题的，反倒是精神层面的问题。在各种日益增多的现代精神疾患中，如同“我”、奚百岭这样一种自我价值无法实现的生存悲剧，可以说有着突出的代表性。从这个角度来说，陈河在中篇小说《丹河峡谷》中的相关书写，其意义和价值就无论如何都不容低估。

一般来说，一位小说家对于人性的理解，不论是宽度也罢，还是深度也罢，到最后恐怕都会凝结到人物形象的刻画与塑造上。从这个角度来说，能否相对成功地发现并在发现的基础上刻画塑造出有血有肉的鲜活人物形象，乃是衡量一篇小说是否具有思想艺术含金量的不二法门之一。楚荷短篇小说《老雷》（载《收获》杂志2020年第1期）思想艺术上的取胜处，就是采用一种限制性的第一人称叙述方式，相对成功地刻画塑造了老雷这样一位颇具人性深度的人物形象。

作品中那位带有明显旁观者色彩的第一人称叙述者“我”是一位开杂货店的小老板，他的小店紧挨着A公司一个被称为“院子”的家属区的传达室。虽然“我”本姓马，但却被周围的居民多少带有一点嘲弄性质地称之为“老guān”：“A公司好多人说，院子最好玩了，守传达室的，是个老guān。院子外开店的，也是个老guān。”其实，所谓“老guān”中的“guān”，也就是成语鳏寡孤独中的头一个字“鳏”。因为他们俩都属于没有女人的单身老男人，所以就被称作“老guān”。叙述者“我”，是店老鳏，另一个，也即传达室的老朱，自然就是门老鳏。小说中围绕老雷这一人物发生的主体故事，就是身为旁观者的“我”观察表现出来的。自然，这个过程，也与那位看守传达室的老朱存在着一定的关联。

小说之所以被命名为“老雷”，应该与老雷一个临危受命的细节紧密相关。那是一段瓢泼大雨的日子，建设大道上A公司的一个设施必须打开阀门，否则就会蒙受至少十万元的损失。因为连日大雨，窨井那里已经有了漩涡。就在一众维修工相互推诿，谁也不敢冒险去打开阀门的时候，A公司老大的目光盯上了皮肤黝黑，身材敦实，满脸横肉的老雷。“老雷天不怕，地不怕，就怕官。”尽管内心里充满着怯懦，但迫于老大的权力与威势，老雷还是硬着头皮，在灌下去六两酒之后，下了窨井，硬是冒着生命危险打开了阀门。正是凭着如此一种“壮举”，老雷在公司一举成名：“那年，老雷评上了A公司和主管局标兵，A公司宣传科秀才写了篇文章，《老雷，我们身边的活雷锋》，三月五号时，在市报上发表了。”从此之后，除了他的爹娘和公司中层以上的领导之外，其余的人，就都把刘雷叫成了“老雷”。这样一来，自然也就有了小说的标题“老雷”。

虽然老雷不仅从外表上看五大三粗，而且平时的日常言行也非常霸蛮，有点横行霸道的意思，但他实际上却是一个外强中干，内心里尤其对权力特别怯懦的人。他的性格特征，主要通过小说那颇有几分曲折的故事情节而体现出来。首先，故事最早的根源，应该是老雷从小黄也即一个名叫黄菊和的司机那里硬是凭着自己的霸蛮多要了一坨公司的慰问品。明明每个人都只有九坨，但在两个好事者的刻意挑唆撺掇之下，老雷却硬是一口咬定小黄偏心，给别人都是十坨，给自己却只有九坨。虽然周边人群再三劝说，但老雷却偏偏就是认定了这个“真相”，一口咬定，坚决不肯松口。关键的问题是，他的霸蛮举动，竟然还得到了妻子吴美的莫名支持。到最后，小黄在万般无奈之下，只好把属于自己的一坨腊猪肝给了霸蛮不讲理的老雷：“小黄瞥一眼吴美，再望着要吃人样的老雷，猛地打开了手上的纸盒，拿出那坨腊猪肝，往老雷手上一塞，说：‘好好好，行了吧！’”但一味只知道霸蛮，多少缺一点心眼的老雷，却根本想不到，这样一来，自己可就在无意间把小黄给得罪狠了。到后来，这种得罪竟然报应在了他那相貌姣好的妻子吴美身上。

正应了那句“好汉无好妻，赖汉子娶仙女”的老话，这老雷五大三粗，一身霸蛮气，却娶了个长相好看的纺织厂女工吴美做妻子。从文本中所隐约透露出的相关信息来看，相貌姣好的吴美，之所以会嫁给老雷，起关键作用的，恐怕还是老雷具备了相对优厚的物质条件：“吴美先是赞着A公司富得流油，工资高，奖金多，福利好，房子还有空着的。哪像她所在的一纺织厂？累死人还不说，钱又少。有女工结婚好几年了，小孩都可以打酱油了，还得住集体宿舍。”也因此，虽然无法断定吴美是怎么样嫁给老雷的，但物质条件的优厚在其中肯定发生了特别重要的作用。唯其如此，吴美的漂亮方才成为了特别让老雷感到骄傲的一个本钱：“这让老雷和人争长短时，多了个本钱：你算什么？你有本事，妻子有我妻子漂亮不？”

唯其妻子吴美相貌姣好，生得漂亮，所以，结婚之后的老雷才会对她百倍呵护，宠爱有加。这一方面，一个突出不过的例证，就是他特别纵容吴美去舞厅里跳舞。每一次，老雷都是用摩托车把吴美送到舞厅门口，然后，再一个人带着儿子文文回家。即使在好心的叙述者“我”也即店老鳏善意提醒之后，他也不但不领情，反倒把店老鳏无端责怪了一通：“我说，‘吴美天天跳舞，只怕不好。你去送，更不好。’老雷先是一怔，继而扯开嘴巴大笑，说：‘店老鳏，好封建。’老雷说，吴美上班好累，跳舞，能舒缓身子，他当然支持。我说：‘怕心野。心一野，不麻烦也麻烦。’老雷拉下脸来，说：‘店老鳏，什么意思？咒吴美心野。’”没想到，到最后，事情果然就坏在了吴美的热衷于跳舞上。

那次，在到了初伏的时候，老雷忽然要出远门，被派去武汉一家公司学习十天时间。没想到，就在老雷出门后的第三天和第四天的时候，“我”也即店老鳏，和院子传达室的老朱一起，就共同发现了吴美正在与和平派出所李所长偷情的迹象；“早晨六点多，我刚将卷闸门推上去，老朱急匆匆过来了，说：‘四点多点儿，李所长翻铁门出去了，只怕不是办案子。’我说，‘不是，肯定不是。’老朱说：‘怕是——’我正色说：‘别瞎说。’老朱说：‘我什么也没说，你别瞎猜。’”关键的问题是，到了第七天，恰逢周六，竟然出现了非常巧合的两件事情。一件，是那天晚上，小黄纠集了四位弟兄准备在小店外的马路边打通晚麻将。另一件，则是到了次日凌晨三点时分，原先准备到武汉学习十天时间的老雷，竟然提前回来，出现在了正在打通晚麻将的这伙人面前。这样一来，最后的结果，你自然也就应该可以预料到了，先是老雷以及小黄一伙人乱哄哄地捉奸，接下来，就是到了中秋节后，吴美和老雷合乎常理地办理了离婚手续。

但千万请注意，在整个捉奸与离婚的过程中，有这样几个细节特别耐人寻味。其一，是老雷貌似强大横蛮背后的精神怯懦，尤其是在面对权势的时候。一开始，愤激不已的老雷，对李所长所采取的行为，不仅是劈头盖脸的肆意殴打，甚至还扬言一定要打死他。但在搞清楚他的副所长身份之后，他内心里的精神怯懦就开始冒头了：“老雷站在那儿，一动不动，望着李所长，渐渐地，目光有了恐惧，额头上渗出了豆大一颗的汗，两条茁壮大腿在微微打颤，手上铁棍，哐啷一声响，掉在地上。”仅此一个细节，老雷那样一种长期匍匐在权力面前所形成的奴性，就已经溢于言表了。其二，是老雷刚刚走进院子，小黄就边洗麻将边要求

“我”也即店老鳏赶紧去找一根麻绳过来，一会儿有急用。到后来，这根麻绳果然在捆绑李所长时派上了用场。其三，在老雷和吴美离婚之后，面对着貌似好心好意地规劝自己的小黄，老雷却猛然间爆发了：“老雷眼睛一鼓，嚷道：‘滚开。不是你捉住姓李的，我会离婚？还咒文文病，安的什么心？’”由这两个细节可知，第一，最早发现吴美与李所长奸情的，不是五大三粗的老雷，而是颇有些心计的小黄。第二，发现吴美与李所长的奸情后，怂恿撺掇老雷当众捉奸，并最终使老雷下不了台，只能与吴美离婚的，同样是这位小黄。而小黄，之所以要煞费苦心地做这样的一些设计，也毫无疑问是因为老雷原来无意间得罪了他。有其因，也必有其果。一因一果，老雷到最后只能落得了赔了夫人又折兵的悲剧性下场。当然，从人物形象刻画塑造的角度来说，老雷这个人的外强中干，他那貌似强大背后刻骨的奴性，也正是在这个过程中被淋漓尽致地表现出来的。

第九章　黄河故道、草原风情与市井烟火

拿到《雾行者》（上海三联书店2020年1月版），首先映入眼帘的，就是腰封上“路内超越所有期待全新长篇，一部‘不可能’的小说”这句特别醒目的推荐话语。一方面，我清楚地知道，在当下这样一个特别注重“抢眼球”的市场经济时代，书籍腰封上那些夸大其词的推荐语，在很多时候都是不作数的。但在另一方面，由于我深知路内在长篇小说方面有着非同寻常的写作实力，内心的确对路内充满了期待，所以，便在极短的时间内先后两次认真阅读了这部篇幅将近五十万字的长篇小说。先后两次认真阅读的结果，充分印证了腰封上相关推荐话语的确所言不虚。参照笔者多年来追踪中国当代长篇小说的阅读经验，一个可信度极高的判断就是，无论从思想内涵的纵深度，还是从艺术形式的探索性上来说，这部《雾行者》都不仅可以看作是路内迄今为止成就最高的长篇小说，而且也完全可以被看作是进入新世纪以来中国最重要的长篇小说之一。

但在充分肯定路内《雾行者》思想艺术成绩的同时，首先需要我们认真思考的一个问题却是，出版社在腰封上的推荐话语

中，为什么要特别强调“不可能”三个字呢？一方面，我固然明白，“不可能”这三个字肯定来源于腰封上书评人梁文道的那段推荐语：“如何描述工业中国那如雾一般的质地，那一大片城镇，那一大群甚至不留名字的人？在这样的时空，文学还有意思吗？对谁有意思？在一部小说里同时面对这两个问题，几乎是不可能的任务。然而，路内做到了，这是他写作生涯的里程碑。”但与此同时，在我个人的理解中，这“不可能”三个字内涵的一个主要方面，就是形式层面上小说创作与社会现实生活在《雾行者》中的彼此缠绕。我们都知道，从文体属性的角度来说，包括长篇小说在内的小说这一现代文体，特别强调艺术想象虚构的重要。但如此一种看似“天马行空”般的想象虚构，实际上并非毫无羁绊，却与作家所置身于其中的社会现实生活，与作家个人的生存经验之间，存在着可谓是千丝万缕的内在关联。对此，特里·伊格尔顿曾经有过相应的探讨：“因此，‘事实’与‘虚构’的区分对于我们似乎并无多少帮助，而这绝不仅仅是因为这一区分本身经常是值得怀疑的。例如，有人已经论证，我们把‘历史’真实与‘艺术’真实对立起来的做法就根本不适用于早期冰岛传说。在16世纪末与17世纪初的英国文学中，‘小说’一词似乎被同时用于指称真实的和虚构的事件，而且甚至新闻报道也很少被认为是事实性的。小说和新闻报道既非全然事实，也非全然虚构：我们对这些范畴的明确区分在此根本就不适用。吉本无疑会认为他所写的是历史真相，《创世纪》的作者对他的作品可能也会这样认为；但是现在它们被一些人读作‘事实’，而被另一些人读作‘虚构’；纽曼肯定认为他的神学沉思是真实的，但是现在对于很多读者来说，它们却是‘文学’。而且，如果

‘文学’包括很多‘事实性’作品的话，它也排斥了相当一批虚构作品。”[①]尽管特里·伊格尔顿最终也并没有给出一种结论性的意见，但他的罗列本身却已经从一个侧面证明，“事实”与“虚构”的并存与缠绕，乃是我们理解小说这一文学文体的形式特征的核心问题之一。关键在于，通常我们只会在一些文学理论著作中看到相关问题的探讨，基本上不可能在一部长篇小说中遭遇这一问题。路内《雾行者》的一个引人注目处，就在于他很巧妙地把“事实”与“虚构”的并存与缠绕，也即一位作家是如何把自己的生存经验转化为小说作品的这一问题，饶有趣味地整合到了故事情节的演进过程之中，并使之成为了小说文本的一个有机组成部分。

之所以会是如此，关键在于《雾行者》中的若干主要人物都有着“文学青年”的社会身份。端木云、周劭、辛未来、单小川、沉铃、玄雨、姚隽、木马、if（王静）等，都可以被纳入到这一群体之中。这其中，除了玄雨后来曾经一度从事过远离现实的所谓末世玄幻小说的写作之外，其他人的小说创作，虽然未必都奉行所谓现实主义的创作原则，但其创作实践却都与社会现实生活，与自我生存经验存在着紧密的内在关联。因为小说里的很多人物都在以文学青年的身份从事着小说创作，所以也就出现了一种非常有趣的现象，那就是，路内在长篇小说《雾行者》写到了一群文学青年，这些文学青年在日常工作之余，不仅热衷于小说创作，而且还热衷于关于小说创作的各种探讨。如果用一种带有一点绕口令色彩的话来表达，那就是，路内在小说中写了一群

① 特里·伊格尔顿《二十世纪文学理论》，第1—2页，北京大学出版社2007年1月版。

写小说的文学青年，这些文学青年在小说中从他们的生存经验出发，也写着各种不同的小说。其中尤为至要处或在于，这些作为人生打拼者的文学青年的小说创作，很大程度上可以被看作是他们各种不同现实人生的真切写照，这样也才最终成为一扇观察了解小说中“事实”与“虚构”并存与缠绕状况的绝佳窗口。

比如，if（王静）的那部篇幅大约“三五万字”的小说《巨猿》。“《巨猿》是一本灾异之书。一个叫兰娅的女孩回忆她的青少年时期，以及经历过的灾难事件，有一些是个人的，有一些是群体的。在这本书的短序里，作家用一种疑惑的语气问道：众所周知，小说中的议论是轻佻的，那么，那些声称书写命运的作家是否更为轻佻，尤其当它被判断为庄严和伟大时，是否暴露了他们在文学上的无能。”兰娅是一位生活在山区农村的女孩，由于父母均在深圳做小生意，她只能和智障姐姐一起，随同祖父母一起生活在生存条件贫瘠的老家。姐姐并非先天智障，小时候一直好好的，后来就像灾变一样，“既没生病也没摔跤忽然就傻了”。一贯很厉害的祖母告诉兰娅，在将来，照顾智障姐姐，乃是她不可推卸的一个家庭责任。小说中一个不容忽视的重要事件是：“某天中午，她（指智障姐姐）独自出去，傍晚时浑身血污回到家门口，祖父吓到晕厥过去，家里那个意志坚忍的祖母为姐姐洗净了身体，问她发生了什么，没有得到任何答案。”几年后，当兰娅追问父亲，智障姐姐是否遭遇强暴的时候，父亲坚决否认，说“她只是从山上跌落下去而已”。但到后来，还没等到兰娅长大后履行照顾智障姐姐的责任，就在县城里一座大桥坍塌的同时，姐姐却毫无征兆地死了。小说之所以被命名为“巨猿”，乃因为其中穿插了非洲刚果丛林中神秘巨猿的故事。有一天，兰娅在一份无聊的文摘小报上无意间看到了巨猿的故事。这种相貌丑陋却具有神力的巨猿，智慧而温和。就在兰娅获知姐姐死讯的时候，巨猿不期然地出现在了她的梦里。面对着凝视着自己的巨猿，“女孩对巨猿说，忘记这些吧，走吧。她又说：你是最强壮的，无畏的，温和的”。或许正是受到梦中巨猿影响的缘故，小说对智障姐姐的死，也没有花费更多笔墨：“女孩只是问自己：命运解锁了吗？”很多年后，兰娅回家乡给祖父奔丧。到这个时候，叙述人和人物的视角忽然合并，“她讲到了祖母的过去，讲到祖母在战争和土改年代的际遇，还有她本人对平静生活的恐怖感，那不是幻觉，而是现实，是命运构造的缺陷在静力中走向下一次坍塌的过程。”

根据小说中披露的一些情况，《巨猿》这篇根植于作者生存经验的小说中带有虚构色彩的大约有以下几点。其一，非洲神秘巨猿的故事，带有明显的拼贴性质。其二，现实生活中的大桥垮塌事件，发生在1999年，而不是小说中智障姐姐死去的1997年。其三，虽然从艺术构思合理性的角度来说，应该设定为给祖母奔丧，但因为考虑到“祖母仍然在世”，不想制造“不祥的谶语”的缘故，最终设定为给祖父奔丧。“事实”就这样因为投鼠忌器，影响到了艺术的想象虚构。但相比较而言，还是第四点更重要。这就是，到后来，在讨论《巨猿》的过程中，单小川告诉端木云，他认识该小说的作者if。if的真名叫王静，是北京一家建筑事务所的设计师，《巨猿》是她唯一的小说作品。令人感到震惊的一点是，此时的王静正在努力收回自己的这本书。“小川沉默了片刻，说：这是一件令她崩溃的事，智障姐姐确有其人，并且正如小说中所猜测的那样，确实遭到了强暴，并且怀孕、堕胎。然而她的家族把此事压了下来，当时并没有报案，对外声称智障姐姐是掉到了山崖下了。”何以如此？却原来，嫌犯乃是本家一个堂哥。现实生活中，两家人谈判达成的协议是，男方赔钱后把嫌犯本人送到外地，再也不能回村。尽管“在王静看来这是一种象征性的惩罚”，但真实的情况是，智障姐姐因肺炎去世后，这个本家堂哥不仅回到了家乡，而且还找王静借过钱。依照单小川的说法，现实生活与小说文本之间的如此一种错位，顿时使王静的小说处于崩盘的状态。但对这一点，端木云的理解与判断却有所不同：“我说，让我想一想。然后说：文本上而言，这部小说仍然是成立的。”对此，单小川给出的回应是：“小川说：本应是安魂之作，却变成了诅咒，难道不是吗，在文本上站得住脚那又有什么用，作者的自我崩溃了。”毫无疑问，王静之所以要千方百计地收回这本书，根本原因其实正在于作者自我的崩溃。当现实生活的存在，彻底验证了作者的艺术虚构的时候，王静的精神世界也就再也无法保持足够的镇静了。也因此，路内才会借单小川之口，做出如此一种带有结论性的评价：“小川叹息说：实际上王静早就猜到了，猜中了，就在小说中父亲否认姐姐遭到过强暴这一段上，但这也许是一种不幸的天赋，她并不能猜出犯案的是一个本家堂哥，一个她认识的人，一个找她借钱的人——抽象或是虚构的命运，就这么具体地浮出了海面，所有的隐喻都灰飞烟灭了。”这里涉及的，事实上也就是小说的叙事伦理或者说道德感的问题。大约正因为如此，同为文学青年的端木云才会有这样的一种感慨生成：“小说中有一段我印象深刻，女孩问自己，命运解锁了吗，现在看来，像谶语，命运并未解锁。”很多时候，所谓小说的书写之难，也正突出地体现在这一点上。

再比如，姚隽那个并未被端木云透露标题的短篇小说。就读于中国现当代文学专业的姚隽，其小说创作动机的萌生，很显然与她所亲身经历的唐姓女友的不幸被杀有关。对女友的不幸被杀，姚隽一直耿耿于怀，不断深入思考："用哲学的话说，随机杀人，绑架撕票，都呈现了主体对客体的绝对控制力，还有贩卖人口；这种控制力的强度超越了法律审判（甚至超过了酷刑逼供），法律的庄严在它们面前也会被抵消一部分吧。"却原来，姚隽的耿耿于怀，与她内心深处的某种心结紧密相关。事发那天，姚隽曾经主动请缨，要求与唐姓女友结伴而行，结果遭到婉拒。只有在了解到此种内情后，端木云方才恍然大悟姚隽为什么一定要坚持去看摇滚乐："我猛然明白过来，姚隽去看摇滚乐，实在是想找凶手，而不是寻找素材。她真的认为凶手还会回到作案的地方，凶手还会再回来看演出。"但到了若干年之后，姚隽终究还是按捺不住，以笔名的方式发表了一个短篇小说："写的是两个姑娘一同去听摇滚乐的事情，一个喜欢，一个反感，但也不是特别排斥，只是为了让前者高兴就陪着去了。小说就在很不协调的励志女歌手的洋相中结束了，写得克制，没有杀人案，没有牵涉唐姓女大学生，但也可以说全部都在其中了。小说末尾有一句比较惊人的话，其中一个姑娘向虚空表白道：我和她之间有着近乎爱情的友谊。可是她随即又说：友谊也只是一句真言咒语，在走向学校的夜路上我们谈论着友谊，像是可以喝退一切鬼。"与我们前面已经讨论过的那个带有明显复制现实特色的《巨猿》相比较，姚隽这个短篇小说所显示出的，更多是一种想象虚构的本质。如果不是端木云这样的了解内情者，一般读者很难把这个貌似表现同性情谊的短篇小说，与当年的凶杀案联系在一起。但究其根本，姚隽之所以一定要写这么一个短篇小说，正与她当年耿耿于怀的心结紧密相关。同样不容忽视的，是小说发表后，姚隽和端木云他们两人的网上交流：“后来，在电脑上，她说后悔写了这句关于友谊的话，歇斯底里。我感觉没那么严重，毕竟人物是对着虚空在说话。姚隽又说：抓住凶手了。我问：你是不是感觉释然了？她说丝毫没有。又说，她还是要继续搞文学批评，小说不能再写了。”由以上的交流可见，一方面，如同姚隽这样的小说写作行为绝对可以从弗洛伊德精神分析的角度得到有效解释，但在另一方面，对于如同姚隽这样根深蒂固的精神心结来说，仅只是小说创作一途也并不能彻底解决问题。在这个意义层面上说，姚隽的没有释然，与if（王静）《巨猿》结尾处的关于解锁与否的提问，可以说有异曲同工之妙。

如果说路内的书写对象是现代城市生活，那么，王怀宇所关注的，就是一片广袤的红草原。小说中最温馨动人的篇章之一，就是王怀宇在《红草原》（载《中国作家》2019年第12期）中关于查干淖尔大草原自然风貌的生动描写。“初秋的草原，处处草香浓郁。各种各样的蒿草都成熟了，有开花的，也有不开花的；有带豆荚的，还有带芒刺的。最常见的蒿草有柳叶蒿、小叶章、星星草、节骨草、止血草、山马兰和百里香等，其间还零星夹杂着蒲公英、狼毒花、苦马豆、歪头菜、白头葱、车轱辘菜等，扑鼻的花香草香，从早到晚香遍了整个查干淖尔大草原。”这是关于草的描写。草原草原，当然要以“草”为主。“祖母说，谷雨过后，乡间就开始飞舞着各种各样的山雀儿了。除了河边上经常出现的灰野鸭、大鸿雁、叼鱼郎、长脖老、油拉冠子等大型水鸟外，田地里的小型山雀儿也不少，常见的有大麻榨子、牛尾黄、老铁背、红麻料、胡巴喇、白眉子、黄眉子、三道背、青头愣等。还有更小一些的山雀儿，比如柳树叶子、牛粪球子等，就更没人肯去搭理它们了。”这是关于草原鸟类的总体描述。“云雀和凤头百灵子长相相似，只是云雀比凤头百灵子个头稍大一些，羽毛颜色稍深一些，但是它们之间有着本质上的不同。虽然都是通体长满了大麻籽式的杂羽，但云雀最大的特点并不是它的身形和羽毛，而是它的叫声。尤其是雄云雀，那叫声如歌，歌声或高亢，或婉转，每每从云际飘下，宛如仙乐。”这是关于云雀的个体描写。需要特别强调的一点是，不管怎么说，《红草原》都是一部长篇叙事作品。唯其它是长篇叙事作品，所以，王怀宇也就不可能在文本中如同在散文作品中那样做一种静止的关于草原自然风貌的描摹与书写。以上这些片段，也都是笔者在其中千挑万选方才找出来的一些相关段落。更多的时候，作家是把草原自然风貌的描写有机地渗透进了叙事的过程之中，并使得二者达到了一种水乳交融的艺术效果。这一方面，最典型不过的段落之一，就是这样的一个片段描写：“经常单独到草原上冥想的我还真发现了一个好玩地方——鸡爪壕外大西边有一大片格外碧绿的青草地。翠绿翠绿的青草每年都长得那么生动、那么迷人，绝对是我梦中最好的青草地。我还梦想着能有那么一天，我领着心爱的胡小慧单独来到这里，这里一定会成为我和胡小慧的幸福乐园。只有胡小慧才会真正领略到这片青草地的美好。那时，我们会在这块美丽的青草地上尽情奔跑，跑累了我们就四脚朝天地躺在这片芳香的青草地上，我们放声歌唱，我们大口呼吸……这里还奇迹般地长着一棵老黄榆树，神秘而清净；这里虽危险，但浪漫。这里有风有雨，有悠悠飘过的白云；这里有蜂有蝶，有悄悄开放的花朵；这里有鸟叫有蛙鸣，还有远处惬意游走的牛羊们的轻声呼唤……这片神奇的青草地就像是为了见证我和胡小慧的相亲相爱而刻意存在着、一直等候着！这里的空旷和荒凉也不同，这里的空旷是为两个人进行准备的空旷，荒凉也是为了谢绝第三者干扰而特制的荒凉……”毫无疑问，这一段叙事文字的值得肯定处在于，在以憧憬的方式表达着“我”对胡小慧的一片痴情的同时，也非常巧妙地把草原自然风貌的书写融入了其中。唯其情景交融，有着强烈的感染力，读来才特别打动人心。

虽然我们并不清楚王怀宇主观艺术设计的实际动机究竟如何，但从客观的艺术效果来看，《红草原》中刻画塑造最成功的人物形象，绝对应该是“我”的祖母（某种程度上，《红草原》中的祖母形象乃可以被对位于《呼兰河传》里的祖父形象）。祖母最早是以既往历史的讲述者与“我”的训教者身份出场的。“除了自己的亲身体会和间接感悟，我对塔头滩的认识更主要是来源于祖母的讲述。尤其是在我记事之前，我对大草原及塔头滩冬猎队的认识基本上都是从祖母那里获得的。哪怕是讲到王氏家族的耻辱，祖母也从不避实就虚，更是拒绝文过饰非。祖母总是给我讲述那些真实地发生过的事情，发生在王家人身上的故事总是尴尬多于体面、耻辱多于光荣。祖母对我说过的每一句话，至今仍然完好无损地保留在我的记忆深处。”不难发现，为了表达祖母在“我”生命中的重要性，叙述者在这里甚至不惜夸大其词。尽管从实际的情况看，祖母的话语根本不可能全部留存在“我”的记忆中，但“我”却偏偏就是要强调“祖母对我说过的每一句话，至今仍然完好无损地保留在我的记忆深处”。祖母之所以能够成为“我”的训教者，与她身上拥有的文化修养紧密相关：“祖母出身于中医世家，是塔头滩上少见的有修养、有文化的女性。”毫无疑问，祖母的文化修养，与她的出身于中医世家紧密相关。在她成长的那个时代，若非拥有中医世家的背景，她根本不可能接触到高层次的文化知识：“据说祖母小时候还读过《论语》和《史记》呢，她对草原上流传的历史故事和草原上生活的动物和植物也很有兴趣，有关王氏家族的故事就是祖母一边做家务活儿一边讲给我听的。从我记事开始，祖母就没停止过对我的耐心教诲。”“除了教我做人，祖母还教给我许多历史常识和生态知识。”也因此，如果说小说的前一个部分也可以被理解为“我”的成长过程的话，那么，在“我”的成长过程中发挥着重要的启蒙与训教作用的，肯定就是“我”这位见多识广，有着足够丰厚文化修养的祖母。

除了拥有足够丰厚的文化知识之外，祖母身上更加值得注意的一点，乃是她那种淡定从容、宠辱不惊的人生态度：“那天除了山雀儿的常识，我还从祖母身上学到了另外一些东西，不仅仅是表面上的打山雀儿流程，还有对突发事件的判断能力以及对复杂局面的把控能力。好像还有很多很多只可意会不可言传的人生哲学……我近距离地感受到了祖母身上暗藏着的那种隐忍执着、沉着淡定的人生态度，那天我们满载而归。”要想真正地理解祖母的人生态度，一个无论如何都不可能被回避的问题就是，作为塔头滩名震一时的大美女，她到底为什么要下嫁到早已声名狼藉的王家。这个在很大程度上可以被看作是前一个部分主体故事情节推动力的艺术悬念，早在小说开头处，就已经被叙述者“我”明确提了出来：“祖母肯定是塔头滩上的一个例外。我偷偷端详过祖母那依然秀气的脸颊，常常暗自揣摩，谜一样的祖母当初为什么选择下嫁给我那身体已经残疾了的祖父呢？各方面都那么出色的祖母为什么没有嫁给同时代的大英雄胡老五呢？”令人多少感到有一点遗憾的是，对于如此事关重大的一个问题，王怀宇在小说中除了稍有触及之外，却并没有给出过令人信服的答案。具体来说，所谓稍有触及处，除了出现在第24节的两段叙事话语外，还有第31节的一段叙事话语。一段是：“我真的无法想象漂亮的祖母当年是在何种境况才肯下嫁给我祖父的。但事情就这样发生了，就在某一个风和日丽的早上，中医世家的祖母伴着她老父亲杨大算计恶毒的咒骂声，毅然决然地嫁到了王家，她就那么淡定地来了，是背着一个大中医箱子来的。她心中肯定有一个无比美丽的梦想在支撑着她，她要让王氏家族的男人从此健壮起来，走向辉煌……”另一段则是：“也许就是因为我祖父那代王氏男人的强烈抗争意识于某个暗蓝色的不眠之夜打动了我祖母，她才大逆不道、赴汤蹈火般地委身于一个弱者，才没去计较那个时代一个漂亮女人最应该计较而且唯一应该计较的事情吧？这是我一直以来的无据猜想。”到了第31节祖母临终前，王怀宇写道：“我想，这就是女神一样的祖母下嫁给残疾祖父的潜在原因。祖母表面上的下嫁与她高深的内在素养有着直接关系。”综合这三段叙事话语，祖母之所以要下嫁给“我”的瘸腿祖父，根本原因有二。一是祖父身上的强烈抗争意识；二是她自己心中的美丽梦想，或者说高深的内在素养。问题在于，同样的强烈抗争意识，其实也突出不过地存在于作为祖父竞争对手的胡老五身上。与祖父相比较，胡老五不仅有着强烈的抗争意识，而且在实际的竞争过程中，他也是被称为“草原红鹰”的最后胜利者。由此可见，不管王怀宇自己是否已经明确地意识到，一种无可否认的客观事实却是，祖母的下嫁理由，其实给出得并不充足。也因此，倘若作家在这一点上能够做出更多的努力，不仅祖母这一人物形象的人性深度会有所拓展，而且整部长篇小说的思想艺术品质也将有所提升。

无论如何，在塔头滩不无残酷的所谓“草原红鹰”的竞争过程中屡屡败北“声名狼藉”的王氏家族，之所以能够勉力在塔头滩站住脚，很大程度上端赖于事实上充满柔韧生命力的祖母的强力支撑：“在我童年的印象中，祖母一生都在真心实意地为王氏家族操心、上火。她为王氏家族分担着一切能够承担和不能够承担的沉重。”身为柔弱一女子的祖母，之所以能够凭着自己的柔韧之力支撑起整个王氏家族，关键原因还在于她有着祖传的悬壶济世本领：“祖母嫁到王家时带来了不少秘方，尤其是治疗小儿脐带风的小红药丸，更是药到病除，救了很多小孩儿的病，被誉为‘救命奶奶’。”尤其难能可贵的一点是，在草原行医治病的过程中，祖母从来都不会收取病人的一分钱。别的且不说，单只是这一点，就给她自己以及王氏家族积攒下了相当丰厚的人脉资源。也因此，在“我”的感觉中，祖母简直就是草原上难得的一个传奇。“灾难过后，祖母依旧乐观。从祖母的乐观中我看到了人世间巨大的坚强。是祖母对生活的乐观态度一直支撑着王氏家族成员在苦难中彳亍前行。”很大程度上，正因为祖母不仅乐善好施、慈悲为怀，而且从根本上支撑了王氏家族的生存，所以，她后来的不幸去世才会在草原上引起那么大的动静：“令人意外的是，祖母的死竟在塔头滩引起了轰动效应。”“唯一得到野葬的老爷也没产生什么响动，而祖母的死却有了这么大的动静。按照过去的习俗，祖母配得上最高规格的野葬，但这时政府已经不允许野葬了，王家人也只好给祖母选择了普遍采用的土葬方式。”尽管被迫采用了土葬的方式，但草原上的人们却依然络绎不绝地自动前来拜祭“我”的祖母：“如果说多年来表现恶劣的王氏家族在塔头滩上还积攒了一点人气的话，主要还是源自祖母。因为祖母会看病，草原上的很多人都对祖母怀有感激之情。在王氏家族的男人们一个接着一个纷纷倒下去的时候，是祖母凭借一个小女人天性乐观、永不言弃的绵薄之力在支撑着王氏家族，让只剩下一个空架子的王氏家族的门面没有最后坍塌。”

接下来，进入我们分析视野的，是王松一部书写市井生活的长篇小说《烟火》（载《人民文学》杂志2020年第1期）。但在展卷阅读《烟火》之前，我们注意到的，却是“编者”在《卷首》中从文学史谱系的角度出发，对《烟火》做出的一种高度评价：“津门众多优秀作家以确凿的作品建构了一个文学的深水大港，其中的津味小说，是当代中国文学流脉的重要组成部分。尤其是二十世纪八十年代之后，冯骥才、林希等作家创作出一批引领文坛市井写作风潮的名作。这些作品以天津历史尤其是近现代市井、掌故为基本故事要素，具有天津性格特色的人物和切合天津时代变迁的丰富情节充盈其间，适量取用灵巧鲜活又容易意会的天津方言，津腔津韵，蔚成大观。”“长篇小说《烟火》，承上启下，相信读完作品的人们，认定这是津味小说的里程碑，并不为过。”“读《烟火》，不仅会关联到津味小说这一序列，还会让我们想起京味小说大家老舍的《牛天赐传》《月牙儿》《骆驼祥子》《四世同堂》《茶馆》《正红旗下》等。从整个市井题材的创作史看，《烟火》对世道和各种生命迹象的充分容纳之上，对人的内心之‘正’的追索，是有大成气象的。”[①]说实在话，在一篇带有明显即时性色彩的《卷首》中，对一部刚刚问世的文学作品给予如此之高的文学史评价，虽不能说是绝无仅有，但也是极其罕见的。应该说，正是编者的这样一种高度评价，首先吊足了读者的胃口。最起码在我，是抱着一种充分期待的心理展卷阅读的。但或许与我抱有一种过高的期待心理有关，在极短的时间内前后两次认真阅读所得出的结论，却是“盛名之下，其实难副”。我的意思，并非是要完全否定王松这部看上去花费了不少心思，下了不少辛苦的长篇小说。无论如何，《烟火》都是一部水平线之上的长篇小说。如果说这部小说的作者不是王松，而是另外一位相对不那么优秀的作家，如果作品不是发表在《人民文学》这样高级别的文学刊物上，如果“编者”在《卷首》中没有做出过诸如“里程碑”与“大成气象”这样一种高度评价，那么，我的失望感恐怕也就不会如此强烈。

诚如《人民文学》的“编者”所言，在中国现当代小说史上，的确存在着以市井社会为关注表现对象的所谓京味小说与津味小说。老舍、冯骥才、林希等，均为这方面的顶级高手，均有着不俗的表现。但只要稍加注意，就不难发现，以上这些市井小说大家的具体聚焦的那个历史时段，均为19世纪末20世纪初，最晚也不过只是延续到1949年。之所以会是如此，关键还是在于只有这一历史时段方才可能形成为这些作家所津津乐道的那样一个市井社会。从根本上说，市井社会的形成，有赖于两个方面的条

① “编者”《卷首》，载《人民文学》2020年第1期。

件。第一，是相对成熟的商业运营。如果缺少了那些五行八作，那些手艺与商铺，就不可能会有市井社会的出现。第二，是相对自由独立的市民生活空间。也因此，通观中国历史，唯有19世纪末20世纪初，最晚至1949年那个阶段，才容得下一个以市民和商业为主体的市井社会存在。很大程度上，正是这一历史时段，为老舍、冯骥才、林希以及王松他们，提供了书写创作市井小说的英雄用武之地。王松长篇小说《烟火》的故事时间，之所以要从晚清开始写起，一直延续到1949年，根本原因正在于此。从本质上说，京津地区曾经兴盛一时的市井社会，有着突出不过的民间性质，是一个以拥有各种手艺或者从事商业活动的市民为主体的民间社会。即以《烟火》为例，活跃于其中的市民形象，都是蜡头胡同凭借着各种手艺谋生的平头百姓。拔火罐儿的老瘪、刨鸡毛掸子的王麻秆儿、能够测字算卦兼卖神祃儿的尚先生、狗不理包子铺的高掌柜、绱鞋的老朱、打帘子的马六儿、拉胶皮的保三儿、卖帽子的杨灯罩儿、玩石锁的刘大头、开铁匠铺的老疙瘩等等，都是如此。但在充分描写表现一个活色生香的市井社会的同时，也诚如“编者”在《卷首》中所着重指出的，作家王松在主人公来子身上寄托着一种“正”。其实，扩大来看，也并不仅仅是在来子身上，那些活跃在他周围的，诸如尚先生、高掌柜、王麻秆儿、保三儿等一众人物身上，也都有着类似于来子身上的这种“正”。以我所见，这种“正”，实际上是根植于中国传统文化优秀一面基础之上的一种民间正义。而这种民间正义，也正是市井社会在其长期运行的过程中自发形成的。从这个角度出发，我们完全可以把王松《烟火》的写作过程，看作是一种关于民间正义的文学想象行为。而且，如果不是从更严格的文学标准来衡量，我们也可以说王松的这种文学想象行为是相对成功的。

关键的问题是，一旦我们站在更高的平台上，用所谓文学史的标准不无严苛地来衡量要求王松的这部《烟火》，就会不无遗憾地发现，小说文本中的确存在着若干不尽如人意处。由于已经实实在在地感觉到了，所以便如鲠在喉，不吐不快，干脆直截了当地写在这里，以求教于王松兄以及学界其他诸位。其中不容忽视的一点，就是情节设计得不尽合理。这一点，集中表现在主人公来子与女一号小闺女儿情感关系的处理上。来子和小闺女儿之间的最早撮合者，是狗不理包子铺的高掌柜。由于来子和小闺女儿都在包子铺干活，高掌柜觉得他们俩相当般配，所以就自作主张地提了出来。没想到，来子这里没问题，反倒是在小闺女儿这里碰了个软钉子。“小闺女儿不愿意，倒不是说来子不好，也说来子好，不光好，还特别好。可这个好不是那个好。小闺女儿说，来子好就不用说了，人好，心好，最要紧的是脑子也好。”既然如此，小闺女儿为什么还不乐意呢？“小闺女儿说，他好虽好，可真要一辈子跟他，就是另一回事了。”“小闺女儿说，我要嫁，得嫁个靠得住的男人。”那怎样才算靠得住呢？“先得有个好身板儿，再有本事的男人也得让人一看就踏实。”“来子人虽好，也有男人的主见，更有男人的胆识，可他这么瘦小枯干，还是让人看着不踏实。”正因为小闺女儿不乐意，所以，高掌柜的这次努力也就只能以失败告终。而来子，也在此后不久离开包子铺，进了老朱的鞋帽店。高掌柜第二次提及他们俩这桩情事的时候，已经是在来子回到了包子铺之后。没想到，这一次不太情愿的，反倒是来子了。当高掌柜询问原因的时候，“来子说，不是因为她，也不是因为我，是这事儿，就不是这么个事儿。”那到底是因为什么事儿呢？“来子说，我当初是给傻四儿挑水，现在就说不挑水了，可眼下，已经老大不小了还一事无成不说，连个正经的手艺也没有，真娶了人家，我拿吗养活？总不能让她跟着我受罪。”问题的要害在于，等到他们俩后来真正相好的时候，来子也一样既是那个“瘦小枯干”“看着让人不踏实”的来子，而且同样还处于“连个正经手艺也没有”的状态。这样一来，男女双方此前的推三阻四，就都属于矫情，或者干脆说叫作“脱裤子放屁”。这样一来，作家的如此一种情节设计，因其“人为”而不合常情常理，也就多少显得有些可疑了。

但更严重的问题，却还在后边。那就是，不管合理也罢，还是不合理也罢，在经历了一番周折之后，来子和小闺女儿这一对有情人，终于还是走到了一起。在尚先生和高掌柜他们的一再努力下，尤其是在经过了那个特别的八月十五中秋夜之后，他们俩的关系，在突破了最后的障碍之后，眼看着就是前途一片光明。但就在这个时候，小闺女儿却莫名其妙不声不响地突然失踪了：“来子来到东厢房，推门一看，小闺女儿的床上已经空了，铺盖和换洗的衣裳都没了。再细一看，她平时手使的东西也都不见了。”那么，小闺女儿好端端的为什么会突然失踪呢？问题的答案一直等到小闺女儿的女儿小回不期然间出现在来子面前的时候，方才彻底浮出水面。却原来，小闺女儿是跟着她那位突然现身的大哥，回老家武清县北藕村去见即将不久于人世的父亲李显贵了。我们都知道，当年的小闺女儿，就是因为逃婚，才从北藕村逃到天津来的。也因此，首先一个问题就是，既然这个时候她大哥能够跑到天津来找小闺女儿，那当初为什么就不能来找她呢？更何况，那个时候的小闺女儿年龄应该会更小一点儿，难道他们家人当年就那么放心吗？还有一个问题是，等到大哥前来找小闺女儿的时候，小闺女儿和来子也已经突破了最后的男女之大防，已经生米做成了熟饭。既然两个人已经如此这般地情投意合到了“非你不娶，非你不嫁”的地步，那小闺女儿为什么不能够在讲明真相的情况下，带上来子一起返回北藕村呢？依照来子的精明能干与聪明才智，假如果真随同小闺女儿一同回到了北藕村，那小闺女儿的个人命运，连同他们俩之间的情感关系，也就肯定不是小说里所呈现的这个模样了。还有一点就是，就在这一次回到北藕村之后，即将不久于人世的李显贵，再次要求小闺女儿“为了爹，为了救你大哥”，答应嫁给张同旺去做小。“小闺女儿一见爹已说到这个份儿上，只好咬牙答应了。”同样的情况，既然上一次可以不管不顾地逃婚到天津，那这一次小闺女儿为什么会悄然屈服呢？更何况，这个时候的她已经在和来子两情相悦之后有孕在身了。退一步说，即使她这一次被迫答应了父亲的请求，也完全可以想方设法知会一下来子的，也不应该一直让来子蒙在鼓里。

还有一点是，等到小回在天津见到来子的时候，曾经转述了小闺女儿的一段话：“小回见了来子，一直没流泪，这时一听这话，眼泪就流下来了。她说，她出来时，她妈反复叮嘱，真找着他爸了，告诉他，千万别去看她，她妈说，自己跟他的缘分，这辈子已经尽了。当年的事，留在心里就行了，当个念想儿，别再见面了。”我们注意到，听了小回的话之后，来子所做出的反应是：“来子听了摇摇头，又叹了口气。”紧接着，就是在强调来子心里怎么样地只是装着小闺女儿，再也容不下其他女人。即使尚先生曾经巧妙设喻劝说，来子反正就是不予理睬：“来子也明白尚先生的意思，可心里已经有了小闺女儿，再装别的女人就装不下了。”问题在于，既然来子对小闺女儿如此地一往情深，而且天津离北藕村也说不上有多远，如同小回这样的小女子都可以一个人跑到天津来寻父，那来子为什么不能马上从天津跑到北藕村去见朝思暮想的小闺女儿，并把她接到天津来一起生活呢？之所以这么说，是因为按照小回的说法，这个时候，那个张同旺已经一命呜呼，“他一死，几个儿子为分家产闹起来。后来越闹越乱，小闺女儿是个姨太太，自然没有跟他们争的份儿。这时小回已经大了，她妈不想让她夹在这几个儿子中间，这才让她离开张家，来天津找她爸。”更何况，根据后来小回她大舅的描述，小回走后，因为有张同旺那几个儿子的挤对，小闺女儿在张家的处境非常糟糕。但即使如此这般委屈，小闺女儿却硬是生生地受了下来。这样一种窝囊到了只知一味隐忍的情形，与小闺女儿那种不仅个性张扬，而且也颇有主张的性格特征，其实是相违背的，并不相符。

或许与赵本夫出生于江苏徐州那个黄河曾经屡屡改道的地方有关，我们注意到，他很多小说所讲述的故事都发生在那块早已浸入其生命深处的特定地域。这一次，他最新推出的长篇小说《荒漠里有一条鱼》（载《小说月报·原创版》2020年4—5期），其故事背景不仅同样发生在那一特定地域，而且更与黄河的改道直接相关。具体来说，这部带有明显寓言化倾向的长篇小说的故事缘起，就是史载发生于咸丰五年，也就是公元1855年的那次黄河铜瓦厢决口改道事件。黄河的那一次决口改道的直接结果，除了人口的大量死亡之外，就是区域广大的所谓黄泛区即赵本夫小说里所具体描述的千里荒漠的形成。问题在于，既然是所谓的千里荒漠，却又何来的一条鱼呢？我想，我们无论如何都不能忽略赵本夫在小说“题记”中所讲述的那条鱼的故事。当然，这条鱼的传奇故事，赵本夫是从自己的母亲那里聆听到的：“母亲曾告诉我，那是一条真实的鲤鱼，大得吓死人。黄河决口后，它搁浅在城北一片沼泽里。发现它时，已是遍体鳞伤，只在鳃边含一团泥浆，它不仅顽强地活着，身上剩下的鱼鳞依然金光闪闪……”“那片沼泽就在母亲的村子附近。母亲说，很多年后，还有人在那里捡到过一片碗口大的鱼鳞……”也因此，“那条鱼曾是我少年时代最难受也最感动的记忆”。从一种小说创作发生学的角度来说，赵本夫《荒漠里有一条鱼》这部作品的所有艺术想象，就都是以深埋在自己记忆中的这条“大得吓死人”的黄河鲤鱼为原点而渐次生发出来的。

到了小说文本中，“题记”里母亲所讲述的那条“大得吓死人”的大鲤鱼，被演绎成为一条具有神力的黄河鱼王。“老辈人说，大河里有一条巨鲤，是鲤鱼之王，大河里所有的鲤鱼都是它的子孙。有说一条鲤鱼之王能活百年，有说能活千年。”与此同时，我们也必须注意到，那位曾经接受过私塾教育的读书人王先生，更是赋予了黄河鲤鱼一种重要的象征意义：“这大河也是一样，鱼有鱼路，虾有虾路，这里说的鱼就是鲤鱼。大河中心就是王道，而鲤鱼是鱼中之王，所以不会走岸边。自古有‘鱼化龙’‘鲤鱼跳龙门’之说，说的都是黄河鲤鱼。”“反正唯有鲤鱼进入礼仪、被赋予精神。”更进一步说，恐怕也正是少年时代记忆里母亲所讲述的鲤鱼故事，连同王先生所强调的鲤鱼身上被寄托的礼仪与精神内涵，叠加在一起，构成了赵本夫《荒漠里有一条鱼》的根本写作动机。与赵本夫的这种艺术想象紧密相关的，是由他自己在小说中虚构出来的一个名叫老八的人物形象。因为不仅打小就在黄河岸边长大，而且还得依靠打鱼为生，所以，这老八便练得一身好水性。除了拥有一身好水性之外，身体健壮无比的老八另外一个特别的能力，就是繁殖生育能力超乎寻常的强大。截止到咸丰五年那次黄河决口改道事件发生的时候，他居然已经是多达二十一个孩子的父亲。或许与他过于强健的体魄以及非同寻常的水性有关，反正只有老八一个人幸存了下来（后来才发现，同样的幸存者，还有他的儿子大船）。幸存下来的老八，在早已变成了一片茫茫荒原的故土上邂逅了一头同样属于幸存者的健壮的黑色公牛。两个幸存者，也即人与牛之间，遂发生了一场带有明显超现实色彩的对话。对自己的耕作使命仍然残留着记忆的黑色公牛，一力撺掇只会打鱼的老八，和自己一起努力在荒原上进行耕作。没想到，由于荒原上沙化特别严重，他们的耕作努力只能无奈地以失败告终："耕种过的土地，几场大风就恢复了原来的面貌。别说老八，连大黑牛都有点灰心丧气了。"但正所谓"失之东隅，收之桑榆"，没想到，就在看似无望的耕作过程中，与儿子大船重逢不久的老八，却意外地发现了鱼王的痕迹："老八不知大黑牛为什么停下，忙从后走过去，却发现泥泞中出现了一片薄薄的东西，就伸手捡起来，放在泥水中洗了洗。老八忽然发现那东西有些异样，在阳光下亮晶晶的闪着金光。"曾经有过长期水上生活经验的老八，一下就断定这片闪着金光的东西，就是鱼鳞："可是这里怎么会有这么大的鱼鳞？足有碗口大小，得多大的鱼才能有这么大的鱼鳞？""难道泥浆下会藏着这么大的鱼？"这样，也就出现了带有突出寓言化色彩的一幕。那就是，经过老八他们一伙人的努力挖掘，“……终于，泥块扒开，露出一条黄河巨鲤的脊背！接着整条鱼都露了出来。”尤其令人不可思议的一点是，在过去了这么多年之后，这条黄河巨鲤竟然还活着：“也许，年复一年，它曾有过无数次的扭动、挣扎，试图脱离这个困境，可是到底没能成功。”关键在于，这条无论如何都无法摆脱困境的黄河巨鲤，竟然仅仅是依靠着鳃边的一汪泥水而苟延残喘，奇迹般地存活了这么多年。首先必须肯定的一点是，赵本夫在这里所描述的老八多年后在耕作时无意间发现黄河巨鲤的细节，肯定是对小说“题记”中母亲所讲述故事的一种艺术化呈现。事实上，如果从现实主义的角度来说，无论是前面提及过的人牛对话，还是这里黄河巨鲤的坚忍生存很多年，都是不可能发生的事情。如此一种不可能的事情，到了小说中成为可能，就只能被看作是一种带有突出超现实色彩的寓言化书写了。其实，更进一步说，除了以上我们所提及的这两处细节，赵本夫这部《荒漠里有一条鱼》思想艺术上最根本的特色所在，就是一种建立于现实生活基础上的超现实寓言化特征的具备。

发现苟延残喘着的黄河巨鲤之后，老八和大船他们的现场表现，就是下跪后的无条件顶礼膜拜：“老八哆嗦着嘴唇泪流满面：‘鱼王……鱼王……这是鱼王呀！……这条巨鲤，是黄河里的鱼王！黄河走了……可是鱼王没走啊！……’说着，扑通跪倒在泥水中。”就这样，在确证这条幸存的黄河巨鲤就是鱼王的前提下，老八和大船他们一伙人便想方设法把这条巨鲤毕恭毕敬地推到了那个深不见底的水荡里。与此同时，他们还不仅在水荡边的栖山上建了一座鱼王庙，而且还率领众人定居在远离水荡七八里外的一个地方："老八说，我已经想好了一个名字，就叫鱼王庄。这将是荒原上第一个村庄。"尽管内心深知鱼王庄人在荒原上的生存将会异常艰难，但早已经受过各种残酷打击的老八却依然对未来信心满满："当他在世时，和鱼王庄人说得最多的一句话是：再难，有鱼王难吗？活着，活下去！这个独臂汉子并没有意识到，他所开辟的是一个人类的新纪元。"事实上，当赵本夫不无夸张地把老八的开创鱼王庄称为开辟了"一个人类的新纪元"的时候，一种充满象征意味的寓言化色彩，其实也就溢于言表了。也因此，如果说赵本夫的《荒漠里有一条鱼》共由两条故事线索结构而成的话，那么，老八和大船父子在黄河决口改道后的大洪灾中幸存后，不仅发现鱼王，而且还在建鱼王庙的同时，也成为了鱼王庄最早的一批村民，就是其中的一条次要线索。与这一条次要线索同时交叉并存的，乃是以梅云游和老扁为主要代表的人物在鱼王庄栽树这一条主要线索。这里，我们重点展开谈论的，是梅云游这一带有突出理想主义色彩的人物形象。

鱼王庄或者说荒原上最早的一位积极栽树者，乃是带有明显理想主义者气质的富家子弟梅云游。梅云游原本是凤城梅家药材店的第四代掌门人："到梅云游接手的时候，药材店已到难以为继、面临倒闭的危局。梅云游接手半个月，就立即做出一个重大改变，把药材店改名为南北大药房。"由于梅云游采取了一系列可谓是责任到人的改革措施，南北大药房的生意不仅一时间起死回生，而且其收益程度竟然超过了原来的百倍不止。正如同他的名字所寓意的，在南北大药房的生意走上正轨后，梅云游也就去四处云游了。先是在国内，仅仅是数年时间，他就玩遍国内各地。然后是国外："梅云游带着随从小毛，又在天津重金聘请了一个精通多国语言的翻译，先到俄罗斯，又到法、意、德、奥、英等十几个国家，然后又去了非洲。”尤其不能忽视的一点是，当他深入到非洲撒哈拉大沙漠腹地，在突然遭遇巨大沙尘暴之后，若非随从小毛不惜以死相报，若非黑人金突然间良心发现，梅云游差点就把命丢在了那里。侥幸逃生返国后的梅云游，在家里修整的时间不长，就又做出了一个令人不解的疯狂举动。那就是，他竟然耗费巨资，在黄河故道两岸买下了七千多亩（其实际面积是七千多亩的两倍不止）荒滩。关键在于，这梅云游好端端的，为什么要去买荒滩呢？说来说去，恐怕还是与他在撒哈拉沙漠中的那段出生入死的生命遭际紧密相关：“从撒哈拉大沙漠死里逃生，让他对沙漠有了一种较为复杂的情感。恐惧、敬畏，还有迷恋。那里有天堂一样的美丽，又有地狱般的恐怖。小毛和翻译永远留在那里，又让他心神不定，总觉这事还没完。”很大程度上，正是为了安定这样一种“心神不定”的心态，当他意外地在黄河故道发现千里荒滩的时候，才会突然间怦然心动：“眼前无边无际的沙滩和沙丘，其规模虽然无法和撒哈拉大沙漠相比，却也足够浩大和壮阔。”到这个时候，我想，一个富家子弟，放着好端端的日子不过，非得要去买一片荒滩来加以改造的潜在深层原因，自然也就浮出了水面。从精神分析学的角度来说，梅云游的这种看似荒唐的行径，其实可以在他的撒哈拉大沙漠所意外遭逢的那场死里逃生的人生劫难那里得到某种解释。那就是，唯其曾经在撒哈拉大沙漠中因为沙尘暴而死里逃生，所以他才会对一向被看作是生命禁区的黄河故道两岸的千里荒滩产生强烈的改造兴趣。在这里，一种心理补偿机制的存在，乃是显而易见的事实。正因为梅云游曾经在撒哈拉大沙漠亲历过真切的生死考验，所以，一旦在荒滩上出乎意外地发现了鱼王庄这个拾荒人聚居的所在，他才会为生命奇迹的存在而感到特别震惊：“他们不仅活在荒漠里，找到生存之道，而且还生出这么多孩子。生命在这里有着无比的韧性，就像沼泽中的芦苇蓬蓬勃勃。”“他们把这片外人眼里的生命禁区，看成了一块安身立命的福宝之地。”

究其根本，梅云游之所以打定主意要在自己跑马圈地买下的千里荒滩上通过栽树的方式来改变生存环境，乃是被鱼王庄人这一群卑贱但却高贵的生命所深深打动的缘故：“他觉得自己一下子被这些贫贱而顽强的生命击倒了。”“高贵就应当像他们这样，在绝境中顽强地活着，这才是真正生命的高贵！”但与此同时，梅云游却也明确地意识到，鱼王庄人无论如何不能仅仅靠拾荒的方式生存下去了，他们的生存方式必须有本质性的改变。在梅云游的理解中，改造荒滩最理想的一种手段，就是防风固沙。而要想达到防风固沙的目标，一种积极有效的方式，就是植树造林，尽管说这肯定是一个非常漫长的过程：“也许要十年、二十年、一百年，但只要坚持，总归会实现的吧？”“梅云游被自己瑰丽的想象激动了！眼前甚至幻化出几十年上百年后，这里已是大片大片郁郁葱葱的大森林。”也因此，在彻底拿定主意之后，梅云游就向鱼王庄人做了明确的表示：“是你们启发了我。我和你们一起干！我有钱，你们有人，我会买很多树苗。我还会建一个很大的苗圃，再向四乡购买树苗，可以源源不断供应树苗。当然，这不是一件容易的事。看样子，在这片荒滩上栽树很难成活，就算能栽活树木，让树木成林，把沙滩改造好，也要很多年，也许要几十年，也许要上百年，不知道你们愿意不愿意和我一起干。这可是百年大计呀！”事实上，也正是在拿定主意之后，梅云游方才专门去天津找建筑师在荒原上建造了一座欧洲式城堡。至于说梅云游为什么一定要在荒原上建一座看起来不伦不类的城堡，恐怕还是他儿子梅三洞的理解更为准确到位。在梅三洞看来，这座看似突兀的城堡，其实有着不容忽视的象征隐喻意义。它的出现，意味着梅云游“这个疯子”的人生过程发生了一大转折。“不管这个疯子有意还是无意，都说明他收心了。他的心不再到处漂泊，而是像这座城堡一样牢牢固定在这片荒原上了。”请注意，不仅梅三洞把自己的父亲看作是一个疯子，即使是梅云游自己，也曾自称为疯子。倘若联系梅云游的一生行迹，那么，所谓“疯子”的说法，其实更应该被看作是带有强烈自我牺牲意味的理想主义者的一个代名词。

尹学芸的中篇小说创作，在当下时代的中国文坛，应该说已经成为了一个“质量免检”的知名品牌。一个作家，能够在获得鲁迅文学奖相应的奖项之后，仍然在中篇小说这一文体领域不断有所提升，其实是相当不容易的一件事情。这一次的《我所知道的马万春》（载《收获》2020年第2期）依然是思想艺术品质达到了相当高度的一部中篇小说。小说的故事不仅一如既往地发生在带有尹学芸地标式意味的埙城，而且也同样采用了她习惯性的第一人称叙事方式，只不过叙述者“我”由既往的王小丫，变成了一个名叫陈四宾的司机。虽然说小说中的出场人物也并不算少，但居于核心地位的却只有马万春和陈四宾他们两位，以至于在某种意义上，整部小说甚至可以被看作是他们两个人的“二人转”。或许与陈四宾的文化程度（“我念过小学三册书，第四册说啥也不念了。”）与理解能力有限紧密相关，虽然小说的标题叫作“我所知道的马万春”，但文本的实际情形却是“我所看不透的马万春”或者“我所不知道的马万春”。这其中，曾经一度严重困扰陈四宾的一个问题，就是这位成天价和自己工作生活在一起的顶头上司马万春，到底是一个好人还是坏人。这一问题，最早是通过人物谢佳佳之口而被提出来的：“她听懂了，发了一会呆，突然问我，陈四宾，你说他是好人还是坏人？”针对这个问题，陈四宾与谢佳佳给出的答案截然不同。陈四宾说马万春是好人，谢佳佳则认为他是坏人。身兼第一人称叙述者功能的陈四宾，对相伴了很多年（陈四宾最早认识马万春的时候，马万春年仅二十九岁，已经是大洼乡的乡长。等到故事即将结束的时候，马万春已然是年近花甲，马上就要退休了。两个人在一起朝夕相处了差不多三十年的时间）的顶头上司马万春怎么也打不消的强烈疑问，就是从这个时候开始的：“谢佳佳这话让我琢磨很久。我就是从那个时候开始琢磨马万春，总企图弄清楚他是个什么样的人，谢佳佳为什么说他是坏人，他究竟坏在哪儿，还有什么坏是我所不知道的。你们说我是不是有病了？这件事让我郁闷，也让我着迷。我经常翻来覆去回想过去的事，推敲一些细节，好确定他到底是好人还是坏人。奇怪的是，我还是认为他是好人。这让我很不甘，我觉得，我也许一直在被假象蒙蔽。”虽然从字面上看，陈四宾似乎仍然坚持认为马万春是一个好人，但到底是好人还是坏人这一疑问的生成本身，就说明陈四宾内心深处其实已经无法坚持自己的判断了。究其根本，尹学芸其实正是围绕马万春到底是好人还是坏人这一问题谋篇布局的。很大程度上，她这部中篇小说的创作内驱力，其实也来自于对这一核心问题的一种澄清冲动，尽管说一直到小说终篇的时候，作家都没有或者说根本就不可能给出一个明确的结论来。我们之所以要借助于人心难测这一成语来形容马万春这一人物形象，正因为他是尹学芸笔端真正堪称复杂的最具有人性深度的基层干部形象之一。

马万春首先是一个工作能力非同一般的基层干部。这一点突出地表现在他所创造的水稻种植奇迹上。那一年，新当选的市长到大洼乡调研。因为遭遇百年不遇的大旱的缘故，大洼里的“高粱奄奄一息，点一根火柴，都能星火燎原”。对于此种境况，市长极其不满。因为他希望在大洼乡看到的，是一片“喜看稻菽千重浪，遍地英雄下夕烟”的景象。当场，马万春就立下军令状，保证等到明年市长再来的时候，他肯定会用改造后的土地上新产的大米来招待市长。为了兑现自己的承诺，马万春不仅亲自背着礼物登门给农机局与水务处的领导送礼，而且为了争取驻地部队帮助挖渠，他竟然一连喝了九大杯白酒（其中一杯被陈四宾偷偷置换成了白水），差点儿醉死过去。经过一番积极的努力，到了第二年的收获季节，大洼乡的水稻果然呈现出了一片丰收景象：“那年的水稻长疯了。也许是因为肥好水好阳光好，穗子大，颗粒重，稻秧密密实实，看着亩产像是能打千八百斤的，这可真是天遂人愿啊。”遗憾处在于，天遂了人愿，人却没有遂了人愿。正所谓万事俱备，只欠东风，马万春把一切都准备好了，市长却没有来。马万春最终等来的，是一场出乎意料的冰雹：“马书记穿着裤衩和小背心在院子里站着，脑袋上肩膀上落着冰蛋子，脸上汪了一层水，就像个假人。”市长没来不要紧，关键的问题是，马万春的仕途却因此而受到了很大的影响，或许是他在大洼乡农田改造过程中过于功高盖主的缘故，等到县级领导换届的时候，大名单上并没有他，虽然他的政绩较之于同僚非常显赫。

其次，马万春又可以说不仅极有城府，而且报复心也很强。这一点，集中通过以下两个方面表现出来。其一，是他和若干女性之间的关系，尤其是刘海梅与谢佳佳母女。刘海梅是马万春的初恋女友，因为马万春当年只是个挖泥工，她另攀高枝嫁给了别人。没想到，一些年头过去后，因为丈夫不给力，刘海梅竟然落魄到了依靠卖螺蛳为生的地步。面对刘海梅的落魄，马万春不仅带动乡政府的工作人员大买她加工过的螺蛳，而且还派陈四宾给她送去过两袋二胺。马万春之所以要给刘海梅送二胺，一个重要的原因在于，她当初的公公在采购股工作，可以买到进口化肥。对于马万春的这种举动，一般人会认为他是旧情不忘，想要帮她，只有陈四宾知道其中实际上隐含有讥刺挖苦当年抛弃了自己的刘海梅的意图。更有甚者，到后来，等到马万春成为县事业局局长的时候，竟然意外结识了刘海梅的女儿谢佳佳："我早忘了谢佳佳是谁。他不忘，他心里记下的人和事，从来都不忘。"正如同你已经预料到的，在结识谢佳佳后，马万春一方面借助于手中的权力对她百般照顾，另一方面却也不顾年龄的悬殊和辈分的差异，竟然把谢佳佳发展成为自己的小情人。其中的后一个方面，很明显地包含有报复初恋女友刘海梅的意味。唯其如此，谢佳佳才会一口咬定马万春是一个坏人。但同样特别耐人寻味的，是谢佳佳的前后有别。当年尚且处于少年时代的时候，谢佳佳曾经因为强烈的自尊而把马万春送给母亲的八百元钱用信封裹块砖头将其扔还给陈四宾，具有突出反讽意味的一点是，仅仅是过去了一些个年头，谢佳佳却彻底拜倒在了马万春的权力和金钱之下。

其二，是他与司机陈四宾之间一言难尽的微妙关系。由于很早就在以司机的身份服侍马万春，陈四宾一直被人们认定为马万春的心腹：“在机关，大家都知道我是马局长的另外一张脸。我从别人的脸上看得出，我这张脸其实很有些分量。”正因为是心腹，所以陈四宾很早就知道，马万春最怕别人在背后说小话（其实也就是以贬损的方式在背后议论他）：“我就知道了。他怕别人说小话。本质上，他是听不得别人说小话的人，他对人不放心。”自然对人不放心，那也会时时处处对人充满戒心。到最后，这“别人”，竟然也还包括了他一向信任有加的陈四宾。事实上，作为马万春的心腹，陈四宾和顶头上司的离心离德，是从谢佳佳事件开始的。应该说，自从谢佳佳最早提出马万春到底是好人还是坏人的那个问题之后，陈四宾就明显感觉到自己和马万春之间开始渐行渐远了：“我知道他是提防我了。他肯定是提防我了。一路他再没跟我说话，这要是过去，他的话会没完没了。”关键还在于，虽然马万春已经对陈四宾充满戒心，但表面上却一点都不露声色：“一到场面上就四宾长四宾短，当我是近人。可只有我知道，我们俩之间有一堵墙，谁迈过去都困难。他特别在意一些小事，你不在意的事，他在意。我从亲他到怕他，就是从那一个阶段开始的。”这一方面，最典型不过的一个例证，就是马万春突然向陈四宾提出的到底是大象厉害还是瓢虫厉害那个问题。陈四宾回答说，大象厉害。“可马万春却说，瓢虫厉害。瓢虫能爬到大象的背上，大象却连瓢虫在哪里、干些啥都不知道。他声音很轻地问，你说到底谁厉害？”面对着马万春暗含着的咄咄逼人，“我打了个寒噤。一只瓢虫趴在大象的脊背上，可我看不到。我又分明知道马局长是在打比方，我太了解他的说话方式了。”就这样，连惊带吓地，我竟然在亚热带气候里出了冷汗："我永远也忘不了出冷汗的那种感觉，脊梁沟似乎能传出哗泠泠的水响，大脑一片空白，眼前白花花的，汗水从眉梢滴到了眼角。我什么也看不到。"既然两个关系曾经极度密切的人，已经到了如此一种水火不容的地步，那马万春对陈四宾彻底挤对时刻的到来，也就是顺理成章的事情。陈四宾尽管满心地不情愿，但最终还是被迫以三十五万元的价格买下了马万春硬生生地塞给他的一辆越野车。而这三十五万元，正好是陈四宾积攒了十几年的私房钱。当然，这私房钱也是拜马万春得来的："否则我一个司机，哪有机会捞外快。"对于他这一举动的具体动机，即使是理解能力相对有限的陈四宾，也有所洞察："我知道他就是想羞辱我，让我有苦说不出。可这都是表面上的。他心里肯定还有更复杂的想法，他弯弯肠子多着呢，我真猜不透。"唯其马万春如此咄咄逼人地不给陈四宾留情面，所以也才有了陈四宾万般无奈之下的猛踩油门。虽然作家并没有做具体交代，但陈四宾这一脚油门的后果肯定是马万春的九死一伤。关键在于，即使到了这个时候，陈四宾仍然困惑于如何为马万春其人恰切定性的问题："只是有一点我还是弄不清楚，马万春到底是好人还是坏人，你们谁能告诉我一声，我横死都能闭上眼睛了。"

那么，马万春到底是好人还是坏人呢？我想，这一问题的结论，恐怕也只能交给读者去完成了。但在行将结束我们的分析文字之前必须强调的一点是，在一部中篇小说中，能够相当成功地塑造出马万春这样一位人心难测深似海式的基层干部形象，所充分说明的，正是尹学芸那非同一般的对人性的理解程度，以及高超的思想艺术构型能力。

感觉中，已经很久没有读到过韩东的小说作品了。此前，我对韩东小说的阅读记忆，更多地停留在长篇小说的层面。不仅认真地读过他的多部长篇，而且也还同样非常认真地给其中的若干部写过批评文章。虽然说一直到现在为止，韩东在诗歌界的影响都远远大于他在小说界的名声，但我却坚持认为，他在是一位杰出诗人的同时，也是一位非常优秀的长篇小说作家。但这一次，在认真地读过他的短篇小说《我们见过面吗？》（载《钟山》杂志2020年第1期）之后，我却认为，韩东同时也可以被看作是一位特别谙熟短篇小说写作之道的优秀短篇小说作家。

小说的故事，其实非常简单，不过是以第一人称的方式讲述了诗人“我”也即皮坚与L市两位姓孙的人分别“不期而遇”或者“萍水相逢”。第一次，是在很多年之前的2001年，“我”应朋友之邀前往L市，与宗斌、朱晓阳、安龙他们几位朋友一起共谋诗歌事业。孰料，到了某一天晚上，“我一小瓶啤酒还没有喝完，宗斌就领进来一个人，或者说那人是跟着宗斌进来的。显然是一位客人，也应该是宗斌他们的朋友”。“他的位置逆光，因此自始至终我都没有看清那家伙的脸（请一定注意‘那家伙’这一语词的使用，虽然是第一次见面，彼此并不了解，但一个‘那家伙’，就已经远远地拉开了‘我’与这个姓孙的人之间的距离，彼此疏离的情感色彩非常明显）。”“朱晓阳介绍了那人，我记住了《L市诗刊》这个刊名。当然朱晓阳也说了他的名字，但我没有刻意去记，似乎是姓孙。”这位突然在酒吧里现身的姓孙的，一身酒气，很显然已经喝了很多酒。他一坐下就开始和原本素不相识的“我”叫板，非得强迫“我”陪他一起喝酒。在遭到“我”的婉言谢绝后，姓孙的骂骂咧咧地开始闹场。“我”虽然“的确毫无愤怒可言”，但也不想就这么一直“没完没了”下去，便站起来抄起了座椅，“做出投掷状”。眼看着一场冲突就要爆发，宗斌和朱晓阳他们赶紧站起来加以阻止，直到把那位姓孙的拉走后才算了事。等到“我”起身离场的时候，“朱晓阳把我送到门口，嘱咐我别往心里去，我说不会的，小事一桩，开酒吧难免会碰见。朱晓阳说，‘就是体制里一个小杂毛。’这话我记住了，并且一记就是很多年”。

第二次，已经是“去年”也即2018年的时候了：“去年我收到一个邀请，去给获奖的青年诗人颁奖，邀请方是L市的《L市诗刊》。这让我想起了一些什么。”毫无疑问，“我”这个时候想起的，就是自己很多年前在L市的那次不堪遭遇。在百度查阅发现《L市诗刊》的现任主编名叫孙雪华，并且先入为主地认定这位孙雪华就是当年那位“姓孙的”的前提下，“我”决定前往L市参加这次青年诗人的颁奖活动了。到了L市，在主办方的欢迎酒宴上，“我”果然见到了孙主编：“孙主编没有介绍他自己，就像我们早就认识了，也的确是早就认识了，否则的话他也不会是这样反应。”然而，饶是此前已经有过各种设想，但“我”却根本没有料想到，孙主编问出的第一句话，竟然是“皮坚，我们见过面吗？”那么，这位孙主编到底是不是当年那位姓孙的呢？“也许，我真的没见过这家伙，眼前的孙主编并不是当年那个姓孙的？如果事情真的是这样，他又何必问‘我们见过面吗？’”没想到，就在“我”试探着提及宗斌他们的时候，这位孙主编马上就火冒三丈，气不打一处来，宗斌，连同所谓的“口水诗”一起，都成了他的攻击对象：“孙主编的眼中几乎冒出火来，完全失去了刚才的镇定。他一仰脖子干了手上的啤酒，放下杯子他说：‘口水就是唾沫你知不知道？用唾沫写诗……写诗得用鲜血！用眼泪！血泪才能造就这个民族的诗魂……这傻×！’后一句仍然是骂宗斌。”到这个时候，“我”便毫不犹豫地认定，这位孙主编肯定就是当年那个姓孙的：“再没有任何疑问了，眼前的孙主编就是当年那个姓孙的。如此具有攻击性，如此自以为是和突如其来。”就这样，仅只是一会儿工夫，孙主编就把“我”在L市的几位朋友骂了个遍，最后终于把两个人的小范围谩骂演变成了一场演讲。

那么，这位孙主编到底是不是当年那个姓孙的呢？晚宴结束后，“我”打电话给在乡下陪伴父母的朱晓阳，从头到尾把这次来L市的原委以及晚宴上的遭遇，包括自己复杂微妙的心理，全都一窝蜂地倾倒给了朱晓阳。面对“我”的这番遭遇，朱晓阳丝毫都没有感到惊讶：“孙雪华就是这么一个人，单位里的，你也不要太往心里去。”关键还在于，到最后，朱晓阳不无幽默地告诉“我”，说这位孙雪华与当年的那个姓孙的，还真的并不是同一个人：“最后，朱晓阳呵呵一笑，将他的幽默发挥到了极致。他说，‘不过老皮，你的确认错人了，当年那家伙叫孙鹏，也不是《L市诗刊》的，而是《L市文艺》的编辑，两人既不同名，也不在一个单位上班，当然了，一个德性。”在我看来，韩东这一短篇小说的精彩处，就突出地体现在这一出人意料的结尾上。倘若说一个短篇小说也有所谓关键性的“诗眼”所在，那么，韩东小说的“诗眼”就突出地体现在朱晓阳前后两次对两个姓孙的做出的犀利评价上。前边一句是“就是体制里一个小杂毛”，后边一句是“就是这么一个人，单位里的”。明明是绝不相同的两个人，但他们的思维方式乃至于基本做派却如此这般地有着惊人的一致性。很大程度上，韩东也正是依托于这一点，方才曲径通幽地传达出了他的批判性题旨。事实上，也只有在这个意义层面上，我们才能够理解小说的最后一句话为什么会是“我”的一句由衷感叹：“真他妈的荒唐，而且……虚无。”

江西作家樊健军的小说创作，近几年来处于明显的上升阶段，其品质优异的小说作品，接二连三地在国内文学大刊频频问世，已经引起了业内人士的高度关注。这一次，他的短篇小说《追风筝的女人》（载《江南》杂志2020年第1期），同样以其深刻的象征意蕴而令人回味无穷。

小说的故事，发生在寂寂无名的水门镇上。主人公，是供销社主任的爱女莫莉。故事的缘起，是小镇上突然来了一个马戏团。相对于一贯寂静而平庸的小镇生活而言，马戏团毫无疑问是一个新生事物。它的不期而至，最起码给主人公莫莉，打开了一个全新的世界。当镇上的其他人都被马戏团的各种杂耍技艺吸引的时候，少女莫莉却被马戏团一个白脸红鼻头、腿有一点瘸的小丑男人给深深地吸引住了。她之所以会被这个无名男人吸引，其实是因为她在他那里第一次见识了真正的风筝。“风筝多好啊，想飞多高就能飞多高。”这种可以在天空中自由飞翔的感觉，大约就是莫莉喜欢上风筝的根本理由。

按照莫莉那位后来离了婚的丈夫赵凤年的说法，莫莉来到这个世界上，就是要祸害人的。在他看来，连同自己在内，先后有三个人被祸害。一个是马戏团那个打花棍的瘸腿小伙子，再一个是裁缝夏勤元。他们俩，一个是最早把风筝介绍给莫莉的人，另一个则不仅长期负责给莫莉修理风筝，甚至到最后干脆还学会了做风筝。但一个共同处在于，也正是因为莫莉与风筝，他们俩险些招来了牢狱之灾。至于赵凤年自己，尽管说费了九牛二虎之力方才把莫莉追到手，但在结婚数年后，却因为莫莉大哥的一次酒后失言而最终和莫莉分了手。就是在那次酒后失言的时候，莫莉的大哥不小心把莫莉多年前曾经被裁缝夏勤元强奸或者诱奸过的秘密往事给说了出来。正因为如此，赵凤年方才觉得自己受到了最大的伤害。由此可见，赵凤年所谓对特别喜欢风筝的莫莉的爱，其实也是虚伪的。他更在乎的，只是莫莉作为一个女性的所谓“贞节”。

事实上，构成了莫莉的酷爱风筝行为对立面的，并不仅仅是她这个糟糕的丈夫。很大程度上，包括莫莉父母在内的整个水门镇，也都在一种不自觉的意义上变成了她的对立面。“1987年的春天，如果马戏团没有来到水门镇，那莫莉经历的会是另一种人生，她有可能走上身为供销社主任的父亲为她设计的轨道，考上省城的商学院，有朝一日成为她父亲嘴边那种做大买卖的人。”然而，她的父亲根本没想到，背离了自己原初的人生设计还不算，等到后来从省城的卫校毕业后，她的人生选择，竟然会再一次背离父亲的期望：“莫莉从省城毕业后通过招聘考试，被安排在镇医院当护士。莫莉的父亲显然很失望，女儿压根就不听他的安排，不按照他设定的路线走，原以为她上了省城，不留在省城，至少会去市里吧，哪里想得到——西瓜蹲班房，又滚回了老地方。”重新回到镇里倒也还罢了，关键的问题是，她竟然依然故我地喜欢着风筝：“莫莉除了穿着打扮变得洋气外，看不到别的变化，也不见任何沮丧的情绪，对风筝的爱好有增无减，甚至几近疯狂。”到这个时候，不仅是父亲，就连她的母亲也开始受不了啦："莫莉的癫狂吓坏了莫莉的母亲，也激起了母亲的愤怒。莫莉的母亲警告莫莉说，你拿镜子照照，哪里还有个姑娘的样子！连个正常的人都不是，将来还要不要嫁人？！"眼看着迷上了风筝后的莫莉越走越远，她的父母只感到后悔不迭："有段时间，莫莉的父母情愿莫莉被马戏团拐走，也不愿意看到她像个现世宝似的丢人现眼。他们迫切地希望女儿嫁出去，早一天嫁出去就早一天清净，就多享一天清福。"为了能够让莫莉悬崖勒马回心转意，她的父母真正可谓软硬兼施，无所不用其极，打也打过，关也关过，但莫莉却偏偏就是油盐不进，水火不侵，就是要固执地一直把风筝酷爱到底。更关键的是这样一句话："偌大的水门镇已经关不住莫莉这只风筝了。"这句话的意思很显然是，因为莫莉的酷爱风筝，整个寂静而平庸的水门镇都与她为敌了。但即使如此，莫莉也仍然不知悔改，仍然在一如既往地坚持着自己的酷爱。正如同小说结尾处莫莉大哥朋友圈里的照片所显示的："背景好像是在某地的风筝节上。照片上的莫莉阳光灿烂，她的头顶风筝密集如蝗群。"

行文至此，忽然觉得小说的结尾问题，有必要专门提出来稍加探讨。《江南》的结尾部分在我所引用的这段文字之后，紧接着还有这么一段叙事话语："莫莉的哥哥大概心怀忏悔，在照片上方配了四个字：祝福他们！有人拿着手机问已经退休的张所长，这不是马戏团那个打花棍的小丑吗？张所长戴上老花镜，仔细端详了一番照片说，没错，就是他！"但到了选载这个小说的《思南文学选刊》（2020年第1期）上，我们却发现，这一段叙事话语被编辑给删除了。那么，到底哪一种结尾方式艺术性更强些呢？仔细思量一番，《江南》的处理方式，很显然有着照应开头的意思，自有其道理，但在我的理解中，恐怕还是《思南文学选刊》的处理方式更合理也更具艺术性一些。质言之，并不具体坐实照片上和莫莉在一起的那个人是谁，给小说带来的，就是一种具有无限可能的开放性。

但不管怎么说，樊健军小说中莫莉排除一切阻力地酷爱风筝的行为，有着明显不过的象征意味，却是毋庸置疑的一种事实。那么，她的这种行为到底象征隐喻着什么呢？我想，我们千万不能忽视风筝那样一种总是可以挣脱一切束缚，自由自在地高高飘扬在天空中的突出特点。由此可见，风筝所象征隐喻的，其实就是一种个人的自由意志，或者说是一种无限向往自由与民主的现代精神。也或者会有其他的朋友从樊健军的小说中读出其他的象征寓意来，但在我这里，却坚定地认为，樊健军在《追风筝的女人》中所表达的，是个人自由意志的弥足珍贵，以及在一个早已固化了的集体平庸氛围中的坚持个人自由意志之难。

第十章　女性“聊言”、农业时代与畸态人生

我们注意到，作为一部以自己家族中的女性为核心，同时也兼及故土的一众乡村女性的长篇非虚构文学作品，阎连科的这部《她们》（载《收获》杂志2020年第2期），其实由判然有别的两部分组成。占有主要篇幅的主体部分，是由自己家族的女性和故土其他一些女性加起来大约二十几位女性的人生故事。这些女性的故事，阎连科是分门别类地通过一种散点透视的方式完成讲述的。另外一个部分，就是那些穿插于这些女性故事间隙里的“聊言”或“聊话”（具体来说，一至三，是“聊言”，四至九是“聊话”。其实，二者的实质是一样的）部分。何以为“聊言”（或“聊话”）？阎连科给出过明确的说法：“信马由缰的闲话是可以叫作聊言的。”实际上，阎连科的这种表达有着明显的自谦色彩。依照我的理解，如果说《她们》的主体部分旨在讲述那些女性的人生故事的话，那么，这些聊言就是作家阎连科由这些人生故事而进一步生发出来的，更主要是关于女性命运的带有突出形而上色彩的理性思考。到这里，也就必须涉及我自己关于小说与非虚构文学这两种文学文体特质的一点思考了。如果说在优

秀的小说作品中，作家所欲传达出的思想内涵，总是越隐蔽越好的话，那么，到了非虚构文学作品中，作家就不仅应该具备一种超乎寻常的理性思考能力，而且还应该把自己对于历史或者现实的思考结果尽可能旗帜鲜明地凸显出来。一部优秀的非虚构文学作品，一方面需要的固然是感性的对于生活场景的鲜活呈现，但在另一方面，却也特别需要作家具备一种理性沉思的力量。同样的道理，如果说，一位优秀的小说家未必非得同时是有着强烈的社会现实关怀的批判知识分子的话，那么，要想成为一位优秀的非虚构文学作家，要想让自己的非虚构文学作品真正显示出超乎寻常的理性思考力量来，作家自己首先就必须是一位积极介入生活的，有着强烈的社会现实关怀的批判知识分子。具体到阎连科，一方面，他那一系列出类拔萃的小说作品，早已充分证明他是当下时代中国第一流的小说家之一；另一方面，《我与父辈》、《田湖的孩子》以及这部《她们》（某种意义上，我们也不妨把这些作品干脆称为阎连科的“非虚构三部”或者“故土非虚构三部曲”）这三部作品的相继问世，却也强有力地说明小说家阎连科同时也是国内文坛并不多见的优秀非虚构文学作家。既然是优秀的非虚构文学作家，那首先就必须具备一种非同一般的理性沉思能力。具体到这部《她们》，阎连科的理性沉思能力，突出不过地体现在其中的“聊言”或者“聊话”部分。从根本上说，正是带有明显感性书写色彩的主体部分，与带有突出理性思考色彩的聊言或聊话部分，二者相互依托，彼此以一种互文互证的方式，最终完成了《她们》这样一部关注思考中国乡村女性生存方式与命运遭际的长篇非虚构文学作品。

比如，“聊言之一”中，阎连科曾经由“缘分”一词而进一步引申开去，对“偶然”、“必然”以及“命运”进行过一番深入思考：“佛把偶然、无定的联系与分离称为缘分时，也正是对偶然、无定不可解的逃离、回避才使用‘缘分’一说来遮蔽、模糊这种不可解。”“其实，所有的命运都是偶然决定的。/偶然与偶然相遇的结果才是必然吧。”也因此，一种无法回避的结论就是：“人们所有的活着、行走和努力，都不是在偶然中去寻找必然的，而是为了在必然中去相遇偶然的。当相信偶然决定必然、并是决定人生和命运的关键之键后，那么许多事情我们都可以释然了，放下了，去坦然面对了。”作家之所以要生发出如此一种关于偶然、必然以及命运的感慨，与他自己所经历的几次相亲有关。为什么前前后后相了几次亲，到最后和他一起走进结婚殿堂的是自己的妻子而不是其他女性，这其中起决定性作用的其实是一种偶然或者无定。因此，阎连科才不仅会做出一种“如果怎么样”的假定性推理，而且更会从其中获得某种关于命运的启悟。尤其是人活着不是在偶然中寻找必然，而是在必然中相遇偶然这一句，更是充满着阎连科某种独有的智慧。

但相比较来说，相对于《她们》这部作品，更重要的却是干脆被作家单列为第六章内容的“聊话之九”。正如同这一章的标题“第三性：女性之他性”已经明确标示出的，阎连科在这一章以理性思考的方式所集中探讨的，乃是当代中国乡村女性身上所谓“第三性”特质的具备。不管怎么说，能够在广有影响的西蒙·波伏娃与安托瓦内特·福克她们的“第二性”之外，提出“女性之他性”的“第三性”理论，正可以被看作是阎连科对现代性别理论的一大贡献。为了相对忠实地把阎连科的理论原创性体现出来，请原谅我在这里可能要更多地引述作家的相关文字。阎连科首先在与既存女性主义理论比较的前提下开宗明义地提出了“第三性”的命题：“由此我们看到女权主义也好，女性学也罢，多都是在女性的‘先天’与‘后天’中的一场充满思想与发现的苦口之论战。福克谈论的‘我生而为女性’和‘我接受了自身性别赋予我的心理和生理层面的命运’，是说从先天到后天的生命与自然的过程。而波伏娃的‘女人不是先天的，而是后天形成的’，则是更多地行走在后天和政治、社会、文化的路道及庞大、芜杂的政治广场上。波伏娃的‘第二性’，指的是相对男性的第二性，也即女性自身后天的‘第二性’。而福克说的‘两性’，首先说的是先天的‘男性和女性’，其次还是先天相对男性存在的女性之‘两性’。而这儿——我闲扯聊说的‘第三性’，是在两性——男性和女性之中和之外的女性的——‘第三性’。”那么，到底什么是“第三性”呢？“第三性是说女性之他性。”“而我说的第三性（狂言妄语），首先是指超越了女性自幼应允并接受的那部分。比如女孩从意外、恐惧中接受了月经这一与生俱来的安排后，并逐渐接受了女性‘必须’缝衣、做饭、生孩子等第二性后天赋予并加诸她的‘责任与规范’。但在这之外，在我老家那块土地上，女孩除了与生俱来的第一性的生命与生理（女性），和后天加诸她的历史与政治的第二性（波伏娃的‘女人是后天形成的’），还有历史、环境和文化加诸她们的第三性——女人先天是女性和后天历史、政治加诸她们女性的第二性，在那块荒野广袤的土地上，她们还有文化、环境、历史加诸她们必须有‘男人性’的第三性——女性作为‘社会劳动者’身上的他性之存在。”请一定注意，阎连科“第三性”理论的提出，乃是建立在他对故乡女性为模本的中国当代乡村女性广泛观察的基础之上的。某种程度上，如果没有《她们》这部长篇非虚构文学作品的写作，恐怕也就不会有“第三性”理论的提出。具体来说，阎连科的相关理论，既与1949年后的所谓“前三十年”期间，也与“文革”结束后所谓“后四十年”改革开放与市场经济时代中国的社会实践紧密相关。

首先，是“前三十年”期间。阎连科一方面充分肯定毛泽东的“妇女能顶半边天”（尽管说一直到现在为止都找不到毛泽东这句名言的具体出处）观念，它不仅曾经产生过巨大的影响，而且也的确在很大程度上推动了中国乃至世界的女性解放运动，有着不容忽视的重要意义和价值：“和民国时期的男人剪辫、女人放脚一样伟大和有着历史性的进步及人类社会学的价值与女权主义里程碑的意义。”然而，真正的问题在于：“但如果我们把‘妇女能顶半边天’和‘时代不同了，男女都一样’作为理论、思想、精神推延到别的时代和场域，如劳动场域之外的政治、文化、金融、教育及执政机关和机构——除了劳动力所需要的任何一个场域间，会发现妇女解放在那儿不像劳动场域——农村的田间地头、城市的纺织车间样——‘男同志能做到的事情女同志也在做’。在劳动场域外，女性并没有真正的自由与平等，没有真正尊重女性的权利与人格，而且在劳动场域外的任何场域里，那些男权世界的中心地，依然是‘女人嘛，呵呵’的暧昧和固有。如果我们只是在国家、时代最出力流汗的劳动场域才能看到‘妇女能顶半边天’，那么，我们怎么去想象自由、平等、平权这些关于女权主义的理想、诉求、理念与精神？会不会在这些光辉的词语下面想到侵占、剥削、占有、预设、预谋等等这些词汇呢？”很显然，依照阎连科的观察和分析，所谓“妇女能顶半边天”的名言，与其说是对女性权利的一种解放和张扬，莫如说是借助于某种冠冕堂皇的理由对女性进行的更加肆无忌惮的公然剥夺与侵害。

其次，进入“后四十年”，也即改革开放与市场经济时代之后，尽管说如同毛泽东“妇女能顶半边天”这样的一种强制性观念已经退出了历史舞台，但中国的乡村女性们却并没有由此而获得真正的解放，如阎连科所说的“第三性”状况在转换了一种表现形式后，依然是一种不容被否认的客观事实：“当改革开放的重心从农村转移到了城市后，农村不再是中国改革开放的主战场，而成为朝往城市输送劳动力取之不竭的仓库时，女人之他性——第三性的侵入就变得更为微妙、自觉和残酷。当我们家、我们村、我们那块土地和几乎所有的男女都被命名为‘农民工’拥进城市的工厂、车间、工地、街角、生产线和屋檐下，人们发现在两个完全不同的时代里，而妇女作为劳动者身上的他性却是几乎相同的。只不过在前一个时代里，她们身上的他性是被历史强行注入的……但是在今天，在这个伟大的改革开放的时期里，那只历史之手隐藏起来了，时代的注射器似乎没有谁再拿在手里要强行注入女人的身体内部去。但市场、金钱和欲望，这些看似自由地摆在社会文化里的现实和精神物，却又似无形之手和无形的力，让女性自己去拿起那似乎搁置的‘第三性’的历史注射器，由她自己朝着自己身上注射和变异。”由以上分析可见，如果说“前三十年”期间或者说毛泽东时代，中国乡村女性身上“第三性”特质的具备还带有一定的被动性色彩的话，那么，进入了经济为主导的“后四十年”，也即改革开放与市场经济时代之后，“第三性”竟然出人意料地变成了女性自身主动选择的结果。之所以会是如此，关键原因恐怕还是在于她们内心中有着难以克制的强烈物欲。对此，阎连科有着一针见血的揭示：“是什么力量在推动着她们自觉自愿地朝着‘自塑他性’大刀阔斧地行进呢？/是钱！/是物！/是物望！”从根本上说，正是“这些既能看见又能摸着的物，取代了历史把女人变成男人的不可抗拒的推动力，正一点一滴、一物一件地诱惑着男人外出去打工，也诱惑指使着女人和男人一样外出打工和挣钱。”从这个角度来说，到了“后四十年”期间，中国的那些乡村女性自觉自愿地将自己转变为“第三性”的行动，其实是她们被物欲和金钱扭曲异化的一种必然结果。

在对当代中国“前三十年”与“后四十年”乡村女性的“第三性”状况进行了相当深入的分析与解剖之后，阎连科最后得出的结论就是，中国乡村女性，“尤其是我家族中的女人和那块土地上的女性们，她们没有参军，没有革命的历史，没有系统地受过任何教育，但她们却像沙尘中的任何一粒沙或一捧土，没有缺少过新中国成立后任何一场沙尘暴般的运动的袭扰和夹裹。当那些文学作品和电影中的女性‘唯一的，必然的道路是由奴隶而成为人（女人）而成为战士’时，而我家族和那块土地上的女人们，‘唯一的，必然道路是由旧（女）人而成为新人（女人）而为劳动者（劳动力）’。她们没有成为作为人的女人享有女人与男人同样的平等、自由权，而是作为‘劳动力’把自己‘女变男’（劳动者）地同男人享有无差别劳动的义务和责任。”“这个劳动与劳动力的变化之过程，就是她们接受他性、塑造第三性，‘女变男’的起始、中段和目标。”如果说以上的结论主要是针对“前三十年”的，那么，如下的结论就肯定是针对“后四十年”的：“但当历史来到今天时，她们的女儿、儿媳们，‘能够不这样，却又不能不这样’。于是，后者便更自觉地在享有单一的与男人一样‘劳动权’的平等权利下，自愿地接受着第三性的注入和改变，让自己时时成为中国社会中的‘建设者’、‘劳动者’和‘女男人’，从而使‘第三性’最终成为了中国乡村女性——尤其是我们家族和那块博大深厚的中原大地上，女性最鲜明的与其他任何地区、国度的女性都不同的独有之特质。”

以上，我们对阎连科在《她们》中提出的“第三性”理论进行了一个基本的梳理。一方面，正如我们在前面已经明确指出的，这一理论的提出，毫无疑问是在以其突出的原创性极大地丰富着现有的女性主义理论；但在另一方面，阎连科提出“第三性”理论的本意，恐怕却也是试图寻找合适的路径以便更加深入透彻地理解把握并书写出“我家族和那块土地上的女人们”的生存状况与命运遭际。也因此，在充分肯定“第三性”理论重要性的同时，我们无论如何都必须强调的一点是，这一理论无论如何都不应该成为理解分析《她们》中诸多女性人物形象的框限与桎梏。正所谓“理论是灰色的，唯生命之树常青”，事实上，在很多时候，阎连科笔端关于若干乡村女性形象的理解与书写，早已经溢出了所谓“第三性”理论的框限。

·

接下来，我们要集中讨论的，就是黄孝阳长篇小说《人间值得》（北京十月文艺出版社2019年10月版）中的社会批判问题。《人间值得》固然是一部成色十足的现代主义作品，但它与很多只知道一味地炫技，面对复杂的中国社会现实持躲闪姿态的先锋派小说的不同之处，就是与矛盾重重堪称复杂的中国社会现实的一种短兵相接，或者干脆说就是所谓的“正面强攻”。与那些闪烁其词式的先锋派小说相比较，如同黄孝阳《人间值得》这样一种深度介入中国社会现实的批判性姿态，无论如何都是难以想象的。一提及文学深度介入社会现实的批判性，我们马上就会联想到一个耳熟能详的文学术语，那就是所谓的批判现实主义。如此一种联想带给我们的感觉就是，文学的批判性，似乎天然地就跟现实主义的创作方式联系在一起。但其实，这是一种明显不过的错觉。之所以要这么说，主要因为在对黄孝阳《人间值得》先后两次的认真阅读过程中，我个人真切地体会到，通过现代主义或者说先锋派的一种写作方式，作家们也一样可以抵达深度批判社会现实的思想艺术意图。由此而进一步联想开去，实际上也并不只是黄孝阳的这部《人间值得》，只要将我们的视野扩大至20世纪以来西方的整个现代主义文学，即不难发现，这些文学作品不仅与社会现实之间存在着紧密的内在关联，而且也有着不容轻易忽视的批判性。也因此，倘若说批判现实主义已经是一种广有影响的说法，那么，同样也可以成立的说法，就应该是批判现代主义。所谓“批判现代主义”，也即以一种现代主义的或者说先锋派的艺术方式来积极有效地实现一种深度介入批判社会现实的思想意图。如果“批判现代主义”的说法的确可以成立的话，那么，黄孝阳的《人间值得》，就应该被看作是这一方面的一部代表性作品。

说到《人间值得》对社会现实的尖锐批判，首先要提到的，就是“我”的战友余招福被迫自焚身亡的人生悲剧。关于余招福，叙述者“我”曾经在小说临近结尾处写下过这样的一段话：“这是余招福小时候对我嚷过的一句话，那时的他是多么意气风发啊。把书包不断抛往空中，脚下是带着风声的；那个曾几何时，敢与我单挑，被我一遍遍摔倒在地，摔成狗吃屎，摔成吃屎狗，还能爬起来的余招福；还有在部队时的余招福，说这辈子一定要去趟巴黎，去拱廊街的余招福。他说‘一定’的时候，咬牙切齿，还朝着逶迤山脉咆哮，双拳捶打胸脯，当人猿泰山，发誓一定得嫖一个法国妓女的余招福……他们都到哪儿去了？”任是谁恐怕都难以想象得到，就是这样一位曾经那样意气风发的少年，等到他在部队上当了两年兵复员回到县城后，遭遇到的竟然是如此不堪的命运。先是因为没有任何后台，所以退伍后的余招福只能万般无奈地服从安排，进入县印刷厂去当工人糊纸盒。被迫去糊纸盒后，余招福不仅没几年就和一位同厂女工结婚成家，而且很快就有了孩子。关键在于，即使是受到极大的委屈去糊纸盒也罢，余招福的安稳生活也没有能够长期延续下去。等到那个既喜欢嫖妓更喜欢赌博的娃娃脸厂长上台之后，没用了多长时间，就因为输掉了二十多万元公款而致使印刷厂倒闭：“娃娃脸厂长死了。挥挥手，没带走一片云彩。工人倒大霉，全体失业。”工厂倒闭后，曾经当过几年兵的余招福，迫于生计，也算心眼活泛，一方面问亲戚朋友借了点，另一方面又在银行贷了点，买了一辆崭新的客运中巴，还有一条专门跑邻县的线路，一时间摇身一变，成为了运输专业户。但是，余招福根本就不可能料想到，仅仅是过了不到两个月，自己的客运就出事了：“两个月时间不到，交通局有人来了，说这条线路欠了七八万的规费，得补齐才能上路运营。”余招福一时如同五雷轰顶，虽然百般要求能不能先交一部分，但却不仅遭到了工作人员的严词拒绝，而且连同这辆全新的客运中巴也都被依照所谓的政策扣押了。然而，更加出乎余招福意料的是，等到他凑齐钱前去领车的时候，更糟糕的事情却发生了：“半个月后，等到余招福哭爹喊娘把钱凑齐去领车时，余招福发现自己的中巴换了模样。前头凹进两大块，水箱漏水，油箱漏油……这些是小事，最糟糕的是客车的发动机不见了。”客运中巴明明只是被扣押，半个月时间怎么就会变成这么一副模样呢？这种状况，余招福不管怎么说都无法接受。在经过了几个回合的交涉，一直到找到交通局的局长都最终无果的情况下，万般无奈的余招福只好诉诸公堂。到后来，余招福倒也果然还是打赢了官司，只不过，等到他拿到判决书的时候，不仅已经是一年之后，而且这期间，他的老婆也已经跟人跑了。更何况，对于这样的一个判决结果，身为行政机关的交通局还并不买账。在准备购买一个新的发动机赔付给余招福的同时，交通局还要依照法律程序提起抗诉：“说余招福天天去交通局，严重干扰了正常办公，得追究其刑事责任。”这样一种极不合理的境况，自然是余招福所无法接受的，最后，“余招福把判决书揉成一团扔进了垃圾堆。买了桶汽油，跑到仍停在交通局大院里自己那辆已经报废，像一堆狗屎的中巴上，在嘴里叼上一根烟，用打火机点燃。余招福的个子有一米七。大家都说最后火熄灭的时候，余招福黑乎乎蜷成一团，怕还没有一米长。”

余招福之外，我们在前面已经提及过的那位棋篓子，也毫无疑问是一个被侮辱与被损害者。棋篓子，原本是一位中学教师，在一个县城里，也勉强算得上是一名知识分子了。身为知识分子的棋篓子，虽然棋艺高超，但为人却特别单纯善良，特别呆。他人生最大的不幸，就是在年过四十之后，竟然还从深山里“娶来一个又年轻又漂亮的妻子”。正所谓“匹夫无罪，怀璧其罪”，正如你已经预料到的，这个棋篓子的人生悲剧，同样和“我”那身为一县之主的父亲紧密相关："一个风和日丽的下午，我爸在东门桥裁缝铺子里看到了他妻子，那个颇有几分姿色的荆钗布裙，怦然心动，派出秃头吴充当王婆，把这个本是风流性子的妇人，当餐前甜点给吃了。"关键的问题是，没有吃了几次，我爸就腻味了这道甜点。本来想着让秃头吴去画个句号，没想到，秃头吴却不小心把自己给画进去了。到最后，竟然弄得这个妇人想要嫁他。或者是秃头吴暗中说了一些什么，也或者干脆就是这妇人的一厢情愿，一来二去的，她竟然如同潘金莲似的对棋篓子动了杀心。没想到棋篓子的命还真大，就在他端碗准备喝那碗已经被下了农药的稀饭时，却有人专门赶来下棋。这一下不要紧，这位赶来下棋的人，竟然边下棋边把这碗稀饭抢着倒进了肚里。这样一来，一场命案的最终酿成，也就无法避免了。关键的问题是，明明已经知道了事情的原委，内心太过于善良的棋篓子却还是要以德报怨，要想方设法保住妻子的命："呆，还善良，是真善良，真他妈善良。他妻子想杀他，他还四处奔走，想救妻子一命。跑到被害人家里说是误杀，他妻子本来是想杀他的，愿意赔偿。倾家荡产求人家写下一份谅解书。"结果，努力了半天也无济于事，妇人还是被枪毙了。就这样："棋篓子家破人亡不提，还家徒四壁。脑子里的某根神经也就断了。终于疯了。"怎么个疯法呢？"不是武疯子，不打人。满嘴污言秽语，如鬼魂悄无声息地出没，傻笑，动辄下跪，跪天跪地跪菩萨也跪路人。"当然了，正如前面已经分析过的，关于知识分子棋篓子的神经失常，也还有另一种被"我"父亲一句玩笑话彻底吓傻的说法。那就是，棋篓子在整队时本来只是合乎训练要求地喊了一声"向右看——齐！"的操练口令，没想到，却被偶然听到这一口令的"我"爸也即“他爸”听到后，开了个玩笑。就是这个看似无意的玩笑，最终迫使无处解释的棋篓子神经失常。事实上，无论是以上的哪一个版本，从根本上致使知识分子棋篓子最终神经失常的始作俑者，都是以“我”父亲张负重为标志性符号的带有邪恶性质的力量。然而，黄孝阳的深刻处还在于，他并没有把棋篓子仅仅处理为一位受害者。在书写强调他受害者身份的同时，作家也写到了他侮辱伤害别人的另一面。那就是，一个偶然的机会，“我”竟然发现了棋篓子人性不堪一面的存在：“这个疯老头儿居然在猥亵一个幼女。居然懂得用几颗花花绿绿的糖果来做诱惑。”如此一种意外的发现，顿时让“我”火冒三丈：“不知道我从哪里来的怒火。可能是发现这个我认定是被侮辱、被损害的人，也有这种肮脏黑暗。人心里真的有一只恶魔。不仅他有，我也有。我打累了。这个疯老头儿的骨头还真是硬，始终一声不吭，像一条皮毛褪去的癞皮老狗，眼泪汪汪地看着我，神情是那样委屈不解。”事实上，也正是在发现了饱经伤害的棋篓子，既然也有如此不堪一面的存在，方才使“我”不由得大发感慨：“我是个坏人。我知道，我不惮于有人以最坏的恶意来揣测我，也不怕有人比我更坏。”“可为什么那些好人，那些本该是好人的人，会干下比我这种坏人更坏的龌龊事？”实际上，在很多时候，坦诚的坏人比不那么坦诚的所谓“好人”还要更令人尊敬一些。更进一步说，能够坦承其坏的人，往往比那些对自己的坏遮遮掩掩的人，拥有更大的人格魅力。与此同时，我们也应该认识到，正是通过对棋篓子猥亵幼女这深刻有力的一笔，黄孝阳相当深入地揭示出了这一看似单纯善良的知识分子人性构成的复杂性。

不管怎么说，严歌苓长篇小说《666号》（载《人民文学》2020年第4期）中最核心的一位人物形象，都是那位李代桃僵的，其精神世界最终被脱胎换骨地规训为抗联将军赵霖宇的二人转艺人闵志宏。闵志宏之所以错误地被日本人抓捕到省立监狱里，是因为他的外貌身材长相都酷似抗联将军赵霖宇。虽然在警察总部，闵志宏已经明确强调自己不是赵霖宇，但任署长却根本就不予采信："任署长拿起桌上一张纸，从背面看，就是那张画像师画的人像。任署长看看人像，又看看小个子，说：'赵将军受苦了。听说您一点儿都没反抗。我手下不懂事，还给您用了铐子。'"被送进监狱后，闵志宏或者赵霖宇的编号，就是666号。虽然只是一个二人转艺人，但闵志宏却深知，如果被当作抗联的赵霖宇，他所可能遭遇到的悲惨下场，为此他曾经一再想方设法撇清自己的真实身份："他说，你们别在我身上花功夫了，我不值得你们这么用心思。""实话告诉你吧，我不是赵霖宇，你们逮错人了。""我叫闵志宏，你们到珠河、宾县一带打听打听去，是不是有个唱二人转的闵志宏闵子。你们错逮了我，放过了赵霖宇，真正的赵司令还不知领着他的人猫在哪个山旮旯，跟你们打埋伏呢。"然而，虽然闵志宏曾经百般辩解，但以典狱长为代表的日方却一直持将信将疑的态度。这其中，多少带有巧合意味的一点是，偏偏就是在这个时候，赵霖宇因伤到苏联治疗，他的所部便减少了很多针对日军的军事行动，以至于一时显得平静了很多。典狱长们，自然而然地把这一切与闵志宏的被错抓联系在了一起："自打把你关进来，这小半年，保安团都轻省不少，没听说哪个警察所又给炸了。立秋之后，日本军队进山讨伐，也没咋受袭击，全是因为你赵司令给关在我这儿。"但实际上，典狱长们之所以会越来越相信他们所抓到的这位闵志宏，就是抗联将军赵霖宇，关键原因还在于，张桂堂一直在暗中想方设法规训改造着闵志宏的精神世界。

正如同我们在前面已经明确指出过的，从一开始就知道闵志宏不是赵霖宇的张桂堂，之所以要煞费苦心地以导师的身份规训改造闵志宏，一个原因是狱内斗争的确不能总是处于群龙无首的状态，另外一个原因，则是出于策划暴动越狱的需要。事实充分证明，张桂堂的规训不仅是必要的，而且也是成功的。从根本上说，也正是在张桂堂那简直就是润物细无声的规训之下，曾经的那位习惯于混吃混喝偷奸耍赖甚至无耻地出卖了深爱着自己的小铃铛的二人转艺人闵志宏，不知不觉地悄然发生着一种堪称是脱胎换骨的精神蜕变："赵霖宇的目光从666号的眼眶里发射出去，定在对面的白马脸上。听说装斗鸡眼装久了，俩眼珠就回不到原处，现在他也回不到闵志宏了。头脑里飞旋的，不是闵志宏的主意；闵志宏打的所有主意，都为自己怎么能好好地赖活，怎么能活得轻省，怎么能少出力多贪便宜，怎么能少花钱多吃点油水，怎么能自己活好，而明知道'好'就那一份儿，自己多点儿'好'人家就少点儿'好'，自己全好了，人家就坏了。而他现在明明在想，我承认是闵志宏，张桂堂是不是就被出卖了？这可不像闵志宏的想法，闵志宏的字典上，出卖不是贬义词。"只要是对小说写作有所了解的朋友，就都知道，刻画塑造人物形象时，人物精神世界的逐渐变化，乃是考量一个作家艺术构型能力具备或者优劣与否的重要标准。正如同我们在分析过程中已经明确揭示的，严歌苓《666号》最值得肯定的一点，就是令人信服地写出了这位666号是如何在张桂堂苦口婆心的规训下，从二人转艺人闵志宏逐渐转变为抗联将军赵霖宇的。这种变化，就连666号自己也有着明确的感受：“666号感到自己变了，变得更能懂得桂堂其人其心，也更能懂得赵霖宇。他自己都能感觉到变化。退回去三十一年，他还在排队等候投胎，一边是赵霖宇，一边是闵志宏，要他选一个去投，他一定不会选闵志宏的娘胎。现在的666号都嫌弃闵志宏。”说实在话，致使666号严重嫌弃闵志宏的主要原因在于，他在自己其实比较短暂的被囚禁生涯中，已经真切地感受到了如果自己真的就是赵霖宇，将会享有怎么样一种被尊重的精神荣耀。操场上明明是一片乱糟糟的打架情形，他仅仅是一声声音并不算高的“住手”，人们就都住了手。如此一种令行禁止的状况，甚至连张桂堂都感到特别神奇：“张桂堂的眼睛透过一片攒动的人头，看着666号。这家伙跟附了体似的，原形不见了，简直就是赵霖宇的模子翻出来的。你看他，眼睛里全是威慑力，眉间透着一股英气。”也因此，等到面对着张桂堂的墓碑不由得痛心流泪的时候，闵志宏就已经彻头彻尾地蜕变成了赵霖宇：“666号突然觉得自己腮帮刺痛，原来是眼泪挂在那里，冻成了冰。他会为死了张桂堂这样的人流泪！这一悟让他吓坏了：闵志宏会为张桂堂这样的人痛心流泪？此刻流泪的，一定不是闵志宏，而是赵霖宇。赵霖宇在为他损折一员猛将、一位生死与共的弟兄而流泪，为在那崎岖山路上曾像骡子一样把脊背给他乘骑了五天的大个子部下流泪。”无论如何，我们都应该承认，到这个时候，那位其实贪生怕死的二人转艺人闵志宏就已经彻底被规训改造成为顶天立地、视死如归的抗联将军赵霖宇，尽管说，此后的666号偶尔间也还会有人性中软弱的一面暴露出来。比如，就在暴动越狱失败，典狱长要追究责任，专门告诉他将要重处十三名主犯的时候，由于自我料定名单中必有自己，他体内的那个闵志宏曾经一度重新抬头：“666号低下头，看着卷烟的纸慢慢散开。他666号肯定被定为主犯无疑了。以下的日子有数了。还有三天活头没有？三天六顿粥汤，就快喝到头了。他感觉身心里那个赵霖宇正在离开，想赖活着活他个寿比南山的闵志宏在一点点回到他身上。闵志宏是软乎乎的，带着人的温热，不像赵霖宇，冷冰冰、硬邦邦，浑身钢筋铁骨，一附了体，他想屈膝弯腰都办不到。”大凡人，即使是如同真正的赵霖宇这样的铮铮铁汉，人性中恐怕也会有软弱的一面存在。以我所见，能够把蜕变过程中的666号人性中软弱的一面充分展示出来，其结果只能是使这一人物形象更加显得真实可信，更加具有相应的艺术说服力。请一定注意，到了小说行将结束的第十六章，严歌苓曾经借叙述者之口，提出了一个“你是谁”的问题。首先，毫无疑问的一点是，这一问题的提出，与闵志宏的最终被规训为赵霖宇的身份转换紧密相关。其次，如果从一种象征性的抽象角度来说，我们也不妨断言说，严歌苓这部长篇小说的写作过程本身，就可以被理解为是对西方现代主义文学中那个带有永恒色彩的“我是谁”命题的一种遥相呼应。又或者，从某种程度上说，我们也完全可以把赵霖宇和闵志宏干脆分别看作是这位666号人性世界中正反命题的两极。

但有一点必须专门提出来加以讨论的是，作为“尾声”部分存在的历史的一种遥远回声。“尾声”中的故事发生的时候，已经是“文革”开始之后的1968年。故事的发生地，是远在西南边陲的云南。主要的故事场景，是曾经的抗联将军赵霖宇的被批斗。令人倍感震惊的一点是，上台批斗赵霖宇的戴袖章的学生之一，竟然是赵霖宇将军嫡生的二儿子。尤其令人难以置信的一点是，致使赵霖宇将军被批斗的主要罪名，居然是当年赵霖宇在日伪监狱里对抗联密营的叛卖："小伙子主要揭发老头儿在日伪监狱里待了一年多，叛卖了抗联的密营。写了悔过书，因而得以释放。"这一罪名，对于曾经经历过这一切的瘸子也即翟传国来说，很容易就能够说明事实的真相。这里，除了为赵霖宇正名之外，还有一个重要的问题就是，到底应该如何评价那位作为赵霖宇的替身被最终处决了的二人转艺人闵志宏。对此，瘸子翟传国与赵霖宇的夫人龚石竹可谓是各执一端。翟传国认为："我打算跟组织上谈，证明在日伪监狱里关了一年多的那个赵司令，是假的，是一个唱戏的装扮的。当年我们都让他糊弄了，每天给他上贡吃的，还到处弄烟给他抽。结果那是个骗子。"龚石竹的看法，却正好相反："要是没有他，赵司令活不到现在。四〇年、四一年日伪军讨伐抗联，多厉害呀。日伪军是信了给毙掉的那位就是赵霖宇，才没追剿到底。霖宇一直挺感谢那个冒充的赵司令，人家替他挨了子弹。可他叫什么名字，都没留下来，也不知给埋在哪儿。"相比较来说，恐怕还是后者也即龚石竹的说法更加接近于历史真相。然而，格外令人惊异的另一点是，在了解到瘸子也即翟传国父子俩在批斗会现场拍了照片之后，被错误批斗的赵霖宇，竟然主动为批斗者也即自己的嫡生二儿子开脱，要求自己当年的部下翟传国销毁相关照片："那张照片你就别送照相馆冲洗了。"到后来，翟传国才想明白赵霖宇的意思："照片洗出来，那个手里拿着稿子，嫩手指头对准老头儿开炮的戴眼镜小伙子，就永远留在了历史里。老头儿宁可历史里没这个画面。"但更加吊诡的一点却是，还没有等到翟传国按照老首长的指示主动去销毁照片，那一卷照片就已经因为他儿子的操作失误而全部曝光，只剩下了一片空白："全曝光啦！等于啥也没照，瞎耽误一场功夫！"说实在话，我确实没有料想到，到最后，严歌苓竟然会设定出如此一个特别耐人寻味的细节。那么，这一细节的深意究竟何在呢？难道说严歌苓是要提醒我们真实历史的不可知吗？难道说历史的本质果然是虚无的吗？不管怎么说，长篇小说《666号》的"尾声"部分虽然篇幅不长，但其中所蕴含的意味却是深刻而丰富的。

只有在认真地读过刘仁前"香河"三部曲之后的短篇小说集《香河纪事》（作家出版社2019年10月版），我们才会发现除了日常生活的书写这一点之外，倘若从时间的层面上来说，刘仁前更擅长书写的，还有一点就是那个早已成为过去的农业集体化时代。众所周知，从历史发展的角度来说，1949年共和国成立后一直到现在为止的中国乡村世界，先后经历了以农业合作化和人民公社为突出标志的集体化，与以联产承包责任制为突出标志的家庭式或者说个体化的两个不同阶段。两个不同阶段的分水岭，就是"文革"的结束。尽管我好像也的确没有看到过刘仁前关注表现"文革"后家庭式或者说个体化时代乡村生活的小说作品，但在读完《香河纪事》后，突然间生出的感觉却是，刘仁前的小说笔触，似乎一旦触及到那个已然成为历史的集体化农业时代，仿佛就如神灵附体一般地充满了艺术灵性。回过头来想一想，刘仁前"香河"三部曲中之所以以第一部《香河》最为出色，原因一方面固然在于作家所关注表现的是里下河地区那一特定的乡村世界真正可谓是活色生香的日常生活，另一方面却也与作品所承载表现的，乃是20世纪70年代那一特定时段的农业集体化时代紧密相关。也因此，我们不妨“冒险”得出这样的一种结论，那就是，作家刘仁前的小说写作，最擅长的，一是乡村日常生活书写，二是农业集体化时代。而短篇小说集《香河纪事》，正是这样一部集二者于一身的特色殊为鲜明的短篇小说集。

阅读《香河纪事》，首先吸引我眼球的，就是那十五个短篇小说的篇名。“喊工”“拔菜籽”“开秧门”“栽棉花”“开夜工”“看场”“罱河泥”“交公粮”“上‘大型’”“村小”“文娱宣传队”“大队部”“大瓦屋”“代销店”“豆腐坊”，这十五个篇名中，直接与集体化农业时代紧密相关的，就有“喊工”、“开夜工”、“看场”、“交公粮”、“上‘大型’”、“文娱宣传队”、“大队部”以及“代销店”、“大瓦屋”等九个。之所以这么说，乃因为这些个名词，其实都是集体化农业时代才可能出现的专有名词。比如，“喊工”。所谓“喊工”，就是指在集体化劳作的农业时代，由生产队的队长以在街巷里大喊大叫的方式安排社员们进行各种农业生产。从根本上说，“喊工”乃是集体化农业时代的独有产物。因为大家要一起去参加农业生产，必须要行动一致才可。要想行动一致，就必须有统一的号令。“喊工”，就是统一号令的具体体现。至于“喊工”在集体化农业时代乡村日常生活中的重要性，用叙述者的话语来说，那就是：“喊工，是村级权力运行体系中的重要一环，是乡村基层权力运行的一种象征。与派工、计工，共同构成一个完备的整体。”“喊工”之外的另外八个专有名词，因其状况大多类似于“喊工”，所以，这里也就不再具体展开了。这其中，唯一需要特别提出加以交代的，就是看似与时代无关的“大瓦屋”。小说中写到，在龙窝上，有一座看起来气度不凡的建筑，“这便是村民们常说的‘大瓦屋’，原为某地主的私宅，土改之后划归公有。公社在香河选设医疗卫生点的时候，看中了大瓦屋。虽说大瓦屋现在成了公社的医疗卫生点，但村民们开口闭口，还是习惯叫‘大瓦屋’”。乡村里医疗卫生点的设立，当然也是集体化农业时代的独有产物。只不过，刘仁前更值得肯定的一点，是顺势而为地写出了“大瓦屋”“原为某地主的私宅”的来历，写出了乡村的历史变迁。其他的诸如“拔菜籽”“开秧门”“栽棉花”“罱河泥”等四种，则是农活的名称。这些农活，虽然在进入家庭式或者说个体化时代之后，也仍然继续存在，但却并不再以社员们群体劳作的方式呈现。“村小”，就是指村里的小学校。按照小说的描写，香河村这个学校只有一三和二四两个复式班，所有的学生加起来也不过四十多位。尽管说现在的很多乡村也还有学校存在，但如同香河村这样只有四十多位学生的状况，恐怕早就停办了。很大程度上，也只有在那个特定的农业集体化时代，规模这么小的一所“村小”也才会有容身的可能。在这个意义上，“村小”也不妨被看作是农业集体化时代的一个产物。归根结底，以上十五种乡村事物中，唯有刘仁前关于“豆腐坊”的设定多少显得有点可疑。虽然文本中没有做明确的交代，但依据人物关系和故事情节来判断，香河村的这个豆腐坊，好像是归属于柳安然先生一家的私家作坊。但在我个人的记忆中，在那个特定的历史时期，包括豆腐坊在内的乡村里所有的手工业作坊，却都是归属于大队的集体产业。因此，关于“豆腐坊”归属的可能性问题，我这里权且提出一点疑问，以就教于刘仁前先生。

但不管怎么说，由以上的分析可见，即使仅仅是着眼于十五个短篇小说的标题，我们其实也可以明显见出清晰的农业集体化时代的标志。也因此，别出心裁地书写表现里下河地区农业集体化时代的日常生活景观，并且在此基础上更进一步地挖掘勘探人性世界的奥秘，乃可以被看作是刘仁前短篇小说集《香河纪事》最突出的思想艺术成就所在。与此同时，我们更需要看清楚的一点就是，正如同现实生活中的香河村其实是一个人与人、家庭和家庭之间存在着各种彼此勾连的“熟人社会”一样，刘仁前的这一部《香河纪事》，拆开来固然是一共十五个短篇小说，但因为不同的篇什之间实际上存在着彼此勾连，所以连缀在一起，却又差不多可以被看作是一部艺术结构相对松散的长篇小说。如果这种理解可以成立的话，那么整部《香河纪事》中的一个潜在主人公，也就是这个坐落于里下河地区的香河村了。也因此，就会出现人物彼此穿插的参差错落状况。很多时候，这一个短篇小说的主人公，到了另外一个短篇小说中，就会变成一个边缘化的“跑边套”人物。无论如何，十五个短篇小说之间那样一种网络状的错综复杂的内在关联，是一种无法被否认的文本事实。且让我们从《村小》一篇说起。表面上看是要写村小，实际上，刘仁前的题旨，首先是要揭示那一特定历史时期的乡村权力关系。忽一日，村支书香元突然出现在柳安然家，正式通知，说村委会已经研究决定柳安然的小儿子柳春雨担任香河村小的代课教师，所以，也就不需要再下地干农活了。这样一个消息，让柳家人倍感震惊。却原来，由于家庭成分“高”，柳家人从来都不敢奢望会有这等好事降临到自家头上。事实上，香元支书之所以要做这种安排，主要因为他看中了柳春雨这个小伙子，希望他能够成为自家的乘龙快婿。没想到的是，香元支书竟然在柳家父子这里双双碰壁。柳春雨拒绝的理由，是因为他正和琴丫头处在热恋的过程中，两个人正打得火热。柳安然之所以拒绝，是因为他深知，他们两家门不当户不对：“然，水妹这支书女儿的身份，在其他人看起来，是锦上添花，在柳安然那里却成了悬崖峭壁，高不可攀。他一个旧时文人，成分本来就‘高’，怎么能跟堂堂的支书家结亲，变得桌子板凳一样高呢？这攀龙附凤的事情，如若他柳安然做了，一世于心难安。”但就在这个时候，那位早已觊觎琴丫头的农技员陆根水，却在没有任何征兆的情况下，竟然在水库工地上“霸王硬上弓”地把琴丫头给奸污了。眼看着转机一到，没想到，由于李鸭子出面做媒，原本是要给柳家的老大柳春耕介绍对象，到最后成全了的，反倒是柳春雨和杨家庄的杨雪花。别的且不说，单只是围绕柳春雨的婚恋所发生的这一连串故事，就已经勾连起了《拔菜籽》《开秧门》《栽棉花》《罱河泥》《上‘大型’》《豆腐坊》等最起码六篇。更令人感觉意外的是，也就是在这个时候，香元支书的女儿水妹竟然未婚先孕，怀了别人的孩子。眼看着与柳家结缘无望，一时恼羞成怒的香元支书，便想着要把已经有身孕的水妹嫁给农技员陆根水。没想到的是，就在差不多同时，却发生了陆根水奸污琴丫头的事件。这样一来，一向自视甚高的水妹便无论如何都不可能嫁给陆根水了。经历了如此一番周折之后，恐怕连香元支书自己也不可能料想到，闹来闹去，到最后接替柳春雨成为代课教师的，竟然是那位绰号被叫作“黑菜瓜”的谭跃进。同样的道理，与香元支书的这条线勾连在一起的，也有《交公粮》《文娱宣传队》《大队部》等三篇。如此这般彼此勾连的结果，就使得《香河纪事》中的十五个短篇小说拥有了一种彼此勾连映照的“互文”效应。

事实上，也正是在这些彼此“互文”与勾连中，香元支书这样一位集体化农业时代的乡村基层干部形象逐渐地浮现了出来。一方面，他固然在利用手中的权力为自己和家人谋取着私利。如果不是考虑到女儿的婚姻大事，他断然不会让家庭出身有问题的柳春雨担任村小的代课教师。不但如此，利用手中的权力在村里搞一些男女关系，在香元支书，似乎也是在所难免的一种人性弱点。但尽管如此，从另一方面说，香元支书却也并非大奸大恶之徒。这一点，突出不过地表现在他因宅基地问题而被免职的故事中。“新规划的宅基地，改变了香河狭长条的村庄形态，变成方整化建制，整体感强，也气派得多。然，新挑的宅基地，土虚，再怎么夯，短期内也不可能夯实。在这样的宅基地上建房，房子的墙基十有八九要陷落，下沉。弄不好，墙壁也会走形，开裂。更为严重的，会造成房屋倒塌，甚至会伤人性命。发生这样的事情，他香元身为大队支书。就要遭村民的唾骂，甚至被人记恨一辈子。”面对着如此一种严重的情形，一贯习惯于紧跟上级要求的香元支书，破天荒地不惜违背上级指示，维护了一次香河村民们的利益。尽管到最后他因此而被免除了支书的职务，但却赢得了村民的普遍敬重：“香元这一举动，让村民们从心底为他竖起了大拇指。香元支书算是个有良心的，没有只顾自己往上爬，不顾村民的死活。他是个肩膀上能担分量的男人！”事实上，对于人物形象的塑造来说，宅基地这一笔非常重要。正是这一笔，使得香元支书成为《香河纪事》中最具人性深度的人物形象之一。

某种意义上，能够与香元支书这一人物形象的塑造相媲美的，是短篇小说《大瓦屋》中关于三奶奶与王先生情感故事的精彩书写。三奶奶当年被叫作三丫头，她是在年仅十四岁的时候，以童养媳的身份进入王家生活的：“实在说来，跟一般的童养媳相比，三丫头在王家的活并不算重。主要是帮着看管细狗伙（也即年龄比自己小整整七岁的丈夫），照应其日常起居。有时细狗伙尿了、拉了，将脏衣服换下来洗洗，如此而已。”或许与乡村世界带有性启蒙意味的瞎子说书潜移默化的一种影响有关，十四岁的三丫头在这方面竟然也开了窍，不曾等到和自己的小丈夫圆房，就红杏出墙，成了一名与男人有染的妇人。虽然说纸里终归包不住火，但令人惊异处在于，等到事情败露之后，尽管婆婆想方设法试图迫使她招出主儿来，但三丫头却硬是咬着牙不吭一声：“婆婆在剥三丫头衣服时，并没有什么异常发现。只有两块铜板，从三丫头衣袋里抖落出来，随着当啷当啷两声，蹦在石磙子上，响声极刺耳，如钢针穿心。三丫头，心在滴血。”就这样，到十六岁的时候，已经和别人生了一个儿子的三丫头，与年仅九岁的细狗伙圆了房。正如你已经预料到的，因为有过这样一个不和谐插曲，他们夫妻之间，虽然到最后一起生育了三个孩子，但感情上终归还是疙里疙瘩的。如此一种情形，一直持续到参军后的细狗伙为国捐躯为止。等到三丫头不知不觉变成了三奶奶之后，刘仁前所集中笔力展开描写的，就是她怎样努力地想方设法为“大瓦屋”的医生王先生他们做好饭：“三奶奶为王先生他们做饭，逸逸当当。明天吃什么，三奶奶都事先请教王先生，再去置办。”“只有王先生他们吃开心了，她三奶奶才会跟着开心，满意而归。翌日，又精神抖擞地投入到本职工作之中。”同样值得注意的，是王先生对待三奶奶的一贯态度：“王先生对三奶奶倒也是敬重有加，没有嫂子不开口。据说，三奶奶丈夫也姓王。这样一来，王先生叫三奶奶一声‘嫂子’似无不妥。”谜底的被揭开，要等到三奶奶因女儿琴丫头被陆根水奸污一气之下突患重病即将离开人世的时候。面对着重病在床的三奶奶，“享有专家美誉的王先生，恨不得使出浑身解数，也没能挽救三奶奶的生命。这一回，王先生有些反常，他没同意将三奶奶转院，而是一直坚持留在大瓦屋，自己亲自诊治”。富有深意的一幕，出现在随后的小说结尾处：“王先生在帮忙将三奶奶遗体移离病床时，从她手里掉下两块铜板来，当啷——当啷——在地面上移动着，雪亮雪亮的，极刺眼。王先生立马弯下颇沉重的身体，尽力想捡起，结果一个失重，整个人栽倒在三奶奶的床下，再也没能醒来。”就这样，一直到王先生追随着三奶奶而一起离去之后，我们方才恍然大悟，却原来，那位当年的三丫头宁愿死也坚决不肯吐露半句的心上人，实际上就是这位王先生。她之所以会在日常生活中那么尽心尽意地为王先生他们做饭，根本原因正在于此。面对着如此一种生死不渝的深厚情感，除了发自内心的感叹之外，我们其实做不出任何其他的评价来。

着眼于以上的这些理解与分析，我们在充分认同肯定刘仁前的这部《香河纪事》乃是一条“满溢着人性与风物之美的文学地理之河”[①]的同时，唯一要增补的一点就是，这条文学地理之河其实更是与农业集体化时代的日常生活叙事紧密相关的。

相比较来说，尹学芸的一个难能可贵处在于，虽然她中篇小说的数量不小，但却可以说一篇有一篇的模样，根本就没有受到过自我重复问题的困扰。这一次，在中篇小说《贤人庄》（载《长

---

① 参见《香河纪事》封底推荐语，作家出版社2019年10月版。

城》杂志2020年第1期）里，作家所集中关注思考的，乃是当下时代城市化进程冲击下，中国乡村根本就难以逃脱的溃败命运。

小说虽然没有采用尹学芸近期惯用的第一人称叙述方式，但却一如既往地与“埙城”这样一个几乎已经可以被看作是尹学芸的文学地标的地方紧密相关。被命名为小说标题的“贤人庄”，是隶属埙城的一个普通农庄：“贤人庄在二期工程的中间地带。前面是小水村，后面是二十里庄。这二十里是指到埙城的距离。也就是说，贤人庄离埙城，比二十里的路程还少一点。”虽然并没有做出更进一步的交代，但毫无疑问的一点是，小说中所谓的一期工程、二期工程，乃至于三期工程云云，正是由地方政府为主导的城市化进程的一种具体体现。这些分期进行的工程的主要内容之一，就是把包括贤人庄在内的这几个村庄的村民全部拆迁到埙城。或许与中篇小说的篇幅相对有限有关，虽然小说被命名为“贤人庄”，但尹学芸却不可能让太多的贤人庄人出现在自己笔下，她所集中聚焦的只能是贤人庄或者干脆说就是传统农耕文明的一位代表性人物赵庆福。

虽然自身的文化水平不高，但赵庆福却无疑是贤人庄最热爱文化的一位村民：“从交谈得知，老赵并不是多有文化的人，他只是喜欢并崇尚文化。他从河滩地捡来的石凿、石斧以及各种稀奇古怪的石头，都像战利品一样在窗台上陈列着。这些石头有些与历史有关，有的与时尚有关，不一而足。这让人觉得老赵像个痴子。”某种意义上说，赵庆福还真是一个痴子，只不过他的痴，主要表现在即将彻底消失的以贤人庄为缩微式象征的农耕文明上。尽管说整个贤人庄都已经被拆迁后搬进了埙城，变成了位于城边子上的那座6号楼，但赵庆福却对此一直持有一种拒不接受的强烈抵制心理：“赵庆福往城里搬家时特别不开心。说良心话，不开心的人不多，但他算一个。他是最后一个搬走的，说政府动员了五次才解决问题，指的就是他。”在小说中，令赵庆福放心不下的，既有那头被叫作大黑的驴，也有那只被叫作艾特马的老狗，更有清代就已经立起的那块古碑（“但贤人庄的碑是清代立的，在全县绝无仅有。这里清代以前叫河套地，后改称贤人庄。是因为这里的村风好，名声远播。”）。

既有驴，也有狗，虽然都有着很深的感情，但二者相权的结果，赵庆福却只能取其一，那就是把相对来说贡献更大的驴想方设法带进城里：“赵庆福忽然有点气愤，说，你是啥贡献，它是啥贡献，它不能和你比。你在山上驮果筐，它在树行子里搞对象。”问题在于，大黑虽然被带进了城里，但因为它既需要吃草，更体量过于庞大而无法找到安身之处。万般无奈之下，赵庆福只能把大黑卖掉。没想到，由于驴这样的牲口早已退出农业生产，除了杀驴卖肉的屠夫之外，赵庆福竟然想卖驴都找不到合适的买家。卖驴过程中的屡屡受挫，让“赵庆福特别上火，他不能让大黑再上楼，回来的路上他就想好了，驴不卖了。还回贤人庄。艾特马都能待在村里，大黑为啥不能”。这样一来，自然也就形成了赵庆福这一个人，和大黑这头驴以及一群狗相伴，生活在早已因拆迁而变成了一片废墟的贤人庄这样一道奇特的景观。对于这一景观，一位被叫作俞姐的现代动物保护者曾经在一篇标题为《表兄的家园》的文章中做出过生动而传神的记述：“这个名叫贤人庄的村落，人都搬走了，剩下了一村的狗，一头叫大黑的驴，以及叫赵庆福的表兄。”

俞姐这一人物形象在小说中的出现，带有明显的转折性意味，因为她并不只是单一的个体，而是代表着网络时代的一种社会力量。隐身于俞姐之后的，既是“动物保护协会”，更是那些高度关注自然与文化生态的众多网民。唯其如此，那位被称为小胖墩的人物才会特别强调：“现在，你是全体网民的表兄，推都推不掉的。”事实上，也正是俞姐和她那些伙伴的出现，从根本上改变了故事的走向。先是以赵庆福为代表的贤人庄的拆迁事件在网上迅速发酵，引起了舆论的广泛关注：“贤人庄，贤人庄！”“打开网页，满屏都是有关贤人庄的消息。”“老张瑞先家的庭院、影壁、上马石和拴马桩都是热捧对象，眼下贴满了各大新闻网站，与俞姐的文字图片形成了强烈的视觉反差，有很多网友激烈地留言：强拆！古老村庄遭血腥强拆！查查埙城的官员收受了多少贿赂！”事态的发展很快引起了作为拆迁进程主导者的官方的高度警觉，一场扑灭由贤人庄所引发的网络事件的行动迅速展开。主政一方的瞿镇长主持召开会议：“会议的主题是，迅速掩埋二期工程的拆迁废墟，不给媒体或相关人员大做文章的机会。从中间的贤人庄动手，要干净、利落，不留一丝痕迹。”行政的力量果然是巨大的，有了行政力量的介入，事情的走向马上急转直下。等到内心里充满忧伤的赵庆福再度踏上回归故乡的道路时，他突然发现贤人庄竟然销声匿迹不见踪影了：“路长得没有尽头。赵庆福看左边湖水边的参照物，明明是熟悉的，可一看到右边，又觉得陌生了。一大片光秃秃的黄土，碾轧得平整广阔，像一眼望不到边的打麦场。这是哪里，他有些拿不准。”实际的情形是，由于行政力量的积极介入，即使是原初二期工程遗留下的贤人庄拆迁废墟，也已经被彻底清除，从明朝开始就已经存在了很多年的贤人庄，就这样被夷为空荡荡的一片平地。更要命的一点是，也就是在这个时候，博物馆的小齐告诉赵庆福，那块早已被移送到博物馆的村碑，仅只是因为底座是一块老玉的缘故，竟然失窃，不翼而飞了。到这个时候，在贤人庄被拆迁时为赵庆福所特别牵挂的大黑、艾特马，以及那块真正可谓是历尽沧桑的古碑，也就全部都丧失殆尽，荡然无存了。正所谓“无可奈何花落去”，就这样，贤人庄这样一个农耕文明的象征符号，从眼下的现实到曾经的历史，全都不复存在了。从一种象征的层面来说，贤人庄的不复存在，实际上也就意味着传统农耕文明在由官方所主导的城市化进程中的彻底溃败。但在结束这篇文章之前，我们必须提出的一个疑问却是，一方面，城市化进程肯定有其合理性；但在另一方面，如同贤人庄这样的一种农耕文明难道就只能面临彻底溃败的命运遭际吗？就此而言，尹学芸这部《贤人庄》批判反思性价值的具备，也就是不容置疑的一种文本事实。

当下时代很多小说作品的创作缘起，都与某一新闻报道紧密相关。依照汤成难自己的说法，中篇小说《月光宝盒》（载《上海文学》2020年第3期）的创作，就缘起于偶然间看到的一则新闻报道：“《月光宝盒》是从一则新闻触发，新闻背景是几位世代耍猴人在东北被判刑，罪名是‘非法运输珍贵野生动物’，后来人释放了，猴却没了。耍猴人十分悲痛，或许他们自己无法理解，世代相传，朝夕相处的猴，以及耍猴的技艺为何就会犯法？小说通过一个孩子的视角，去解读了一个耍猴家族的故事，在时代洪流中被抛弃，被遗忘，那样的辛酸和无奈。”[①]然而，文学创作毕

① 王鑫《作家汤成难：用文字触摸人生肌理》，扬州网2020年3月18日。

竟不同于新闻报道，如果说这则新闻报道的主旨在于感慨一种文化技艺在现代社会的消亡的话，那么，在经过了汤成难这一创作主体的过滤与转化之后，演变为中篇小说《月光宝盒》的耍猴人故事的主旨，却很显然已经变成了对成长过程中的生命苦难以及此种苦难中人性微末之光的书写与表达。

从艺术结构来看，整部《月光宝盒》，以第九节（“对于1988年之前的事情，我只记到这里了。这一年仿佛是人生中的分水岭，就连父亲谈到这一年时也会感叹他的女儿好像一夜之间长大了似的”）为界，可以被明显地划分为前后两个部分。前半部分主要讲述叙述者“我”与阿圣相互伴随的成长过程。“我”出身于一个家境极度穷困的耍猴人家族，依照父亲的说法，他们家族世世代代都以耍猴为生。出生时间比“我”大一个月的阿圣，是一只猴子。由于阿圣的母亲死于难产（肯定不是一般的巧合，“我”也是难产而生。亏得接生婆的手段高明，方才保住了母子两人的性命），它从小就和“我”一起吃着母亲的奶共同成长：“吃奶的时候，我的小手便和阿圣的缠到一起了，好像注定我的一生与阿圣有着割也割不断的情谊似的。”由于父亲长年累月在外耍猴，小官村的家里一般情况下总是三人两猴相依为命：“分别是爷爷，母亲，我，阿圣，以及一只和爷爷一样老态龙钟的老母猴。”这其中，爷爷和那只老母猴，因为年事已高，实在无法再外出耍猴。值得特别注意的，是“我”的母亲徐凤英。徐凤英，其实是“我”父亲花一百八十元买来的一个媳妇，因为是一个傻子，所以总是被村人们称为傻英儿。年仅十八岁的傻英儿，和“我”父亲的年龄差距很大。他们结婚的时候，父亲差不多已经年过半百了。傻英儿虽然是个傻子，但却因为在“我”与阿圣游戏的过程中总能适时地服从“我”的指挥，而和“我”以及阿圣结下了深厚的感情。非常遗憾的是，她到最后却因为一场偶然的火灾而被活活烧死了。

小说中已经明确交代，阿圣是由父亲给出的一个命名。正所谓言者无心，听者有意，某种意义上，或许正是这一命名，以及少年的“我”对《西游记》故事的了解，一起催生了“我”关于阿圣乃是齐天大圣的一种本真想象。无论是“我”和阿圣少年时的一起挖水帘洞，抑或是迎接父亲归来时“我和阿圣是踩着筋斗云来到父亲跟前的”，都强有力地证明着这一点。因为父亲在傻英儿去世后履行承诺，执意要带着“我”把她的骨灰送回到她家乡去，也就有了前半部分中对“我”而言非常重要的一次人生长旅。在父亲，是要履行自己的承诺，但在“我”，却是一次难得的放飞自己童年梦想的机会，尽管这次放飞最终以无奈的失败而告终。唯其如此，“我”才会在出发之后忍不住地数次追问父亲：“我们要去西边吗？”“我”在这其中所暗自嵌入的，正是唐僧师徒四人西天取经的故事：“我想起年画上的孙悟空了，我知道，这绝不是我和阿圣该有的出行方式，我们应该有一朵雪白的筋斗云，或者是一匹白龙马。”但事实上，具有强烈反讽意味的是，在出行过程中，“我”和阿圣，以及父亲，所乘坐的一直是列车的货车车厢。在目睹了父亲和阿圣一起耍猴的场景之后，“我”顿觉西天取经梦想的被亵渎，这就有了“我”带着阿圣，离开父亲后独自远行“一路向西”的那段故事：“那个时候，我们正向着西方前进——这是出发前的计划。”“我没有对它失去信心，甚至还用捡来的铁丝为它做了金箍，又找到一根直径和长度适宜的棍子作为它的金箍棒。教它如何使用金箍棒，成了那几天的唯一目标。”也正如你所预料到的，阿圣终归不是齐天大圣，“我”和阿圣执意的“西天取经”最终只能够化为泡影。但在这一过程中，却有两个细节特别耐人寻味。一个是“我”发现“阿圣的师傅”（其实不过是一个偶遇的身穿袈裟的人）竟然利用算命的机会偷盗别人的财物。另一个，则是“我”在一个男孩言辞的强烈刺激下，为了证明阿圣的齐天大圣身份，硬要三番五次地逼迫阿圣从湖这边游到湖那边去。

到了小说的后半部分，汤成难的书写重心，开始转向人性中微末之光的题旨表达。由于父亲坚信只有读书才可以改变命运（其中很显然也有父亲实在不愿意让“我”继续耍猴的某种精神情结在发生作用），“我”读书一直读到了大学毕业。到这个时候，一直带着阿圣跑江湖的父亲，连同阿圣一起，也都已经老了。尽管父亲自己并不情愿退出行走江湖的历史舞台，但我出于孝心，却还是不考虑父亲的感受，硬是自作主张，偷偷地把阿圣送到了动物园：“然而不同的是，十年前我是送猴去西天取经，十年后，我要送它去动物园。我想不出有比这更好的归宿了，对这只猴，也是对父亲。”意识到事情的真相后，父亲尽管并没有责备“我”，但却执意去找猴了：“我不知道父亲是怎么找到阿圣的，就像十多年前怎么找到我的一样。”为了和自己相伴很久的猴在一起，父亲先后两次付出了被公安局关押的代价。一次，是在南京的时候，罪名是从动物园里偷盗猴子。再一次，是在襄阳的时候，罪名是“非法运输珍贵、濒危野生动物罪”。到最后，虽然父亲被无罪释放了，但阿圣却被没收了。对此，父亲不管怎么说都心有不甘：“释放后的父亲并没有回家，他每天依然跑到公安局来，像一个耍赖的孩子赶也赶不走。”父亲执意要找到的，是他那相伴了很久的阿圣：“我要我的阿圣。父亲拦住每一个从他身边经过的人。/我的阿圣哪儿去了，父亲不停地问。/把阿圣还给我吧。他几乎在哀求。/我只想要我的阿圣。父亲蹲在地上哭了。”虽然要回阿圣的希望非常渺茫，但父亲却就是这么不管不顾地坚持着：“他如同雕像一样的平静，沉默，逐渐变得歇斯底里——我从没见过父亲这样——雕像的身子里仿佛埋藏着万吨火药，片刻就震得粉身碎骨。”就这样，一直到一场大雪不期而至，“我”父亲方才放弃了在襄阳公安局门口的守候，被“我”不无强制地带回了家。这个时候，“我”才猛然间发现：“父亲的脸倒映在窗玻璃上，隐隐约约，像猴的脸。真的，父亲越来越像猴了。”父亲的坚决守护行为，以至于他竟然长得越来越猴，这些细节所充分说明的，正是父亲内心里对于阿圣一种无以自抑的牵系甚至依托。或许与无法再见到阿圣有关，回到家的第二天早晨，父亲就不幸去世了。但就在“我”把父亲埋葬在早逝的亲人们的坟墓旁边，回到了幼年时和阿圣一起挖掘的水帘洞前面，强烈地感觉到“世界变得混沌不清”的时候，一个不期而然的奇迹发生了：“突然，一只小手拍在我的后背上，一下，又一下，又是一下——没轻没重的，是那种我曾多么熟悉的没轻没重。”销声匿迹很久的阿圣，就这样突然出现在了“我”的面前：“它的头上戴着我为它做的金箍，最后一丝光线正好落在上面，沿着圆弧滑出一圈光芒。它的毛有些潮湿，很显然是刚结束了一段跋山涉水，在最后一缕光线消失之前赶到我的面前。”如果说父亲临终前对阿圣的坚决守候，可以被看作是内心里对它的一种情感牵系与依托，那么，阿圣在小说结尾处的突然现身，就更是对一种人性中微末之光的强力证明。在这里，汤成难看似在写猴，但她又哪里只是在写猴。在写猴的同时，她更是在写人，在充分地凸显表达一种“我”、父亲以及阿圣，甚至包括那位早逝的傻英儿之间长期“相依为命”所生成的一种彼此烛照的人性中的微末之光。

细细琢磨，汤成难之所以要把这样的一个中篇小说命名为“月光宝盒”，关键原因恐怕有二。其一，当然与“我”童年梦想中的“西天取经”故事紧密相关。这一点，相信只要是对周星驰电影《月光宝盒》留有记忆的朋友都会认同。其二，在周星驰的电影《月光宝盒》中，月光宝盒是一个可以让时光倒流的神器。毫无疑问，到了汤成难的小说中，借助于这样的一个神器之名，作家所要传达出的，正是一种想要拼命地把“我”、父亲、阿圣以及傻英儿他们“相依为命”过程中体现出的人性微末之光永留心间的意思。

宁肯，首先是一位小说与散文写作均取得了突出成就的两栖作家。散文领域，曾经是名噪一时的“新散文”写作的骁将且不说，单只是前一段时间，也还有过书写自己少年记忆中的北京城的一部题为《北京：城与年》的专题散文集问世。小说领域，宁肯一贯以带有明显先锋性的长篇小说创作而名世，《天·藏》《三个三重奏》乃是其中杰出的代表作。但最近一个时期，在长篇小说写作方面已然积累了甚多经验的宁肯，却不期然地把写作兴趣转向了此前甚少涉略的短篇小说写作领域，开始撰写发表一个同样被称为“城与年”的短篇小说系列。截至目前，已有数篇正式发表。之所以在散文集《北京：城与年》之外，还要专门写一个同样也叫作“城与年”的短篇小说系列，原因在于，这两个不同的文体系列所书写表达的，乃是同一种人生经验。质言之，那些曾经在《北京：城与年》中被宁肯以散文的形式书写过的与北京城紧密相关的少年记忆，又被作家以短篇小说的方式进行了别一种书写。也因此，虽然“城与年”这一短篇小说系列正在写作过程中，但仅只是凭借目前已经发表的若干篇，我们便不难想象，未来完成后的“城与年”系列，将会是怎样一种富有艺术创造性的文学景观。也因此，一座城、一个年代、一种文体以及两个人物，正是我们评价《探照灯》（载《收获》杂志2020年第2期）这一短篇小说的基本前提。

一座城市，当然是指宁肯生于兹长于兹度过了自己少年生活的北京。北京，因其既是一座古老的城市，更是共和国的首善之区，而在中国有着特别的意义。一个年代，则是指对于宁肯他们的成长而言，相当关键的少年时期。具体来说，这个时间段，也正好相当于“文革”那个特定历史时期接近于终结时的稍后一个阶段。一种文体，就是短篇小说。我们注意到，虽然宁肯是小说创作经验极其丰富的优秀作家，但也只有在实际尝试了短篇小说写作之后，他才会真切地认识到，其实，虽然都是小说，但短篇小说与长篇小说这两种不同的文体之间，其实有着不小的差异：“直到最近，我才想明白一件事，谈小说一定要把长篇小说和短篇小说分开，不能笼统地讲小说如何如何。因为短篇小说和长篇小说太不一样，它有自己的一套理论、一套工艺、一套认识、一套独特的操作过程。所以我要谈的仅限于短篇小说，不一定适合长篇小说。”[①]如果说长篇小说因其篇幅巨大可以容得作家从容地

① 宁肯《唯小说所能发现》，载《青年作家》2020年第3期。

展开关于社会人生的充分展示的话，那么，短篇小说则要求作家在相当短小的篇幅内尽可能地容纳相对丰富复杂的人生经验。尽管我清楚地知道，关于短篇小说，我和宁肯的理解肯定存在不小差异，但还是试图在此说出我对这种小说文体特征的一种理解和判断。“关于短篇小说，《辞海》中曾经给出过这样一种相对权威的说法：‘篇幅短小，情节简明，人物集中。它往往选取生活中富有意义的片段加以描绘，使读者借一斑而窥全豹。’与此同时，人们在谈到短篇小说这一文体的时候，也往往会引用美国作家海明威那个著名的‘冰山原则’。强调作家应该通过露出海平面之上的‘八分之一’，把隐藏在海平面之下的‘八分之七’充分而艺术地表现出来。质言之，不管是《辞海》，抑或是海明威的说法，都紧紧地抓住了短篇小说这一文体的本质特征，都在强调一位短篇小说作家应该以最简约的文字，以相对短小的篇幅，把较为丰富的思想内涵传达给广大读者。我们平常所谓的‘言有尽而意无穷’，乃可以被看作是短篇小说这一文体的一种形象描述。一言以蔽之曰，短篇小说者，虽属短制，亦有深意存焉。”[①]

但在分析小说的思想内涵之前，我们却首先应该注意到叙述上的两个特点。其一，是一种频率更替急促而频繁的短句的使用。其二，是一种看似第一人称“我”，其实更多时候却是具有复数性质的“我们”的叙述方式的设定。小说一开始，出现的是单数的“我”，比如：“即使像我这样的小人国（侏儒）祖辈没有任何遗传不也照样生出了？我就不说了，我要说的是四儿。”但很快地，仿佛在不经意间，就被转换成了“我们”：“四儿本来叫

① 王春林《当下短篇小说在“以实写虚”方面的得失》，载《青年作家》2020年第1期。

小四儿，被我们简化了。”虽然“我”在叙述过程中也时不时地还会出现，但更多时候，作家所采用的，却是复数“我们”的口吻。而这，很显然也就意味着，小说中故事的观察与传达者，与其说是“我”，不如说更是“我们”这样一个拥有共同成长经验的少年群体。

关键在于，借助于以上特别设定的叙事形式，宁肯所欲表达的所谓“深意”到底是什么呢？尽管还不可能阅读整个“城与年”短篇小说系列，但依据目前已经读到的零星篇章来判断，作家意欲探寻表现的，恐怕是潜隐于生存表象之下的一脉精神秘史。这一点，在《探照灯》中同样表现得非常明显。具体来说，这一短篇小说中，最值得注意的共有两个人物与一个物像。先是作为重要物像存在的探照灯。虽然说现在已经基本上退出了历史舞台，但曾几何时，作为一种与军事紧密联系在一起的事物，探照灯一度显得非常神秘。这一点，即使在“文革”后期的北京也不例外。小说故事的缘起，就与探照灯紧密相关。“每年一进九月就有探照灯。”只不过这个时候的探照灯，已经与军事无关，而与共和国的国庆关系密切：“探照灯很怪，不一起出现在天幕上，而是一根两根地出，要出好几天，快到十月一日才出齐。”“探照灯一出现各学校就开始练队，踢正步，组字，天上也是这样吗？”事实上，也正是因为“我们”对一年一度出现的探照灯充满了好奇心，才会有千方百计地想要亲眼看一看探照灯的积极努力。四儿，正是为了翻墙去看探照灯，最终落了个伤痕累累的“可悲下场”：“他血淋淋的，衣服剐破了，脸、胸前、手臂都是划痕，有的在渗血。双腿更是。”在我的理解中，宁肯之所以要把小说命名为“探照灯”，原因恐怕有二。首先，探照灯某种意义上可以被看作是历史的遗物，作家借它而巧妙点明着时代的特征。其次，从象征的层面上说，作家或许是在借助于探照灯的烛照，意欲探究那一特定时代隐秘的精神特征。

两个人物，一个是四儿，另一个是大个子。四儿一个突出的生理特征，就是耳背，但他的耳背却并非天生如此：“虽然生在三年自然灾害，但一落生大眼，白净，属于合格产品，要是营养跟上是优质产品，只是学龄前一次脑震荡落下耳背的毛病。”既然耳背，就总是会听不清，就会“老问”，就总是会因此而讨人嫌。比如，“我们”正在紧张地听小栾儿讲故事，听不清的四儿却偏要问这问那，“而且非常固执，不管不顾，我们一次次齐声大喝：‘住口！’几乎要把四儿扔出去。”即使四儿冒着巨大的危险翻墙看到了探照灯，“我们”也总是要一哄而散，不屑听他讲述探照灯到底是怎么回事。到这个时候，被伙伴们孤立了的耳背者其实也就是残疾人四儿，也就只能去找身为鳏夫的大个子了：“无人倾听。我不算数。四儿找大个子讲探照灯的故事。”大个子是谁呢？他是一个鳏夫，一个据说在一个保密单位工作的吃劳保的“废人”：“吃劳保等于废人，是所有人都知道的。”由于身罹重病，大个子“快要死了，奄奄一息”。被孤立的四儿，之所以要去找大个子，主要因为：“之前，大个子一直是四儿的唯一的听众，现在依然是。”就这样，一个因为残疾（耳背），一个因为罹患重病，被孤立的两人，彼此间便处于一种惺惺相惜的彼此呵护状态。大个子，会因为四儿的耳背而刻意放大收音机的声音，而四儿，则“通常在乱哄哄的屋里主要就是给大个子卷大炮”。尤其令人心酸不已的，是叙述者的这样一句话：“如果屋里人少，只有两三个人三四个人下棋玩牌，四儿才会跟大个子大声说点什么，两人好像不在屋里，在另一个世界。”大约只有在另一个世界里，两个被孤立的精神孤独者的灵魂，才能从对方那里获得相濡以沫式的相应慰藉。这样也就有了小说结尾处的凄惨一幕。这边，大个子即将告别人世，那边，四儿却还在不仅喋喋不休地叨叨着探照灯的故事，而且还在不停地提问。“‘不知道！！！’大个子使尽最后的力气坐起来，定住，粥目凸出，几乎悬空，一动不动。”然后，“大个子坐着死了，要是躺着死了兴许四儿还知道。”唯其不知道，所以四儿还在不停地叨叨着探照灯的事儿：“探照灯照不到月亮，我看到好多次探照灯晃过月亮直冲着月亮，月亮也没亮一下……”在四儿喋喋不休的“探照灯”的声音里，早已病入膏肓的大个子不幸弃世，在我们读来，既富有反讽意味，又有绵绵不绝的悲悯色彩。

第十一章 “草蛇灰线”中的现实谛视与生命沉思

阅读迟子建的长篇小说《烟火漫卷》（载《收获》2020年第4期），艺术形式层面上最值得注意的特点之一，就是对所谓“草蛇灰线法”的成功运用。所谓“草蛇灰线法”，并非迟子建的独创，而是早在中国古代的金圣叹那个时候，就被他在小说评点中点明的较为广泛使用的一种技法。在其著名的《读第五才子书法》中，金圣叹曾经写道：“有草蛇灰线法。如景阳冈勤叙许多哨棒字，紫石街连写若干帘子等是也。骤看之，有如无物，及至细寻，其中便有一条线索，拽之通体俱动。”[①]通俗一点说，作为中国古典小说的结构技法之一，“草蛇灰线法”就是指，在小说的故事情节和人物关系之间隐伏贯穿着一条若隐若现、时断时续的线索脉络。在《烟火漫卷》中，迟子建非常娴熟地多次成功使用了这种“草蛇灰线”的方法。具体来说，其中最令人印象深刻的，一共有两处。

一个出现在上部的第五章里：“刘建国平素是不怎么联系他

① 金圣叹《金圣叹全集》第一册，第22页，江苏古籍出版社1985年版。

的。但有个礼拜天，他突然给于大卫打电话，求他一起带个男孩，去澡堂泡澡。于大卫说你又不是带女孩泡澡，干吗这么忌讳，还得我陪绑？刘建国说他不习惯带学龄前儿童洗澡，怕有闪失。”即使仅仅从刘建国给出的说法来看，其闪烁之处的存在，也是显而易见的事情。只有到后来，伴随着故事情节的逐渐展开，我们方才彻底了解到，却原来，刘建国之所以特别惧怕自己单独一人带着男孩去洗澡，与他在四处搜寻铜锤而无果的过程中，一次无意间犯下的罪恶紧密相关。但在展开对他的罪孽的分析之前，我们却首先需要注意到这样一个细节的存在。那就是，在上部第七章的结尾处，刘建国搭乘客栈老板的汽车返回驻地：“客栈老板打开了雨刷器清理虫子黏腻的尸骸时，刘建国仿佛看见了一道道血痕，心阵阵作痛，他对客栈老板说：‘请慢点开。’”一个人，能够如此体恤关注蚊虫蝼蚁的生命，其内心深处的善良，当毫无疑问。如果我们更进一步地把这个细节，与刘建国为了寻找铜锤竟然不惜耽误自己的青春和生命这样的故事情节联系在一起，那么，他的善良无私与道德高尚，似乎的确也就是毋庸置疑的一种客观事实。

但令人无论如何都难以置信的一点是，刘建国这么一个心地善良的人，居然也会在情绪失控的情况下，犯下不可饶恕的罪孽。“刘建国来洗澡，最怕遇见小男孩，尤其是六七岁光景的。这些孩子大都由家长带着，或是父亲，或是爷爷。刘建国一见他们童真的脸，纯净的目光，无瑕的裸体，就有被阳光刺痛的感觉，会不由自主地缩着身子，闭上眼睛。这个时候的温水池，对他来说就是深渊，他觉得自己在下沉，被深不见底的黑暗吞噬了。”正所谓“为自己讳”，长期以来，尽管刘建国竭尽所能地想要遗忘掉这件罪孽，但它却一直梗在他心中从未消失：“他明白对一个本质善良的人来说，罪恶是不会被岁月水流淘洗掉的，它是一颗永在萌芽状态的种子，时时刻刻要破土而出。所以刘建国明白，罪恶一件不能沾，否则人生就没真正的晴朗。”其实，更准确的表达应该是，对那些心存善良的人来说，罪恶是一件不管怎么说都沾不得的事情。具体来说，这件令刘建国一想起来就追悔莫及的罪恶的真相是，1983年的夏天，四处搜寻铜锤的刘建国，来到了作为中苏界湖的大兴凯湖畔。正是在大兴凯湖畔，一方面想起自己这么些年来因四处搜寻铜锤所饱受的那些委屈，另一方面也因为联想起了知青时曾经的恋人张依婷，刘建国曾经一个人大放悲声：“本该在青春期闪光的爱与性，在刘建国的命运中，是板结泥土中被压抑得干瘪了的种子，难以发芽，那一刻他的委屈终于爆发了，大放悲声。”但也正是在这个特定的时刻，他忽然在一条被废弃的船的舱里，遇到了“一个穿白背心的六七岁模样的男孩，光着屁股，玩万花筒”。刘建国无论如何都想象不到，这个天真无邪小男孩的突然出现，竟然会刺激出他内心里潜伏着的魔鬼邪欲来：“他那无邪的姿态，令他想起张依婷在林场倾着身子拉小提琴的情景，而他天真的脸蛋，简直就是张依婷天使般面庞的翻版。刘建国一阵恍惚，哽咽着叫了一声‘依婷’，热血上涌，他疯了似的跳进船里，扑倒小男孩。船底已无舱板，小男孩躺在沙地上，被他压得喘不过气，他哭叫着，用万花筒砸刘建国的额头，浑身滚满了沙子。此时的刘建国满心都是魔鬼，难以自持，然而未等他彻底发泄，沙滩上传来四蹄动物奔跑的声音，一条狗根本没有叫一声，昭示它的到来，旋风般跃入，咬住他后脖颈。刘建国疼得松开小男孩，瞬时从噩梦中惊醒，羞愧交加，虚汗横流。”请原谅必须把这些相关文字抄引在这里，不如此就难以充分凸显出刘建国的罪恶来。从此之后的刘建国，不仅怕见光屁股的小男孩，而且也怕见月亮和狗：“它们一个是天上的审判官，一个是地上的警察，都洞见了他的犯罪。”到后来，一直到翁子安刻意闯入到黄娥母子的生活之后，刘建国方才渐渐地鼓起勇气去面对自己曾经的罪恶：“从心灵世界祛除一寸黑暗，他就得了一寸光明。他终于鼓起勇气，想去寻找多年前被自己猥亵的小男孩了。”只有到刘建国重返大兴凯湖畔，经历过一番耐心打探，方才了解到，自己当年的罪恶行径的确对那个名叫武鸣的小男孩造成了相当严重的精神创伤。不仅怕见成年男人，而且一直到现在都是一个人孤独地生活。也因此，如果说当年那个偷走了铜锤的人对刘建国造成了严重的伤害，那么，刘建国自己同样也对武鸣造成了严重的伤害。正因为刘建国已经真切地意识到了自己的罪孽深重，所以，他最终才决定用余生来陪伴武鸣，以如此一种充满着忏悔意味的行动来为自己赎罪。

另一个，则出现在上部的第七章：“自从于大卫告诉他不必找铜锤之后，刘建国确实没再来过犹太公墓，以致他把车停在墓园外，看守人见刘建国和一个陌生人来此，觉得奇怪，不像往常似的见着刘建国和于大卫立即放行，而是朝翁子安要身份证，做个登记。刘建国得以觑见翁子安的二代身份证信息，上面标注他一九七七年二月生人，地址是鹤岗市下辖的一个县。”紧接着，两人便进入公墓。翁子安在将石子摆到谢普莲娜墓前之后，要求刘建国先离开，他要一个人单独待一会儿。没想到，这一等，就是整整的一个小时：“翁子安从犹太公墓出来时，眼睛亮了，气色也好看了。他告诉刘建国，祭奠完谢普莲娜，他又拜谒了一座犹太建筑师的墓。”一向都是医院里出医院里进的翁子安，为什么好端端地要来拜谒看起来与自己毫无关系的犹太公墓？还有，作家为什么一定要在这里披露翁子安出生的相关信息？虽然刘建国对此似乎毫无怀疑，但作为读者的我们却不能不心生疑窦。但其实，这也是迟子建事先埋下的一条“伏脉千里”的“草蛇灰线”。与此紧密相关的，则是翁子安不仅对他当年的丢失铜锤产生了浓烈的兴趣，而且也还向刘建国打听了解事件的全部过程，以及若干相关的重要细节，比如，那只掉在了地上的虎头鞋。实际的情形是，所有的这些叠加在一起，最终也都构成了这一条“草蛇灰线”的有机组成部分。

但其实，在从于大卫那里了解到自己乃是日本遗孤的奇特身世之后，刘建国就不仅放弃了继续寻找铜锤的行动，而且也对人生产生了巨大怀疑：“自从于大卫告诉了他的身世遭遇，刘建国倒是放下了寻找铜锤的念头，因为他活了大半辈子，竟然连自己是谁都不知道，他对镜中的‘我’，突然感到陌生（请注意，这里实际上也已经涉及‘我是谁’这样一个根本的现代哲学命题）。”在试图查找到自己的亲生父母而最终无果的情况下，“刘建国明白，自己是被命运之鸟，衔到哈尔滨的一粒风中的种子，落地生根，已是刘家土壤的一株植物，与此荣枯。”但命运就是如此吊诡，正所谓“踏破铁鞋无觅处，得来全不费功夫”，就在刘建国因为心灰意冷而放弃了寻找铜锤的行动之后，他反而在不期然间获知了铜锤的下落。给他最终揭开谜底的，就是后来被取名为翁子安的铜锤本人。却原来，事情的真相是，翁子安的母亲，当年和一个上海知青谈恋爱，结果这个上海知青返城后却遗弃了她。关键的问题是，翁子安母亲这个时候已经有孕在身，尽管家人一致反对她把孩子生下来，但翁子安母亲却坚决不从。到最后，孩子不仅在七个月时早产，而且在一次感染肺炎后送到医院三天后就夭折。孩子的夭折，对翁子安母亲的精神形成了巨大的打击："失去孩子后，母亲的精神渐渐不好了，她整天在窗前呼唤婴儿的乳名'四点'，因为这孩子是凌晨四点出生的。"为了使翁子安母亲的精神得到足够的宽慰，他的舅舅只好在火车上做手脚偷回了一个小男孩。这个男孩，就是铜锤，当然，也是翁子安。是的，正如你已经预料到的，寻找铜锤已经四十多年的刘建国，在获知了这一消息之后，一时陷入到了巨大的震惊之中："刘建国多想大哭一场啊，可他没有眼泪，头脑一片空白，好像走在茫茫无际的雪原，没有日月，世界一片虚空。"而翁子安，一时之间也不知道到底该怎么面对自己的舅舅了："无论舅舅如何忏悔，翁子安觉得他对刘建国犯下的罪行不可饶恕，但他对舅舅又是依恋和同情的，是他把他抚养成人。"其实，也不只是翁子安，即使是他那位已经罹患喉癌的舅舅，也因为自己当年的犯罪行为而陷入到了深深的悔恨之中，他之所以一定要把煤矿股份的百分之三十转让给刘建国，也正是如此一种悔过心理充分发生作用的结果。

其实，除了以上这些我们已经深度分析过的"草蛇灰线"之外，《烟火漫卷》中，也还有着黄娥和杂拌儿的故事。这一方面，最早出现的具有强烈暗示性的意象，就是那只雀鹰和那顶卢木头曾经戴过的帽子。黄娥之所以会对那只雀鹰先后给出过"讨债鬼"与"守护神"两种截然相反的理解，也与她内心里所潜藏的精神隐痛紧密相关。却原来，她的丈夫卢木头，不仅早就因为怀疑她与刘文生偷情而活活气死了，而且她也已经一个人神不知鬼不觉地将卢木头葬在了鹰谷之中。既然对卢木头之死心存愧疚，黄娥便准备自己也一死了之，好去阴间陪伴丈夫。但唯一令她忧心忡忡无法放手的，就是儿子杂拌儿的未来生活该怎么办。黄娥之所以不惜千里迢迢也要跑到哈尔滨来，硬是要把杂拌儿塞给四处奔波寻找铜锤的刘建国，就是为了能够早一点去陪伴早已是阴阳两隔了的卢木头。

归根结底，在一部其实充满着人间烟火气的长篇小说中，迟子建能够通过“草蛇灰线”这一艺术手法的成功运用，最终实现对人性和命运的双重究诘和追问，无论如何都应该获得我们充分的肯定与认可。

阅读胡学文耗费多年精力创作完成的长篇小说《有生》（载《钟山》长篇小说2020年A卷），首先引起我高度兴趣的，就是何为“有生”，以及胡学文到底为什么要把他的这部长篇小说命名为“有生”。依照百度百科的说法，所谓“有生”，有两种语义。其一是有生命者，专指人类；其二是“活着的时候”。一方面，以上的两种语义，都切合于胡学文的这部长篇小说。另一方面，由其中的第二种语义，我们很自然就会联想到余华的那部长篇小说名作《活着》。虽然无法确证胡学文在酝酿构思的过程中曾经对《活着》有所借鉴，但二者之间某种相似性的存在，却是无法被否认的一种客观事实。《活着》中，充满着死亡的景观。到最后，除了那头与福贵相依为命的同样被命名为“福贵”的老牛之外，其他所有的亲人全都因为这样或者那样的原因而不幸弃世。正如同《活着》一样，《有生》也是一部充满着死亡景观的长篇小说。女主人公祖奶也即乔大梅，漫长的一生中，不仅先后嫁给过三任丈夫，而且也还一共生育有九个子女。到最后，除了第二任丈夫白礼成以及那个名叫白花的女儿因失踪而下落不明之外，另外的两任丈夫和八位子女也都先于她而踏上了死亡之途。别的且不说，单就情节设定这一方面的相似性，我们也可以确认，胡学文的《有生》肯定受到过余华《活着》的影响。但在承认以上这种影响存在的同时，我们却更需注意到，作为一部后来的字数多达五十万字的长篇小说，胡学文在借鉴余华的同时，却也既有着自己独具个性的艺术表现方式，更有着自己对世界、生存以及人性的深刻理解与判断。

要想更好地进入《有生》的文本世界，就必须意识到作家那篇被命名为《我和祖奶》的后记的重要性。一般来说，作家在“后记”中都会从一些实有的人或事出发，来讨论小说创作的具体缘起。这篇后记一直到大半部分的时候，留给我们的也都是这种感觉。作家从自己的返回乡村写起，从沿路的那些乡村景观，一直写到了仰靠在椅子上的祖奶：“祖奶坐直，你没到村口，我就听见了，坐车回来的？我并不吃惊，虽然岁月在她的额头和眼角刻了无数痕迹，但她的腿脚依然硬朗，一程走三四十里不带喘的；耳朵尤其灵敏，听音辨物，于她不仅是能力，还是生活习惯。”①接下来，就是对祖奶情况的一种总体概括性介绍：“祖奶生于清朝末年，十岁那年随父母从河南虞城逃荒北上。父亲是锢炉匠，她是学徒。父亲本想送她进宫当细匠，尚未到京城，民国取代了大清朝。父女继续向北走，在塞外安家落户。祖奶改学接生，成为塞外最有名的接生婆，一生接引一万两千多人。祖奶并非我的

① 胡学文《我和祖奶——后记》，载《钟山》长篇小说2020年A卷。

祖母，她是宋庄的祖奶，是塞外的祖奶。”[1]应该说，一直到这个时候，我们都还以为，祖奶乃是现实生活中实存的一位人物。但胡学文接下来的“坦白”却令我们一时“瞠目结舌”了：“好吧，我老实交代，祖奶是我虚构的人物。在写作的三年中，我与她朝夕相处，加上构思的时间，达七八年之久。闻其声，见其形，睹其行，揣其思，杀青之时，竟恋恋不舍。她仍在塞外，而我仍有机会造访她，遂写下上述的臆想。”[2]只有到这个时候，我们方才恍然大悟，却原来，这位被胡学文一再造访的祖奶，竟然是一个被作家虚构出的人物，竟然也就是小说文本中那位生命力足够坚忍的女主人公。由于长期酝酿构思，一位原本属于虚构的人物，竟也被逐渐地赋予了现实的生命力，以至于就连胡学文本人，也会产生出上述一种臆想。由这种臆想，我们就不难感觉到胡学文在创作过程中的浸淫与投入之深。在这样一个到处遍布文化与文学快餐的年代，胡学文能够用七八年的时间来酝酿构思并创作一部长篇小说，其实是非常不容易的一件事情。

但《我和祖奶》这篇后记的重要，却还不仅仅体现在这个方面。与一种简直就是“反其道而行之”的小说写作缘起相比较，更重要的，恐怕还是后记中胡学文关于小说叙述方式构想方面的若干自我交代。一个是叙述视角的设定：“还有叙述视角的问题。最初，我设定由鬼魂叙述，但想到已经有那么多小说均如此叙述，从胡安·鲁尔福《佩德罗·巴拉莫》到托尼·莫里森《宠儿》，均光彩夺目，尾随其后，不只危险，亦糟糕透顶。若由祖

① 胡学文《我和祖奶——后记》，载《钟山》长篇小说2020年A卷。

② 胡学文《我和祖奶——后记》，载《钟山》长篇小说2020年A卷。

奶坐在椅子上，一边喝茶一边回忆又太简单太偷懒了。省劲是好，只是可能会使叙述的激情和乐趣完全丧失。小说家多半有自虐倾向，并非故意和自己过不去，而是对自己的折磨会爆发动力。这样，我让祖奶不会说，不会动——请她原谅，但她有一双灵敏的耳朵。小说写她的一个白日和一个夜晚，在这短短的时间内，讲述了自己的百年人生。”[①]让一个只剩下敏锐的听觉与思考回忆能力的百岁老人来承担最主要的叙述功能，毫无疑问应该被看作是胡学文在叙述视角设定方面一种具有创造性的努力。不仅如此，作家竟然只是让祖奶仅仅在一个白日加一个夜晚，也即在差不多二十四小时的时间范围内完成长达百年人生的历史叙述，其实也显示了作家某种非同寻常的叙事控制能力。尽管说思想艺术旨趣方面存在着极其明显的差异，但胡学文的如此一种设定，却的确可以让敏感的读者既联想到戏剧创作中著名的“三一律”，也联想到苏联或者说吉尔吉斯斯坦杰出作家艾特玛托夫的长篇小说《一日长于百年》。我们注意到，在祖奶以第一人称“我”展开的叙述部分，曾经出现过看似违反叙述法则的地方。比如，第九章的第七节，曾经出现过这样的一段叙述话语：“那个年注定是凄惨、伤悲、黯淡的，不贴对联不剪窗花不放鞭炮，声音和色彩远离了大梅和她的三个孩子。也就是一年而已，虽然难熬，但一觉醒来，长夜就过去了。”上一段的结尾处是：“我反复问过李春，没有任何征兆，一锅烟尚未抽完，他便不动了。”很显然，正因为丈夫李旺与公爹李富接连去世，所以那个年才过得特别凄惨、伤悲以及黯淡。下一段的内容则是：“三月

① 胡学文《我和祖奶——后记》，载《钟山》长篇小说2020年A卷。

中旬，李贵突然回来了。他总是神出鬼没，如同影子。那一夜，我外出接生，天明心急火燎地往回赶，看到坐在灶边灰塌塌的身影，不由愣住。”如果我们把三个段落的内容联系在一起，就可以发现，中间段落里出现“声音和色彩远离了大梅和她的三个孩子”这样的句子，并不是第一人称叙述在违反叙述法则之后被转换成为第三人称叙述，而是通过第一人称的一种自我称呼，最终传达出某种人生的悲凉意味。

更进一步说，胡学文设定祖奶这样一位百岁老人来作为小说中的第一人称叙述者的一个成功之处，就是可以借助于这位早已看遍世事，见惯生生死死，历尽人生沧桑的百岁老人恰如其分地传达某种对命运无常的感慨，某种对世事人生的形而上思考。比如：“她的遭遇算什么呢？如果我能开导她，如果我还有说话的可能，我会把我的经历讲给她听。那很可能吓着她，我自己也被吓着过，但我绝不认为自己是不幸的。一个又一个坎，一场又一场难，那是活着的代价。我接生过上万个孩子，没有一个是笑着出来的，恰恰是哭声证明了生命的诞生。”一生中经历了那么多苦难，尤其是身边的亲人们，除了孙子乔石头外，全都先她而离开了人世，如此一种情形，当然是非常不幸的。如此一种惨烈的境况下，祖奶却仍然要执意强调“绝不认为自己是不幸的”，所表明的，其实既是祖奶，更是胡学文对生命存在的一种辩证性认识。一方面，人生固然是不幸的，固然是“一个又一个坎，一场又一场难”；但在另一方面，这些“坎”和“难”的存在，却不仅没有成为阻止生命存在的力量，而且还进一步证明着人类生命力的坚韧不拔。而这，很大程度上也正构成了这部长篇小说的标题“有生”最根本的寓意所在。再比如：“如果没遇到牧羊人李贵，如果不是在那个季节，甚至如果没看到那只蚂蚁，我和父亲会错过宋庄，更不可能扎根。命运是什么？时时想得到，但永远也说不清楚。”什么叫命运？这个无论如何都难以说清楚的东西，首先需要的就是一个必要的时间长度。只有在一个必要的时间长度内，命运方才会有浮出水面的可能。一部人物众多的《有生》中，之所以只有祖奶才配得上去感叹并谈论命运，正因为她已然经历了百岁人生。此外还有一点就是，貌似变幻无常的命运，其实总是会和所谓的偶然性紧密联系在一起。具体来说，这里的偶然性，既体现在李贵身上，也体现在那只蚂蚁身上。李贵的重要性，体现在他为走投无路的乔大梅父女提供了未来人生的一个方向，一个最终的落脚之处。那只尽管被父亲的一泡尿液百般浇淋但却依然能够活下来的蚂蚁，带给父亲的人生启示，就是必须坚持着活下去：“父亲本可以捻死蚂蚁，但父亲整个人呆立着。父亲不相信蚂蚁还活着，还能窜。父亲盯着一个奇迹。”很显然，如果说蚂蚁的活着就是一个生命的奇迹，那么，它所带给乔大梅父女的人生启示就是，不管遇到什么样的艰难，都要坚持活下去。很大程度上，活着或者说“有生”本身，也正是人类生命最根本的意义之所在。而这，也正暗合于胡学文长篇小说《有生》所要表达的思想题旨。

当然，如果着眼于《有生》思想题旨的表达，更值得注意的一点，其实是作家对祖奶也即乔大梅身份的特别设定。小说中祖奶，曾经先后拥有过两种不同的身份。首先是子承父业的锢炉匠，其次是“自作主张”的接生婆。所谓“自作主张”，就是指尽管遭到了黄师傅的数次拒绝，以及公爹李富的规劝，但祖奶却依然不管不顾地选择了接生婆这一职业。所谓“锢炉匠”，就是指各种瓷器开裂后的弥补者："父亲是锢炉匠，清早踩着蛇（前文中作家曾经把出村的弯曲小路比作"蛇"——笔者注）离开，黄昏踏着蛇归来。盆、碗、碟、盘、罐、缸、篓子，长缝短缝，经父亲修补后，滴水不漏，即便再裂，也不会从锔钉的地方开裂。"从一种象征的意义上来说，祖奶子承父业的锢炉匠身份，很显然意味着一种对生命裂痕的及时弥合。至于接生婆，作为最早迎接生命到来的"活菩萨"，其呵护生命的意味，乃是一种显而易见的事实。由以上分析可见，无论是锢炉匠，还是接生婆，作家对祖奶前后两种不同身份的设定，事实上也都是服务于《有生》思想题旨表达的。这一方面，一个无论如何都不容忽视的细节就是，祖奶的曾经自杀。那是在她的第三任丈夫于宝山出场之前，这个时候的祖奶已经经历了身边亲人的很多次死亡以及不幸离散的沉重打击，只剩下了孤零零的一个人："就是那个时刻，我听到急促的脚步。与孟姓男人的脚步不同，我能辨出来。我在凳子上立定，把绳套从脖子移开。我若去了，那些婴儿怎么办？那是天命，我不能违抗。我没再犹豫，扯掉绳子跳下地。来人进院，我已经准备妥当。确实，是请我接生的。"是的，既然是接生婆，那就无论如何都得接生，也就自然成为了祖奶不可能违抗的天命。正因为祖奶已经深深地体味到了自己所肩负天命的存在，所以，也才会有接下来一段叙述话语的出现："一夜忙活，母子平安。那家人致谢，说我是菩萨现身。这样的话听得太多，我从未在意，但在那个早上，却如信念植入我的骨髓。我不能死，必须活下去，好好地活着。死去的亲人虽多，但我要接引更多的婴孩到世上。"我们在前面已经强调《有生》是一部充满着各种各样死亡景观的长篇小说，但只有在注意到祖奶自杀未遂这一细节之后，我们才能够彻底明白到底什么叫作向死而生。因为从根本上说，只有在各种死亡景观的映衬之下，我们才更能够意识到生命存在的意义和价值。

张忠民的长篇小说《远方有多远》（河南文艺出版社2020年8月版）主要讲述了姚远这样一个创业者在2008年金融危机的背景下在深圳下海经商的奋斗过程中，从遭遇破产、跳江自杀到跟随他的伯乐（小说的男二号晁总）东山再起到最后独立自主做大做强终于走向人生事业情感双丰收的励志奋斗过程，是一部当代商界小说、创业小说，其中也贯穿了都市情感的线索，也即姚远在创业道路上重新崛起的过程中与两位女性，他的妻子余静，以及晁总的贴身秘书小刘之间的情感故事。

就叙事伦理角度而言，《远方有多远》作为商界小说，作品中在自利中实现自我发展的经济理性和以知遇之恩、夫唱妇随、兄弟义气等为代表的传统道德理性交织，后者更加占据小说伦理关系的主导地位。小说将姚远塑造成一个世俗意义上从遭遇挫折、一无所有、债台高筑到凭借个人才能逆袭成功、取得事业情感双丰收的当代民族创业者典范，从姚远的身上也不难看出和一般商界小说一样所塑造的“经济理性的人”并无二致。西方经济学关于人性的假设——“理性人假设”是一个最基本的假设前提。按照这种假设，人是通过深思熟虑的权衡和计算来追求最大利益的人，而“这种私利就其狭义而言是由预测或预期的纯财富状况来衡量的”。理性人通常也被称为“经济人”，“经济人”是亚当·斯密提出的一个著名假设，它具体是指“信奉交换逻辑和货币哲学，在经济活动或类经济活动中，谋求效益最大化的个体主体”。[①]这一理性的内涵表明，任何从事经济活动的人总是自利的，其行为总是服务于自己的个人目的；“利己”是人最根本的品质，那么，出于自利的效用最大化追求也就不仅具有存在的合理性，同时也具有促进人的发展的合法性了。也就是说在大多数商界小说中经济理性支配了道德伦理，而与传统的道德理性呈现出断裂的状态。

在有些商界小说中基于自利的经济理性与促进人发展的道德理性是相伴相生的，在很多情况下经济理性往往还体现出对传统道德理性的反叛。如杨虹在概述新世纪以来中国商界小说在道德伦理上的一般特征时指出：“他们在以‘经济人’身份成为精彩绝伦的商业叙事中的主角的同时，也成为了传统伦理的坚定的反叛者。当然，反叛常常也表现为对优秀道德传统的否定，譬如基于自利的绝对自私、对信义仁义的野蛮践踏等等。如此一来，背叛朋友、背叛亲人、出卖爱情、出卖良心等行为，在作品中也变得司空见惯。”[②]

但这部小说的一大特点在于，主人公姚远、晁总不论是与他们事业上的合作者，还是与他们的情感归属者之间的关系，虽然不乏一般当代商界小说中以利己为核心的经济理性所主导的现代伦理，但他们的伦理关系中还大量地贯穿着以知遇之恩、辨忠除奸、夫唱妇随、兄弟义气等为具体内容的传统道德理性内容，与经济人的自利理性相互交织，而并没有全然体现出一般现代商界

① 杨新刚《新都市小说中“经济人”形象特征及意义》，载《东岳论丛》2009年第7期。

② 杨虹《商界小说：经济理性的文学演绎》，载《湖南商学院学报》2012年第3期。

小说“生意是生意，人情是人情”的经济理性支配原则，从而奠定了这部出现在21世纪的现代商界小说实倾向于传统道德理性的叙事伦理底色。

这种传统的道德理性首先是通过晁总对素昧平生的姚远之间伯乐与千里马的知遇关系来体现的。晁总对姚远的大力提拔、重用、倍加信任和支持与一般当下流行的现代商界小说中老板与新人之间的关系不同。在当代一般的商界小说中，老板对新人那种苛刻的考评，新人使尽心计上位的那种经济理性主导的情节模式并没有占据身为老板的晁总和作为高级打工仔的姚远之间关系发展的主调。晁总和姚远的关系，是前浪与后浪两代创业者之间伯乐与千里马那般的知遇之恩，是两代英雄之间基于相似人生经历的惺惺相惜。这样一种雇主和雇员的关系是超出现代经济理性范畴，而更接近传统的明主与贤臣的关系。

另外，传统的道德伦理关系还体现在姚远与他的竞争者之间的关系上。姚远在新天地公司逐步上位、升职过程中的人际关系、斗争模式上，和传统的宫廷斗争历史剧中忠奸二元，明主断案的模式毫无二致。姚远从走马上任人事部经理，逐步经过复杂的人事斗争凭借个人能力取得晁总的充分信任，其中当然主要是他作为经济理性人在商业活动中展现出的非凡组织管理能力、谈判合作能力等；但对于他身边的竞争者，小说却没有设置一个与他旗鼓相当的经济人与之竞争。小说将姚远的主要竞争者几乎全都塑造为在企业经营管理上漠不关心，甚至一窍不通，只想保住自己的职位欺上瞒下、贪污腐化、钩心斗角、作威作福的角色，而几乎不去表现姚远的这些同僚在企业发展过程中的业绩和能力，以及与姚远之间在经济理性层面上的竞争与较量关系。这样的新天地公司管理层，容易让人联想起20世纪90年代国企改制前，趋于僵化的公有体制下某些国企高层的乱象，而很难使读者将这个群体与一个在金融危机风暴下依然坚挺的现代创业型企业的高级管理层相联系，因此无论如何显得有些失真。甚至连老华侨本人也似乎只是仰仗了姚远的能力，才得以让自己的公司运转下去，而自己的唯一的功劳似乎就是发现了姚远这个人才，并在历次同僚们对姚远的攻击中做到兼听则明，全力保全和支持了姚远；而这样的情节模式令人不禁联想起“伤痕文学”“改革文学”中那些重新复出、主持正义的“老干部”的形象；而晁总自己在经营企业上的宏图大略、精明强干似乎也没有得到充分的体现。这都是由于小说对新天地公司人际关系的描写完全受到传统小说叙事中“明主—贤臣—奸佞”的三元模式的框限，而有意无意忽视探索现代经济理性人之间的更加高层次多元复杂的斗争关系的可能，从而阻碍了这部商界小说在伦理关系的建构中迈进现代。

传统的道德伦理关系替代经济理性主导下的现代伦理关系，还体现在姚远与他帮扶者、支持者之间以江湖义气为核心道德内容的关系中。这主要通过借钱、还钱这样的经济行为中的心理动机和言语表现等来展现。小说中只有杨亚彬、王德伟受到厂内奸佞何心工的蓄意挑唆上门讨债的情节，而这个恶意讨债的情节也不过是姚远得以继续上位的桥段。而小说中其他部分涉及借钱还钱的细节都不再有浓厚的经济理性层面的互相算计，而贯穿着英雄落难、拔刀相助，相互支持共渡难关的江湖义气。比如，当姚远还不上钱时，他对李建峰的人品做了解读并给予信任：“即使自己现在还不上钱，也要让他明白，我姚远不是无情无义之人，等今后有了钱，一定会加倍偿还他的！和李建峰打了那么长时间交道，姚远了解李建峰的为人，他豪爽大方，不拘小节，只要和他把事情解释清楚。”

再看赵爱军借给姚远钱的时候的心态：“他也知道南方竞争激烈，压力大，在那里干事业难度不小，所以他根本没打算向姚远催讨。接到姚远的电话，突然听到姚远说要还自己钱，赵爱军不由吃了一惊，他当即问起姚远公司现在的经营情况。”

再如李建峰在姚远还钱还利息时候的反应：

> 想到曾经一败涂地的姚远，竟然能从失败中站起来，还把事业做得这么成功，如今已经成为行业中的佼佼者了。他不由感慨地说：“一路走来，经历了这么多磨难，不容易啊。如今总算有了自己的事业。姚远，我们是朋友，我怎能收你的利息，算了，就算是我对你事业的支持吧！”

传统的道德伦理关系除了人与人之间的江湖义气，还体现在小说对人与故土关系的描写中，充分体现出对苟富贵无相忘的乡土情结、乡党之忆的执着，这主要体现在姚远回乡探亲时候人物的心理活动和价值诉求：

> 那天中午，参观完赵爱军的养猪场后，他们一起去吃午饭，赵爱军开车拉他来到位于梅南县城中心的梅南春饭店，安排了一桌颇具地方特色的宴席。赵爱军说他之所以这样做，就是想让久居南方的姚远尝一尝地道的家乡菜，意在提醒他，不论在外如何，都不能忘了本，更不应该忘记家乡。当可口的饭菜上来后，姚远拿起筷子，品尝着一道道纯正的家乡菜，一种

久违的味道，立即勾起了他对故乡的回忆和怀念。

这次回河南，姚远收获不小，不仅看了女儿和姐姐，还看到了故乡的变化。一踏上这片熟悉的土地，整个人就像一根浸泡许久的豆芽那样，发胀起来，瞬间勾起了他对家乡的回忆，这回忆又像一株迎风生长的大树，让他再一次认识到故乡在自己心中的分量。他坚信，自己虽然人在深圳，心里却装着故乡，只要有故乡做自己的坚强后盾，有故乡人的大力支持，自己的事业就一定会越做越大。

2019年，为了纪念中华人民共和国成立70周年，国家决定举行隆重的国家勋章和国家荣誉称号颁授仪式。其中，获颁国家勋章的一共8人，获颁国家荣誉称号的一共28人。尽管都属于共和国的最高荣誉，但从次序的排列与人数的多寡我们却不难判断出，国家勋章较之于国家荣誉称号肯定还是更加重要一些。而钟法权这部长篇报告文学的传主张富清，就赫然位列于这获颁国家勋章的8人之中。张富清何许人也？能够获颁国家勋章的他究竟何德何能呢？我想，如果把时间仅仅是再往前推一年，对这些问题人们都会感到一头雾水，不知道该如何作答。原因在于，原本就名不见经传的张富清，那时候的确也还处在名不见经传的状态之中。是啊，倘若我们认真地想一想，实际的情形恐怕也的确如此。一位不仅长期工作生活于湖北省西部的一个偏僻山区县城，而且一直到离休的时候也都还仍然只是副科级干部的普通共产党员，张富清的名不见经传，是理所当然的一种客观事实。如果不是依托于2018年底国家在各地普遍展开的“全国退役军人信息采集”活动，那么，张富清的名不见经传，就极有可能还会接着延续下去。不仅如此，即使他依照自然规律不幸辞世之后，也仍然还会是一位名不见经传的小人物。然而，事情的吊诡之处也正在这里。张富清如果不是长期默默无闻地处于名不见经传的状态之中，他还真的不可能在2019年一下子就名闻天下，更不可能随后又很快获颁国家勋章荣誉。实际上，国家之所以最终决定把国家勋章这样一种至高无上的荣誉颁授给张富清，所主要表彰的，也正是他这么多年来的名不见经传。从这个意义层面上说，作家钟法权这部建立在坚实田野调查基础上的长篇报告文学，所要探究的一个秘密，或者说要尝试着回答的一个根本问题，就是张富清这样一个普通共产党员，为什么能够仅仅是凭借他的名不见经传就不仅可以一时名满天下，而且还可以获颁国家勋章这样顶级的最高荣誉。

事实上，也只有在认真地读过钟法权的这部作品之后，我们才能够了解到，张富清的人生以1955年为界，可以被明显划分为不同的两个阶段。前一个阶段的时间相当短暂，从1948年瓦子街战役中张富清被俘虏后毅然参加解放军，成为一名光荣的解放军战士开始，一直到他1955年在武汉空军文化补习学校毕业后接受组织安排，远赴地处鄂西的恩施来凤县工作为止。前后加起来，也就差不多六七年的时间。这个阶段张富清的主体身份，是一名作战勇猛，敢于牺牲，为中国人民的解放事业做出了突出贡献的战斗英雄。虽然只是一位刚刚反正过来的解放兵，但张富清却很快就因其在战斗过程中的英勇善战而成为上级指挥员所特别倚重的突击队员。无论是血战永丰，还是激战壶梯山，作为突击队员的张富清，都不仅冲锋在前，而且也都还因为关键时刻的勇炸碉堡而立下了赫赫战功。“在壶梯山战斗中，他的右臂和右胸被敌人的燃烧弹灼伤，他咬着牙，忍受着疼痛，随着部队攻到了山顶。他以不怕死的劲头，不仅炸毁了一个碉堡，还消灭了几个敌人，缴获了敌人三挺机枪。”正因为张富清在历次战斗中的表现都非常出色，所以才会不仅有“冲锋在前打头阵，不怕死的张富清”这样的口头语一时在战士间流传，而且他也多次立功受表彰：“先后荣立军特等功一次，一等功一次，师一等功一次、二等功一次，团一等功一次，并荣获‘战斗英雄’称号。”他被组织接纳为中共党员，也就在这个时候。对于张富清之所以能够成长为一名战斗英雄的心理动因，钟法权借助于指导员肖友恩的全文朗读毛泽东《为人民服务》这一细节，给出了这样的一种解释：“指导员好比播种人，把为人民服务的思想像一粒种子播撒在张富清的心田里。这粒孕育理想信念的种子，从此在春风细雨中生根发芽，在战火考验中茁壮成长，在艰难困苦中固基强本，直到长成一棵参天大树。”很显然，在钟法权的理解中，为人民服务思想在张富清内心世界的确立，是特别重要的一件事情。张富清之所以会在战场上表现那么勇敢，主要就是因为他已经牢牢树立了“为人民服务”的思想。

1955年，武汉空军文化补习学校的学业结束之后，张富清走到了一个人生的三岔路口，面临着何去何从的三种不同选择。一是回老家洋县，二是留在武汉，三是到湖北恩施来凤。三种选择，意味着三种不同的人生。在征得了妻子孙玉兰的认同之后，张富清毅然选择了其中最艰苦的一种，他“正式提出了转业到来凤工作的申请”。如果说当年在战场上的冲锋陷阵在战争岁月里是一种英雄壮举的话，那么，到了和平岁月里，在原本可以有更好选择的这个时候，张富清选择到自然条件最艰苦的来凤去工作，就更是一种难能可贵的英雄壮举。从这个时候开始，一直到1984年12月离休为止将近30年间的一系列事实，果然充分地证明了这一点。初到来凤，由于粮食短缺的缘故，张富清担任的第一个职务，就是城关镇的粮油所主任。因为他工作勤恳认真，成绩突出，很快就被组织提拔，分别担任过粮食局副局长和纺织品公司党支部书记的职务。但从一种更严格的意义上来说，张富清的“来凤时间”，应该从1959年被安排到自然条件最为恶劣的三胡公社担任副主任开始。之所以这么说，主要因为从这个时候开始，一直到被调回县城工作的1979年，曾经的战斗英雄张富清，竟然在农村基层整整工作了20年之久：“1979年底，在三胡和卯洞工作了整整20年的张富清接到县委新的任命，由卯洞公社副主任转任县外贸局副局长。虽然还是副科级，但毕竟回到了县城，也算是党组织对他这个老基层、老山沟、老同志的一种照顾和关怀。”

从1979年被调回县城工作，一直到离休的1984年，张富清仍然也还只是一位副科级干部。但好在，对于自己的此种人生境遇，张富清本人打心眼里真的就不在乎。用他自己的话来说，就是：“我张富清从来没有想把官做多大，只要能把党组织分配的任务完成好我就心满意足了。”“人各有志，像我这样的，也只适合为人民做点小事情。”一方面，我们必须承认，张富清的表达从来都是真诚的，他的一生从来都没有想过要做多大的官。但在另一方面，只要把张富清近30年来为来凤所做出的工作贡献，与他自始至终都只是一名副科级干部这一现实状况相比较，某种不平衡的存在，就是无法被否认的一种客观事实。无论是找水筑坝，还是铁匠铺的打造，抑或是炸山修路，都可以被看作是身为基层干部的张富清实实在在的工作业绩。在全身心地投入到工作中去的同时，更有其他一些细节，足以说明张富清的高风亮节。一个是在1961年积极响应党组织的号召，硬是逼着妻子孙玉兰辞掉了公职。再一个，是不徇私情，从来都没有利用自己手上那一点可怜的“权力”为子女谋取个人利益。还有一个就是，当母亲的丧事与迫在眉睫的重要工作撞车的时候，他宁肯永远对母亲心存愧疚，也不愿意因为千里奔丧而影响手里的工作。与此同时，更其难能可贵的一点是，张富清这么多年来一直都安心于所谓副科级的待遇，从来都没有为此而感到愤愤不平，而“鸣冤叫屈”：“近30年时间里，换了一个又一个岗位，担任了一个又一个职务，可他的级别始终定格在了副科级原地不动。与他在三胡公社、卯洞公社等单位共过事的班子成员，基本都被提拔了。级别最低的也是副县级。”对此，他曾经的老部下董香彩倍觉感慨：“他做事情从来不是为了升官，几十年兢兢业业，直到离休了，还是个副科，可他从来没有为提拔的事找过领导，也没有任何怨言。”由以上这些方面的事实可见，无论是战争年代，还是和平岁月，生性朴实的张富清，的的确确是只知道奉献而从来都不求索取。既如此，他长期处于名不见经传的状态，也就是顺理成章的一种结果。

在了解到张富清人生的基本过程后，一个问题自然也就紧接着浮出水面。那就是，他的这种只知道默默奉献而不求任何索取的心理动因究竟何在。对此，作家钟法权其实也有着明确的意识。很大程度上，正是因为明确意识到了这一点，他才会在后记中做这样一种特别的说明：“回首张富清的一生，需要我从他95年的人生长河中找到指引他成长的灯塔，发现贯穿他一生的思想脉络。最终我从大量的采访素材中，从主人翁的成长足迹中，发现了一个照耀他一生的东西，那就是闪耀着毛泽东光辉思想的名篇《为人民服务》。张富清参加中国人民解放军后，正赶上西北野战军军事政治整训，连队组织学习的第一篇文章就是《为人民服务》，为人民服务的思想像一簇火花点燃了他的理想之光，又像一粒种子播在了他的心田，张富清的人生从此有了光明的前景，人生的追求从此有了力量的源泉，人生的大厦从此有了坚如磐石的根基。找到了打开金矿大门的钥匙，获得了寻找宝藏的路径，也就拥有了构建《张富清传》的坚固基石。”很显然，在钟法权的理解中，为人民服务这一思想的确立，不仅使张富清成为战争年代冲锋陷阵的英雄，更促使他心甘情愿地成为和平岁月里一名默默无闻的奉献者。而钟法权自己，也正是在找到了“为人民服务”这一贯穿了张富清一生的思想脉络之后，方才得以在这种思想主旨的烛照下，最终完成了这部《张富清传》的创作。

一方面，我们固然承认，钟法权的上述发现与思考，既有其合理性，也有一定的内在脉络可循，但在另一方面，长期以来支撑着张富清精神世界的，是否真的就是“为人民服务”这种光辉思想，倘若联系传主的生平，尤其是他那明显要低得多的文化水平，我个人的确还是有所怀疑。仅仅是因为有幸聆听了一次关于毛泽东《为人民服务》的政治报告，就在内心深处彻底打下了“为人民服务”的思想根基，认真推敲一下，恐怕多少还是显得有点类似于天方夜谭。以我所见，与其非得把张富清的所谓思想拔高到“为人民服务”的那个层面，反倒不如干脆承认，即使在已经成为战场上视死如归的英雄，已经有过那么显赫的革命履历之后，从骨子里说，张富清也仍然只是一位平凡而朴实的革命战士，或者干脆说就是一个恪守本分的普通人。唯其张富清自认为只是一位小人物，所以他才能够真正地“不求闻达于诸侯”，设身处地地做到恪守本分，竭尽所能地把自己所应承担的工作完成好。张富清之所以多少年都安于做一个副科级领导，坚决不肯向上级开口要官，与他骨子里的自认为只是一个平凡的普通人这一观念，其实有着格外紧密的内在关联。事实上，纵观张富清的95年人生，除了战争年代几次战役中不怕流血牺牲的突击行动之外，也的确没有做出过什么惊天地泣鬼神的大事情。从这个角度来说，他的名不见经传，似乎也还在情理之中。又或者，更进一步推理，我们虽然无法也无力去一一发现并列举，但在芸芸众生的现实生活中，类似于张富清这样的一种存在，恐怕也并非孤例。

某种意义上说，张富清是幸运的。他的幸运在于，借助于2018年的“全国退役军人信息采集”活动，既发现了当年曾经的赫赫战功，也揭示了长期副科级的不公平待遇。由此而导致的直接结果，就是在国家最高领导人亲自批示后，不仅打破了长期以来默默无闻的名不见经传状态，而且获颁国家勋章这样的最高荣誉。细细想来，能够如同张富清这样长期坚守某种“安于平凡”的精神，的确是很不容易的一件事情。就此而言，国家的表彰确实有着毋庸置疑的说服力。很大程度上，类似于张富清的这种情形，无论如何也都称得上是“失之东隅，收之桑榆”。一种巨大荣誉不期然间的获得，也总算是获得了人生的平衡。

根据我个人一种不完全的观察，一个作家在其小说创作之初，一般来说都会有一个时间忽长忽短的依赖于自我生存经验的阶段。也因此，从一种写作规律的角度来说，一旦这个作家走出这个阶段，开始挣脱一己生存经验的束缚，将自己的创作视野投射向更为开阔广大的外部人群，往往也就意味着他的小说写作进入了更加成熟的一种思想艺术境界。这当然不是要否定自我生存经验在小说创作中的重要性，而是要说，到了后一个阶段，这种自我生存经验，实际上已经以一种水乳交融的方式，很好地融入到了作家对他者世界的关注与思考之中。“80后”作家孙频迄今走过的，也正是这样的一种创作轨迹。只要是关注孙频的朋友，就不难发现，越是到了晚近一个时期的小说作品中，最起码从表现对象的角度来说，就越是远离着作家那似乎有着某种局限性的一己生存经验。把一个孤悬海外的小岛作为自己文学想象视阈的中篇小说《我们骑鲸而去》（载《收获》长篇专号2020年春卷），就是这样的一部作品。

我们都知道，从小就生活在地处内陆的山西交城，一直到上大学才有机会离开故乡的孙频，因为她的母校兰州大学同样地处内陆，所以，她所拥有的，其实只是一种根本就与海洋、海岛彻底绝缘的内陆生存经验。这样的一位作家，却要创作一部以一个远离大陆、孤悬在海上的海岛生活为主要内容的中篇小说，其写作难度之大，自然可想而知。别的且不说，单只是那些鱼类的知识，那些海洋与海岛的特有风景，再加上堪称丰富的关于世界上各种海岛的知识，就足够长期生活在内陆地区的孙频喝一壶的。据我所知，为了完成这部中篇小说，孙频不仅广泛查阅了大量的海洋与海岛资料，而且曾经数次专门跑到位于南海的一座小岛上“体验”生活，寻找并真切感受一种海岛生活的气息与氛围。但请注意，尽管说孙频为了写作这部中篇小说在所谓海岛生活的

“体验”方面的确下了不小的功夫，但究其根本，实际上也还是为了更理想地容纳作家一种与人性实验紧密相关的文学想象。有鉴于此，首先需要强调的一点就是，本文标题中的“孤悬”，其实有着不容忽视的双重意旨。一方面，这个“孤悬”当然是实指那个作为故事发生地的，远离大陆的永生岛。但在另一方面，所谓“孤悬”却更是指孙频非得把作品中的二男一女“孤悬”到面积极其有限的永生岛上，展开一番别有深意和趣味的文学想象和人性实验。

与此同时，不得不指出的另外一点，就是孙频小说写作文体手段的日益斑斓丰富。具体到这部《我们骑鲸而去》，除了把那位被王文兰称为“杨老师”的落魄书生设定为直接介入到故事之中的第一人称叙述者之外，小说艺术上的最值得注意处，就是话剧片段的巧妙嵌入。之所以会有话剧片段的嵌入，与老周的身份设定紧密相关。尽管一直到小说终结都没有交代永生岛上最早的居民老周的具体来历，但依据文本中的若干蛛丝马迹来判断，他肯定曾经从事过与话剧的创作和表演相关的行当。“等眼睛适应了黑暗，我才看到桌上有一台古老的红灯牌录音机，还摆着一摞书，最上面是一本破旧发黄的《莎士比亚戏剧》。”“我见床头贴着几张发黄的照片，便凑过去细看，好像都是话剧的剧照……他半天才感伤地回了一句，那是上大学的时候和同学们一起演的，那时候年轻嘛。”正因为老周拥有如此一种特别的人生经历，所以，无论是莎士比亚的剧作比如《哈姆莱特》、《麦克白》以及《暴风雨》片段在文本中恰如其分地穿插，抑或是由他自己创作的那一系列故事均发生在海岛上的“海岛”系列片段，也就都可以在这个意义层面上得到相应的解释。关键的问题还在于，话剧片段的嵌入，在意味着孙频的小说文体手段日益斑斓丰富的同时，也更有着进一步深化思想意旨表达的重要意义。

事实上，孙频之所以要煞费苦心地把老周、王文兰以及身兼第一人称叙述者功能的“我”也即杨老师，以如此一种“孤悬”的方式放置到永生岛这样一个看起来极不起眼的封闭空间，正是为了充分地展开她对特定情境下人性状态的观察与思考。首先，三个人物形象，都是生活中无奈的失败者。从老周提供的只有只言片语的信息来判断，他来到永生岛，是在所谓的公私合营之后。依此并结合那个时候中国的社会历史语境以及老周曾经的大学生身份来判断，他肯定是在某次大的社会政治运动中不幸中枪，被归入政治另册后方才落魄永生岛的。“我”也即杨老师，真正可谓“百无一用是书生”，不仅四十多岁了仍然是一个被别人呼来喝去的小科员，而且还因被老婆嫌弃而离婚。因为想找到一个合适的地方“躲一躲，躲开人类”，所以就跑到了这个天高皇帝远的永生岛上。曾经因为忍受不了家暴而动手杀了第二任丈夫因而坐了十七年监狱的王文兰，不仅在生活中处处受骗，而且唯一的儿子还不幸因车祸意外身亡，因遭到所有人的歧视，最终决定远走永生岛。如果说很多年前的鲁滨孙，虽然因海难而流落到荒岛上，带有明显的被迫性质，但他在荒岛上“开疆拓土”的伟业，却真切地反映出了资本主义上升时期，那样一种咄咄逼人的进取精神，那么，到了孙频笔端，这三位带有明显自我放逐性质的人物形象，所反映出的，却只能是某种现代人因厌世而生出的孤独与虚无。

其次，老周、王文兰以及杨老师他们三个人的避居永生岛，都有着某种逃避现代都市与人群的遁世倾向。这一方面，最具典型性的，应该就是试图通过这种遁世生活而写出属于自己的《瓦尔登湖》的那位曾经的文学青年杨老师。原本以为在“孤悬”海上的永生岛上可以寻觅到某种理想的世外桃源，没想到，到头来却竟然罹患了特别惧怕孤独的小岛综合征：“上岛之前我想着在岛上孤寂自在，远离名利，说不定能像梭罗一样，在世外写出点能传世的东西来，结果发现自己上岛之后并没有写出什么东西来。细细一想才发现，其实很多的时间和精力都用于抵抗孤独了。为了避免让自己患上小岛综合征，我想出了各种各样的办法。”原本想着一定要“不知有汉，无论魏晋”，然而，一旦真的置身于远离尘嚣的孤独境地的时候，却又发现自己原来不过是“叶公好龙”，根本就忍受不了遁世的寂寞与孤独。以我所见，所谓要想“避免让自己患上小岛综合征”的说法，恰好说明杨老师已经不可避免地在有意无意之间罹患了小岛综合征。也因此，孙频的深刻之处就在于，在批判反思现代文明的同时，也鲜明地指出，其实所谓的回归渔猎时代，重返原始文明，也未必就是人类一种理想的精神归宿。

最后，正因为孙频把他们三位“孤悬”在了海上的永生岛这样一个高度密闭的空间里，所以才有效地观察到了在生存空间有限，生存资源极度匮乏的情况下，人性中丑陋一面的充分表现。一个是权力的无处不在。这一点，突出地表现在王文兰在老周与杨老师之间的“朝三暮四”或者“合纵连横”上：“我想明白了，她是在通过拉拢老周来报复我。我猛地出了一身冷汗，以前我受够了各种权力之苦，一心想逃避权力的羽翼。现在却发现，就是在这样蛮荒的小岛上，在一个只有三个人的小岛上，依然有权力的存在。”但更严重的状况，却是在超过了两个月时间的寒潮到来之后，尽管说面对着日益匮乏的生存资源，他们拼命地试图维护所谓人性的尊严，但到最后，却也还是无奈地把那两只黑背给煮吃了。唯其如此，杨老师才会生成这样的一种感觉：“我隐隐看到了游荡在我们上空的食人兽，它终于出现了。”也因此，虽然孙频并没有直接描写老周、王文兰以及杨老师他们三个人之间的彼此倾轧吞噬情形，但她借助于由老周所编剧演出的那几出木偶剧，却已经以一种象征隐喻的方式书写出了一种不可避免的悲剧性结局。这一方面，最值得注意的，恐怕就是那一出发生在弗洛蕾娜岛上的，发生在一个名叫艾谱莉的女性与两个分别叫贝克和阿奇尔的男性之间的故事。尽管从表面上看，两位男性都信誓旦旦地爱着这位以女王自居的艾谱莉，但一直到两年之后，游客却在弗洛蕾娜岛的沙滩上意外地找到了阿奇尔的尸体，而艾谱莉与贝克，则早已双双失踪了。在我的理解中，借助于这个故事，孙频象征性写出的，正是这部《我们骑鲸而去》一种最具可能性的悲剧结局。面对如此一种极端的人性之恶，我们的阅读表现，恐怕也只能是大失所望之后的不寒而栗。

最近一个时期，一个引人注目的创作现象，就是出现了一批聚焦创业书写的乡村小说。但只要稍加留心，就不难发现，大多数作品的思想艺术水准并不尽如人意。其中最核心的问题之一，恐怕就是这些乡村小说中的创业书写，能否在摆脱配合国家政策“阐释”，挣脱“十七年”文学传统窠臼束缚的前提下，尽可能地回归到艺术本位，真正实现一种乡村创业的文学化书写。倒也不是说就必须回避诸如“精准扶贫”这样的国家政策，而是如何更加艺术地把国家政策有机地编织到相应的故事情节之中。这一方面近期内较为理想的一个小说文本，恐怕就是青年作家杨遥的中篇小说《父亲和我的时代》（载《人民文学》2020年第5期）。

不管怎么说，我们都得承认，《父亲和我的时代》所集中讲述的，就是一个新时代普通农民的创业故事。父亲原本是乡下一位技艺超群的裱匠，怎奈伴随着装修进入千家万户，他逐渐处于失业的状态之中。一方面是技艺的失落，另一方面是母亲的过早弃世，两方面结合起来的一种直接结果，自然也就是“精气神”丧失后父亲的“失魂落魄”。父亲“失魂落魄”的有力证据，就是他的服饰不仅总是脏兮兮的，而且似乎连脸都懒得洗。但就是这样一位看似早已被时代甩落的农民父亲，某一日却不仅突然要求“我”给他买一部智能手机，而且还竟然赶时髦一般地玩起了微信。原来，一贯邋里邋遢的父亲，突然间出人意料地做起了微商。用父亲自己的话说，不仅经营品种繁多，既卖小米，也卖核桃、蜂蜜、酸枣、荞麦、胡油、土鸡蛋，而且也已经把生意做出了国门之外，连远在西非的多哥，竟然也有人到父亲这里买东西。问题很显然在于，日常生活中早已“失魂落魄”的父亲，何以会如此这般地突然间便“脱胎换骨”呢？针对“我”的疑问，父亲给出的回答是：“本来也没想过做这个。村里第一书记组织培训，没人去。人家就说去一天给五十块钱，还管饭。人们谁也不信这是真的，刘桐拉我去看，去听了几节课，觉得人家讲得有道理，想试试吧。一试还行，反正现在裱家的也少。”紧接着，就是“我”随同父亲一起冒雨到县城发货情形的描写。正是在这次发货过程中，“我”才真切感受到了父亲作为一个微商经营者的那样一种敬业精神。他不仅宁愿自己被雨淋湿也不肯让货物被雨淋湿，而且还坚决不肯人为拖延发货时间：“不行，一迟就失了信用了。我不想等，接下单就想发货。”说到底，父亲之所以能够把微商做得风生水起，与他如此一种敬业精神的具备，有着紧密的内在关联。

但请注意，杨遥在刻画塑造父亲这一人物形象时，并没有做一种简单化的处理。比如，就在我们以为父亲因业绩的突出而全身心地投入到微商事业之中的时候，作家却又不期然地荡开一笔，揭示出他内心深处对裱匠手艺的由衷留恋。当“我”以微商的经营成功为由劝阻父亲不要再爬上来爬下去地去为别人裱家的时候，父亲给出的，竟然是出人意料的这样一种回答：“做微商和裱家怎么能一样，微商谁不能做？裱家是咱们家的祖传手艺，你爷爷传到我手里几十年了，总不能让它断了吧？”关键还有父亲讲述这段话时的那样一种神情变化：“父亲说着情绪渐渐低落下去，人也顿时好像黯淡了。”原来，尽管说父亲的微商生意已经做得风生水起，但在他内心深处，却依然还是留恋着祖传的裱匠手艺。这一细节的出现，所充分说明的，正是父亲的某种精神情结之所在。很显然，在父亲的理解中，裱匠其实已经不仅是一种谋生的手艺，而且也更是自我价值实现的象征。事实上，也正是因为明确地意识到了这一点，所以，身为写作者的“我”方才千方百计地要约请禹导演来专门为父亲的裱家过程拍摄纪录片。在这里，裱匠手艺可以被理解为所谓的非物质文化遗产，但更应该被看作乡村精神的一种传承。一方面，能够在“精准扶贫”的时代背景下积极从事微商的创业活动，另一方面在内心里却又深深地依恋着家传的裱匠手艺，以上两个方面的并置性存在本身，就意味着父亲这一人物形象性格层面上某种丰富性的具备。

一个无法回避的问题是，这样一部以父亲的微商创业为核心故事的中篇小说，原本完全可以顺理成章地被命名为“父亲和他的时代”，但杨遥却为什么非得把它命名为“父亲和我的时代”呢？这个问题，其实也已经关涉到了小说到底为什么一定要采用第一人称叙述方式的问题。更进一步说，正是由于第一人称叙述方式的采用，所以小说文本中也就形成了两条时有交织的结构线索。一条是身为裱匠的父亲做微商创业的故事，另一条则是身为儿子的“我”一篇名为《隐疾》的小说的写作过程（需要特别强调的一点是，现实生活中的杨遥果然写出了一部名为《隐疾》的中篇小说，发表在《芙蓉》杂志2020年第4期上）。对于《隐疾》的创作动机，“我”曾经做出过这样的一种交代：“那是半年前，几位朋友吃完饭回家的路上，我忽然意识到：我、我的这些朋友、大街上每个人和每个家庭，都有些问题，这些问题有的别人一眼能看出来，有的看不出来，甚至当事人自己都意识不到，有时还把它当成优点。我把它称作隐疾。我为自己的发现兴奋，当时就和身边的朋友说：‘我要写个小说，叫《隐疾》，要是能把它写好，绝对是个突破。’”产生强烈的创作冲动后，“我”很快就用一个多月的时间完成了这篇小说。但也只有在完成之后，“我”才不仅觉得没有预想中的那么好，而且多次修改也还是觉得不满意。于是，断断续续的修改过程，也就成为了隐约贯穿《父亲和我的时代》这一小说文本的另外一条结构线索。比如，“中秋节和国庆节挨着，连在一起放假。关于《隐疾》又完成了一次修改，成了五万多字的中篇，却还不是很理想，哪个地方差点儿什么。想到有段时间没见父亲了，便带着稿子回了老家。”再比如：“我给父亲讲起《隐疾》……讲着讲着，我突然意识到了问题，停下来。父亲用脚在盆里划了一下问：‘接下来呢？’我说：‘我得再改改，改完给你讲。’”一直到最后，听着父亲他们的歌声，“我觉得以前的视野太狭隘了，而父亲他们，我认为远远落后于这个时代的人们，竟然跟着时代奔跑。我忽然想起我的小说《隐疾》”。尽管我们不知道《隐疾》的基本状况，但依据片言只语的介绍，再进一步结合充满暗示意味的标题名，我们即不难判断，《隐疾》应该是一篇带有一定现代主义色彩的旨在关注表现精神世界负面构成的中篇小说。唯其负面，所以才叫“隐疾”。很大程度上，正是因为身为子一代的“我”身患“隐疾”，所以才会觉得父亲他们是在“跟着时代奔跑”。就这样，原本应该属于“我”的时代，真正的引领风骚者却变成了父亲他们。大约也正因为如此，《人民文学》的编者才会在《卷首》中这样来评价小说中的父子关系：“这篇小说与脱贫主题有关，又不局限于此，其妙处还在于‘我’的自视——在父辈唱出新曲的时候，自己的曲库里竟然只有老歌，时代深处生长出的活力与不接地气的‘隐疾’的并存，只存在于这一对父子关系中吗？仅就‘父子’加‘人与时代’的原型模式来看，这对父子的行动与《创业史》中的梁家青年进步、老人犹疑的状态正好倒错了起来。”[①]但假若我们做更进一步的思考与推论，即使如同父亲这样一位看似紧跟时代脚步的乡村人物形象，他对于裱匠手艺的那种内心迷恋，是不是也可以被看作是一种精神“隐疾”呢？！

虽然说杨遥的《父亲和我的时代》已经尽可能地实现着乡村创业的艺术化书写，但说实在话，认真地检点一下，就可以发现，包括杨遥小说在内的以上这些旨在书写表达乡村创业的小说作

---

① 编者《卷首》，载《人民文学》2020年第5期。

品，除了所谓时代政治意识形态所留下的有些思想局限之外，其实还远远没有抵达“十七年”期间柳青《创业史》的思想艺术水准。就此而言，中国作家在未来的岁月里，的确称得上是任重而道远。

在中国文坛，刘庆邦是并不多见的以短篇小说创作而名世的一位作家。之所以这么断言，倒也不是说刘庆邦就不写篇幅更长的长篇小说和中篇小说，而是意在强调，即使刘庆邦总是三管齐下地三种文体齐头并进，但一般都认为能够代表他最高写作成就的，却也还是短篇小说。短篇小说，毫无疑问是刘庆邦特别钟爱的一种小说文体。因为钟爱，所以就写得多。一方面，因为写得多，另一方面更因为有着很好的艺术禀赋，善于琢磨其中的道道，所以长期以来，刘庆邦在短篇小说的写作上绝对称得上是颇有心得。具体来说，刘庆邦的一个特点，就是善于从日常生活中寻觅小说的诗意，总能够从看似寻常处见出奇崛。《泡澡》（载《长城》2020年第4期）就是这样一篇颇为引人注目的短篇小说。

从所谓题材的角度来说，正如标题已经明确告诉读者的，刘庆邦的这个小说所关注的，不过是寻常百姓在生活中洗澡的日常小事。稍远一些的时代不必说，最起码，自打进入改革开放时代之后，即使是在相对来说要落后一些的乡村世界，洗澡也已经成为人们日常生活中必不可少的一个重要内容，城市就更不必说了。就这样一件很不起眼的寻常小事，刘庆邦又能开掘出什么深意来呢？说实在话，笔者也正是抱着这样的疑惑走进《泡澡》这一小说文本的。眼看着马上就要过年了，老李琢磨着想要去洗一次澡，不，更准确的说法，应该叫泡一次澡。洗澡在家里就可以，但要想泡澡，一般家庭就满足不了这个要求了。一是需要有浴缸，二更需要有足够量的热水。既然泡不了澡，那洗一洗不就行了。一般人可以，但老李却不可以。为什么呢？“老李年轻时当过矿工，每天升井后，都要在热辣辣的大池子里泡一泡。他的皮肤似乎留有泡澡的记忆，一直怀念那种泡澡的感觉。在烫皮烫肉的水池里泡出一头汗来，那才叫痛快，那才是真正的洗澡。”

既然家里满足不了泡澡的条件，那老李也就只能把目光转向外面的世界了。先是在老李家所在居民小区的附近有一家澡堂，但就在老李一方面窃喜，另一方面却也隐隐担心这个澡堂子哪一天会关张的时候，这个加起来总共开了两三年的澡堂，果然因赚不到钱而关门了。紧接着，老李又在离家稍远一些的一个地方，发现了一家名为“花海洗浴中心”的可以满足他泡澡欲望的澡堂。没想到的是，也仅仅不过是过了两三年的时间，这家洗浴中心竟然也被撤销了。“偌大的北京城，难道找不到泡澡的地方了吗？难道泡澡的时代从此结束了吗？难道人们不需要再出汗了吗？老李不信这个邪。”既然不信邪，老李便开始骑着自行车四处寻找可以满足他泡澡欲望的地方。正所谓“功夫不负有心人”，找来找去，老李最后终于在北五环之北一个叫作“皇都水城”的地方，找到了可以泡澡之处。没想到，老李仅仅是在“皇都水城”泡了两次澡，就被挡在了门外。原来，因为发生过一次老年人洗澡时不慎摔断髋骨的事件，所以水城便规定，年龄超过六十五岁以上的老年人，必须有家人陪同才可以入内。而老李的年龄，却已经超过了六十七周岁。问题就这样迎面而来。不能说水城的规定就不合理，关键在于，只有一个女儿的老李，根本就找不到可以陪伴自己泡澡的家人。首先是没有儿子。女儿之外，老李原本还想再要一个儿子。计划生育的政策一来，他的这种想法就泡汤了。且不要说儿子，即使是女儿，想再要一个都不可能。其次是女儿。老李虽然有一个女儿，但这女儿结婚的欲望却不怎么强烈。都老大不小了，仍然是单身一人。女儿不结婚，自然也就不会有女婿陪着老李去泡澡。

怎么办呢？无论如何都不能不去泡澡的老李，最终把希望的目光聚焦在了每天到小区投递报纸、杂志、包裹、汇款单、挂号信等各种各样邮件的小张身上。在很是费了一番口舌后，小张终于答应周六时陪他一起去泡澡。对于在小张陪同下的第一次泡澡，老李真正可谓感慨良多："有生以来，老李不知自己泡过多少次澡了，而被人搀扶还是第一次。当小张扶到他的胳膊时，他明显感到了小张的力量，并借到了小张的力量。"事实上，也正是这一搀，使老李意识到自己确实有点老了。但"不管如何，他总算又下进汤池里去了，又泡上了热水澡。他的下半身刚进入水中，觉得皮肤一烫，顿时舒服得有些哆嗦。舒服，舒服，太舒服了！"事实上，也正是在被小张的陪泡澡举动感动的情况下，老李一时心有所动，竟然莫名地生出了要给女儿李悦和小张"乔太守乱点鸳鸯谱"的念头。在一厢情愿的老李想来："小张若真成了他的上门女婿，就不仅仅是解决了泡澡的问题，更主要的是把女儿的终身大事给解决了，对妻子的在天之灵也算是有个交代。"但正如你早已预料到的，女儿李悦和小张根本就不在一个频道上。也因此，老李的这番努力，也只能是竹篮打水一场空。在平白地遭受女儿李悦的一顿埋怨之后，到最后，因为小张的电话变成了空号，且不要说再陪他泡澡，老李竟然连小张的电话也打不通了。

以我所见，刘庆邦的《泡澡》通过老李日常生活中一波三折的泡澡过程，最起码凸显了三重思想意旨。其一，是对不合理的计划生育政策的某种隐在批判。如果不是计划生育政策的强制推行，老李很可能早就有儿子了。有了儿子，老李的泡澡自然也就不成问题。其二，是对老李和女儿李悦之间精神代沟的真切书写。我们注意到，虽然是天天都生活在一起的嫡亲父女，但老李和女儿李悦的沟通却非常艰难。比如，把女儿的电话告诉小张这样一件在老李看来没有什么的事情，到了女儿这里，却竟然被上升为“尊重不尊重人权的问题”。再比如，自己明明已经给女儿做好了饭，女儿却不仅不吃，而且还要用手机在网上去叫外卖。针对老李的质疑，女儿的回答竟然是：“偶尔吃一次，享受一下社会性服务嘛，没事儿。”其三，在由老李围绕泡澡问题的一系列遭遇而触及到老年人关怀的问题的同时，刘庆邦也强有力地提出了老年人或者干脆说是人的终极精神孤独问题。如果说连自己的亲生女儿都无法沟通，那么，如同老李这样的一位退休老人又能跟谁去沟通呢？他的精神孤独问题又该怎么去解决呢？难道说，人的生存现实果真就像存在主义所强调的那样，他人就是地狱吗？

不管怎么说，在一个篇幅有限的短篇小说中，通过日常生活中泡澡这样一个微不足道的事件，最终相对成功地承载表达以上三重思想意旨，刘庆邦的《泡澡》这一短篇小说当然也就称得上是“看似寻常实奇崛”了。

第十二章　从物像世界呈示到精神问题聚焦

众所周知，刘庆邦乃是中国当代短篇小说写作领域的一个高手。但在晚近一个时期，我们却注意到，在没有放弃短篇小说创作的同时，作家把主要的精力转向了长篇小说的写作。《遍地月光》《黄泥地》《黑白男女》等，均在业内产生过相当大的影响。这一次，在《家长》（北京十月文艺出版社2019年12月版）中，这位一贯擅长于书写表现乡村和煤矿生活的实力派作家，却把自己的关注视野投向了家庭教育与青少年成长领域，写出了一部读后令人痛彻肺腑的聚焦家庭教育失败的悲剧作品。

既然小说被命名为“家长”，那就不仅得首先有一个具体的家庭存在，而且这个家庭里也还必须有正处于成长阶段的孩子才行。实际上，小说中承载故事的这个家庭，也不过是当下时代司空见惯的三口之家。尽管小说的主体故事情节发生在一个名叫阳贝的城市里，但在小说一开始的时候，这个三口之家却还留在一个名叫何赵庄的乡村里。因为家里的男主人何怀礼在阳贝市当煤矿工人常年不在家，家里长期厮守在一起生活的，其实只有身为母亲的王国慧，和他们俩的独生子何新成这母子二人。事实上，虽然时间不长，这个三口之家就以农转非的方式从何赵庄搬迁进了阳贝市，何怀礼也就和妻儿生活在了一起，但或许与所谓“男主外，女主内”的传统理家观念有关，或许只是出于刘庆邦个人的艺术考量，身为父亲的何怀礼，始终都没有能够成为作家聚焦的主要人物。自始至终一直处于聚焦中心的，实际上只有王国慧和何新成他们母子二人。也因此，倘若在某种程度上可以把刘庆邦的《家长》看作是一部旨在书写表达“家庭战争”的长篇小说的话，那么，这场战争的对阵双方，从始至终也都是王国慧和何新成。从这个角度来说，我们也不妨把这部《家长》干脆称为“两个人的战争”。

虽然刘庆邦在小说中并没有具体交代故事的起止时间，但根据故事情节的内容，我们却不难做出判断，故事的起始时间应该是20世纪80年代后期，这个时候的乡村不仅早已经包产到户，而且从国家层面上看，高考制度的恢复也已经很是有一些年头了。等到故事结束的时候，时间就应该是21世纪之初了。做出如此一种判断所依据的标志性细节，就是手机不仅已经出现，而且还进入到了如同王国慧这样的寻常百姓家。唯其手机已经相对普及，所以才会出现麻玉华费尽心机向婆婆王国慧索要手机这样的一种小说细节。与此同时，我们也得注意到，何新成精神病的发作，是在他刚刚就读高中一年级下半学期的时候。依照中国的教育体制，正常情况下，就读高中一年级的何新成的年龄，应该是十六七岁的样子。假若我们认定何新成发病的时间是2003年，那么，他的出生时间，就应该是1987年。也因此，尽管具体的故事起止时间肯定无法确定，但我们的推断却也毫无疑问有着一定的合理性。事实上，也只有在对小说中的时间安排做出这样一种理解的前提下，我们才能够理解身为母亲的王国慧为什么会那样“望子成龙”地迫切希望儿子何新成有朝一日成为大学生。

说到底，王国慧之所以会如此这般地“望子成龙”心切，恐怕与两种心结紧密相关。其一，从广义的社会心理层面上说，由于中国有着极其深厚的家族文化传统，由于“祖先崇拜”与“光宗耀祖”心理的普遍存在，包括王国慧在内的国人都会不由自主地把希望寄托在下一代身上。尤其令人不可思议的一点是，这些人往往都会把自己没有能力或机会实现的人生理想，毫无道理地强加到孩子身上。其二，从相对狭隘的个人生存经验来说，王国慧在求学的道路上曾经严重受挫。“而有些事情，包括上学的事情，王国慧是不会忘记的，一辈子都不会忘。她也是上到半道，家长伸手一拦，突然叫停，不许她再上学。她也是个喜欢上学的孩子，梦想上了小学上初中，上了初中上高中，上了高中上大学。继续上学的理想被打碎之后，她哭过，闹过，绝过食，也说过不活的话，但爹娘的意志坚定得跟生铁块子一样，说不让她上，寸步都不让。爹娘的理由很简单，她上面有两个姐姐，大姐和二姐都是上到初中毕业，她也只能上到初中毕业，一天都不能多上。”正因为曾经那么喜欢上学的自己的学业被人为阻断，所以一直到已经成家立业之后，王国慧只要一想起当年的事情来，内心里也都不仅会隐隐作痛，而且还会对爹娘抱有一种难以释怀的怨恨心理。很大程度上，正是因为王国慧内心深处有着这样一种可谓是根深蒂固的精神创伤，所以从一种精神分析学的角度出发，她才会紧紧抓住儿子何新成的学习毫不放松。为了能够保证何新成的学业，王国慧自己甚至患了胆结石都不舍得去好好治疗一番：“王国慧没有同意打吊针，一是打吊针花钱较多，二是打吊针要打两三个钟头，她花不起那个时间。倘若她躺在医院的病床上打吊针，一打打到天黑，儿子放学回家找不到她怎么办！中午儿子不高兴的悬念还没解开，她得尽快把悬念解开。好比已经知道了她肚子里的石头是胆结石，还有一块压在她心上的石头，她还不知道是什么。”这块压在王国慧心上的石头，尽管她本人不知道是什么，但我们却知道是什么。只要联系下文，就不难发现，“压在王国慧心上的石头，是儿子何新成没有被评上三好学生的事”。如果挖掘得更深一些，其实也就是一直潜藏在她内心深处的那种“望子成龙”心结。

小说中，围绕何新成不同阶段的学习生活，家长（当然主要是王国慧，但何怀礼也会偶尔被卷进来）和何新成之间曾经先后发生过四次比较大的矛盾冲突。其中第一次，就发生在何赵庄的时候。这一次冲突的焦点问题，是学习成绩排名第一的何新成，竟然没有成为班里的“三好学生”。第二次冲突，围绕那只来自何赵庄的小花猫而发生在何新成与他父亲之间。进城之后，这只来自于何赵庄的小花猫，有意无意之间成为了何新成最大的情感慰藉。唯其小花猫对正处于心理转换过程中的何新成有着如此重要的意义，所以它的失去带给他的，才会是一种“撕裂般的痛感”。第三次冲突的中心问题，就是何新成根本就不可能回避的早恋问题。尽管在家长和老师的双重打压下，这个问题貌似获得了解决，但却也为第四次冲突的爆发埋下了伏笔。这一次，对何新成原本就已十分脆弱的精神世界构成致命一击的，是一个名叫杨展平的女同学。由于杨展平的刻意捉弄，何新成的精神世界便彻底崩溃，成为一个不折不扣的精神病患者。

小说结尾处，开头处就已经被医院确诊的王国慧的胆结石再度发作，只能够通过做手术的方式把胆囊连同结石一起彻底切除。也只有到这个时候，我们方才恍然大悟，却原来，刘庆邦关于王国慧胆结石的描写，其实有着不容忽视的象征意义。具体来说，它所象征隐喻的，就是早已潜伏在家长王国慧不合理家庭教育过程中的教育隐患。这一隐患，在潜隐了很多年之后，终于以何新成罹患精神病的方式而最终爆发。关键的问题很显然是，假若说家长王国慧的家庭教育就是一场失败的人生悲剧，那么，悲剧的质心究竟何在？或者说，导致悲剧最终得以酿成的根本原因究竟何在？虽然其他方面的原因也或许会发生作用，但在我看来，悲剧的主要原因，恐怕在于个体独立人格的根本缺失。具而言之，所谓个体独立人格的根本缺失，也就意味着身为家长的王国慧，在具体实施家庭教育的过程中，只知道一味地“望子成龙”，一味地要求儿子何新成一定要努力学习，却从来都没有把何新成看作是一个具有独立人格的人类个体来给予必要的理解和尊重。极端一点，且不要说什么人格的独立，在王国慧心里，儿子何新成在很多时候很可能只是她赖以实现自己错失了的大学梦的一个无生命载体而已。除了能够上大学这一条之外，何新成其他方面的一切情感与精神诉求都是不正当的，都需要加以竭力的打压与排斥。更进一步说，也不是说王国慧对何新成没有爱，或者说她干脆就不知道应该给予何新成必要的爱，而是说，她只有爱的愿望，但却根本就不知道应该怎样去爱。又或者，也可以说，王国慧之所以没有能够把何新成作为一个具有独立人格的个体去对待，关键原因在于，她自己就从来都没有过一种叫作独立人格的东西。要求一个根本不知道独立人格为何物的中国人或者说中国家长，去把自己的孩子看成是拥有独立人格的个体去理解和尊重，自然也就只能是不可能的天方夜谭了。这里的一个关键问题是，积极倡导“现代启蒙”的五四新文化运动，都已经过去一百年时间了，家长王国慧他们的独立人格何以还没有能够养成？究其根本，王国慧他们独立人格的缺失，只能被看作是以五四为标志的中国现代启蒙失败的一种直接结果。从这个角度来说，作家刘庆邦在长篇小说《家长》中，借助于一个家庭教育彻底失败的人生个例，所书写表达的，其实也不过是因个体独立人格的严重缺失而最终导致的一场人生悲剧。

与刘庆邦的聚焦教育问题有所不同，作家蒋韵在这部《北方厨房》（载《收获》长篇专号冬卷）中，所真确呈示的，的的确确是近七十年来（蒋韵的出生时间是1954年，作品是从她最初的人生记忆开始写起的）一个北方家庭的烹饪史，或者说是食物史、味道史。我们平常一直说作家的艺术书写尤其是叙事类作品的写作应该是及物的，所谓“及物”，意在强调作家的笔触理当言之有物，一定不无细腻地以精准的语言首先把自己所要关注的事物本身呈现出来。具体到蒋韵的这部长篇非虚构文学作品，就意味着作家首先应该把食物的模样以及食物的制作过程以精准而生动的笔触描摹呈现在广大读者面前。比如，奶奶最拿手的那一道保留菜式：假鱼肚。关于“假鱼肚”，蒋韵写道：“这是一道大菜，逢年过节才上桌。食材其实很平常，就是猪肉皮，但做法特别费时，远不是一日之功。”怎么个“非一日之功”呢？“首先，是要风干猪皮，平日里做菜，剁馅，剔下来的肉皮，随手挂在厨房墙壁上，或是屋檐下，一春，一夏，一秋，让它慢慢风干，不急不躁，不慌不忙，一条一条，积少成多。到腊月里，年根下，时辰到了，找来一个大盆，把风干透彻却也是浑身蒙尘的它们集合起来，烧一锅滚烫的碱水，倒进盆里浸泡一天一夜，就像发海参。然后就是一遍一遍反复清洗。每一条每一块，都要用刷子刷，用镊子拔掉毛根。最后，处理干净的它们，就像经过忏悔和被赦免的灵魂一样，新鲜而纯洁。然后，切成合适的大小，控干水分，烧一锅热油，炸。炸到猪皮表面金黄卷曲而起泡。这是最具技术含量的一个环节，油温几分热，起泡的程度，肉皮的色泽，全凭人的经验。接下来，是要用砂锅吊一锅好汤，鸡汤、骨汤、都可以，把炸好的猪皮下进去，和火腿、蛋饺、面筋、玉兰片等食材文火慢煨（有冬笋最好，但北方不是那么容易买到鲜笋），最后，连砂锅上桌，热气腾腾的什锦假鱼肚就算大功告成。这菜，其实就是北方的‘全家福’，福建的‘佛跳墙’一类，是节庆的菜肴，有喜气。”面对这段文字，我们所首先惊叹的，是作家精细的观察力与非同寻常的记忆力。二者缺少其一，作家都不可能把很多年前奶奶最拿手的这一道“大菜”的制作过程如此细致入微地描述出来。其次，所谓的“大菜”云云，最起码在我看来，带有突出的反讽意味，正常意义上的“大菜”，不仅制造工艺精致，而且食材也非同一般。穷人家出身的奶奶，之所以能够用普通不过的猪皮便点石成金地做出如此一道“假鱼肚”来，其实与真鱼肚的匮乏紧密相关。也因此，虽然看似只是一道“大菜”的记述，但从中折射出的，却是那个时代物质的一种普遍匮乏状况。再次，作家令人印象深刻的想象与修辞能力。这一点，突出地表现在“处理干净的它们，就像经过忏悔和被赦免的灵魂一样，新鲜而纯洁”这句话上。一块被清洗处理得干干净净的猪皮食材，一般人根本不可能把它与“忏悔”和“被赦免的灵魂”这样带有高贵色彩的语词联系到一起。很大程度上，大约只有如同蒋韵这样的作家才会写出这样个性化的句子来。从根本上说，如此一种语言与修辞方式，所充分凸显的，乃是书写者本人精神世界的高贵与纯洁。

更进一步说，正是借助于奶奶最拿手的“假鱼肚”这一道“大菜”，蒋韵不仅写出了一个家族面临着历史巨变时无可奈何的风流云散，而且也生动传神地刻画出了奶奶这一内在品性殊为坚忍的时代女性形象。首先，只有在读过这部《北方厨房》之后，我才第一次了解到，却原来，蒋韵不仅原本姓孔而不姓蒋，而且她所归属于其中的那个孔氏家族也还曾经是开封的一个名门望族。小时候，因为奶奶总是给吃饭挑剔的蒋韵在饮食里添加各种维他命药片，街坊们曾经给她取了个外号叫“维他命兮”：“‘兮’这个名字，是四爷爷给起的，我们孔家，到我这辈，排行是‘令’字，四爷爷给我起的名字叫‘孔令兮’。我是我家‘令’字这一辈里的老大……”尽管作品并没有更进一步地交代这位“孔令兮”到后来为什么会改名为“蒋韵”，这里面恐怕也潜藏着曲折的故事，但无可置疑的一点是，这个“蒋”姓其实来自她的奶奶孔蒋氏，因为到了20世纪50年代，新中国第一次搞所谓人口普查或者选举的时候，奶奶拥有了一个被叫作“蒋宪曾”的名字。至于孔氏家族在开封的情况，只要看一看四爷爷和他的医院，我们就可以略窥一斑：“孔家经营一座医院，叫‘同济医院’。据说，是古城开封第一家私立西医院。主政这医院的，是孔家的四先生，孔繁某，字显达。”“等到我父亲这辈人出生、渐渐长到记事时，同济医院已经很有规模，且颇具名望。”别的且不说，单只是一个家族在那个时代能够创办并拥有一座西医院的事实本身，就足以说明这个家族在开封城里的社会地位和影响。也因此，孔氏家族与其他社会各界的广泛交往，也就自是情理中事：“孔四先生不仅是名医，还是社会活动家，和当时国府中原省份的要员多有往来，‘同济医院’的匾额，就是于右任先生题写的。”唯其孔氏家族地位显赫，所以才会不仅可以保护年轻时的豫剧大师常香玉，而且更可以与梅兰芳在一起合影。只不过，等到时过境迁或者说时代发生了巨大的风云变幻之后，所有的这一切，反倒成为了不敢为人道的“陈年旧事”。到后来，每当奶奶情不自禁地和孩子们唠叨这些“陈年旧事”的时候，父母便会出面阻止：“妈，别跟孩子们说这些。”而奶奶，自然也就沉默了：“父母的表情，让我们觉得，这是一些羞耻的、不能见人的事。”实际上，事情说来也很简单，在时代和社会业已发生根本性变化之后，尤其是到了1949年之后，继续谈论这些与前朝关系紧密的“陈年旧事”，乃是一件危险系数极大的事情。也因此，身为小说家的蒋韵，才会发出这样的一种感慨。虽然说自己的亲爷爷，也即孔二先生曾经一度做过中原某县的警察局长，但“至今，我也不明白，孔二先生怎么会出任警察局长？他又不是行伍之人。弄不明白的事，远远，远远不止这一桩。关于家史，关于家族的过往，有许多年，可以说，是我们这一代、上一代许多人的噩梦、伤疤和禁忌，唯恐避之不及，哪里还敢寻踪觅迹？几十年下来，一个家族的来龙去脉就成了秘史”。既然是禁忌，既然是秘史，那大有作为的，恐怕也就只剩下小说了：“所以，之前，我笔下的家史，只能是小说而不是其他。”什么叫“礼失而求诸野”，蒋韵所说的，其实就是这种状况。唯其现实生活中关于既往历史的言说充满了各种禁忌，所以也才为小说家留下了足够开阔的“英雄用武之地”。最起码，在蒋韵这里，很多小说作品滋生于秘而不宣的家史，乃是一个不争的事实。

由于众所周知的缘由，曾经兴盛一时的孔氏家族的“在劫难逃”与最终日薄西山，乃是一个无可逃避的必然结果。蒋韵至今都印象深刻的是：“到我出生的年代，两房人已经不在一起住了，显然，是分了家。而孔家人赖以生计的医院，同济医院，那时已不再属于孔家，成了一家区级人民医院。详情或者真相，我一概不知。”一方面是孔氏家族总体上的必然衰落，另一方面，则是蒋韵远在山西的知识分子父亲的不期然而罹难：“这一年（指1957年），中国出了事，我父亲也出事了，和许多被送往北大荒或者青海等地的人相比，我父亲已属幸运，只是降职降薪，工资降到了60块5角。”父亲出事的直接结果，就是家人生存状况的严重受影响。因为父母亲的工资加在一起，必须要维持一家七口人的日常生计呢。然而，问题的关键在于，尽管如此，置身于其中的蒋韵自己，却并没有丝毫的心理阴影生成：“而这一切，时代的震荡，生活的艰难与困厄，却没有给我最初的人生投下一丁点阴影，当属奇迹吧？这奇迹，我想，是距离创造的。是我的‘双城记’。”那么，这样的一种奇迹到底是怎样创造出来的呢？无论如何，这奇迹的主要创造者，都应该是那位目不识丁的奶奶。作为穷人家的长女，侥幸生存下来的奶奶，不仅目不识丁，而且还有着一个相当苦难的童年。为了维持家庭生计，幼年的奶奶，需要和她的母亲一起，依靠给别人浆洗衣衫来贴补家用。西北风刺骨的寒冷冬天，她们娘俩在手已经冻肿成“红萝卜”的情况下，依然要砸开冰凌去洗衣服。如此一种艰难情形，直令蒋韵在很多年后都一直叹息不已：“‘汴水流，泗水流，流到瓜州古渡头’，诗意而伤怀。那是别人的汴河，不是我奶奶的。奶奶的汴河，惠济河，是一家人的生计。是不管多苦多疼，也得忍耐的闺阁时期。”很大程度上，或许正是童年的如此一种艰难，最早锻造了奶奶坚忍强劲的生存意志。到后来，面对着家里经济状况的日益吃紧，毅然挺身独力支撑起这一切的，正是蒋韵这位目不识丁的奶奶。先是药品。因为原初分家时分到了一些药品，奶奶就在暗中偷偷地变卖这些药品，以补贴家用。须知，奶奶的如此一种行为，在那个异化了的时代，因其带有一定的黑市交易性质，所以是不被允许的。问题在于，“但即使担风险即使提心吊胆药品也终有卖完的一天”，怎么办呢？“奶奶就卖房子。叔叔和三姑都去外地读大学，十几间房屋的大院子就显得空旷。奶奶就把一半的房产卖了。目不识丁，一点没有理财头脑的家庭主妇，二话不说，卖了产业，就为了让她的儿女，有书念，让她的孙儿孙女，有饭吃。让日子有日子的样。”在蒋韵的记忆里，日常生活里的奶奶，总是会为一些小事而纠结，但在卖房子这样的大事上，她却大丈夫气十足地竟然一个人就做出了决断，真正可谓是“三下五除二”一般地雷厉风行。虽然母亲后来说那些房子卖亏了，但不贪心的奶奶所坚执的信条却是“够用就行”。“还有，要雪中送炭。不要锦上添花。”事实上，也正是依凭着家庭主妇奶奶的如此一种“杀伐果断”，才最终保证“生活的艰难和困厄”没有给幼年的蒋韵投下一丁点心理阴影。当然了，蒋韵他们之所以没有造成心理阴影，也还与奶奶她们那简直就是日以继夜的辛苦劳作紧密相关。这一方面，一个不容绕过的生活细节，就是奶奶和干奶奶她们糊火柴盒的劳作场景：“那手工钱，是以‘分’来计算，糊100只挣几分钱吧？”每每的，蒋韵们睡下的时候，奶奶她们开始干活，等到蒋韵们睡醒一觉的时候，她们依然在昏暗的灯光下忙碌着：“她们就这样伴着昏灯安静地熬夜，用自己的手，一分两分，一角两角，一元两元，用一百只、一千只、十万百万只火柴盒，换来了一个孩子永远怀念的‘岁月静好’。”就这样，虽然只是不多的几个生活细节，奶奶这样一个拥有坚忍生存意志与生活智慧的时代女性形象，就已经形神兼备地跃然纸上了。

面对张忌的长篇小说《南货店》（中信出版集团2020年7月版），首先引起我们思考的，是两个方面的问题。其一，何为“南货店”。所谓“南货”，专指长江以南盛产的食品，泛指北方没有的那些南方果品。顾名思义，既然有南货，也就会有北货与之相对应。由此可见，以南货为主要经营对象的商铺，也就是所谓的“南货店”。说到南货店，有这么两点不容忽视。一个是，它的出现，与中国南方近现代以来日渐繁茂的工商业活动紧密相关。比如上海，南货店的最早出现，就是在晚清时期。其繁荣鼎盛阶段，当为清末以及民国时期。再一个是，虽然以南货的经营为主，但在实际的运营过程中，也往往会把北货纳入到其中。因此，看似名为南货店，但实际上却是一种与普通民众的日常生计紧密相关的囊括了所谓“柴米油盐酱醋茶”的日用杂货店。当然，到了张忌小说所集中关注的20世纪70年代末期一直到90年代初期这样一个长达20多年的历史时段（尽管说小说的叙事触角也偶尔会延伸到20世纪前半叶的民国时期，但严格说来，主体故事的开始时间，却是“文革”已经结束的70年代末期：“‘文革’了，这派打倒那派，‘文革’结束了，那一派又打倒这一派，你父亲夹在中间，就是块夹心饼干。”而秋林的命运，由于受到父亲坐了牢监一事直接影响，也随之发生了重大的转折：“父亲入监后不久，秋林高中毕业，面临分配。秋林那一班，几乎都是干部子弟，分配时，大多数人都去了工厂这样的好地方，唯独秋林，被发配到了乡下的南货店。”小说的主体故事，就是从秋林进入南货店工作开始的。到了小说结尾处，在秋林私下写给齐师傅的悼词中，则出现了这样的叙事话语：“齐清风同志，于一九二三年九月十五日出生于本县，祖上皆在县城沥石街经营水产。”“齐清风同志在人世度过的七十年，是不平凡的七十年，在经历了人生的艰辛与磨难、奋斗与成功等种种酸甜苦辣后，他为自己生命的光辉历程画上了一个圆满的句号。”首先请注意，这段叙事话语中，张忌多用了一个“于”字。“于一九二三年九月十五日出生于本县”，前一个“于”字，完全可以省略。其次，既然齐师傅出生于一九二三年，那他去世的具体时间，也肯定就是一九九三年），由于国家社会体制发生根本变化，原本一直处于私营状态的南货店早已经通过公私合营的方式，被纳入到了政府所主导的供销社系统之中。对此，叙述者曾经借助于秋林工作调动之机做出过相应的介绍：“黄埠供销社属于区级供销社，供销社分四级，最顶上的是县供销社，下面是区，区下面是镇乡，再下面就是南亭南货店这样的合作商店。”这样的一段文字所勾起的，首先是笔者自己当年的一种乡村生活记忆。我们那个差不多拥有五千人口的村庄，只有一个如同秋林所最初供职的南亭南货店这样的基层供销社，一村人的日常生活物品，全都依赖于这个看起来不怎么起眼的供销社。值得注意的一点是，对于这个供销社，我们平常并不叫供销社，而只是径直地称呼为“合作社”。但到底为什么叫“合作社”，我却并没有细思过相关的答案。这一次，只有在读到张忌的《南货店》中的这一段文字之后，我才恍然大悟，原来，我们那时候口口声声的所谓“合作社”，其实是“合作商店”的一种简称。至于“合作”二字，更是可以溯源到20世纪50年代中期的公私合营那里去。唯其南亭南货店已经伴随着国家社会体制的改变而被纳入到了政府主导的供销社系统之中，所以也才会有秋林高中毕业后的被迫入职南亭南货店这样的事件发生。

其二，则是语言层面上对南方方言的有效征用。或许与以北方方言为基础的普通话长期以来一直处于主流的地位有关，一部小说作品，只要突破常规，较为频繁地征用南方方言，就会成为业界瞩目的焦点。不论是2012年同样发表在《收获》杂志的那部后来获得了茅盾文学奖的金宇澄的《繁花》，抑或是张忌的这一部《南货店》，具体情形均是如此。更远一点，甚至可以被追溯到韩邦庆当年那部纯粹征用沪语写成的《海上花列传》。区别在于，或许与受到普通话某种潜在的强力抑制有关，金宇澄和张忌他们已经明显收敛了许多，只是在接受条件允许的情况下，非常有限地征用南方方言，以此来相对应于他们意欲真切呈示表现的南方生活。即使如此，语言接受的问题依然严重困扰着这些作家，否则张忌也就无须在和弋舟对话时如此这般地专门谈及南方方言的征用问题：“关于方言，诚如弋舟兄所言，写《南货店》的确是有意地在强化。其实《出家》便有这个念头，但当时做得不像《南货店》这么彻底。这个主要还是写作上的一个需要，就像你说的，这是一个写南方的小说，如果我还是用北方的语言写，小说的气质肯定是不一样的。另外，我觉得对于写作者而言，方言写作是特别有利于叙述的打开的。我以前写东西，总有一种感觉，碰到好多的话，你想到了，你却说不出来。现在尝试用方言写作时，就会贴切很多，自己写得也舒服。特别是写对话，经常会有很过瘾的感觉。这种感觉可能像会喝酒的人，喝到位了。对于读者能不能接受，我并不是特别担心，因为这个语言并不是完全道地的本地方言，我用得最多的还是方言的句式，一些书面上无法理解的语词被我拿掉了。这一点，金宇澄老师有个特别好的看法，用方言写作，这个方言肯定是要有所改良。作为一个作家，我肯定也希望有更多的人来读我的作品，但是话退回来讲，如果没有，又怎么样呢？我觉得对我来说，写作最大的功能还是让我自己感到愉悦，这一部分，在我写作的过程中，已经得到了，我不能奢望太多。”[①]因为小说是语言的艺术，某种意义上，作家写小说，也就是在写语言。离开了语言，小说也将荡然无存。就此而言，张忌的体会非常到位，对于南方方言的有限征用，的确在很大程度上决定着作品的基本面貌与根本气质。比如，对于这部小说的故事情节发展发挥着关键作用的这样一句话：“秋林记牢父亲的一句话，父亲说，秋林，今朝起，侬就是一个大人了。”尽管肯定不是成长小说，但在《南货店》中，不仅潜隐着某种成长的艺术框架，而且这一艺术框架还具体地落实体现在秋林身上，却是显而易见的一种文本事实。从这个角度来看，促使青春年少的秋林迅速走向成熟的一个重要条件，就是他因为父亲坐了牢监客观上所形成的一种生活尤其是精神上的“失怙”状态。很大程度上，正是如此一种“失怙”状况，从根本上

---

① 张忌、弋舟《在无差别的世相中体恤众生之千姿百态》，见《南货店》473—474页，中信出版集团2020年7月版。

导致了秋林的迅速成长。父亲刻意强调的这句话，所强烈暗示的，正是如此一种情况。既然作为生活与精神支柱的父亲已然缺位，那秋林也就只能够迫不得已地迅速成长为“一个大人”了。从语言征用的角度来说，其中的“记牢”、“今朝”以及“侬”，毫无疑问都属于南方方言的范畴之中。因为这样一些南方方言的适度穿插，整个句子的腔调和味道便都显得有些与众不同。倘若我们把这几个语词置换为普通话的相应语词，虽然也能够传达出同样的语义，但从一种语言美学的角度来看，整个句子某种特别的腔调和味道便会一时间全部失却。说实在话，尽管张忌在和弋舟对话时曾经表达过会因此而丧失一部分读者的担忧，但身为北方读者的我，在阅读小说时却丝毫都没有感觉到会有方言方面接受障碍的存在。不仅没有阅读障碍，而且还会因为某种语言上的陌生化效应而获得特别的审美感受。由此可见，张忌关于南方方言的适度征用或许会影响阅读效果的担忧，其实根本就没有必要。

更进一步说，作为一部意欲透视表现中国南方城镇普通民众日常生活的长篇小说，张忌之所以要把一家南货店，以及以南货店为基础的供销社系统作为具体的聚焦对象，乃主要因为以售卖日杂用品为主要功能的南货店（扩而大之，也就是供销社），与普通民众充满烟火气的日常生活关系最为紧密。我们注意到，为了把普通民众日常生活的烟火气表现出来，张忌首先在各种器物以及售卖器物（或曰生意经）的描写呈示上下了足够大的功夫。比如，南货店中一段描写吴师傅包糖纸的精彩文字：“比如卖白砂糖，平日只包一层细纸，一层粗纸，现在会多包上一层粗纸。粗纸用多用少，不会上账，多包上一层，就多增了一分白砂糖的进项。这样做，一般都不会有人提出异议。有人提了，吴师傅也会跟对方解释，这次来的糖特别细。买糖要糖票，糖票珍贵，包得不仔细，漏了可惜。多包层纸，牢靠些。这样一讲，对方也就没多的闲话了。”再比如打酒：“打酒人来了，吴师傅也有办法。打酒不论斤，论提。酒提形如打水桶，垂直有一长柄。平日里打酒，马师傅总叮嘱，酒提要轻轻落，轻轻提。现在，吴师傅当家，碰到内行的，依旧轻轻落，轻轻提，碰到不内行的，酒提伸进酒埕里，手上就会用些力道，加快起落速度。这样，酒埕里的酒就会起泡沫，趁着泡沫未散，迅速舀起来，倒进客户的酒瓶。泡沫掩在老酒上，酒就可以少些，减些斤两。”看似只是南货店日常工作状态的一种描写，但细细品来，却也格外意味深长。首先，应该被看作是对一种器物美学的充分体现。关于器物美学，我曾经在一篇关于王安忆长篇小说《天香》的批评文章中有所论述：“在《天香》中，器物描写与人物描写之间构成了一种平分秋色的对等关系。首先是对于器物世界一种兴致勃勃的谈论。‘可是，阿潜忽然想到，纸与墨不也是由竹木而造？与弦管原是同根生，纸墨载字画，弦管则载清音；字画传文理，清音传天籁。再又想到丝线绫罗，可为衣被，衣被天下；亦可自为文华，华盖天下。都可谓之物用，而且一用生一用，近用生远用：近用于生计日常，远用于陶冶教化，至远则用于道。世上凡有一物降生，必有用心，人工造化，无一物是靡费。’虽然借助着小说人物阿潜的口吻，但这一段关于物性的深入思考，其专利权很显然应该归属于作家王安忆。从这样的一种谈论中，我们应该多少能够触摸到一些王安忆之所以要执着于器物描写的深层次缘由。如果说，其他的作家总是视物如无物一般无法认识到器物的存在价值，那么，到了王安忆这里，就有了一种对于器物本性的真切了悟。在王安忆看来，现实世界上存在的任何一件事物，都有其存在的道理，有其相应的物性，有其使用的价值。尤其值得注意的，是王安忆对于器物三层次价值的厘定和梳理：‘近用于生计日常，远用于陶冶教化，至远则用于道。’所谓‘生计日常’，乃是器物最低一个层次的价值，属于那种与日常生活息息相关的可以摸得着看得见的价值。接下来是‘陶冶教化’，这一点的提出，很显然与中国传统文化的强大影响有关，到了这个层次，王安忆所强调的物用重心就由可见的物质层面上升到了精神建构的层面。最后，当王安忆一力强调器物可以‘用于道’的时候，她事实上也就把对于物性的思考更进一步地提升到了哲学的层面。‘道’在中国的传统哲学中，是一个至高无上的带有强烈‘元’意味的哲学概念。这样，当王安忆把器物和‘道’联系在一起的时候，实际上也就意味着作家对于器物的尊崇理解，已经达到了一个相当特别的精神高度。说实在话，甭说中国作家，即使包括那些外国作家在内，就我个人有限的视野所及，如同王安忆这般重视器物，并且对于器物的理解达到如此一种程度者，确实是独一无二，真正是堪称独步。我们都知道有所谓人道主义者的说法，我想，如果简单地套用一下，王安忆是不是应该被看作是一个真诚的物道主义者呢？因为，一个无法被忽略的客观现象就是，并不只是这一部《天香》，联系作家其他的长篇小说，就不难发现，其实对于器物的重视和描写，可以说是王安忆一贯的创作特色之一。只有在认真地读过王安忆《天香》中这一段谈论器物性质的文字之后，我们才能够明白，实际上，这种物道主义，业已构成了王安忆一种特别重要的精神底色。沿着物道主义方向进入王安忆小说世界，将会使我们对于王安忆的小说创作产生一种新的理解与感悟。”[①]正如同王安忆在《天香》中不仅注重于器物的描写，而且也更总是借助于器物的描写而写人一样，张忌在《南货店》中也借助于器物与售卖器物的描写（也即所谓“物理”）巧妙揭示着人情。比如，吴师傅之所以要煞费苦心地在售卖器物时如此这般地斤斤计较，想方设法地“缺斤短两”，与秋林参加工作一个月后店内盘存时意外出现了两百元的缺口紧密相关。唯其必须很快地弥补亏空，所以，吴师傅他们才会想方设法地不惜违背职业道德，也要通过各种曲尽其微的售卖手段去从事经营活动。但在借助于器物以及售卖器物的活动凸显日常生活烟火气的同时，通过这样一个细节，张忌却也在不经意之间巧妙地写出了“文革”结束初期中国社会一种普遍的物质匮乏与经济乏力的状态。正因为物质匮乏和经济乏力，所以吴师傅他们几个人才不得不为了弥补区区二百元的亏空而不惜费尽心机。

军旅作家石钟山新近一部长篇小说《五湖四海》（《当代·长篇小说选刊》2020年第4期）的主人公刘天右，是一个不折不扣的农籍军人。顾名思义，所谓“农籍军人”，意指那一类出生成长于乡村世界，后来有机会参军，进入部队的军人。其实，只要是对新时期以来的中国小说创作稍有了解的朋友，就都知道，如同莫言和阎连科这样取得了突出思想艺术成就的杰出作家，都属于典型不过的农籍军人。农家子弟刘天右，之所以能够有机会成为一位军人，与他那超乎一般的吹唢呐技艺之间，有着

① 王春林《闺阁传奇·风情长卷》，载《文艺争鸣》2011年第12期。

格外紧密的内在关联。刘天右的父亲刘德旺，就是一位远近闻名的吹鼓手，也即祖传的唢呐艺人。正是在这样一位唢呐技艺超群的父亲的言传身教下，双胞胎的刘天右和刘天左兄弟，方才在小小的年纪就吹得一手好唢呐。没承想，到最后，无意间改变了刘天右人生命运的，就是他的吹唢呐技艺。父亲刘德旺，因为喝酒过量后逞能吹唢呐而炸肺，不幸死在了邻人家的婚礼上。三天后，刘德旺出殡下葬，两个儿子便满怀悲痛地用如泣如诉的唢呐声为他们的父亲吹奏。没想到，他们俩的吹奏声却意外地惊动或者说吸引了恰好前来靠山大队一带征兵的郭队长一行："郭队长是军中文艺宣传队的队长，他是吹小号出身，他对乐器有着天生的敏感，这次接兵他的任务就是发现具有文艺天赋的好苗子。"按照郭队长的本意，他想要把双胞胎兄弟俩一起都带到部队去。关键的问题是，父亲刘德旺不在了，可母亲杜桂花还在，身边总得留一个孩子照顾她的日常生活起居。然而，对母亲来说，手心手背都是肉，谁去谁留似乎都不合适。万般无奈之下，身为兄长的刘天右，主动提出了抓阄的办法。抓阄的过程中，先出手的弟弟刘天左只是抓到了一张白纸。当刘天右追问弟弟，是否还要继续查看另外一张纸块的时候，刘天左摇摇头。然后，"天右慢慢把手收回去，纸团就在手里握着，他身子有些抖，直勾勾地盯着弟弟天左"。到后来，我们才知道，刘天右在抓阄的时候，之所以会有如此一种精神失态的表现，并不仅仅是一时激动失控的缘故。更重要的原因在于，刘天右在"制阄"的过程中做了手脚。正是借助于这样一种欺瞒的方式，刘天右方才得以穿上军装，成为了一位在乡人心目中充满荣耀感的现役军人。等到很多年之后，刘天右带着忏悔的心态向被欺瞒的弟弟真心道歉的时候，他们兄弟俩不同的人生命运轨迹，其实早已被铸定了。

然而，仅仅是穿上军装，成为部队的文艺兵，还算不上人生命运的根本改变。只有由普通的士兵转为干部，也即提干之后，他才可以不再复员回乡。幸运处在于，由于自己一贯的不懈努力，在一次全军区的文艺汇演中获得了一等奖，所以，刘天右才幸运地得以在入伍三年的时候提干：“天右当满三年兵的时候提干了，是军队干部改革最后一批直接从部队提干的，他搭上了最后一班车。”究其根本，整部长篇小说之所以要从刘天右提干后送喜报的队伍进村写起，关键就在于这一次提干对于刘天右来说，有着太过于重要的意义。也因此，刘天左才会“哽着声音说：妈，我哥提干了，他是部队干部了，以后就是国家的人了。”一个无法否认的事实是，在如同靠山屯这样的乡村世界里，村民们还是很把刘天右的提干当回事的。前屯的何有奎，之所以要把自家那位已经是代课教师的女儿何凤娇下嫁给普通村民刘天左，正是因为刘天左有刘天右这样一位“有出息”的兄长。尽管说后来因为没有能够如期所愿地在刘天右这里借上光，何凤娇竟然不管不顾地又和刘天左离了婚，但她曾经因为刘天右的被提干而嫁给刘天左，却是一种客观的事实存在。问题在于，对于已经成为部队干部的刘天右来说，仅仅有乡村世界的承认，是远远不够的。他所迫切希望的，是能够通过提干，在不再被迫复员返乡的同时，更好地或者说尽快地融入到自己所长期向往的城市生活之中。这样一来，自然也就有了刘天右和秦军长的养女付瑶之间长达数十年之久的情感纠葛。

如果说石钟山的《五湖四海》既是一部社会小说，也更是一部情感小说，那么，其中情感的聚焦点，也就集中体现在刘天右和付瑶这两位男女主人公身上。由于出身差异过大，他们两人情感的主动方，不管怎么说都只能是家庭条件非常优越的付瑶。用付瑶自己的话来说，她第一次看刘天右在台上吹奏唢呐的时候，就已经迷上了他："举手投足是那么帅气，他每个动作、每一丝表情都那么自信和帅气。"正因为如此，所以，她才会让养父秦军长专门去找刘天右来教授自己吹奏萨克斯。事实上，也正是在他们日渐密切的交往过程中，付瑶意识到自己已经不可救药地爱上了这个乡村出身的朴实小伙："付瑶也说不清是怎么一步步爱上刘天右的。也许从看他第一次演出时，就被刘天右迷住了。此时，她喜欢的音乐和刘天右已经融在了一起，彼此不再分开了。付瑶脑子里装的都是音乐。一想起音乐就会想起刘天右。"付瑶如此这般地迷恋刘天右，刘天右无论如何都没有理由拒绝这份感情。但横在他们之间的一个巨大鸿沟却是，身份的障碍。不管怎么说，我们都难以想象，如同刘天右这样一位只能复员返乡的普通士兵，竟然可以和身为一军之长养女的城市姑娘走到一起。从这个角度来看，刘天右的提干，就有着突出不过的及时雨性质。但就在付瑶以为自己可以如愿以偿地和提干后的刘天右走到一起的时候，他们之间的爱情却不期然地遭遇到了巨大的阻力。这方面的阻力，主要来自付瑶的母亲王香梅。从最初察觉到女儿付瑶情感波动的那个时候起始，王香梅就一直在想方设法地采用各种方式阻止他们走到一起。一方面，由于生母的坚决反对和硬性干预，另一方面，也因为刘天右的中途退缩（请注意，正所谓"癞蛤蟆想吃天鹅肉"，身为一位农籍军人，虽然已经侥幸提了干，但刘天右却仍然深知无论是家庭，还是自身，与付瑶之间所存在着的巨大差距。如此一种客观差距，再加上王香梅的坚决反对，他和付瑶之间结合的可能性几乎等于零。他之所以在被“下放”到边境连队后，连一封信都没有给付瑶回复，其根本原因正在于此），尽管付瑶自己也做出了很多的积极努力，但最终的结果却也只能是棒打鸳鸯之后的劳燕分飞。在付瑶被迫与自己并不爱的宋一达医生结婚之后，刘天右也在几经周折后，和省城一位名叫葛笑笑的厅长家女儿结婚成家。

也因此，问题的关键显然在于，身为知识女性的王香梅，为什么一定要反对并强势干预女儿付瑶的情感婚姻生活呢？难道说，她真的只是嫌弃刘天右的农籍军人身份吗？答案其实是否定的。不是说门第之间的差异就不起作用，而是说，相比较而言，更为根本的作用却表现在其他方面。以我愚见，正是对王香梅反对并强势干预付瑶情感婚姻理由的揭示过程，构成了石钟山这部长篇小说最值得肯定的一个地方。在和宋一达结婚的前一天晚上，付瑶和王香梅之间，曾经有过这样一段对话。“母亲终于说：你是不是恨妈妈？”/“她听了这话，突然停下手里的动作，但没有回头。”/“母亲深吸了一口气，说了句没头没脑的话：要是你亲生父亲在，妈不会干涉你的婚姻。”/“她把目光盯向母亲，母亲避开了她的目光，把目光定格在她旅行箱底放着的那本影集上。”其中最引人注目的，毫无疑问是母亲那句没头没脑的话语。这样一来，一个不容回避的问题，也就随之而浮出水面，那就是，付瑶亲生父亲的存在与否，为什么会直接影响到王香梅对待女儿婚姻的态度。实际的情况是，借助于母亲这句没头没脑的话语，作家首先揭示出了付瑶到底为什么从一开始就特别迷恋刘天右：“在音乐的曲调里，她想到了那片树林里走过的春夏秋冬，他的一颦一笑，他教她吹奏乐器的样子，最后他的音容和舞台中的刘天右叠化在一起，猛然她发现，刘天右是那么熟悉，不，是某种亲切。她心里呼啦下，被拉开了一扇门，一下子透亮起来，最后，刘天右演出的样子和父亲影集里的形象叠合在一起。他们的神态，以及站在台上的样子是那么的一致，她有了这个发现，再定睛去看刘天右时，恍若时光倒流，站在台上演出的不是刘天右而是自己的父亲。”只有到这个时候，到付瑶马上就要和宋一达一起步入婚姻殿堂的时候，她才突然间搞明白，自己到底为什么从一开始就特别迷恋刘天右：“直到这时，她才突然明白，原来刘天右和父亲是那么相像，虽然他们眉宇之间和长相并不是一个人，但那神态和演出时的自信，举手投足仿佛是父亲投胎转世到了刘天右身上。”从付瑶突然间被唤醒的这种感觉出发，石钟山终于触摸到了她会不管不顾地爱上刘天右的一种潜意识层面的原因：“那天她找到了爱上刘天右的原因了，是这本影集让她了解认识了不曾谋面的父亲，现实中的刘天右唤醒了她的某种记忆，这种亲切自然的过程她竟毫无察觉。”从精神分析的角度来说，尽管养父秦军长对付瑶一直呵护有加，但生父的过早去世却仍然构成了付瑶潜意识深处某种永远都难以抚平的伤痛。唯其生父的缺位，所以她才会在现实生活中下意识地寻找生父的“替代品”。刘天右在某种程度上所“扮演”的正是这样的一个角色。在其中，一种恋父情结的存在，恐怕是无法被否认的文本事实。

其次，王香梅这句没头没脑的话语中所隐约透露出的，也正是她之所以会不管不顾地坚决反对付瑶与刘天右情感的深层次原因。对于这一点，石钟山在小说中也有着明确的揭示：“她当初不让付瑶再走自己和亲生父亲的路，这是她的心结。自己年纪轻轻就失去了丈夫，她把这一切归结于自己的命不好，因此厌倦了从事的职业。她千百次试想过，要是付瑶的爸不是演员，就不会出这样的事，她是爱丈夫的。付瑶亲生父亲牺牲好久，她仍然不能让自己回过神来。”尽管在和秦军长结合后，长期过着养尊处优的生活，但在王香梅的内心深处，对演员丈夫的牺牲，却一直都未能释怀。她之所以不仅反对拥有音乐天赋的女儿从事文艺事业，而且千方百计地阻挠付瑶和刘天右的情感，根本原因正在于此：“为了不让女儿再从事自己的职业，她百般阻挠，潜意识里，就是离文工团越远越好，似乎远离了她才会遗忘。她不仅规划了付瑶的事业，还干涉了她的爱情。一切都是为了让女儿远离她的伤心之地。”一方面，我们必须承认，王香梅的干预是相当成功的。正是在她特别强势的“棒打鸳鸯”的筹划下，付瑶和刘天右只能在劳燕分飞后，各自成立了其实根本就与爱情无涉的小家庭。付瑶与宋一达医生之间的感情淡漠，是无可置疑的一种客观事实。需要稍微展开一说的，是刘天右和葛笑笑之间，到底有没有爱情存在的问题。这一方面，他们两人结婚前的一段叙事话语颇堪耐人寻味：“有次晚上失眠，他想象自己和葛笑笑如果结婚，方方面面都想到了，突然意识到，谈恋爱不是简单两个人的事情，如果葛笑笑的父亲不是商业厅长，自己会同意么？葛笑笑和付瑶、吴小红等人比，长相不算难看，但肯定不如她们。他又想到了自己，如果自己不说是孤儿，葛笑笑会同意么？他不敢想了，摇摇头把杂念驱走。”一个人在婚前不自觉地进行以上各种比较的行为本身，就说明了他们之间感情的纯度存在问题。再加上，刘天右之所以一定要找一个城市里官宦人家的女儿结婚，原本就是为了能够很好地解决下一步自己转业后的就业问题。更何况，在刘天右的内心深处，其实一直都牵挂着付瑶。几方面因素综合在一起，一种合理的判断就是，在刘天右与葛笑笑之间，恐怕根本就谈不上什么爱情。如果有，那也只能是亲情，是一种建立在亲情基础上的怜惜之情。事实上，关于葛笑笑这一人物形象因难产而死的情节设定，我个人认为，未必那么合理。从根本上说，石钟山之所以一定要“置葛笑笑于死地”，主要原因正是要为刘天右与付瑶最终的“破镜重圆”铺平道路。假若一直有葛笑笑这样一个人物横亘于男女主人公之间，那小说最终的故事走向显然就是不可能的。也因此，从作家所试图实现的艺术目标出发，葛笑笑只能以如此一种其实不尽合理的“被安排难产”的方式离开这个世界。但在另一方面，我们却也可以说，王香梅的干预是失败的。她拼命地想要付瑶弃艺从医，成为一名医生，但付瑶后来却决绝地弃医从艺，最终还是依凭自己的努力，考入了省歌舞团。她千方百计地想要阻断付瑶和刘天右之间的情感关系，到最后，却是“抽刀断水水更流”，却是小说结尾处，付瑶那义无反顾的情感追求：“他扭过头，看见付瑶站在车厢的过道里正在冲他微笑。他一时没有反应过来，她说：师傅，你不会再丢下我了吧？”

不管怎么说，王香梅以她自己现实生活中的失败，最终成全的，却是石钟山写作上的一种艺术成功。能够通过刘天右和付瑶之间一波三折的情感故事，最终强有力地揭示出王香梅和付瑶这两位女性形象人性世界的精神分析学深度，乃是石钟山这部《五湖四海》思想艺术层面上的最值得称道处。

无论如何，中国作家莫言在2012年荣获诺贝尔文学奖，是一个拥有极重要意义和价值的文学史事件。随之而来的一个问题就是，获奖之后的莫言，到底能不能打破所谓的“诺奖魔咒”，能否顶住荣誉带来的巨大压力，不仅继续自己的文学创作，而且还能够保持相对稳定的思想艺术水准。一方面的情形是，获奖之后的很长一段时间内，莫言的确没有什么作品发表，似乎的确陷入了创作的“低谷”状态。但在另一方面，实际的情形却是，莫言一直都没有停止过文学创作方面的思考和努力。这一点，只有在他的短篇小说集《晚熟的人》（人民文学出版社2020年8月版）正式问世之后，方才得到了强有力的确证。我们注意到，在这部短篇小说集中，专门附有一个“本书作品创作年表”。由这个年表可见，其中的小说分别集中创作于三个不同的时期。一个是初稿于2012年5月，定稿于2017年8月。毫无疑问，倘若不是因为受到这一年10月份诺奖的影响，他的这三个短篇小说早就发表了。其中创作于2011年的《澡堂与红床》，自然也可以被归入到这个阶段。再一个是2017年，《等待摩西》等四个短篇小说，均创作于这个时期。再有，就是剩下的四个短篇小说，它们全部创作于2020年的疫情期间。如此一种创作情形，再加上同时期完成的一些诗歌作品，以及发表在《人民文学》杂志的戏曲剧本《锦衣》（还包括一篇带有先锋探索意味的诗体小说《饺子歌》），三者叠加在一起，就充分证明，所谓的“诺奖魔咒”其实并没有对莫言构成多么大的困扰。作家以其足称坚忍强大的写作意志，证明着自己作为“文学王者”之一的创作实力。

具体到这部《晚熟的人》，其中共收入莫言近十年来的短篇小说作品十二篇。或许与短篇小说这种文体形式的限制有关，与莫言早期作品那样一种滔滔不绝、汪洋恣肆的创作风格相比较，这部《晚熟的人》显得特别节制、内敛而沉静。但从思想内涵的角度来看，无论是对现实和历史的批判力度，抑或是对复杂人性世界的揭示深度，却都丝毫未减。其中的一些篇什，甚至可以让我们联想到以短篇小说创作见长的鲁迅先生。

其中，那一篇被作家拿来用作书名的《晚熟的人》，就在进行资本批判的同时，也对人性有着不无犀利的洞察和揭示。所谓“晚熟的人”，在小说中专指那位在市场经济的时代里如鱼得水地巧妙利用“我”也即作家莫言的文学资源而大发横财的邻居蒋二。“几十年前，蒋二脑子曾经出现过一点儿问题，村里人都把他当傻瓜看待，但事实证明，他是村里最精明的人。”蒋二的精明，主要表现在他极其巧妙地利用“我”获奖的机会以各种手段敛财，不仅在“我”的旧居旁边摆摊卖书，而且还兼营当地的各种土特产，甚至还煞有介事地举办了真正可谓是“声势浩大”的“高密东北乡首届滚地龙拳国际擂台赛”。以至于，即使是声名远播的“我”，也得对这个“晚熟的人”“刮目相看”大发感慨：“蒋兄，离上次见面不过五年，想不到您竟然成了大老板，而且，文化水平好像也有了很大提高。”接下来，作家写道：“我的话里其实含有讥讽之意，因为我们一起上小学时，这个蒋天下，是以鲁钝著称的，上学五年，勉强升到三年级，老师见了他就头疼。”这样一位简直可以说是不学无术的“晚熟的人”，竟然可以风生水起地混成了老板，所说明的，只能是当下这个时代的粗鄙与不合理。细细想来，“晚熟的人”的这种表述中，一种反讽讥刺意味的存在，是无法被否认的客观事实。只有在这个意义上，我们才能够读明白一再出现于文本中的“晚熟”二字。“我陡然间又晚熟了一个量级，明白了这一切不过是一场戏，编剧和导演都是坐在我身边这位晚熟透了的蒋天下蒋总。”唯其如此，等到小说即将结束，当“我”在深夜的电话里获悉蒋二的擂台和滚地龙展览馆被推土机摧毁的时候，才会意味深长地强调：“继续晚熟吧”。

如同《晚熟的人》一样具有深刻的现实与人性批判意味的，是那篇标题就带有鲜明戏谑色彩的《诗人金希普》。我们都知道，所谓金希普，毫无疑问是从俄罗斯大诗人普希金那里巧妙化用而来。小说中的这位金希普，其实是一个不折不扣的文学骗子。他不仅在名片上赫然印着“普希金之后最伟大的诗人：金希普”这样大言不惭的言辞，而且还在大庭广众的场合下自诩“截至目前，我已出版诗集五十八部，荣获国际国内重要文学奖项一百零八个，我现在是国内外三十八所著名学府的客座教授，去年我去美国访问时，曾与美国前总统克林顿在林肯中心同台演讲，受到了一万一千多名听众的热烈欢迎……”金希普行骗的具体罪状之一，就是言之凿凿地许诺一定能给“我”表弟，笔名为宁赛叶的秋生谋到“电视台副台长”的职位。没想到的是，钱花了一堆，事却没有办成。到头来的结果，竟然是宁赛叶的父亲，也即“我”姑父的一命呜呼：“我不能说姑父是被金希普气死的，但这件事毫无疑问是姑父心脏病发作的诱因之一。”尽管金希普后来一直口口声声强调自己不是骗子，强调自己“有一颗善良敏感的心”，但这一切自辩却只能被看作是他的虚伪。能够在简短的文本篇幅内传神地勾勒出金希普这样一位文学骗子的形象，所说明的，正是莫言艺术表现能力的非同寻常。

与此同时，值得注意的，还有《地主的眼神》这一篇。小说之所以被命名为“地主的眼神”，乃因为叙述者“我”上小学三年级的时候，曾经写过一篇同名的作文。在其中，“我”曾经写道："……同志们，眼睛是心灵的窗户，让我们睁大眼睛，去看一看我们身边的那些地主、富农、反革命分子、右派分子的眼睛，看一看他们的眼神……"在那个阶级斗争为纲的时代，地主孙敬贤因此而遭到批斗的结果可想而知。但小说的用意却更在于写出孙敬贤其人人性世界构成的复杂程度。一方面，他地主成分的获得，与他那种"打肿脸充胖子"的炫耀心理紧密相关；另一方面，现实生活中的他，却也有着欺辱儿媳妇的卑劣行迹。以上几方面结合在一起，莫言所写出的，也就是一位人性构成相当复杂的地主形象了。

虽然由于篇幅的限制，我们不可能对《晚熟的人》中的十二篇小说作品逐一展开文本分析，但正所谓窥一斑而知全豹，通过以上几篇作品的解析，就不难发现，虽然有着诺奖的巨大压力，但莫言依然能够保持相当高的思想艺术水准。也因此，对作家此后的文学创作，我们理应一如既往地抱有极大的期待。

先后两次认真阅读林那北中篇小说《床上的陈清》，所得到的感觉竟然是相同的。那就是，虽然只是一部字数只有四万多字的中篇小说，但其实际的文本容量，倘若尽情地铺展开来，却差不多可以用长篇小说的文体形式来承载。在很多作家都以"注水"的方式尽可能地把短篇拉成中篇，把中篇抻成长篇的时候，林那北能够反其道而行之，能够以这样一种高度浓缩的方式，完成一部中篇小说，其认真严谨的写作态度本身，首先应该得到充分的肯定。

小说之所以会被命名为"床上的陈清"，原因或许有二。一是故事开始的时候，具体时间已经是新冠肺炎肆虐的2020年。

八十九岁高龄的陈清，这个时候已经因为脑溢血而被迫在医院的病床上躺了三年多时间。虽然女儿陈珊和妻子俞小静都希望他的生命能够延续更长的一些时间，但终归天命难违，不得不撒手人寰。很大程度上，作家的小说叙事，正是面对着卧病在床的陈清而渐次铺陈展开的。但相比较来说，更重要的原因，恐怕却与他那总是被捉奸在床的风流韵事紧密相关。在婚后不算很长的时间内，陈清不仅先后三次被妻子俞小静捉奸在床，尤其最后竟然因为与保姆珠子一起上床而令俞小静大跌眼镜："俞小静不能理解自己这样柔软修长的身体，活脱脱摆在床上可以无限循环享用，可是陈清却把珠子这样的身体也摆到同一张床上跟她并列了。胸口那里有一百面铜锣连天敲响，她细嚼一下，嚼出屈辱。"问题在于，既然身边已经有着不仅貌美如花，而且身材骄人的妻子，陈清为什么还要屡屡与如同珠子这样其貌不扬的女性犯禁出轨呢？细细想来，这一点，只能从精神分析的角度才能够得到有效的解释。其一，才五岁起就开始练芭蕾舞蹈的俞小静，其一生所寄托甚深者，终归不过舞蹈二字。因为酷爱舞蹈，她不仅不喜欢睡眠，而且也不喜欢床，以至于"入夜后身体好像只是勉强借给床用一用，然后就匆匆讨回来"。如此一个只知道心无旁骛地追求舞蹈事业，连床都丝毫不留恋的女性，对床上的性事也一定谈不上有什么兴趣。其二，俞小静虽然貌美如花身材姣好，但她身体上最致命的一个弱点，就是乳房的干瘪。而这，却正是珠子的骄人之处："她跟俞小静最大的不同就是胸，那里很醒目地往外隆。"很大程度上，正因为珠子有着两只"鼓得像小篮球"一样的乳房，所以她才最终获得了摄影师陈清的青眼有加。

事实上，也正是先后三次的捉奸在床，不仅使他们夫妻俩对自己的婚姻充满了失望之感，而且也促使他们对自己的数十年人生有所回望和反思。陈清说：“这事几十年来我也想过很多次。如果我回来，跟着父母和两个姐姐一个妹妹一起去台湾，就不会遇到你，你也不至于受牵连被赶下舞台。这个，太内疚了。你天赋那么好，那么喜欢跳舞，付出那么多汗水……真的很抱歉，这么多年，这句话一直在嘴边，我都说不出口……”俞小静紧接着说：“不是，也不全是因为你。其实还跟我母亲有关……都是命吧。我最心酸的就是这个，有天赋没用，多喜欢多努力也没用，平白无故一个浪突然打过来，就被吞掉了，一点余地都没有。”唯其已经真切感受到了什么叫作命运吊诡，造化弄人，陈清和俞小静他们才会在回顾自己的数十年人生时发出如此一种“都是命”的浩叹。一般来说，只有在文本篇幅相对巨大的长篇小说中，作家才有望把一种变幻无常的命运感表达出来。林那北的难能可贵处在于，仅仅以四万多字的篇幅，就把这种命运感相对成功地传达出来。

面对着无处不在的命运罗网，小说中几乎出场的每一个人物都无法逃脱。比如，那位不仅对乳母芬姐的儿子赖安（也即安安）产生过初恋，而且还曾经发狂地倒追过教历史的班主任姜和平的大女儿陈尹，虽然一度貌似战胜了命运，实现了自己的人生理想，用她自己不无自得的话来说，就是：“要说理想，我当年的理想很简单，就是要比我妈强，不能嫁个你这样的丈夫……噢，抱歉！我也做不了她那样的女人，丈夫一次次出轨，她能一次次无所谓。还有，我也不能生一个我这样的子女……真的，我都做到了，你就放心吧。”但此后所发生的事实，却构成了对陈尹这一番言论的解构与嘲讽。尽管很多年前就已经传出丈夫姜和平有外遇的消息，但陈尹却无论如何都不肯相信，一直到姜和平发给她一张婴儿的照片，并告诉她这是会计李莉替他生的儿子的时候，陈尹才不得不面对残酷的现实："接下去的日子陈尹不再画画，抗拒离婚和争夺财产成了她生活的全部内容。"心性一贯孤傲的陈尹，根本就不可能料想到，带有明显邪恶色彩的命运，早已伏在前路上伺机出击。自以为已经避开了生母俞小静"丈夫一次次出轨"的不幸命运，没想到，到头来，丈夫姜和平送给自己的"礼物"，却是和会计李莉生出的私生子。

再比如，那位一心一意地想要在舞蹈事业上有所作为的俞小静。从五岁跟着俄罗斯老师学习芭蕾舞起，俞小静一生的命运就和舞蹈紧紧系在了一起。为了实现自己的舞蹈理想，她既能够无视和丈夫陈清之间的床上性事，更可以不把亲生女儿的生长当回事。正因为如此，也才会有陈尹和陈葶她们姐妹俩后来在感情上对亲生父母的疏离。"陈尹和陈葶小时候的经历很相似，出生不久，就被送到郊区平田村芬姐的家里，先是陈尹，后是陈葶。"既然出生不久就和芬姐生活在一起，时间一长，她们与芬姐情感的亲近，与亲生父母的疏离，就是一种必然的结果。更何况，正如同俞小静的缺乏母性一样，陈清也缺乏必要的父性："陈清就不知再说什么了。并非所有女人都有母性，有些人天生就没有。他自己父性多吗？也没多少。"也因此，虽然十五岁的陈尹和十三岁的陈葶，到后来终于从平田村，从芬姐身边回到了城里，回到了亲生父母身边，但她们的感情却一直都维系在芬姐身上。这一方面，有两个细节不容忽视。一个是芬姐因肺癌去世时，陈尹和陈葶出人意料的披麻戴孝："此时陈尹和陈葶都披着麻衣，头上戴着孝帽。芬姐两个亲生儿子穿这些很正常，陈尹、陈葶也穿，果然是把芬姐当亲妈了。”与此形成鲜明对照的是，等到陈清自己后来因中风在医院里躺了三年去世之后，在国外的陈尹和陈萼都没有回来。再一个，则发生在陈尹的漆画展在北京举办的时候。那一次，观展者在展台最中央发现了一位中年女人的半身像：“白衬衫黑长裤，利索的齐肩短发，肤色泛白，又隐隐有光，脸仰视前方，眼皮微垂，唇微启，仿佛在笑，五官与肌体却清晰地布满忧伤。”这幅中年女人的半身像，不仅被命名为“芬姐”，而且还被特别标明为“非卖品”。何以如此？陈尹给出的回答是，因为“她是我母亲”。应邀专门前来观展的陈清和俞小静他们，无论如何都没有料想到如此一种情形的出现：“陈尹居然为芬姐弄出这么大一幅画，她说芬姐是她母亲。”究其根本，陈尹和陈萼之所以会如此这般地亲近依恋芬姐，与母性匮乏的俞小静对她们长期的疏离紧密相关。正所谓“种瓜得瓜，种豆得豆”，先有俞小静对陈尹陈萼的疏离，也才会有陈尹陈萼姐妹俩对生母情感距离的最终生成。

其实，也不只是以上几位主要人物，其他的一些人物形象。也都同样不同程度地被笼罩在广阔无边的命运罗网之中。比如，那位有着菲律宾血统的珠子。任谁都难以想象得到，虽然只是和雇主陈清偶然间的一次偷情上床，她就不仅会有孕在身，而且还会生下儿子阿贵来。这样一来，也才会发生阿贵后来主动请缨去照顾生父陈清的行为。也因此，作家林那北才会借助于叙述者之口而大发感叹：“这世界真是又小又逼仄”。很大程度上，唯其这世界“又小又逼仄”，也才会有充满命运感的阴差阳错人生故事的生成。而林那北，能够在《床上的陈清》这区区四万多字的篇幅中，通过精神分析手段的精妙运用，相对成功地传达出某种笼罩一切的命运感，其思想艺术构型能力的非同寻常，不管怎么说都应该得到充分的肯定。

海外华人作家张惠雯，近些年来一直在短篇小说这一文体上用力，取得了相当令人瞩目的写作成绩。或许与她长期置身于域外的生活经验紧密相关，出现在她笔端的，也往往是那些已经移民到国外的华人的日常生存状态。尤其值得特别注意的一点是，作家那看似寻常实质格外犀利的笔触，也往往会直指这些海外华人的精神命穴所在。《玫瑰，玫瑰》（载《收获》杂志2020年第3期）就是这样一篇因其对人性的某种独到发现与书写而读来令人触目惊心的短篇小说。

依照我现在的阅读习惯，对于那些自己感兴趣并且准备作评的小说，无论篇幅大小，最起码都要格外认真地阅读两遍。当然，有些小说，肯定也还连读两遍都不止。这一次面对这篇《玫瑰，玫瑰》，我就是在读第二遍的时候，忽然产生了某种跨时空的联想，由张惠雯的这篇小说而进一步联想到了现代作家吴组缃的短篇小说名作《菉竹山房》。《菉竹山房》采用了第一人称的限制性叙述方式，借助于叙述者“我”和妻子阿圆重返故里，遵母命前去探望早已寡居多年的二姑姑的一次行程，揭示了旧时代女性一种自我禁锢的悲剧命运。二姑姑也即当年那位绣蝴蝶的小姐，与一位翩翩少年虽然两情相悦，却因年少的一时蛮撞而难以得到家长的认可。一直到翩翩少年因故翻船不幸身亡，年仅十九岁的二姑姑竟然想要自缢的时候，他们的婚事才被应允。于是，这位年仅十九岁的少女，就抱着灵牌，嫁给了这位逝去的亡灵，一寡居就是很多年。但正所谓“人还在，心不死”，令人惊异处在于，就是这位已经是满脸“苍白褶皱”的二姑姑，到了晚上却竟然要偷偷地来听“我”和阿圆的房。别的且不说，仅只是夜半听房这一细节，就已经写尽了身为女性的二姑姑寡居多年的过程中那种无法言说的内心苦楚。但只有在先后两次认真地读过张惠雯的短篇小说《玫瑰，玫瑰》之后，我才不无惊讶地发现，尽管具体的表现方式以及成因各异，但类似于二姑姑这样人性被禁锢的人生悲剧，竟然在早已完成现代化转型很多年之后的21世纪的美国，仍然继续上演着。

《玫瑰，玫瑰》具体采用的，也是类似于《莫竹山房》那样一种第一人称的寻访模式。第一人称叙述者“我”，应当年的大学女同学秀钰之邀，前往她和先生的缅因州私宅做客：“经由她的描述，我得知她先生在以风景著称的缅因州某地买了座面海的小山，他们在山上建了一座大房子。”由于身为“校花”的她，不仅很早就和“校草”，一位大三的男生固定了交往，而且后来还跟着这位男生出国，所以，在去往缅因州的路上，“我”便禁不住要猜测，难道说她的这次邀约是要向“我”刻意展示自己“优越的生活”与“幸福满足”吗？但“我”无论如何都没有料想到，出现在面前的他们俩竟然会是一身暮气沉沉的样子：“下车后从近处看到他俩，给我的震动更强烈，以至于我难以自然流畅地说些久别重逢的寒暄。刚才门廊上的两个身影只是给我黯淡、迟缓的印象，从近处看，这两个人则显老得厉害。”原本不仅正当中年，而且还享受着优越物质生活的他们，不管怎么说，都不应该呈现如此一种境况。更进一步说，从他们的“全身各处”所散发出的，竟然是难以形容的“一股暮气”“一种全面的溃败、衰退”。面对着这样一种非同寻常的状况，“我”一时陷入了找不到答案的困惑之中："她看起来老态毕露。在她身上，能被称为能量、活力、光彩的那些东西似乎全都消失无踪。我非常困惑，究竟是什么让一个美丽的女人变成这样？是什么无形中榨干了她温热的汁液？"是啊，这一切到底是为什么呢？为什么会出现如此一种不合常理的异样情况呢？事实上，也正是这样的一个疑问，从根本上构成了推动故事情节向前发展演进的艺术悬念和基本动力。

事实上，也只有到小说快要结束，"我"终于获得了一次能够和秀钰长谈的机会的时候，这一根本问题的谜底才被当事人自己彻底揭开。却原来，问题的关键在于，由于秀钰先生身体不做主，他从来都没有能够在身体上给予过秀钰相应的满足："问题是他有病，他一直有男人的那种病。很多年了，我们俩没有夫妻生活。""结婚不久就有这个问题，一开始以为能治好，后来知道不行。"尤其值得注意的是，虽然秀钰早在大三时就已经和她后来的先生确定了关系，却始终都没有突破所谓男女之大防："啊，说起来你不相信，我们恋爱了三四年，但那时候从没有在一起，我们一起到了美国以后才住在一起的。他是个特别单纯的男人。"引起"我"的强烈疑问甚至不满的地方，也正在此。既然已经明确意识到了问题的存在，并且这个问题也根本就不可能解决，那秀钰为什么仍然决定要留在她先生身边呢？对此，秀钰给出的答案是："那么多年的感情，又结了婚……怎么能因为这个离开他？那时候是不会这么想的。""后来呢？""后来……就习惯了。"果然习惯了吗？究其根本，其实还是无法彻底习惯。即使是秀钰自己，也料想不到，在不期然之间，自己的身体欲望就会跑出来大造其反。这一方面的情形，自有她的自述为证。一方面，“我不能离开他，我要是离开他他会受不了的，你不了解他，他自残起来太可怕了！他可能会自杀……慢慢就习惯了。”但另一方面的情形却是：“可是……就是有时候觉得受不了，觉得自己太委屈了！我觉得自己像是没有活过，我的日子全荒废了，再也不会有孩子……啊，有时候我真受不了，受不了，我想对一个人说……你知道我信了教，我是个教徒，我知道这么想是罪，但有时还是……啊，求主饶恕我！”尽管秀钰的自我坦白言辞中肯定也会有所躲躲闪闪，但我们却也的确能够从她的话语缝隙中真切感受到现代女性秀钰身上那如同吴组缃《菉竹山房》中的二姑姑一样的身体或者干脆说就是性的焦虑。尽管具体的表现形式有异，但不管怎么说，我们都难以想象，在21世纪的美国缅因州，竟然也还会出现如同秀钰这样实质上的寡居女性。事实上，也正是因为“我”早已明确意识到了如同秀钰她们的婚姻那样一种反人性本质的存在，所以才会近乎本能地发出这样强有力的诘问：“不后悔？为什么不后悔？是乐于自虐？我不能理解。”是的，不仅身为秀钰同学的叙述者“我”不能理解，而且即使是作为读者的我们，也同样不能理解，身为现代女性的她如此一种带有鲜明自虐色彩的情感与人生选择。唯其如此，“我”才情不自禁地发出了如此一种浩叹与感慨：“周遭越美丽，生活越是显出它平静、有序的幸福模样，我的悲哀就越深！”从根本上说，也只有到这个时候，我们方才会恍然大悟，无论是打太极也罢，还是信教后的虔诚祈祷也罢，实际上都是秀钰寻求某种精神抚慰或者说自我麻醉的一种方式。更进一步说，秀钰之所以会专门邀约“我”前来缅因州做客，根本原因正是为了寻找一个理想的倾听者，好把自己其实已经隐藏了很多年的精神痛苦找到一个理想的宣泄出口。

很大程度上，也只有在读完全篇之后，我们才能够搞明白，张惠雯为什么一定要把这个短篇小说命名为“玫瑰，玫瑰”。与此紧密相关的一个细节是，明明秀钰她们家的私宅里到处都是鲜艳无比的玫瑰花，但她却非得要在玫瑰花开得最盛的时候把它剪下来，特意制作成所谓“更持久”的干花。却原来，作家的如此一种细节描写有着不容忽视的象征意味。这种“更持久”的干花，其实正可以被看作是女主人公秀钰性缺失悲剧人生的一种特别恰切的象征和隐喻。唯其如此，张惠雯才会以这样耐人寻味的话语来为自己这一篇寄托深远的短篇小说作结：“我看着她的影子越来越小，越来越快地往后飘去，像一片被风卷走的枯叶。”

图书在版编目 (CIP) 数据

中国当代文学现场. 2019-2020 / 王春林著. -- 北京 : 北京十月文艺出版社，2022. 8
ISBN 978-7-5302-2216-4

Ⅰ. ①中… Ⅱ. ①王… Ⅲ. ①中国文学—当代文学—文学评论—文集 Ⅳ. ① I206.7-53

中国版本图书馆 CIP 数据核字 (2021) 第 246976 号

中国当代文学现场 2019—2020
ZHONGGUO DANGDAI WENXUE XIANCHANG 2019—2020
王春林　著

出　　版　北 京 出 版 集 团
　　　　　北京十月文艺出版社
地　　址　北京北三环中路 6 号
邮　　编　100120
网　　址　www.bph.com.cn
发　　行　新经典发行有限公司
　　　　　电话 010-68423599
经　　销　新华书店
印　　刷　北京盛通印刷股份有限公司
版　　次　2022 年 8 月第 1 版
印　　次　2022 年 8 月第 1 次印刷
开　　本　880 毫米 × 1230 毫米　1/32
印　　张　15.5
字　　数　347 千字
书　　号　ISBN 978-7-5302-2216-4
定　　价　58.00 元
如有印装质量问题，由本社负责调换
质量监督电话　010-58572393